Le secret des émeraudes

_____

La liberté d'aimer

NORA ROBERTS

Le secret des émeraudes

HARLEQUIN

Collection : PASSIONS

Titre original : SUZANNA'S SURRENDER

Traduction française de KARINE XARAGAI

HARLEQUIN®
est une marque déposée par le Groupe Harlequin

PASSIONS®
est une marque déposée par Harlequin

Le visuel de couverture est reproduit avec l'autorisation de :
Femme : © TREVILLION IMAGES/JOVANNA RIKALO
Réalisation graphique couverture : L. SLAWIG (Harlequin)

Tous droits réservés.

HARLEQUIN

83-85, boulevard Vincent-Auriol, 75646 PARIS CEDEX 13.
Service Lectrices — Tél. : 01 45 82 47 47

www.harlequin.fr

ISBN 978-2-2803-4799-0 — ISSN 1950-2761

Prologue

Bar Harbor, 1965

A la seconde où mes yeux se sont posés sur elle, ma vie n'a plus jamais été la même. C'était il y a plus de cinquante ans. Je suis aujourd'hui un vieil homme aux cheveux blancs et au corps affaibli par la maladie. Pourtant, je me souviens de tout comme si c'était hier.

Depuis mon accident cardiaque, les médecins m'ont prescrit le repos. Aussi suis-je revenu ici, sur cette île — son île — là où pour moi tout a commencé. Le village de Bar Harbor a changé, tout comme moi. Le grand incendie de 1947 l'a en grande partie détruit. Des bâtiments ont émergé de terre, de nouveaux habitants sont apparus. Les rues sont désormais encombrées de voitures qui n'ont pas le charme guilleret des calèches d'autrefois. Mais je m'estime heureux d'avoir connu l'île en ce temps-là et de pouvoir encore la contempler aujourd'hui.

Mon fils est un homme à présent, un homme bien qui a choisi de vivre de la mer. Nous ne nous sommes jamais compris, lui et moi, néanmoins nous sommes parvenus tant bien que mal à nous accepter. Il a épousé une femme charmante et discrète qui lui a donné un fils. Ce garçon, le jeune Holt, me comble d'une joie toute particulière. Peut-être parce que je me reconnais en lui. Cette impatience, cette fougue, ces passions... c'étaient les miennes, à l'époque. Lui aussi, peut-être, sera habité par mon ardeur de vivre,

7

mes aspirations démesurées… Loin de moi l'idée de m'en attrister ! Si je n'avais qu'un seul conseil à lui donner, ce serait de mordre dans la vie à belles dents.

Pour ma part, je ne me plains pas : j'ai eu une existence bien remplie et je ne puis que me réjouir des années passées avec Margaret. Je n'étais plus de première jeunesse lorsqu'elle est devenue ma femme. Entre nous, on ne pouvait pas parler de passion brûlante, c'était plutôt la chaleur ronronnante d'un poêle. Toutefois, elle m'a apporté le réconfort d'un foyer et, de mon côté, j'espère l'avoir rendue heureuse. Voilà presque dix ans qu'elle n'est plus et ma tendresse pour elle est demeurée intacte.

Cependant, c'est le souvenir d'une autre femme qui continue de me hanter. Son image est restée gravée dans ma mémoire, inaltérée. Le temps n'a pas effacé son visage, pas plus qu'il n'a entamé l'amour fou que je lui vouais alors. Cette flamme n'a jamais cessé de me consumer, même si ma bien-aimée est depuis longtemps perdue pour moi.

Avoir frôlé la mort m'incite peut-être à me repencher sur cette période de mon passé, à me remémorer ce que je n'ai jamais réussi à oublier. A l'époque, j'avais bien tenté de noyer mon chagrin dans l'alcool, la peinture, les voyages… en vain. Quoi que je fasse, une force mystérieuse me ramenait toujours sur cette île, là où jadis j'avais commencé à vivre. Là où je savais que je mourrais un jour.

Un tel amour, les plus chanceux d'entre nous ne le connaîtront qu'une fois dans leur vie. Pour moi, ce fut Bianca. Dans mon cœur, il n'y aura jamais eu qu'elle.

C'était en juin, durant l'été 1912, avant que la Grande Guerre ne mette le monde à feu et à sang. Un été empreint de paix, de beauté, de peinture et de poésie, en ce temps où le village de Bar Harbor s'ouvrait aux riches touristes et offrait un refuge aux artistes.

Elle se promenait, accompagnée d'un enfant, sur les falaises où je travaillais. Je me suis détourné de mon chevalet, le pinceau en suspens, encore sous l'emprise de l'inspiration et du spectacle grandiose des vagues. Belle et élancée, elle s'avançait dans le soleil couchant, nimbée d'une chevelure flamboyante. Le vent tourmentait ses mèches, malmenait sa robe bleu clair. Elle avait le teint diaphane et lumineux des Irlandaises et des yeux de la couleur de la mer que je m'acharnais à rendre sur ma toile. Des yeux qui me dévisageaient avec un mélange de curiosité et de circonspection.

Sitôt que je l'ai vue, j'ai su qu'il me fallait la peindre. Et aussi que je ne pourrais pas m'empêcher d'en tomber amoureux.

Elle s'est excusée de m'interrompre dans mon travail. Dans ses paroles douces et polies affleurait un mélodieux accent irlandais. L'enfant qu'elle avait pris dans ses bras était son fils. J'avais devant moi Bianca Calhoun, l'épouse d'un autre homme. Sa résidence d'été se dressait sur la corniche, en surplomb des falaises : les Tours, le manoir tarabiscoté qu'avait fait construire Fergus Calhoun. Bien qu'arrivé depuis peu sur l'île des Monts déserts, j'avais entendu parler de Calhoun et de sa splendide demeure. De fait, j'avais admiré son architecture arrogante, improbable, hérissée de tourelles et garnie de parapets.

Un tel château convenait à la femme au charme intemporel qui se tenait devant moi. Elle possédait une assurance tranquille, une grâce innée et d'immenses yeux verts au fond desquels couvaient des passions inassouvies. Oui, j'étais déjà amoureux, mais uniquement de sa beauté. Et cette beauté, je brûlais de m'en emparer à ma façon à moi, au moyen de mes outils d'artiste, pinceaux et crayons. Il se peut que je l'aie effrayée, ce jour-là, en la fixant avec une telle intensité. Son garçonnet en revanche, le petit Ethan, ne montrait aucune peur et me regardait avec confiance. Cette femme avait l'air si jeune, si virginale, qu'on avait du mal à croire que cet enfant était le sien, et qu'elle en avait encore deux autres.

Cette première fois, elle ne s'est pas attardée. Sans

9

lâcher son fils, elle s'en est retournée vers son manoir, vers son mari. Je l'ai regardée s'éloigner parmi les buissons d'aubépines, le soleil embrasant ses cheveux.

Ce jour-là, je n'ai pas pu continuer à peindre la mer. Le visage de cette femme avait déjà commencé à m'obséder.

1

L'idée ne l'enchantait guère… Mais bien sûr il fallait que quelqu'un s'en occupe. Suzanna traîna le sac de vingt-cinq litres de paillis jusqu'à son pick-up et le jeta d'un coup sur le plateau. Ce petit effort physique ne la dérangeait pas. En fait, elle était plutôt contente de livrer ce sac sur le chemin du retour.

Non, c'était sa première visite qu'elle aurait bien aimé pouvoir éviter. Mais pour Suzanna Calhoun Dumont le devoir n'était pas un vain mot.

Elle avait promis à sa famille qu'elle parlerait à Holt Bradford et elle tenait toujours ses promesses. Ou du moins, elle essayait… Du bras, elle essuya son front moite de transpiration.

Bonté divine, qu'elle était fatiguée ! Elle avait passé la journée à planter un jardin chez des particuliers de Southwest Harbor et le lendemain s'annonçait tout aussi chargé. Sans compter que sa sœur Amanda se mariait dans moins d'une semaine ! Entre les préparatifs de la cérémonie et la réfection de l'aile ouest, le manoir des Tours était sens dessus dessous. Ce qui n'empêcherait pas ses deux enfants pleins de vie de réclamer — à juste titre — toute son attention maternelle, à peine serait-elle rentrée. Il y avait aussi cette paperasse qui s'accumulait sur son bureau… Et pour couronner le tout, un de ses employés à temps partiel avait démissionné le matin même. Sans préavis !

Certes, personne ne l'avait obligée à se mettre à son

compte. C'était son idée. Elle jeta un regard à la jardinerie dont elle venait de fermer les portes pour la nuit : la vitrine débordante de fleurs et, plus loin, les serres. Dire que tout cela lui appartenait ! A elle et à la banque, bien sûr, rectifia-t-elle avec un petit sourire. Ces rangées de pivoines, de pétunias, de pensées... tout cela, c'était à elle ! Elle avait prouvé à tout le monde qu'elle n'était pas une incapable, contrairement à ce que lui serinait depuis toujours son ex-mari, Baxter.

Elle avait deux beaux enfants, une famille aimante et une activité de fleuriste-paysagiste qui marchait plutôt bien. Quant à l'étiquette de femme terne et ennuyeuse dont l'avait affublée Bax, elle n'était plus de mise. Ce n'était pas tout le monde qui participait à une aventure commencée quatre-vingts ans plus tôt !

Non, la quête d'un collier d'émeraudes n'avait certainement rien de banal, et se retrouver la cible de voleurs de bijoux, pas davantage. Des criminels d'envergure internationale qui ne reculeraient devant rien pour mettre la main sur l'inestimable trésor de son arrière-grand-mère.

Suzanna s'installa au volant du pick-up, songeuse. A dire vrai, elle s'était jusque-là contentée de suivre l'action depuis les coulisses. C'était sa sœur C.C. qui avait tout mis en branle en tombant amoureuse de Trenton St. James, troisième du nom, héritier des hôtels St. James. C'était lui qui avait eu l'idée de convertir en hôtel de luxe une aile des Tours, ce manoir que la famille se ruinait alors à entretenir. A cette occasion, la presse, toujours à l'affût de sensationnel, s'était emparée de la vieille légende des émeraudes Calhoun, ce qui avait déclenché un enchaînement de péripéties aussi absurdes que dangereuses.

C'était sa sœur Amanda qui avait manqué se faire tuer par le voleur de bijoux qui s'était introduit aux Tours sous le nom de William Livingston. Il leur avait dérobé certains documents susceptibles de le mener aux fameuses émeraudes. Puis c'était sa sœur Lilah, l'esprit libre de la famille, qui avait failli perdre la vie lors de la dernière exaction du même

Livingston. Le collier était devenu une véritable obsession pour ce criminel prêt à tout pour parvenir à ses fins.

Une semaine après ce terrible incident, la police n'avait toujours pas retrouvé la trace de Livingston ni d'Ellis Caufield, une autre de ses identités.

Etrange, pensa Suzanna en s'insérant dans le flot de la circulation, de voir l'influence qu'exerçaient les Tours et les émeraudes sur le destin de la famille tout entière. De fait, le manoir était à l'origine de la rencontre entre Trent et C.C. Puis c'est en venant dessiner les plans du futur palace que Sloan O'Riley avait eu le coup de foudre pour Amanda. Enfin, Max Quartermain, le timide professeur d'histoire, était tombé fou amoureux de Lilah. Et tous deux avaient bien failli perdre la vie — à cause des émeraudes, une fois de plus.

Suzanna était parfois prise de doutes. Après tous ces drames, n'aurait-il pas été plus sage de renoncer à leur quête ? Néanmoins, elle savait, comme tout le monde au manoir, que le collier caché par Bianca avant sa mort était destiné à être retrouvé.

Aussi continuaient-ils tous leur travail de fourmi, remontant chaque piste, exploitant chaque indice arraché à la poussière du temps. Et voilà qu'au cours de ses recherches Max avait réussi à exhumer le nom de l'artiste-peintre dont Bianca s'était éprise — une histoire d'amour qui emplissait toujours Suzanna d'une douce mélancolie.

Oui, c'était cet indice qui allait enfin lui permettre d'entrer en scène ! Mais quel manque de chance que cette nouvelle piste la conduise justement au petit-fils du peintre…

Holt Bradford. Elle soupira et, s'armant de patience dans les rues embouteillées du village, récapitula ce qu'elle savait sur lui. Oh ! elle ne prétendait pas le connaître vraiment — du reste, qui aurait pu s'en vanter ? Elle se souvenait surtout d'un adolescent maussade, ombrageux et distant. Bien entendu, cette attitude désinvolte remportait un franc succès auprès des filles qui appréciaient également son charme de brun ténébreux et l'éclat rageur de ses yeux gris.

Etrange… Elle se rappelait la couleur de ses yeux. Cela dit, la seule fois où il les avait vraiment posés sur elle, c'était pour la fusiller du regard.

Mais après tout, sans doute avait-il oublié leur petite altercation, depuis tout ce temps… du moins l'espérait-elle. Les conflits, quels qu'ils soient, avaient le don de lui faire perdre tous ses moyens. Non, Holt ne devait certainement plus lui tenir rigueur d'un incident qui remontait à plus de dix ans. Un incident, rien de plus, car il ne s'était pas fait bien mal en passant par-dessus le guidon de sa moto. Et puis il était en tort, estima-t-elle en relevant le menton. C'était elle qui avait la priorité !

Quoi qu'il en soit, elle avait promis à Lilah de s'entretenir avec lui au sujet des émeraudes. On ne devait négliger aucune piste et, en tant que petit-fils de Christian Bradford, Holt pouvait avoir eu vent de certaines anecdotes…

Revenu à Bar Harbor depuis quelques mois, il avait élu domicile dans le cottage qu'habitait justement son grand-père à l'époque de sa fameuse histoire d'amour avec Bianca. Et Suzanna avait suffisamment de sang irlandais dans les veines pour ne pas ignorer les signes du destin : il y avait de nouveau un Bradford au cottage et des Calhoun au manoir des Tours… En conjuguant leurs efforts, ils arriveraient certainement à apporter des réponses au mystère qui hantait les deux familles depuis des générations.

Le cottage, posé au bord de l'océan, était niché entre deux vénérables saules. Son architecture de bois, toute simple, lui fit tout de suite penser à une maison de poupée. Mais quel dommage que personne n'ait jamais pris la peine de l'agrémenter de fleurs… Certes, l'herbe avait été fraîchement tondue, mais certains endroits étaient dégarnis, remarqua-t-elle de son œil exercé de paysagiste. Pour bien faire, il aurait fallu réensemencer toute la pelouse et y apporter une bonne dose de fumure.

Elle se dirigeait vers la porte d'entrée quand des aboiements retentirent, suivis du grondement indistinct d'une voix masculine. Intriguée, elle fit le tour du cottage.

Sur l'eau sombre et tranquille s'avançait un ponton branlant auquel était amarré un petit bateau de plaisance d'un blanc étincelant. Holt était là. Assis à la proue, il briquait patiemment les cuivres du bateau. Il était vêtu en tout et pour tout d'un short grossièrement taillé dans un jean délavé. Un voile de transpiration soulignait la musculature de son torse tanné par le soleil. Ses cheveux noirs, légèrement trop longs, bouclaient autour de son visage. Ses gestes étaient sûrs, ses doigts déliés… Avait-il hérité des talents artistiques de son grand-père ?

L'eau léchait doucement la coque de l'embarcation. Tout près du rivage, un balbuzard s'envola, puis plongea en piqué. Il resurgit dans un cri de triomphe, un poisson argenté frétillant entre ses serres. Sur le bateau, Holt ne s'interrompit même pas, l'esprit ailleurs ou indifférent au drame de la vie et de la mort qui se jouait autour de lui.

Affichant un sourire qu'elle espérait poli, Suzanna s'avança vers le ponton.

— Pardon de vous déranger…

Il leva brusquement la tête et Suzanna se figea, terrifiée. S'il avait eu une arme, il l'aurait braquée sur elle ! En une fraction de seconde, l'homme tranquillement absorbé par sa tâche s'était mué en fauve prêt à bondir. Il émanait de lui une violence indomptée qui faisait froid dans le dos.

S'obligeant à se ressaisir, elle se risqua à le regarder. Il avait changé. Le garçon maussade était devenu un individu dangereux. Dangereux, oui, c'était le mot qui s'était imposé à son esprit. Son visage avait perdu la douceur de l'adolescence, il arborait à présent des traits angulaires, aux méplats accusés. Une barbe de trois jours finissait d'accentuer son aspect farouche.

Pourtant, c'étaient bien ses yeux — des yeux qui la glaçaient d'effroi. Un homme doté d'un regard aussi puissant, aussi intense, n'avait besoin d'aucune autre arme.

Holt la fixa longuement sans se lever ni prononcer une parole, le temps que l'adrénaline retombe. S'il avait eu son pistolet, il l'aurait spontanément pointé sur elle. L'usure des nerfs… C'était aussi à cause de cela qu'il avait quitté la police pour revenir ici, en simple citoyen.

Tout danger écarté, il restait néanmoins sur le qui-vive : quel choc de revoir ce visage… Aucun homme n'aurait pu l'oublier. Et Dieu sait que cette femme le hantait. Depuis une éternité. Dans ses fantasmes d'adolescent, il l'imaginait sous les traits d'une princesse, belle à ravir dans des drapés de soie fluide. Lui-même était le chevalier qui allait terrasser une centaine de dragons pour la conquérir.

Il se rembrunit à ce souvenir.

Elle n'avait guère changé. Elle avait toujours ce teint de rose propre aux Irlandaises, ce visage à l'ovale si classique. Sa bouche était demeurée pulpeuse, délicieusement douce, et ses yeux frangés de cils immenses avaient gardé leur bleu profond et rêveur. Des yeux qui le contemplaient à présent avec un mélange d'inquiétude et de perplexité, tandis que lui-même ne se gênait pas pour la détailler tout entière.

Ses longs cheveux dorés étaient rassemblés en une queue-de-cheval souple. Dans son souvenir, cependant, il lui semblait qu'elle les laissait flotter librement sur ses épaules…

Elle était grande — comme toutes les Calhoun —, mais d'une minceur alarmante. La vie l'aurait-elle maltraitée ? Peut-être. La rumeur voulait que son divorce ait été une épreuve tout aussi pénible que son mariage. Il savait qu'elle avait deux enfants, un garçon et une fille. Pourtant, en la voyant, on avait du mal à croire que cette mince liane en jean maculé de terre et au T-shirt collé de transpiration puisse être deux fois mère.

Mais le plus dur à admettre, c'était qu'après tant d'années elle parvienne encore à le troubler à ce point !

Sans la quitter des yeux, il reprit son polissage minutieux.

— Je peux faire quelque chose pour vous ?

Elle relâcha sa respiration.

— Pardon de débarquer ainsi chez vous… Je suis Suzanna Dumont. Suzanna Calhoun.

— Je sais qui vous êtes.

— Ah…

Elle s'éclaircit la voix, gênée.

— Je me rends bien compte que je vous dérange, mais j'aimerais vous parler quelques minutes. Cela dit, si le moment est mal choisi, je…

— A quel sujet ?

Quel ours, pensa-t-elle avec agacement. Très bien ! Dans ces conditions, il était inutile de tourner autour du pot.

— Au sujet de votre grand-père. C'était bien Christian Bradford, n'est-ce pas ? Le peintre ?

— Exact. Et après ?

— C'est une longue histoire… Je peux ?

Obtenant un haussement d'épaules pour toute réponse, elle s'avança vers le ponton qui se mit à grincer et osciller sous ses pieds. Prudente, elle s'assit.

— En fait, tout a commencé en 1912 ou 1913, avec mon arrière-grand-mère Bianca.

— Oui, j'ai entendu parler de ces fadaises, mais je ne comprends pas ce que mon grand-père a à voir avec tout ça.

Il sentait son parfum à présent, un mélange de fleurs et de musc qui le remua au plus profond de lui-même. Il poursuivit :

— Votre arrière-grand-mère était une femme malheureuse, sous la coupe d'un mari aussi riche que tyrannique. Alors elle s'est consolée en prenant un amant et, à un moment donné de l'histoire, elle est censée avoir caché son précieux collier d'émeraudes. Une poire pour la soif, au cas où elle aurait le cran de tout plaquer. Mais au lieu de s'enfuir avec son bien-aimé, elle s'est jetée de la fenêtre d'une tour et on n'a jamais retrouvé les émeraudes.

— Ce n'est pas tout à fait…

— Et aujourd'hui, votre famille s'est lancée dans une chasse au trésor, continua-t-il, ignorant son intervention. Ce qui vous a valu pas mal de publicité, et aussi pas mal d'ennuis. Plus que ce qui était prévu au départ, certainement. Il paraît d'ailleurs qu'il y a eu de l'animation au château, il y a une quinzaine de jours…

— Si par animation vous entendez que ma sœur a failli se faire égorger, alors c'est le cas ! rétorqua Suzanna.

Ses yeux étincelaient de colère. Elle était toujours aussi maladroite pour se défendre, constata Holt, mais quand il s'agissait de sa famille, elle n'hésitait pas à monter au créneau.

— L'homme qui travaillait avec Livingston, ou quel que soit le véritable nom de ce salaud, a failli tuer Lilah et son fiancé !

— Normal. Un inestimable collier d'émeraudes assorti d'une légende, ça ne peut qu'attirer la vermine…

Ce Livingston n'était pas un inconnu pour Holt. Au cours de ses dix années passées dans la police, il avait eu en main plusieurs rapports le concernant : même à la brigade des mœurs, on savait que cet habile voleur de bijoux n'hésitait pas à recourir à la violence.

— Cette légende et ces émeraudes ne regardent que ma famille, répliqua Suzanna.

— Alors pourquoi venir me voir ? J'ai raccroché. Je ne suis plus dans la police.

— Ce n'est pas le policier que je suis venue voir. C'est l'homme.

Suzanna prit une inspiration : elle voulait être claire et concise.

— Max, le fiancé de Lilah, était professeur d'histoire à Cornell. Il y a deux mois, Livingston, sous le nom d'Ellis Caufield, l'a engagé pour examiner les papiers de famille qu'il nous avait dérobés.

Holt continuait d'astiquer les cuivres du bateau.

— Décidément, Lilah a toujours aussi mauvais goût en matière d'hommes…

— Max ignorait que ces documents avaient été volés ! siffla Suzanna. Et lorsqu'il l'a compris, Caufield a failli le tuer ! Toujours est-il que Max est venu continuer ses recherches aux Tours, pour notre compte, cette fois. Nous avons mis au jour de nouveaux éléments concernant les émeraudes et nous avons également pu recueillir le témoignage d'une vieille domestique qui était employée au manoir, l'année où Bianca s'est donné la mort.

Holt changea de position, sans interrompre sa tâche.

— Vous en avez fait des choses…

— En effet. La domestique a confirmé l'histoire qui veut que le collier ait été caché par Bianca, tout comme le fait qu'elle était amoureuse et comptait bien quitter son mari. Cet homme, dont elle était éprise, était artiste-peintre…

Suzanna se ménagea une courte pause avant de laisser tomber :

— Il s'appelait Christian Bradford.

Une lueur traversa le regard de Holt. Il posa son chiffon avec une lenteur délibérée, tira une cigarette de son paquet, actionna son briquet et exhala une longue bouffée.

— Parce que vous vous imaginez que je vais gober ce genre d'élucubrations ?

De sa part, Suzanna s'était attendue à de la surprise, voire à de la stupéfaction et voilà ce qu'elle récoltait : une simple manifestation d'ennui !

— C'est la pure vérité. Bianca le retrouvait sur les falaises, près des Tours.

Il lui décocha un petit sourire, proche d'une grimace de mépris.

— Ah, oui ? Parce que vous les avez vus ? Dans le même ordre d'idées, j'ai aussi entendu parler du fantôme.

Il tira sur sa cigarette, souffla la fumée sans se presser.

— L'esprit mélancolique de Bianca Calhoun, errant dans sa résidence d'été… Vous, les Calhoun, vous n'êtes jamais à court de… d'imagination.

Les yeux de Suzanna s'assombrirent, mais elle parvint à maîtriser sa voix.

— Bianca Calhoun et Christian Bradford étaient amoureux l'un de l'autre. L'été où elle est morte, ils se retrouvaient souvent sur les falaises, juste en dessous des Tours.

Ce dernier détail éveilla une vague réminiscence chez Holt qui haussa néanmoins les épaules avec dédain.

— Et alors ?

— Et alors, il y a là une piste. Ma famille ne peut pas se permettre de négliger le moindre indice, surtout lorsqu'il est aussi essentiel que celui-là. Parce que, vous comprenez, il est fort possible que Bianca ait confié à votre grand-père l'endroit où elle avait caché ses émeraudes.

— Je ne vois pas comment un flirt vieux de quatre-vingts ans — flirt dont il n'existe aucune preuve, notez bien ! — pourrait avoir un rapport avec vos émeraudes.

— Si seulement vous arriviez à dépasser les préjugés que vous semblez nourrir à l'égard de ma famille, nous pourrions peut-être éclaircir ce lien, justement.

— Je n'en vois absolument pas l'intérêt.

D'un geste brusque, il souleva le couvercle d'une petite glacière.

— Une bière ?

— Non.

— Désolé, je n'ai plus de champagne.

Les yeux rivés aux siens, il fit sauter la capsule de la bouteille, la jeta en direction d'un seau en plastique et but à longues gorgées au goulot.

— Franchement, c'est un peu dur à avaler. Réfléchissez un peu : la grande dame du manoir, bien née et cousue d'or, avec l'artiste qui tire le diable par la queue… Non, ça ne colle pas, ma jolie. Croyez-moi, vous feriez mieux de laisser tomber toute cette histoire et de retourner à vos petites fleurs. C'est bien votre métier ?

Ce n'étaient pas les provocations de ce mufle qui allaient la détourner de son objectif, pensa-t-elle avec colère.

20

— On a attenté à la vie de mes sœurs ! On s'est introduit chez nous par effraction ! Des imbéciles sont venus creuser dans mon jardin ! Et ils ont déterré mes rosiers, en plus.

Suzanna se remit debout : elle était grande, élancée et furieuse.

— Alors, je n'ai pas la moindre intention de laisser tomber toute cette histoire, comme vous dites !

— C'est votre problème.

Holt expédia son mégot d'une pichenette avant de sauter sans effort sur le ponton qui oscilla sous leurs pieds. Suzanna dut lever le menton pour le regarder dans les yeux — il était plus grand que dans son souvenir.

— Mais ne vous imaginez pas que vous allez m'entraîner dans votre folie, conclut-il.

— Très bien. Dans ce cas, inutile de nous faire perdre du temps à l'un comme à l'autre, répliqua-t-elle en tournant les talons.

Il attendit qu'elle soit revenue sur la terre ferme pour lancer :

— Suzanna !

Il aimait prononcer son prénom. Il était doux, féminin et délicieusement passé de mode.

— Vous avez enfin appris à conduire ?

Le regard rageur, elle fit un pas vers lui.

— C'est donc ça ? s'enquit-elle sèchement. Votre ego hypertrophié de mâle ne s'est toujours pas remis de cette ridicule chute à moto ?

— Mon ego n'a pas été le seul à souffrir dans l'accident ! J'ai eu mon compte de plaies et de bosses, figurez-vous.

Il s'en souvenait comme si c'était hier. Elle ne devait pas avoir plus de seize ans. Elle avait jailli de sa voiture, cheveux au vent, pâle comme un linge, les yeux agrandis d'inquiétude et d'effroi.

Lui gisait de tout son long sur le bas-côté de la route, l'amour-propre de ses vingt ans aussi meurtri que son corps au contact de l'asphalte.

21

— Je n'arrive pas à y croire ! s'indigna-t-elle. Vous m'en voulez encore après… douze ans ! Alors que de toute évidence c'est vous qui étiez en tort.

— Moi ?

Il pointa sa bouteille de bière sur elle.

— C'est vous qui m'avez foncé dessus !

— Je n'ai jamais foncé sur vous ni sur personne, d'ailleurs. Vous êtes tombé tout seul !

— Si je n'avais pas sauté de ma moto, vous m'auriez roulé dessus. Vous ne regardiez même pas où vous alliez !

— Pas du tout ! C'est moi qui avais la priorité. Et vous arriviez bien trop vite.

— N'importe quoi !

Il commençait à s'amuser.

— La vérité, c'est que vous étiez bien trop occupée à admirer votre petit minois dans le rétroviseur…

— Certainement pas ! Je n'ai pas quitté la route des yeux une seule seconde.

— Si vous aviez été concentrée sur la route, vous ne m'auriez pas foncé dessus.

— Je ne…

Elle s'interrompit, jura sous cape.

— Je refuse de me disputer avec vous à propos d'un incident vieux de douze ans.

— Mais pour une légende vieille de quatre-vingts ans, vous n'hésitez pas à venir me trouver !

— Pour le coup, c'était une erreur de ma part, je vous l'accorde !

Suzanna serait bien partie sur cette dernière flèche si à ce moment précis un chien très gros et très mouillé n'avait pas traversé la pelouse en quelques bonds. Jetant des aboiements ravis, l'animal se précipita sur elle et, appuyant deux pattes boueuses sur son T-shirt, la fit chanceler sous son poids.

— Couchée, Sadie ! ordonna Holt en rattrapant Suzanna de justesse. Espèce d'idiote !

— Je vous demande pardon ?

— Pas vous, la chienne.

Mais Sadie s'était déjà assise et frappait joyeusement le sol de sa queue trempée.

— Ça va ? demanda-t-il sans la lâcher.

— Oui, très bien…, répondit Suzanna.

Il avait une musculature d'acier, ne put-elle s'empêcher de constater, le dos plaqué contre son torse nu. Impossible également d'ignorer son odeur si masculine et son souffle qui lui caressait la tempe. Cela faisait bien longtemps qu'un homme ne l'avait pas tenue dans ses bras.

Lentement, Holt la fit pivoter. L'espace de quelques secondes — une éternité — elle fut face à lui, prisonnière de son étreinte. Holt baissa les yeux sur sa bouche, y attarda son regard. Une mouette tournoyait au-dessus d'eux, vira au ras de l'eau puis remonta en flèche vers le ciel. Il sentait palpiter le cœur de Suzanna. Il compta un battement, puis deux, puis trois… et se résolut à desserrer l'étau de ses bras.

— Je suis désolé. Sadie n'a pas encore compris qu'elle n'était plus une jolie petite boule de poils. Votre T-shirt est couvert de boue…

— Oh ! la boue, ça fait partie de mon métier.

Suzanna s'accroupit pour caresser la tête de la chienne, le temps de reprendre ses esprits.

— Bonjour, Sadie…

Tandis qu'elle faisait connaissance avec l'animal, Holt enfonça ses mains dans ses poches. La bouteille de bière gisait là où il l'avait jetée ; son contenu se répandait sur la pelouse. Sadie donnait à présent des coups de langue sur le visage de Suzanna, à la grande hilarité de celle-ci. Holt bouillonnait intérieurement. Si seulement cette femme n'avait pas été aussi belle ! Si seulement son rire n'avait pas été une si douce torture pour ses nerfs !

Durant les brefs instants où il l'avait tenue contre lui, son corps avait parfaitement épousé le sien, comme dans ses rêves d'adolescent. Il serra les poings dans ses poches, craignant de céder à la tentation de la toucher. Non, il ne pouvait en être question ! Et pourtant, il n'avait qu'une envie : l'entraîner de gré ou de force à l'intérieur du cottage, la jeter sur le lit et la combler de toutes les façons imaginables.

— Un homme qui possède un si gentil chien ne peut être totalement mauvais…, plaisanta timidement Suzanna.

Mais sitôt qu'elle risqua un coup d'œil par-dessus son épaule, son sourire s'évanouit. L'expression orageuse de Holt, son regard féroce, son visage taillé à la serpe… D'un coup, le souffle lui manqua. Cet homme vibrait de violence contenue. Or, la violence masculine, Suzanna en avait déjà fait l'expérience, et ce souvenir la mit au bord du malaise.

Peu à peu, Holt détendit ses épaules, ses bras, ses mains.

— Ça se pourrait, répliqua-t-il avec désinvolture. Mais à dire vrai, c'est plutôt elle qui me possède.

Suzanna préférait se concentrer sur la chienne plutôt que sur son maître, c'était moins déstabilisant.

— Nous avons un chiot, aux Tours. Enfin, à la vitesse à laquelle il grandit, il sera bientôt aussi gros que Sadie. En fait, il lui ressemble énormément. Votre chienne aurait-elle eu une portée, il y a quelques mois ?

— Non.

— Ah… Pourtant, le nôtre a la même couleur de pelage, la même tête aussi. C'est mon beau-frère qui l'a trouvé, à moitié mort de faim. Quelqu'un l'aura abandonné, mais il a réussi tant bien que mal à grimper jusqu'au manoir par les falaises.

— Même un sale type comme moi n'abandonnerait pas des chiots sans défense, si c'est ce que vous sous-entendez.

— Mais je ne…

Elle s'interrompit — une idée venait de lui traverser l'esprit. Une idée folle, peut-être, mais guère plus que leur obstination à retrouver ce collier d'émeraudes.

— Votre grand-père avait-il un chien ?

— Je l'ai toujours vu avec un chien, oui. Un chien qui le suivait partout où il allait, je me rappelle. Sadie est d'ailleurs l'une de ses descendantes directes.

Suzanna se redressa lentement.

— Vous souvenez-vous si l'un des chiens de cette lignée s'appelait Fred ?

Holt fronça les sourcils.

— Pourquoi ?

— Répondez-moi, s'il vous plaît...

— Son premier chien s'appelait Fred, en effet. C'était avant la Première Guerre mondiale. Il l'a même immortalisé sur une toile. Et quand Fred folâtrait avec les femelles des environs, mon grand-père recueillait toujours un ou deux de ses bâtards.

Suzanna eut soudain la certitude de tenir une piste ! Elle inspira profondément et, prenant sur elle pour ne pas trahir son émotion, elle révéla :

— La veille de sa mort, Bianca a ramené un chiot aux Tours, elle voulait l'offrir à ses enfants. Une petite boule de poils noire qu'elle avait baptisée Fred.

Elle vit l'œil de Holt s'allumer. Tout de même, elle avait enfin réussi à éveiller son intérêt ! Elle insista :

— Bianca l'avait recueilli sur les falaises, ces mêmes falaises où elle avait l'habitude de retrouver Christian.

Elle s'humecta les lèvres, troublée par le silence de Holt et l'intensité de son regard, avant de poursuivre :

— Mais Fergus, mon arrière-grand-père, était fermement opposé à la présence de ce chien au château. Bianca et lui ont d'ailleurs eu une querelle assez violente à ce sujet, la vieille domestique que nous avons interrogée est formelle sur ce point. Personne ne savait trop ce qu'il était advenu de cet animal. Jusqu'à aujourd'hui...

— Même si ce que vous dites est vrai, dit Holt avec lenteur, ça ne change rien à l'affaire. Je ne peux rien pour vous.

— Vous pouvez tout de même y réfléchir, essayer de vous souvenir d'une phrase, d'un mot qu'aurait prononcé votre grand-père. Il a peut-être laissé quelque chose derrière lui... Tout détail, aussi infime soit-il, pourrait nous être utile.

— Ecoutez, j'ai assez de soucis comme ça !

Il s'éloigna de quelques pas. Il ne voulait pas se mêler d'une histoire qui l'obligerait à côtoyer cette femme plus que de raison.

Suzanna n'insista pas. Lorsqu'il se retourna, il vit qu'elle restait figée, et comprit qu'elle venait de voir l'impressionnante cicatrice qui lui barrait le dos. Holt croisa son regard horrifié et se raidit.

— Pardon, si j'avais su que j'aurais de la visite, j'aurais mis une chemise.

— Que…

Elle dut lutter contre l'émotion qui lui nouait la gorge.

— Que vous est-il arrivé ?

— J'ai été policier une nuit de trop.

Il soutint son regard sans ciller.

— Croyez-moi, Suzanna, je ne peux rien pour vous.

Elle chassa de son esprit toute velléité de pitié. Cet homme n'aurait pas supporté qu'on le plaigne. Aussi préféra-t-elle contre-attaquer :

— Dites plutôt que vous ne voulez pas m'aider.

— Pensez ce qu'il vous plaira ! Mais si j'avais voulu continuer à fourrer mon nez dans les affaires des autres, je serais resté en service.

— Tout ce que je vous demande, c'est de fouiller dans vos souvenirs et de nous tenir au courant si jamais un détail utile vous revenait.

Holt commençait à perdre patience. Il voulait bien être gentil, mais il y avait des limites !

— J'étais tout gosse à la mort de mon grand-père. Croyez-vous vraiment qu'il se serait confié à moi s'il avait eu une liaison avec une femme mariée ?

— A vous entendre, on a l'impression qu'il s'agit d'une histoire sordide.

— Tout le monde ne partage pas votre vision romantique de l'adultère, figurez-vous !

Il haussa à nouveau les épaules. Pourquoi s'énervait-il ?

Après tout, cela ne le concernait en rien. Soucieux de calmer le jeu, il nuança son propos :

— Néanmoins, si l'un des deux conjoints se révèle effectivement être en dessous de tout, on peut admettre que l'autre aille se consoler ailleurs.

Renvoyée à sa propre souffrance, Suzanna détourna les yeux.

— Votre conception de la morale ne m'intéresse pas, Holt. Seuls vos souvenirs m'importent. Et je n'ai que trop abusé de votre temps.

Holt resta interdit. Qu'avait-il bien pu dire ou faire pour qu'une telle tristesse voile soudain ce doux regard ? Il n'en avait pas la moindre idée. Malgré tout, il ne pouvait pas laisser repartir cette femme sans faire montre d'un minimum de bonne volonté.

— Ecoutez, Suzanna… A mon avis, vous vous raccrochez à du vent, mais si jamais quelque chose me revient, je ne manquerai pas de vous faire signe. En mémoire de l'aïeul de Sadie.

— Je vous en serai reconnaissante, merci.

— Mais ne vous faites aucune illusion, surtout.

Elle retourna vers son pick-up et lança dans un petit rire :

— Je m'en garderai bien !

A sa grande surprise, elle vit qu'il traversait la pelouse pour la raccompagner.

— Il paraît que vous vous êtes mise à votre compte ?

— C'est exact.

Elle balaya le jardin d'un regard circulaire.

— A ce propos, vous auriez bien besoin de mes services.

Holt esquissa son petit sourire narquois.

— Vous m'imaginez en train de planter des rosiers ?

— Ils seraient pourtant du plus bel effet, ici, répliqua-t-elle sans se démonter. En fait, il ne faudrait pas grand-chose pour donner du charme à ce cottage, conclut-elle en sortant ses clés de voiture.

— Sauf que les fleurettes et moi, ça fait deux, ma jolie. Je vous laisse le soin de gratouiller la terre.

Suzanna, songeant aux courbatures qui ponctuaient chacune de ses journées de travail, grimpa dans le pick-up et fit claquer la portière.

— Oui, vous avez raison. Gratouiller la terre, c'est encore ce que les femmes font de mieux. A ce propos, Holt, votre gazon aurait bien besoin d'un apport de fumier. Mais je suis sûre que vous n'en manquez pas…

Et sur cette ultime pique, elle démarra et quitta le cottage en marche arrière.

2

Les enfants sortirent en courant de la maison, suivis de près par un jeune chien noir tout pataud. Le frère et la sœur effleurèrent la pierre usée du perron avec la grâce et la légèreté de la jeunesse, tandis que, dans sa fougue, le chien culbutait lourdement au bas des marches. Pauvre Fred, songea Suzanna en descendant du pick-up. Perdrait-il un jour son attendrissante gaucherie de chiot ?

— Maman !

Suzanna se retrouva avec un enfant accroché à chaque jambe. Alex était déjà grand et robuste pour ses six ans, et très brun. Ses genoux couronnés et ses coudes zébrés d'égratignures ne témoignaient pas d'une maladresse excessive, mais bien d'un tempérament téméraire. Jenny, sa cadette d'un an, était blonde comme les blés et arborait les mêmes blessures de guerre que son frère. L'irritation et l'épuisement de Suzanna s'envolèrent aussitôt qu'elle se pencha pour les embrasser.

— Qu'avez-vous encore fabriqué, tous les deux ?

— On construit un fort, répondit Alex. Il va être inexprimable !

— Inexpugnable, rectifia Suzanna en lui chatouillant tendrement le bout du nez.

— C'est ça, et Sloan a promis qu'il nous aiderait à le terminer, samedi.

— Et toi, maman, tu nous aideras à construire le fort ? s'enquit Jenny.

— Après mon travail.

Suzanna caressa Fred qui essayait de s'immiscer entre les enfants, réclamant sa part de câlins.

— Bonjour, mon chien… Je pense avoir rencontré quelqu'un de ta famille, aujourd'hui.

— Est-ce que Fred a une famille ? l'interrogea Jenny avec intérêt.

— Ma foi, j'en ai bien l'impression.

Suzanna alla s'asseoir sur le perron en compagnie de ses enfants. Quel privilège de pouvoir se reposer après une dure journée de labeur et de savourer l'air salin aux parfums de fleurs, un enfant dans chaque bras !

— Je crois bien avoir fait la connaissance de sa cousine Sadie.

Cette annonce provoqua l'enthousiasme d'Alex.

— Où ça ? Est-ce qu'elle peut venir nous voir ? Est-ce qu'elle est gentille ?

Suzanna s'efforça de répondre dans l'ordre à ce feu roulant de questions.

— Au village, je ne sais pas et oui, très gentille. C'est un gros chien, comme Fred lorsqu'il aura atteint sa taille adulte. Et qu'avez-vous fait d'autre, aujourd'hui ?

— Loren et Lisa sont venues jouer, lui apprit Jenny. On a tué des centaines de brigands !

— Parfait ! Nous pourrons donc dormir sur nos deux oreilles.

— Et Max nous a raconté une histoire de débarquement en organdi.

Suzanna déposa un baiser sur la tête de sa fille en pouffant.

— Tu veux peut-être dire en Normandie…

— Et puis Loren, Lisa et Jenny ont joué à la poupée, intervint Alex en gratifiant sa sœur d'une petite moue de supériorité.

— C'est Lisa qui a voulu, se défendit Jenny. Elle a eu la nouvelle Barbie avec sa voiture pour son anniversaire.

— Une Ferrari, précisa Alex d'un air important, sans

toutefois aller jusqu'à admettre qu'il s'était lui aussi amusé avec Loren, dès que les deux autres fillettes avaient quitté la pièce.

Il se rapprocha de quelques centimètres pour jouer avec la queue-de-cheval de sa mère.

— Loren et Lisa vont à Disney World la semaine prochaine…

Suzanna réprima un soupir. Ses enfants rêvaient de visiter ce royaume enchanté dans la lointaine Floride.

— Nous irons nous aussi, un jour.

— Quand ?

Elle aurait bien aimé lui donner une date précise, mais c'était impossible.

— Un jour, se contenta-t-elle de répéter.

Lorsqu'elle se releva des marches, une menotte dans chaque main, sa fatigue était revenue.

— Allez vite prévenir tante Coco que je suis rentrée ! Il faut que j'aille me doucher et me changer. D'accord ?

— On peut venir à ton travail, demain ?

Elle serra tendrement les doigts menus de Jenny.

— Demain, c'est Carolanne qui tient la boutique. Moi, j'ai des plantations à faire chez un client.

Les deux enfants n'insistèrent pas, mais leur déception était évidente et aussi vive que la sienne.

— Ce sera pour la semaine prochaine. Allez, filez, maintenant ! ordonna-t-elle en ouvrant la massive porte d'entrée. J'irai admirer votre fort après le dîner.

Satisfaits, le frère et la sœur traversèrent le hall au grand galop, le chien sur leurs talons.

Il en fallait si peu pour leur faire plaisir, songea Suzanna avec un pincement au cœur, en gravissant l'escalier monumental qui menait au premier étage. Elle qui aurait tant souhaité les gâter… Certes, ils étaient heureux ici, dans le cocon protecteur des Tours, au sein d'une famille qui les adorait. En outre, maintenant qu'une de ses sœurs était mariée et les deux autres fiancées, les petits ne manquaient pas de présence masculine. Bien sûr, un ou plusieurs oncles ne remplaçaient pas un père, mais c'était tout ce qu'elle avait à leur offrir.

Baxter Dumont n'avait pas donné de nouvelles depuis des mois. Il n'avait même pas envoyé une malheureuse carte d'anniversaire à Alex. Sans compter qu'il était en retard pour la pension alimentaire, comme à chaque fois. Son ex-époux était un avocat trop habile pour omettre de lui verser l'argent auquel elle avait droit, par contre il veillait toujours à ce qu'elle ne le touche que plusieurs semaines après l'échéance. C'était sa façon à lui de l'humilier. Il aurait certainement aimé qu'elle le supplie... Par bonheur, jusqu'à présent elle n'avait jamais été contrainte à de telles extrémités.

Leur divorce avait été prononcé un an et demi aupa-ravant, mais Bax continuait à lui manifester son mépris en négligeant les enfants — leur seule réussite commune.

Cela expliquait-il qu'elle ait tant de mal à se reconstruire ? Car elle restait prisonnière de son sentiment de trahison, de perte, d'infériorité. Pourtant, elle n'aimait plus Baxter. Son amour pour lui était mort bien avant la naissance de Jenny. Non, le vrai problème, c'est qu'il avait sapé l'estime qu'elle avait d'elle-même... Suzanna secoua résolument la tête. Cette blessure-là aussi était en voie de guérison.

Elle entra dans sa chambre. Comme la plupart des pièces du manoir, elle était immense. C'était son arrière-grand-père qui avait fait bâtir les Tours, au tout début du XXe siècle. A l'époque, il avait pensé sa demeure comme un joyau archi-tectural de quatre étages, mais elle témoignait surtout de sa profonde vanité, de son goût pour l'opulence et de son besoin de reconnaissance sociale. L'extravagante bâtisse de granit sombre était agrémentée de deux tours à escalier en colimaçon, d'une débauche de tourelles, de parapets et de terrasses. De hauts plafonds, de luxueuses boiseries et des corridors labyrinthiques caractérisaient l'intérieur. Moitié château, moitié manoir, c'était à l'origine une résidence d'été qui s'était finalement transformée en logis principal.

Au fil des ans et des revers de fortune, les Tours avaient connu bien des déboires. Dans la chambre de Suzanna, de même que dans toutes les autres, des lézardes couraient des murs au plafond. Le parquet était abîmé, il y avait des fuites dans la toiture et la plomberie n'en faisait qu'à sa tête. Toutefois, le clan Calhoun continuait de vouer un amour inconditionnel à sa demeure ancestrale. Et à présent que l'aile ouest allait être rénovée, il fallait espérer que les Tours leur rapporteraient plus d'argent qu'elles ne leur en avaient coûté.

Suzanna prit un peignoir dans la penderie. Elle pouvait s'estimer chanceuse. Elle avait pu reloger ses enfants ici, au sein d'un véritable foyer, lorsque le leur avait volé en éclats. Elle n'avait pas été obligée de les confier à une inconnue pendant qu'elle-même s'employait à se dégager un revenu. C'était sa tante paternelle qui s'occupait désormais des petits. Dieu sait qu'Alex et Jenny n'étaient pas de tout repos, mais personne n'était plus qualifié que Coco pour veiller sur eux. Après tout, c'était elle qui les avait élevées, elle et ses sœurs, après le décès de leurs parents.

Et un jour prochain, ils retrouveraient les émeraudes de Bianca. Alors, tout rentrerait dans l'ordre dans la maisonnée des Calhoun.

On frappa un coup bref à la porte et Lilah passa la tête par l'embrasure.

— Suze ?

— Alors, tu l'as vu ?

— Oui, je l'ai vu.

— Génial !

Lilah, boucles rousses cascadant jusqu'à la taille, entra dans la chambre et se jeta en travers du lit. Après s'être étirée comme un chat, elle s'installa tranquillement dans sa position préférée. A l'horizontale. Non sans avoir pris soin de glisser un oreiller contre les moulures de la tête de lit, pour plus de confort.

— Alors, raconte !

— Ma foi, il n'a pas beaucoup changé.

— Hum, je vois…

— Il s'est montré brusque et grossier, continua Suzanna tout en ôtant son T-shirt. Si tu veux mon avis, il était à deux doigts de me tirer dessus pour violation de domicile. Et quand j'ai tenté de lui expliquer la situation, il m'a quasiment ri au nez.

Elle revit son petit sourire narquois… Furieuse, elle baissa d'un geste sec la fermeture Eclair de son jean.

— En résumé, il a été odieux, arrogant et insultant.

— J'imagine…, soupira Lilah. Un vrai gentleman, donc.

— Il est persuadé que nous avons inventé cette histoire de toutes pièces dans un but publicitaire. Une sorte de coup de com' en vue de l'inauguration de l'hôtel, l'année prochaine.

— N'importe quoi !

Indignée, Lilah s'assit sur le lit.

— Max a quand même failli se faire tuer ! Ce type nous prend donc pour une bande d'affabulateurs ?

— Tout juste. Moi aussi, ça me dépasse, soupira Suzanna en enfilant son peignoir. Mais il semble en vouloir à tous les Calhoun en général.

Lilah esquissa un sourire ensommeillé.

— En fait, il n'a pas décoléré depuis que tu l'as éjecté de sa moto…

— Je ne l'ai pas…

Ah non ! On n'allait pas revenir là-dessus ! Suzanna se reprit :

— Bref, je ne pense pas qu'il faille s'attendre à un quelconque soutien de sa part.

Elle défit sa queue-de-cheval et se passa la main dans les cheveux.

— Quoique… après l'histoire de la chienne, il a finalement promis d'y réfléchir.

— De quelle chienne parles-tu ?

— De la cousine de Fred ! lança-t-elle en entrant dans la salle de bains.

Lilah s'avança sur le seuil à l'instant où Suzanna tirait le rideau de douche.

— Fred a une cousine ?

Ouvrant les robinets, Suzanna entreprit de lui décrire Sadie et sa généalogie.

— Mais c'est merveilleux ! s'enthousiasma sa sœur. C'est un maillon supplémentaire à notre chaîne d'indices. Il faut que je raconte tout ça à Max !

Les yeux clos, Suzanna présenta sa tête au jet d'eau chaude.

— En tout cas, dis-lui bien qu'il sera seul pour débrouiller les fils de cette énigme. Le petit-fils de Christian se moque éperdument de notre histoire.

Holt voulait qu'on l'oublie. Assis sous la véranda de derrière, sa chienne à ses pieds, il regardait la mer virer à l'indigo dans les dernières lueurs du couchant.

La symphonie des insectes dans l'herbe, le bruissement du vent, le contrepoint de l'eau clapotant contre le bois du ponton… La musique du soir l'apaisait. De l'autre côté de la baie, les contours de Bar Island commençaient à se fondre dans le crépuscule. Non loin de là, quelqu'un avait allumé une radio. Un solo de saxophone lui parvenait aux oreilles, empreint d'une mélancolie parfaitement en accord avec son humeur.

Le calme, la solitude, l'indépendance : c'était sa récompense. Il l'avait bien méritée, non, après avoir consacré dix ans de sa vie aux autres ? A leurs problèmes, leurs tragédies, leur détresse… Il but une gorgée de bière au goulot.

Il se sentait usé, vidé, au bout du rouleau.

Avait-il seulement été un bon policier ? Oh ! si l'on se fiait au nombre de citations et de médailles, certainement. Mais la cicatrice de trente centimètres qui lui zébrait le dos lui rappelait également qu'il avait bien failli être un bon policier mort.

A présent, tout ce qu'il demandait, c'était qu'on le laisse

profiter de sa nouvelle vie : réparer quelques moteurs, gratter quelques bernacles sur des coques, faire un peu de plaisance, peut-être… Il avait toujours été doué de ses mains ; l'entretien de bateaux lui permettrait de vivre très correctement. Travailler à son compte, à son rythme, à sa façon… Plus de rapports à taper, de pistes à suivre, de ruelles sombres à explorer.

Plus de drogués jaillissant de l'ombre pour lui planter un couteau dans le dos et le laisser se vider de son sang sur le béton jonché de détritus.

Holt ferma les yeux et but une autre gorgée de bière. Il avait pris une ferme résolution durant son long et pénible séjour à l'hôpital. S'investir auprès des gens, essayer de sauver le monde… tout cela, c'était terminé ! Dorénavant, il allait s'occuper de lui. De lui et de rien d'autre.

Nanti du pécule hérité de ses parents, il était rentré au bercail avec un seul objectif : en faire le moins possible. En été, le soleil et la mer ; en hiver, les flambées crépitantes et le mugissement du vent. Ce n'était pas trop demander, tout de même !

Peu à peu, il s'était installé dans une sorte de routine qui, tout compte fait, lui convenait plutôt bien. Jusqu'à ce que Suzanna fasse irruption dans sa vie.

Bon sang ! Il avait suffi qu'il la revoie pour se retrouver dans la peau de ses vingt ans. Le cœur sens dessus dessous, avide d'amour. Cette femme l'obsédait encore.

La belle, l'inaccessible Suzanna Calhoun de Bar Harbor. La princesse dans sa tour d'ivoire. A l'époque, elle vivait déjà au-dessus de la plèbe, dans son château perché sur les falaises. Lui, fils d'un pêcheur de homards, habitait un cottage en bordure du village. Que de fois avait-il livré les plus belles prises de son père au manoir des Tours ! A la porte de service, bien sûr — il n'avait jamais dépassé le seuil de la cuisine. Parfois il entendait en passant des bribes de voix ou de la musique. Durant tout ce temps, il avait rongé son frein, le cœur rempli d'envies et d'interrogations.

Et voilà qu'aujourd'hui c'était elle qui venait le trouver. Sauf qu'il n'était plus un adolescent transi d'amour. Car il fallait être réaliste : Suzanna n'appartenait pas au même monde que le sien — de ce point de vue, rien n'avait changé. Et quand bien même les choses auraient été différentes, il ne s'intéressait pas à ce genre de femmes qui portaient leur blason en étendard.

Quant à ses fameuses émeraudes, il ne pouvait rien faire pour elle. Il ne *voulait* rien faire pour elle.

Les émeraudes… il connaissait la légende, bien entendu. La presse nationale en avait fait ses choux gras. Mais l'idée que son grand-père ait pu être l'un des acteurs de l'histoire, qu'il ait pu aimer une Calhoun et être aimé d'elle… C'était assez fascinant.

Pourtant, il restait sceptique, même en tenant compte de cette drôle de coïncidence concernant les chiens. Il n'avait pas connu sa grand-mère, mais son grand-père avait été le héros de son enfance. Un personnage à la fois impressionnant et mystérieux qui avait voyagé à l'étranger et en était revenu les poches remplies de récits propres à enflammer l'imagination d'un petit garçon. Un artiste qui accomplissait des prodiges avec une palette et un pinceau.

Holt se revoyait grimpant l'escalier pour observer son grand-père à l'œuvre, dans l'atelier : le duel élégant et passionné entre le peintre chenu et sa toile.

Ensemble, ils avaient coutume de faire de longues promenades — le vieil homme à cheveux blancs et le jeune garçon plein de fougue. Le long du rivage, parmi les rochers… Sur les falaises. Holt se renfonça dans son siège en soupirant. Combien de fois avaient-ils marché jusqu'à ces falaises, juste en dessous des Tours… Même à cet âge-là, il sentait bien que l'esprit du vieil homme s'évadait très loin, lorsque son regard se perdait vers la mer.

Un jour, ils s'étaient assis là, sur les rochers, et son grand-père lui avait raconté l'histoire d'une princesse qui vivait dans un château bâti sur des falaises.

S'agissait-il des Tours et de Bianca ?

Cette pensée le mit mal à l'aise. Il était temps de rentrer. Sadie leva la tête, puis reposa son museau sur ses pattes de devant en entendant se refermer la porte à moustiquaire.

Décidément, ce cottage lui correspondait mieux que la maison dans laquelle il avait grandi — une maison certes impeccablement tenue, mais sans âme, aux murs lambrissés de bois sombre et au sol recouvert de linoléum usé. Il l'avait vendue à la mort de sa mère, trois ans auparavant. L'argent qu'il en avait retiré lui avait permis de réaliser quelques travaux d'aménagement, sans toutefois verser dans une modernisation à outrance : il préférait garder le cottage tel qu'il l'avait connu du vivant de son grand-père.

De forme rectangulaire, c'était une construction toute simple : murs en plâtre et sols en parquet. La vieille cheminée en pierre avait été rejointoyée et il avait hâte que les soirées se fassent plus fraîches afin de pouvoir l'étrenner.

La chambre à coucher était plus que réduite, comme si la pièce avait été ajoutée après coup à la structure principale. La nuit, dans son lit, il aimait écouter la pluie tambouriner sur le toit. L'escalier menant à l'atelier de son grand-père avait été consolidé, de même que la balustrade du balcon. Il y monta pour contempler le vaste horizon, cet immense espace à perte de vue assombri par le crépuscule.

Il songeait parfois à faire installer des Velux. En revanche, il était hors de question de vitrifier le parquet. Les vieilles lames de bois foncé étaient encore maculées des taches de peinture qui avaient coulé du pinceau ou de la palette — traînées de carmin et de turquoise, gouttes vert émeraude et jaune canari. Dans son travail, son grand-père affichait une préférence marquée pour les couleurs vives, intenses, voire violentes.

Contre un des murs s'entassaient des toiles, legs d'un homme qui n'avait connu le succès critique et financier qu'à la fin de sa vie. Ces œuvres valaient aujourd'hui une petite fortune… Pourtant, de même que Holt ne concevait pas de poncer les traces de peinture au sol, jamais il ne lui serait venu à l'idée de vendre cette partie de l'héritage familial.

Il s'accroupit et entreprit de passer les toiles en revue. Il les connaissait toutes, pour les avoir examinées un nombre incalculable de fois, se demandant comment il pouvait descendre d'un homme doué d'une telle vision et d'un tel talent. Holt retourna le portrait, conscient que c'était ce qui l'avait poussé à monter à l'atelier.

La femme représentée était belle comme un rêve : un visage à l'ovale parfait, un teint d'albâtre. Une flamboyante chevelure d'or rouge, rassemblée en un chignon qui révélait son cou de cygne. Des lèvres douces et pleines, relevées en un sourire de Joconde. Mais c'étaient ses yeux qui attiraient Holt depuis toujours. Vert d'eau. Ce n'était pas tant leur couleur qui le touchait, mais leur expression, cette émotion que son grand-père était parvenu à saisir avec son coup de pinceau inimitable.

Il y avait une telle tristesse résignée dans ce regard… Une telle détresse intérieure. C'était presque trop douloureux à contempler, il en venait à ressentir le chagrin du modèle. Or cette expression, il l'avait vue le jour même, dans les yeux de Suzanna.

Se pouvait-il que ce portrait soit celui de Bianca ? Certes, elle présentait certaines caractéristiques propres à toutes les femmes Calhoun — c'était en particulier flagrant dans la forme du visage, la courbe de la bouche. D'un autre côté, le peintre avait sans doute pris des libertés avec les teintes, et les points de ressemblance étaient somme toute peu nombreux. Oui, mais il y avait ces yeux… En les regardant, il pensait immédiatement à Suzanna.

Parce qu'elle occupait trop de place dans son esprit, voilà tout ! Il se redressa, mais ne retourna pas le portrait contre le mur. Au contraire, il le contempla encore un long moment. Son grand-père avait-il aimé la femme du tableau ?

*
* *

La journée s'annonçait une fois de plus caniculaire, songea Suzanna. Il était à peine 7 heures et l'air collait déjà à la peau. Il aurait fallu de la pluie, mais l'humidité qui saturait l'atmosphère refusait obstinément de tomber.

A l'intérieur du magasin, elle vérifia l'état de conservation des fleurs coupées, dans la chambre climatique, et laissa un petit mot à Carolanne, lui demandant d'écouler les œillets à moitié prix. Elle contrôla ensuite l'humidité du terreau dans les suspensions d'impatiens et de géraniums, avant de passer à l'étal des gloxinias et des bégonias.

Satisfaite, elle se munit de son pulvérisateur et vaporisa abondamment les barquettes d'annuelles et de vivaces. Les rosiers et les pivoines se développaient correctement, remarqua-t-elle avec plaisir. De même que les ifs et les genévriers.

A 7 h 30, elle fit un bref inventaire de la serre. De ce côté-là aussi, il y avait de quoi se réjouir : son stock de plantes s'amenuisait. Et puis celles qui ne se vendraient pas, elle les ferait hiverner. De toute façon, la saison froide et son activité au ralenti ne seraient pas là avant des mois.

A 8 heures, son pick-up chargé, elle faisait déjà route vers Seal Harbor. Sa journée serait entièrement consacrée au terrain d'une maison de construction récente. Les propriétaires, originaires de Boston, souhaitaient doter leur résidence d'été d'un jardin déjà paysagé, avec arbustes d'ornement, arbres et plates-bandes de fleurs.

En tout cas, une chose était sûre : elle allait avoir chaud ! Mais elle serait aussi au calme. Les Anderson étant à Boston pour la semaine, le jardin serait tout à elle.

Travailler la terre et le vivant, regarder un végétal croître et s'épanouir, c'était cela son plus grand plaisir. Du reste, elle ne faisait pas autre chose avec ses enfants, réfléchit-elle, un sourire aux lèvres. Ses bébés… Chaque fois qu'elle les bordait dans leur lit ou qu'elle les voyait gambader au soleil, elle se disait que rien, ni ses vicissitudes passées, ni les épreuves à venir, ne pourraient ternir sa joie d'être leur maman.

Son mariage malheureux l'avait ébranlée, fragilisée, et elle se demandait souvent si elle saurait un jour véritablement plaire à un homme. En revanche, elle n'avait aucun doute sur ses qualités de mère. A ses yeux, rien n'était jamais assez bien pour ses enfants. Et en retour, leur amour la comblait.

Depuis deux ans, elle s'était prise à croire en sa réussite professionnelle. Par chance, elle avait toujours eu la main verte. Ç'avait été son seul atout, mais aussi une planche de salut durant les derniers mois de son naufrage conjugal. En désespoir de cause, elle avait vendu ses bijoux, souscrit un emprunt et elle s'était lancée dans l'aventure des Jardins de l'île.

Pour sa jardinerie, elle n'avait pas voulu d'appellation frivole ni de jeu de mots astucieux, mais quelque chose de simple et de direct. Sa première année d'activité avait été rude — il faut dire que le moindre sou qu'elle arrivait à mettre de côté passait en honoraires d'avocat. Sa priorité était alors d'obtenir la garde de ses enfants.

Encore aujourd'hui, son sang se glaçait à l'évocation de cette période. Penser qu'elle aurait pu les perdre...

Bax n'avait jamais eu l'intention de lui prendre les enfants, seulement de lui mettre des bâtons dans les roues. A l'arrivée, elle avait fondu de sept kilos, gagné des cernes et une multitude de dettes. Mais à présent ils vivaient tous les trois ! Elle avait remporté ce détestable combat devant les tribunaux et une telle victoire n'avait pas de prix.

Petit à petit, elle commençait à sortir la tête de l'eau. Elle avait repris quelques kilos, rattrapé son sommeil en retard et s'employait à éponger le montant de ses dettes, lentement, mais sûrement. En deux ans d'activité, elle s'était taillé une réputation de professionnelle fiable, créative et aux tarifs abordables. Deux villages de vacances avaient déjà fait appel à ses services et lui avaient même laissé entrevoir la possibilité d'un contrat à long terme.

Si ces projets se concrétisaient, elle pourrait acquérir un second pick-up, embaucher des employés à temps complet... et peut-être — peut-être ! — envisager un séjour à Disney World.

Elle se gara dans l'allée de la charmante maison de style Cape Cod. A présent, il fallait se mettre au travail !

Le terrain en pente douce s'étendait sur environ deux mille mètres carrés. Suzanna avait eu trois réunions approfondies avec les propriétaires pour définir le plan de leur jardin. Mme Anderson souhaitait y voir un grand nombre d'arbres à fleurs et d'arbustes d'ornement, mais aussi des persistants qui la protégeraient des regards indiscrets. Elle tenait également à profiter d'une plate-bande de vivaces aux couleurs de l'été qui ne demanderaient pas d'entretien particulier. M. Anderson, lui, ne voulait pas passer ses vacances à s'occuper du jardin : la portion latérale — celle qui présentait la plus forte déclivité — lui causait plus spécialement du souci. Suzanna avait prévu d'y installer des plantes couvre-sol ainsi que des jardins de rocaille qui préviendraient une éventuelle érosion des sols.

A midi, elle avait délimité chaque zone au cordeau. Les azalées, espèces rustiques, avaient été mises en place. De part et d'autre du chemin dallé, deux rosiers couvre-sol à floraison remontante embaumaient déjà. Mme Anderson ayant exprimé une tendresse particulière pour les lilas, Suzanna entreprit d'en planter trois spécimens à port bien compact. Elle les disposa en bouquet, contre la fenêtre de la chambre principale. Ainsi, dès le printemps prochain, toute la maison profiterait de leur parfum suave, porté par la brise.

Le jardin prenait forme peu à peu. Le résultat l'aidait à oublier les muscles douloureux de ses bras qui devaient encore arroser abondamment les toutes nouvelles plantations. Les oiseaux pépiaient gaiement et non loin de là s'élevait le ronron d'une tondeuse à gazon.

Un jour, elle passerait en voiture devant cette maison et aurait la joie de voir que les rosiers buissons à croissance rapide qu'elle avait plantés le long de la clôture recouvraient le grillage. Les azalées seraient en fleur au printemps et le feuillage de l'érable virerait au rouge à l'automne, et tout cela, ce serait en partie son œuvre.

Laisser sa marque, c'était important pour elle. Elle avait besoin de se prouver qu'elle n'était pas la femme faible et incapable dont le mari s'était débarrassé sans ménagement.

En nage, elle ramassa sa bouteille d'eau, sa pelle et repartit devant la maison. Elle avait planté un premier cerisier du Japon et creusait le trou pour le second lorsqu'une voiture s'engagea dans l'allée, derrière son pick-up. Appuyée sur sa pelle, elle regarda l'homme qui en descendait : Holt.

Elle poussa un soupir, agacée de voir sa solitude envahie, et reprit sa tâche comme si de rien n'était.

Quand sa massive silhouette lui cacha le soleil, elle s'enquit d'un ton détaché :

— On se promène ?

— Non. Au magasin, votre employée m'a indiqué où je pourrais vous trouver. Que diable fabriquez-vous ?

— Je joue au bridge, ça ne se voit pas ?

Elle continuait d'extraire du trou des pelletées de terre.

— Qu'est-ce que vous voulez ? demanda-t-elle.

— Posez cet outil avant de vous faire mal ! On ne vous paie pas pour creuser des tranchées.

— Au contraire, c'est mon métier — enfin, plus ou moins. Bon, allez-vous me dire ce qui vous amène ?

Il la regarda manier la pelle encore quelques secondes, puis la lui arracha des mains.

— Donnez-moi ce satané outil et asseyez-vous !

Heureusement que Suzanna avait de la patience… Elle ravala une riposte bien sentie et, rajustant sa casquette de base-ball, lui exposa les exigences de son chantier :

— J'ai un planning bien précis. Il me faut encore planter six arbres, deux rosiers et deux mètres carrés de couvre-sol. Alors, si vous avez quelque chose à me dire, allez-y ! Je suis tout à fait capable de vous écouter tout en travaillant.

D'un geste brusque, il l'empêcha de reprendre sa pelle.

— De quelle profondeur ? demanda-t-il.

Suzanna haussa un sourcil interrogateur.

— Ce trou, vous le voulez de quelle profondeur ?

Elle considéra le sol, puis son interlocuteur :

— Ma foi, je dirais deux mètres… ça devrait suffire pour vous y enterrer.

A sa grande surprise, elle vit un franc sourire éclairer le visage de Holt.

— Quand je pense que vous étiez si douce, avant…

Et il se mit à creuser.

— Vous n'aurez qu'à me dire quand il sera assez profond.

En temps normal, Suzanna répondait à la gentillesse par la gentillesse, mais pour le coup, elle allait faire une exception.

— Vous pouvez vous arrêter tout de suite : je n'ai pas besoin d'aide. Et je n'ai pas envie de compagnie.

— Je ne vous connaissais pas ce côté buté.

Sans s'interrompre, il leva la tête.

— J'étais sans doute aveuglé par votre joli minois.

Le joli minois en question, remarqua-t-il avec une vive contrariété, était moite et empourpré, ses yeux cernés d'épuisement. Quelle honte que cette femme soit obligée de travailler si dur !

— Je croyais que vous vendiez des fleurs.

— C'est le cas. Et je les plante, aussi.

— Oui, mais cette chose, là… C'est un arbre, même moi je suis capable de le voir.

— Il m'arrive également de planter des arbres.

Renonçant aux sarcasmes, elle sortit un bandana de sa poche et s'essuya le cou.

— Le trou doit être plus large que profond.

Il s'exécuta sans discuter. Décidément, la douce Suzanna avait bien changé…

— Comment se fait-il que vous n'ayez personne pour effectuer les gros travaux ?

— Il se trouve que je suis capable de les faire moi-même.

Oui, estima-t-il, c'était bien de l'entêtement qui perçait dans son intonation, agrémenté d'un soupçon de mauvaise foi. Il ne l'en aima que davantage.

— De mon point de vue, c'est un travail qui nécessite deux hommes.

— Je suis bien d'accord, mais il se trouve que la personne qui s'en charge en temps normal m'a laissée tomber hier pour se lancer dans une carrière de rock-star. Son groupe a décroché un concert à Brighton Beach.

— C'est la gloire, dites-moi !

— Ma foi, oui… dans un sens.

Elle redressa l'arbrisseau en l'attrapant par la motte, puis le déposa avec précaution au fond du trou. Holt la regardait faire, perplexe.

— Et maintenant, il faut remettre la terre que j'ai sortie, j'imagine ?

— Vous avez déjà la pelle, répliqua-t-elle.

Tandis qu'il s'exécutait, elle traîna un sac de tourbe jusqu'au trou et se mit à en mélanger le contenu à la terre.

Elle avait des ongles courts et arrondis, remarqua-t-il. Pas d'alliance… Au reste, elle ne portait aucun bijou. Pourtant, ces mains-là auraient mérité les pierres les plus précieuses.

Elle travaillait avec patience, tête baissée, les yeux dissimulés par la visière de sa casquette. Il en profita pour admirer la finesse de sa nuque. Quel effet cela lui ferait-il d'y poser ses lèvres ? Sa peau serait certainement chaude, et moite. Elle se redressa et nettoya ses mains pleines de boue au tuyau d'arrosage.

— Et vous faites ça tous les jours ?

— J'essaie de m'accorder un jour ou deux au magasin. Ça me permet d'emmener mes enfants.

Elle se mit à piétiner la terre humide pour la tasser tout autour de l'arbre, puis répandit une épaisse couche de paillis avec des gestes sûrs qui trahissaient son expérience.

— Au printemps, il sera couvert de fleurs.

Elle s'essuya le front du dos de la main. Son petit

débardeur mouillé de transpiration soulignait encore plus sa silhouette menue.

— J'ai vraiment un planning à respecter, Holt. Il me faut encore repiquer des trembles à l'arrière, alors si vous voulez me parler, vous allez devoir me suivre.

Il embrassa le jardin d'un regard circulaire.

— Vous avez fait tout ça rien qu'aujourd'hui ?

— Mais oui. Qu'est-ce que vous vous imaginiez ?

— Que vous cherchiez à attraper une insolation.

Un compliment, ç'aurait sans doute été trop lui demander, fulmina-t-elle intérieurement.

— Quelle perspicacité dans votre diagnostic !

Elle tenta de lui reprendre la pelle, mais il refusa de la lâcher.

— Holt, donnez-moi ça, j'en ai besoin !

— Laissez, je vais vous la porter.

— Comme vous voulez.

Exaspéré de la voir charger les sacs de tourbe et de paillis, Holt jeta la pelle par-dessus le tout et lui prit la brouette des mains.

— Où ça, exactement ?

— Derrière, près des piquets. A côté de la clôture du fond.

Passé un premier mouvement de contrariété, elle lui emboîta le pas. Comme il s'était mis à creuser d'autorité, elle vida la brouette et repartit vers le pick-up. Lorsque Holt releva la tête, il la vit prendre deux arbres de plus. Ils installèrent le premier sans se dire un mot.

Holt révisait son jugement. Tout compte fait, planter un arbre se révélait un travail apaisant, voire gratifiant. Et de fait, lorsqu'il considéra l'arbrisseau qui se dressait fièrement sous le soleil de plomb, il se sentit apaisé. Et gratifié.

Alors qu'ils mettaient le second arbre en place, il rompit le silence :

— Je repensais à ce que je vous ai dit, hier…

— Et ?

Il retint un juron. Quelle tranquille assurance dans cette

simple interrogation ! Comme si elle avait su dès le départ qu'il s'agissait du véritable objet de sa visite.

— Et je continue de penser que je ne peux ni ne veux rien faire pour vous. Toutefois, il se peut que vous ayez raison en ce qui concerne mon grand-père.

— Ça, j'en suis convaincue, répliqua-t-elle en essuyant ses mains pleines de terre sur son jean. Si c'est tout ce que vous aviez à me dire, vous auriez pu vous épargner le déplacement.

Elle repartit avec la brouette vide jusqu'au pick-up et allait charger les deux derniers arbres quand, d'un bond, Holt la précéda sur le plateau.

— Laissez, je vais vous les sortir vos fichus machins !

Et sans cesser de grommeler, il remplit la brouette et retourna au fond du jardin.

— Ecoutez, mon grand-père ne m'a jamais parlé d'elle. Ils se sont peut-être croisés sur les falaises, peut-être même avaient-ils une liaison, mais je ne vois toujours pas en quoi ça peut vous aider.

— Il était amoureux d'elle, répondit doucement Suzanna en ramassant la pelle. On peut donc en déduire qu'il connaissait son état d'esprit, sa manière de penser… Partant de là, il aurait très bien pu avoir une idée de l'endroit où elle avait dissimulé ses émeraudes.

— Mon grand-père est mort.

— Je sais.

Elle creusa un moment en silence, puis reprit :

— Bianca tenait un journal — pour nous, c'est une quasi-certitude — un journal qu'elle a pu cacher en même temps que le collier. De son côté, votre grand-père Christian faisait peut-être de même ?

Agacé, Holt lui reprit la pelle des mains.

— Je n'ai jamais rien vu chez lui qui ressemble de près ou de loin à un journal intime.

Suzanna retint une réplique cinglante. Cet homme avait

beau l'irriter au plus haut point, il détenait peut-être sans le savoir un indice-clé.

— Réfléchissons… La plupart des gens conservent leur journal intime dans un endroit secret. Et si votre grand-père avait également gardé certaines lettres de Bianca ? Nous en avons retrouvé au moins une que, de toute évidence, elle n'a jamais pu lui faire parvenir.

— Vous vous battez contre des moulins à vent, Suzanna.

— Ces émeraudes comptent énormément pour ma famille.

Elle plaça avec soin le pin blanc dans le trou qu'elle avait creusé.

— Ce n'est pas sa valeur marchande qui nous intéresse. C'est ce que ce collier représentait pour Bianca.

Holt la regardait travailler, admirant ses mains à la fois délicates et habiles, ses épaules étonnamment fermes, son cou gracile.

— Qui vous dit que Bianca attachait une telle valeur sentimentale à ce bijou ? demanda-t-il.

Suzanna s'abîma dans la contemplation du sol.

— Je ne saurais pas vous l'expliquer… Vous avez un esprit bien trop cartésien.

— Essayez toujours.

— Eh bien, il semblerait que nous ayons toutes une sorte de connexion avec Bianca, en particulier Lilah.

Les yeux toujours rivés au sol, elle l'entendit s'attaquer au trou suivant.

— Ces émeraudes, nous ne les avons jamais vues, pas même en photo. Il faut dire qu'après la mort de Bianca Fergus, mon arrière-grand-père, a détruit tous les portraits qui existaient d'elle. Mais un soir, Lilah… Lilah a pu réaliser un dessin du collier. C'était après l'une de nos séances de spiritisme…

Elle releva enfin la tête et croisa son regard, empli d'une incrédulité amusée.

— Oui, je sais ce que vous pensez, poursuivit-elle, sur la défensive. Mais ma tante, elle, croit à ce genre de choses.

Et après ce fameux soir, je ne lui donne plus tout à fait tort. Au cours de cette séance, ma plus jeune sœur, C.C., a vécu disons… une expérience. Elle les a vues… les émeraudes. Et c'est à partir de sa vision que Lilah a pu en faire une esquisse. Or, des semaines après, le fiancé de Lilah a trouvé une photo du collier dans un des livres de la bibliothèque. Eh bien, il correspondait trait pour trait au dessin de Lilah et à la vision de C.C. !

Holt entreprit d'installer l'arbre suivant. Au bout de quelques instants, il déclara :

— Franchement, je ne crois guère à toutes ces histoires de spiritisme. L'une de vos sœurs a dû tomber sur cette photo il y a longtemps et votre « séance » la lui aura remise en mémoire, voilà tout.

— Si l'une de nous avait vu une photo de ce collier, nous n'aurions pas pu l'oublier, je vous l'assure. Mais passons. Cela ne change rien à l'affaire : nous sommes toutes convaincues de la nécessité de retrouver ces émeraudes.

— Elles ont peut-être été vendues il y a quatre-vingts ans, allez savoir…

— Non. Il n'existe aucune trace d'une telle transaction. Or Fergus tenait ses livres de comptes avec un soin maniaque.

Machinalement, elle se cambra, les mains sur les reins, et effectua quelques mouvements d'assouplissement pour soulager ses épaules douloureuses.

— Croyez-moi, Holt, nous avons épluché le moindre bout de papier que nous avons pu trouver.

Il n'insista pas, tournant et retournant les faits dans son esprit pendant que Suzanna l'aidait à planter le dernier des arbrisseaux.

— Vous connaissez l'expression : « chercher une aiguille dans une botte de foin ? » lui demanda-t-il en répandant le paillis. Vous savez bien qu'on ne la retrouve jamais, cette fameuse aiguille.

— On la trouverait en persévérant, affirma-t-elle, et,

intriguée par le défaitisme de Holt, elle s'assit sur ses talons pour le dévisager à loisir.

— Que faites-vous donc de l'espoir ? Vous n'y croyez pas ?

Il se tenait si près d'elle qu'en tendant la main il aurait pu effacer la trace de boue sur sa joue ou effleurer sa queue-de-cheval. Mais il se contenta de répliquer :

— Non, je ne crois qu'aux faits.

— Vous m'en voyez navrée pour vous.

Ils se redressèrent en même temps, manquant se frôler. Suzanna sentit un frisson inconnu parcourir sa peau, une douce chaleur envahir ses veines et, d'instinct, elle s'écarta de lui.

— Si vous ne vivez pas dans l'espérance, il ne sert à rien de planter des arbres, d'avoir des enfants ou même de regarder le soleil se coucher.

Holt avait éprouvé un trouble identique à celui de Suzanna. Avec une contrariété et une crainte au moins égales à la sienne.

Il riposta :

— Si vous ne gardez pas le réel en ligne de mire, si vous ne vivez pas dans l'instant présent, vous n'aurez fait que rêver votre vie. Je ne crois pas à l'existence de ce collier, Suzanna, pas plus qu'aux fantômes ou à l'amour éternel. Mais si jamais j'obtiens la preuve que mon grand-père était bien l'amant de Bianca Calhoun, je ferai mon possible pour vous aider à le retrouver.

Elle émit un petit rire sceptique.

— Vous ne croyez ni à l'espoir ni à l'amour — en fait, vous ne croyez en rien. Dans ces conditions, pourquoi accepteriez-vous de nous venir en aide ?

— Parce que si mon grand-père a réellement aimé cette femme, c'est ce qu'il aurait souhaité que je fasse.

Il ramassa la pelle et la lui rendit.

— Et maintenant, je vous laisse. J'ai à faire.

En arrivant devant la jardinerie, Suzanna eut une bonne surprise : le parking était tellement plein qu'elle eut du mal à trouver une place entre un break et une berline. Quelques personnes flânaient autour des étals d'annuelles, et un jeune couple était en conciliabule devant les rosiers grimpants. Une femme au dernier terme de sa grossesse progressait vers le comptoir, les bras chargés d'un assortiment de fleurs en godets. Le bambin qui trottinait à ses côtés brandissait un géranium tel un étendard.

A la caisse, Carolanne flirtait avec un jeune homme dont le choix s'était porté sur des bégonias doubles présentés dans un joli pot en céramique.

— Vous verrez, votre maman va les adorer, affirmait-elle en battant des cils. Il n'y a rien de tel que des fleurs pour un anniversaire. Ou pour tout autre événement, d'ailleurs. A ce propos, nous faisons actuellement un prix sur les œillets…

Elle sourit et rejeta en arrière sa crinière de boucles brunes.

— Si vous avez une petite amie, par exemple…

— Euh, non…, balbutia le jeune homme qui se racla la gorge, troublé. Pas vraiment. Pas pour le moment.

— Ah…

Le sourire de Carolanne se fit encore plus chaleureux.

— C'est bien dommage…

Elle lui rendit la monnaie en le fixant de ses yeux ambrés.

— Et n'hésitez pas à revenir nous voir. Normalement, je suis là tous les jours.

— Ah, d'accord… Merci.

Et lui jetant un dernier regard, il faillit percuter Suzanna.

— Oh ! pardon !

— Ce n'est rien, le rassura-t-elle. J'espère que ces fleurs plairont à votre mère.

Pouffant devant l'embarras du jeune homme, elle rejoignit la pétillante brune à la caisse.

— Carolanne, tu es impayable !

— Il est mignon, tu ne trouves pas ? Et puis j'adore voir les garçons piquer un fard. Enfin… — elle sourit à sa patronne — tu reviens de bien bonne heure, aujourd'hui !

— Oui. Finalement, ce chantier m'a pris moins longtemps que prévu.

En réalité, elle avait surtout profité d'une aide aussi efficace qu'inattendue. Cependant, elle préféra passer ce fait sous silence : Carolanne était une excellente vendeuse, mais c'était également une incorrigible pipelette.

— Et ici, comment ça va ?

— Les affaires marchent bien. Ce beau soleil doit donner envie aux gens d'égayer leur jardin. Oh ! à propos ! Mme Russ est revenue. Les primevères lui ont tellement plu qu'elle a demandé à son mari de lui fabriquer une autre jardinière. Au passage, j'en ai profité pour lui vendre deux hibiscus — avec en prime ces pots en terre cuite dans lesquels tu les avais présentés !

— Tu es une perle, Carolanne. Mme Russ ne jure que par toi, et quant à M. Russ, il va bientôt te maudire !

La jeune femme partit d'un rire joyeux, tandis que Suzanna regardait par la vitrine.

— Je vais aller voir si je peux aider ce gentil couple qui a l'air d'hésiter entre deux variétés de roses.

— Ah, oui… M. et Mme Halley — de nouveaux venus. Ils sont tous les deux serveurs au Captain Jack ; ils viennent d'acheter un cottage. Lui fait des études d'ingénieur et elle va commencer sa carrière d'enseignante à l'école élémentaire, en septembre.

Suzanna secoua la tête, amusée.

— Impayable, je me répète !

Carolanne s'épanouit.

— Non, indiscrète, c'est tout. En plus, les gens achètent plus volontiers si on bavarde avec eux. Et bavarder, moi, j'adore ça !

— Si tu n'aimais pas ça, je n'aurais plus qu'à mettre la clé sous la porte.

— Non, tu travaillerais deux fois plus, si c'était possible !

D'un geste de la main, Carolanne coupa court aux protestations de sa patronne et changea de sujet :

— Ah, avant que tu partes ! J'ai demandé autour de moi si quelqu'un serait intéressé par un emploi à temps partiel.

Carolanne écarta les bras en signe d'impuissance.

— Jusqu'ici, j'ai fait chou blanc.

Il ne servait à rien de se lamenter, pensa Suzanna avant de consoler son employée :

— C'est normal, les personnes qui auraient pu être intéressées ont déjà trouvé quelque chose… A présent, la saison est trop avancée.

— Si ce crétin de Tommy Parotti ne nous avait pas laissées tomber du jour au lendemain…

— Mais, mon chou, il avait enfin la possibilité de percer dans la musique. On ne peut pas lui en vouloir d'avoir saisi sa chance, c'était son rêve depuis toujours.

— Eh bien, moi, je lui en veux, marmonna Carolanne. Franchement, Suzanna, tu ne peux pas continuer à travailler toute seule sur les chantiers. C'est trop dur !

— Mais non, on s'en sortira…, répliqua-t-elle d'un air distrait, repensant à l'aide inespérée qu'elle avait reçue le jour même. Ecoute, Carolanne, je vais m'occuper de ces clients, et ensuite, j'ai une dernière livraison à effectuer. Pourras-tu tenir seule le magasin jusqu'à la fermeture ?

— Bien sûr, soupira la jolie brune. Travailler au frais, assise sur un tabouret, c'est quand même moins pénible que de manier la pelle et la pioche en plein soleil…

— Contente-toi d'écouler les œillets, ça ira très bien.

Une heure plus tard, Suzanna se garait devant le cottage de Holt. Ce n'était pas une décision prise sur un coup de tête. Ni une tentative de faire pression sur lui. Poursuivant son monologue intérieur, elle descendit du véhicule. Elle ne recherchait pas non plus sa compagnie, loin de là… Mais elle était une Calhoun, et les Calhoun n'étaient pas des ingrats.

Elle gravit les marches de la véranda. C'était décidément une maison pleine de charme ! Il suffirait de quelques touches de couleur… Ici, quelques volubilis qui s'enrouleraient sur la balustrade, là, une plate-bande mêlant ancolies, pieds-d'alouettes, gueules-de-loup et lavandes…

Et le long de cette pente, des hémérocalles, décida-t-elle en frappant à la porte. Une bordure d'impatiens… Des rosiers miniatures sous les fenêtres. Et là-bas, dans cette portion de terre plus rocailleuse, un petit jardin d'herbes aromatiques, ponctué de quelques bulbes de printemps.

On pourrait facilement transformer cet endroit en décor de conte de fées — sauf que, bien sûr, l'homme qui y vivait était imperméable au merveilleux.

Elle frappa à nouveau. Etrange qu'il ne réponde pas, sa voiture était là… Comme lors de sa première visite, elle contourna le cottage, mais il n'était pas non plus sur son bateau. Elle haussa les épaules. Tant pis, l'absence de Holt ne la détournerait pas de son but.

Elle avait déjà repéré l'emplacement idéal, entre l'eau et la maison, là où l'arbuste ornemental serait visible du jardin, mais aussi de la fenêtre qui devait être celle de la cuisine. Ce n'était pas grand-chose, mais cela apporterait un peu de couleur à l'arrière du terrain, décidément bien nu. Sa brouette remplie de tout le matériel nécessaire, elle commença à creuser.

A l'intérieur de la remise qui lui servait d'atelier, Holt considérait un moteur de bateau. Le reconstruire exigerait du temps et de la concentration. Exactement le dérivatif dont il avait besoin. Il voulait chasser de son esprit les Calhoun, les histoires d'amour tragiques et les responsabilités.

Il ne leva même pas la tête lorsque Sadie, émergeant de sa sieste sur le ciment froid, sortit de la remise au petit trot. Leur cohabitation reposait sur un accord mutuel : il la nourrissait et, de son côté, elle menait sa vie comme elle l'entendait.

Il ne s'interrompit pas non plus quand elle se mit à aboyer. Comme chien de garde, Sadie ne valait rien. Elle aboyait aux écureuils, au vent dans les hautes herbes et même dans son sommeil. Un an auparavant, alors qu'il vivait encore à Portland, il avait été victime d'une tentative de cambriolage. Eh bien, pendant qu'il récupérait sa chaîne stéréo des mains du voleur pris sur le fait, Sadie, elle, avait continué de ronfler tranquillement sur le tapis du séjour.

Cependant, il leva les yeux et s'interrompit lorsqu'un léger rire féminin lui parvint. Il le sentit courir sur sa peau comme une douce caresse. Vaguement nerveux, il repoussa son siège de l'établi et alla se planter sur le seuil. De là, il vit Suzanna. Il se sentit en proie à des sentiments confus.

Ne pouvait-elle donc pas le laisser tranquille avec cette histoire d'émeraudes ? Il enfonça ses mains dans ses poches. Il avait pourtant été clair ! Il avait dit qu'il y réfléchirait. Conclusion, elle n'avait rien à faire ici.

Ils n'éprouvaient même pas d'affection l'un pour l'autre ! Quant au trouble qu'elle éveillait en lui, il était de nature purement physique, et unilatéral. D'ailleurs, jusque-là, il avait plutôt bien réussi à refréner son envie de la toucher.

Et voilà qu'elle était là, dans son jardin, en train de parler à Sadie ! Tout en creusant un trou.

Il sortit de la remise, la mine renfrognée.

— Qu'est-ce que vous fabriquez ici ?

Elle se redressa vivement et là, il vit ses yeux : immenses, bleus, affolés. Son visage, enluminé par la chaleur et l'effort, devint tout pâle. Cette expression, il la connaissait bien :

c'était la terreur instinctive d'une victime acculée par son agresseur. L'instant d'après, elle avait repris une figure normale. Tandis que les couleurs lui revenaient lentement aux joues, elle esquissa vaillamment un sourire.

— Je vous croyais sorti.

Immobile, il continuait de la fixer d'un regard noir.

— Ainsi, vous avez décidé de creuser dans mon jardin.

— On peut dire ça, oui.

Passé son premier réflexe de peur, elle enfonça la pelle dans le sol et, pesant dessus de tout son poids, agrandit le trou. Elle était furieuse contre elle-même.

— Je vous ai apporté un arbuste.

Ah oui ? Eh bien, qu'elle ne s'imagine pas qu'il allait lui proposer galamment de finir la besogne ! Toutefois, il ne put s'empêcher de la rejoindre.

— En quel honneur ?

— Pour vous remercier de m'avoir donné un coup de main. Vous m'avez fait gagner une bonne heure de travail.

— Que vous mettez à profit en creusant un autre trou.

— Ma foi, oui. Il y a une petite brise qui souffle de la mer, aujourd'hui.

Elle offrit son visage à la caresse du vent.

— C'est agréable, dans ces conditions.

Troublé par cette vision, il préféra examiner le petit arbuste qui croulait sous les fleurs jaune vif.

— Je ne sais pas m'occuper de ce genre de truc. En le plantant ici, vous le condamnez à mort.

Suzanna retira une dernière pelletée de terre en riant.

— Ne vous inquiétez pas ! Il ne demande que très peu d'entretien. C'est une espèce très rustique, même en période de sécheresse, et il vous donnera des fleurs jusqu'en automne. Je peux me servir de votre tuyau ?

— De mon quoi ?

— De votre tuyau.

— Ah, le tuyau… oui…

Il se passa une main dans les cheveux, très embarrassé.

Comment était-il censé réagir en pareille situation ? C'était bien la première fois qu'on lui offrait des fleurs — exception faite bien sûr du bouquet que les gars du poste lui avaient apporté à l'hôpital.

— Oui, allez-y…

Très à l'aise, Suzanna se dirigea vers le robinet sans cesser de parler.

— Et puis, il ne partira pas dans tous les sens. Vous verrez, c'est un petit buisson très bien élevé qui ne dépassera pas un mètre.

Elle flatta la tête de Sadie qui tournait tout autour de la nouvelle plantation, la truffe au sol.

— Mais si vous préférez une autre espèce, je peux toujours vous…

Ah non ! Holt refusait de se laisser attendrir par un ridicule arbuste ou la reconnaissance encombrante de cette femme.

— Ça m'est égal. De toute façon, je suis incapable de distinguer une plante d'une autre.

— Eh bien, ceci est un *Hypericum kalmianum*.

Il ébaucha ce qui pouvait passer pour un sourire.

— Me voilà bien avancé…

Suzanna plaça l'arbuste dans le trou en pouffant.

— Un millepertuis, pour le profane.

Un sourire aux lèvres, elle le regarda d'un air de défi. On aurait presque pu croire qu'il était gêné. Mais, connaissant le personnage, elle savait bien que c'était impossible.

— J'ai pensé qu'un rayon de soleil ne serait pas de trop dans votre jardin. Et si vous m'aidiez à le planter ? Il prendrait une valeur encore plus symbolique pour vous.

Holt fulminait. Il s'était juré de ne pas se laisser embarquer dans cette histoire d'émeraudes et il avait bien l'intention de s'y tenir, bon sang !

— Ça ne serait pas une sorte de pot-de-vin, par hasard ? Pour m'obliger à participer à votre petite enquête ?

Suzanna s'assit sur ses talons et soupira :

— Comment peut-on être aussi cynique et hostile ?

Enfin… vous devez avoir vos raisons, mais je vous assure qu'elles ne s'appliquent pas au cas présent. Vous m'avez rendu service, je vous offre cet arbuste en témoignage de ma reconnaissance. Vous voyez, c'est tout simple ! Maintenant, si vous ne voulez pas de ce millepertuis dans votre jardin, il suffit de me le dire. J'en ferai cadeau à quelqu'un d'autre.

Holt la regarda avec perplexité.

— Et vous êtes toujours aussi pète-sec ? Même avec vos enfants ?

— Lorsqu'il le faut, oui. Alors, que décidez-vous ?

Au fond, réfléchit-il, peut-être se montrait-il un peu trop dur avec elle en refusant aussi grossièrement sa main tendue. Puisqu'elle faisait l'effort de se conduire de manière simplement amicale, il pouvait bien baisser la garde un instant… Il désigna le sol.

— Ma foi, maintenant que j'ai ce trou dans mon jardin…

Il s'agenouilla à côté d'elle, tandis que Sadie s'étendait au soleil pour les observer à son aise.

— Autant mettre quelque chose dedans.

C'était sans doute sa façon à lui de lui dire merci, pensa Suzanna, mi-figue mi-raisin.

— Très bien, je le plante alors.

— Au fait, quel âge ont vos enfants ? lui demanda-t-il. Non que cela l'intéressât, se justifia-t-il intérieurement. Il faisait la conversation, rien de plus.

— Alex a six ans et Jenny cinq, répondit-elle, et son regard s'adoucit, comme toujours lorsqu'elle pensait à eux. Mais ils grandissent si vite que j'ai du mal à suivre !

— Et pourquoi êtes-vous revenue ici après votre divorce ?

Il vit ses doigts se crisper sur la terre, avant de reprendre leur travail comme si de rien n'était. Une réaction presque imperceptible, rapidement masquée, mais rien n'échappait à son œil exercé de policier.

— Parce que c'est chez moi.

Il comprit qu'il avait touché une corde sensible et, par discrétion, changea de sujet.

— Il paraît que vous allez reconvertir les Tours en hôtel ?

— L'aile ouest, uniquement. C'est le mari de C.C. qui s'en occupe.

— J'ai du mal à imaginer C.C. en femme mariée ! La dernière fois que je l'ai vue, elle devait avoir douze ans.

— C'est une jeune femme aujourd'hui. Très belle, de surcroît.

— Ah, mais la beauté, c'est de famille chez les Calhoun...

Suzanna leva les yeux, étonnée, avant de revenir à sa tâche.

— C'est étrange, il m'a semblé vous entendre prononcer une parole aimable.

— Je ne fais que constater l'évidence. Les sœurs Calhoun ont toujours fait tourner les têtes.

Et, incapable de se retenir, il tira doucement sur sa queue-de-cheval.

— Quand on se retrouvait entre garçons, vous étiez le principal sujet de conversation, toutes les quatre.

Suzanna eut un petit rire. Comme tout était simple, en ce temps-là...

— Nous aurions certainement été très flattées de le savoir.

— Vous m'intéressiez beaucoup à l'époque, dit Holt lentement. Enormément, même.

Elle releva la tête, sur ses gardes.

— Ah, oui ? Je ne m'en suis jamais aperçue.

— Naturellement.

Il cessa de jouer avec ses cheveux.

— Une princesse, ça ne prête pas attention à un fils de pêcheur...

Suzanna réagit vivement à cette expression d'amertume :

— Quel préjugé ridicule !

— C'est pourtant ainsi que je vous voyais à l'époque : la princesse du château.

— Un château qui tombe en ruines depuis des lustres ! répliqua-t-elle sèchement. Et si mes souvenirs sont bons, vous étiez bien trop occupé à faire le joli cœur devant les autres filles pour me remarquer.

Holt ne put réprimer un sourire.

— Oh ! ça ne m'a jamais empêché de vous voir…, affirma-t-il, une lueur au fond des yeux.

Une sonnette d'alarme résonna soudain dans l'esprit de Suzanna — chat échaudé craint l'eau froide… Et pourtant, il y avait bien longtemps qu'elle n'avait pas été confrontée à ce genre de situation. Elle baissa vivement les yeux et tassa la terre autour de l'arbuste.

— C'est vieux, tout ça. Depuis, nous avons sans doute bien changé tous les deux.

— Ce n'est pas moi qui vous dirai le contraire.

Il ramena de la terre autour du mince tronc.

— Non, intervint-elle. Ne buttez pas le pied de l'arbuste. Il faut appuyer au contraire… doucement, mais fermement. Comme ça…

Et s'approchant de lui, elle le guida pour lui enseigner le bon geste.

— L'essentiel, voyez-vous, c'est qu'il s'enracine bien, ensuite…

Elle s'interrompit. Holt s'était emparé de ses mains.

Ils étaient tête contre tête à présent, agenouillés l'un en face de l'autre. Elle avait des mains dures, calleuses, nota-t-il. Quel fascinant contraste avec son regard plein de douceur et son teint de rose… Et quelle force dans ses doigts ! Pas étonnant, vu les efforts qu'elle fournissait dans son travail. Pour une raison inexplicable, il trouvait cela d'un érotisme fou.

— Vous avez des mains d'acier, Suzanna…

— Des mains de jardinier ! répliqua-t-elle d'un ton volontairement léger. Des mains qui doivent finir de planter cet arbuste, maintenant.

Elle tenta de se dégager de sa poigne, mais il n'entendait pas la laisser faire.

— On va s'en occuper… Vous savez, Suzanna, ça fait quinze ans que je rêve de vous embrasser.

Il vit son timide sourire s'évanouir sur ses lèvres et

l'inquiétude resurgir au fond de ses yeux. Elle avait peur de lui ? Après tout, cela valait peut-être mieux pour eux deux. Il reprit :

— C'est long, quinze ans…

Suzanna sentit la pression se relâcher autour de ses poignets, mais déjà une tenaille se refermait sur sa nuque. Les doigts de Holt étaient fermes, son expression résolue.

— Il faut que je vous sorte de ma tête une bonne fois pour toutes.

Et avant qu'elle ait pu protester ou se refuser à lui, il la fit taire d'un baiser brutal, conquérant. Il n'y avait rien de tendre chez lui. Sa bouche, ses mains, son corps lorsqu'il l'attira à lui étaient durs et impérieux. Affolée par sa détermination, elle tenta de le repousser — en vain. Autant essayer de déplacer un roc !

La douleur prit alors le dessus sur sa peur et elle se mit à le marteler de son poing libre, consciente à présent de lutter surtout contre elle-même.

Holt la sentait vibrer contre lui, tendue comme un arc. C'était mal ce qu'il faisait là. Injuste, voire méprisable, mais bon sang ! il lui fallait à tout prix se guérir de cette fièvre qui continuait de le consumer. Il devait se convaincre que cette femme n'avait rien de plus qu'une autre et que les fantasmes qu'il nourrissait à son égard n'étaient que les vestiges de ses rêves d'adolescent.

Soudain, elle tressaillit violemment, laissa échapper un murmure et il sentit ses lèvres s'entrouvrir sous les siennes. Surpris par cette reddition si rapide, il poussa un juron et, incapable de se refréner, l'empoigna par les cheveux pour se repaître à loisir du cadeau qu'elle lui offrait si imprudemment. Car sa bouche était un festin à la mesure de la faim qu'il avait d'elle.

Le frais parfum de ses cheveux, celui de sa peau divinement musquée par la chaleur et l'effort, l'odeur primitive de la terre fraîchement retournée à ses pieds… Chacune de ces senteurs le pénétrait jusqu'à l'âme, lui chauffait le sang, l'enivrait de ce désir qu'il avait cru pouvoir dissiper par un baiser.

Suzanna avait le souffle court, la tête vide, le corps assailli de sensations. Tous ses soucis, toutes ses responsabilités s'étaient envolés. Il n'y avait plus que les muscles puissants de Holt sous ses doigts, la brûlure torride de sa bouche, les battements effrénés de son propre cœur résonnant à ses oreilles. Elle lui rendait à présent son étreinte avec force, enfonçant ses ongles dans sa peau, le corps vibrant de désir, les lèvres impatientes et avides.

Cela faisait si longtemps qu'elle n'avait pas été touchée, embrassée, désirée ! Si longtemps qu'elle n'avait pas eu envie d'un homme ! Holt déchaînait en elle toutes ses pulsions refoulées. Elle voulait être caressée par ses mains rudes et exigeantes, écrasée par son corps massif sur l'herbe douce et ensoleillée. Seuls des ébats sauvages et lascifs pourraient étancher sa soif d'amour physique.

Quand un gémissement d'impatience s'échappa de ses lèvres, Holt se retint de justesse de lui arracher son T-shirt et la repoussa en maudissant l'attrait que cette femme exerçait sur lui. Sa respiration haletante, ses yeux rendus bleu cobalt par le désir... La tentation était trop dangereuse.

Elle le dévisagea, stupéfaite.

Rien d'étonnant à cela, pensa-t-il, furieux contre lui-même. Il s'était jeté sur elle et avait failli la prendre de force ! Comme un violeur ! Décidément, il se dégoûtait.

Suzanna baissa la tête pour dissimuler sa honte et murmura :

— J'espère que vous vous sentez mieux, maintenant ?

— Non.

Il serra les poings pour qu'elle ne voie pas ses mains trembler.

— Non, pas du tout.

Suzanna n'osait toujours pas croiser son regard, mortifiée de s'être laissée aller avec lui. Pour se donner une contenance, elle se mit à répandre du paillis autour de l'arbuste fraîchement planté.

— Si la météo se maintient au sec, il vous faudra l'arroser régulièrement, le temps qu'il s'enracine.

Elle se raidit quand il lui saisit à nouveau les mains.

— Et c'est tout ? s'énerva-t-il. Vous ne me giflez même pas ?

Puisant dans un sang-froid acquis de longue expérience, elle se décontracta et leva vers lui un regard empreint d'une obscure souffrance. Pourtant, c'est avec un grand calme qu'elle répliqua :

— A quoi bon ? Vous vous êtes sûrement dit qu'une femme comme moi était forcément… en manque.

— Vous vous trompez, Suzanna. En vous embrassant, je n'ai pensé qu'à moi. Et l'égoïsme, ça me connaît, croyez-moi.

— Oh ! mais je vous crois…

Elle avait réussi à libérer ses mains. Elle les essuya sur son jean et se releva. Elle n'avait qu'une idée en tête : partir. Néanmoins, elle s'obligea à charger calmement son matériel dans la brouette. La saisissant par le bras, Holt lui fit faire volte-face.

— Qu'est-ce que ça veut dire, bon sang ?

Sa voix était aussi rude que ses mains, ses yeux brillaient de colère. Il voulait qu'elle se révolte, à la fin ! Il en avait besoin pour apaiser sa conscience.

— Je vous ai pratiquement prise de force, bon sang ! Sans penser une seule seconde à vous demander si ça vous plaisait ou non ! Et vous, vous remballez tranquillement vos outils pour repartir comme si de rien n'était !

Justement, c'était bien là le problème, songea Suzanna avec amertume. Elle avait failli se donner passionnément à lui… Voilà pourquoi elle devait à tout prix garder son sang-froid.

— Si c'est la bagarre que vous cherchez, Holt, ou une aventure sans lendemain, vous ne vous adressez pas à la bonne personne. Mes enfants m'attendent à la maison et je suis lasse de me faire rudoyer.

Elle s'exprimait avec calme, oui, et même avec fermeté,

mais il la sentait trembler sous ses doigts. Décidément, ces beaux yeux pleins de tristesse recelaient bien des secrets. Son instinct de policier reprit aussitôt le dessus : il lui fallait découvrir la vérité sur cette femme.

— Rudoyer, comment ça ? Par moi ou par tout le monde en général ?

— Je vous rappelle que c'est vous qui m'avez embrassée de force ! Et je n'aime pas ça ! répliqua-t-elle, gagnée par l'énervement.

— C'est bien dommage, ironisa Holt. Car mon petit doigt me dit que je ne vais pas en rester là avec vous.

— Je n'ai peut-être pas été assez claire : vous et moi, ça s'arrête là !

Elle se dégagea d'un geste sec, empoigna la brouette et…

Pesant de tout son poids dessus, Holt l'immobilisait. Se rendait-elle compte qu'elle le mettait au défi ? Un sourire se dessina lentement sur ses lèvres.

— Ah ! Là, vous êtes en colère…

— Gagné ! Vous êtes content ?

— Plutôt oui. Je vous préfère tigresse que biche aux abois.

— Je ne suis ni l'une ni l'autre, siffla-t-elle. Je suis une femme qui rentre chez elle.

— Vous oubliez votre pelle ! lui lança-t-il, hilare.

Elle la lui prit vivement des mains et la jeta dans la brouette avec fracas.

— Merci !

— Tout le plaisir était pour moi…

Il attendit qu'elle ait fait quelques mètres pour l'interpeller :

— Suzanna !

Elle ralentit, sans toutefois s'arrêter.

— Quoi ?

— Je regrette.

Elle haussa les épaules, sa colère pratiquement retombée.

— C'est déjà oublié.

— Non…

Et enfonçant les mains dans ses poches, il lâcha avec défi :

— Je regrette de ne pas vous avoir donné ce baiser il y a quinze ans.

Étouffant un juron indigné, Suzanna accéléra le pas. Lorsqu'elle eut disparu de sa vue, Holt considéra le petit arbuste d'ornement, encore sous le coup de l'émotion. Oh ! oui ! il le regrettait. De toute son âme ! Mais il avait bien l'intention de rattraper le temps perdu.

Suzanna avait besoin de se retrouver seule avec elle-même. C'était un luxe rare aux Tours, au sein de toute cette maisonnée. Mais, les enfants étant couchés, elle pouvait enfin s'octroyer ce précieux moment de solitude.

La lune se levait. La nuit était claire et une douce brise aux parfums de rose et d'embruns avait chassé la chaleur de la journée. De sa terrasse, elle voyait l'ombre noire des falaises qui depuis toujours exerçait une profonde attirance sur elle. Le murmure lointain de la mer était une berceuse aussi apaisante que l'appel que lançait un oiseau de nuit, quelque part dans le jardin.

Ce soir, pourtant, cette atmosphère privilégiée ne suffirait pas à favoriser son sommeil. Malgré sa fatigue physique, son esprit ne trouvait pas le repos. Elle avait beau se répéter sur tous les tons que ses angoisses étaient vaines, rien n'y faisait. Elle récapitula. Ses enfants, bien bordés dans leur petit lit, rêvaient déjà des passionnantes aventures qui avaient émaillé leur journée. Ses sœurs étaient comblées. Chacune d'elles avait trouvé sa place dans le monde ainsi qu'un compagnon qui savait l'apprécier à sa juste valeur. Tante Coco était heureuse, en bonne santé, et attendait avec impatience de devenir la cuisinière en chef de l'Hôtel des Tours.

Sa famille — sa priorité absolue dans la vie — ne manquait ni d'amour ni de stabilité financière. Les Tours, le seul véritable foyer qu'elle ait jamais connu, ne risquait plus d'être mis en vente et resterait encore longtemps le fief des Calhoun. Dans ces conditions, pourquoi se tracassait-elle autant pour les émeraudes ? Ne faisaient-ils pas tous de leur mieux pour retrouver le collier de Bianca ? Si, bien sûr.

D'ailleurs, si chaque piste n'avait pas été aussi scrupuleusement explorée, elle ne serait jamais allée rendre visite à Holt Bradford… Ses doigts se crispèrent sur le parapet de pierre. Une démarche parfaitement inutile, de surcroît ! Puisque le propre petit-fils de Christian Bradford ne voyait pas le rapport entre son grand-père et le collier de Bianca. De toute évidence, cet homme-là ne s'intéressait pas au passé. Il ne songeait qu'à l'instant présent, qu'à sa petite personne, qu'à son confort et à son plaisir !

Suzanna lâcha un soupir et s'obligea à se détendre. Si seulement il ne l'avait pas poussée à bout ! Elle qui mettait un point d'honneur à se maîtriser en toute circonstance, elle avait été à deux doigts de perdre tout contrôle sur elle-même ! Sauf que pour le coup Holt n'était pas seul à blâmer : c'était elle qui avait été submergée par ses propres pulsions. Par son propre besoin d'amour.

L'amour… Elle était bien résolue à limiter sa dépendance affective aux seuls membres de sa famille — cette famille qui était au cœur de toutes ses joies et de toutes ses préoccupations. Car son mariage lui avait servi de leçon : faire dépendre son bonheur d'un homme, d'un seul homme, on ne l'y reprendrait pas.

Et puis, de toute façon, Holt l'avait embrassée sur un coup de tête. C'était une sorte de défi qu'il s'était lancé à lui-même. Il ne fallait voir dans ce baiser aucune affection, aucune tendresse, aucun romantisme. D'ailleurs, son trouble à elle n'était qu'une simple réaction chimique, à mettre sur le compte des hormones. Il y avait maintenant plus de deux ans qu'elle fuyait tout contact avec la gent masculine. Quant à l'affection, la tendresse et le romantisme, les derniers mois de son mariage en avaient eux aussi été singulièrement dénués. Elle avait appris à vivre sans l'amour et le soutien d'un homme et entendait bien continuer ainsi.

Si seulement elle n'avait pas réagi avec autant de…

fougue à l'étreinte de Holt ! Il aurait tout aussi bien pu lui assener un coup de gourdin sur la tête et la traîner par les cheveux, cet homme des cavernes ! Et pourtant, passé la première surprise, elle s'était donnée à lui à corps perdu, se cramponnant à cet étranger, répondant à ce baiser sauvage avec une ferveur qu'elle n'avait jamais témoignée à son mari.

En se comportant de la sorte, elle s'était rabaissée à ses propres yeux et avait suscité l'amusement de Holt. Oh ! ce petit sourire conquérant qu'il arborait lorsqu'elle était repartie de chez lui ! Ce seul souvenir ravivait sa colère. Décidément, cet homme déclenchait en elle des réactions exacerbées, réfléchit-elle avec agacement. Jusqu'à son baiser qui continuait de lui brûler les lèvres… Mais là encore, elle ne pouvait s'en prendre qu'à elle-même.

D'un autre côté, peut-être se jugeait-elle un peu trop sévèrement. Car, aussi gênante qu'ait pu être cette petite scène, elle lui avait au moins prouvé quelque chose : elle était toujours vivante. Elle n'était plus cette coquille vide dont Bax s'était débarrassé sans ménagement, mais une femme encore capable d'éprouver des sentiments et des désirs.

Fermant les yeux, elle prit une profonde inspiration. Des désirs irrépressibles, apparemment. C'était comme une fringale. Et ce baiser, telle une miette de pain après un jeûne interminable, avait réveillé ses appétits sensuels. Au fond, c'était plutôt positif, songea-t-elle, de pouvoir ressentir autre chose que remords et désillusions. Et puisqu'elle avait conscience de ce désir retrouvé, elle était capable de le maîtriser. Heureusement, d'ailleurs ! Car sa fierté lui interdisait d'éviter Holt à l'avenir. Mais aussi de s'infliger une nouvelle humiliation.

Elle était une Calhoun ! Et dans la famille, les femmes n'hésitaient pas à monter au créneau. S'il lui fallait à nouveau en découdre avec Holt pour élucider le mystère des émeraudes, eh bien ! elle le ferait. Plus jamais elle ne laisserait un homme la repousser ou la détruire. Holt Bradford n'avait qu'à bien se tenir !

— Ah, je me demandais où tu étais…

Se retournant, Suzanna vit sa tante s'avancer sur la terrasse.

— Oui, tante Coco ?

— Pardon de te déranger, ma chérie. J'ai frappé plusieurs fois, mais tu ne répondais pas… Et comme il y avait de la lumière sous la porte, je me suis permis de venir jeter un coup d'œil.

— Tu as bien fait.

Suzanna passa un bras autour de la généreuse taille de sa tante, cette femme qu'elle chérissait depuis son enfance. Une femme qui, durant plus de quinze ans, lui avait servi de mère et de père.

— J'étais perdue dans mes pensées… La nuit est si belle.

Coco acquiesça dans un murmure et laissa le silence s'installer. De toutes ses filles, c'était Suzanna qui lui causait le plus de souci. Elle s'était réjouie de la voir quitter le nid, rayonnante d'espoir dans sa robe de mariée. Mais, au bout de quatre ans à peine, elle l'avait recueillie avec ses deux bambins, pâle et ravagée par le chagrin. Enfin, c'est avec fierté qu'elle l'avait vue se remettre en selle et se consacrer à la tâche difficile d'élever ses enfants seule, tout en travaillant d'arrache-pied pour monter sa propre affaire.

Et depuis, elle attendait avec angoisse de voir cette expression triste et hantée déserter enfin les yeux de sa nièce.

— Tu ne peux pas dormir ? s'enquit Suzanna.

— Dormir ? Comment veux-tu que j'y songe ? répliqua Coco en soufflant de mauvaise humeur. Cette femme va me rendre folle !

Suzanna eut du mal à réprimer un sourire. « Cette femme », c'était sa grand-tante Colleen, bien entendu — l'aînée des enfants de Bianca et la sœur du père de Coco. Cette vieille dame acariâtre, impolie et capricieuse avait débarqué aux Tours la semaine précédente. Dans le seul but, Coco n'en démordait pas, de faire de leur vie un enfer.

— Tu l'as entendue ce soir, au dîner ?

Drapée dans son caftan, la grande et majestueuse silhouette

de sa tante se mit à arpenter la terrasse, laissant libre cours à ses récriminations, sans toutefois dépasser le niveau sonore d'un chuchotement indigné. Car Colleen avait beau avoir quatre-vingts ans bien sonnés et coucher à plus de quatre mètres de là, elle avait l'ouïe fine.

— La sauce était trop riche, les asperges trop cuites… Quand je pense qu'elle a osé m'enseigner la meilleure façon de préparer le coq au vin ! A moi… Non, mais quel culot ! J'avais envie de lui faire avaler sa satanée canne…

— Le repas était succulent, comme d'habitude, déclara Suzanna d'un ton apaisant. Allons, tante Coco, tu la connais… Il fallait bien qu'elle trouve quelque chose à redire, sinon sa journée n'aurait pas été réussie. Et si je me souviens bien, elle a raclé son assiette.

— Tout à fait !

Coco prit une profonde inspiration et se détendit peu à peu.

— Oh ! je sais bien… Je ne devrais pas laisser cette femme me mettre les nerfs dans un tel état. Mais la vérité, c'est que je l'ai toujours terriblement crainte. Et elle en joue, la sorcière ! Sans mes séances de yoga et de méditation, je serais déjà mûre pour l'asile… C'est vrai ! Tant qu'elle passait sa vie en croisière, il me suffisait de lui envoyer une lettre de temps en temps pour m'acquitter de mes devoirs de nièce. Mais l'avoir sous mon toit…

Coco ne put réprimer un frisson.

— Ne t'inquiète pas, elle ne tardera pas à se lasser de nous, affirma Suzanna. Et elle repartira descendre le Nil, l'Amazone ou je ne sais quel autre fleuve…

— Que le ciel t'entende, ma chérie ! Non, ce que je redoute, c'est qu'elle n'ait décidé de rester jusqu'à ce que nous ayons retrouvé le collier d'émeraudes. D'ailleurs, c'est de ça que je voulais te parler.

Coco, un peu calmée, cessa de faire les cent pas.

— Je méditais sur ma boule de cristal — tu sais comme ça m'apaise, surtout après une soirée en compagnie de tante Colleen…

Elle inspira profondément.

— Bref, mon esprit vagabondait quand, tout à coup, Bianca s'est mise à m'envahir d'images et de messages.

— Il n'y a rien d'étonnant à ça, lui fit remarquer Suzanna. Elle occupe constamment nos pensées…

— Mais sa présence était particulièrement forte, ma chérie. Très nette. Empreinte d'une immense mélancolie. J'en ai eu les larmes aux yeux, je t'assure.

Coco tira un mouchoir des plis de son caftan.

— Et soudain, c'est ton image qui s'est substituée à la sienne, de façon tout aussi nette. Le lien entre Bianca et toi était évident. Il y a forcément une raison à ça, me suis-je dit, et en y réfléchissant j'ai trouvé ! Le lien, c'est Holt Bradford !

L'enthousiasme de la découverte faisait briller les yeux de Coco.

— En lui parlant, vois-tu, tu as rétabli une passerelle médiumnique entre Christian et Bianca.

— Hum, je ne pense pas que l'on puisse qualifier mes rapports avec Holt de médiumniques…

— Non, crois-moi, Suzanna, cet homme est la clé du mystère ! Sans doute n'a-t-il pas conscience des renseignements qu'il détient, mais sans lui nous ne pourrons pas avancer. J'en suis convaincue.

Suzanna haussa les épaules, vaguement agacée, et s'adossa au parapet.

— Qu'il en ait conscience ou pas, notre histoire l'indiffère absolument.

— Dans ce cas, il va falloir que tu le fasses changer d'avis.

Et posant une main sur celle de Suzanna, elle lui serra les doigts avec tendresse.

— Nous avons besoin de lui, ma chérie. Car tant que nous n'aurons pas retrouvé les émeraudes, aucun de nous ne sera totalement en sécurité. La police n'a toujours pas réussi à arrêter cet infâme voleur. Dieu sait ce qu'il risque de faire la prochaine fois ! Crois-moi, Holt est le seul lien que nous ayons avec l'amant de Bianca.

— Je sais.

Suzanna tourna son regard vers l'ombre des falaises.

— C'est entendu, j'irai le revoir.

Je savais qu'elle reviendrait se promener sur les falaises. Et aussi téméraire, aussi répréhensible que cela ait pu être, je l'ai attendue chaque après-midi. Les jours où elle ne venait pas, je me surprenais à fixer des yeux les tourelles de son manoir, pris dans les affres d'un désir que je n'avais pas le droit d'éprouver pour l'épouse d'un autre. Alors, les jours où je la voyais s'avancer vers moi, sa chevelure ondoyant au vent comme une flamme, un timide sourire aux lèvres, j'étais submergé d'une joie incomparable.

Au début, nos conversations étaient polies et impersonnelles. Nous échangions des remarques sur le temps, les menus potins du village, l'art et la littérature. Au fil des jours, elle est devenue de plus en plus à l'aise en ma compagnie. Elle me parlait de ses enfants et, petit à petit, j'ai appris à les connaître à travers ce qu'elle me racontait d'eux. Colleen aimait les belles robes et rêvait de posséder un poney. Ethan, lui, était un aventurier dans l'âme. Le petit Sean, enfin, commençait tout juste à se déplacer à quatre pattes.

Il ne fallait pas être grand clerc pour voir que toute sa vie tournait autour de ses enfants. Elle n'évoquait que rarement les fêtes, spectacles et autres réunions mondaines auxquels pourtant elle se rendait presque tous les soirs. Quant à son mari, elle n'en parlait jamais.

J'avoue m'être interrogé sur lui. Bien sûr, Fergus Calhoun était un homme riche et ambitieux, c'était de notoriété publique. Un homme qui, parti de rien, avait bâti un empire. Dans le monde des affaires, il était à la fois craint et respecté, mais cet aspect-là de sa vie ne m'intéressait pas.

C'était l'homme privé qui m'obsédait. L'homme qui avait le droit de l'appeler son épouse. Celui qui se couchait à côté d'elle, qui la touchait. Celui qui connaissait la douceur de sa peau, le goût de ses baisers, la sensation de son corps frémissant sous ses caresses.

J'étais déjà amoureux d'elle. Peut-être même l'aimais-je depuis l'instant où je l'avais vue marchant parmi les buissons d'aubépines, la main dans celle de son enfant.

Pour ma tranquillité d'esprit, il aurait mieux valu que j'aille installer mon chevalet ailleurs. Mais j'en étais incapable. Je savais que je n'obtiendrais rien de plus d'elle, qu'il me serait seulement accordé quelques heures de conversation, et pourtant je retournais peindre au même endroit. Inlassablement.

Elle avait accepté que je fasse son portrait et je commençais à discerner sa vérité intérieure, comme tout artiste se doit de le faire. Derrière sa beauté, son calme et ses bonnes manières se dissimulait une femme profondément malheureuse. Je brûlais de la prendre dans mes bras, de l'interroger sur son regard triste et hanté. Cependant, je me contentai de la peindre. Je n'avais pas le droit d'aller plus loin.

La patience et la noblesse d'âme ne font pas partie de mon caractère. Pourtant, grâce à elle, j'ai appris que je pouvais faire preuve des deux. Sans jamais me toucher, elle m'a transformé. Mon existence ne devait plus jamais être la même après cet été-là — ce trop court été durant lequel elle venait s'asseoir sur les rochers pour contempler les vagues.

Aujourd'hui encore, au crépuscule de ma vie, il me suffit d'aller me promener sur ces falaises pour la revoir. Je respire l'immuable odeur de l'océan et j'y décèle une bouffée de son parfum. Je n'ai qu'à cueillir une fleur d'aubépine pour me remémorer les reflets flamboyants de sa chevelure. Et lorsque je ferme les yeux, par-dessus le murmure de l'eau sur les rochers en contrebas, sa douce voix me parvient comme si c'était hier.

Je me rappelle notre dernier après-midi de ce premier été. Ce jour-là, elle se tenait tout près de moi et pourtant je ne l'avais jamais sentie aussi lointaine.

— Nous quittons les Tours dans la matinée, a-t-elle dit sans me regarder. Les enfants sont tristes de partir.

— Et vous ?

Un léger sourire a flotté sur ses lèvres, sans se refléter dans ses yeux.

— Il me semble parfois avoir vécu sur cette île dans une vie antérieure. La première fois que je suis venue ici, j'ai eu l'impression de rentrer chez moi au bout d'une longue absence. La mer va me manquer.

Peut-être étais-je aveuglé par mon propre désir, mais lorsqu'elle m'a regardé, j'ai eu le sentiment que moi aussi je lui manquerais. Puis elle a détourné les yeux dans un soupir.

— New York est un endroit tellement différent d'ici, si plein de bruit et d'agitation... Quand je suis sur ces falaises, j'ai du mal à croire qu'une telle ville puisse exister quelque part. Comptez-vous passer l'hiver sur l'île ?

J'ai songé aux mois froids et désolés qui s'étendaient devant moi et j'ai maudit le sort de m'avoir fait miroiter un bonheur qui resterait à jamais hors de ma portée.

— Oh ! mes projets changent au gré de mon humeur, ai-je répondu d'un ton léger, m'efforçant de masquer mon amertume.

— J'envie votre liberté...

Elle est retournée vers le chevalet où son portrait attendait que je mette la dernière touche.

— Et votre talent. Vous m'avez flattée, à tous points de vue.

— Détrompez-vous, ai-je mumuré, serrant les

poings pour ne pas la caresser. Certaines choses ne peuvent être saisies par le pinceau.

— Comment l'appellerez-vous ?

— Bianca. Votre prénom suffit.

Elle a dû percevoir mes sentiments malgré mes efforts désespérés pour les contenir. Une lueur est apparue au fond de ses yeux et y est demeurée plus longtemps qu'elle n'aurait dû. Puis elle a reculé de quelques pas, prudemment, comme une femme qui se serait aventurée trop près du bord de la falaise.

— Un jour, vous serez célèbre et les gens s'arracheront vos toiles.

Je ne pouvais détacher mon regard d'elle, certain que je ne la reverrais jamais.

— Je ne peins pas pour la gloire.

— Non, et c'est pour cela que vous l'obtiendrez. Lorsque vous serez connu, je me souviendrai de cet été. Au revoir, Christian.

Et elle s'est éloignée de moi — pour la dernière fois, croyais-je — parmi les fleurs des champs qui bataillaient vaillamment pour capter leur part de soleil entre les herbes folles et les rochers.

- 4 -

Coco Calhoun McPike n'était pas femme à s'en remettre au hasard, surtout lorsque son horoscope du jour lui conseillait de « prendre une part plus active à une affaire d'ordre familial et de rendre visite à une vieille connaissance. » Se rendre chez Holt Bradford lui permettrait de faire d'une pierre deux coups.

Elle gardait le souvenir d'un garçon ténébreux au regard de braise qui livrait les homards et traînait son agressivité dans tout le village. Elle se souvenait aussi qu'il s'était arrêté un jour pour l'aider à changer sa roue de voiture alors que, plantée sur le bas-côté de la route, elle tentait en vain de comprendre le fonctionnement d'un cric. Il avait refusé — avec hauteur, se rappelait-elle — le billet qu'elle lui avait proposé et était reparti en trombe sur sa moto avant qu'elle ait pu le remercier dans les règles.

Fier, insolent, rebelle, récapitula-t-elle en s'engageant dans l'allée menant au cottage. Et chevaleresque, en même temps, presque à son corps défendant. Avec un peu d'astuce, peut-être pourrait-elle jouer sur ces traits-là de son caractère pour obtenir gain de cause. Or de l'astuce, Coco McPike se flattait d'en avoir à revendre.

C'était donc là qu'avait vécu Christian Bradford… Ce cottage, elle ne le découvrait pas, bien sûr, mais maintenant qu'elle connaissait le lien qui unissait leurs deux familles, elle le voyait sous un jour nouveau. Elle marqua une pause et, les yeux clos, tenta de « sentir » quelque chose. Il demeurait

75

forcément quelque vestige d'énergie en ces lieux, quelque trace que ni le temps ni le vent n'avaient pu effacer.

Car Coco se targuait d'avoir des pouvoirs de médium. Réalité physique ou simple effet de son imagination fertile, elle était en tout cas certaine de percevoir présentement dans l'air une sorte de vibration passionnée. Satisfaite, d'elle-même et de son ressenti, elle s'avança d'un pas décidé vers la maison.

Elle avait accordé le plus grand soin à sa mise. Bien entendu, elle désirait paraître à son avantage — sa vanité n'aurait pas supporté qu'il en soit autrement. Mais elle tenait aussi à avoir l'air distingué, voire un tantinet imposant. Et le style très classique de son vieil ensemble Chanel, bleu pastel, faisait merveille.

Elle frappa à la porte, affichant ce qu'elle espérait être un sourire à la fois rassurant et plein de sagesse. De l'intérieur lui parvint un concert d'aboiements, accompagné d'un torrent d'injures qui lui firent porter une main à son cœur.

Tout juste sorti de sa douche, Holt ouvrit la porte d'un geste brusque, les cheveux dégoulinants et l'humeur mauvaise, tandis que Sadie se ruait dehors comme une folle. Effrayée, Coco poussa un cri aigu. Par chance, Holt avait de bons réflexes : connaissant la nature un peu trop affectueuse de sa chienne, il la retint par le collier avant qu'elle ait pu expédier leur visiteuse par-dessus la balustrade de la véranda.

— Sapristi ! s'exclama Coco.

Elle avait failli en lâcher son plat de brownies double chocolat !

Son regard passa de l'animal à son maître.

— C'est un véritable monstre que vous avez là… Un monstre qui présente une indéniable ressemblance avec notre Fred. Et moi qui espérais que sa croissance allait s'arrêter là ! En fait, cette chienne pourrait presque vous servir de monture, non ? plaisanta Coco, redevenue tout sourire. Oh ! mais je vous dérange peut-être ?

Holt avait de plus en plus de mal à retenir Sadie qui avait

senti les effluves des brownies et entendait bien ne pas être privée de dessert.

— Comment ?

— Je vous dérange peut-être, répéta Coco. Je sais bien qu'il est encore tôt, mais, par des journées comme celle-ci, je suis incapable de faire la grasse matinée. Tout ce soleil et ces gazouillis d'oiseaux… Sans parler du boucan que font les ouvriers avec leurs scies et leurs marteaux. Croyez-vous que Sadie aimerait goûter un de mes brownies ?

Et sans attendre de réponse, elle en prit un.

— Allons, tu vas être une bonne chienne et t'asseoir bien gentiment.

Les babines étirées par un sourire, Sadie cessa de tirer sur son collier et contempla Coco avec adoration.

— Tiens, c'est pour toi…

Sadie saisit le brownie du bout des dents, poliment, et rentra dans la maison pour le déguster tout à son aise.

— Bien !

Satisfaite de son entrée en matière, Coco sourit à Holt.

— Vous ne vous souvenez sans doute pas de moi. Depuis tout ce temps !

— Madame McPike.

Holt se souvenait parfaitement d'elle, sauf que la dernière fois qu'il l'avait vue elle avait les cheveux blond foncé. C'était il y a dix ans, calcula-t-il mentalement, mais cette femme semblait avoir rajeuni. Soit elle s'était offert un lifting époustouflant, soit elle avait découvert la fontaine de jouvence.

— Tout juste ! Ah, je suis flattée qu'un homme aussi séduisant que vous ne m'ait pas oubliée… Vous n'étiez qu'un gamin, à l'époque. Tenez, pour fêter votre retour au pays ! dit-elle en lui présentant le plat de brownies.

Holt fut bien obligé d'accepter l'offrande et, du même coup, de l'inviter à entrer.

— Merci, dit-il.

Il considéra le plat d'un air songeur tandis que la tante de Suzanna pénétrait dans la maison.

Décidément, entre les plantes et les brownies, les femmes Calhoun n'arrivaient jamais chez lui les mains vides. Surtout ces temps-ci…

— Est-ce que je peux faire quelque chose pour vous, madame McPike ?

— Eh bien, pour tout vous avouer, je mourais d'envie de voir votre cottage ! Quand je pense que c'est ici que le grand Christian Bradford a vécu, travaillé… rêvé à Bianca…, dit-elle en soupirant.

— Vécu et travaillé, c'est certain. Pour le reste…

— Oui, Suzanna m'a dit que vous nourrissiez certains doutes au sujet de leur amour. Je peux tout à fait comprendre votre scepticisme, mais voyez-vous, leur histoire fait partie de celle de ma famille. Et de la vôtre. Oh ! quelle œuvre magnifique !

Elle traversa la pièce pour aller admirer la marine accrochée au-dessus de la cheminée en pierre. Même à travers le grisé de la brume, les teintes choisies par l'artiste frappaient par leur puissance, comme si la vitalité et la passion de sa touche parvenaient à percer le fin rideau de gouttelettes en suspension. Des crêtes d'écume sauvages, l'arête noire d'un écueil, les formes enténébrées d'îles désolées au milieu d'une mer sombre et glacée.

— Quelle force d'évocation dans ce tableau…, murmura Coco. Et quelle… solitude ! C'est de lui, n'est-ce pas ?

— Oui.

Elle exhala un long soupir ému et reprit :

— Si vous souhaitez contempler cette vue, vous n'avez qu'à aller vous promener sur les falaises, au pied des Tours. Vous y croiserez Suzanna, parfois avec les enfants, parfois seule. Trop souvent seule.

Chassant ses idées noires, elle se retourna vers Holt.

— Ma nièce a l'impression que toute cette histoire ne vous intéresse pas. Que vous ne voulez pas prouver l'existence d'une liaison entre Christian et Bianca, ni nous aider à retrouver les émeraudes. Personnellement, j'ai du mal à le croire.

Holt posa le plat de brownies.

— Je ne vois pas pourquoi, madame McPike. Mais je vais vous répéter ce que j'ai dit à votre nièce : si j'ai la conviction qu'il y a eu quelque chose entre mon grand-père et Bianca, je ferai mon possible pour vous aider. Même si je ne vois pas bien comment.

— Vous étiez dans la police, n'est-ce pas ?

Holt glissa les pouces dans les poches de son jean, soudain méfiant.

— C'est exact.

— Au début, ce choix de carrière m'a surprise, je vous l'avoue, mais à présent, je suis sûre que vous étiez parfaitement taillé pour ce métier.

Holt crut ressentir un élancement dans le dos, à l'endroit de sa cicatrice.

— Je l'étais.

— Vous devez avoir résolu quantité d'affaires ?

Il ébaucha un sourire.

— Quelques-unes.

— Et pour ce faire, vous avez cherché des indices et suivi toutes les pistes possibles jusqu'à ce que vous découvriez la vérité. Vous savez, ajouta-t-elle en souriant, j'admire les policiers qui, à la télévision, élucident une énigme et bouclent leur enquête avant la fin de l'épisode.

— Dans la vraie vie, ce n'est pas aussi simple, laissa tomber Holt, sarcastique.

Chez certains hommes, songea Coco en le regardant, un rictus narquois était loin d'être dénué de charme.

— Non, je m'en doute, mais dans le cas qui nous occupe l'aide d'une personne dotée de votre expérience ne serait pas superflue.

Lorsqu'elle revint vers lui, elle ne souriait plus.

— Je vais être franche avec vous, Holt. Si j'avais su tous les ennuis que cette affaire causerait à ma famille, j'aurais peut-être emporté la légende des émeraudes dans ma tombe. Sauf qu'à la mort de mon frère et de son épouse je me suis vu confier le soin d'élever leurs filles, mais aussi la responsabilité de leur transmettre l'histoire des émeraudes des Calhoun — le moment venu. Hélas, en accomplissant ce que j'estimais être mon devoir, j'ai mis ma famille en danger. C'est pourquoi je compte bien faire tout ce qui est en mon pouvoir pour protéger mes nièces, y compris solliciter toutes les bonnes volontés. Or tant que nous n'aurons pas retrouvé le collier, notre sécurité ne sera pas assurée.

— Ça, c'est du ressort de la police…

— La police fait ce qu'elle peut. Mais ça ne suffit pas.

Coco posa une main sur celle de Holt.

— Les policiers ne sont pas impliqués personnellement dans cette affaire, ils ne peuvent pas comprendre. Vous, si.

La confiance qu'elle avait en lui et sa logique obstinée le mettaient mal à l'aise.

— Vous me surestimez, madame.

— Je ne pense pas, non.

Coco lui serra brièvement les doigts, puis ôta sa main de la sienne.

— Mais je ne veux pas vous importuner. Je ne suis venue que pour soutenir la démarche de Suzanna. Ma nièce a tant de mal à s'affirmer…

— Et moi, je trouve qu'elle se débrouille fort bien, au contraire.

— Ma foi, vous m'en voyez ravie, mon cher Holt. Mais entre son travail à la jardinerie, le mariage de Mandy et tout le reste, elle n'a pas eu l'occasion de reparler avec vous. Croyez-moi, notre existence est complètement chamboulée depuis quelques mois ! D'abord les noces de C.C., les travaux dans l'aile ouest et maintenant, Amanda et Sloan ! Sans compter que Lilah est déjà en train de fixer une date pour son propre mariage avec Max.

Elle se ménagea une pause et affecta une mine mélancolique.

— Ah, si seulement je pouvais trouver un homme bien pour Suzanna… J'aurais le soulagement de savoir toutes mes filles casées.

Holt vit bien qu'elle le regardait d'un air spéculatif.

— A mon avis, Suzanna n'aura aucun mal à se trouver quelqu'un, dès qu'elle s'en sentira prête.

— Pas si elle ne prend pas un instant pour le chercher, cet homme. Et encore moins après ce que lui a fait ce minable…

Coco décida de ne pas en dire plus. Si elle se lançait sur Baxter Dumont, on ne pourrait plus l'arrêter. Et elle n'était pas venue ici pour parler de l'ex-époux de Suzanna.

— Bref, entre le travail et les enfants, elle ne s'accorde pas une minute de répit, voilà pourquoi je préfère ouvrir l'œil à sa place. Vous n'êtes pas marié, n'est-ce pas ?

Au moins, Coco McPike ne s'embarrassait pas d'un excès de subtilité, se dit Holt, amusé. Il répliqua, impassible :

— Si. J'ai une femme et six enfants à Portland.

Coco accusa le coup, avant de se mettre à rire.

— C'était une question plutôt indiscrète, reconnut-elle. Et d'ailleurs, je vais vous laisser avant de céder à la tentation de vous en poser une autre.

Et sur ces mots, elle se dirigea vers la porte d'entrée, charmée qu'il soit assez courtois pour la raccompagner.

— Au fait, j'oubliais, mon cher Holt… Amanda se marie samedi, à 18 heures. La réception aura lieu dans la salle de bal des Tours. J'aimerais beaucoup que vous soyez des nôtres.

Ce brusque changement de sujet le fit hésiter.

— Franchement, je ne pense pas que ma présence soit requise ce jour-là, madame McPike.

— Elle s'impose, au contraire ! N'oubliez pas que le lien qui unit nos deux familles remonte à très loin… Réfléchissez-y, nous serions vraiment ravis de vous compter parmi nous.

Alors qu'elle regagnait sa voiture, elle se retourna, tout sourire :

— Et puis Suzanna n'a pas de cavalier. C'est dommage, vous ne trouvez pas ?

*
* *

Le voleur possédait plusieurs identités. La première fois qu'il s'était rendu à Bar Harbor, sur la piste des émeraudes, il s'était présenté sous le nom de Livingston, un prospère homme d'affaires de nationalité britannique. N'ayant que partiellement réussi son coup, il y était revenu sous le nom d'Ellis Caufield, un riche original. Hélas, la malchance et les cafouillages de son associé l'avaient obligé à renoncer à ce dernier personnage. D'ailleurs, l'associé en question était mort, ce qui soit dit en passant n'était pas une bien grande perte.

Le voleur se faisait désormais appeler Robert Marshall et il commençait à nourrir une certaine tendresse pour ce nouvel avatar.

Marshall était mince, hâlé et s'exprimait avec un léger accent bostonien. Il arborait une moustache tombante et ses cheveux bruns lui arrivaient presque aux épaules. Des lentilles de contact teintées lui faisaient des prunelles marron et ses fausses incisives lui donnaient un air de lapin. Cette prothèse dentaire lui avait coûté une petite fortune, mais elle lui avait également permis de modifier la forme de sa mâchoire.

Le voleur se sentait très à l'aise dans la peau de Marshall et il se félicitait d'avoir été embauché comme ouvrier sur le chantier de rénovation des Tours. Ses références, fausses évidemment, avaient certes gonflé ses frais généraux, mais les émeraudes valaient largement toutes ces dépenses. De toute façon, il avait la ferme intention de mettre la main dessus, coûte que coûte.

Car ce qui au départ n'était qu'un boulot comme un autre avait tourné au fil des mois à l'obsession. Ce n'était pas tant qu'il le voulait, ce collier, il le lui fallait. Et le risque qu'il prenait en travaillant si près des Calhoun ne faisait qu'ajouter du piment à la situation. Par exemple, il était passé à un mètre d'Amanda lorsqu'elle s'était rendue dans l'aile ouest pour parler à Sloan O'Riley. Eh bien, ni l'un ni l'autre, qui pourtant l'avaient côtoyé sous l'identité et l'apparence de Livingston, ne lui avaient accordé un seul regard.

Il se fondait parfaitement parmi les autres ouvriers. Ne rechignant pas à la tâche, il se coltinait les charges les plus lourdes et évacuait les gravats. En outre, il était aimable avec les gars du chantier, n'hésitant pas à aller boire une bière après le travail, de temps en temps.

Enfin, sa journée terminée, il regagnait la maison qu'il louait de l'autre côté de la baie et passait ses soirées à élaborer son plan d'action sans rien laisser au hasard.

L'alarme des Tours ne posait aucun problème — il lui serait très facile de la désactiver de l'intérieur. De plus, en restant dans les parages, il serait aux premières loges si jamais les Calhoun progressaient dans la quête du collier. Enfin, avec quelques précautions, il pourrait tranquillement mener quelques recherches de son côté.

Jusqu'à présent, les papiers qu'il leur avait dérobés ne lui avaient été d'aucune utilité, mais le document qu'il avait découvert contenait peut-être certains indices. Il s'agissait d'une lettre adressée à Bianca et signée d'un seul prénom : « Christian ». Une lettre d'amour, estima Marshall en entassant du bois de charpente. Quoi qu'il en soit, c'était une piste à creuser.

— Bob ! Tu as une minute ?

Marshall leva la tête et fit un sourire affable à son contremaître.

— Plusieurs, même.

— Ecoute, ces dames veulent qu'on transporte des tables dans la salle de bal, pour le mariage de demain. Allez donc leur donner un coup de main, Rick et toi.

— D'accord.

Marshall se rendit là-bas d'un pas tranquille, réprimant un frisson d'excitation : il allait enfin pouvoir rôder dans la bâtisse. Il prit ses consignes auprès d'une Coco survoltée, puis transporta une lourde crédence avec l'aide de son collègue jusqu'à l'étage au-dessus.

— Tu crois qu'il viendra ? demanda C.C. à Suzanna.

Elles finissaient de laver à grande eau les miroirs qui recouvraient les murs de la salle de bal.

— Ça m'étonnerait.

C.C. ramena en arrière sa courte masse de cheveux noirs et recula de quelques pas, à la recherche d'éventuelles traces oubliées.

— Je ne vois pas pourquoi il ne viendrait pas. Peut-être que si nous nous y mettons toutes il finira par craquer et se ralliera à notre cause ?

— Tu sais, de toute façon, je ne pense pas qu'il soit très sociable, objecta Suzanna.

Elle regarda autour d'elle et vit les deux hommes aux prises avec la crédence.

— Ah, celle-ci va contre ce mur, merci.

— Pas de problème, réussit à articuler Rick, les mâchoires crispées par l'effort.

Marshall, lui, se contenta d'un sourire.

C.C. revint à la charge :

— Et si nous lui montrions la photo de Bianca ? Et si nous lui faisions écouter le témoignage enregistré de la vieille domestique ? Ça pourrait l'inciter à nous donner un coup de main… Après tout, il est le seul descendant de Christian encore en vie.

— Hé, attention !

Marshall venait de faire une fausse manœuvre avec la lourde crédence.

— Je ne pense pas qu'il ait la fibre familiale, insista Suzanna. Holt Bradford n'a pas changé sur au moins un point : c'est resté un loup solitaire.

Holt Bradford. Marshall nota mentalement ce nom avant de lancer :

— Je peux faire autre chose pour vous, mesdames ?

Suzanna lui jeta un rapide regard par-dessus son épaule et répondit avec désinvolture :

— Non, rien pour le moment. Merci beaucoup.

Marshall lui sourit largement.

— De rien.

— Elles sont canon, hein ? marmonna Rick tandis qu'ils ressortaient de la pièce.

— Comme tu dis.

Mais Marshall, lui, ne pensait qu'aux émeraudes.

— Je t'assure, mec. Si je pouvais, je…

Rick s'interrompit pour regarder avec convoitise deux autres jeunes femmes qui arrivaient en haut de l'escalier, accompagnées d'un petit garçon.

— La vache ! marmonna Rick, une main sur le cœur. Cette baraque est remplie de jolies filles…

Il leur sourit de toutes ses dents, tandis que Lilah se contentait d'un salut de rigueur.

— Il ne faut pas leur en vouloir, expliqua-t-elle d'un ton conciliant à la jeune femme qui montait avec elle. Ils se rincent l'œil, mais la plupart ne mordent pas.

La mince blonde platine ébaucha un pâle sourire. Se faire reluquer par deux ouvriers, c'était bien le cadet de ses soucis, à cet instant !

— Je ne veux surtout pas vous déranger, commença-t-elle avec son doux accent traînant du Southwest. Malgré ce qu'a prévu Sloan, je crois qu'il vaudrait mieux que Kevin et moi prenions une chambre à l'hôtel.

— Si tard dans la saison, vous ne trouverez même pas une tente ! Et puis nous tenons à avoir tout notre petit monde sous le même toit. Toute la famille réunie ! Et la famille de Sloan est aussi la nôtre, à présent.

Lilah sourit au garçonnet brun qui découvrait le manoir avec de grands yeux.

— C'est bizarre comme maison, tu ne trouves pas ? Mais ne t'inquiète pas, ton oncle veille à ce que le plafond ne nous tombe pas sur la tête.

Elle entra dans la salle de bal.

Ses deux sœurs astiquaient les immenses glaces : Suzanna, perchée sur un escabeau, se consacrait à la partie haute, tandis que C.C., assise par terre, s'occupait du bas. Lilah chuchota à l'oreille du petit garçon :

— Moi aussi, j'étais censée participer à ce grand ménage de printemps, mais je me suis défilée. J'ai fait l'école buissonnière…

L'enfant se mit à rire, d'un rire si semblable à celui d'Alex que Suzanna tourna brusquement la tête.

C'était eux ! Elle les attendait, lui et sa mère… Leur arrivée aux Tours était programmée depuis des semaines. Mais les voir chez elle lui fit tout de même un coup.

Car cette jeune femme n'était pas seulement la sœur de Sloan et ce petit garçon n'était pas seulement son neveu. Peu de temps auparavant, Suzanna avait appris que Megan O'Riley avait été la maîtresse de son époux, et cet enfant était le fils qu'ils avaient eu ensemble. Cette jeune femme qui la dévisageait en serrant très fort la main de son petit garçon n'avait que dix-sept ans lorsque Baxter avait abusé de sa naïveté avec ses serments d'amour et ses promesses de mariage. Alors qu'à la même époque il était déjà fiancé à Suzanna…

Laquelle des deux avait-elle été « l'autre femme » ? se demanda-t-elle, songeuse.

Bah, cela n'avait plus d'importance aujourd'hui, décidat-elle, et elle descendit de son escabeau. Non, cela ne comptait plus au regard des yeux inquiets de Megan O'Riley, de la tension qui crispait tout son corps et du cran qui la faisait relever le menton.

Lilah fit les présentations avec une aisance telle qu'un étranger à la famille aurait pu croire à un banal échange de civilités dans une salle de bal.

Devant la main tendue de Suzanna, Megan ne songea qu'à une chose : elle était trop habillée. Elle se sentait ridicule et empruntée dans son élégant tailleur bronze, alors que Suzanna, elle, était ravissante et très décontractée dans son jean délavé.

Ainsi, c'était cette femme qu'elle avait haïe durant des années pour lui avoir pris l'homme qu'elle aimait et avoir confisqué le père de son petit garçon… Oui, sauf qu'entre-temps Sloan lui avait démontré la complète innocence de Suzanna qui n'avait jamais été au courant de rien. Toute cette haine était donc sans objet, et pourtant Megan n'arrivait pas à se détendre.

— Je suis vraiment ravie de faire votre connaissance, dit Suzanna en prenant dans ses mains celle, toute raide, de Megan.

— Merci.

Gênée, Megan retira sa main et s'empressa de déclarer :

— Nous avons hâte d'assister au mariage.

— Oui, comme nous tous, renchérit nerveusement Suzanna.

S'armant de courage, elle se risqua à regarder Kevin, le demi-frère de ses enfants, et ses dernières préventions tombèrent. Il était plus grand qu'Alex, dont il était l'aîné de plus d'un an. Mais tous deux avaient hérité de la beauté de leur père. Spontanément, Suzanna esquissa le geste de ramener en arrière la mèche de cheveux qui retombait, tout comme celle d'Alex, sur le front de Kevin. Par réflexe, Megan passa aussitôt un bras protecteur autour des épaules de son fils.

Suzanna n'insista pas et enchaîna avec naturel :

— Je suis très contente de faire ta connaissance, Kevin. Alex et Jenny ont à peine fermé l'œil de la nuit, tellement il leur tardait de te voir.

L'enfant lui adressa un bref sourire, puis il leva les yeux vers sa mère. Celle-ci lui avait expliqué qu'aujourd'hui il allait rencontrer son demi-frère et sa demi-sœur, mais il ne savait trop s'il y avait lieu de s'en réjouir. Sa maman, en tout cas, n'avait pas l'air enchantée d'être là…

— Et si nous allions les chercher, justement ? proposa Suzanna.

Megan vit que C.C. s'était rapprochée de son aînée et qu'elle lui caressait gentiment l'épaule. Quant à Lilah, elle s'était postée de l'autre côté, comme en renfort. Réaction normale, analysa Megan, les trois sœurs faisaient bloc face à l'étrangère. Et pour bien montrer qu'elle ne leur en tenait pas rigueur, elle releva le menton et hasarda :

— Il vaudrait peut-être mieux que nous...

Mais elle ne put terminer sa phrase. Une cavalcade se fit entendre et Alex et Jenny entrèrent en courant dans la pièce, rouges et essoufflés.

— Il est là ? criait Alex tout excité. Tante Coco nous a dit qu'il était arrivé et on veut voir à...

Apercevant soudain son demi-frère, il s'immobilisa au terme d'un dérapage contrôlé sur le parquet fraîchement ciré.

Les deux garçons se dévisagèrent en chiens de faïence, mais avec plus de curiosité que de méfiance. Alex n'était pas franchement ravi que ce nouveau frère le dépasse en taille, mais ce serait quand même super de ne plus avoir « seulement » une petite sœur.

Il prit aussitôt le relais pour les présentations :

— Moi, c'est Alex et elle, c'est Jenny. Elle a que cinq ans.

— Et demi, rectifia Jenny en s'avançant d'un pas décidé vers Kevin. Et si je veux, je peux même te gagner à la bagarre.

— Je ne pense pas que ce soit nécessaire, intervint Suzanna d'un ton apaisant, tout en faisant les gros yeux à sa fille.

— N'empêche que je pourrais, si je voulais, marmonna Jenny sans cesser d'évaluer son demi-frère du regard. Mais maman a dit qu'on devait être gentils avec toi parce que tu es de la famille.

— Tu as déjà vu des Indiens ? s'enquit Alex.

— Bien sûr. Des tas..., répliqua Kevin qui commençait à se détendre un peu.

— Tu veux voir notre fort ?

— Oui.

Il jeta un regard implorant à sa mère.

— Je peux ?

— Eh bien, c'est-à-dire que…

— Lilah et moi allons les accompagner, déclara C.C. en imprimant une tendre pression sur l'épaule de Suzanna.

— Kevin ne risque rien, affirma cette dernière à Megan, tandis que ses sœurs poussaient gentiment mais fermement les enfants vers la porte. C'est Sloan qui a conçu leur fort, autant dire qu'il est solide.

Elle ramassa son chiffon et se mit à le triturer distraitement.

— Kevin est au courant ?

— Oui, s'empressa de répondre Megan qui, de son côté, tournait et retournait son élégante pochette avec nervosité. Je ne voulais pas qu'il rencontre vos enfants sans savoir.

Elle prit une profonde inspiration et s'apprêta à se lancer dans le petit discours qu'elle avait préparé.

— Madame Dumont…

— Suzanna… et nous pourrions nous tutoyer, non ? Je sais à quel point c'est dur pour toi d'être ici.

— Je ne pense pas que ça soit facile pour aucune de nous deux. D'ailleurs, je ne serais pas venue, ajouta Megan, si Sloan n'avait pas autant insisté. J'adore mon frère, et pour rien au monde je ne voudrais lui gâcher son mariage, mais c'est une situation impossible, tu t'en doutes.

— Je comprends très bien que ce soit pénible pour toi et je le regrette.

Suzanna esquissa un geste d'impuissance avant de reprendre :

— Comme je regrette de ne pas avoir su plus tôt, pour toi, pour Kevin… Je n'aurais sûrement pas pu infléchir l'attitude de Bax envers vous, mais je regrette de ne pas avoir été au courant.

Baissant les yeux sur son chiffon, elle s'aperçut qu'elle le serrait de toutes ses forces et le posa.

— Megan, je me rends bien compte que pendant que tu donnais naissance à Kevin, seule, je passais ma lune de miel en Europe avec le père de ton fils. Et rien que pour ça, tu es parfaitement en droit de me haïr.

Megan la regarda longuement, d'abord incapable d'émettre un son, puis secoua la tête, subitement désarmée.

— Tu ne ressembles en rien à l'image que je m'étais faite de toi. Dans mon esprit, tu étais glaciale, distante et pleine de rancune.

— Je ne vois pas comment je pourrais en vouloir à une jeune fille de dix-sept ans abandonnée avec son bébé après avoir été séduite par un beau parleur sans scrupules. Au fond, je n'étais guère plus âgée que toi quand j'ai épousé Bax. Je sais à quel point il peut être charmant, persuasif... et cruel.

— J'étais sûre d'avoir trouvé le bonheur avec lui, avoua Megan. Mais le réveil a été rapide et brutal.

Elle dévisagea Suzanna et poussa un profond soupir.

— Je t'ai haïe, c'est vrai, d'avoir tout ce que je croyais vouloir ; même quand j'ai cessé de l'aimer, j'ai puisé de la force dans cette haine. Et j'étais terrifiée à l'idée de te rencontrer.

— Voilà au moins une chose que nous avons en commun..., sourit Suzanna.

— Je n'arrive pas à croire que je suis ici, en train de te parler comme si de rien n'était...

Pour calmer sa nervosité, Megan se mit à déambuler dans la salle de bal.

— Cette rencontre, je l'avais si souvent imaginée, à l'époque... Je te tenais tête, je revendiquais mes droits avec force...

Elle laissa échapper un petit rire.

— Aujourd'hui aussi, j'avais préparé tout un discours. Très élaboré, très mature — avec peut-être un soupçon de venin en prime. Tu comprends, je refusais d'admettre que tu ignorais l'existence de Kevin, je refusais de te voir toi aussi en victime de Bax. Parce qu'il m'était beaucoup plus facile d'être la seule à avoir été trahie. Et puis tes enfants sont arrivés.

Elle ferma les yeux.

— Comment fais-tu pour tenir, Suzanna ?

— Ça, je te le dirai quand j'aurai trouvé la réponse.

Un léger sourire aux lèvres, Megan se tourna vers les fenêtres.

— Au moins, tout ça ne les a pas affectés. Regarde…

Suzanna s'avança. En bas, dans le jardin, ses deux enfants et le fils de Megan escaladaient le fort en contreplaqué.

La décision n'avait pas été facile à prendre. D'ailleurs, jusqu'au dernier moment, Holt avait hésité. Que diable était-il censé faire dans un mariage de la haute société ? Il n'aimait pas fréquenter ses semblables, échanger des banalités et grignoter de minuscules canapés. De toute façon, on ne savait jamais ce qu'il y avait dedans !

Il n'aimait pas non plus se sangler dans un costume, s'étrangler avec une cravate et encore moins repasser une chemise.

Alors pourquoi s'imposait-il cette épreuve ?

Il desserra ce satané nœud de cravate et se regarda, sourcils froncés, dans le miroir poussiéreux au-dessus de la commode. Pourquoi ? Parce qu'il était un idiot, incapable de résister à une invitation au château. Et surtout, parce qu'il avait envie de revoir Suzanna. Ce qui était encore plus idiot.

Cela faisait une semaine qu'ils avaient planté le petit arbuste à fleurs jaunes. Une semaine qu'il l'avait embrassée. Et une semaine qu'il lui avait promis qu'il ne se contenterait pas de ce seul baiser, aussi fougueux ait-il pu être.

A présent, il avait envie de mieux cerner sa personnalité. Et le meilleur moyen d'y parvenir, c'était sans doute de l'observer au sein de cette famille qui avait l'air d'être tout pour elle. Car au fond, qui était la véritable Suzanna ? La froide et distante princesse de son adolescence, l'amoureuse passionnée qu'il avait tenue dans ses bras ou l'être vulnérable dont le regard hantait ses nuits ?

Personnellement, il aimait savoir à qui il avait affaire, qu'il s'agisse d'un suspect, d'un moteur de bateau ou d'une femme. Lorsqu'il aurait réussi à mettre une étiquette précise sur Suzanna, il déciderait d'une tactique.

Il faut dire qu'elle avait semé le doute dans son esprit à force de lui soutenir mordicus qu'il existait un lien entre son grand-père et Bianca. Pire ! Depuis la visite de Coco McPike, il avait franchement mauvaise conscience et se sentait tenu d'agir.

Pour autant, il était hors de question qu'il prenne un quelconque engagement auprès des Calhoun. S'il se rendait à ce mariage, ce n'était pas dans le but de leur proposer son aide. Non, s'il y allait, c'était par curiosité ! Parce que, cette fois, il pourrait dépasser le seuil de la cuisine.

Le trajet n'était pas bien long, mais Holt l'étira à loisir. Et lorsque les Tours apparurent enfin à l'horizon, il fut brutalement ramené douze ans en arrière. Rien n'avait changé. C'était une construction de style excentrique qui déconcertait par sa juxtaposition de contrastes. Bâti en pierre sombre et austère, le manoir était en même temps flanqué de tours romantiques. Vu d'un certain angle, il paraissait redoutable, d'un autre élégant. L'aile ouest disparaissait actuellement sous des échafaudages qui, loin de gâcher l'ensemble, lui conféraient un côté tout simplement vivant.

On y montait par une pelouse vert émeraude, gardée par des arbres noueux et ponctuée de délicates fleurs odorantes. Des quantités de voitures étaient déjà arrivées et Holt se sentit ridicule en confiant les clés de sa vieille Chevrolet au valet en livrée.

Le mariage devait avoir lieu sur la terrasse. La cérémonie étant sur le point de commencer, il prit soin de rester bien en retrait de la foule des invités. Une majestueuse musique d'orgue retentit et Holt, nerveux, se retint de desserrer son nœud de cravate et d'allumer une cigarette. Enfin, sous les murmures et les soupirs d'admiration, les demoiselles d'honneur s'avancèrent sur le long tapis blanc qui avait été déroulé sur la pelouse.

C'est à peine s'il reconnut C.C. Comment ! c'était elle,

cette sublime déesse drapée de rose ? Décidément, les sœurs Calhoun étaient toutes des beautés… Son regard s'attacha ensuite à la femme qui marchait derrière elle. Sa robe avait la couleur de l'écume, mais il la remarqua à peine. Ce visage… C'était celui du portrait dans l'atelier de son grand-père ! Holt accusa le coup. Lilah Calhoun était le sosie de son arrière-grand-mère. Dans ces conditions, il n'allait pas pouvoir nier encore longtemps le lien entre Christian et Bianca.

Contrarié, il enfonça ses mains dans les poches de son costume. Tout compte fait, c'était une erreur de venir ici.

C'est alors qu'il vit Suzanna.

Elle était belle comme la princesse de ses rêves d'adolescent. Sous un voile arachnéen, sa chevelure d'or pâle cascadait souplement sur ses épaules. Sa robe couleur de ciel ondulait en mouvement fluide autour d'elle, gonflée par la brise. Elle tenait un petit bouquet à deux mains, tandis que d'autres fleurs parsemaient ses cheveux. Lorsqu'elle passa devant lui et qu'il croisa son regard doux et rêveur, du même bleu que sa robe, il fut submergé par un désir si profond, si intense, qu'il faillit murmurer son prénom.

Il ne devait rien se souvenir de la brève et charmante cérémonie, hormis l'expression du visage de Suzanna lorsqu'une première larme glissa sur sa joue.

Comme à la grande époque des Tours, la salle de bal ruisselait de lumières, de musique et de fleurs. Pour le buffet, Coco s'était surpassée. Les invités se régalaient de bouchées de homard, de carpaccio de bœuf, de mousse de saumon et le champagne coulait à flots. Des dizaines de chaises avaient été installées aux quatre coins de la pièce et le long des immenses glaces, et les portes-fenêtres étaient ouvertes en grand pour permettre aux gens de sortir en nombre sur la terrasse.

Un peu à l'écart, Holt observait tout à loisir le spectacle

grandiose, en savourant son vin de Champagne bien frappé. Pour sa première visite aux Tours, il était gâté. Les grandes glaces démultipliaient le ballet des femmes en longues robes pastel. L'air était empli de musique et du parfum des gardénias.

Svelte et altière, la mariée était à couper le souffle dans son écrin de dentelle blanche. Elle tournoyait, rayonnante, au bras de l'athlète au teint hâlé qui était désormais son époux. Ils formaient un beau couple, songea distraitement Holt. Comme deux personnes qui s'aiment... De son côté, Coco dansait avec un grand blond qui avait l'air d'être né en smoking.

Pour la énième fois, il regarda par-dessus son épaule, en direction de Suzanna. Penchée sur un petit garçon brun, elle semblait lui dire quelque chose. Etait-ce son fils ? En tout cas, l'enfant était à deux doigts de se rebeller. Il traînait les pieds et tirait sur son nœud papillon. Holt compatissait de tout son cœur. Que pouvait-il y avoir de pire pour un gosse que d'être engoncé par un beau soir d'été dans un smoking miniature et de devoir subir la compagnie des adultes ? Suzanna conclut son petit sermon à l'enfant en lui tirant gentiment l'oreille. L'expression mutine du garçonnet se mua en large sourire.

— Toujours à ruminer dans votre coin, à ce que je vois.

Holt se retourna et, à nouveau, il fut frappé par la ressemblance entre Lilah Calhoun et la femme du portrait.

— Je profite du spectacle, c'est tout.

— Vous pouvez, ça vaut le détour.

Lilah posa une main sur le bras de l'homme à l'allure dégingandée qui l'accompagnait.

— Max, je te présente Holt Bradford, le garçon dont j'ai été follement éprise durant au moins vingt-quatre heures, il y a de ça une quinzaine d'années.

Holt haussa un sourcil.

— Je ne l'ai pas su...

— Bien sûr que non. Au bout d'un jour, j'ai finalement

décidé que je ne serais jamais amoureuse d'un individu maussade et dangereux. Je vous présente Max Quartermain, l'homme que je compte bien aimer jusqu'à ce que la mort nous sépare.

— Félicitations, dit Holt en serrant la main que lui tendait Max.

Poigne ferme, nota-t-il en son for intérieur, regard droit et sourire légèrement embarrassé.

— C'est vous, le professeur ?

— Oui, mais je ne le suis plus. Et vous, vous êtes le petit-fils de Christian Bradford.

— C'est exact, acquiesça Holt avec froideur.

— Ne vous inquiétez pas, lança Lilah, nous n'allons pas vous harceler. Aujourd'hui, vous êtes notre invité.

Elle le dévisagea longuement en promenant son doigt sur le bord de sa coupe.

— Nous garderons ça pour plus tard. Je demanderai à Max de vous montrer la cicatrice dont il a écopé lors de notre petite « opération de com' ».

— Lilah…

Sous la douce voix de Max pointait une mise en garde implicite. Elle se contenta de hausser les épaules, but une gorgée de champagne et désigna la ravissante jeune femme qui s'avançait vers eux.

— Vous vous souvenez de C.C. ?

— Je me souviens d'une grande tige au visage maculé de graisse de moteur…

Il se détendit le temps de lui adresser un sourire.

— Vous êtes très en beauté.

— Merci. Je vous présente, Trent, mon mari. Trent, Holt Bradford.

Les deux hommes échangèrent une poignée de main en se jaugeant du regard. C'était avec lui que Coco dansait un peu plus tôt, se rappela Holt.

— Et voici les jeunes mariés ! annonça Lilah en levant son verre de champagne à l'adresse du couple.

— Bonjour, Holt.

Amanda était toujours aussi radieuse, remarqua-t-il, mais elle soutenait son regard avec une tranquille assurance.

— Je suis contente que vous ayez pu venir.

Alors qu'elle lui présentait Sloan, Holt s'aperçut qu'il s'était fait encercler de belle manière. Personne ne le brusquait. Personne ne mentionnait les émeraudes. Néanmoins, le clan montrait un front uni qui forçait l'admiration : il avait face à lui un rempart de détermination.

Suzanna s'approcha alors d'eux d'un pas pressé.

— Que se passe-t-il, ici ? Vous tenez un conseil de famille ? s'enquit-elle. Vous êtes censés vous mêler aux invités, je vous signale, pas vous réunir en petit comité. Oh ! Holt…

Son sourire se figea.

— J'ignorais que vous étiez ici.

— C'est votre tante qui m'a prié de venir.

— Oui, je sais, mais…

Suzanna s'interrompit et retrouva son affabilité d'hôtesse.

— Je me réjouis que vous ayez pu assister au mariage.

Tu parles ! songea-t-il, mais il leva son verre et répliqua :

— Jusqu'à présent, je trouve ça… plutôt intéressant.

Comme obéissant à un signal muet, la famille de Suzanna s'éloigna, les laissant seuls dans leur coin, à côté d'un bac de gardénias.

— J'espère que mes sœurs ne vous ont pas importuné, dit-elle.

— Je suis de taille à les affronter.

— C'est possible, mais je ne voudrais pas qu'on vous harcèle le jour du mariage d'Amanda.

— Un autre jour, en revanche, ça ne vous dérangerait pas, persifla-t-il.

Avant que Suzanna ait pu riposter, des petites mains se mirent à tirer avec insistance sur sa robe.

— Maman, quand est-ce qu'on va manger le gâteau ?

— Quand Amanda et Sloan seront prêts à le découper.

Elle caressa le bout du nez d'Alex.

— Mais on a faim, nous !

— Dans ce cas, allez donc au buffet et empiffrez-vous comme des petits goinfres.

Le garçonnet pouffa, mais revint à la charge :

— Et le gâteau…

— C'est pour plus tard. Alex, je te présente M. Bradford.

Guère intéressé par cette énième grande personne qui ne manquerait pas de lui tapoter le crâne et de le féliciter sur sa taille, Alex gratifia Holt d'une moue boudeuse. Toutefois, il s'anima un peu en voyant que ce dernier lui proposait une poignée de main virile.

— C'est vous, le policier ?

— Je l'étais, mais je ne le suis plus.

— Est-ce que vous avez déjà pris une balle dans la tête ?

Holt réprima un gloussement.

— Ah non. Désolé.

Bizarrement, il avait l'impression d'avoir déchu aux yeux de l'enfant.

— Mais on m'a tiré dans la jambe, une fois.

Le visage du petit garçon s'éclaira.

— C'est vrai ? Est-ce que vous avez perdu beaucoup de sang ?

Holt ne put s'empêcher de sourire.

— Des litres.

— Wouah… Et vous avez tiré sur beaucoup de méchants ?

— Sur des dizaines.

— Trop bien ! Attendez, je reviens !

Alex partit comme une flèche.

— Excusez, dit Suzanna. Il traverse une phase meurtres et mutilations en tout genre.

— Je regrette seulement de ne pas avoir pris de balle dans la tête…

Elle éclata de rire.

— Oh ! ça ne fait rien ! Vous avez tiré sur beaucoup de méchants, ça compense…

Elle se demandait d'ailleurs si c'était vrai, mais n'osa pas lui poser la question.

— Suzanna, vous…

— Coucou !

Alex s'arrêta en dérapage contrôlé, deux autres enfants à sa traîne.

— Je leur ai raconté qu'on vous avait tiré dans la jambe.

— Vous avez eu mal ? voulut savoir Jenny.

— Assez.

— Il a perdu des litres de sang, renchérit Alex avec délectation. Elle, c'est Jenny, ma sœur. Et lui, c'est mon frère, Kevin.

Suzanna eut envie d'embrasser son fils. De l'étouffer de câlins et de baisers pour avoir accepté avec autant de facilité une situation que les adultes avaient rendue si compliquée. Mais elle se contenta de lui passer la main sur les cheveux.

Les trois enfants bombardaient Holt de questions, quand elle y mit le holà.

— Ça suffit, maintenant. Vous avez eu votre dose de sang et de violence pour aujourd'hui.

— Mais, maman…

— Mais, Alex…, fit-elle sur le même ton. Et si vous alliez vous chercher du punch sans alcool ?

L'idée dut leur paraître bonne, car ils filèrent vers le buffet.

— C'est une bien jolie nichée que vous avez là, murmura Holt avant de se tourner vers Suzanna. Je croyais que vous n'aviez que deux enfants.

— C'est le cas.

— J'ai pourtant bien l'impression d'en avoir vu trois…

— Kevin est le fils de mon ex-époux, répliqua-t-elle avec froideur. Et maintenant, si vous voulez bien m'excuser…

Il la retint par le bras. Encore un secret, songea-t-il,

encore un secret qu'il percerait le moment venu. Mais pas tout de suite. Pour l'instant, il allait faire quelque chose qui le démangeait depuis qu'il l'avait vue s'avancer sur le tapis de satin blanc, dans sa robe bleue vaporeuse.

— Vous dansez ?

Suzanna n'arrivait pas à se détendre dans les bras de Holt. C'était ridicule ! Il ne l'avait invitée à danser que par courtoisie, comme cela se faisait en société. Mais son corps était si proche, si ferme, sa main dans son dos si possessive… Comment aurait-elle pu ne pas repenser à ce baiser brutal qui l'avait transportée de désir ?

— Vous avez une demeure magnifique, dit-il en se délectant du soyeux de sa chevelure contre sa joue. Je me suis toujours demandé à quoi ressemblait l'intérieur.

— Je vous ferai visiter, un de ces jours.

Sentant contre lui les battements sourds du cœur de Suzanna, Holt tenta une petite expérience : il fit lentement remonter sa main le long de sa colonne vertébrale. Aussitôt, le rythme cardiaque de la jeune femme s'accéléra.

— Je m'étonne que vous ne soyez pas revenue me harceler à propos de cette histoire d'émeraudes, observa-t-il.

Elle le regarda avec irritation.

— Sachez que je n'ai aucune intention de vous harceler, comme vous dites !

— Tant mieux.

Du pouce, il lui effleura la main et sentit un frémissement la parcourir.

— Mais vous reviendrez me voir.

— Uniquement parce que je l'ai promis à tante Coco.

— Non.

D'une pression sur son dos, il l'attira encore un peu plus à lui.

— Pas seulement pour ça. Vous êtes curieuse de savoir à quoi ressemblerait une nuit avec moi, de même que j'ai passé la moitié de ma vie à me demander comment ce serait de vous faire l'amour.

Il sentit une légère onde de panique se propager sous ses doigts.

— Le lieu est mal choisi, murmura-t-elle.

— Ça, c'est moi qui en décide.

Il approcha sa bouche à quelques centimètres de la sienne et vit ses prunelles s'assombrir, son regard s'embrumer.

— J'ai envie de vous, Suzanna.

Elle répliqua dans un filet de voix — son cœur cognait dans sa gorge.

— Suis-je censée être flattée ?

— Flattée ? Non. Plutôt effrayée, si vous avez deux sous de bon sens. Car je ne vais pas vous faciliter les choses.

— L'ennui, voyez-vous, c'est que ça ne m'intéresse pas, rétorqua-t-elle en se ressaisissant un peu.

Il esquissa un sourire en coin.

— Je pourrais très bien vous embrasser là, tout de suite, histoire de vous prouver le contraire…

— Je refuse de faire un esclandre le jour du mariage de ma sœur, chuchota-t-elle.

— Très bien, venez donc chez moi demain.

— Non.

— Bon, d'accord.

Esquivant un baiser, Suzanna détourna la tête et sentit la bouche de Holt lui frôler la tempe, puis lui mordiller l'oreille.

— Arrêtez ! murmura-t-elle. Mes enfants…

— Ne seront pas traumatisés de voir un homme embrasser leur mère.

Néanmoins, il cessa ses taquineries érotiques — le désir devenait trop puissant.

— Demain matin, Suzanna. Il faut que je vous montre

quelque chose. Quelque chose qui appartenait à mon grand-père.

Elle leva les yeux sur lui, s'efforçant de calmer les battements effrénés de son cœur.

— Si c'est un jeu, Holt, je ne veux pas y participer.

— Ce n'est pas un jeu. J'ai envie de vous, Suzanna, et cette fois, je vous aurai. Néanmoins, il y a parmi les affaires de mon grand-père quelque chose que vous êtes en droit de voir. A moins que l'idée de rester seule avec moi vous terrifie, bien sûr…

Piquée au vif, elle se raidit.

— Je viendrai.

Le lendemain du mariage, Suzanna sortit sur la terrasse en compagnie de Megan. Les enfants couraient joyeusement sur la pelouse avec Fred.

— Quel dommage que tu ne puisses pas rester plus longtemps…

Megan secoua la tête avec un petit rire.

— Figure-toi qu'à mon grand étonnement je regrette moi aussi de devoir repartir si vite. Mais je reprends le travail demain.

— En tout cas, Kevin et toi serez toujours les bienvenus aux Tours.

— Je le sais.

Megan se tourna vers Suzanna et lut dans ses yeux le reflet de sa propre tristesse, une tristesse qu'elle-même veillait la plupart du temps à refouler.

— Et si les enfants et toi avez un jour envie de visiter l'Oklahoma, sache que notre maison vous est ouverte. Je ne voudrais pas que nous nous perdions de vue. Kevin a besoin de connaître cette branche de sa famille.

— Dans ce cas, nous resterons en contact.

Suzanna se baissa pour ramasser un pétale de rose qui

s'était détaché d'une composition florale et se remémora la fête de la veille.

— Quel magnifique mariage, n'est-ce pas ? Sloan et Mandy vont être heureux ensemble… Et quand je songe que, bientôt, nous aurons des nièces et des neveux en commun !

— Oui, la vie prend parfois un tour bien étrange…, murmura Megan.

Soudain, elle saisit la main de Suzanna et déclara :

— J'aimerais vraiment que nous puissions être amies, tu sais, et pas seulement dans l'intérêt de nos enfants, de Sloan ou d'Amanda.

Suzanna lui sourit.

— Nous le sommes déjà, il me semble…

— Suzanna ! cria Coco depuis la porte de la cuisine. Téléphone pour toi !

Quand Megan ne put plus les entendre, Coco précisa en se mordillant nerveusement la lèvre :

— C'est Baxter.

— Oh ! non…

Aussitôt, Suzanna sentit s'envoler le bonheur simple de cette matinée.

— Je vais prendre l'appel dans l'autre pièce.

Et, s'engageant dans le couloir, elle s'arma de courage. Bax ne pouvait plus lui faire de mal. Ni physiquement ni moralement.

Elle entra dans la bibliothèque, inspira un grand coup et porta le combiné à son oreille.

— Bonjour, Bax.

— Tu te trouves sans doute très maligne de me faire poireauter au bout du fil…

Et voilà, c'était reparti, songea-t-elle. Ce ton sec et sans appel qui la tétanisait autrefois. Cette fois-ci, elle se contenta de soupirer.

— Désolée, j'étais dehors.

— Ah, bien sûr… En train de faire des trous dans le

jardin, sans doute. Tu persistes à vouloir gagner ta vie en taillant des rosiers ?

— Ecoute, Baxter, tu ne m'appelles pas pour avoir des nouvelles de mon entreprise, je suppose.

— Ton entreprise, comme tu dis, n'est rien d'autre pour moi qu'un caillou dans ma chaussure. Que mon ex-femme vende des fleurs au coin des rues…

— Ça ternit ton image, je sais.

Suzanna se passa une main dans les cheveux.

— Nous n'allons pas revenir là-dessus, si ?

— Oh ! mais c'est qu'on se rebiffe… Un vrai dragon !

Elle l'entendit murmurer quelque chose à quelqu'un, puis se mettre à rire.

— Non, je ne t'appelais pas pour ça. Si tu tiens à te ridiculiser, c'est ton problème. Je veux les enfants.

Suzanna sentit son sang se figer dans ses veines.

— Comment ? murmura-t-elle d'une voix tremblante qui dut combler son ex-mari.

— Oui, si je me souviens bien, la convention encadrant la garde stipule clairement que j'ai droit à deux semaines en été. Je viendrai donc les chercher vendredi.

— Tu… mais tu n'as pas…

— Cesse de bégayer, Suzanna. C'est l'une des choses qui m'agace le plus, chez toi. Mais puisque tu ne comprends pas, je vais répéter. J'exerce mon autorité parentale : je viendrai donc chercher les enfants vendredi à midi.

— Mais tu ne les as pas vus depuis bientôt un an ! Tu ne peux pas les emmener comme ça et…

— Bien au contraire. Et je te préviens que si tu choisis de ne pas honorer notre convention je t'assignerai au tribunal. Tu n'as pas le droit de m'empêcher de voir nos enfants. Sans compter que ça ne serait pas très judicieux de ta part.

— Mais je ne t'ai jamais empêché de les voir ! C'est toi qui t'es totalement désintéressé d'eux !

— Ecoute, je n'ai pas l'intention de remanier mon planning pour te faire plaisir. Yvette et moi allons passer deux semaines à Martha's Vineyard et nous avons décidé d'y emmener les enfants. Il est temps qu'ils découvrent que le monde ne se limite pas au trou perdu où tu les caches.

Les mains de Suzanna s'étaient mises à trembler. Elle serra le combiné plus fort.

— Tu n'as même pas envoyé une carte à Alex pour son anniversaire.

— Je ne pense pas que notre convention stipule quoi que ce soit au sujet des cartes d'anniversaire, rétorqua-t-il avec brusquerie. En revanche, elle détaille très précisément les droits de visite du père. Si tu en doutes, je te conseille vivement de vérifier ce point auprès de ton avocat, Suzanna.

— Et s'ils ne veulent pas partir avec toi ?

— La décision ne leur appartient pas — à toi non plus, d'ailleurs.

C'était ce sentiment de toute-puissance qui plaisait à Baxter, elle le savait.

— Et à ta place, poursuivit-il, je n'essaierais pas de monter les enfants contre moi…

— Oh ! ça, c'est inutile…, murmura-t-elle.

— Alors, veille à ce que leurs bagages soient prêts au jour dit. Ah, et au fait, Suzanna… Ta famille défraie la chronique, depuis quelque temps. N'est-ce pas étrange qu'il ne soit nulle part fait mention d'un collier d'émeraudes dans l'acte de partage de nos biens ?

— J'ignorais son existence, à l'époque de notre divorce.

— Tu te crois capable de faire avaler ça à un juge ?

Suzanna sentit monter à ses yeux des larmes de rage et de frustration.

— Pour l'amour du ciel, Bax, tu trouves que tu ne m'as pas déjà pris suffisamment de choses ?

— Ça ne sera jamais suffisant, Suzanna, au regard de la déception que tu m'as causée. Vendredi, conclut-il. Midi.

Et il raccrocha.

Suzanna tremblait comme une feuille. Même après s'être assise avec précaution dans un fauteuil. Elle avait l'impression d'être brutalement ramenée cinq ans en arrière, de revivre cette atroce situation d'impuissance. Elle n'avait aucun moyen d'action contre Bax. Elle avait lu attentivement la convention d'accord parental avant de la signer : son ex-mari avait tout à fait le droit d'emmener les enfants en vacances. Bien sûr, en théorie, elle aurait pu exiger de sa part un délai de préavis plus long, mais à quoi bon ? Cela ne servirait qu'à repousser l'inévitable. Si la décision de Bax était prise, elle ne pourrait pas le raisonner. Au contraire, plus elle lui opposerait d'arguments, plus il se ferait un plaisir de la torturer.

Et plus il rendrait la situation pénible pour les enfants.

Ses bébés ! Se balançant d'avant en arrière, elle se couvrit le visage des mains. Ce n'était que pour quelques jours… elle survivrait. Mais qu'éprouveraient Alex et Jenny lorsqu'elle les expédierait en vacances avec leur père, sans leur donner voix au chapitre ?

Il faudrait qu'elle leur présente tout cela comme une grande aventure… Oui, avec l'intonation appropriée et des paroles choisies, elle saurait gagner leur enthousiasme. Refusant de se laisser abattre, elle se leva. Elle leur parlerait, oui, mais pas maintenant. Elle était trop bouleversée pour pouvoir les convaincre de quoi que ce soit.

— Cette baraque est une véritable gare !

En entendant le martèlement familier d'une canne sur le sol, Suzanna faillit se laisser à nouveau choir dans le fauteuil.

— Ce ne sont qu'allées et venues, portes qui claquent, sonneries de téléphone… A croire que personne ne s'est jamais marié avant eux !

La grand-tante Colleen, coiffure impeccable et diamants scintillants aux oreilles, s'arrêta sur le seuil.

— Je te signale que ces petits monstres ont mis des traces de boue dans tout l'escalier.

— Je suis désolée.

Colleen émit un reniflement de désapprobation. Elle

adorait se plaindre d'Alex et Jenny depuis qu'elle les avait pris en affection.

— Des vandales ! Le seul jour de la semaine où on n'a pas les oreilles cassées par des bruits de scie et de marteau, ce sont des hordes d'enfants qui hurlent dans toute la maison. Pourquoi diable ne sont-ils pas à l'école ?

— Parce qu'on est en juillet, tante Colleen.

— Et après ? Je ne vois pas ce que ça change.

La vieille dame se rembrunit encore en dévisageant Suzanna.

— Que t'arrive-t-il, ma petite ?

— Rien. Je suis juste un peu fatiguée.

— Fatiguée, mon œil !

Colleen connaissait cet air-là, cette affreuse lassitude mêlée d'impuissance, elle l'avait vue dans le regard de sa propre mère, Bianca.

— Qui était-ce au téléphone ?

Suzanna releva le menton.

— Ça, tante Colleen, ce ne sont pas tes affaires.

— Eh, on monte sur ses grands chevaux !

Voilà qui réjouissait la vieille dame. Elle préférait voir sa petite-nièce montrer les dents plutôt que tendre l'autre joue. Au reste, elle savait très bien ce qui contrariait Suzanna. A force de harceler Coco de questions, elle avait fini par avoir le fin mot de l'histoire…

— Ecoute, je dois aller voir quelqu'un, dit Suzanna d'une voix aussi calme que possible. Veux-tu bien prévenir tante Coco que je suis sortie ?

— Me voilà coursier, maintenant ! Je lui dirai, je lui dirai…, maugréa Colleen en agitant sa canne. De toute façon, il est grand temps qu'elle me fasse mon thé.

— Merci. Ça ne sera pas long.

— Sors, change-toi les idées, conseilla l'auguste vieille dame, alors que Suzanna passait devant elle. Et souviens-toi que rien ne peut venir à bout d'une Calhoun !

Suzanna poussa un soupir et embrassa la joue émaciée de sa grand-tante.

— Puisses-tu avoir raison…

Sans se laisser le temps de réfléchir, elle sortit de la maison et grimpa dans son pick-up. Elle voulait bien venir à bout de n'importe quoi, mais pour cela il lui fallait d'abord se calmer.

Elle avait fait de gros progrès dans la maîtrise de ses émotions. Une femme ne peut affronter le juge qui va décider du sort de ses enfants sans avoir appris à se dominer. Elle savait désormais qu'on peut éprouver de l'affolement, de la rage ou de la détresse tout en donnant le change à son entourage. Dès qu'elle s'en sentirait capable, elle parlerait à Alex et Jenny mais, pour le moment, il lui fallait honorer son rendez-vous.

Quoi que Holt ait à lui montrer, cette diversion tombait à point nommé : elle lui permettrait de se changer les idées, le temps que la paix revienne dans son cœur.

Elle se gara devant le cottage et descendit du pick-up. Mais alors qu'elle passait la main dans ses cheveux malmenés par le vent, elle s'aperçut qu'elle serrait ses clés de voiture de toutes ses forces. Décidément, le calme la fuyait… S'obligeant à décontracter ses doigts, elle fourra les clés dans sa poche et frappa à la porte.

Il y eut un concert d'aboiements et Holt vint lui ouvrir, retenant Sadie par le collier.

— Ah, c'est vous. Je pensais qu'il faudrait aller vous chercher.

— Je tiens toujours parole.

Elle entra dans la maison en lançant :

— Alors, qu'avez-vous à me montrer ?

Lorsque Holt fut certain que Sadie se bornerait à manifester sa soif de caresses par des gémissements sifflants, il lui lâcha le collier.

— Votre tante s'est montrée nettement plus intéressée que vous par ma maison.

— Je suis un peu pressée, je vous l'avoue.

Après avoir flatté distraitement la chienne, Suzanna enfonça les mains dans les poches de son pantalon.

— Il est très joli, ce cottage déclara-t-elle en promenant son regard sans rien voir. Vous devez vous sentir bien, ici.

— Pas trop mal, en effet, répliqua-t-il avec lenteur, frappé par sa mine tragique.

Elle avait un teint d'une pâleur mortelle. Des yeux trop sombres. Il pesta intérieurement. Par ses provocations, il avait certes cherché à piquer sa curiosité, quitte à la bousculer un peu, mais jamais il n'avait voulu l'effrayer.

— Détendez-vous, voyons, lâcha-t-il avec un soupçon de dédain. Je ne vais pas vous sauter dessus.

Mais Suzanna était à bout de nerfs.

— Pourrait-on en finir, s'il vous plaît ?

— Oui, dès que vous cesserez de vous comporter comme l'agneau qu'on va sacrifier. Je n'ai rien fait — jusqu'ici — pour que vous me regardiez de cette façon-là !

— Je ne vous regarde d'aucune façon.

— Oh ! que si... Bon sang, Suzanna, mais vos mains tremblent !

Il s'en empara d'un geste rageur.

— Calmez-vous, enfin ! Je ne vais pas vous faire de mal !

Elle retira ses mains avec brusquerie, furieuse de ne pouvoir contrôler son désarroi.

— D'où tenez-vous que vous seriez seul responsable de mes émotions ? J'ai ma propre vie, figurez-vous, mes propres sentiments ! Je ne suis pas une faible femme qui perd ses moyens dès qu'un homme élève la voix ! Pensez-vous vraiment que j'aie peur de vous ? Pensez-vous vraiment que vous puissiez m'atteindre, après ce que...

Elle s'interrompit, consternée par son coup d'éclat. Des larmes de rage lui brûlaient les paupières. Son plexus était si noué qu'elle parvenait à peine à respirer. Sadie s'était repliée dans un coin, frémissante. Holt, à trente centimètres d'elle, la regardait fixement, l'air perplexe.

— Je dois y aller, murmura-t-elle, et elle se précipita vers la porte.

La main de Holt s'abattit sur le panneau en bois, lui bloquant toute échappatoire.

— Laissez-moi sortir !

Entendant sa voix se briser, Suzanna se mordit la lèvre. Elle tenta en vain d'ouvrir la porte, puis fit volte-face, les yeux étincelant de colère.

— J'ai dit : laissez-moi sortir !

— Allez-y, répliqua-t-il avec un calme étonnant, collez-moi votre poing dans la figure. Mais vous n'irez nulle part dans l'état où vous êtes.

— Ça, c'est mon affaire ! Je vous répète que ça n'a rien à voir avec vous.

— Très bien, vous refusez donc de me frapper… Essayons alors de vous libérer d'une autre façon.

Il lui prit le visage en coupe, fermement, et plaqua sa bouche sur la sienne.

Ce n'était pas un baiser censé l'apaiser. Il était empreint d'une émotion brute et tumultueuse, en parfait accord avec les sentiments de Suzanna.

Les bras coincés contre lui, elle gardait les poings serrés. Son corps tremblait, sa peau la brûlait. Au premier frémissement de sa part, Holt l'emporta dans la violence désespérée de ce baiser, bien déterminé à chasser toute autre pensée de son esprit.

Puis il le fit durer, pour son propre plaisir. Suzanna était un volcan au bord de l'éruption, une tempête prête à éclater, et la passion qu'elle refoulait atteignit Holt bien plus sûrement qu'un coup de poing. Il avait bien l'intention d'être présent lorsque se produirait l'explosion, mais rien ne pressait.

Lorsqu'il se décida enfin à la lâcher, elle se laissa aller contre la porte, les yeux clos, la respiration altérée. Il prit le temps de la regarder. Jamais il n'avait vu quelqu'un lutter autant pour garder le contrôle de soi.

— Asseyez-vous.

Elle refusa d'un signe de tête.

— Très bien, restez debout.

Haussant les épaules avec dédain, il alla allumer une cigarette.

— De toute façon, vous finirez bien par me dire ce qui vous met dans un tel état.

— Je refuse de vous parler.

Holt s'assit sur l'accoudoir d'un fauteuil et exhala une bouffée.

— Des tas de gens ont refusé de me parler, au long de ma carrière... Mais en règle générale je finis toujours par apprendre ce que je veux savoir.

Suzanna rouvrit les yeux — ils étaient redevenus secs, nota-t-il à son grand soulagement.

— C'est un interrogatoire ?

Haussant à nouveau les épaules, il tira sur sa cigarette. A quoi bon céder à la compassion et la combler de douces paroles ? Elle ne s'en trouverait pas mieux et, de toute façon, il n'était pas sûr de pouvoir le faire !

— Possible, se contenta-t-il de répliquer.

L'espace d'un instant, Suzanna songea à s'enfuir. Mais Holt aurait tôt fait de la rattraper... Elle avait appris, à ses dépens, qu'il y a certains combats qu'une femme ne peut pas gagner.

— Vous perdriez votre temps, soupira-t-elle avec lassitude. En fait, je n'aurais jamais dû venir ici dans l'état où je suis, mais je croyais m'être ressaisie.

— Qu'est-ce qui vous bouleverse à ce point ?

— C'est sans importance.

— Dans ce cas, pourquoi ne pas m'en parler ?

— C'est Bax. Mon ex-mari. Il m'a appelée.

Pour se donner une contenance, elle se mit à arpenter la pièce.

Holt considéra le bout de sa cigarette, se morigénant en son for intérieur. Toute jalousie de sa part aurait été déplacée.

— A l'évidence, il sait encore appuyer là où ça fait mal, commenta-t-il.

— Un coup de téléphone, un seul ! Et je me retrouve sous sa coupe.

Surpris par l'amertume de sa voix, il garda le silence tandis qu'elle se désespérait :

— Il n'y a rien que je puisse faire. Rien ! Il va prendre les enfants pendant deux semaines. Et je ne peux pas l'en empêcher.

Holt poussa un soupir d'impatience.

— Bon sang ! A quoi rime cette crise d'hystérie ? Les petits vont passer quinze jours avec papa, la belle affaire !

Dégoûté, il écrasa sa cigarette. Et dire qu'il s'était fait du souci pour elle !

— De grâce, ma jolie, épargnez-moi le refrain de l'épouse vindicative ! Votre ex a bien le droit de voir ses enfants.

— Le droit ! Pour ça oui, il l'a…

La voix de Suzanna vibrait d'une émotion si profonde que Holt releva brusquement la tête.

— Il l'a parce que c'est écrit sur un morceau de papier ! Et qu'il était là lors de leur conception ! Aux yeux de la loi, ça suffit à faire de lui leur père ! Bien entendu, tout ça n'implique pas qu'il doive les aimer, s'inquiéter pour eux ou s'évertuer à les élever ! Ça n'implique pas non plus qu'il doive se souvenir de Noël ou de leur anniversaire ! Eh bien, c'est exactement ce que m'a dit Bax au téléphone. En revanche, la convention parentale m'oblige à lui confier Alex et Jenny lorsque l'envie le prend de les avoir…

Les larmes menaçaient à nouveau, mais elle les refoula avec force. Pleurer devant un homme n'apportait jamais rien que de l'humiliation.

— Vous pensez que je m'apitoie sur mon sort ? Détrompez-vous ! Bax ne peut pas me faire souffrir davantage. Mais il n'a pas le droit de se servir de nos enfants pour se venger de moi. Sous prétexte que je n'ai pas été une épouse à la hauteur de ses espérances.

Holt sentit monter en lui une rage froide.

— Il vous a bien abîmée, n'est-ce pas ?

— Là n'est pas la question. Le problème, c'est Alex et Jenny. Je dois arriver à les convaincre de la « chance » qu'ils ont de pouvoir passer quinze jours de rêve avec leur père, alors qu'il n'a pas daigné prendre de leurs nouvelles depuis des mois et qu'il pouvait à peine tolérer leur présence quand nous vivions tous sous le même toit.

Elle glissa les doigts dans ses cheveux, soudain lasse.

— Mais je n'étais pas venue pour vous parler de ça.

— Si, au contraire.

Sa colère retombée, Holt alluma une cigarette. S'il ne s'occupait pas les mains, il allait recommencer à la toucher. Or dans leur état d'esprit actuel, ce n'était peut-être pas indiqué. Il reprit :

— Je suis extérieur à votre famille, vous pouvez donc vous confier à moi. Vous pouvez passer votre ressentiment sur moi, ce n'est pas ça qui me fera perdre le sommeil, vous savez…

Elle ébaucha un pâle sourire.

— Vous avez peut-être raison. Je vous prie de m'excuser, Holt.

— Des excuses, ce n'est pas ce que je vous demande. Que ressentent les enfants pour leur père ?

— Pour eux, c'est un étranger.

— Dans ce cas, ils n'attendent rien de particulier de sa part. A mon avis, Alex et Jenny peuvent très bien voir toute cette histoire comme une aventure et finalement y trouver leur compte… Mais vous, vous faites le jeu de votre ex-mari en vous mettant dans un état pareil. Parce que, s'il se sert vraiment d'eux pour vous atteindre, on peut dire qu'il a réussi son coup.

— Je sais… j'étais parvenue à ces conclusions-là moi-même. Je crois simplement que j'avais besoin de passer mes nerfs sur quelqu'un.

Elle s'efforça à nouveau de sourire.

— D'habitude, j'arrache des mauvaises herbes.

— Mon baiser a eu un effet plus efficace, il me semble.

— C'était… différent, en tout cas.

Il fit tomber la cendre de sa cigarette dans un cendrier et se leva. Au diable les scrupules !

— Différent ? Est-ce la meilleure description que vous puissiez en fournir ?

— De but en blanc, oui. Je vous en prie, Holt…, protesta-t-elle lorsqu'il l'enlaça.

— Oui ?

Il se mit à lui grignoter gentiment le menton, puis la bouche.

— Holt, je ne veux pas de ce genre de réconfort.

Au contraire, songea-t-elle, contrite. Elle ne demandait que cela.

— Ma foi, c'est bien dommage…

Il resserra son étreinte, l'écrasant contre lui.

— Ecoutez, Holt, vous m'avez priée de venir ici pour me…

Elle émit un murmure de détresse lorsqu'il se mit à lui mordiller le lobe de l'oreille et poursuivit vaillamment :

— Pour me montrer quelque chose qui a appartenu à votre grand-père.

— C'est exact.

Sa peau, s'émerveilla Holt, sentait le vent qui souffle en haut des falaises. Un mélange d'embruns, de fleurs des champs et de chaleur estivale.

— Mais si je vous ai demandé de passer chez moi, c'est aussi pour pouvoir à nouveau vous toucher. Alors nous allons prendre les choses comme elles viennent, l'une après l'autre.

— Je ne veux pas m'engager dans une relation amoureuse, affirma Suzanna.

Pourtant, alors qu'elle prononçait ces mots, sa bouche avançait à la rencontre de celle de Holt.

— Moi non plus, répliqua-t-il.

Et il entreprit de sucer sa lèvre inférieure, tandis qu'elle tentait de poursuivre :

— Ce n'est rien qu'une… oh… qu'une histoire de peau.
Et elle se mit à fourrager dans les cheveux de Holt.

— C'est ça, ironisa-t-il.

Ses mains rugueuses partirent en exploration sous son
T-shirt.

— Une histoire de peau qui ne peut nous mener nulle
part…, murmura-t-elle.

— Mais qui nous aura au moins apporté quelques
satisfactions.

Il avait raison sur ce point-là aussi, ce diable d'homme !
L'espace d'un bref instant, Suzanna se laissa aller à la
passion torride de leur baiser. Elle avait besoin de quelque
chose, de quelqu'un. Et puisqu'on ne lui offrait ni réconfort
ni compassion, elle acceptait la volupté. Sauf que plus elle
y goûtait, plus son corps en voulait. Il réclamait une chose
hors d'atteinte, à laquelle elle ne pouvait même pas se
permettre de rêver.

— Tout ça va trop vite, dit-elle, à bout de souffle, en
se dégageant des bras de Holt. Je suis désolée, vous devez
trouver que j'envoie des signaux contradictoires.

Le corps palpitant de désir, il fixait ses yeux, rien que
ses yeux.

— Je pense être capable de faire le tri.

— Comprenez-moi, Holt… Je ne veux pas m'engager
à la légère, dit-elle en humectant ses lèvres encore tièdes
de son baiser. Et puis, j'ai trop de responsabilités, trop de
soucis en ce moment pour ne serait-ce que songer à…

— Une liaison ? Il va pourtant falloir que vous y réflé-
chissiez sérieusement.

Et sans la lâcher du regard il rassembla sa chevelure
dans sa main.

— Allez-y, prenez quelques jours. Je sais être patient
du moment que j'obtiens ce que je veux. Et c'est vous que
je veux, Suzanna.

Elle sentit un frisson d'excitation lui parcourir l'échine.

— Ce n'est pas parce que vous m'attirez physiquement que je vais courir dans votre lit.

— Je me moque pas mal que vous y alliez de vous-même ou que je doive vous y traîner. Nous déciderons de la meilleure manière de procéder plus tard.

Et sans lui laisser le temps de réfléchir à une insulte, il lui décocha un large sourire et l'embrassa à pleine bouche avant de s'écarter d'un pas.

— Bien, maintenant que cette question est réglée, je vais vous montrer le portrait. Suivez-moi, c'est en haut.

— Parce que vous vous imaginez avoir réglé la question en… Quel portrait ?

Il lui désigna l'escalier menant à l'atelier.

— Venez voir.

Partagée entre la curiosité et la colère, Suzanna lui emboîta le pas. Une chose au moins était sûre : depuis qu'elle avait revu Holt Bradford, elle n'avait cessé d'être secouée par un torrent d'émotions fortes. Alors que tout ce qu'elle attendait de la vie, c'était la quiétude d'une traversée bien tranquille.

— C'est ici que peignait mon grand-père.

Cette simple constatation la tira aussitôt de ses ruminations.

— Vous le connaissiez bien ?

— Oh ! je ne pense pas que quiconque l'ait jamais vraiment connu.

Holt ouvrit un vasistas.

— Il allait et venait à sa guise. Lorsqu'il revenait au cottage, on ne savait jamais si c'était pour quelques jours ou pour quelques mois. Il s'asseyait ici et je le regardais travailler à son tableau. Quand il était las de m'avoir dans les jambes, il m'envoyait jouer dehors avec le chien ou il me donnait de quoi m'acheter une glace au village.

— Il y a encore des traces de peinture par terre…

Ce fut plus fort qu'elle, Suzanna s'accroupit pour les caresser. Ces éclaboussures de couleur, plus que l'atelier lui-même, formaient le terreau du souvenir. Elle tendit la main vers Holt qui l'aida à se relever... c'est alors qu'elle vit le portrait.

La toile était appuyée contre un mur, dans un cadre de facture ancienne, très ornementé, dans lequel la femme du tableau la regardait avec des yeux remplis de secrets, de tristesse et d'amour.

— Bianca, murmura Suzanna, au bord des larmes. Je le savais. J'étais sûre qu'il avait fait son portrait. Il ne pouvait pas en être autrement.

— Il m'a fallu voir Lilah, hier, pour avoir la certitude que c'était elle.

— Christian n'a jamais vendu ce tableau. Il l'a gardé car c'était tout ce qu'il lui restait d'elle.

— C'est possible, reconnut Holt avec réticence, alors que la même pensée venait de lui traverser l'esprit. Il y avait effectivement quelque chose entre eux, je suis bien forcé de l'admettre. Toutefois, je ne vois pas en quoi ça peut vous aider à retrouver les émeraudes.

— Mais vous voulez bien me prêter main-forte.

— Puisque je vous l'ai promis...

— Merci, Holt.

Elle se retourna pour le dévisager. Oui, il l'aiderait, elle en était persuadée. Cet homme ne la trahirait pas, même s'il lui en coûtait de tenir parole. Aussi se risqua-t-elle à faire appel à sa bonne volonté :

— Avant tout, je dois vous demander une chose : accepteriez-vous d'apporter ce tableau aux Tours, afin que ma famille puisse le voir ? Vous nous feriez un immense plaisir.

Sur l'insistance de Suzanna, ils prirent également Sadie. Installée à l'arrière du pick-up, la chienne souriait, babines au vent. Lorsqu'ils arrivèrent au manoir, Max et Lilah étaient assis sur la pelouse. Fred traversa le jardin ventre à terre pour aller les accueillir et s'arrêta net, manquant trébucher. Sadie venait de bondir lestement du plateau.

Tout frémissant, Fred s'approcha d'elle et les deux chiens entreprirent de se flairer avec application. Quand ils eurent fini de faire connaissance, Sadie s'écarta avec un vif mouvement de queue et partit caracoler sur la pelouse d'un air conquérant. Enfin, elle décocha un regard à Fred, lui enjoignant muettement de la suivre, et le chiot s'empressa de la rejoindre de son allure pataude.

— On dirait que ce vieux Fred a eu le coup de foudre, commenta Lilah en s'avançant vers le pick-up en compagnie de Max. Ah, Suze… Nous nous demandions où tu étais passée.

Elle caressa le bras de sa sœur, lui faisant comprendre par ce geste de réconfort qu'elle était au courant de l'appel de Bax.

— Les enfants sont là ? s'enquit Suzanna.

— Non, ils sont allés au village avec Megan et ses parents. Kevin tenait à acheter quelques souvenirs avant de partir.

Hochant la tête, Suzanna prit Lilah par la main.

— J'ai quelque chose à te montrer, regarde…

Et, reculant d'un pas, elle lui désigna le pick-up. Par la portière ouverte, Lilah aperçut le tableau et ses doigts se crispèrent sur ceux de sa sœur.

— Oh ! Suze…

— Je sais.

— Max, tu vois ce que je vois ? s'exclama Lilah.

— Mais oui, ma chérie…, dit-il en déposant un tendre baiser au sommet de son crâne.

Puis il contempla le portrait de la femme qui ressemblait comme une goutte d'eau à celle qu'il aimait.

— Elle était très belle… Quant au tableau, c'est un Bradford, impossible de se tromper là-dessus, affirma-t-il en se tournant vers Holt d'un air presque contrit. Voilà deux semaines que je suis plongé dans l'étude des œuvres de votre grand-père.

— Et depuis tout ce temps, vous aviez ce portrait ! s'insurgea Lilah.

Holt choisit de ne pas relever l'accusation sous-jacente.

— J'ignorais qu'il s'agissait de Bianca avant de vous avoir vue dans votre robe, hier, au mariage.

Lilah se mit à le dévisager avec intérêt.

— Tout compte fait, vous n'êtes pas aussi déplaisant que vous cherchez à le paraître. Votre aura est bien trop claire pour ça.

— Laisse l'aura de Holt où elle est, intervint Suzanna dans un rire. Je veux que tante Coco voie ce portrait. Oh ! si seulement Sloan et Mandy n'étaient pas déjà partis en voyage de noces !

— Ils seront là dans quinze jours, lui rappela Lilah d'un ton conciliant.

Quinze jours… Suzanna lutta pour conserver le sourire, tandis que Holt emportait le tableau à l'intérieur de la maison.

A la seconde où elle vit le portrait, Coco fondit en larmes. Mais il fallait s'y attendre. Holt avait installé la toile sur la causeuse, dans le petit salon. Coco s'assit dans la bergère à oreilles et se mit à sangloter dans son mouchoir.

— Après tout ce temps… C'est comme si on l'avait un peu ramenée chez elle.

Lilah posa une main apaisante sur l'épaule de sa tante.

— Une partie de Bianca est restée au manoir, tu le sais bien…

— Oui, c'est sûr, mais pouvoir à nouveau la regarder… J'ai l'impression de te voir, ma chérie.

Les yeux humides, C.C. s'appuya contre Trent.

— Comme il devait l'aimer… Elle est exactement telle que je l'imaginais, ou plutôt telle que je me la suis représentée, cette fameuse nuit où j'ai senti sa présence.

Un peu à l'écart, Holt gardait les mains dans les poches.

— Ecoutez, les beaux sentiments et les séances de spiritisme c'est bien joli, mais à présent, vous devez retrouver ces émeraudes. Alors, si vous voulez que je vous aide, il va falloir tout me dire.

— Une séance…, répéta Coco en séchant ses larmes, c'est une idée. Il faut en organiser une autre. Et nous accrocherons le portrait de Bianca dans la salle à manger. En nous concentrant dessus, nous sommes sûrs de réussir. Vite, je dois tout de suite aller vérifier la position des planètes !

Elle se leva d'un bond et sortit précipitamment de la pièce.

— Et la voilà repartie…, murmura Suzanna.

Trent hocha la tête.

— Sans vouloir jeter le discrédit sur les méthodes de Coco, peut-être vaudrait-il mieux que je renseigne Holt de manière plus traditionnelle.

— Je vais faire du café.

Et, lançant un dernier coup d'œil au portrait, Suzanna s'éloigna en direction de la cuisine.

En fait, Trent ne pouvait pas apprendre grand-chose à Holt, songea-t-elle en broyant les grains de café. Celui-ci connaissait déjà la légende des émeraudes ; il était au courant des recherches qu'ils avaient entreprises et des périls qu'avaient affrontés ses sœurs. Peut-être en tirerait-il davantage de conclusions qu'eux-mêmes, grâce à son expérience de policier. Mais sa motivation, comment pourrait-elle être aussi puissante que la leur ? Après tout, le collier de Bianca ne représentait rien pour lui.

Pour sa part, elle comprenait que les sentiments puissent être le moteur de l'existence. Sinon, rien ne valait la peine d'être accompli.

Certes, Holt était de tempérament ardent. Mais ses passions pouvaient-elles dépasser le cap du simple désir physique ? Pas avec elle, en tout cas, réfléchit-elle en mesurant les cuillerées de café avec soin. Lorsqu'elle lui avait affirmé ne pas vouloir s'engager dans une relation sérieuse, elle le pensait vraiment. Elle ne pouvait pas se permettre de retomber amoureuse.

Une liaison en revanche, cette liaison qui paraissait couler de source pour lui… Si elle n'avait pas la force de lui résister, restait à espérer qu'elle aurait celle de ne pas mélanger le corps et le cœur. Il n'y avait certainement aucun mal à souhaiter être désirée et caressée. Et en se donnant à Holt, physiquement, peut-être pourrait-elle se prouver qu'elle savait au moins contenter un homme au lit.

Oh ! se sentir à nouveau femme, éprouver la puissante montée du plaisir et la plénitude de l'extase ! Elle approchait de la trentaine et le seul homme qui l'avait connue de façon intime l'avait trouvée décevante. Combien de temps encore continuerait-elle à se demander s'il avait raison ?

Elle sursauta lorsque des mains se posèrent sur ses épaules.

Conscient qu'il l'avait effrayée, Holt la fit lentement pivoter vers lui.

— Où étiez-vous, dans la lune ?

— Oh ! non… Sur terre, en train de désherber des bordures de pachysandras…

— Ce serait un joli mensonge, si seulement vous y mettiez plus de conviction.

Mais il n'insista pas.

— Bon, je file m'entretenir avec le lieutenant Koogar. Désolé pour le café, ce sera pour une autre fois.

— Au poste ? Très bien, je vais vous y conduire.

— Non, ce n'est pas la peine. Max et Trent se sont déjà proposés.

Suzanna esquissa une moue désabusée.

— Je vois… vous préférez rester entre hommes.

— Parfois, c'est plus efficace.

Du pouce, il lui lissa la ride qui creusait un sillon entre ses sourcils, avec une tendresse qui les surprit tous les deux. Se reprenant, il laissa retomber sa main.

— Vous vous inquiétez trop, Suzanna. Je vous appellerai si j'ai du nouveau.

— Merci, Holt. Je n'oublierai pas ce que vous faites pour nous.

— Ça ? Ce n'est rien.

Il l'attira à lui et l'embrassa avec une passion qui la laissa à moitié pâmée dans ses bras.

— Je préfère que vous vous souveniez de *ça*.

Et il sortit d'un pas décidé, tandis qu'elle s'affalait mollement sur une chaise. Comment pourrait-elle jamais oublier un tel baiser ?

- 6 -

Au volant de sa voiture, Holt réfléchissait. Il ne jouait pas au bon samaritain, non. Il faisait ce qui lui semblait judicieux, à présent qu'il avait une vision plus claire de la situation. Quelqu'un devait veiller sur Suzanna en attendant que la police ait mis Livingston derrière les barreaux. Et le meilleur moyen de la protéger, c'était de ne pas la lâcher d'une semelle.

S'engageant sur le parking gravillonné, il se gara contre son pick-up. Suzanna étant occupée avec des clients devant la jardinerie, il en profita pour faire un petit tour à l'intérieur. Il était déjà passé devant les Jardins de l'île, mais sans jamais s'y arrêter — pour quelle raison y serait-il entré ? Il y avait là une profusion de fleurs resplendissantes, massées sur des tables en bois ou présentées dans des pots d'ornement. Il n'aurait su distinguer l'une de l'autre, toutefois il était à même d'apprécier leur beauté. A moins que ce ne soit leur parfum qui lui rappelait celui de Suzanna…

De toute évidence, elle connaissait son métier. Le magasin était bien agencé et il y régnait une ambiance simple et décontractée qui donnait envie de flâner parmi les végétaux, même si l'on n'avait rien de particulier à acheter.

Çà et là, des fiches en couleurs décrivaient certaines espèces de fleurs et donnaient des consignes pour leur plantation et leur entretien. Sur le côté du bâtiment principal s'entassaient terreaux et autres supports de culture en sacs de vingt-cinq ou cinquante litres.

Holt admirait l'étal des gueules-de-loup, quand un bruissement s'éleva du bouquet d'arbustes derrière lui. Il se raidit automatiquement et sa main vola à l'endroit où, durant dix ans, il avait porté son arme de service. Se ressaisissant aussitôt, il se maudit intérieurement. Il devait cesser de réagir au quart de tour ! Il n'était plus dans la police et les probabilités pour qu'on lui plante un couteau à cran d'arrêt dans le dos étaient très faibles.

Il tourna légèrement la tête et aperçut Alex, accroupi derrière un étal de pivoines. Le petit garçon sourit de toutes ses dents et jaillit de sa cachette.

— Je t'ai eu !

Il se mit à danser de joie autour des pivoines.

— J'étais un Pygmée et je t'ai zigouillé avec ma fléchette empoisonnée.

— Hum, une chance que je sois justement immunisé contre le poison des Pygmées. Si ç'avait été du poison de l'Oubangui, j'étais fichu. Où est ta sœur ?

— Dans la serre. Maman nous a donné des graines et d'autres trucs à planter, mais là, j'en ai assez. J'ai la permission de venir ici, s'empressa-t-il de préciser, connaissant la propension des adultes à vous compliquer l'existence. A condition que je ne m'approche pas de la rue et que je ne renverse rien.

Mais Holt n'avait pas l'intention de le gronder.

— Tu as tué beaucoup de clients, aujourd'hui ?

— Bof, c'est plutôt calme. Maman dit que c'est parce que c'est lundi. C'est pour ça qu'on peut venir travailler avec elle. Et comme ça, Carolanne peut prendre sa journée.

— Ça te plaît de venir ici ? s'enquit Holt.

La petite main d'Alex s'était glissée dans la sienne au détour d'un étal.

— Oh ! oui, c'est sympa. On peut planter des trucs. Tiens, tu vois celles-là ?

L'enfant pointa du doigt une bordure de fleurs multicolore.

— Ce sont des zinnias, c'est moi qui les ai plantés. Alors

je les arrose et tout ça… Des fois, on aide les gens à porter des choses jusqu'à leur voiture et ils nous donnent une pièce.

— C'est un bon plan, dis donc…

— Et quand maman ferme, à midi, on va manger une pizza au bout de la rue, et on joue aux jeux vidéo. On vient ici presque tous les lundis. Sauf…

Alex s'interrompit et donna un coup de pied dans les gravillons de l'allée.

— Sauf ?

— La semaine prochaine. On doit partir en vacances, sans maman, expliqua le petit garçon en baissant la tête.

Holt fixa sa nuque mince, décontenancé. Que diable pouvait-il répondre à cela ?

— Je… hum, elle doit avoir beaucoup de travail à la jardinerie.

— Carolanne pourrait la remplacer, ou même quelqu'un d'autre. Mais c'est maman qui ne veut pas venir.

— Tu ne penses pas qu'elle viendrait si elle en avait la possibilité ?

— Si, sûrement…

Alex donna un deuxième coup de pied dans le gravier et, en l'absence de réprimande, un troisième.

— On doit aller chez Martha Yard avec mon père et sa nouvelle femme. Maman dit qu'on va bien s'amuser, qu'on ira à la plage et qu'on mangera des glaces.

— Sympa, non ?

— Je veux pas y aller. Je vois pas pourquoi j'y suis obligé. Moi, je veux aller à Disney World avec maman.

Entendant la petite voix se briser, Holt poussa un profond soupir et s'accroupit à hauteur de l'enfant.

— C'est dur de devoir faire des choses qu'on n'a pas envie de faire. Il va sûrement falloir que tu t'occupes de Jenny, pendant ces vacances.

Alex haussa les épaules et renifla.

— Sûrement… Elle a peur de partir. Mais elle n'a que cinq ans.

— Elle sera rassurée d'être avec toi. Je vais te dire, Alex : moi, je veillerai sur ta maman tout le temps de ton absence.

— D'accord.

Rasséréné, Alex s'essuya le nez du revers de sa main.

— Je peux voir ta jambe, celle où tu as pris une balle ?

— Bien sûr.

Holt lui désigna l'estafilade d'une quinzaine de centimètres au-dessus de son genou gauche.

— Waouh…

Comme Holt ne semblait pas se formaliser, le petit garçon promena son doigt sur la cicatrice.

— Puisque tu étais policier, tu sauras bien t'occuper de maman.

— Je te le promets.

En apercevant son fils en pleine conversation avec Holt, Suzanna se figea, en proie à des sentiments confus. Néanmoins, une douce émotion l'envahit lorsqu'elle vit Holt caresser la petite tête d'Alex.

— Alors, qu'est-ce que vous fabriquez tous les deux ?

Les deux garçons se tournèrent vers elle avant d'échanger un bref regard complice. Holt se redressa.

— On discutait entre hommes, répliqua-t-il, et il imprima une légère pression sur la menotte d'Alex.

L'enfant bomba le torse.

— Oui, entre hommes.

— Je vois, dit Suzanna. Ma foi, je ne voudrais pas vous interrompre, mais si tu veux aller manger une pizza, Alex, c'est le moment d'aller te laver les mains.

— Il peut venir avec nous ?

— « Il » s'appelle M. Bradford, le sermonna Suzanna.

— « Il » s'appelle Holt, rectifia ce dernier.

Et il adressa un clin d'œil à Alex qui lui répondit par un franc sourire.

— Il peut venir ?

— Nous verrons.

— Elle dit tout le temps ça, confia Alex à Holt, puis il fila chercher sa sœur.

— C'est sans doute vrai..., soupira Suzanna en se tournant vers Holt. Alors, que puis-je faire pour vous ?

Ses cheveux retombaient librement sur ses épaules et, avec sa petite casquette bleue, elle avait l'air d'avoir seize ans. Holt se sentit soudain aussi gauche et emprunté qu'un collégien.

— Avez-vous toujours besoin d'un employé à temps partiel ?

— Oui, mais jusqu'ici je n'ai trouvé personne.

Elle se mit à débarrasser les bégonias de leurs fleurs mortes.

— Tous les étudiants et les lycéens de la région sont pris pour l'été.

— Je peux venir environ quatre heures par jour.

— Pardon ?

— Peut-être cinq, poursuivit-il, tandis qu'elle le regardait sans comprendre. J'ai deux ou trois réparations à faire, mais je peux m'organiser.

— Vous voulez travailler pour moi, c'est ça ?

— A condition que vous me cantonniez au transport des choses lourdes et à la plantation. Pas question que je vende des fleurs.

— Vous n'êtes pas sérieux ?

— Très sérieux, au contraire : je refuse absolument de vendre des fleurs.

— Non, je voulais dire à propos de travailler pour moi. Vous avez votre propre affaire, maintenant, et je n'ai pas les moyens de vous rémunérer au-dessus du salaire minimum.

Immédiatement, elle le vit se rembrunir.

— Je ne veux pas de votre argent, lâcha-t-il.

Suzanna souffla pour chasser les petits cheveux qui lui tombaient sur les yeux.

— A présent, c'est moi qui ne comprends plus.

— Ecoutez, je me suis dit qu'on pourrait trouver un arrangement équitable. Je fais une partie du gros œuvre au magasin, et vous, en échange, vous vous occupez un peu de mon jardin.

Un sourire s'épanouit lentement sur le visage de Suzanna.

— Vous voulez que je m'occupe de votre jardin ?

Les femmes avaient le chic pour compliquer les choses, songea-t-il en enfonçant ses mains dans ses poches.

— Rien d'extraordinaire... Peut-être deux ou trois arbustes, c'est tout. Alors, marché conclu ?

Suzanna se mit à rire.

— Après tout, pourquoi pas ? Les voisins des Anderson ont beaucoup admiré notre numéro de duettistes, l'autre jour ! Je commence chez eux demain.

Elle lui tendit la main.

— Soyez là-bas à 6 heures.

Il tressaillit.

— Du matin ?

— Du matin, oui. Et maintenant, que diriez-vous d'une pizza ?

— Je veux bien, mais c'est vous qui régalez.

Et ils scellèrent leur accord par une poignée de main.

Bonté divine ! Cette femme abattait le travail d'un homme. De deux hommes, rectifia mentalement Holt. La transpiration lui dégoulinait dans le dos. A force de manier la pelle et la pioche, il était mûr pour le bagne.

Il aurait dû faire plus frais, ici, sur les falaises. Mais la pelouse qu'ils étaient en train de paysager — de défoncer, songea-t-il amèrement en donnant un énième coup de pic — n'était composée que de caillasse !

Depuis trois jours qu'il travaillait pour Suzanna, il avait renoncé à l'empêcher d'accomplir des tâches pénibles. De toute façon, elle n'en faisait qu'à sa tête. Comment cette femme arrivait-elle à tenir le coup ? se demandait-il tous les jours tandis que, perclus de courbatures, il regagnait le cottage.

Avec les réparations qu'il devait effectuer pour son propre compte, il ne pouvait pas aligner plus de quatre ou cinq heures sur le terrain. Alors qu'elle trimait huit à dix heures par jour ! Pas besoin d'être grand clerc pour comprendre qu'elle s'absorbait dans le travail afin de ne pas penser à ses enfants dont le départ était prévu pour le lendemain.

Son pic cogna à nouveau sur de la roche. Le choc se propagea jusque dans ses épaules. L'entendant jurer pour la centième fois de la matinée, Suzanna leva les yeux.

— Et si vous faisiez une pause ? Je peux finir, vous savez.

— Pourquoi ? Vous avez de la dynamite ?

Il vit l'ombre d'un sourire sur ses lèvres.

— Non, sérieusement, Holt. Allez vous chercher une boisson fraîche dans la glacière. Nous allons bientôt pouvoir commencer à planter.

— Très bien.

Pour rien au monde il ne l'aurait avoué, mais ce travail de terrassier l'épuisait. Il accumulait les ampoules et ses muscles le faisaient souffrir comme s'il avait couru le marathon sans entraînement. S'épongeant le visage et le cou, il se dirigea vers la glacière qu'ils avaient installée à l'ombre d'un hêtre. Alors qu'il en sortait une *ginger ale*, il entendit le pic sonner contre le sol rocheux. Lui dire qu'elle était folle ne servait à rien, songea-t-il en buvant à grandes gorgées le liquide délicieusement glacé. Mais c'était plus fort que lui.

— Vous êtes cinglée, Suzanna ! C'est un travail de forçat !

— Ce que nous avons ici, c'est un manque de communication, rétorqua-t-elle avec un fort accent du Sud.

C'était la réplique culte de *Luke la main froide*. Cela le fit sourire, brièvement.

— Vous êtes folle. Folle à lier, poursuivit-il en la regardant manier le pic. Que diable voulez-vous qu'il pousse sur cette roche ?

— Vous seriez bien étonné de ce que je suis capable de faire.

Elle marqua une pause, pour essuyer la transpiration qui lui coulait dans les yeux.

— Vous voyez ces lis, là-bas, sur ce talus ?

Elle déterra un gros caillou en soufflant sous l'effort.

— Eh bien, c'est moi qui les ai plantés. Il y aura deux ans en septembre.

Holt regarda les hampes de fleurs colorées avec une admiration teintée de ressentiment. Force lui était d'admettre que ces lis embellissaient cette zone ingrate, mais cela valait-il vraiment la peine de se donner autant de mal ?

— Ce sont les Snyder qui m'ont confié mon premier vrai chantier, expliqua-t-elle.

Elle souleva une énorme pierre et la jeta dans la brouette. Puis, les mains sur les reins, elle regarda distraitement les grosses abeilles qui bourdonnaient dans les gaillardes.

— Un geste de compassion de leur part… C'étaient des amis de la famille et cette pauvre Suzanna avait bien besoin qu'on la soutienne un peu…

Elle abattit son pic en ahanant et cligna des yeux pour chasser les petites taches rouges qui dansaient devant elle.

— Ils ont été très étonnés de voir que je connaissais le métier et depuis, je travaille pour eux de temps en temps.

— Formidable. Vous voulez bien poser ce fichu pic une minute ?

— J'ai presque fini.

— Vous allez tomber raide ! Et puis qui va grimper jusqu'ici pour voir pousser trois malheureuses fleurettes à moitié fanées ?

— Les Snyder, leurs invités…

Elle s'interrompit, la vue brouillée par la chaleur.

— Le photographe de *New England Gardens*…

Seigneur, quel raffut faisaient ces abeilles, songea-t-elle, la tête remplie de leur bourdonnement.

— Et rien ne va faner. Je compte y installer des œillets,

des campanules et des coréopsis. Des lavandes pour leur parfum et des monardes pour les colibris.

Elle pressa une main sur son front, la passa sur ses yeux et ajouta :

— En septembre, nous planterons des bulbes. Des iris nains et des anémones. Quelques tubéreuses et…

Elle vacilla, étourdie par la chaleur, et le pic glissa de ses mains. Jaillissant de l'ombre, Holt la rattrapa de justesse — elle était molle comme une poupée de chiffon.

Il se mit à la traiter de tous les noms pour conjurer la peur qu'elle lui avait faite et la porta jusqu'à l'arbre. Là, il allongea avec précaution son corps inerte sur l'herbe fraîche.

— Maintenant, ça suffit !

Il attrapa une bouteille dans la glacière et lui passa de l'eau froide sur le visage.

— C'est terminé, compris ? Si je vous revois un pic à la main, je vous étrangle !

— Je vais très bien…, murmura-t-elle avec un brin d'irritation. J'ai pris un peu trop de soleil, voilà tout.

Les mains de Holt étaient calleuses, mais l'eau glacée lui rafraîchissait délicieusement le visage. Elle s'empara de la bouteille de *ginger ale* et but longuement au goulot.

— Trop de soleil, continuait-il à bougonner, trop d'efforts… Et à voir votre mine, pas assez de nourriture ni de sommeil. Vous êtes à bout de forces, Suzanna, et je ne le supporte plus.

— Ça ira, merci beaucoup.

Elle repoussa sa main et s'adossa contre le tronc. D'accord, elle avait besoin d'une minute de repos. Pas d'un sermon.

— J'aurais dû faire une petite pause, admit-elle à contre-cœur. D'habitude, je suis plus prudente, mais aujourd'hui j'avais autre chose en tête.

— Je me moque de ce que vous avez en tête.

Bon sang, elle était pâle comme un linge ! Il aurait voulu la serrer dans ses bras, le temps que la couleur revienne à ses joues, et lui caresser les cheveux pour que son malaise se dissipe. Mais son inquiétude s'exprima sous forme de colère :

— Je vous ramène chez vous et vous allez vous mettre au lit !

Remise de son vertige, elle posa la bouteille.

— Vous oubliez que c'est moi, la patronne !

— A partir du moment où vous tournez de l'œil, je prends le relais.

— Je n'ai pas tourné de l'œil ! protesta-t-elle avec humeur. J'ai eu un simple étourdissement. Et on ne me donnera plus jamais d'ordre, ni vous ni personne ! Et puis cessez de m'asperger le visage, vous allez finir par me noyer !

Elle avait repris du poil de la bête, songea-t-il. Néanmoins, il ne décolérait pas.

— Vous êtes aussi têtue qu'une bourrique ! Et encore plus stupide !

— Très bien. Et maintenant, si vous avez fini de me crier dessus, je vais m'accorder une pause-déjeuner.

Il fallait qu'elle mange, elle le savait. Etre têtue comme une bourrique, cela lui était égal. Mais stupide, non ! Or, pensa-t-elle en attrapant un sandwich au fond de la glacière, stupide elle l'avait été, en ne prenant pas de petit déjeuner.

— Qu'est-ce qui vous dit que j'ai fini ? fulmina-t-il.

Elle haussa les épaules tout en déballant son sandwich.

— Dans ce cas, vous pouvez toujours crier pendant que je mange. Ou en profiter pour vous restaurer vous aussi, au lieu de gaspiller votre salive.

Il songea un instant à la traîner de force jusqu'au pick-up. L'idée lui plaisait bien, mais ce ne serait qu'une solution à court terme. A moins de la séquestrer, il ne pourrait pas l'empêcher de se tuer au travail.

Enfin… elle mangeait, c'était déjà ça. Et ses joues avaient repris des couleurs. S'il essayait une autre tactique pour parvenir à ses fins ? Il s'empara lui aussi d'un sandwich et laissa tomber négligemment :

— Je réfléchissais à ces émeraudes…

Ce brusque revirement parut la surprendre.

— Ah ?

— Oui, j'ai lu la transcription réalisée par Max à partir du témoignage de Mme Tobias, la domestique. Et j'ai aussi écouté l'enregistrement.

— Alors, qu'en pensez-vous ?

— Que cette femme a une mémoire d'éléphant et que le destin de Bianca l'a profondément marquée. Si je résume : votre grand-mère n'était pas heureuse en ménage, toute sa vie tournait autour de ses enfants et elle était amoureuse de mon grand-père. Son mariage battait déjà sérieusement de l'aile quand s'est produite cette violente dispute à propos du chien. Apparemment, c'est la goutte d'eau qui a fait déborder le vase. Bianca a décidé de quitter son époux, pourtant elle n'est pas partie ce soir-là. Pourquoi ?

— Même si sa décision était arrêtée, répondit Suzanna avec lenteur, elle devait encore prendre certaines dispositions. Il y avait les enfants.

Cela, elle ne le comprenait que trop bien.

— Pouvait-elle les emmener ? Saurait-elle subvenir à leurs besoins ? Et puis, même si son mariage était un terrible fiasco, il fallait qu'elle prépare ses enfants à l'idée qu'ils allaient devoir vivre loin de leur père.

— Donc, enchaîna Holt, quand Fergus est parti pour Boston après leur dispute, elle s'est mise à tout organiser. On peut penser qu'elle est allée retrouver mon grand-père, puisque nous savons qu'il est resté avec le chien.

— Elle était amoureuse de lui, murmura Suzanna. C'est donc vers lui qu'elle a dû se tourner en premier. Et lui aussi l'aimait, il était sûrement d'accord pour l'enlever avec ses enfants.

— Admettons. A partir de là, nous pouvons extrapoler. Elle rentre aux Tours pour faire ses bagages et prendre les enfants. Mais au lieu de rejoindre mon grand-père et de s'enfuir avec lui, elle se jette de la fenêtre de la tour. Pourquoi ?

— Elle ne savait plus où elle en était…

Les yeux mi-clos, Suzanna fixa l'horizon.

— Elle s'apprêtait à commettre un acte irréparable qui allait briser son ménage, séparer ses enfants de leur père. Elle allait rompre les liens sacrés du mariage. C'est tellement difficile, tellement terrifiant ! Comme mourir à soi-même. Peut-être se voyait-elle comme une incapable… Et lorsque son époux est rentré, lorsqu'il lui a fallu l'affronter, elle ne s'en est pas senti la force.

Holt se mit à lui caresser les cheveux.

— C'est ce que vous avez éprouvé, vous aussi ?

Suzanna se raidit.

— C'est de Bianca que nous parlons. Et je ne vois pas en quoi les raisons de son suicide pourraient nous éclairer sur l'endroit où elle a caché ses émeraudes.

Holt ôta sa main.

— Nous devons d'abord comprendre *pourquoi* elle les a cachées. Ensuite, nous tenterons de les retrouver.

Suzanna se détendit peu à peu.

— Fergus les lui avait offertes à la naissance de leur fils. Pas de leur premier enfant — pour lui, les filles ne comptaient pas.

Elle prit une gorgée de *ginger ale*, comme pour faire passer un peu de sa propre amertume, avant de poursuivre :

— D'après moi, elle a dû en éprouver un certain ressentiment. Se voir récompensée, comme une poulinière de concours, pour avoir produit un héritier… Il n'empêche que ces émeraudes étaient à elle, en tant que mère de ce garçon.

Sentant ses paupières devenir lourdes, Suzanna laissa ses yeux se fermer.

— Bax aussi m'a offert des diamants à la naissance d'Alex… Eh bien, je n'ai eu aucun scrupule à les vendre pour financer le lancement de ma jardinerie. Parce qu'ils étaient à moi. Bianca devait avoir le même sentiment. La vente de ces émeraudes leur aurait procuré une nouvelle vie, à elle et à ses enfants.

— Alors pourquoi les a-t-elle cachées ?

— Pour que son mari ne puisse pas mettre la main dessus si jamais il l'empêchait de partir. Pour ne pas se trouver complètement démunie.

— Et vous, Suzanna, vous les aviez cachés, vos diamants ?

— Oui. Je les avais dissimulés dans le sac à langer de Jenny. Le dernier endroit où Baxter serait allé les chercher.

Elle eut un rire bref et se mit à tirer sur des brins d'herbe avant d'ajouter, un peu gênée :

— Tout ça paraît bien mélodramatique, aujourd'hui.

Pourtant, pensa-t-elle, son récit n'avait inspiré à Holt aucun commentaire sarcastique. Il fixait d'un air sombre les dianthus autour desquels bourdonnaient les abeilles.

— Je trouve ça plutôt futé de votre part, moi... Dites, Bianca passait beaucoup de temps dans cette tour, n'est-ce pas ?

— Oui, mais nous avons déjà regardé là-haut.

— Eh bien, nous chercherons à nouveau et nous démantèlerons aussi sa chambre, pierre par pierre, s'il le faut.

— Je vois ça d'ici... Lilah va adorer.

Suzanna referma les yeux. L'ombre du hêtre et les bienfaits du pique-nique invitaient au sommeil.

— C'est sa chambre à elle, aujourd'hui. Et nous l'avons également fouillée.

— Pas moi, objecta Holt.

— Non, c'est vrai.

L'herbe était divinement douce et fraîche... Ce serait si agréable de faire une petite sieste. D'ailleurs, elle en ferait une, dès qu'ils auraient conclu leur discussion. Elle enchaîna :

— Si seulement nous pouvions mettre la main sur le journal intime de Bianca, nous obtiendrions la réponse à nos questions. Mandy a passé en revue toute la bibliothèque, au cas où il se serait trouvé parmi les livres, comme la lettre qu'on nous a dérobée, mais en vain.

Holt recommença à lui caresser les cheveux.

— Nous y jetterons encore un coup d'œil.

— Mandy n'aurait rien laissé passer. Elle est bien trop organisée pour ça.

— Peut-être, mais je préfère tout revérifier moi-même plutôt que de me fier à une séance de spiritisme.

Suzanna émit un son à mi-chemin entre le soupir et le rire de gorge.

— Tante Coco finira bien par vous convertir, dit-elle d'une voix rendue pâteuse par la fatigue. Mais d'abord, il faut planter les œillets…

— D'accord, dit Holt.

Il avait entrepris de lui masser doucement les épaules.

— Ça fera tout un tapis qui couvrira la partie rocailleuse et descendra jusqu'au talus. Ça tient bien, les œillets, murmura-t-elle juste avant de sombrer dans le sommeil.

— Si vous le dites…

Il la laissa dormir à l'ombre de l'arbre et repartit dans le soleil.

Lorsque Suzanna se réveilla, elle était sur le ventre et l'herbe lui chatouillait la joue. Elle avait dormi comme une masse. L'esprit encore embrumé de sommeil, elle ouvrit les yeux. Nonchalamment adossé à l'arbre, Holt la regardait.

— Je crois que je me suis assoupie.

— On peut dire ça, oui, ironisa-t-il en tirant sur sa cigarette.

— Désolée.

Elle se redressa sur un coude.

— Nous étions en train de parler des émeraudes…

Holt expédia son mégot d'une pichenette.

— Assez parlé pour le moment.

Et avant qu'elle ait pu reprendre ses esprits, elle se retrouva sur ses genoux, emportée malgré elle dans un baiser fougueux.

Tout le temps que Holt l'avait regardée dormir, l'envie de la toucher avait grandi en lui jusqu'à devenir intolérable.

Elle était si parfaite, sa princesse assoupie sur l'herbe, à l'ombre de ce hêtre, une main glissée sous sa joue crémeuse.

Il avait tellement désiré ses lèvres chaudes et douces, son corps svelte et fragile, son souffle ému ! Alors il s'en empara, fiévreusement.

Prise au dépourvu, Suzanna essaya de se dégager. Son cœur battait la chamade. En quelques secondes, elle était passée du relâchement le plus total à un état de tension extrême. Holt la laissa reprendre sa respiration et, l'espace d'une seconde, elle vit son visage, son regard sombre et inquiétant, sa bouche dure et avide. Puis, il lui effleura de nouveau les lèvres et elle se sentit chavirer.

Renonçant à toute résistance, elle lui permit d'étancher la soif irrépressible qu'il avait d'elle. Elle se plaquait à lui, parfaitement soumise. Ce n'était pas une faiblesse coupable, mais un abandon qu'elle avait toujours souhaité éprouver dans les bras d'un homme, du plus loin qu'elle s'en souvienne.

Holt se nicha rageusement contre la gorge de Suzanna, là où son pouls palpitait à un rythme éperdu. Jamais rien ni personne ne l'avait plongé dans un tel état d'effervescence. Chaque baiser l'affamait davantage, les sensations fusaient dans son corps, violentes, électriques. Cette femme mettait son équilibre en péril, il fallait qu'il la repousse avant de finir le cœur en charpie. En même temps, il brûlait de rouler avec elle sur ce tapis frais et moelleux afin de se libérer une bonne fois pour toutes de ses pulsions irrépressibles.

Suzanna le tenait prisonnier : ses mains fourrageaient frénétiquement dans ses cheveux et tout son corps était parcouru de frissons. Enfin, elle se blottit contre lui, sa joue contre la sienne, avec une douceur presque insupportable.

— Qu'allons-nous faire ? murmura-t-elle.

Désemparée, elle chercha le réconfort de sa peau.

— Je pense que nous connaissons tous deux la réponse à cette question, Suzanna.

C'était si simple pour lui… Elle se laissa aller contre son

torse puissant et ferma les yeux, bercée par le bourdonnement des abeilles parmi les fleurs.

— J'ai besoin de temps, Holt.

Il l'éloigna légèrement de lui et la regarda droit dans
les yeux.

— Du temps ? Je ne suis pas sûr de pouvoir encore
attendre, Suzanna. Nous ne sommes plus des enfants ! Je
ne peux plus me satisfaire de fantasmes.

Elle laissa échapper un soupir d'angoisse. Pour lui non
plus, ce ne devait pas être facile, comprit-elle. Elle sentait
tout son corps contracté par le combat intérieur qu'il menait.

Il la mit en garde :

— Si vous exigez de moi plus que ce que j'ai à donner,
nous serons tous les deux déçus. Tout ce que je peux vous
dire, c'est que j'ai envie de vous, ajouta-t-il en lui pressant
les épaules.

Elle réprima un gémissement et tenta de se justifier.

— Mais comprenez-moi, je ne supporterais pas de
commettre une nouvelle erreur…

Le regard de Holt s'assombrit.

— Quoi, ce sont des promesses que vous voulez ?

— Non, se hâta-t-elle de répliquer. Non, je ne vous
demande rien de tel… Par contre, je dois rester fidèle aux
promesses que je me suis faites à moi-même. Si je me donne
à vous, ça ne peut pas être sur un simple coup de tête : les
remords sont un luxe que je ne peux plus me permettre.

Elle posa une main sur sa joue avec tendresse.

— La seule chose que je peux vous promettre, Holt,
c'est que si nous devenons amants il n'y aura aucun regret
de mon côté.

Lorsqu'elle le regardait avec ces yeux-là, il était incapable
de discuter. Aussi se contenta-t-il de rectifier :

— *Quand* nous serons amants.

— Quand, acquiesça-t-elle d'un signe de tête avant de
se remettre debout.

Ses jambes étaient plus solides qu'elle ne l'aurait cru,

finalement. Elle se sentait plus forte. *Quand* ils seraient amants, songea-t-elle à nouveau. Car ce n'était plus qu'une question de temps, elle le savait.

— Mais pour le moment, déclara-t-elle, nous devons prendre les choses les unes après les autres. Et là, nous avons un chantier à finir.

— Il est fini.

Holt se releva à son tour, tandis qu'elle se tournait vers le jardin, stupéfaite.

Toutes les plantes étaient en place, le sol avait été aplani et amendé de terreau. Là où il n'y avait que des cailloux et une terre pauvre et assoiffée se dressaient de jeunes fleurs pleines d'espoir parmi des feuillages vert tendre.

— Mais comment…, balbutia-t-elle avant de se précipiter vers les nouvelles plantations.

— Vous avez dormi trois heures.

— Trois…

Consternée, elle se retourna vers lui.

— Vous auriez dû me réveiller !

— Mais je ne l'ai pas fait, répliqua-t-il avec simplicité. Et maintenant, je dois rentrer, j'ai pris du retard.

— Mais vous n'auriez pas dû…

— Peut-être, mais c'est fait ! la coupa-t-il avec impatience. Alors, c'est quoi le problème ? Vous voulez arracher ces satanées fleurettes et tout recommencer vous-même ?

— Non.

En le dévisageant, Suzanna se rendit compte que cet emportement subit masquait aussi un certain embarras. Non content d'avoir passé trois heures à planter ce qu'il continuait d'appeler avec ironie ses « fleurettes », il se défendait presque d'avoir eu un geste attentionné envers elle.

Il était très viril, drapé dans son orgueil blessé. Ses mains habiles et calleuses enfoncées dans ses poches, il la défiait du regard sous le soleil caniculaire. « Remerciez-moi et je vous mords », semblait indiquer toute son attitude.

C'est là, devant cette ravissante rocaille, qu'elle comprit ce qu'elle avait refusé de s'avouer un peu plus tôt, dans ses bras. Ses sentiments pour Holt allaient bien au-delà de la simple attirance physique : elle était amoureuse. Pas seulement de ses baisers passionnés et de ses caresses impatientes. Mais de l'homme qui se cachait derrière. Celui qui passait une main affectueuse sur la tête d'Alex et répondait sans jamais s'énerver aux incessantes questions de Jenny. Celui qui conservait pieusement un plancher éclaboussé de peinture en souvenir de son grand-père.

Celui qui plantait des fleurs à sa place pendant qu'elle prenait un peu de repos.

Gêné par son regard insistant, Holt transféra son poids d'une jambe sur l'autre. Un sourire se dessina lentement sur le visage de Suzanna, si beau qu'il en fut troublé. Aussitôt, il contre-attaqua :

— Qu'y a-t-il, vous allez de nouveau vous évanouir ? Je vous préviens, cette fois je ne vous ramasserai pas. Je n'ai plus le temps de jouer les nounous !

Elle l'aimait aussi pour cela, pour cette brusquerie qui dissimulait une réelle compassion. Bien sûr, elle devait d'abord réfléchir. Prendre la mesure de la situation. Mais là, l'espace de quelques instants, elle pouvait se permettre d'accueillir sereinement cette révélation et de savourer cette bouffée d'amour sans se poser de questions.

— Vous avez fait du bon travail.

Il considéra les fleurs qu'il avait plantées. Il se serait coupé la langue plutôt que d'admettre qu'il y avait pris du plaisir.

— Bah, il suffit de les mettre dans un trou et de tout recouvrir de terre, lâcha-t-il avec un mouvement d'épaule dédaigneux. Bon, j'ai rangé les outils et tout le bazar dans le pick-up. Maintenant, il faut que j'y aille.

— Au fait, Holt… J'ai repoussé à lundi le début du chantier chez les Bryce. Demain, je… demain, je dois rester chez moi.

— Très bien. A lundi, alors.

Et il s'éloigna en direction de sa voiture, tandis que

Suzanna s'agenouillait pour effleurer les fragiles fleurs tout juste plantées.

L'homme qui se faisait appeler Marshall passait le cottage au peigne fin. Jusqu'à présent, ses recherches s'étaient révélées décevantes. L'ancien flic aimait la lecture, mais il ne cuisinait pas : la chambre regorgeait de livres aux couvertures fatiguées, mais il n'y avait que quelques rares provisions éparpillées dans les placards. Il gardait ses médailles tout au fond d'un tiroir et un calibre .32 dans sa table de chevet, à portée de main.

La fouille du bureau lui apprit que le petit-fils de Christian avait fait certains placements avisés. Amusant, qu'un ancien flic de la brigade des mœurs ait eu le bon sens de se constituer un petit bas de laine… Plus intéressant : en bon policier, Holt avait rédigé un rapport récapitulant par le menu tout ce qu'il savait sur les émeraudes des Calhoun.

Marshall lut avec une irritation croissante le témoignage de l'ancienne domestique, celle que Maxwell Quartermain avait retrouvée. Dire que Quartermain aurait dû travailler pour lui ! Il aurait mieux valu qu'il meure, celui-là ! Marshall fut tenté de tout saccager dans la maison, de renverser les meubles, briser les lampes. De céder à sa fureur destructrice.

Mais il devait garder son sang-froid. Il ne voulait pas dévoiler son jeu. Pas encore. Le bureau ne lui avait rien livré de particulièrement instructif, mais *maintenant* il en savait autant que les Calhoun.

Déployant un luxe de précautions, il remit tous les papiers en place et referma les tiroirs. Le chien commençait à aboyer dans le jardin. Il détestait les chiens. Avec un rictus mauvais, il se massa la jambe, à l'endroit où le sale clebs des Calhoun l'avait mordu. Il faudrait qu'ils paient pour ça aussi. Qu'ils paient tous.

Et il les ferait payer. Dès que les émeraudes seraient en sa possession.

Il s'en alla, laissant le cottage dans l'état exact où il l'avait trouvé.

Je n'écrirai rien sur cet hiver. C'est une période que je n'ai pas envie de revivre. Cependant, je ne suis pas parti de l'île, j'en étais incapable. Durant ces longs mois, Bianca n'a pas quitté mon esprit une seule seconde. Et le printemps venu, elle demeurait encore avec moi. Dans mes rêves.

Enfin, l'été est arrivé.

Les mots ne peuvent décrire les sentiments qui m'ont étreint le jour où je l'ai vue courir vers moi. A la rigueur, je pourrais les peindre. J'avais continué de hanter ces falaises dans l'espoir de sa venue. Avec le temps, j'avais fini par me persuader que la revoir, lui parler à nouveau, suffirait à mon bonheur. Si seulement elle avait pu apparaître en haut de cet escarpement, parmi les fleurs des champs, et venir s'asseoir avec moi sur ces rochers...

Et tout à coup, je l'ai entendue m'appeler. Elle courait vers moi, les yeux débordant de joie. Et puis elle a été dans mes bras, sa bouche sur la mienne. J'ai su alors qu'elle avait souffert autant que moi de notre séparation. Qu'elle m'aimait autant que je l'aimais.

C'était de la folie pure, nous en étions tous les deux conscients. Peut-être aurais-je dû me montrer plus fort et la convaincre de ne plus jamais me revoir. Mais, au cours de l'hiver, un changement s'était produit en elle. Elle ne pouvait plus se satisfaire de la vacuité de son mariage. Ses enfants, pourtant si chers à son cœur, ne pouvaient pallier l'absence d'amour de son époux qui n'attendait d'elle que devoir et obéissance. Cependant, je ne pouvais la laisser se donner à moi, franchir ce pas qui ne lui apporterait que remords, honte et regrets.

Aussi avons-nous repris nos rendez-vous sur les falaises, en tout bien tout honneur. Nos conversa-

142

tions émaillées de rires nous permettaient de croire que cet été n'aurait pas de fin. Parfois, elle venait accompagnée de ses enfants et nous avions l'illusion de former une famille. Tout cela était bien sûr d'une grande imprudence, mais d'une certaine façon nous pensions être à l'abri dans notre écrin de rochers entre ciel et mer, loin des tours menaçantes du château.

Nous étions contents du peu que nous avions. Pour ma part, je n'avais jamais été aussi heureux et je ne devais plus jamais l'être. Un amour comme le nôtre n'a ni commencement ni fin. Il n'est ni bien ni mal. Durant ces lumineuses journées d'été, Bianca n'était pas l'épouse d'un autre homme. Elle était mienne.

Et me voilà revenu ici, au terme de mon existence. Assis sur ces rochers, le corps affaibli par les ans, je contemple l'eau, et son visage, sa voix s'imposent à mon esprit avec une netteté parfaite.

Souriante, elle m'avait confié :

— J'ai toujours rêvé d'être amoureuse.

J'avais ôté les épingles de sa coiffure pour pouvoir enfouir mes mains dans ses cheveux — un plaisir infime, mais à mes yeux inestimable.

— Vous en rêvez toujours ? lui avais-je demandé.

— Non, ce n'est plus nécessaire.

Elle s'était penchée vers moi pour effleurer mes lèvres d'un baiser.

— Je ne rêverai plus jamais à l'amour. Je l'appellerai simplement de mes vœux.

J'avais embrassé sa main avec une infinie tendresse et nous avions regardé un aigle prendre son envol.

— Il y a un bal, ce soir, m'avait-elle alors confié. J'aimerais tant que vous y soyez, que vous me fassiez valser...

Abandonnant mon siège de rochers, je m'étais incliné devant elle, je l'avais attirée à moi et nous nous étions mis à danser parmi les églantines.

— *Décrivez-moi la tenue que vous porterez, pour que je puisse vous imaginer.*

Elle avait levé vers moi un visage rieur.

— *Je porterai une robe en soie ivoire, ornée de perles irisées. Un modèle fluide mais dont le corsage dénude mes épaules. Et mes émeraudes.*

— *Aucune femme ne devrait avoir l'air triste en parlant d'émeraudes.*

— *Non.*

Elle avait souri à nouveau.

— *Celles-ci ont pour moi une valeur toute particulière. Mon époux me les a offertes pour la naissance d'Ethan et je les porte depuis, pour ne pas oublier.*

— *Oublier quoi ?*

— *Que quoi qu'il puisse arriver j'aurai laissé quelque chose derrière moi. Mes seuls véritables joyaux, voyez-vous, ce sont mes enfants.*

Un nuage avait caché le soleil et elle avait appuyé sa tête sur mon épaule.

— *Serrez-moi fort, Christian.*

Nous n'avions pas évoqué la fin de cet été trop court, pourtant je savais que nous y songions, elle et moi, alors que nos deux cœurs battaient à l'unisson, au rythme de cette valse imaginaire. Soudain, une bouffée de rage m'avait envahi à l'idée de ce que j'allais bientôt perdre.

— *Si je le pouvais, Bianca, je vous couvrirais d'émeraudes, de diamants et de saphirs !*

Et je l'avais embrassée passionnément avant d'ajouter :

— *De tout l'or du monde !*

Elle avait posé ses mains sur mon visage et j'avais vu des larmes briller dans ses yeux.

— *Non. Aimez-moi, tout simplement.*

Tout simplement…

7

Sitôt rentré au cottage, Holt sut qu'on s'était introduit chez lui. Il avait beau avoir raccroché, il avait gardé son œil de policier. Rien n'avait été déplacé de manière flagrante, mais ce cendrier était un peu trop près du bord de la table, l'angle du fauteuil avait légèrement changé par rapport à la cheminée, un coin du tapis était rabattu…

Il entra dans la chambre, tous ses sens en alerte. Là aussi, quelqu'un était passé. Il alla récupérer son arme dans le tiroir de la table de nuit, tout en notant mentalement certains signes qui ne trompaient pas : la disposition des oreillers, modifiée de façon infime, les livres alignés différemment sur les rayonnages… Il ôta le cran de sûreté du pistolet et partit inspecter les autres pièces.

Une demi-heure après, il remettait l'arme à sa place, la mine résolue, le regard dur et fixe. Les toiles de son grand-père avaient été déplacées. Oh ! pas beaucoup, mais assez néanmoins pour qu'il sache que quelqu'un les avait touchées, examinées. Et c'était une profanation intolérable.

La personne qui avait visité le cottage était un professionnel. Rien n'avait été volé, très peu de choses avaient été dérangées, mais chaque centimètre carré de la maison avait été passé au peigne fin.

Et il savait avec certitude qui avait procédé à cette fouille en règle. Livingston, ou l'un de ses avatars, rôdait dans les parages. Suffisamment près en tout cas, pour avoir découvert le lien qui unissait les Bradford aux Calhoun. Et donc la possible implication de Christian dans le mystère des émeraudes.

A partir de maintenant, Holt en faisait une affaire personnelle.

Sadie se mit à pleurnicher pour sortir. Il lui gratta le crâne et, passant par la cuisine, alla s'asseoir sous la véranda avec une bière. Il allait s'abîmer dans la contemplation de l'eau, le temps que sa colère retombe, et laisser son esprit vagabonder. Un tri inconscient s'opérerait alors dans sa tête, les pièces du puzzle s'organiseraient dans un sens, puis dans un autre, jusqu'à ce qu'enfin une image précise commence à se former.

C'était Bianca, la clé de l'énigme. C'était donc dans ses pensées, ses sentiments et ses aspirations qu'il fallait creuser. Il alluma une cigarette et posa les pieds sur la balustrade. La lumière commençait à baisser, prenant des reflets de nacre à l'approche du crépuscule.

Bianca : une belle et jeune dame, malheureuse en ménage… Si l'on se fiait à la génération actuelle des femmes Calhoun, elle avait dû être également volontaire, passionnée, loyale… et vulnérable. Cette fragilité transparaissait nettement dans les yeux du portrait, comme dans ceux de Suzanna.

Bianca avait aussi évolué dans les plus hautes sphères de la société, parmi les privilégiés. C'était une jeune Irlandaise de bonne famille qui avait fait un très beau mariage.

Comme Suzanna.

Il tira sur sa cigarette, caressant distraitement les oreilles de Sadie qui avait posé sa tête sur ses genoux. Son regard fut attiré par le petit arbuste à fleurs jaunes, le rayon de soleil que lui avait offert Suzanna. Selon le témoignage de son ancienne domestique, Bianca manifestait elle aussi un penchant marqué pour les fleurs.

Au dire de tous, c'était une excellente mère, dévouée à ses trois enfants, alors que Fergus, lui, était un père strict qui se désintéressait d'eux.

Et puis Christian Bradford était entré dans sa vie.

Si Bianca avait effectivement choisi de lui céder, elle avait pris un énorme risque sur le plan social. A l'époque, une femme de son rang se devait d'être irréprochable. La moindre rumeur concernant une liaison — en particulier avec un homme de condition inférieure — aurait à jamais ruiné sa réputation.

Et pourtant, elle avait sauté le pas.

Sa situation était-elle devenue insupportable ? Rongée de culpabilité, avait-elle finalement paniqué et caché ses émeraudes en un ultime geste de défi ? Avait-elle cédé au désespoir à l'idée du déshonneur et du scandale d'un divorce ? De toute façon incapable d'affronter sa vie, elle avait choisi la mort.

Non, aucun de ces scénarios ne parvenait à le convaincre vraiment. Secouant la tête, il exhala une longue bouffée de cigarette. Décidément, tout sonnait faux dans cette histoire. Peut-être manquait-il d'objectivité, mais il n'arrivait pas à imaginer Suzanna baissant soudain les bras et se jetant du haut d'une tour. Or, il y avait trop de similarités entre Bianca et son arrière-petite-fille.

Et s'il tentait de percer l'esprit de Suzanna pour comprendre le raisonnement de sa malheureuse aïeule ? Au passage, peut-être y verrait-il lui aussi plus clair dans son propre cœur… Il but une gorgée de bière. Ses sentiments pour Suzanna semblaient évoluer de jour en jour et de façon radicale, à tel point qu'il ne savait plus trop où il en était.

Qu'éprouvait-il au juste ? Du désir, c'était une évidence. Mais cela n'était pas aussi simple… Or, il était toujours parti du principe que le désir c'était simple.

Voyons… Qu'est-ce qui comptait le plus pour Suzanna Calhoun Dumont ? Ses enfants, ce fut la première pensée qui lui vint à l'esprit. Ses enfants, incontestablement, même si le reste de sa famille arrivait juste derrière. Sa jardinerie ? Tout de suite en troisième position. Elle se tuerait à la tâche pour faire prospérer son entreprise, toutefois son ambition professionnelle passait après ses enfants et sa famille.

L'esprit agité, il se leva et commença à arpenter la véranda. Un engoulevent se percha dans le vieil érable au tronc courbé par les tempêtes et lança son cri trisyllabique. En réaction, les insectes se mirent à murmurer dans l'herbe. La première luciole, petit éclaireur de l'ombre, voleta au-dessus de l'eau qui venait lécher la rive.

C'était aussi cela qu'il était venu chercher ici : le silence de la solitude. Il cessa de faire les cent pas et, le regard perdu dans la nuit, il se remit à penser à Suzanna. Pas au plaisir qu'il avait eu à la tenir dans ses bras ni au désir fou qu'elle suscitait en lui. Non, plutôt au bonheur qu'il éprouverait de la savoir à ses côtés, en cet instant où il attendait que la lune se lève.

Il devait percer les arcanes de sa personnalité, lui inspirer suffisamment confiance pour qu'elle lui livre ses sentiments et ses pensées. Car, s'il réussissait à établir ce genre d'intimité avec elle, il se familiariserait avec la psychologie de Bianca.

Mais était-il encore objectif vis-à-vis de Suzanna ? Non, ses sentiments lui obscurcissaient le jugement. Plus que tout au monde, il désirait devenir son amant. S'enfoncer en elle et voir la passion chasser de son regard cette triste expression d'animal blessé. L'amener à se donner à lui comme jamais elle ne s'était donnée à personne — pas même à son ex-mari.

Holt s'appuya à la balustrade comme pour s'immerger dans l'obscurité grandissante. Et dans la solitude de la nuit, il osa s'avouer qu'il suivait le même chemin que son grand-père.

Il était tombé amoureux d'une Calhoun.

Il mit du temps avant de rentrer. Et encore plus de temps à trouver le sommeil.

Suzanna n'avait pas fermé l'œil de la nuit. Etendue sur son lit, elle s'était efforcée de ne pas songer aux deux petites valises qu'elle avait préparées avec soin et minutie. Et lorsque enfin son esprit était parvenu à s'en détourner, il s'était orienté vers Holt. Ces pensées-là n'avaient fait qu'accroître son agitation.

Levée aux aurores, elle avait réorganisé tout le contenu des bagages, y avait ajouté quelques bricoles, et avait tout revérifié une dernière fois au cas où elle aurait oublié de prendre leurs doudous. Il ne fallait surtout pas qu'ils manquent de quoi que ce soit.

Au petit déjeuner, elle s'était montrée gaie et enjouée, tout en sachant gré à sa famille d'être là pour lui procurer son soutien et ses encouragements. Alex et Jenny avaient commencé la journée dans les pleurs, mais à midi elle avait quasiment réussi à les dérider à force de plaisanteries.

A 13 heures, elle avait de nouveau l'estomac noué et les enfants étaient redevenus grognons. A 14 heures, elle s'était retrouvée déchirée entre rage et espoir, craignant que Bax ait complètement oublié son projet de vacances.

Mais à 15 heures la voiture était arrivée — une Lincoln noire, rutilante. Un quart d'heure après, ses enfants étaient partis.

Dès lors, la maison sans eux lui était devenue insupportable. Coco avait été adorable, très compréhensive, mais Suzanna redoutait qu'elles s'effondrent toutes deux dans un déluge de larmes. Aussi, dans l'intérêt de sa tante comme du sien, elle décida de se rendre à la jardinerie.

Oui, elle allait s'occuper les mains et l'esprit ! Se plonger tête baissée dans le travail, si bien que les enfants reviendraient sans qu'elle ait eu le temps de se rendre compte de leur absence.

Elle fit un saut au magasin, mais la compassion de Carolanne et ses questions inquisitrices ne tardèrent pas à lui porter sur les nerfs.

— Je ne veux pas t'ennuyer, s'excusa cette dernière lorsque le ton de Suzanna se fit cassant. Je m'inquiète pour toi, c'est tout.

— Eh bien, c'est inutile ! Je vais très bien.

149

Suzanna avait entrepris de sélectionner des plantes avec un soin presque maniaque. Elle ajouta, contrite :

— Et je te demande pardon de t'avoir répondu aussi sèchement. Je suis un peu à cran.

— Et moi, trop indiscrète, reconnut Carolanne, toujours brave fille. J'aime bien celles-ci, les saumon, fit-elle remarquer à Suzanna qui hésitait sur des impatiens de Nouvelle-Guinée. Tu sais, si tu veux lâcher un peu de vapeur, tu n'as qu'à m'appeler. Nous pourrions nous faire une soirée entre filles.

— Bonne idée, oui.

— C'est quand tu veux ! Ce sera l'occasion de passer un moment sympa. J'aime beaucoup cette association de couleurs, déclara-t-elle alors que Suzanna chargeait son choix de végétaux dans le pick-up. Tu installes une nouvelle plate-bande ?

— Non, je m'acquitte d'une dette.

Suzanna grimpa dans son véhicule, lui fit au revoir de la main et démarra. Le temps du trajet, elle s'occupa l'esprit en dessinant et redessinant mentalement la composition de la plate-bande qu'elle allait réaliser. Elle avait déjà repéré l'endroit — en bordure de la véranda de devant. Ainsi, Holt pourrait en profiter chaque fois qu'il entrerait ou sortirait du cottage.

Ce chantier lui prendrait la fin de l'après-midi. Ensuite, elle pourrait décompresser en allant se promener le long des falaises. Le lendemain, elle resterait toute la journée au magasin et, en soirée, elle s'occuperait des jardins des Tours, à la fraîche.

L'un après l'autre, les jours finiraient bien par passer…

Elle gara le pick-up devant le cottage et, sans prendre la peine de s'annoncer, elle se mit à délimiter les contours de la future plate-bande. Hélas, ses efforts ne produisaient pas l'effet escompté sur son moral. Elle avait beau creuser, biner et travailler la terre, elle ne trouvait pas d'apaisement. Son esprit semblait incapable de s'adonner sans arrière-pensée au plaisir de planter. Même, un méchant mal de tête commençait à irradier derrière ses yeux. Ignorant la douleur, elle alla chercher une brouettée de terreau qu'elle déversa sur le sol. Elle était en train de le ratisser quand Holt sortit du cottage.

Cela faisait presque dix minutes qu'il l'observait à la fenêtre, contrarié de la voir les épaules basses et le regard éteint.

— Je croyais que vous deviez prendre votre journée ?

— J'ai changé d'avis.

Et sans lui accorder la moindre attention, elle repartit aussitôt vers le pick-up et en revint, la brouette remplie de plantes en godets.

— Qu'est-ce que c'est que tout ça ? s'exclama-t-il.

— Votre salaire.

Elle commença par les gueules-de-loup, les delphiniums et les marguerites.

— Nous avions un marché, souvenez-vous.

Il descendit deux ou trois marches, ennuyé.

— J'avais dit que vous pourriez éventuellement planter une paire d'arbustes d'ornement…

— Oui, et je plante des fleurs ! répliqua-t-elle en tassant la terre. Pas besoin d'imagination pour voir que ce jardin manque cruellement de couleurs.

D'accord, elle cherchait la bagarre. Eh bien, elle allait l'avoir !

— Vous auriez quand même pu me demander la permission avant de retourner tout le terrain.

— Pour quoi faire ? Vous auriez ricané et lâché quelque remarque machiste dont vous avez le secret.

Holt descendit une marche de plus.

— C'est mon jardin, ma jolie.

— Et moi, j'y plante des fleurs. *Mon mignon.*

Elle releva brusquement la tête. Oui, estima-t-il, elle était dans une colère noire. Mais elle était aussi malheureuse.

— Et si vous ne voulez pas vous embêter à les arroser et à les entretenir, c'est moi qui le ferai ! Et maintenant, que diriez-vous de rentrer chez vous et de me laisser travailler ?

Sans attendre de réponse, elle se remit à l'ouvrage.

Holt alla s'asseoir sous la véranda, tandis qu'elle ajoutait des lavandes, des pieds-d'alouette, des dahlias et des petites pensées à la plate-bande. Tirant paresseusement sur sa cigarette, il regardait ses mains. Toujours aussi sûres et gracieuses dans leurs gestes…

— Planter des fleurettes n'a pas l'air de vous remonter le moral, aujourd'hui.

— Mon moral va très bien, merci. Ça ne se voit pas, mais je nage dans le bonheur.

Elle brisa malencontreusement une tige de freesia et jura.

— Dites-moi un peu pourquoi je n'aurais pas le moral ! Parce que j'ai vu Jenny partir dans cette maudite bagnole, les joues ruisselantes de larmes ? Parce que j'ai dû rester plantée là et sourire comme une idiote quand Alex s'est retourné vers moi avec son petit menton tout tremblant et ses yeux qui me suppliaient de le retenir ?

D'un mouvement de tête, elle ravala ses larmes.

— Parce que j'ai dû supporter sans broncher que Bax m'accuse d'être une mère surprotectrice qui faisait de ses enfants — de ses enfants à lui ! — des petites natures timides et sans caractère ?

Elle planta rageusement la bêche dans la terre.

— Mes enfants ne sont ni timides, ni sans caractère ! Ce sont des enfants ! Comment pourraient-ils partir de gaieté de cœur avec un père qu'ils connaissent à peine ? Et avec sa nouvelle épouse, une femme en tailleur de soie et escarpins italiens, complètement stressée, complètement démunie ! Elle ne saura pas quoi faire si Jenny fait un cauchemar ou si Alex a mal au ventre. Et moi, je les ai laissés partir sans rien pouvoir faire ! Je les ai laissés s'en aller dans cette horrible voiture en compagnie de deux inconnus. Alors vous comprendrez que j'aie le moral. Un moral à tout casser !

Elle repartit vers le pick-up, remâchant sa colère, mais lorsqu'elle revint pour répandre le paillis Holt avait disparu. Bon débarras ! Elle s'exhorta cependant au calme. Son ressentiment ne devait pas l'empêcher de mener à bien ses plantations : dans ce domaine au moins, elle exerçait encore quelque contrôle !

Holt revint en tirant d'une main le tuyau d'arrosage depuis l'arrière de la maison. Dans l'autre, il tenait deux bières.

— C'est pour vous.

S'essuyant le front, elle considéra les bouteilles d'un air sombre.

— Je ne bois pas de bière.

— C'est tout ce que j'ai.

Il lui en fourra une de force dans la main et ouvrit le jet en mode pulvérisateur.

— C'est bon, maintenant ! dit-il sèchement. Je devrais pouvoir m'en sortir. Et si vous vous asseyiez un peu ?

Suzanna gravit les marches et prit place sous la véranda. Elle mourait de soif… Elle but une longue gorgée au goulot et, le menton sur la main, regarda Holt qui arrosait les plantes. Il avait appris à ne pas les noyer ni les écraser sous un jet trop fort. Elle émit un petit soupir de satisfaction et se remit à siroter sa bière, pensive.

Pas de paroles de compassion. Pas de tapes réconfortantes dans le dos ni de protestations d'empathie. A la place, il lui avait opposé ce dont elle avait le plus besoin, un mur de silence contre lequel projeter sa détresse et sa colère. Savait-il d'ailleurs qu'il l'avait aidée ? Mystère. Mais si elle était venue ici, chez lui, ce n'était pas seulement pour planter des fleurs, pas seulement pour sortir du manoir, mais parce qu'elle l'aimait.

Elle ne s'était pas accordé le temps d'y réfléchir, pas depuis que ce sentiment s'était épanoui dans son cœur. Quelle place donner à cet amour ?

De son côté, c'était clair. Après son divorce, elle avait tiré un trait définitif sur sa vie affective, de crainte de se faire une fois de plus piétiner par un homme. A aucun moment elle n'avait cherché l'amour. Ses aspirations se résumaient à un bonheur tout simple : trouver la paix de l'esprit et offrir un foyer rassurant à ses enfants.

Et pourtant, l'amour était entré dans sa vie.

Et Holt ? Comment réagirait-il si elle lui avouait ses sentiments ? Serait-il flatté dans son orgueil ? Surpris, horrifié, amusé ? Au fond, c'était sans importance, décida-t-elle en passant un bras autour de Sadie qui était venue la rejoindre. Cet amour lui appartenait et pouvait même se suffire à lui-même. De toute façon, il y avait belle lurette qu'elle n'espérait plus que l'on partage ses sentiments.

Holt coupa le jet. En effet, cette plate-bande colorée conférait un charme supplémentaire au cottage. Sans compter que maintenant il arrivait même à identifier certaines fleurs ! Pour autant, il n'envisageait pas de demander à Suzanna le nom de celles qu'il ne connaissait pas. Mais il chercherait de son côté.

— C'est drôlement joli…

— La plupart sont des plantes vivaces, précisa-t-elle d'un ton faussement détaché. C'est plus gratifiant. J'ai pensé que vous seriez content de les voir réapparaître année après année.

En effet, ce sera peut-être le cas, songea Holt. Mais son plaisir sera sûrement terni par le souvenir du chagrin de Suzanna, le jour où elle les avait plantées. Quant à la rage que suscitait en lui l'image d'Alex et Jenny en larmes, à l'arrière de la voiture qui les emportait loin de leur mère, il préférait ne pas s'y attarder.

— Et puis ça sent bon.

— C'est la lavande.

Elle inspira profondément avant de se lever.

— Je vais couper l'eau.

Elle avait presque atteint le coin de la maison lorsqu'il lança :

— Suzanna ! Tout va bien se passer pour eux.

Craignant que sa voix ne se brise, elle se contenta d'acquiescer de la tête avant de disparaître à l'arrière du cottage. Quand Holt la rejoignit, il la trouva en train de faire un câlin front contre front avec la chienne. Sans le regarder, elle déclara :

— Vous savez, avec des hémérocalles et quelques sedums en couvre-sol, vous résoudriez pratiquement le problème de l'érosion sur cette rive.

Il lui saisit le coude avec douceur pour l'aider à se relever.

— Dites-moi, il n'y a qu'en travaillant que vous arrivez à vous changer les idées ?

— Ma foi, c'est une méthode qui a fait ses preuves.

— Eh bien ! Moi, j'ai une solution plus efficace.

Suzanna sentit son cœur bondir dans sa poitrine.

— Holt, je ne…

— Allons faire une virée, tous les deux !

Elle le regarda sans comprendre.

— Une virée ?

— Oui, en bateau. Nous avons deux heures avant la tombée de la nuit.

— Ah, une virée en bateau…, répéta-t-elle avec un long soupir, sans s'apercevoir que son soulagement amusait beaucoup Holt. Ça, je veux bien.

— A la bonne heure !

Et aussitôt, il l'entraîna vers le ponton.

— Tenez, c'est vous qui larguerez les amarres.

D'autorité, Sadie sauta lestement dans le petit cabin-cruiser. Il s'agissait donc entre eux d'une routine bien établie, comprit Suzanna. Eh bien, pour un homme qui refusait de s'encombrer de sentiments, il était assez révélateur qu'il emmène sa chienne en mer…

Le rugissement du moteur interrompit ses pensées : Holt l'attendait. Et à peine fut-elle montée à bord qu'il mit le cap sur la baie.

Le vent lui giflait le visage. D'une main, elle retint en riant sa casquette qui menaçait de s'envoler. Après se l'être vissée sur le crâne, elle rejoignit Holt à la barre.

— Ça faisait des mois que je n'avais pas fait de bateau ! cria-t-elle par-dessus le bruit du moteur.

— A quoi bon vivre sur une île si vous n'allez jamais sur l'eau ?

— J'aime regarder les vagues.

Elle jeta un coup d'œil par-dessus son épaule et fut brièvement éblouie par l'éclat d'une fenêtre appartenant aux habitations les plus isolées de Bar Island. Au-dessus d'eux, des mouettes tournoyaient en poussant des cris perçants. Sadie leur aboya dessus, puis alla s'installer sur les coussins de la banquette, tête inclinée et oreilles au vent.

— A-t-elle déjà sauté par-dessus bord ? s'inquiéta Suzanna.

Holt lui lança un regard.

— Non. Elle se contente de prendre l'air idiot que vous lui voyez.

— Un de ces jours, il faudra que vous la rameniez aux Tours. Fred n'est plus le même depuis qu'il l'a rencontrée.

— Oui, certaines femmes font cet effet-là aux hommes…

Le parfum de Suzanna lui parvenait aux narines, porté par la brise iodée ; à chaque inspiration, il avait l'impression de s'emplir d'elle tout entier. Il la sentait toute proche, arc-boutée contre les mouvements du bateau, mais son regard demeurait perdu à l'horizon, préoccupé. Elle ne pensait pas à lui. En revanche, lui ne pensait qu'à elle.

Il négocia adroitement la traversée de la baie pourtant bien encombrée, restant à petite vitesse pour manœuvrer autour des autres embarcations. Ils passèrent devant la terrasse d'un hôtel où, sous des parasols à rayures, des touristes se régalaient déjà de cocktails et de plateaux de fruits de mer. Loin à tribord, la goélette à trois mâts de l'île rentrait au port à vive allure, avec à son bord une foule de vacanciers agitant joyeusement la main.

Puis, la baie céda la place à l'océan et les eaux se firent moins sereines. Les falaises surgissaient puissamment vers l'azur. Du haut de sa corniche, le manoir des Tours se dressait avec arrogance au-dessus du village, défiant les éléments. Sa pierre gris foncé se fondait dans les nuages de pluie massés à l'ouest et ses carreaux au verre gondolé

étincelaient d'arcs-en-ciel facétieux. Tout autour s'entremê-
laient des traînées de couleurs vives, comme un mirage :
le jardin de Suzanna.

— Parfois, quand j'allais pêcher le homard avec mon
père, je levais la tête vers les Tours. *(Et je pensais à vous.)*
Le château Calhoun, murmura Holt. C'était comme ça que
mon père l'appelait.

Suzanna sourit et mit la main en visière devant ses yeux
pour détailler l'imposante demeure perchée sur les falaises.

— Pour moi, c'est juste la maison. Depuis toujours. Quand
je la regarde, je vois tante Coco s'essayant à quelque nouvelle
recette dans la cuisine, Lilah en train de sommeiller dans le
petit salon, les enfants jouant dans le jardin ou dévalant les
escaliers. J'imagine Amanda, assise à son bureau, passant
au crible les monceaux de factures dont il faut s'acquitter
pour entretenir une bâtisse de cette taille. Et dans le garage,
C.C., plongée sous le capot du vieux break, cherchant par
quelque miracle à prolonger la vie du moteur d'encore un
an. Parfois, il m'arrive même de revoir mes parents riant
à la table de la cuisine, encore pleins d'enthousiasme, de
jeunesse et de projets.

Elle se tourna pour ne pas perdre des yeux sa maison
de famille.

— Autour de nous, tout change, mais le manoir demeure,
inébranlable. C'est un sentiment réconfortant, vous savez…
D'ailleurs, je ne vous apprends rien, sinon vous n'auriez pas
choisi d'habiter le cottage de votre grand-père, avec tous
les souvenirs qu'il contient.

Holt comprenait très bien cet attachement aux vieilles
pierres, pourtant, l'idée le mettait mal à l'aise.

— J'aime peut-être tout simplement vivre au bord de
l'eau…

Suzanna attendit que la tour de Bianca ait disparu pour
se tourner vers lui.

— Eprouver des sentiments, ce n'est pas une marque
de faiblesse, Holt.

Il se rembrunit et reporta son regard vers l'horizon.

— Je n'ai jamais été proche de mon père. Lui et moi, nous nous opposions en tout et sur tout. En revanche, je n'ai jamais eu à m'expliquer ou à me justifier auprès de mon grand-père. Il me prenait tel que j'étais, avec mes passions et mes rêves. Sans doute est-ce pour ça qu'il m'a légué ce cottage, même si à l'époque je n'étais qu'un gosse.

Suzanna fut profondément émue qu'il se soit confié à elle sur un sujet aussi intime.

— Et vous y êtes revenu. On revient toujours vers ce qu'on aime.

Elle brûlait de l'interroger plus avant, sur la vie qu'il avait menée durant toutes ces années d'absence. Pourquoi avait-il tourné le dos à son métier de policier pour se lancer dans la réparation de moteurs et d'hélices de bateau ? Etait-il tombé amoureux ou, au contraire, avait-il eu le cœur brisé ?

Mais à cet instant il mit les gaz et le cabin-cruiser fila sur l'immense étendue d'eau.

Holt n'était pas sorti en mer pour méditer des pensées profondes, se mettre martel en tête ou se poser des questions. Le but de cette virée était d'offrir à Suzanna une heure de détente, une parenthèse dans le quotidien. Et cela valait pour lui aussi. Le vent et la vitesse avaient toujours produit des miracles sur son moral. Lorsqu'il la vit rire et présenter son visage au vent, il sut qu'il avait fait le bon choix.

— Tenez, prenez les commandes.

C'était un défi ! Elle l'entendit dans sa voix, le lut dans ses yeux et son grand sourire. Aussi le remplaça-t-elle à la barre, sans hésiter.

Il y avait quelque chose d'exaltant dans ce sentiment de contrôle absolu, dans cette puissance brute qui vibrait sous ses doigts. Le bateau fendait l'eau telle une lame, lancé à pleine vitesse en direction de nulle part. Il n'y avait plus que l'océan, le ciel et une liberté illimitée. L'Atlantique se fit plus dur, pimentant leur virée impromptue d'un zeste de danger. Le brusque rafraîchissement de l'air la faisait frissonner et chaque goulée était aussi enivrante qu'une gorgée de vin glacé.

Même aux commandes d'un bateau, ses gestes étaient sûrs et compétents, songea Holt avec admiration. Elle tenait fermement la barre, arc-boutée telle une figure de proue. Dans ses yeux, la mélancolie avait cédé la place à une joyeuse intrépidité qui le transportait d'excitation. Son visage était enluminé par le plaisir, emperlé par les embruns. Elle ne ressemblait plus à une princesse, mais à une reine consciente de son pouvoir et prête à l'exercer.

Il la laissait libre du choix de leur route, sachant pertinemment que leur virée s'achèverait par l'assouvissement du désir qui le tenaillait depuis quinze ans. Car il n'attendrait pas un jour de plus. Ni même une heure.

Elle lui rendit la barre, essoufflée et rieuse.

— J'avais oublié l'effet que ça faisait ! Voilà cinq ans que je n'avais pas piloté de bateau.

— Vous vous en êtes tirée comme un chef.

Sans ralentir, il fit décrire un large demi-cercle à l'embarcation.

Elle se frictionna les bras avec bonne humeur.

— Seigneur, je suis gelée !

Il se retourna vers elle et eut un coup au cœur. Elle rayonnait : ses yeux étaient d'un bleu encore plus vif que celui d'un ciel d'été, le vent plaquait son pantalon et son chemisier de fine cotonnade contre son corps élancé, ses cheveux volaient sous la casquette.

Il dut se détourner : ses mains étaient moites et tremblaient légèrement sur la barre. Il n'était pas en train de tomber amoureux, non, il s'était littéralement écrasé au sol — atterrissage fatal.

— Il y a une veste dans la cabine, lui dit-il.

— Non, c'est merveilleux…

Elle ferma les yeux et se laissa marteler par les sensations fortes. Le vent déchaîné, les rayons dorés qui perçaient les nuages, le goût du sel, de la mer, l'odeur de l'homme à ses côtés, le rugissement du moteur, le bouillonnement de l'écume… Ils étaient seuls au monde, ivres de vitesse, chacun libre de prendre les commandes et de fendre droit devant cette fabuleuse solitude.

Suzanna ne voulait pas rentrer. Elle s'abreuvait d'air iodé. Comme il aurait été libérateur de filer vers l'horizon, puis de se laisser dériver au gré des courants !

Mais déjà l'air devenait plus doux. Ils n'étaient plus seuls au monde. Le long signal monocorde d'un bateau de plaisance retentit, tandis que Holt réduisait la vitesse et s'orientait vers le port.

Ça aussi, c'était agréable, songea-t-elle. De rentrer à la maison. D'avoir une place à soi, d'avoir la certitude d'être bien accueillie. Elle laissa échapper un petit soupir, heureuse de retrouver toutes ces choses familières. L'eau de la Frenchman Bay virant à l'indigo à la tombée du soir, les bâtiments noirs de monde, le claquement métallique des bouées. C'était encore plus réconfortant après leur course folle à destination de nulle part.

Ils retraversèrent la baie dans un silence apaisé. Enfin, Holt fit décrire un tour complet à l'embarcation et la laissa dériver jusqu'au ponton. Suzanna sauta du bateau pour l'amarrer et caressa Sadie qui, appuyée de tout son poids contre ses jambes, quémandait son attention.

— Tu m'as l'air d'avoir la patte marine, hein, ma belle ?

Elle s'accroupit pour lui frictionner l'échine avec affection.

— Je crois qu'elle veut déjà repartir ! lança-t-elle à Holt.

Il sauta souplement sur le ponton et alla se poster à trente centimètres d'elle.

— Un orage se prépare.

Suzanna regarda le ciel : de fait, le vent poussait les nuages vers les terres. Lentement, mais inexorablement.

— Vous avez raison. Ce qui est certain, c'est qu'un peu de pluie ne fera pas de mal aux cultures !

Aussitôt, elle se morigéna en son for intérieur. Parler du temps qu'il faisait parce qu'elle se sentait gênée, maintenant

que se refermait cette parenthèse, c'était vraiment ridicule !
Elle se releva, consciente de la proximité électrique de Holt,
et de ses yeux sombres fixés sur elle.

— Merci pour la virée. Je me suis régalée.

— Tant mieux.

Il s'avança, faisant osciller le ponton sous leurs pieds.
Elle recula de deux pas et fut étrangement rassurée de
retrouver la terre ferme.

— Si vous en avez l'occasion, suggéra-t-elle, emmenez
donc Sadie faire une petite visite à Fred, ce week-end. Il
va se sentir bien seul sans les enfants.

— D'accord.

Elle avait franchi la moitié du jardin et Holt semblait
toujours collé à elle ! Au risque de passer pour paranoïaque,
on aurait dit qu'il la poursuivait.

— Le millepertuis a l'air de bien se plaire, remarqua-
t-elle, effleurant l'arbuste au passage. Mais il faut vraiment
que vous mettiez de l'engrais à cette pelouse. Je pourrais
vous recommander un procédé d'amendement du sol, simple
et peu coûteux.

Il esquissa un léger sourire, sans la quitter du regard.

— Faites donc ça…

— Eh bien, je… il se fait tard. Tante Coco…

— Sait que vous êtes une grande fille.

Il la retint par le bras.

— Vous n'irez nulle part ce soir, Suzanna.

Avec un peu plus d'expérience, peut-être aurait-elle mieux
su jauger l'humeur de Holt avant qu'il ne la touche. Mais à
présent le doute n'était plus permis sur ses intentions. Il avait
refermé ses doigts sur elle d'un geste possessif et ses yeux
anthracite reflétaient clairement le désir qu'il avait d'elle.

Si seulement elle avait pu avoir les mêmes certitudes
que lui…

— Je vous ai dit que j'avais besoin de temps, Holt.

— Ce temps-là est écoulé, répliqua-t-il d'un ton tranchant
qui la mit en émoi.

— Comprenez qu'il ne s'agit pas d'une décision que je peux prendre à la légère…

Les yeux de Holt irradièrent de passion. Un violent coup de tonnerre résonna à des kilomètres.

— La légèreté n'a rien à voir là-dedans, nous le savons, vous et moi.

Suzanna en était parfaitement consciente, oui, et c'était justement cela qui était terrifiant. Elle tenta d'éluder l'ultimatum.

— Je pense que…

Il poussa un juron et l'enlaça avec fougue.

— Vous pensez trop.

Passé la première surprise, elle se débattit. Mais il l'emportait déjà vers la véranda.

— Holt ! Il n'est pas question qu'on me force la main !

La porte à moustiquaire claqua derrière eux. Ne comprenait-il donc pas qu'elle avait peur, terriblement peur ? Peur qu'il la trouve terne et ennuyeuse, qu'il la repousse et la laisse à nouveau brisée, anéantie ?

— Je refuse d'être bousculée !

— Peut-être, mais si je vous attendais, on y serait encore dans quinze ans, alors…

D'un coup de pied, il ouvrit la porte de la chambre et la lâcha sur le lit. Ce n'était pas ce qu'il avait prévu, mais il était trop noué de craintes et de désirs pour s'embarrasser de mots tendres.

D'un bond, elle alla se camper devant lui, mince et droite comme un roseau. Dans son dos, l'ombre annonciatrice de la nuit envahissait peu à peu la pièce.

— Si vous pensez pouvoir me charger sur votre épaule et me jeter sur ce lit comme un sac de pommes de terre…

— C'est pourtant précisément ce que j'ai fait.

Il soutint son regard tout en ôtant sa chemise par la tête.

— Ecoutez, Suzanna. Je suis fatigué d'attendre et fatigué de vous désirer ! Alors maintenant, nous allons faire ça à ma façon.

Toute cette scène avait un air de déjà-vu, songea-t-elle, le cœur gros. Sauf qu'à l'époque c'était Bax qui lui ordonnait de se mettre au lit, Bax qui la dépouillait de ses vêtements et se couchait sur elle pour lui imposer le fameux devoir conjugal — à la hussarde et sans amour. Sans compter qu'après il lui fallait encore subir sa dérision et son mépris...

— A votre façon ? Rien de nouveau sous le soleil ! rétorqua-t-elle d'un ton crispé. Et puis ça ne m'intéresse pas. Rien ne m'oblige à coucher avec vous, Holt ! A me soumettre à votre bon plaisir et à me laisser prendre sans broncher ! Et tout ça pour quoi ? Pour m'entendre dire ensuite que je ne suis pas assez bien pour vous satisfaire ! Sauf que je ne laisserai plus personne se servir de moi, vous comprenez ?

Mais avant qu'elle ait pu sortir de la chambre, il l'attira brutalement à lui et, ignorant ses insultes et ses gesticulations, il la bâillonna d'un baiser. Elle faillit chavirer sous l'ardeur de sa bouche. D'ailleurs, ses jambes se seraient dérobées sous elle, si Holt ne l'avait pas enserrée de ses bras.

Car, au-delà de la peur et de la colère, elle sentait son propre désir la submerger et elle en voulait à Holt de réveiller ces pulsions, de la mettre en état de manque. Fragile et sans défense, elle ne pouvait que s'agripper à lui comme à une bouée de sauvetage.

Brusquement, il l'écarta de lui et la tint à bout de bras, le souffle court. Les yeux de Suzanna étaient sombres comme un ciel de minuit et renfermaient bien des secrets. Mais il les percerait tous, oui, un par un. Il s'en fit le serment. Et il commencerait dès ce soir.

— Personne ne va se servir de personne, je vais seulement prendre ce que vous êtes prête à m'offrir.

Elle sentit l'étau de ses doigts se resserrer sur ses bras.

— Regardez-moi, Suzanna. Regardez-moi et dites que vous n'avez pas envie de moi, et je vous laisserai partir.

Elle soupira, vaincue. Elle l'aimait, et elle ne pouvait plus garder son amour pieusement caché sous son oreiller, telle une jeune fille romantique. Si elle n'était pas capable de séparer les désirs du corps des élans du cœur, alors elle n'avait d'autre choix que de les vivre comme un tout. Et si cet homme le lui piétinait, son cœur, eh bien ! son corps, lui, n'en mourrait pas.

Au reste, n'avait-elle pas promis à Holt que, si elle se donnait à lui, ce serait sans regret ?

Elle posa sa main sur la sienne, avec tendresse, sans pour autant en espérer une once de sa part. C'était un choix qu'elle faisait librement, en pleine connaissance de cause.

— A quoi bon le nier ? J'ai envie de vous, Holt. Vous avez raison, inutile de prolonger l'attente.

8

Si la tension avait été moins forte, le désir moins violent, peut-être aurait-il pu faire preuve de tendresse. Si son excitation avait été moins intense, sa soif moins ardente, peut-être aurait-il pu se montrer un peu romantique. Mais il savait que s'il ne la possédait pas tout de suite, très vite, il allait devenir fou.

Sa bouche était fiévreuse, ses mains brutales. Et dès qu'il goûta au corps de Suzanna, il sut qu'elle était d'ores et déjà à lui. Mais cela ne lui suffisait pas. Peut-être même ne pourrait-il jamais se rassasier d'elle.

Elle ne manifesta aucune hésitation, aucune crainte. Elle exprimait une générosité désarmante qui l'incitait à prendre son plaisir. Dans les caresses effrénées de Suzanna, il ne sentait que du désir, pas la moindre retenue.

D'un même geste, il lui ôta casquette et bandana pour saisir à poignées sa soyeuse chevelure couleur de miel. Ses mains tremblaient un peu, mais sa bouche dévorait la sienne sans douceur.

Elle s'ouvrit à lui dans un petit gémissement de volupté, tandis que leurs langues s'engageaient dans un profond duel. Le désir était contagieux.

Dressée sur la pointe des pieds, elle répondait à sa passion avec un enthousiasme égal au sien. Son corps vibrait de pulsions depuis longtemps réprimées, mais aussi de peur. Peur de ce qui arriverait si jamais elle abandonnait tout contrôle. Elle devait lui montrer qu'elle était capable de lui donner du plaisir, de le rendre heureux et de susciter son désir sans désemparer. Si elle faisait preuve de maladresse maintenant, si elle renonçait à jouer les geishas, la trouverait-il en deçà de ses fantasmes ?

En même temps, jamais elle ne s'était sentie aussi désirée par aucun homme. En tout cas pas avec cette violence frémissante qui donnait à chacun de leurs gestes la saveur de l'interdit. Elle se cambra contre lui, le corps assailli par un déferlement de sensations, en espérant que ce qu'elle avait à lui offrir suffirait à combler ses attentes.

Holt lui embrassa fiévreusement le visage, lui grignota le menton, puis descendit vers sa gorge, frottant sa barbe dure contre sa peau délicate. Et ses mains — Seigneur, ses mains étaient partout à la fois !

Elle devait garder la tête froide, mais ses genoux se dérobaient et son esprit tournait comme un carrousel. Elle tenta désespérément de repousser le vertige et, enfonçant ses ongles dans le dos de Holt, elle tâcha de se remémorer ce qui plaisait aux hommes.

Holt la sentait vibrer comme un arc, tout son corps tendu à se rompre : elle se contrôlait. Savoir qu'elle en était capable alors que son propre désir le rendait à moitié fou le plongea dans une sorte de rage. Déchirant son chemisier, il la renversa brutalement sur le lit.

— Tu ne m'échapperas pas, bon sang !

Haletant, il lui immobilisa les poignets au-dessus de la tête.

— Et je t'aurai toute à moi.

Il reprit possession de sa bouche et la sentit se contracter tandis que son pouls s'affolait sous ses doigts.

Suzanna frissonnait d'émerveillement. Le corps de Holt était un brasier, sa peau brûlante et moite fusionnait avec la sienne. Sa poigne d'acier l'immobilisait, tandis que son autre main la pétrissait sans ménagement. Elle percevait sa colère, savourait son désir exacerbé par la frustration. Eperdue, elle tenta de le supplier d'attendre, de lui accorder un instant, mais elle ne put émettre que des gémissements entrecoupés.

Le vent écarta les rideaux, laissant le crépuscule s'engouffrer dans la chambre. Les premières gouttes de pluie qui frappèrent le toit résonnèrent à ses oreilles comme des coups de feu, en écho à la guerre que Holt menait contre elle. Il y eut un autre roulement de tonnerre, plus près cette fois, annonciateur d'une puissance déchaînée.

Holt goûta enfin à ses seins et laissa échapper un murmure de satisfaction. Elle était aussi douce qu'une brise d'été, aussi enivrante qu'un bon whisky. Alors qu'elle se cambrait de plaisir sous lui, il titilla son mamelon dressé, se perdant dans la saveur et le velouté de sa peau. Il sentait les battements de son cœur contre ses lèvres. Et son désir était égal au sien. Elle était en proie à une excitation intense qui malmenait tout son corps, il l'entendait dans ses halètements effrénés. Elle s'arc-boutait contre lui avec violence. Il décida de s'aventurer plus bas, lui agaçant les flancs du bout des dents, traçant de sa langue un sillage torride sur son ventre.

Les mains enfin libérées, elle lui agrippa les cheveux. Elle ne pouvait plus respirer. Il fallait qu'elle le lui dise. Tout son corps explosait sous la brûlure de ses caresses. C'était presque une souffrance. Ses doigts se crispèrent sur le dessus-de-lit. Elle était en manque de…

Elle était en manque.

Quelqu'un poussa un cri. Ce son bref et désespéré, Suzanna l'entendit jaillir de sa propre gorge tandis que tout son corps se tendait. Des mondes inconnus explosèrent en elle dans un fracas plus fort que le tonnerre qui grondait au-dessus d'eux. Etourdie de volupté, elle ondulait sous Holt.

Il leva la tête pour la regarder. Elle avait les pupilles dilatées, le visage empourpré d'une ardeur nouvelle. Il sentit sous lui son corps encore secoué par la jouissance, alors qu'elle laissait ses mains retomber mollement sur le lit en bataille. La découvrir vaincue par la volupté le bouleversait.

Mais il voulait aller plus loin.

A peine était-elle revenue à elle que, déjà, il la ramenait sur les rives du plaisir. Elle ne pouvait plus que s'accorder à sa fougue. Alors que la pluie se mettait à tambouriner sur le toit, elle roula avec lui, trop extasiée pour être surprise par sa propre impatience. Ses mains étaient devenues aussi brusques et impérieuses que celles de Holt, sa bouche aussi avide. Lorsqu'il lui ôta son jean, elle étouffa un cri de triomphe. Et ce fut avec la même ardeur qu'elle le débarrassa de son pantalon pour enfin se coller à lui en un corps-à-corps moite et sensuel.

Son besoin de le toucher était aussi violent que son envie d'être touchée. Elle voulait le posséder tout en étant possédée par lui. Elle brûlait de vivre cette frénésie, cette passion dévorante qui lui avait été refusée jusqu'ici, ce désir plus fort que la raison.

A présent, il n'était plus question de se contrôler, ni pour lui ni pour elle. Les caresses de Holt recommencèrent à l'entraîner toujours plus haut et elle franchit chaque vague de plaisir, exultant d'une soif toujours plus grande. C'était le moment qu'il attendait. Au comble de l'excitation, il la pénétra, prenant enfin possession de ce corps qui l'obsédait depuis quinze ans, et Suzanna s'accorda sans retenue au rythme sauvage qu'il lui imposait.

Ils étaient à nouveau seuls au monde, mais cette fois la mer était en furie et l'air chargé d'électricité. Leur étreinte les transportait dans un sentiment d'exaltation, de toute-puissance et de liberté. Enfin, tout redevenait possible. Suzanna sentit Holt frissonner — le voyage touchait à son terme. Parvenu au sommet du plaisir, il enfouit son visage dans sa chevelure tandis que, nouant son corps au sien, elle le suivait dans l'extase.

Durant quinze ans, il s'était demandé ce qu'il éprouverait avec elle. Depuis l'adolescence, il l'avait rêvée, imaginée, désirée, mais aucun de ses fantasmes ne pouvait rivaliser avec la réalité. Suzanna était un volcan sous la glace. Une femme à la sensualité torride. A présent, elle était allongée à côté de lui, le corps alangui par la passion à laquelle elle s'était livrée sans réserve. Ses cheveux sentaient la mer et le soleil. La pluie crépitait sur le toit et un vent chargé d'embruns s'engouffrait par la fenêtre, gonflant les rideaux. Il aurait pu demeurer ainsi une éternité, soudé à ses formes douces.

Mais il avait envie de la voir.

Lorsqu'il bougea, elle émit un murmure de protestation. Sans un mot, il l'embrassa jusqu'à ce qu'elle se détende à nouveau. Quand il tamisa la lumière de la lampe de chevet, ses paupières papillonnaient déjà.

Seigneur, qu'elle était belle avec ses cheveux étalés sur les oreillers, sa peau diaphane, sa bouche pleine et douce. Elle se raidit sous son regard, mais il ignora sa gêne et contempla tout son corps longuement, en silence.

— J'ai toujours dit que les femmes Calhoun étaient des beautés, murmura-t-il en revenant vers ses yeux.

Suzanna était perplexe. Qu'était-elle censée dire ou faire ? Holt lui avait fait découvrir des sensations extraordinaires, mais avait-il connu la même ivresse ? A cet instant, il se rembrunit et elle sentit son estomac se nouer. Les sourcils froncés, il promena son doigt le long de sa gorge, puis dessina la courbe de ses seins.

— J'aurais dû me raser, lâcha-t-il soudain, contrarié de lui avoir irrité la peau avec sa barbe. Tu aurais pu me dire que je te faisais mal.

— Je ne m'en suis pas aperçue.

— Désolé.

Il se mit à promener ses lèvres sur son cou avec une infinie tendresse jusqu'à ce que, croisant l'expression médusée de Suzanna, il s'écarte d'elle, se sentant brusquement idiot. Elle lui prit alors la main, timidement.

— Tu ne m'as pas fait mal, murmura-t-elle avec douceur. C'était merveilleux.

Et elle attendit, espérant qu'il lui dirait la même chose.

— Je dois faire rentrer la chienne.

Il tempéra la rudesse de son intonation en imprimant une brève pression à ses doigts et sortit de la chambre.

Suzanna entendait à présent les geignements désespérés de Sadie et ses griffes qui grattaient contre la porte à moustiquaire. Holt ne l'avait pas repoussée, non. Simplement, il était capable de négocier plus rapidement qu'elle le passage de la folle passion à la réalité dans ce qu'elle avait de plus terre à terre. De toute façon, ils avaient partagé un moment de communion unique, elle pouvait au moins se raccrocher à cette idée... Elle s'assit et considéra, abasourdie, le désordre qui régnait dans la chambre. Le couvre-lit gisait en tas par terre, les draps formaient une boule enchevêtrée au pied du lit. Ses vêtements, eux, étaient éparpillés avec ceux de Holt.

Elle se leva et, pudique, enfila la chemise de Holt avant de ramasser son chemisier. Il ne lui restait qu'un seul bouton sur cinq, lequel ne tenait plus que par un fil. Elle serra le malheureux vêtement contre sa poitrine en riant. Avoir été désirée à ce point ! Et, avec un soupir de contentement, elle partit à la recherche des autres boutons. Holt avait peut-être retrouvé son sang-froid, sa vie n'avait peut-être pas été bouleversée comme la sienne, mais il l'avait voulue, comme un forcené. Et cela, jamais elle ne l'oublierait.

— Que fais-tu ?

Elle leva les yeux. Il se tenait dans l'embrasure de la porte. A l'évidence, se promener tout nu ne le dérangeait pas le moins du monde... Suzanna sentit son cœur repartir dans une folle sarabande. Holt avait l'air en colère. Si seulement elle pouvait comprendre ce qu'elle avait fait — ou pas — pour provoquer ce déplaisir chez lui !

— Mon chemisier, répondit-elle. J'ai retrouvé les boutons.

Elle les serrait dans une main et dans la fine cotonnade tenait l'autre.

— Aurais-tu par hasard du fil et une aiguille ?

— Non.

Ne voyait-elle pas l'effet qu'elle lui faisait, seulement

vêtue de sa chemise, avec ses cheveux en désordre et ses yeux brillants ? Que voulait-elle, qu'il la supplie à genoux ?

— Ah…, dit-elle.

Elle tenta de sourire.

— Bon, je les recoudrai chez moi. Si tu veux bien me prêter ta chemise en attendant… Je ferais mieux de rentrer.

Il ferma la porte derrière lui.

— Non, répéta-t-il, et il traversa la chambre pour la prendre dans ses bras.

La pluie cessa à l'aube, laissant un ciel parfaitement dégagé. Suzanna fut réveillée par la petite musique de l'eau s'écoulant paresseusement des gouttières. Mais à peine avait-elle ouvert les yeux que sa bouche fut prise d'assaut par un baiser torride et affamé. Son corps ensommeillé s'embrasa aussitôt de désir.

Holt s'était réveillé en manque d'elle. Mais il savait qu'il ne pourrait assouvir cette pulsion brûlante, même si Suzanna s'abandonnait totalement à ses caresses. Il n'aurait su dire l'importance qu'avait prise cette femme dans son cœur. Son fantasme d'adolescent était devenu son salut à l'âge d'homme.

Faute de mots, il ne pouvait que lui montrer ce qu'il ressentait.

Il lui fit l'amour. Et en contemplant son visage dans le soleil de cette matinée humide, il comprit qu'il ne pourrait pas être heureux sans elle.

— Tu es à moi !

Il jeta ces paroles comme on jette un sort.

— Dis-le !

Ses doigts se crispèrent sur les draps et il se blottit contre sa gorge.

— Bon sang, Suzanna, tu vas le dire !

Mais, étourdie de plaisir, elle ne parvenait qu'à crier son prénom.

Elle relâcha son étreinte et il roula sur le dos tout en la maintenant serrée contre lui. La tête de Suzanna reposait sur son cœur, et cela suffisait à son bonheur.

Holt avait gardé ses cheveux dans sa main. Comme pour la retenir si jamais elle tentait de lui échapper, songea-t-elle, amusée. Tout son corps était douloureux, meurtri, comblé. Elle sourit. Le cœur de Holt cognait à tout rompre contre son oreille.

Un oiseau lança son trille mélodieux.

Elle ouvrit les yeux d'un coup, redressa la tête.

— C'est le matin, dit-elle.

— Oui, c'est ce qui se passe en général quand le soleil se lève.

— Non, je… aïe !

Il lui avait bel et bien tiré les cheveux, mais par réflexe.

— Désolé, marmonna-t-il, desserrant son poing à regret.

— J'ai dû m'endormir…

Il acquiesça en caressant son corps d'odalisque. Il était fou du grain velouté de sa peau.

— Tu t'es assoupie avant même que j'aie pu te proposer un second round.

Elle piqua un fard, et tenta d'échapper à son étreinte, en vain. Il la tenait bien.

— Où veux-tu aller ? lui demanda-t-il.

— Il faut que je rentre à la maison. Tante Coco doit être folle d'inquiétude.

— Elle sait où tu es.

Il se remit sur elle — cette position lui permettait de l'immobiliser plus facilement — et lui mordilla amoureusement la gorge. A sa grande joie, il sentit son cœur s'affoler aussitôt sous ses lèvres.

— Et selon toute vraisemblance, elle doit avoir une petite idée de ce qui te retient…

Elle tenta de le repousser, sans conviction.

— Je ne lui ai pas dit où j'allais.

— Mais moi, je l'ai appelée hier soir, quand j'ai fait rentrer Sadie. Gratte-moi le dos, tu veux bien ? Tout en bas.

Elle s'exécuta machinalement, l'esprit en émoi.

— Tu… tu as dit à ma tante que je…

— Je lui ai dit que tu étais avec moi. A mon avis, elle n'avait pas besoin qu'on lui fasse un dessin. Comme ça, oui, ça fait du bien… Merci.

De fait, Coco devait avoir saisi la situation en un clin d'œil, songea Suzanna. Elle poussa un long soupir. Elle n'avait aucune raison de se sentir fautive ou gênée. Pourtant, c'était le cas. Vis-à-vis de sa tante, mais aussi de l'homme nu qui l'écrasait de tout son poids.

C'était une chose de l'affronter de nuit. Mais le lendemain matin…

Holt releva la tête.

— Il y a un problème ?

— Aucun.

Devant son air interrogateur, elle esquissa ce qui se voulait un haussement d'épaules.

— Simplement, je ne sais pas trop quel comportement adopter. C'est la première fois que je fais ça.

Il la contempla, hilare.

— Par quel miracle as-tu réussi à avoir deux enfants ?

— Je ne voulais pas dire que je n'ai jamais… Je veux dire que je n'ai jamais…

Holt souriait d'une oreille à l'autre.

— Eh bien, il faudra t'y faire, ma jolie.

Il dessina du doigt le contour de son visage.

— Tu veux que je t'explique le protocole du lendemain matin ?

— Je veux que tu cesses de me reluquer.

— Non, car vois-tu, ça fait partie du cérémonial.

Il se mit à lui mordiller la mâchoire du bout des dents.

— Je suis censé te reluquer de bon matin d'un air lubrique pour que tu n'ailles pas imaginer que tu ressembles à une vieille sorcière au réveil.

— Une… une vieille sorcière ? hoqueta-t-elle.

— Et de ton côté, tu es censée me dire que je suis un amant exceptionnel.

Elle haussa un sourcil interrogateur.

— Ah oui ?

— Exceptionnel, ou tout autre superlatif qui te vient à l'esprit. Ensuite… Il se remit sur le dos avant de finir sa phrase : tu es censée aller me préparer un petit déjeuner, histoire de me montrer que tu possèdes tous les talents.

— Je te suis infiniment reconnaissante de me renseigner sur la procédure à suivre, Holt…

— Mais de rien. Et quand tu m'auras préparé mon petit déjeuner, tu devras à nouveau déployer tous tes charmes pour me ramener au lit.

Elle se mit à rire et appuya sa joue contre la sienne en un geste qui le désarma et le ravit.

— C'est un exercice qui va me demander un peu d'entraînement, répliqua-t-elle. Néanmoins, je devrais arriver à te faire des œufs brouillés.

— A condition qu'il y en ait au frigo…

— Tu as un peignoir ?

— Pour quoi faire ?

Elle croisa son regard allumé de convoitise.

— Non, pour rien…

Et, se retenant au bord du matelas, elle se mit à tâtonner par terre à la recherche de sa chemise.

— Et toi, qu'es-tu censé faire pendant que je prépare le petit déjeuner ?

Il lui attrapa les cheveux, puis les laissa glisser entre ses doigts.

— Moi ? Je te regarde faire.

Et c'était un spectacle bien agréable, songea-t-il. Suzanna évoluait en chemise dans la cuisine qui s'était emplie d'une bonne odeur de café.

Elle adressa un murmure amusé à Sadie — elle se trouvait plus à l'aise ici, occupée à des tâches familières. Le millepertuis qu'ils avaient planté resplendissait comme un soleil devant la fenêtre et la brise sentait encore la pluie.

— Tu sais, lança-t-elle en râpant du fromage sur les œufs battus, il peut s'avérer fort utile d'avoir dans sa cuisine autre chose qu'un grille-pain, une casserole et une poêle...

— Pour quoi faire ?

Il s'adossa nonchalamment à sa chaise et tira une bouffée de sa cigarette.

— Ma foi, cette pièce peut servir à préparer des repas entiers. Ça se fait, chez les gens de goût...

— Seulement ceux qui ne connaissent pas les plats à emporter.

Le café était passé, constata-t-il, et il se leva pour leur en verser une tasse à tous les deux.

— Que prends-tu dans ton café ?

— Rien. Je le bois noir. J'ai besoin d'un stimulant.

— Si tu veux mon avis, tu as surtout besoin de dormir.

— Impossible, je dois être au magasin dans environ une heure.

La jatte à la main, elle marqua une pause devant la fenêtre. Elle avait ce regard qu'il connaissait bien à présent. Il lui caressa l'épaule.

— Arrête...

— Pardon, mais je...

Elle alla à la cuisinière pour verser les œufs battus dans la poêle.

— Je ne peux pas m'empêcher de me demander ce qu'ils sont en train de faire, s'ils s'amusent bien. C'est la première fois qu'ils me quittent...

— Leur père ne les a donc jamais pris pour le week-end ?

— Non, à peine deux après-midi depuis notre divorce, et l'expérience n'a pas été un franc succès.

Suzanna se concentra sur la cuisson des œufs pour chasser ses idées noires.

— Enfin, plus que treize jours à tenir…

— Tu ne leur rends pas service en te mettant dans cet état.

La sentant crispée, il entreprit de lui masser les épaules : il bouillait de ne pouvoir agir.

— Ça va… Enfin, ça va aller, rectifia-t-elle. J'ai largement de quoi m'occuper pendant les deux semaines à venir. Et puisque les enfants sont avec leur père, je vais pouvoir me consacrer à la recherche des émeraudes.

— Ça, tu vas me laisser m'en charger.

Elle lui jeta un coup d'œil par-dessus son épaule.

— C'est un travail d'équipe, Holt. Depuis le début.

— Peut-être, mais je suis sur l'affaire, maintenant. Et ce genre de boulot, c'est mon rayon.

Suzanna versa les œufs brouillés dans une assiette avec autant de soin qu'elle en mit à choisir ses mots :

— Je te suis reconnaissante pour ton aide, Holt. Ainsi que toute la famille. Mais ce n'est pas pour rien qu'on appelle ce collier les émeraudes des Calhoun. Je te signale que deux de mes sœurs ont failli perdre la vie à cause de ce bijou.

— Eh bien, ça apporte de l'eau à mon moulin. Tu n'es pas de taille à affronter ce Livingston, Suzanna. C'est un criminel retors et violent qui ne reculera devant rien pour se débarrasser de toi.

Elle lui tendit son assiette.

— Justement, Holt. J'ai l'habitude de ce genre d'homme — retors et violent — et il est grand temps que je cesse d'en avoir peur.

— Qu'est-ce que tu entends par là ?

— Rien de plus que ce que je viens de dire.

Elle prit sa propre assiette et son mug de café.

— Et ce n'est pas un sale voleur qui va m'intimider ou m'empêcher d'agir au mieux pour ma famille et moi. C'est fini d'avoir peur !

Holt la considéra avec étonnement. Il ne s'attendait pas à cette réponse-là.

— Tu as peur de Dumont ? Physiquement ?

176

Suzanna marqua un temps d'hésitation, puis le regarda droit dans les yeux.

— Nous étions en train de parler des émeraudes.

Elle tenta d'aller s'asseoir, mais Holt lui bloquait le passage. Il la fixait d'un air sombre, cependant c'est d'une voix posée, étonnamment douce, qu'il demanda :

— Est-ce qu'il te battait ?

Suzanna blêmit.

— Comment ?

— Je veux savoir si Dumont t'a déjà frappée.

Elle sentit sa gorge se nouer. Holt avait beau s'exprimer d'un ton posé, ses yeux étincelaient de colère rentrée.

— J'ai faim, Holt, et les œufs sont en train de refroidir.

Réprimant l'envie de balancer l'assiette contre le mur, il la laissa s'asseoir en face de lui. Elle semblait très fragile et très calme dans le soleil du matin.

— Réponds-moi, Suzanna.

Il but une gorgée de son café. Elle jouait avec sa nourriture, mais il était rompu aux techniques d'interrogatoire : il savait quand attendre et quand bousculer.

— Non, murmura-t-elle d'une voix blanche en portant la fourchette à sa bouche. Bax n'a jamais levé la main sur moi.

Holt s'efforçait de garder un ton détaché, mais il avalait sans savoir ce qu'il mangeait. Suzanna croisa brièvement son regard et détourna la tête.

— Il y a maintes façons de briser quelqu'un. Après ce genre de traitement, humilier l'autre est un jeu d'enfant.

Elle se mit à beurrer une tartine avec application.

— Tu n'as presque plus de pain.

— Qu'est-ce qu'il t'a fait ?

— Parlons d'autre chose…

Il répéta sa question en détachant chaque syllabe :

— Qu'est-ce qu'il t'a fait ?

— Il m'a obligée à regarder la réalité en face.

— C'est-à-dire ?

— Il m'a bien fait comprendre que je n'étais pas une épouse digne d'un brillant avocat d'affaires.

— Comment ça ?

Elle posa son couteau violemment.

— C'est un interrogatoire, inspecteur ?

De la colère, songea-t-il. C'était déjà mieux.

— Non, une simple question.

— Et tu veux une réponse tout aussi simple ? Très bien ! Baxter m'a épousée pour mon nom, il s'imaginait que le prestige des Calhoun rejaillirait sur lui. Il nourrissait également certaines espérances concernant ma fortune personnelle. Pour le prestige, il avait vu juste. Pour le reste, il a déchanté. Je n'étais pas le sésame qu'il escomptait pour accéder aux plus hautes sphères. Dans les dîners, ma conversation était plate. Et j'avais beau arborer tous les signes extérieurs requis, je n'ai jamais fait illusion dans mon rôle d'épouse d'un procureur aux ambitions politiques. Comme il me l'a souvent répété, je lui ai causé une immense déception en n'étant pas capable de comprendre ce qu'on attendait de moi. J'étais terne et ennuyeuse. En société, à table et au lit.

Elle se leva pour aller vider avec brusquerie son assiette dans la gamelle de Sadie.

— Cela répond-il à ta question ?

— Non.

Holt repoussa son petit déjeuner et alluma une cigarette.

— Je voudrais bien savoir comment il s'y est pris pour te convaincre que tu étais en faute.

Sans se retourner, Suzanna se raidit.

— Je l'aimais. Ou du moins j'aimais l'homme que je croyais avoir épousé, et je souhaitais de tout mon cœur être une compagne dont il pourrait être fier. Mais plus je m'y efforçais, plus je m'enfonçais à ses yeux. Ensuite, j'ai eu Alex et il m'a semblé que… j'avais fait une chose extraordinaire. J'avais mis au monde un magnifique petit bébé. Et puis être mère, c'était si facile pour moi, si naturel… Dans ce domaine, je ne doutais jamais, je ne commettais aucune

178

bévue. J'étais tellement heureuse, tellement absorbée par mon enfant et la famille que nous avions fondée que je ne me suis pas rendu compte que Bax allait chercher ailleurs une compagnie plus excitante que la mienne. J'étais enceinte de Jenny quand j'ai tout découvert.

— Il te trompait, donc, résuma Holt d'une voix faussement douce. Et comment as-tu réagi ?

Suzanna se mit à remplir l'évier pour faire la vaisselle.

— Tu ne peux pas comprendre ce que c'est que d'être trahie dans ces conditions. De porter l'enfant de ton mari et te rendre compte qu'il t'a déjà remplacée. Sachant que tu es en plus persuadée de ne pas être à la hauteur.

— Non, c'est vrai. Mais il me semble quand même que j'aurais vu rouge.

— Tu veux savoir si j'étais en colère contre lui ?

Elle eut une espèce de rire.

— Oui, j'étais en colère. Mais je me sentais aussi… blessée. C'était tellement facile pour lui de me détruire ! Alex n'avait que quelques mois et Jenny était un « accident ». Pourtant, j'étais folle de joie d'être enceinte. Bax, lui, ne voulait pas d'un autre enfant. Rien ne m'a davantage meurtrie et choquée que la façon dont il a réagi à l'annonce de ma seconde grossesse. Il n'était pas furieux, il était… contrarié.

Ebauchant un sourire, elle plongea ses mains dans l'eau savonneuse avant de poursuivre.

— Bax ne tenait pas à s'encombrer d'enfants. Il avait déjà un fils, la dynastie Dumont était assuré. Mais surtout, il n'avait aucune envie de se coltiner une seconde fois une épouse lourde et fatiguée, peu attrayante donc, dans les dîners en ville. Pour lui, la solution la plus pratique, c'était l'avortement. Nous avons eu des disputes épouvantables à ce sujet. Pour la première fois, j'avais trouvé le courage de m'opposer à lui — ce qui n'a fait qu'envenimer la situation. Bax était trop mal habitué : depuis le début de notre mariage, il n'en faisait qu'à sa guise. Alors comme il ne pouvait pas me forcer à lui obéir, il s'est vengé de moi — avec un art consommé.

Un peu calmée, elle disposa la vaisselle sur l'égouttoir et entreprit de nettoyer la poêle.

— Il a continué à collectionner les aventures, discrètement, mais en veillant tout de même à ce que je sois au courant : il fallait que je puisse mesurer l'ampleur de ma nullité par rapport à ses conquêtes. Ensuite, il a mis tous nos comptes à son nom afin que je sois obligée de lui quémander de l'argent. Ça a été l'une de ses humiliations les plus subtiles. La nuit où Jenny est née, il était avec une autre femme. Il a pris soin de me le faire savoir… Il n'est venu à la maternité que pour jouer la comédie du père comblé devant les journalistes et avoir sa photo dans la presse.

Holt n'avait pas bougé. Il craignait de ne pas pouvoir se contrôler.

— Pourquoi restais-tu avec lui ?

— Au début, parce que j'espérais encore me réveiller un jour auprès de l'homme dont j'étais tombée amoureuse. Et quand j'ai compris que notre mariage était un échec, c'était trop tard : j'avais un enfant et j'en attendais un autre.

Elle prit un torchon et se mit à sécher les assiettes.

— Je suis aussi restée parce que durant très longtemps j'ai cru dur comme fer que Bax avait raison à mon sujet. J'étais dépourvue d'intelligence, d'esprit, de charme et de beauté. Je me devais donc au minimum d'être une épouse loyale. Et lorsque j'ai compris que je n'étais même pas capable d'y arriver, j'ai pensé à mes enfants. En aucun cas, ils ne devaient souffrir à cause de moi, je n'aurais pas supporté qu'ils pâtissent de notre divorce… Et un jour, enfin, j'ai pris conscience que tous mes efforts étaient vains. Je gâchais ma vie, mais je faisais sans doute encore plus de mal à mes enfants en jouant la comédie du mariage heureux. Bax ne s'intéressait que très peu à Alex et pas du tout à Jenny. Il passait bien plus de temps avec sa maîtresse qu'avec nous…

Elle soupira et posa l'assiette qu'elle essuyait.

— Alors, j'ai dissimulé mes diamants dans le sac à langer de Jenny et j'ai demandé le divorce.

Lorsqu'elle se retourna vers Holt, la lassitude se lisait à nouveau sur son visage.

— Tu es satisfait, maintenant ?

Il se leva de sa chaise très lentement, sans la quitter du regard.

— Et pas une seule fois il ne t'a traversé l'esprit que c'était lui qui était nul ? Lui, qui n'était pas à la hauteur ? Que ton mari n'était qu'un petit égoïste, un enfant gâté, un salaud ?

Suzanna esquissa un pâle sourire.

— Ma foi, ces termes m'ont effleuré l'esprit, je ne le nie pas… surtout les trois derniers. En même temps, je me rends bien compte que ceci n'est que ma version de l'histoire. Bax aurait certainement un point de vue différent du mien — non sans raison, au demeurant.

— Il continue de te manipuler, déclara Holt, plein d'une fureur contenue. Alors comme ça, tu n'es pas intelligente ? Bien sûr, élever deux enfants et créer son entreprise, c'est à la portée du premier venu, tout le monde sait ça ! Et puis quoi, encore ? Ennuyeuse ?

Il s'avança vers elle et redoubla de colère en la voyant reculer instinctivement.

— En effet, jamais je ne me suis autant ennuyé avec quelqu'un. C'est bien connu, la plupart des hommes s'ennuient avec des femmes douées d'intelligence et de courage, surtout lorsqu'en plus elles ont la tête dure et le cœur tendre ! Rien n'est plus soporifique pour moi qu'une femme qui sue sang et eau toute la journée pour subvenir aux besoins de ses enfants. Et Dieu sait que tu n'as rien de sexy ! Si tu m'as rendu fou cette nuit, c'est que je n'avais rien de mieux à faire, certainement !

Il la plaqua contre l'évier. Il vibrait d'une telle rage qu'elle avait l'impression d'en ressentir les ondes.

— Ecoute, Holt, tu m'as posé une question, je t'ai répondu. Que veux-tu que je te dise de plus ?

— Je veux que tu me dises ce que je t'ai demandé de me dire cette nuit, quand j'étais en toi, quand tu prenais possession de mon âme à m'en couper le souffle. Tu es à moi, Suzanna ! Et rien de ce qui s'est passé avant n'a d'importance, parce que maintenant tu es à moi ! C'est ça que je veux t'entendre dire !

Il lui enserra les poignets avec une telle force qu'elle cilla de douleur. Il jura et baissa les yeux. La marque de ses doigts s'était déjà imprimée dans sa chair. Atterré, il s'écarta d'elle comme si elle l'avait giflé.

— Holt…

D'un geste, il lui enjoignit de se taire et se détourna, le temps d'évacuer la fureur noire qui lui brouillait l'esprit. Il avait abîmé cette peau délicate qu'il adorait ! Dans un élan passionné, bien sûr, sans intention de lui faire mal, mais toutes ses justifications n'effaceraient pas les stigmates de sa brutalité. En lui infligeant ces ecchymoses aux poignets, il ne s'était pas mieux conduit que l'homme qui l'avait brisée psychologiquement.

Exaspéré, il fourra ses mains dans ses poches avant de se retourner vers elle.

— J'ai des choses à faire.

— Mais…

— Nous nous sommes éloignés du sujet, Suzanna. C'est ma faute. Maintenant, tu dois aller travailler et moi aussi.

Tout ça pour ça…, songea-t-elle avec amertume. Elle lui avait dévoilé son âme et lui, il tournait les talons !

— Très bien. A lundi, alors.

Il acquiesça d'un bref signe de tête, se dirigea vers la porte de derrière, puis jura, la main sur la poignée.

— Cette nuit, ça voulait dire quelque chose pour moi. Tu le comprends, ça ?

Elle laissa échapper un petit soupir.

— Non.

Il tapa du poing sur la porte à moustiquaire.

— Tu comptes beaucoup pour moi, Suzanna ! Je tiens

à toi et te savoir ici, chez moi, c'est… J'ai besoin de toi, voilà ! Comme ça, c'est assez clair ?

Elle le considéra avec attention : il avait le poing sur le panneau de la porte, le regard brûlant d'impatience, le corps contracté de passions qu'elle avait du mal à cerner. C'était assez clair pour elle, oui. Et pour le moment, c'était même plus que suffisant.

— Très clair, répondit-elle d'un ton neutre.

— Je ne veux pas que ça finisse comme ça, entre nous. Il est hors de question que ça se termine maintenant !

Ses yeux avaient retrouvé leur férocité, constata-t-elle, et, sans cesser de le dévisager, elle s'enquit avec calme :

— Tu me demandes de revenir, c'est ça ?

— Tu le sais très bien, bon sang !

Furieux de s'être à nouveau emporté, il ferma les yeux et se reprit.

— Oui, je te demande de revenir. Mais aussi d'envisager de passer du temps avec moi, en dehors du travail et du lit, je veux dire. Si avec ça tu as encore besoin que je te fasse un dessin, je…

— Ça te plairait de venir dîner, ce soir ?

Il la regarda sans comprendre.

— Hein ?

— Aimerais-tu venir manger aux Tours, ce soir ? Ensuite, nous pourrions peut-être faire une balade tous les deux, en voiture.

— Hum, d'accord…

Il se passa une main dans les cheveux, oscillant entre soulagement et inquiétude. C'était donc si simple que cela ?

Il ajouta d'un ton bourru :

— Oui, c'est une bonne idée.

Une très bonne idée, pensa Suzanna, un sourire aux lèvres.

— Tu n'as qu'à venir vers 7 heures, alors. Et prends Sadie…

9

Dans leur scénario, il n'y avait ni dîner aux chandelles ni balade au clair de lune, cependant c'était bel et bien une histoire d'amour. L'amour ! Suzanna n'y croyait plus et ne l'attendait pas. Et pourtant… Les mains sur le volant, elle s'étira le dos et sourit en s'engageant sur la route en lacets qui grimpait jusqu'aux Tours.

Certes, sa relation avec Holt Bradford n'était pas de tout repos, néanmoins elle lui offrait aussi des moments de tendresse. Au reste, cette découverte la comblait d'un plaisir tout particulier depuis quelques jours. Et quelques nuits.

Il avait également des attentions pour elle. Par exemple, il était passé une ou deux fois à la jardinerie, juste avant l'heure du déjeuner. Il s'était bien gardé d'évoquer Alex et Jenny ou de lui remémorer le vide laissé par leur absence. A l'entendre, il était simplement venu se procurer quelques pièces détachées au village et, ses achats terminés, il avait soudain pensé : pourquoi ne pas manger sur place ? Un prétexte cousu de fil blanc, mais qui témoignait d'une réelle délicatesse.

A d'autres moments, il arrivait dans son dos et, sans rien dire, il se mettait à lui masser les épaules. Un soir, il lui avait même fait une surprise. Après une journée de travail particulièrement éreintante, il lui avait organisé un pique-nique à bord du bateau — au menu : poulet froid et câlins.

Il continuait d'être exigeant, souvent abrupt, mais il ne la rabaissait jamais dans son estime. Quand il lui faisait l'amour, c'était avec une ardeur et une férocité qui ne laissaient aucun doute quant à son désir.

Non, elle n'avait pas cherché l'amour, conclut-elle en garant le pick-up derrière la voiture de Holt. Mais elle était folle de joie de l'avoir trouvé.

Sitôt qu'elle ouvrit la porte, Lilah se précipita sur elle.

— Ah, je t'attendais !

— C'est ce que je vois.

Suzanna contempla sa sœur avec étonnement. Elle était toujours vêtue de son uniforme du parc national. Pourtant, Lilah était rentrée depuis presque une heure… En temps normal, elle aurait dû la trouver assoupie sur la surface plane la plus propice, enveloppée dans une douillette tenue d'intérieur.

— Que se passe-t-il ?

— Saurais-tu faire entendre raison au colosse mal dégrossi dont tu t'es entichée ?

— Si tu parles de Holt, non, ça n'est pas dans mes cordes, répliqua Suzanna en ôtant sa casquette pour se glisser les doigts dans les cheveux. Pourquoi ?

— Parce que pour l'instant il est en haut, en train de démanteler ma chambre centimètre par centimètre. Je n'ai même pas pu me changer !

Lilah jeta un regard noir vers l'escalier.

— Je lui ai pourtant bien dit que nous avions déjà fouillé l'endroit et que, si j'avais dormi dans la même pièce que les émeraudes, je m'en serais aperçue, depuis le temps !

— Et il t'a ignorée.

— Non seulement il m'a ignorée, mais en plus il m'a mise à la porte de ma propre chambre ! Quant à Max…

Elle souffla rageusement et s'assit sur une marche.

— Max est ravi ! Il trouve l'idée excellente !

— Tu veux que nous nous liguions contre eux ?

Une lueur malicieuse fit briller les yeux de Lilah.

— Oh ! oui !

Elle se leva et, passant un bras autour des épaules de Suzanna, elle l'entraîna à l'étage.

— C'est vraiment sérieux entre vous, n'est-ce pas ?

— Oh ! tu sais… Avec Holt, j'avance pas à pas.

— Bah, en amour, mieux vaut parfois foncer sans réfléchir !

Elle s'interrompit pour bâiller et fulmina :

— Satané Holt ! A cause de lui, j'ai sauté ma sieste ! Et encore… Si seulement je pouvais lui en vouloir, à ce despote mal embouché, mais je n'arrive même pas à le détester. Sous ses mauvaises manières, il émane de lui quelque chose de trop solide, de trop stable.

— Toi, tu as encore regardé son aura…

Lilah se mit à rire et stoppa en haut de l'escalier.

— C'est un type bien, même si pour le moment j'aurais plutôt envie de l'étrangler ! En tout cas, ça fait plaisir de te voir heureuse, Suze.

— Je n'étais pas malheureuse.

— Non, mais tu n'étais pas heureuse non plus. Il y a une différence.

— Sans doute, oui. Et à propos de bonheur, comment se présente ton mariage ? Les préparatifs avancent ?

— Tu fais bien d'en parler : tante Coco et notre infernale grand-tante sont justement en train de se quereller à ce sujet.

Lilah regarda sa sœur avec des yeux rieurs.

— Et elles s'amusent comme des folles, bien entendu… Cette chère Colleen prétend vouloir que l'événement fasse honneur à la réputation des Calhoun, mais en réalité elle prend un malin plaisir à chambouler les listes d'invités et à descendre en flammes les menus de tante Coco.

— Du moment que ça la distrait…

— Attends un peu qu'elle te tombe sur le paletot ! rétorqua Lilah. Figure-toi qu'elle a aussi des idées extrêmement créatives en ce qui concerne les compositions florales.

— Tu m'en diras tant…

Suzanna s'arrêta sur le pas de la porte, sidérée.

En effet, Holt n'avait pas chômé ! Certes, la chambre de Lilah n'avait jamais été un modèle d'ordre et de rangement, mais là, on aurait dit qu'un géant avait joué au mikado avec le mobilier. Holt avait la tête dans le conduit de la cheminée et Max, à quatre pattes, inspectait le parquet.

— Vous vous amusez bien, les garçons ? s'enquit Lilah d'un ton faussement détaché.

Max leva les yeux et lui sourit. Compris ! Sa douce et tendre était furieuse… Mais il avait appris à aimer le tempérament de sa belle et, surtout, à composer avec.

— J'ai retrouvé ta seconde sandale, tu sais ? Celle que tu cherchais partout… Elle était sous le coussin du fauteuil.

— Bonne nouvelle…

Fine mouche, Lilah avait déjà pris conscience d'un brusque changement d'atmosphère. Holt et Suzanna se regardaient, comme reliés par un fil invisible, lui assis dans l'âtre, elle debout sur le seuil de la chambre.

— Viens, Max, tu as besoin de faire une pause.

— Non, non… ça va.

— Et moi, je te répète que tu as besoin de faire une pause.

Lui prenant la main d'autorité, elle l'aida à se relever.

— Tu reviendras fouiller dans mes petits secrets tout à l'heure.

— Je t'avais bien dit que ça ne lui plairait pas, commenta Suzanna, tandis que Lilah entraînait le pauvre Max dans le couloir.

— Oh ! ça me bouleverse…, railla Holt.

Les mains sur les hanches, Suzanna contempla les ravages.

— As-tu trouvé quelque chose d'intéressant ?

— Non, à part deux boucles d'oreilles dépareillées et un truc en dentelle que nous avons récupéré derrière la commode.

Il pencha la tête de côté.

— Tu en as, toi, de ces trucs en dentelle ?

— Ma foi, jusqu'à il y a quelques jours, je ne pensais pas en avoir besoin…

Il la détailla du regard.

— Décidément, ce jean te va à ravir, ma jolie.

Il se releva et, voyant qu'elle ne faisait pas mine de bouger, il s'avança vers elle.

— Et...

Il lui caressa les épaules, puis poursuivit le long de son dos jusqu'à ses hanches.

— ... l'idée de te l'enlever m'excite au plus haut point.

Il l'embrassa avec fougue, à sa façon impérieuse et profonde qu'elle avait appris à aimer. Puis, il se mit à lui mordiller la lèvre inférieure et sourit largement.

— Mais si jamais tu veux emprunter un de ses trucs en dentelle à ta sœur...

Elle rit et le serra brièvement dans ses bras, une de ces manifestations de tendresse dont Suzanna n'était pas avare et qui ne manquaient jamais de le bouleverser jusqu'au tréfonds de l'âme.

— Qui sait, plaisanta-t-elle. Je pourrais peut-être te surprendre... Depuis combien de temps es-tu là ?

— Je suis venu directement du chantier. Tu as fini de rentrer tes... machins, là ?

— Les oliviers de Bohême ? Oui.

Elle en avait encore mal au dos.

— Tu m'as bien aidée pour le muret de soutènement.

— Je ne sais pas comment tu as imaginé pouvoir construire ce truc-là toute seule !

— A l'époque où j'ai accepté le contrat, j'avais encore mon ouvrier à temps partiel...

Holt secoua la tête et repartit fouiller la cheminée.

— Tu es dure à la tâche, Suzanna, mais tu n'as pas la carrure pour transporter du bois et manier la masse.

— S'il l'avait fallu, je l'aurais fait...

— Oui, la coupa-t-il en regardant autour de lui. Je sais.

Il tapota une autre brique du foyer et reprit :

— Mais c'est vrai qu'il a de l'allure, ce muret.

— Il est magnifique, tu veux dire ! Et vu que tu t'es

limité à six jurons pendant que tu soulevais les rondins, je pourrais peut-être te récompenser ?

— Ah oui ?

Holt perdit aussitôt tout intérêt pour les briques de la cheminée.

— Je vais aller te chercher une bière.

— Je préférerais…

— Je sais, l'interrompit-elle en riant. Pourtant, tu devras te contenter d'une bière ! Pour le moment…

Elle sortit de la chambre.

Quel plaisir, songea-t-elle, de pouvoir plaisanter ainsi ! De ne plus avoir à marcher sur des œufs en permanence… Avec Holt, elle pouvait être tout simplement heureuse, sans arrière-pensée, sachant qu'il tenait à elle. Et avec le temps, peut-être pourraient-ils même avoir une relation plus sérieuse.

Remplie d'espoir et d'énergie, elle descendit la dernière marche et arriva dans le hall lorsque, tout d'un coup, un vacarme éclata. Lui parvinrent d'abord les aboiements féroces de Fred et de Sadie, suivis de pas précipités sur le perron et de deux hurlements stridents.

— Maman ! s'exclamèrent Alex et Jenny en faisant irruption dans le manoir.

Elle se pencha pour les soulever de terre, au comble de la joie. Riant de bonheur, elle se mit à les étouffer de baisers, tandis que les chiens couraient autour d'eux comme des fous.

— Oh ! que vous m'avez manqué, mes amours ! Je me suis terriblement languie de vous !

Lorsqu'elle s'écarta d'eux, son sourire s'envola. Jenny s'était nichée contre son épaule.

— Qu'y a-t-il, mon bébé ?

— Il nous tardait de rentrer à la maison, chevrota la petite. On déteste les vacances.

— Chut…

Elle caressa les cheveux de sa fille tandis qu'Alex se frottait les yeux de ses poings.

— On a été ingérables et méchants, déclara-t-il d'une voix tremblante. Et on s'en fiche en plus !

— Je n'en attendais pas moins d'eux, lança Bax en franchissant le seuil de l'entrée.

Aussitôt, Suzanna sentit les bras de Jenny se resserrer autour de son cou, mais Alex se retourna et, en bon Calhoun, il releva bravement le menton.

— On n'a pas aimé cette soirée débile et toi non plus, on t'aime pas !

— Alex ! le gourmanda sèchement Suzanna en posant une main sur son épaule. Ça suffit. Présente tes excuses à ton père.

Les lèvres tremblantes, mais le regard toujours buté, le petit garçon marmonna :

— On s'excuse si on t'aime pas.

— Emmène ta sœur en haut, ordonna Bax d'un ton crispé. J'ai à parler avec ta mère.

— Allez donc dans la cuisine, tous les deux, dit Suzanna en caressant la joue de son fils qui ne se décidait pas à partir. Vous y trouverez tante Coco.

Bax écarta Fred d'un coup de pied agacé.

— Et débarrassez-nous de ces satanés clebs !

— Chéri ? lança la svelte jeune femme brune qui hésitait sur le seuil.

— Yvette…, murmura Suzanna.

Et, sans lâcher ses enfants, elle se redressa.

— Je vous demande pardon, je ne vous avais pas vue.

La Française agita les mains avec fébrilité.

— Non, non… C'est moi qui suis confuse, c'est tellement… tellement déroutant, tout ça ! Non, je me demandais seulement si… Bax, les bagages des enfants ?

— Dis au chauffeur de les apporter, répliqua-t-il d'un ton cassant. Tu ne vois pas que je suis occupé ?

Suzanna adressa un regard de compassion à la jeune femme visiblement à bout de nerfs.

— Il n'a qu'à les laisser dans le hall, nous nous en

chargerons plus tard. Et maintenant, si vous voulez bien passer au petit salon… Et vous, allez donc voir tante Coco, répéta-t-elle aux enfants. Elle sera bien contente de vous savoir rentrés.

Main dans la main, Alex et Jenny s'éloignèrent, les chiens trottinant gaiement sur leurs talons.

— Puisque tu daignes m'accorder un peu de ton temps si précieux, grommela Bax avant de détailler sa tenue de travail. Temps que tu occupes à des activités visiblement passionnantes…

— Au petit salon, répéta-t-elle en tournant les talons.

Elle devait rester calme, coûte que coûte ! Pourquoi Bax lui ramenait-il les enfants avec une semaine d'avance ? Qu'est-ce qui l'avait forcé à modifier ses projets ? Elle l'ignorait mais, quoi qu'il en soit, ce fiasco allait lui retomber sur la tête. Cela, elle pouvait l'affronter. Mais que les enfants aient été malheureux, c'était une autre affaire.

— Yvette… Puis-je vous offrir quelque chose à boire ? Suzanna lui désigna un fauteuil de la main.

— Oh ! volontiers, c'est très gentil. Un cognac, peut-être ?

— Bien sûr. Bax ?

— Un whisky. Double.

Elle alla au bar et leur prépara un verre, soulagée de voir que ses mains ne tremblaient pas. En servant Yvette, elle saisit son regard d'excuse et d'embarras.

— Alors, Bax, tu veux me raconter ce qui s'est passé ?

— Ce qui s'est passé ? Le résultat de plusieurs années d'éducation laxiste ! Tout ça parce que tu t'es imaginé, à tort, que tu étais capable d'élever des enfants.

— Bax…, murmura Yvette, ce qui lui valut une réprimande immédiate.

— Toi, va sur la terrasse ! Je préfère régler ça en privé.

Il n'avait donc pas changé, constata Suzanna, joignant les mains à se faire mal tandis qu'Yvette sortait sans piper mot par les portes-fenêtres.

— Au moins cette petite expérience devrait-elle lui faire passer l'envie d'avoir des gosses, maugréa-t-il.

— Une expérience ? s'indigna Suzanna. Parce que prendre nos enfants en vacances, c'était pour toi une expérience ?

Bax but une gorgée de son whisky et la considéra avec calme. Il demeurait un très bel homme avec son visage poupin et ses cheveux blonds. Cependant, la colère qui durcissait ses traits lui ôtait tout son charme.

— La raison pour laquelle j'ai décidé de prendre les enfants ne regarde que moi. Par contre, leur comportement impardonnable, c'est de ton fait ! Ils n'ont pas la moindre éducation, à la maison comme en société. Ils ont des manières de sauvages, un caractère impossible et aucune retenue. Tu les as bien mal élevés, Suzanna, à moins que ton but n'ait été d'en faire deux sales morveux.

— Comment oses-tu me parler de mes enfants sur ce ton, dans ma maison ?

Les yeux lançant des éclairs, elle s'avança vers lui.

— Je me fiche pas mal qu'ils satisfassent tes critères d'éducation ! Ce que je veux savoir, c'est pourquoi tu les as ramenés plus tôt !

— Alors, écoute-moi bien ! riposta-t-il en la poussant dans un fauteuil. Tes chers petits n'ont pas la moindre idée de la façon dont un Dumont doit se comporter. Ils ont été intenables au restaurant, geignards en voiture… Et une fois corrigés, ils sont devenus insolents et boudeurs. A l'hôtel, ils m'ont fait honte devant mes connaissances.

Révoltée, Suzanna bondit de son fauteuil, toute sa peur envolée.

— Oui, en d'autres termes, ils se sont conduits comme n'importe quels enfants de leur âge ! Navrée qu'ils aient chamboulé tes projets, Bax, mais on ne peut pas demander à deux petits de cinq et six ans d'être sages comme des images en toute occasion ! Et ce d'autant moins qu'on leur impose une situation dont ils ne sont pas responsables. Ils ne te connaissent pas !

Baxter fit tournoyer le whisky dans son verre et en but une gorgée.

— Ils savent parfaitement que je suis leur père, mais tu as veillé à ce qu'ils n'aient aucun respect pour moi.

— Non, c'est toi qui as tout fait pour en arriver là.

Il posa son whisky avec une lenteur délibérée.

— Crois-tu que j'ignore ce que tu leur racontes sur moi ? Ma douce Suzanna sans défense ?

Instinctivement, elle recula, ce qui le ravit certainement.

— Je ne leur dis jamais du mal de toi, affirma-t-elle, furieuse d'avoir battu en retraite.

— Ah non ? Ce n'est pas toi, peut-être, qui leur as raconté qu'ils avaient un demi-frère, un petit bâtard, en Oklahoma ?

C'était donc ça, comprit Suzanna, luttant pour se dominer.

— Il se trouve que le frère de Megan O'Riley a épousé ma sœur. Je ne vois pas comment l'existence de cet enfant aurait pu demeurer secrète, même si j'avais voulu la passer sous silence.

— Et toi, bien sûr, tu t'es empressée de leur préciser que ce gosse était de moi !

Il lui donna une poussée qui la fit chanceler.

— Kevin est leur demi-frère, Baxter, et ils l'ont tout de suite accepté en tant que tel. Mais jamais je ne leur ai parlé de la façon méprisable dont tu t'es conduit, ils sont bien trop jeunes pour comprendre.

— Ça, ce sont mes affaires. Je te conseille vivement de ne pas l'oublier.

L'agrippant par les épaules, il la plaqua contre le mur.

— Si tu crois que je vais te laisser comploter contre moi sans rien faire, tu te trompes, ma pauvre fille...

— Ne me touche pas !

Elle tenta de se libérer, mais il l'écrasait.

— Je te ferai payer ça, le moment venu. Je te préviens, Suzanna, je ne te laisserai pas répandre des ragots sur ma vie privée. Si jamais j'entends la moindre allusion à cette affaire, je saurai d'où ça vient et c'est toi qui paieras les pots cassés.

Mais elle ne flanchait pas et soutenait son regard sans ciller.

— Tu ne peux plus me faire de mal, Baxter.

— A ta place, je n'en serais pas si sûr. Fais en sorte que tes enfants gardent pour eux toutes ces histoires de demi-frère. Si j'en entends parler encore une fois…

Et, lui broyant les épaules, il la souleva littéralement de terre.

— … une seule fois, je te jure que tu t'en mordras les doigts.

— Sors de ma maison et emporte tes menaces avec toi !

— *Ta* maison ? persifla-t-il en refermant la main sur sa gorge. Souviens-toi que cette baraque n'est à toi que parce que je n'ai pas voulu de cet anachronisme croulant ! Continue de me chercher comme ça et je te renvoie devant les tribunaux en moins de temps qu'il n'en faut pour le dire. Et cette fois, je te prendrai tout ! Avec moi, ces sales gosses pourraient profiter d'une éducation correcte dans une belle pension en Suisse, et c'est ce qui leur arrivera si tu ne te tiens pas à carreau.

Suzanna changea de physionomie. Mais, au lieu de la peur qu'il s'attendait à lire dans ses yeux, il ne vit qu'une fureur noire. Elle leva une main pour le frapper mais, avant qu'elle ait pu aller jusqu'au bout de son geste, Bax fut soudain tiré en arrière et jeté au sol. Holt l'empoigna par le col et l'envoya valser contre la table Louis XV.

C'était la première fois que Suzanna voyait l'envie de meurtre briller dans les yeux d'un homme. C'était pourtant ce qui animait le regard de Holt, lorsqu'il expédia son poing dans la figure de Baxter.

— Non, Holt, ne…

Elle voulut s'interposer, mais quelqu'un lui retint le bras avec une force étonnante.

— Laisse-le faire ! ordonna Colleen, les yeux luisants d'excitation et l'air mauvais.

Holt avait envie de le tuer, et il l'aurait fait si le type avait riposté. Mais Bax s'affala contre lui, le nez et la bouche en sang. Holt le plaqua violemment contre le mur.

— Ecoute-moi bien, espèce d'ordure ! Si jamais tu la touches encore une fois, tu es un homme mort.

Sonné et meurtri, Bax chercha maladroitement un mouchoir.

— Je vous avertis… Je peux vous faire arrêter pour coups et blessures…

Le mouchoir pressé sur son nez, il regarda autour de lui et vit son épouse qui se tenait devant les portes-fenêtres menant à la terrasse.

— J'ai un témoin ! Vous m'avez agressé et vous avez failli me tuer.

C'était la première fois que Bax goûtait à l'humiliation et l'expérience était amère. Ses yeux se posèrent sur Suzanna.

— Toi, tu vas le regretter…

— Certainement pas ! intervint Colleen avant que Holt ait pu céder à la tentation d'effacer d'un second coup de poing le rictus narquois de Baxter. C'est vous qui allez le regretter jusqu'à la fin de votre misérable existence, Dumont, si jamais vous osez à nouveau lever la main sur un membre de ma famille. Quoi que vous ayez l'intention de nous faire, soyez assuré que je vous le rendrai avec les intérêts en prime : à charogne, charogne et demie ! Et au cas où vous douteriez encore de mon influence, sachez que vous avez affaire à Colleen Theresa Calhoun et que, face à ma fortune, vous ne faites pas le poids.

Elle le détailla de la tête aux pieds : pitoyable dans son beau costume froissé, imbibant de sang son mouchoir en soie.

— Je me demande ce que le gouverneur de votre Etat — qui se trouve être mon filleul — penserait de cet esclandre si je me voyais dans l'obligation de lui en toucher un mot.

Mais Baxter avait compris le message. Colleen opina du bonnet, l'air satisfait.

— Et maintenant, débarrassez-moi le plancher, espèce de cloporte ! Jeune homme…, dit-elle en inclinant la tête vers Holt. Veuillez avoir l'amabilité de raccompagner ce monsieur.

— Avec grand plaisir.

Holt traîna Baxter jusque dans le hall. La dernière chose que vit Suzanna, ce furent les mains d'Yvette qui voletaient d'affolement.

Holt revint dans le salon où Colleen l'attendait — seule.

— Où est allée Suzanna ? s'enquit-il avec autorité.

— Lécher ses blessures, sans doute. Allez plutôt me chercher un cognac. Bon sang, ma nièce peut bien patienter une minute ! maugréa-t-elle en le voyant hésiter.

Elle s'installa dans un fauteuil, le temps que son cœur se calme.

— Je savais qu'elle avait vécu des moments difficiles, pourtant je n'avais pas saisi l'ampleur du problème. Mais je me suis renseignée sur ce Dumont, depuis leur divorce.

Elle prit le verre que Holt lui tendait et en but une longue gorgée.

— Un moins que rien… J'ignorais cependant qu'il la maltraitait. J'aurais dû m'en douter la première fois que j'ai remarqué cette expression dans le regard de Suzanna. Ma mère avait la même.

Elle ferma les yeux et se renversa contre le dossier du fauteuil.

— Ma foi, s'il ne veut pas voir ses ambitions politiques partir en fumée, il la laissera tranquille, maintenant.

Lentement, elle rouvrit les paupières et considéra Holt d'un regard d'aigle.

— Vous vous en êtes sorti comme un chef. J'admire les hommes qui savent se battre. Je regrette seulement de ne pas lui avoir fait tâter de ma canne.

— A mon avis, vous avez fait mieux que ça. Moi, je lui ai juste cassé le nez, tandis que vous, vous lui avez foutu la…

— Assurément.

Elle sourit et reprit une gorgée d'alcool.

— Et ça fait du bien, crénom !

Elle vit que Holt avait le regard perdu au-delà des portes-fenêtres ouvertes, les poings toujours serrés. Suzanna risquait de faire des bêtises, pensa-t-elle en faisant tournoyer ce qu'il restait de son cognac.

— Ma mère avait l'habitude d'aller sur les falaises. A mon avis, Suzanna pourrait bien s'y trouver. Et dites-lui de ma part que les enfants sont en train de se bourrer de cookies. Ils vont se couper l'appétit !

Suzanna était partie en courant vers les falaises. Elle éprouvait le besoin de fuir et, instinctivement, elle avait pris cette direction. Rien qu'un moment, se promit-elle intérieurement. Elle avait besoin d'une petite parenthèse de solitude, c'est tout.

Elle s'assit sur un rocher, se couvrit le visage des mains et pleura d'amertume et de honte.

Holt la trouva prostrée, seule et secouée de sanglots. Le vent emportait ses gémissements de détresse, l'océan jetait impatiemment ses vagues en contrebas, et Holt ne savait pas comment réagir... Sa propre mère avait toujours été une femme solide et, si elle avait versé quelques larmes, elle l'avait fait à l'abri des regards.

Pire, il revoyait Suzanna plaquée contre ce mur, les doigts de Dumont sur ses épaules. A cet instant, elle lui avait semblé si fragile et si courageuse aussi.

Il s'approcha d'elle et posa une main hésitante sur ses cheveux.

— Suzanna...

Elle se leva d'un bond, ravalant ses larmes, essuyant son visage humide.

— Il faut que je rentre. Les enfants...

— ... sont à la cuisine en train de se bourrer de cookies. Rassieds-toi.

— Non, je...

— S'il te plaît.

Et s'asseyant lui-même, il la fit s'installer à côté de lui.

— Ça faisait longtemps que je n'étais pas venu ici. Mon grand-père m'y emmenait, quand j'étais petit. Il s'asseyait à cet endroit précis et contemplait la mer. Un jour, il m'avait raconté l'histoire d'une princesse qui vivait dans un château perché sur une corniche. Il devait vouloir me parler de Bianca à mots couverts, mais plus grand, quand cette histoire me revenait à l'esprit, c'est à toi que je pensais.

— Holt, je regrette tellement...

— Ne commence pas à t'excuser, tu vas me mettre hors de moi.

Elle refoula une montée de larmes brûlantes.

— J'ai tellement honte que tu aies vu cette scène, que tout le monde l'ait vue. Je ne peux pas le supporter.

— Moi, ce que j'ai vu, c'est que tu as tenu tête à une brute.

Il lui prit tendrement le visage, mais lorsqu'il découvrit les marques rouges qui s'estompaient sur sa gorge il se retint d'exploser.

— Cette ordure ne te fera plus jamais souffrir, je te le jure.

— Bax craignait pour sa réputation. Les petits ont dû parler de Kevin...

— Tu veux bien me dire ce qui se passe ?

Elle lui expliqua la situation, aussi clairement que possible.

— Quand Sloan m'a tout appris, conclut-elle, j'ai jugé important qu'Alex et Jenny sachent qu'ils avaient un frère. Ce que Bax ne peut pas comprendre, c'est qu'à aucun moment je n'ai pensé à lui, ça ne m'intéressait pas. La seule chose qui comptait à mes yeux, c'étaient les enfants, tous les enfants. La famille.

— Tu as raison, ce type est incapable de comprendre ça. Pas plus qu'il n'est capable de te comprendre, toi.

Il porta la main de Suzanna à ses lèvres et y déposa un tendre baiser. La stupéfaction qu'il lut alors sur son visage le contraria si fort qu'il détourna le regard vers la mer, furieux contre lui-même.

— Moi-même, je n'ai guère brillé par ma sensibilité...

— Tu as été merveilleux, au contraire.

— Si je l'avais été, tu n'aurais pas eu un tel choc à l'instant, quand je t'ai embrassé la main.

— C'est un geste qui n'est pas dans tes habitudes, voilà tout…

— Oui, acquiesça-t-il. Ça doit être ça.

Il sortit une cigarette, mais au moment de l'allumer il se ravisa et lui enlaça les épaules.

— La vue est jolie, d'ici…

— Magnifique. Cet endroit a toujours été mon lieu de prédilection. Parfois…

— Continue.

— Tu vas te moquer de moi, mais parfois j'ai presque l'impression de voir Bianca. Je sens sa présence et je sais qu'elle est là, qu'elle attend.

Suzanna posa sa tête sur l'épaule de Holt et ferma les yeux.

— Comme en ce moment. J'éprouve une sensation de chaleur bien réelle. Là-haut, dans la tour, dans *sa* tour, l'atmosphère est douce-amère, plus empreinte de mélancolie. Mais ici, sur ces falaises, je ressens comme une joyeuse impatience. De l'espoir. Tu dois penser que je suis folle…

— Non.

Alors qu'elle esquissait le geste de se lever, il l'attira à lui afin que sa tête reprenne sa place au creux de son épaule.

— Non, je ne peux pas penser ça de toi. Parce que moi aussi je ressens la même chose.

Depuis la tour ouest, l'homme qui se faisait appeler Marshall les observait à la jumelle. Il ne craignait pas d'être dérangé. La famille ne montait pas au-delà du premier étage de l'aile en travaux et les ouvriers avaient fini leur journée une demi-heure plus tôt. Il avait attendu que Sloan O'Riley soit parti en voyage de noces pour se déplacer plus librement dans le manoir. Les Calhoun étaient tellement habitués à voir des hommes équipés de casques de chantier et de ceintures porte-outils qu'ils lui accordaient à peine un regard.

Et ce Holt Bradford l'intéressait, oui, il l'intéressait au plus haut point. Il trouvait fascinant qu'il ait une relation avec une Calhoun. Et quel plaisir de savoir qu'il pouvait continuer à œuvrer sous le nez d'un ancien flic ! Une telle ironie du sort flattait sa vanité.

Il allait poursuivre sa surveillance le temps que Bradford mène à bien ses recherches. Et il serait là pour s'approprier ce qui lui revenait de droit, dès que le collier aurait été découvert. Et malheur à quiconque se mettrait sur sa route : il serait éliminé. Purement et simplement.

Suzanna passa toute la soirée auprès de ses enfants, à consoler leur petit cœur meurtri, essayant de transformer leur expérience malheureuse en mésaventure dont il valait mieux rire que pleurer. A l'heure du coucher, Jenny ne s'accrochait plus désespérément à elle et Alex avait retrouvé tout son entrain.

— On devait faire des heures et des heures de voiture…

Il sauta sur le lit de sa sœur alors que Suzanna bordait sa fille en lissant les draps.

— Et ils écoutaient de la musique débile *tout le temps*. Des gens qui chantaient comme ça.

Il ouvrit grand la bouche et produisit son interprétation personnelle d'une aria d'opéra.

— En plus, on comprenait rien aux paroles.

— Non, pas comme ça ! intervint Jenny. Comme ça.

Et elle poussa une note à briser le cristal.

— Il fallait qu'on se taise et qu'on trouve ça beau.

Suzanna réprima une bouffée de colère et pinça gentiment le petit nez de sa fille.

— Et vous, vous avez trouvé ça très laid, c'est ça ?

Jenny se mit à glousser et réclama un bisou de plus.

— Yvette, elle voulait jouer à un jeu de lettres, mais

lui, il a dit que ça lui donnait mal à la tête, alors elle est allée dormir.

— Et c'est ce que vous devriez faire vous aussi, maintenant.

— J'ai bien aimé l'hôtel, poursuivit Alex, tentant de repousser l'inévitable. On sautait sur les lits quand personne nous voyait.

— Comme tu le fais dans ta chambre, tu veux dire ?

Le garçonnet sourit de toutes ses dents de lait.

— Il y avait des tout petits savons dans la salle de bains et le soir on trouvait un bonbon sur l'oreiller.

Suzanna pencha la tête d'un air faussement sévère.

— Ça, ce n'est même pas la peine d'y penser, ouistiti !

Une fois Jenny bordée pour la nuit, sous la protection de sa veilleuse et d'une armée de peluches, Suzanna porta Alex jusqu'à sa chambre. En temps normal, il ne laissait plus sa mère le prendre dans ses bras et le câliner, mais ce soir-là il semblait en avoir autant besoin qu'elle.

— Tu pèses, dis donc… Toi, tu as recommencé à manger des briques, murmura-t-elle, en lui bécotant le cou.

— J'en ai mangé cinq à midi !

Il se dégagea vivement de ses bras et sauta sur son lit. Elle joua à la bagarre avec lui jusqu'à ce qu'il dise « pouce ». Il se laissa tomber sur le dos en riant, puis bondit à nouveau au bas du lit.

— Alex…

— J'avais oublié…

— Tu as suffisamment tiré sur la corde pour ce soir, mon bonhomme. Au lit, maintenant ! Ou je te taille les oreilles en pointe.

Le petit garçon sortit quelque chose de la poche de son jean.

— Tiens, maman, j'ai gardé ça pour toi.

Suzanna prit le chocolat tout écrabouillé dans son papier doré. Il était plus que fondu, certainement immangeable et à ses yeux d'une valeur inestimable.

— Oh ! Alex…

— Jenny t'en avait ramené un aussi, mais elle l'a perdu.

— Ça ne fait rien.

Elle l'étreignit avec force.

— Merci, mon lapin. Je t'aime, tu sais.

— Moi aussi, je t'aime, maman.

Il prononça ces mots sans pudeur, contrairement à son habitude, et prolongea son câlin avec elle. Quand Suzanna le borda enfin, il se laissa caresser les cheveux sans protester.

— Bonne nuit, murmura-t-il en sombrant dans le sommeil.

— Bonne nuit.

Elle sortit de la pièce, versa une larme en silence sur le chocolat à la menthe écrasé. Une fois dans sa chambre, elle ouvrit le petit écrin qui contenait autrefois ses diamants et y rangea le présent de son fils.

Puis elle se déshabilla et passa une légère chemise de nuit blanche. Une pile de paperasse l'attendait sur son secrétaire, mais dans son état de nerfs elle était incapable de se concentrer dessus. Munie de sa brosse à cheveux, elle ouvrit les portes-fenêtres et sortit sur le balcon, comptant sur l'air de la nuit pour apaiser son esprit tourmenté.

Elle fut accueillie par le chant des grillons et le doux ressac de la mer, ponctué du hululement solitaire d'un hibou. Ce soir, la lune était dorée et répandait une lueur limpide. Un sourire aux lèvres, Suzanna offrit son visage à l'astre de la nuit et commença à se démêler rêveusement les cheveux.

Holt n'avait jamais rien vu de plus beau que Suzanna brossant sa chevelure au clair de lune. Il se savait un piètre Roméo et redoutait plus que tout de se rendre ridicule, mais il fallait qu'il lui prouve à quel point elle comptait pour lui.

Quittant les ombres du jardin, il gravit les marches de pierre. Il se déplaçait prestement et Suzanna était perdue dans son rêve. C'est en entendant son nom qu'elle prit conscience de sa présence.

— Suzanna.

Elle rouvrit les yeux. Il était là, à moins d'un mètre d'elle, les cheveux ébouriffés par la brise, les prunelles sombres dans la lueur opalescente de la lune.

— Je pensais justement à toi. Qu'est-ce que tu fais ici ?

— Je suis rentré au cottage et puis… je suis revenu.

Il aurait souhaité qu'elle continue à se brosser les cheveux, mais il n'osa formuler sa demande, de crainte qu'elle se moque de lui.

— Tu vas bien ?

— Très bien, je t'assure.

— Et les enfants ?

— Ils vont bien aussi. Ils dorment. Je ne t'ai même pas remercié, tout à l'heure. Peut-être est-ce mesquin de ma part, mais à présent que je suis plus calme je dois avouer que j'ai adoré voir Bax le nez en sang.

— Je peux recommencer, si tu veux, proposa Holt en toute sincérité.

Elle se mit à rire.

— Non, je ne pense pas que ce sera nécessaire, mais j'ai beaucoup apprécié ton intervention.

Et, esquissant le geste de lui caresser la main, elle se piqua le doigt à une épine.

— Aïe !

— Décidément, ça commence bien…, grommela-t-il en lui tendant gauchement une rose. Je t'avais apporté ça.

— Vraiment ?

Exagérément émue par cette délicate attention, elle porta la fleur à sa joue pour éprouver le velouté de ses pétales.

— Elle vient de ton jardin, marmonna-t-il et, ne sachant que faire de ses mains, il les fourra dans ses poches — ah, si seulement il avait pu fumer une cigarette ! Du coup, ça ne compte pas, je pense…

— Ça compte beaucoup au contraire.

Elle avait reçu deux cadeaux, ce soir, récapitula-t-elle, de la part des deux hommes de sa vie.

— Merci, Holt.

Il haussa les épaules. Qu'était-il censé faire maintenant ?

— Tu es très jolie comme ça.

Elle sourit et baissa les yeux sur sa chemise de nuit toute simple.

— Pourtant, je ne porte pas de dentelle…

— Je te regardais te brosser les cheveux.

Comme mue par une volonté propre, la main de Holt jaillit de sa poche pour les toucher.

— J'étais en bas, en bordure du jardin. J'en avais le souffle coupé. Tu es si belle, Suzanna.

Elle resta interdite. Jamais Holt ne l'avait dévisagée ainsi. Jamais il ne lui avait parlé avec autant de calme. Sa voix était empreinte de vénération, comme la main qui lui caressait les cheveux.

Une main qui soudain se crispa.

— Ne me regarde pas comme ça, dit-il en s'obligeant à décontracter ses doigts. Je sais que je n'ai pas été très tendre avec toi.

— C'est faux.

— Arrête…

Elle le fixait en silence. Luttant contre une impatience grandissante, il ajouta :

— Je t'ai bousculée, molestée. J'ai déchiré ton chemisier…

Suzanna ébaucha un sourire.

— En recousant les boutons, je me suis remémoré cette nuit, et le bonheur que j'ai ressenti d'être désirée à ce point.

Plus que déconcertée par le discours de Holt, elle secoua la tête.

— Je ne suis pas fragile, je t'assure.

Ne comprenait-elle pas qu'elle se faisait des illusions sur sa prétendue force ? frémit-il. Elle ne se voyait pas telle qu'elle était à cet instant, avec sa chevelure qui brillait au clair de lune et sa fine chemise de nuit qui soulignait sa frêle silhouette.

— Je veux passer cette nuit avec toi, dit-il.

Et, délaissant la soie de ses cheveux, la main de Holt alla lui effleurer la joue.

— Laisse-moi t'aimer cette nuit, Suzanna.

Elle ne pouvait rien lui refuser. Et, tandis qu'il la portait jusqu'à l'intérieur, elle appuya ses lèvres sur sa gorge. Mais il ne lui rendit pas son baiser. Il l'allongea délicatement sur le lit et posa la brosse sur la table de chevet. Puis il tamisa la lumière.

Quand sa bouche rencontra enfin la sienne, ce fut avec la douceur d'un souffle. Ses mains ne se pressaient pas, elles se déplaçaient sur sa peau avec une infinie patience, pour la séduire.

Il sentait son trouble, l'entendait dans la façon dont elle murmurait son nom d'une voix mal assurée, mais il ne faisait que frotter ses lèvres aux siennes, dessinant leur forme de sa langue. Ses mains puissantes suivaient la courbe de ses épaules crispées avec la légèreté d'une plume.

— Fais-moi confiance…

Sa bouche se mit à décrire lentement, tranquillement, l'ovale de son visage.

— Laisse-toi aller et fais-moi confiance, Suzanna. L'amour peut être aussi très tendre.

Il dessina la ligne de sa mâchoire, descendit le long de sa gorge et remonta vers ses lèvres tremblantes en murmurant :

— J'aurais dû te montrer ça avant. Lâche prise.

— Je ne peux pas…

Le baiser de Holt l'émut jusqu'à l'âme. Plongée dans un océan d'une douceur ouatinée, elle ne pouvait pas revenir à la surface. Elle ne voulait pas. Au bout de ce tunnel infini, rempli d'échos, il y avait forcément le paradis.

Les caresses de Holt, ou plutôt ses effleurements, lui ôtaient toute volonté. Elle se sentait fondre sous sa bouche qui glissait sur elle comme une brise fraîche. Cette bouche qui entre deux baisers lui murmurait des promesses inouïes, des mots d'amour d'une incroyable tendresse. Il y avait de la passion dans ces paroles, dans ces cajoleries érotiques, mais aussi un don de soi auquel elle ne se serait jamais attendue de sa part.

Holt la caressait à travers le fin coton de sa chemise de

nuit, se délectant des mouvements fluides de son corps sous ses mains. Il se repaissait du simple spectacle de son visage à la lueur de la lampe de chevet, la sachant tout imprégnée de lui, de sa douceur. Il n'avait plus besoin de refréner ses ardeurs. Son désir n'était pas moins fort, il avait seulement pris une nuance différente.

Suzanna poussa un soupir et il revint déguster la saveur de son nom prononcé par sa bouche.

Il la déshabilla avec lenteur, faisant glisser sa chemise de nuit centimètre par centimètre, s'attachant à réchauffer de ses baisers cette peau peu à peu dénudée. Puis il lui fit franchir la première vague.

Douceur intolérable. Dans chaque geste, chaque soupir. Tendresse exquise. Dans chaque caresse, chaque murmure. Il l'avait emprisonnée dans un univers de soie, transformant imperceptiblement la somme de toutes ces sensations en une musique hypnotique. Jamais Suzanna n'avait été aussi consciente de son corps qu'à cet instant, sous les mains patientes et inquisitrices de Holt qui la parcourait comme un paysage.

Enfin, elle sentit sa chair épouser la sienne, ses muscles chauds et durs dont elle ne pouvait plus se passer. Ouvrant à grand-peine ses yeux aux paupières lourdes, elle le regarda. Soulevant ses membres engourdis, elle l'enlaça.

Holt ignorait jusqu'ici que le désir pouvait être aussi puissant et en même temps aussi serein. Elle l'enveloppa. Il se glissa en elle. Pour lui comme pour elle, c'était comme une évidence.

Jamais je n'aurais pu prévoir que ce jour-là serait le dernier que je passerais avec elle. L'aurais-je regardée avec plus d'attention, l'aurais-je serrée plus fort dans mes bras ? Notre amour n'aurait pu être plus grand, mais aurais-je dû y attacher plus de prix ?

Je n'ai pas de réponse.

Nous avons découvert le chiot recroquevillé et à moitié mort de faim dans les rochers, près de nos falaises. Il plaisait tellement à Bianca... C'était ridicule, j'imagine, mais nous avions l'impression d'avoir quelque chose à partager, car nous l'avions trouvé ensemble.

Nous l'avons baptisé Fred, et je dois avouer que j'ai été triste de le voir partir quand il a fallu que Bianca rentre aux Tours. Bien sûr, il était normal qu'elle fasse cadeau de ce chiot abandonné à ses enfants, afin qu'ils puissent lui offrir une famille. De mon côté, j'ai regagné la solitude de mon cottage, pour penser à elle, pour tenter de travailler.

Et lorsque, plus tard, elle a frappé à ma porte, j'ai été stupéfait du risque qu'elle avait pris pour me revoir. Elle n'était venue chez moi qu'une seule fois et depuis nous n'avions jamais osé renouveler l'expérience. Il ne fallait pas tenter le diable. Elle était dans un état de nerfs épouvantable. Sous sa cape, elle portait le chiot. La voyant pâle comme un linge, je l'ai fait asseoir et je lui ai apporté un verre d'eau-de-vie.

Je me suis installé près d'elle, muet d'inquiétude, et elle m'a raconté ce qui s'était passé depuis que nous nous étions séparés, un peu plus tôt dans la journée.

Les enfants avaient tout de suite adoré le petit chien. Le manoir avait résonné de rires et de cris de joie jusqu'au retour de Fergus. Il refusait catégoriquement de garder dans son château ce cabot, ce bâtard égaré. Peut-être aurais-je pu lui pardonner son attitude, la mettre sur le compte d'un rigorisme stupide. Mais il avait exigé qu'on se débarrasse du chiot, restant sourd aux supplications de ses enfants.

C'est avec sa fille, la jeune Colleen, qu'il avait été le plus dur. Craignant une punition plus sévère, voire un châtiment corporel, Bianca avait confié les petits et Fred à la nourrice.

S'en était suivie une âpre dispute. Elle ne m'a pas tout raconté, mais ses tremblements et son regard terrorisé en disaient long sur son épreuve. Dans sa rage, Fergus l'avait menacée, puis frappée. C'est à ce moment qu'à la lumière de ma lampe j'ai aperçu les marques de doigts sur sa gorge, aux endroits où les mains de son mari s'étaient refermées comme des serres.

Je serais parti le trouver sur-le-champ. Je voulais le voir mort. C'est la peur panique de Bianca qui m'a retenu auprès d'elle. Jamais je n'avais éprouvé une telle fureur et, à ce jour, je n'en ai pas éprouvé de pire. Savoir qu'on avait fait du mal à celle que j'aimais plus que tout, c'était intolérable… Il m'arrive parfois de regretter de ne pas être allé le tuer. Tout aurait peut-être été différent. Mais cela, je ne le saurai jamais.

Je ne l'ai pas abandonnée, je suis resté auprès d'elle, à la regarder verser des larmes silencieuses. Son mari était reparti à Boston, avec la ferme intention de ramener au manoir une nouvelle gouvernante, qu'il aurait lui-même choisie. Il avait accusé Bianca d'être une mauvaise mère et avait décidé de lui retirer le soin et l'éducation de ses enfants.

Il aurait aussi bien pu lui arracher le cœur. Elle refusait obstinément de voir ses enfants élevés par une domestique, sous la surveillance d'un homme froid et autoritaire. Elle avait tout particulièrement peur pour sa fille, consciente que, si rien n'était fait, la petite Colleen serait un jour sacrifiée sur l'autel des ambitions de son père et épousée pour sa dot — comme sa mère avant elle.

C'est cette peur affreuse qui a décidé Bianca à quitter son mari.

Elle connaissait les risques, anticipait le scandale, savait qu'elle allait être bannie de la bonne société. Cependant, rien ne pouvait la faire revenir sur sa décision. Elle voulait mettre ses enfants à l'abri du despotisme de leur père et souhaitait que je m'enfuie avec elle. Néanmoins, elle ne m'a pas supplié de le faire, pas même au nom de notre amour.

C'était inutile.

J'ai décidé de prendre toutes les dispositions pour notre départ dès le lendemain matin, pendant que de son côté elle préparerait les enfants en cachette. Alors, elle m'a demandé d'être son amant.

Je la désirais depuis si longtemps... pourtant, je m'étais promis de ne jamais la posséder. Cette nuit-là, j'ai rompu mon serment et j'en ai fait un autre. Celui de l'aimer éternellement.

Je la revois. Les cheveux dénoués, le regard intense. Avant de la toucher, je connaissais le velours de sa peau. Avant de la déposer sur mon lit, je savais déjà qu'elle y resplendirait. Aujourd'hui, ce n'est plus qu'un rêve, le souvenir le plus doux de ma vie. Le bruit de l'eau, le chant des grillons, le parfum des fleurs sauvages...

Durant cette heure hors du temps, j'ai eu tout ce qu'un homme peut désirer. Elle était la beauté, l'amour et la promesse. A la fois séductrice et candide, sensuelle et timide. Je sens encore le goût de ses baisers, l'odeur de sa peau. Et la souffrance que j'éprouvais pour elle.

Et puis, elle est partie. Ce que j'avais pris pour un commencement était une fin.

J'ai rassemblé le peu d'argent que j'avais, j'ai vendu mes peintures et mes toiles pour compléter mes maigres économies et j'ai acheté quatre billets pour le train du soir.

Mais elle n'est pas venue.

Un orage se préparait. L'île subissait déjà la violence des éléments : fracas du tonnerre, éclairs éblouissants, bourrasques déchaînées. Etait-ce la tempête qui glaçait le sang dans mes veines ? J'ai voulu le croire. Mais je pense que je savais, hélas ! Ma détresse était si profonde, ma peur tellement irraisonnée ! A la fin, je n'y ai plus tenu.

Pour la première fois, et la dernière, je me suis rendu au manoir des Tours. La pluie s'est mise à me transpercer les os alors que je tambourinais à la porte. La femme qui m'a ouvert était hystérique. J'allais la bousculer, parcourir le château en appelant Bianca, mais à cet instant la police est arrivée.

Bianca avait sauté de la fenêtre d'une tour, elle s'était jetée sur les rochers. La suite est toujours demeurée floue dans mon esprit. Je me souviens d'avoir couru en hurlant son prénom par-dessus le mugissement du vent. Les lumières du château étaient aveuglantes, elles trouaient l'obscurité. Munis de lanternes, des hommes avaient envahi la corniche et tentaient tant bien que mal d'accéder au lieu du drame, en contrebas. Pétrifié d'horreur, je suis resté là-haut, à la regarder. Ma bien-aimée. On me l'avait arrachée. Elle ne s'était pas tuée, non. Cela, je ne pourrais jamais l'accepter. Mais elle était morte. A jamais perdue pour moi.

J'ai pensé à me jeter de cette corniche. Mais elle n'a pas voulu. Je le jure : c'est sa voix qui m'a arrêté. Alors, je me suis assis par terre, sous la pluie battante.

Je n'ai pas pu la rejoindre, cette nuit-là. Et j'ai su que jusqu'au bout j'allais devoir vivre sans elle. C'est ce que j'ai fait, et il se peut que mon passage ici-bas ait au moins produit quelque chose de bon. Holt, mon petit-fils. Comme Bianca l'aurait aimé... Parfois, je l'emmène se promener sur nos falaises et je sais qu'elle est là, près de nous.

Il y a encore des Calhoun au manoir des Tours. Ses enfants, leurs enfants et leurs petits-enfants. C'est ce qu'aurait voulu Bianca. Et peut-être qu'un jour une autre jeune femme esseulée viendra chercher du réconfort sur ces falaises. Je lui souhaite un destin plus heureux.

Je sais, au plus profond de mon cœur, que ce n'est

pourtant pas la fin. Bianca m'attend. Lorsque sonnera ma dernière heure, je la reverrai. Et je pourrai enfin l'aimer comme je le lui ai promis en ce jour fatidique. Pour l'éternité.

- 10 -

Holt attendait Trent sous la pergola, le long de la digue. Il alluma une cigarette et leva les yeux sur le manoir. L'une des gargouilles avait perdu sa tête, tandis que la face grimaçante d'une autre fixait avec plus de tendresse que de férocité la vaste pelouse qui se déployait en contrebas. Des clématites — il savait les reconnaître, à présent — et des rosiers grimpants escaladaient la première terrasse. La brume de chaleur faisait miroiter les vieilles pierres et les fleurs conféraient à l'ensemble une ambiance féerique — féerique, oui, c'était le seul mot qui lui venait à l'esprit. Une aura de château de la Belle au bois dormant entourait jusqu'aux tourelles qui dressaient vers le ciel leurs formes désormais vénérables.

Des échafaudages enserraient l'aile ouest et le gémissement strident d'une scie électrique lui perçait les tympans. Un camion-élévateur stationnait sous le balcon, hissant dans un grondement mécanique son chargement de matériaux vers un trio d'ouvriers torse nu. Des rugissements s'échappaient d'une radio sur fond de hard-rock spasmodique.

Au fond, peut-être était-ce normal que le manoir se cramponne avec tant de ténacité au passé tout en acceptant le présent, réfléchit Holt. Car si les pierres et le mortier avaient le pouvoir d'absorber les émotions et les souvenirs, c'était certainement chose faite aux Tours. On aurait même dit que la vieille bâtisse abritait déjà certains des siens…

Les fenêtres de la chambre de Suzanna lui firent un clin d'œil. Chaque seconde, chaque soupir, chaque caresse de leur nuit étaient gravés dans sa mémoire. Il se souvenait aussi qu'il l'avait surprise et émue. D'habitude, la douceur, cela n'était pas tellement son style, mais avec elle c'était venu naturellement.

Suzanna ne lui avait pas réclamé de tendresse. D'ailleurs, elle ne lui avait rien demandé du tout. Etait-ce pour cela qu'il s'était senti tenu de lui en prodiguer ? Sans le vouloir, elle lui avait révélé une délicatesse de sentiment qu'il ignorait posséder. Et cette prise de conscience le mettait mal à l'aise, le rendait aussi vulnérable qu'elle. Cependant, il lui restait encore à trouver la bonne façon de lui déclarer son amour.

Elle méritait le grand jeu : de la musique douce, des chandelles, des fleurs. Des paroles pleines de poésie… Tout cela, il allait tenter de le lui offrir, au risque de se sentir parfaitement ridicule.

Mais d'ici là il avait une mission à accomplir. Il allait lui retrouver ses maudites émeraudes. Et expédier Livingston derrière les barreaux.

Lorsque Trent sortit de la maison, Holt jeta son mégot. Sous la pergola, ils profiteraient d'une relative intimité. Le vacarme du chantier résonnait en contrepoint des riffs de guitare et de la rythmique de la batterie. Quoi qu'ils puissent se raconter, on ne pourrait pas les entendre à moins de trois mètres. De la bâtisse, personne ne prêterait attention à deux hommes partageant une bière en fin d'après-midi, à l'écart des femmes.

Trent entra sous la pergola et lui tendit une bouteille.

— Merci.

Holt s'appuya nonchalamment à un pilier et porta la bière à sa bouche.

— Tu as la liste ?

— Oui.

Trent s'assit sur l'un des bancs en pierre pour rester face au manoir.

— Nous n'avons embauché que quatre nouveaux ouvriers, le mois dernier.

— Tous avaient des références ?

— Bien entendu.

Holt perçut un léger agacement dans sa réponse, un hérissement instinctif.

— Sloan et moi sommes très à cheval sur la sécurité.

Holt se contenta de hausser les épaules.

— Un homme tel que Livingston n'aurait aucun mal à se procurer des références. Il les paierait au prix fort…

Holt but une longue gorgée de sa bière.

— Mais il les obtiendrait.

— Tu es certainement plus au fait que moi de ce genre de pratique…

Les yeux plissés, Trent observait deux ouvriers en train de remplacer les bardeaux bitumés du toit de l'aile ouest.

— Mais j'ai du mal à avaler que ce type puisse être ici, sur le chantier, à travailler sous notre nez.

— Oh ! pour être là, il y est.

Holt alluma une autre cigarette et en tira une bouffée, songeur.

— La personne qui a visité mon cottage connaissait aussi bien que vous la nature du lien qui unissait Christian et Bianca. Et puisqu'aucun membre de la maisonnée n'a mentionné ce détail dans des soirées, Livingston a forcément surpris une conversation ici, aux Tours. S'il n'a pas signé au début du chantier, c'est parce qu'il avait à faire ailleurs. Mais ces dernières semaines…

Holt s'interrompit, le temps de regarder les enfants filer vers leur fort, Fred et Sadie sur leurs talons.

— Il ne pouvait plus rester spectateur : il y avait toujours le risque qu'en abattant un mur tu mettes au jour les émeraudes. Et pour garder l'œil sur vous, quel meilleur poste d'observation que le chantier ?

— Ça se tient, admit Trent. Mais je n'aime pas l'idée qu'il rôde si près de ma femme, ainsi que des autres membres de la famille.

Il pensa à C.C., à l'enfant qu'elle portait, et son visage se rembrunit.

— Si jamais tu as vu juste, il faut absolument progresser dans nos recherches.

— Donne-moi la liste, je vais vérifier l'identité des ouvriers. J'ai gardé quelques contacts dans la police...

Holt continuait de fixer les enfants.

— On ne peut pas courir le risque qu'il s'en prenne à l'un d'eux. C'est hors de question.

Trent opina. C'était un homme d'affaires. Sa seule expérience de la violence, c'était la boxe qu'il avait brièvement pratiquée à l'université. Toutefois, il n'hésiterait pas à agir pour protéger son épouse et leur enfant à naître.

— J'ai déjà mis Max au courant, quant à Sloan et Amanda, ils ont décidé d'annuler leur voyage de noces. Ils devraient être ici dans deux heures.

C'était une bonne chose, songea Holt. Mieux valait que toute la famille soit réunie sous le même toit.

— Quel prétexte a invoqué Sloan pour revenir ?

— Un problème dans son travail.

Soulagé d'avoir enclenché le processus, Trent eut un petit sourire.

— Si jamais Amanda découvre qu'il l'a menée en bateau, ça va barder...

— Moins les femmes en savent, mieux c'est, décréta Holt.

Cette fois, Trent se mit à rire.

— Si l'une d'elles t'entendait, tu te ferais écorcher vif. Les Calhoun sont des dures à cuire !

Holt pensa à Suzanna.

— Ça, c'est ce qu'elles s'imaginent.

— Non, c'est la vérité, je t'assure, même s'il m'a fallu à moi aussi un petit moment avant de le reconnaître. Déjà, prises séparément, elles sont fortes : une main de fer dans un gant de velours. A ça, il faut ajouter : têtues, impulsives et loyales jusqu'à la mort. Mais toutes ensemble...

Trent sourit.

— Eh bien, disons que je préférerais affronter une paire de sumos que les dames Calhoun dans un bon jour.

— Quand toute cette histoire sera terminée, elles pourront s'en donner à cœur joie.

— Tant qu'elles ne risquent rien…

Trent remarqua que Holt regardait les enfants.

— Chouettes gosses, commenta-t-il.

— Oui. Ils sont super.

— Et ils ont une mère du tonnerre.

Trent but une gorgée de sa bière, songeur.

— Dommage qu'ils n'aient pas de père digne de ce nom…

A la seule pensée de Baxter Dumont, le sang de Holt ne fit qu'un tour.

— Tu le connais bien ?

— Trop à mon goût. Je sais qu'il a fait vivre un enfer à Suzanna. Il a failli la briser en lui intentant ce procès pour la garde des enfants.

— Un procès ? Pour la garde d'Alex et Jenny ?

Stupéfait, Holt reporta son attention sur Trent.

— Il s'en est pris aux enfants ?

— Il s'en est pris à elle, rectifia Trent. Et pour l'atteindre, quel meilleur moyen que de passer par les enfants ? Suzanna n'en parle jamais. C'est par C.C. que j'ai eu le fin mot de l'histoire. Apparemment, Dumont a eu du mal à digérer que la procédure de divorce ait été engagée à l'initiative de Suzanna. Ce n'était pas bon pour son image, et d'autant moins qu'il guigne un siège au Sénat… Il lui a donc imposé une ignoble bataille judiciaire. Son but, c'était de prouver qu'elle était de tempérament instable et incapable d'élever Alex et Jenny. Ç'a été interminable.

— Le salaud !

Suffoquant de rage, Holt se détourna pour lancer son mégot sur les rochers.

— D'autant qu'il ne voulait même pas obtenir leur garde, renchérit Trent. Son idée, c'était de les envoyer en pension. Du moins, c'est ce qu'il menaçait de faire. Il a battu en retraite quand Suzanna a signé sa proposition d'accord.

— Quel accord ? demanda Holt qui était allé s'appuyer à la balustrade en pierre, révolté.

— L'acte de partage des biens. Elle lui a pratiquement tout donné ! Dumont a laissé tomber les poursuites pour que d'autres dispositions puissent être prises en privé. Il a obtenu leur maison, tout leur patrimoine commun et un gros morceau de son héritage à elle. Suzanna aurait pu se battre, mais elle était déjà en pleine débâcle émotionnelle, sans parler de l'état des enfants. Elle ne voulait pas risquer de perdre leur garde ni de leur infliger un stress supplémentaire.

— Oui, ça ne m'étonne pas.

Holt but une gorgée de bière, vaine tentative de faire passer le goût amer que lui laissait cette histoire.

— Il est hors de question qu'il leur fasse encore du mal, à elle ou aux enfants. J'y veillerai personnellement.

— Je n'en attendais pas moins de toi.

Trent se leva, satisfait. Il tira une liste de sa poche et la donna à Holt en lui reprenant sa bouteille vide.

— Tu me tiens au courant de l'avancée de ton enquête ?

— D'accord.

— Au fait, la séance, c'est pour ce soir.

Voyant que Holt grimaçait, Trent se remit à rire.

— Tu pourrais bien avoir quelques surprises...

— La seule chose qui me surprend, c'est que Coco ait réussi à m'embarquer là-dedans.

— Si tu comptes rester dans les parages, il va falloir que tu t'habitues à être embarqué dans toutes sortes d'aventures !

Rester dans les parages, oui, il y comptait bien, réfléchit Holt tandis que Trent s'éloignait. Il lui fallait simplement trouver la bonne façon de l'annoncer à Suzanna. Après avoir parcouru les noms de la liste, il la glissa dans sa poche. Il allait passer deux coups de téléphone pour voir s'il pourrait dénicher quelque chose.

Alors qu'il traversait la pelouse, les chiens s'élancèrent vers lui, Fred se pressant avec adoration contre Sadie. Lorsqu'ils cessèrent de lui faire fête pour se laisser caresser, Fred se mit à lécher frénétiquement le museau de sa nouvelle amie. Au début, Sadie toléra ses coups de langue, puis elle se détourna et finit par l'ignorer totalement.

— Allumeuse, va…, commenta Holt.

— Souviens-toi de Fort Alamo ! cria Alex.

Debout sur le toit de son fort, jambes écartées, il brandissait une épée en plastique. Les yeux brillants, sûr que Holt allait relever le défi, il lança :

— Tu ne nous prendras jamais vivants !

— Ah non ?

Incapable de résister, Holt s'avança.

— Et qu'est-ce qui te fait croire que je veux vous attraper, crâne de piaf ?

— Parce qu'on est des patriotes et que vous êtes les méchants assaillants !

Jenny avait passé la tête par l'ouverture qui faisait office de fenêtre. Avant que Holt ait pu l'esquiver, il prit un tir de pistolet à eau en pleine poitrine. Alex lança un cri de triomphe, tandis que Holt baissait les yeux sur son T-shirt, l'air mauvais.

— Tu te doutes, énonça-t-il lentement, de ce que ça signifie ? La guerre !

Il courut et empoigna à bras-le-corps Jenny qui s'était mise à pousser des couinements suraigus. Il l'extirpa de son poste de tir et la tint tête en bas, si bien que ses deux couettes blondes effleuraient l'herbe, au grand ravissement de la fillette.

— Il a un otage ! rugit Alex. Tuons-les tous jusqu'au dernier !

Il réintégra tant bien que mal le fort et sortit en trombe par la porte, agitant son épée. A peine Holt avait-il remis Jenny à l'endroit que le petit garçon le percuta tel un missile.

— Qu'on lui coupe la tête ! scandait Alex, repris par sa sœur.

Holt s'affaissa volontairement sur lui-même, entraînant les deux enfants dans sa chute.

La bagarre se déroula dans les cris et les fous rires. Et lui donna plus de fil à retordre que prévu ! Souples et vifs comme des anguilles, les enfants se libéraient adroitement de son emprise pour l'attaquer. Pour finir, Holt se retrouva désavantagé lorsque Alex s'assit sur sa poitrine, tandis que Jenny s'employait à lui chatouiller les côtes.

— Attention, je vais me fâcher pour de bon, les prévint-il.

Ecopant d'un jet d'eau en pleine figure, il poussa un juron, au grand ravissement des enfants. C'est alors qu'il se retourna d'un coup, récupéra le pistolet et les trempa tous les deux. Les petits s'abattirent sur lui en criant de joie.

Au bout d'une lutte humide et désordonnée, il parvint enfin à les clouer au sol. Tous trois étaient à bout de souffle.

— Je vous ai massacrés, clama Holt. Vous devez capituler, maintenant.

Jenny lui enfonça un doigt dans les côtes, ce qui le fit se tordre d'hilarité. Pour se défendre, il frotta sa barbe de fin de journée sur la chair tendre de son petit cou.

— T'as gagné, t'as gagné ! hurla-t-elle, s'étouffant de rire.

Satisfait, il se servit de la même arme contre Alex jusqu'à ce que, victorieux, il se laisse retomber à plat ventre sur l'herbe.

— Tu nous as tués, admit le petit garçon sans rancune. Mais tu es mortellement blessé.

— Mortellement, tu veux dire…

— Tu vas faire la sieste ? s'enquit Jenny en lui sautant sur le dos. Des fois, Lilah, elle dort dans l'herbe.

— Lilah dort à peu près n'importe où, marmonna Holt.

— Tu peux faire la sieste dans mon lit si tu veux, lui proposa-t-elle avant d'appuyer un doigt inquisiteur tout près de la cicatrice qu'elle avait repérée sous le T-shirt relevé. Tu as un gros bobo à ton dos.

— C'est vrai.

Alex se démenait déjà pour regarder à son tour.

— Où ça, où ça ? Je peux voir ?

Holt, qui s'était raidi instinctivement, s'obligea à se détendre.

— Bien sûr.

Alex remonta le T-shirt, et sa sœur et lui ouvrirent de grands yeux. Cela ne ressemblait pas à la petite cicatrice bien nette qu'ils avaient admirée sur la jambe de leur ami. Celle-ci était longue, vilaine et irrégulière. Elle partait de la taille et se prolongeait si haut que, même en retroussant le T-shirt au maximum, ils ne pouvaient en voir la fin.

— La vache…

Ce fut tout ce qui vint à l'esprit d'Alex. Il déglutit, puis avança vaillamment un doigt pour toucher.

— On t'a fait ça dans une grosse bagarre ?

— Pas tout à fait.

Holt se remémora la douleur à couper le souffle, la brûlure aussi soudaine qu'intense.

— Je me suis fait choper par un méchant, résuma-t-il, espérant que l'enfant se satisferait de cette explication.

Sentant la petite bouche de Jenny se poser comme un papillon sur ses reins, il se figea.

— Ça va mieux, maintenant ? s'enquit-elle.

— Oui.

Emu, il contrôla sa respiration avant d'oser répondre :

— Merci.

Et, se retournant, il s'assit pour lui passer une main sur les cheveux.

A quelques mètres de là, Suzanna les observait, bouleversée. Elle avait suivi leur bagarre depuis le seuil de la cuisine : avec quelle aisance Holt s'était-il coulé dans le jeu de ses enfants ! Un sourire aux lèvres, elle avait voulu se joindre à eux… mais à cet instant Jenny et Alex s'étaient mis à examiner la cicatrice qui barrait le dos de Holt. Jenny avait gentiment déposé dessus un bisou-qui-guérit-tout et, quand Holt s'était tourné pour lui caresser la tête, Suzanna avait vu sur ses traits une émotion sincère.

Assis dans l'herbe, il formait avec eux un adorable tableau :

Jenny était blottie sur ses genoux et Alex avait passé un bras affectueux autour de son cou. Suzanna attendit de s'être ressaisie avant de s'avancer vers eux.

— Ça y est ? La guerre est finie ?

Trois paires d'yeux se levèrent sur elle.

— C'est Holt qui a gagné, répondit Alex.

— Hum, ça n'a pas l'air d'avoir été une victoire facile.

Elle souleva Jenny qui tendait les bras vers elle.

— Tu es toute mouillée.

— Il nous a tiré dessus — mais je l'ai eu en premier.

— Bravo !

— Et il craint les chatouilles, lui apprit Jenny en confidence. Mais *beaucoup*.

— Ah oui ?

Suzanna adressa un lent sourire à Holt.

— Je m'en souviendrai… Et maintenant, filez, tous les deux. Je viens de votre chambre : apparemment, vous avez oublié de ranger après avoir fini de jouer.

— Mais, maman…

Alex allait invoquer un prétexte imparable, mais un regard de sa mère l'en empêcha.

— Si vous ne rangez pas, c'est moi qui le ferai, dit-elle gentiment. Sauf qu'alors c'est moi qui mangerai ta part de charlotte aux fraises, Alex.

Ça, c'était un coup bas, et le petit garçon hésita longuement avant de capituler.

— D'accord, je vais ranger. Comme ça, j'aurai aussi la part de Jenny.

— Oh ! que non, c'est moi qui vais ranger et c'est moi qui aurai la tienne !

Jenny fonça vers la maison, son frère à ses trousses.

— Finement manœuvré, maman, commenta Holt en se relevant.

— Je connais leurs points faibles…

Elle l'enlaça, ce qui le surprit et le ravit tout en même temps. Il était très rare qu'elle fasse le premier pas.

— Toi aussi, tu es tout mouillé.

— J'ai essuyé des tirs de sniper, mais je les ai descendus un par un.

L'attirant à lui, il appuya sa joue contre ses cheveux.

— Ce sont des gosses vraiment super, Suzanna. Je, hum…

Il ne trouvait pas les mots pour lui dire… Qu'il s'était terriblement attaché à eux. Et aussi qu'il était tombé amoureux de leur mère.

Gêné, il s'écarta.

— Désolé, je suis en train de mouiller tes vêtements…

Elle lui caressa la joue en souriant.

— Ça te dirait, une balade ?

Holt pensa à la liste de noms, dans sa poche. Mais cela pouvait attendre une heure, décida-t-il, et il lui prit la main.

Il savait qu'elle irait vers les falaises. C'était comme une évidence qu'ils partent se promener là-bas, à cette heure de la journée où les ombres s'allongeaient et où la fraîcheur de l'air annonçait le soir. Ils discutèrent un peu boutique : elle avait achevé un chantier et Holt avait réparé une coque de bateau. Mais ni l'un ni l'autre n'avaient la tête au travail.

— Holt…

Elle contempla la mer, sans lâcher sa main.

— Pourquoi as-tu démissionné de la police ? Tu veux bien me le dire ?

Elle le sentit se crisper.

— Ce qui est fait est fait, répliqua-t-il d'un ton sans appel. Il n'y a pas à revenir là-dessus.

— Cette cicatrice dans ton dos…

— C'est du passé, j'ai dit.

Et il lui lâcha la main pour allumer une cigarette.

— Je vois…, murmura Suzanna.

Elle prit le temps de digérer sa rebuffade.

— Ton passé ne me concerne pas, donc. Pas plus que ce que tu as ressenti à l'époque.

Il tira sur sa cigarette d'un geste impatient.

— Je n'ai pas dit ça !

— Mais si… C'est très clair. Tu es en droit de tout savoir sur moi, je suis censée te faire une confiance aveugle, te suivre sans poser de questions. Par contre moi, je ne suis pas autorisée à m'immiscer dans ta vie intime.

Il la considéra avec colère.

— Qu'est-ce que c'est, une mise à l'épreuve ?

— Appelle ça comme tu veux, riposta-t-elle. J'espérais que, depuis le temps, tu me faisais confiance, que tu tenais suffisamment à moi pour m'ouvrir ton cœur.

— Mais je tiens à toi, bon sang ! Tu ne comprends donc pas que ce souvenir continue de me déchirer ? J'ai tiré un trait sur dix ans de ma vie, Suzanna ! Dix ans !

Lui tournant le dos, il expédia son mégot par-dessus la falaise.

— Je te demande pardon, Holt…

Instinctivement, elle posa les mains sur ses épaules, d'un geste consolateur.

— Je ne voulais pas raviver de mauvais souvenirs, je suis bien placée pour savoir que c'est douloureux. Et si nous rentrions, maintenant ? Je vais voir si je peux te trouver un T-shirt propre.

— Non.

Il bouillonnait intérieurement, les nerfs tendus à craquer.

— Tu as le droit de savoir, Suzanna. J'ai tout plaqué parce que je n'en pouvais plus. J'ai passé dix ans à me persuader que je pouvais changer le monde, que toute la boue dans laquelle je devais patauger ne m'affectait pas. Que je pouvais côtoyer des dealers, des macs, des victimes toute la journée et continuer de dormir la nuit. Tuer quelqu'un, pour moi, ça faisait partie du métier : dans la police, on vit avec, même si on préfère ne pas trop y penser. Je voyais bien quelques flics craquer, mais je n'imaginais pas que ça puisse m'arriver un jour.

Suzanna continuait de masser les muscles noués de ses épaules en silence, attendant la suite. Holt, les yeux fixés sur l'horizon, respirait l'odeur de sa peau, mais aussi la senteur diffuse des églantines en pleine floraison.

— A la brigade des mœurs, on évolue dans la fange, Suzanna. C'est un passage obligé pour comprendre la logique des individus que tu essaies de neutraliser. On se met à penser comme eux. Il le faut bien quand on s'immerge dans la lie de la société, sinon, on n'en ressort pas vivant. Il y a certaines choses que je ne te dirai jamais, justement parce que je tiens à toi. Des choses laides que je…

Il ferma les yeux, fourra les mains dans ses poches.

— Je ne voulais plus les voir, toutes ces horreurs. Et j'avais déjà dans l'idée de revenir ici — le cottage me trottait dans la tête.

Soudain las, il se frotta les paupières.

— J'étais au bout du rouleau, Suzanna, et j'avais envie de retrouver une vie normale. De ne plus attacher mon holster tous les matins, de ne plus frayer avec la vermine dans des endroits glauques… Ça s'est passé dans le cadre d'une enquête de routine, nous recherchions un petit dealer. Nous pensions pouvoir lui soutirer quelques infos… Bref, aucune importance ! dit-il avec impatience. Grâce au tuyau d'un indic, nous l'avons coincé dans un tripot minable. Mais il s'est rebiffé. En fait, ce crétin avait environ vingt mille dollars de coke planqués sous ses vêtements et plus de deux rails de la même saleté dans le nez. Il a complètement paniqué. Il nous a filé entre les doigts en prenant en otage une femme presque aussi défoncée que lui.

Il s'interrompit pour essuyer ses mains moites à son jean.

— Mon coéquipier et moi nous sommes séparés de façon à lui couper toute retraite. Le dealer a entraîné la femme dans une ruelle. Pris en tenaille, le gars n'avait aucune issue. J'ai dégainé mon arme. Il faisait nuit et les poubelles empestaient.

Holt sentait encore leur puanteur fétide… La transpiration se mit à dégouliner dans son dos.

— J'ai entendu les pas de mon coéquipier qui arrivait de l'autre côté de la ruelle. Quelque part, la femme pleurait. Elle était recroquevillée sur le béton. Le type l'avait un peu tailladée, mais j'ignorais la gravité de ses blessures. Je me souviens avoir pensé qu'à cause de ça ce petit minable allait prendre plus cher que pour un simple trafic de stupéfiants. Et soudain, il m'a sauté dessus. Il m'a planté son couteau avant que j'aie pu tirer une seule balle.

Holt sentait encore la lame lui entailler la chair, il sentait encore l'odeur de son sang.

— J'étais sûr que j'allais mourir et je ne pensais qu'à une chose : jamais je ne pourrais revenir chez moi, sur cette île. J'allais crever dans cette maudite ruelle avec la puanteur de cette poubelle dans les narines. J'ai tué ce type en m'écroulant. Du moins, c'est ce qu'on m'a raconté, car je ne me souviens de rien. Quand je me suis réveillé, j'étais à l'hôpital. J'avais l'impression d'avoir été coupé en deux et qu'on avait recousu les morceaux. Je me suis dit que j'avais eu beaucoup de chance, que j'allais pouvoir revenir ici. Je savais que si je devais à nouveau m'aventurer dans une ruelle, cette fois, je n'en ressortirais pas.

Suzanna le serrait très fort, la joue pressée contre son dos.

— Crois-tu avoir déchu en rentrant au pays, au lieu d'affronter une autre ruelle sombre ?

— Je n'en sais rien.

— Moi, j'ai essayé de m'accrocher, longtemps. Evidemment, personne ne m'a planté de couteau dans le dos, mais j'ai fini par comprendre que si je restais avec Bax, si je demeurais fidèle à notre engagement matrimonial, une partie de moi-même allait mourir. Voilà pourquoi j'ai fait le choix de divorcer, parce que j'ai privilégié ma survie. Penses-tu que je doive en rougir ?

— Non.

Il se retourna et la saisit par l'épaule.

— Non, bien sûr que non.

Suzanna lui prit le visage en coupe, et dans ses yeux,

il lut une compréhension et une compassion qu'il n'aurait jamais pu accepter de personne ne serait-ce qu'une semaine plus tôt.

— Moi non plus, Holt. Je regrette de tout cœur que tu aies vécu une expérience aussi traumatisante, mais je suis heureuse que cette épreuve t'ait conduit jusqu'ici.

Et, pour achever de le réconforter, elle lui effleura les lèvres d'un baiser. Bouleversée, elle le sentit peu à peu lâcher prise, ses résistances cédant une à une avec une lenteur presque insupportable.

Il laissa tout son corps aller contre le sien, tout en l'attirant à lui. Sa bouche se fit plus douce, alors même que son baiser était brûlant. Enfin, leur relation avait franchi un cap. Il ne s'agissait plus seulement de passion, plus seulement de tendresse, mais de véritable confiance. Et tandis que le vent murmurait dans les hautes herbes et les vaillantes fleurs sauvages, Suzanna crut entendre autre chose, un son si doux et si adorable qu'elle en eut les larmes aux yeux. Lorsqu'il releva la tête, elle sut en voyant l'expression de son visage que lui aussi l'avait entendu. Elle sourit.

— Nous ne sommes pas seuls, murmura-t-elle. Ils doivent s'être tenus ici, à cet endroit même, enlacés comme nous le sommes. Brûlants de désir, comme nous.

Emue, elle porta la main de Holt à ses lèvres.

— Penses-tu que le temps et le destin soient un éternel recommencement ?

— Je vais finir par le croire.

— Ils continuent de venir ici, de s'attendre. Se retrouveront-ils un jour ? Moi, je pense que oui, à condition que nous arrivions à accomplir ce qui doit l'être.

Elle l'embrassa à nouveau, puis glissa un bras autour de sa taille.

— Rentrons. J'ai l'impression que la soirée s'annonce intéressante.

— Suzanna, marmonna-t-il, alors qu'ils rebroussaient chemin. Après la séance…

Il laissa sa phrase en suspens, d'un air chagriné qui la fit se méprendre.

— Ne t'inquiète pas, les Tours n'abritent que des fantômes bienveillants.

— Hein ? Ah, oui… Oh ! ne t'attends pas à ce que j'accorde beaucoup d'importance à toutes ces histoires de transes et d'incantations. Mais ce n'est pas la question… Je me demandais si après… Ecoute, je sais que tu n'aimes pas laisser les petits, mais j'ai pensé que tu pourrais passer un moment chez moi. Il y a certaines choses dont je veux te parler.

— Quelles choses ?

— Des… choses, balbutia-t-il lamentablement.

Puisqu'il comptait la demander en mariage, autant procéder dans les règles, estimait-il.

— J'aimerais beaucoup que tu puisses t'échapper une heure ou deux.

— Très bien, si c'est important… Ça concerne les émeraudes ?

— Non. C'est… Ecoute, je préfère attendre, d'accord ? Et maintenant, j'ai deux ou trois choses à faire avant qu'on se mette à invoquer les esprits.

— Tu ne restes pas pour dîner ?

— Je ne peux pas. Mais je reviens.

Alors qu'ils grimpaient la côte et dépassaient le muret de pierre, il l'attira à lui pour lui donner un baiser aussi bref que passionné.

— A plus tard.

Elle le regarda s'éloigner avec perplexité, et se serait élancée à sa suite si on ne l'avait pas appelée de la terrasse. La main en visière devant ses yeux, elle leva la tête. C'était sa sœur.

— Amanda !

Elle traversa la pelouse en courant et gravit le perron en pierre.

— Comment se fait-il que tu sois déjà revenue ?

Elle serra la jeune mariée dans ses bras de toutes ses forces.

— Tu as une mine superbe… Mais vous ne deviez pas rentrer avant une semaine ! Il y a un problème ?

— Non, rien.

Amanda l'embrassa sur les deux joues.

— Viens, je vais tout te raconter.

— Où m'emmènes-tu ?

— Dans la tour de Bianca. Conseil de famille !

Elles gravirent l'étroit escalier en colimaçon. C.C. et Lilah les attendaient déjà là-haut.

— Et tante Coco ? s'enquit Suzanna.

— Nous lui ferons un compte rendu, répliqua Amanda. Ça éveillerait les soupçons si nous la faisons monter maintenant.

Hochant la tête, Suzanna s'assit par terre, à côté de Lilah qui s'était installée sur la banquette de fenêtre.

— Si j'ai bien compris, c'est une réunion entre filles ?

— Ça leur fera les pieds ! lança C.C. en croisant les bras. Voilà des jours qu'ils organisent en douce des petits conciliabules entre eux. Il est temps d'y mettre bon ordre.

— Ce qui est sûr, c'est que Max détient un nouvel élément, intervint Lilah. Il affiche un air bien trop innocent. Et puis, il a passé ces deux derniers jours à traîner autour de l'équipe de chantier.

— J'imagine qu'il ne veut pas apprendre à poser des bardeaux…, murmura Suzanna.

— Si c'était le cas, il aurait déjà acheté une vingtaine d'ouvrages sur le sujet !

Lilah étira ses épaules et se laissa aller contre la fenêtre.

— Et cet après-midi, en rentrant du travail, j'ai vu Trent et Holt en pleine discussion sous la pergola. De loin, on aurait pu croire qu'ils buvaient tranquillement une bière, mais je suis sûre qu'ils tramaient un coup en douce.

— Ils savent donc quelque chose qu'ils nous cachent.

Pensive, Suzanna se mit à pianoter sur ses genoux. Elle aussi avait eu l'impression qu'il se passait quelque chose, mais Holt s'était si bien débrouillé pour la détourner des émeraudes qu'elle n'avait pas cherché plus loin.

Amanda apporta de l'eau au moulin de sa sœur.

— Il y a deux jours, Sloan a eu une longue conversation à voix basse avec Trent, au téléphone. Il a prétendu qu'il y avait un souci avec les matériaux et qu'il devait régler ça personnellement.

Rejetant sa chevelure en arrière, Amanda poussa une petite exclamation de mépris.

— Et il s'imagine que j'ai été assez sotte pour gober ça ! Il voulait revenir parce qu'il se trame quelque chose, la voilà la vérité ! Et qu'ils ne tiennent pas à nous avoir dans les pattes !

— Pour ça, ils peuvent courir ! maugréa C.C. Moi, je suggère que nous descendions toutes ensemble et que nous les mettions en demeure de nous dire tout ce qu'ils savent. Si Trent s'imagine que je vais rester à me tourner les pouces pendant qu'il s'occupe des affaires des Calhoun, il se trompe lourdement !

— On pourrait les torturer pour leur faire cracher le morceau, hasarda Lilah. Quoique… ça ne ferait que les buter davantage. Leur ego de mâle est en jeu, mesdames. Sortez vos casques et vos gilets pare-balles !

Suzanna se mit à rire et lui tapota la cuisse.

— Tu marques un point ! Bon, récapitulons… S'ils ont rappelé Sloan aux Tours, c'est qu'ils pensent approcher de la solution. Ils ne feraient pas tant de cachotteries s'ils savaient où se trouvent les émeraudes, du moins je ne le crois pas.

— Moi non plus, dit Amanda.

Persuadée qu'elle réfléchissait mieux quand elle était debout, elle arpentait la pièce.

— Vous vous souvenez comme ils se sont braqués quand nous avons décidé de rechercher le yacht d'où Max avait sauté ? Sloan avait même menacé de... comment a-t-il dit, déjà ? De m'entraver ! s'énerva-t-elle. Oui, c'est ça. Il a menacé de m'entraver si jamais je songeais à vouloir retrouver Livingston toute seule !

— Trent refuse même d'évoquer Livingston avec moi, renchérit C.C. avant de plisser le nez. Il ne me faut pas d'émotions dans mon état, soi-disant...

Etendue sur la banquette de fenêtre, Lilah éclata de rire.

— J'aimerais bien voir un homme accoucher et avoir encore le culot de prétendre que les femmes sont de petites choses fragiles !

— Holt soutient que nous ne sommes pas de taille à lutter contre Livingston. *Nous*, précisa Suzanna en les englobant du doigt. Tandis que lui, si.

— Crétin !

C.C. se laissa choir sur la banquette à côté de Lilah et résuma la situation :

— Bon, nous sommes donc toutes d'accord ? Les garçons sont en possession d'un nouvel élément concernant Livingston et ils le gardent pour eux.

Le vote fut unanime au sein des sœurs Calhoun.

Amanda cessa de faire les cent pas et tapa du pied.

— A présent, nous devons découvrir ce qu'ils savent ! Des suggestions ?

— Ma foi...

Suzanna baissa les yeux sur ses ongles et sourit.

— Pour paraphraser le vieil adage, je dirai : divisons-nous pour mieux régner. A nous quatre, et chacune à notre manière, nous devrions être capables de leur tirer les vers du nez. Ensuite, rendez-vous ici demain, même heure, et nous mettrons nos trouvailles en commun.

— Ça me plaît, déclara Lilah en se redressant pour poser la main sur l'épaule de sa sœur. Les pauvres garçons n'ont aucune chance.

A son tour, Suzanna posa la main sur celle de Lilah, bientôt rejointe par celle d'Amanda et de C.C.

— Et quand tout sera fini, conclut-elle, peut-être comprendront-ils que les femmes Calhoun sont tout à fait capables de s'en sortir seules !

- 11 -

Holt ne s'était jamais senti aussi ridicule de toute sa vie : il s'apprêtait à prendre part à une séance de spiritisme. Et comme si cela ne suffisait pas, d'ici à la fin de la soirée, il allait demander en mariage la femme qui était présentement en train de se gausser de lui.

— Tu ne vas pas au peloton d'exécution, voyons ! pouffa Suzanna en lui tapotant l'épaule. Détends-toi !

— Une farce grotesque, voilà ce que c'est ! trancha Colleen.

Trônant à l'extrémité de la table, la vieille dame engloba l'assemblée d'un regard noir.

— Parler aux esprits… Sottises ! Quant à toi, petite évaporée…, poursuivit-elle en pointant un doigt menaçant sur Coco, tu n'as jamais eu un sou de bon sens. Mais je ne t'aurais tout de même pas cru assez stupide pour mettre de telles fariboles dans l'esprit des filles.

— Ce ne sont pas des fariboles.

Comme toujours, Coco frémit sous le regard d'acier de sa tante. Heureusement, elle se sentait à peu près en sécurité, à l'autre bout de la table.

— Tu verras bien quand nous aurons commencé, insista-t-elle.

— Tout ce que je vois, moi, c'est une tablée de gogos !

Le visage de Colleen demeurait sévère, mais son regard fondit d'amour en se posant sur le portrait de sa mère qui avait été accroché au-dessus de la cheminée.

— Je vous en offre dix mille dollars.

Holt haussa les épaules. La grand-tante de Suzanna le harcelait depuis des jours pour acheter le tableau.

— Puisque je me tue à vous dire qu'il n'est pas à vendre...

— Si vous vous imaginez vous débarrasser de moi aussi facilement, jeune homme, vous faites erreur. J'ai plus d'un tour dans mon sac !

Holt lui sourit. La digne vieille dame devait avoir grugé pas mal de monde en affaires, il en aurait mis sa main à couper.

— Je ne veux pas m'en défaire, répéta-t-il.

— Et puis de toute façon, il vaut bien plus que ça ! ne put s'empêcher d'intervenir Lilah. N'est-ce pas, professeur ?

— Eh bien, oui, c'est exact...

Max s'éclaircit la voix.

— Les premières œuvres de Christian Bradford ont vu leur cote grimper ces derniers temps. Il y a deux ans, par exemple, l'une de ses marines est partie à trente-cinq mille dollars chez Sotheby.

— Dites-moi, qui êtes-vous, exactement ? l'apostropha sèchement Colleen. Son agent ?

Max réprima un sourire.

— Non, madame.

— Alors, taisez-vous ! Quinze mille, c'est mon dernier mot.

Holt afficha une moue faussement blasée.

— Ça ne m'intéresse pas, vous dis-je...

— Bon, si nous revenions à nos moutons ? suggéra Coco.

Et elle retint son souffle, attendant que l'orage passe. Lorsqu'il n'émana plus de Colleen que quelques grommellements furieux, elle se détendit et reprit les rênes de la soirée.

— Amanda, ma chérie, allume les bougies ! Et maintenant, nous allons tous essayer de faire le vide dans notre esprit, en chassant tous nos soucis, tous nos doutes. Je veux que vous vous concentriez tous sur Bianca.

Lorsque les bougies furent allumées et le lustre éteint, elle jeta un dernier coup d'œil autour de la table.

— Donnez-vous la main.

Holt marmonna dans sa barbe, mais prit la main de ses voisines, Suzanna à sa droite et Lilah à sa gauche.

— Concentrez-vous sur le tableau, murmura Coco en fermant les yeux pour se le représenter mentalement.

Un frisson d'excitation lui parcourut l'échine.

— Je la sens… Elle est près de nous, tout près de nous… Elle veut nous dire quelque chose.

Holt laissa son esprit vagabonder ; cela l'aidait à oublier l'expérience ridicule à laquelle il se prêtait. Comment allait se dérouler son tête-à-tête romantique avec Suzanna, sitôt la séance terminée ? Il avait acheté des bougies. Pas les grosses bougies de ménage qu'il gardait dans le tiroir de la cuisine en cas de coupure de courant, non ! De fines chandelles parfumées au jasmin.

Une bouteille de champagne attendait au réfrigérateur, à côté de son pack de bières, et il avait disposé deux flûtes toutes neuves près des mugs à café. Dans la poche de son jean, l'écrin à bijou lui brûlait la cuisse.

Ce soir, il allait sauter le pas. Les mots qu'il avait répétés lui viendraient tout naturellement à la bouche. Il aurait mis de la musique douce. Suzanna ouvrirait l'écrin, découvrirait son contenu…

Elle avait les mains ruisselantes d'émeraudes. Fronçant les sourcils, il secoua la tête pour sortir de sa rêverie. Quelque chose clochait. Il ne lui avait pas acheté d'émeraudes ! Pourtant, l'image était d'une netteté parfaite : Suzanna, agenouillée, tenant un collier d'émeraudes. Trois rangs étincelants, rehaussés de part et d'autre de diamants d'une limpidité admirable avec, au centre, une pierre en goutte d'eau d'un vert extraordinaire.

Le collier des Calhoun ! Un étau glacial lui enserra la nuque. Mais il l'ignora, résolument. Du calme, voyons, tout cela s'expliquait de façon très simple : Max lui avait montré une reproduction des émeraudes dans un vieil ouvrage de la bibliothèque. Il savait donc à quoi elles ressemblaient. Et c'était l'atmosphère de la soirée, ce silence frémissant et la flamme vacillante des chandelles qui lui avaient remis le collier en mémoire, voilà tout.

Les visions, les fantômes... il n'y croyait pas. Toutefois, lorsqu'il fermait les yeux pour chasser cette image de son esprit, elle demeurait là, comme gravée. Suzanna, agenouillée par terre, des émeraudes ruisselant entre ses doigts.

Il sentit une main se poser sur son épaule.

Il regarda autour de lui... Il n'y avait personne, rien que des ombres dansantes et la lumière projetée par les bougies. Mais l'impression d'une présence demeurait, insistante. Sa nuque se hérissa.

C'était de la folie ! Et il était temps de mettre un terme à toutes ces fadaises.

— Ecoutez..., commença-t-il.

Le portrait de Bianca s'écrasa par terre.

Coco poussa un cri aigu et bondit de son siège.

— Oh ! mon Dieu... Juste ciel ! balbutia-t-elle en portant la main à son cœur qui battait la chamade.

Amanda, elle, s'était déjà précipitée.

— Oh ! j'espère qu'il ne s'est pas abîmé !

— Je ne crois pas qu'il ait souffert de sa chute, la rassura Lilah.

Elle lâcha la main de Holt et s'adressa à lui :

— Qu'en pensez-vous ?

Son regard clair et appuyé le mit mal à l'aise. Il se tourna vers Suzanna. Sa main était comme un bloc de glace dans la sienne.

— Que se passe-t-il ? lui demanda-t-il fébrilement. Ça ne va pas ?

— Si, si, tout va bien.

Mais elle frissonna.

— Tu devrais aller voir si le tableau n'a rien, Holt.

Il se leva et rejoignit les autres qui s'étaient tous accroupis autour du portrait. Suzanna, elle, fixait sa grand-tante, à l'autre bout de la table. La peau parcheminée de Colleen était devenue d'une pâleur mortelle. Ses yeux étaient sombres et humides. Sans un mot, Suzanna alla lui servir un verre de cognac.

— Ça va aller, murmura-t-elle en posant une main sur la frêle épaule de sa grand-tante.

— Le cadre s'est fendu, constata Sloan en le parcourant du doigt. C'est étrange qu'il se soit décroché comme ça. Pourtant, ces fixations sont solides…

Holt allait manifester son incompréhension quand, en examinant de plus près l'endroit où le cadre s'était désolidarisé de l'arrière, il se figea.

— Il y a quelque chose entre la toile et le fond.

Soulevant le tableau, il le posa à l'envers sur la table.

— J'ai besoin d'un couteau.

Sloan tira un canif de sa poche et le lui tendit. Holt incisa l'arrière de la toile, juste sous le montant fendu, et en sortit une liasse de feuillets.

Les mains sur sa bouche, Coco demanda d'une voix assourdie :

— Qu'est-ce que c'est ?

— C'est l'écriture de mon grand-père, répondit Holt d'un ton mal assuré.

Submergé par l'émotion, il leva vers Suzanna un regard égaré.

— On dirait une sorte de journal intime… Les feuilles sont datées de 1965.

Coco posa une main sur son épaule pour le réconforter.

— Asseyez-vous, mon ami. Trent, veux-tu bien nous servir du cognac ? Je vais préparer un thé pour C.C.

Holt était désemparé. Ses jambes ne le portaient plus, il lui fallait un siège. Pourvu que l'alcool le remette d'aplomb… Mais, le regard fixé sur les feuilles de papier jauni, il ne voyait que son grand-père. Installé à l'arrière du cottage, sous la véranda. Campé dans son atelier, peignant fiévreusement sa toile. Marchant sur les falaises en lui racontant des histoires.

Quand Suzanna revint vers lui et posa sa main sur la sienne, il lui agrippa les doigts.

— C'était là depuis tout ce temps, et je l'ignorais.

— Tu n'étais pas censé le savoir, répondit-elle avec douceur. Jusqu'à ce soir.

Il leva les yeux sur elle et elle serra sa main encore plus fort.

— Dans la vie, il y a certaines réalités que l'on doit accepter sans se poser de questions.

— Suzanna, il s'est passé quelque chose, pendant la séance, je l'ai bien vu. Quelque chose qui t'a bouleversée.

— Je t'en parlerai. Mais pas tout de suite.

Remise de son choc, Coco revint avec un plateau de thé pour C.C. et se rassit à sa place.

— Holt, quoi que votre grand-père ait écrit, ce journal vous appartient. Personne ici ne demandera jamais à en prendre connaissance. Si, après l'avoir lu, vous préférez garder le silence sur ce sujet, sachez que nous comprendrons.

Holt considéra à nouveau la liasse de papiers, puis il saisit la première feuille.

— Nous allons le découvrir ensemble.

Il prit une profonde inspiration, sa main serrant toujours celle de Suzanna.

— « A la seconde où mes yeux se sont posés sur elle, ma vie n'a plus jamais été la même. »

Holt lut à haute voix les souvenirs de son grand-père sans que personne ne l'interrompe. Mais, autour de la table, les mains se joignirent à nouveau. Sa voix n'était troublée que par le bruissement du vent dans les arbres, derrière les hautes fenêtres. Lorsqu'il eut fini sa lecture, le silence se prolongea.

Ce fut Lilah qui le rompit, très émue, les joues humides de larmes.

— Il n'a jamais cessé de l'aimer. Il a fait sa vie sans elle, mais il l'a toujours gardée dans son cœur.

— Comme il a dû souffrir ce soir-là, quand il est venu

ici et qu'il a appris qu'elle était morte, soupira Amanda en appuyant sa tête sur l'épaule de Sloan.

— Cependant, il avait raison, dit Suzanna en regardant une de ses larmes tomber sur la main de Holt. Bianca ne s'est pas suicidée. Elle n'aurait jamais pu commettre un tel acte. D'abord parce qu'elle l'aimait trop, mais aussi parce qu'elle aurait tout supporté pour protéger ses enfants.

— Non, elle ne s'est pas jetée par la fenêtre, murmura Colleen.

La vieille dame prit son verre de cognac d'une main tremblante, puis le reposa.

— Je n'ai jamais parlé de cette nuit, à personne. Au fil du temps, j'en suis venue à penser que ce que j'avais vu n'était qu'un rêve. Un cauchemar. Un terrible cauchemar.

Elle chassa ses larmes d'un geste décidé et raffermit sa voix.

— Il la comprenait, son Christian. Il n'aurait pas pu parler d'elle ainsi, sans connaître le tréfonds de son âme. Elle était belle, mais elle était bonne et généreuse. Personne ne m'a jamais aimée comme ma mère. Et je n'ai jamais haï personne autant que mon père.

Elle redressa les épaules. Déjà, son fardeau s'était allégé.

— J'étais trop jeune pour comprendre son malheur et son désespoir. En ce temps-là, un homme régissait son foyer et sa famille comme il l'entendait. Personne n'aurait osé remettre en cause l'autorité de mon père. Mais je me souviens du jour où elle a ramené le chiot, ce petit bâtard que mon père refusait de garder dans sa maison. Elle nous a envoyés à l'étage, mes frères et moi, mais je me suis cachée en haut de l'escalier pour écouter. C'était la première fois que j'entendais ma mère hausser le ton face à mon père. Oh ! elle s'est montrée vaillante ! Et lui, cruel. Il l'a accablée d'injures, des mots que je n'ai pas compris. A l'époque.

Elle s'interrompit pour boire une gorgée d'alcool : sa bouche était sèche et ses souvenirs, amers.

— Elle a pris ma défense, sachant aussi bien que moi

qu'il ne faisait que me tolérer, puisque j'étais une fille. Et lorsqu'il a quitté la maison, après leur dispute, je me suis réjouie. J'ai prié ce soir-là pour qu'il ne revienne jamais. Le lendemain, ma mère m'a dit que nous allions partir en voyage. Elle ne l'avait pas encore annoncé à mes frères, mais moi, j'étais l'aînée. Elle voulait que je sache qu'elle veillerait sur nous, que rien de mal ne nous arriverait.

» Hélas, il est revenu. J'ai bien vu qu'elle était bouleversée, et même effrayée. J'avais ordre de rester dans ma chambre jusqu'à ce qu'elle vienne me chercher. Mais elle n'est pas venue. Le soir est tombé, il y avait un orage et je voulais ma mère.

Colleen pinça les lèvres.

— Elle n'était pas dans sa chambre, alors je suis montée à la tour où elle passait beaucoup de temps. Je les ai entendus depuis l'escalier. La porte était ouverte. Je les ai entendus. Une dispute épouvantable. Mon père fulminait, il écumait littéralement de rage. Elle lui a dit qu'elle ne supportait plus de vivre avec lui, qu'elle ne lui demandait qu'une chose : sa liberté et ses enfants.

Coco se leva pour prendre la main de Colleen, qui tremblait de tous ses membres.

— Il l'a frappée. J'ai entendu le bruit de la gifle et je me suis précipitée à la porte. Mais j'avais peur, trop peur pour entrer. Ma mère avait porté la main à sa joue, ses yeux étincelaient. Pas de crainte, mais de fureur. Toute ma vie, je me souviendrai qu'à la toute fin elle avait cessé de le craindre. Il a brandi la menace du scandale. Il lui a hurlé que, si elle franchissait cette porte, elle ne reverrait plus jamais ses enfants. Qu'il ne la laisserait pas ruiner sa réputation de notable. Qu'elle ne serait jamais un obstacle à ses ambitions.

Colleen leva un menton tremblant.

— Elle ne l'a pas supplié. Elle n'a pas pleuré. Elle a riposté avec des mots qui claquaient comme des coups de tonnerre.

La vieille dame pressa son poing contre sa bouche pour ravaler ses larmes.

— Elle était magnifique. Elle lui a crié que personne ne lui prendrait jamais ses enfants et qu'elle se moquait du scandale. Croyait-il qu'elle se souciait du qu'en-dira-t-on, qu'elle craignait qu'on lui ferme les portes de la bonne société ? Elle allait emmener ses enfants et refaire sa vie avec Christian, une vie où ils se sentiraient enfin aimés, tous les quatre. Je pense que c'est ça qui l'a rendu fou. L'idée qu'elle puisse lui préférer un autre homme. A lui, Fergus Calhoun ! Qu'elle soit prête à lui restituer sa fortune, sa puissance et son statut social plutôt que de se plier à ses quatre volontés. Il l'a saisie par les épaules et s'est mis à la secouer tout en l'invectivant, la figure rouge de colère. Il me semble avoir crié, et en m'entendant, elle s'est rebiffée. Elle l'a frappé et il l'a repoussée violemment. Il y a eu un fracas de verre qui volait en éclats. Mon père s'est rué vers la fenêtre en hurlant son nom, mais tout était fini. Combien de temps est-il resté là, pétrifié, dans le vent et la pluie qui s'engouffraient par l'ouverture béante, je l'ignore. Il est passé devant moi sans même me voir. Je suis entrée dans la tour, je suis allée à la fenêtre brisée et j'ai regardé en bas jusqu'à ce que Nounou arrive et m'emporte dans ma chambre.

Coco déposa un baiser sur les cheveux blancs de sa tante et les caressa doucement.

— Viens avec moi, ma chérie. Je vais t'accompagner en haut. Lilah, tu veux bien nous apporter une bonne tasse de thé ?

— Oui, tout de suite.

Lilah s'essuya les joues.

— Max ?

— Je t'accompagne.

Il la prit par la taille tandis que la fille de Bianca sortait de la pièce au bras de Coco.

— Pauvre petite fille, murmura Suzanna, et elle appuya sa tête sur l'épaule de Holt qui les reconduisait au cottage. Avoir été témoin d'une scène aussi horrible, avoir dû vivre avec ce souvenir toute sa vie ! Je pense à Jenny…

Il la coupa en posant fermement la main sur la sienne.

— N'y pense pas. Toi, tu t'en es sortie. Bianca, non.

Il laissa passer quelques secondes avant de reprendre :

— Tu le savais, n'est-ce pas ? Avant que Colleen ne nous raconte la véritable histoire.

— Je savais qu'elle ne s'était pas suicidée. Je ne pourrais pas l'expliquer, mais ce soir, je l'ai compris. C'était comme si Bianca se tenait juste derrière moi.

Il repensa à cette main qu'il avait sentie se poser sur son épaule.

— Peut-être était-ce elle. Après une soirée comme celle-ci, j'ai du mal à croire que son portrait se soit décroché du mur tout seul. Ça ne peut pas être une simple coïncidence.

Suzanna ferma les yeux.

— Ton grand-père a écrit des lignes magnifiques sur elle. Si jamais nous ne retrouvons pas les émeraudes, nous pourrons nous consoler en songeant qu'au moins elle aura connu le grand amour. Aimer à ce point, soupira-t-elle, ça semble à peine possible. Mais je ne veux pas penser à sa fin tragique ni être triste. Je préfère m'imaginer les instants de bonheur qu'ils ont partagé. Valser parmi les églantines…

Holt était plongé dans un silence méditatif. Il n'avait jamais dansé avec Suzanna en plein soleil… Pas plus qu'il ne lui avait lu de poésie ni juré un amour éternel.

Dès leur arrivée au cottage, Sadie jaillit de la fenêtre arrière de la voiture et se mit à faire le tour du jardin à fond de train. Puis, elle s'arrêta net pour flairer la toute nouvelle plate-bande. Holt tendit brusquement un bras devant Suzanna qui le regarda, surprise.

— Que fais-tu ?

— Je t'ouvre la portière. Si j'étais descendu de voiture pour le faire, tu n'aurais pas attendu.

Amusée, Suzanna sortit du véhicule.

— Merci…

— De rien.

Il ouvrit la porte du cottage et s'effaça. Suzanna inclina légèrement la tête, s'appliquant à garder un visage impassible.

— Merci…

Holt laissa la porte à moustiquaire se refermer toute seule. Sourcils levés, Suzanna balaya la pièce du regard.

— Toi, tu as fait quelque chose.

— J'ai mis de l'ordre, marmonna-t-il avec embarras.

— Ah ! C'est mieux comme ça. Tu sais, Holt, ça fait un petit moment que je veux te poser une question. Crois-tu que Livingston soit encore sur l'île ?

— Pourquoi ? Il s'est passé quelque chose ?

Il avait réagi de manière bien trop vive, remarqua Suzanna qui se mit à flâner dans la pièce.

— Non, je me demandais juste où il pouvait loger et quelle serait sa prochaine initiative.

Elle effleura l'une des bougies qu'il avait achetées.

— Tu as une idée, toi ?

— Comment voudrais-tu que je le sache ?

— C'est toi, l'expert en criminalité.

— Et c'est aussi moi qui t'ai demandé de me laisser m'occuper de Livingston.

— Oui, et je t'ai répondu que ça n'était pas possible. Je vais peut-être commencer par fureter de mon côté.

— Essaie un peu et je t'enferme dans un placard, menottes aux poignets.

— Toi aussi, tu veux m'entraver, mais à la manière de la police…, murmura-t-elle. Je ne mènerais pas mon enquête de mon côté, si seulement tu voulais bien me dire ce que tu sais. Ou ce que tu penses.

— Qu'est-ce qui te prend, tout d'un coup ?

Elle haussa une épaule avec une fausse désinvolture.

— Comme nous avons un moment d'intimité, je me suis dit que nous pourrions en discuter.

242

— Ecoute, et si tu t'asseyais ?

Il sortit son briquet.

— Que fais-tu ? s'étonna Suzanna.

— J'allume des bougies.

Holt commençait à perdre patience.

— Pourquoi, j'ai l'air de faire quoi ?

Suzanna finit par s'asseoir et joignit l'extrémité de ses dix doigts.

— Ton humeur de dogue m'incite à penser que tu sais effectivement quelque chose.

— La seule chose que je sais, c'est que tu m'énerves !

Il alla à grands pas vers la chaîne hi-fi.

— Ton enquête progresse ? Tu en es où ? s'enquit-elle, alors que s'élevait un air de saxo langoureux.

— Je n'en suis nulle part.

Comme c'était un mensonge, il décida de le nuancer d'une part de vérité.

— Je dirais qu'il est dans le coin parce qu'il a « visité » le cottage il y a quinze jours.

— Comment ?

Suzanna jaillit de son fauteuil.

— Il y a quinze jours ? Et tu ne m'as rien dit ?

— Qu'aurais-tu fait de plus ? riposta-t-il. Tu aurais sorti ta panoplie de Sherlock Holmes ?

— J'avais le droit de savoir.

— Eh bien, maintenant, tu sais ! Alors assieds-toi, tu veux ? Je reviens dans une minute.

Il partit à la cuisine et Suzanna se mit à arpenter la pièce. Holt en savait plus que ce qu'il voulait bien dire, mais au moins elle avait réussi à le titiller. Livingston rôdait donc dans les parages… Suffisamment près, en tout cas, pour savoir que le cottage renfermait un élément intéressant. Et, à en juger par l'extrême nervosité de Holt, quelque chose d'autre le tracassait. Maintenant qu'il était à cran, elle n'aurait sûrement pas trop de mal à lui soutirer quelques renseignements supplémentaires.

Les bougies étaient parfumées, remarqua-t-elle avec un sourire. Impossible d'imaginer qu'il ait acheté des bougies au jasmin exprès pour sa maison. Encore moins une demi-douzaine ! Elle caressa les arums qu'il avait disposés — sans grand sens artistique — dans un vase. A force de planter des fleurs, peut-être commençait-il à les aimer... En tout cas, il n'affectait plus de s'en désintéresser avec autant de conviction.

Lorsqu'il revint, elle lui sourit, avant de lui demander avec perplexité :

— C'est du champagne ?

— Oui.

Holt était complètement écœuré. Dire qu'il avait cru la charmer par ses attentions... Au lieu de quoi, elle remettait tout en question.

— Tu en veux ou pas ?

— Bien sûr.

Habituée à ses manières parfois un peu rudes, Suzanna ne s'en offusqua pas. Quand il eut rempli les flûtes, elle trinqua avec lui, distraitement.

— Maintenant, si tu es certain que c'est Livingston qui a pénétré dans le cottage, je pense que...

— Un mot de plus, l'interrompit-il d'un ton dangereusement calme. Un mot de plus sur Livingston et je vide cette bouteille sur ta tête de bourrique.

Suzanna but une gorgée. Elle allait devoir manœuvrer avec tact si elle ne voulait pas gaspiller un excellent champagne et finir avec les cheveux tout poisseux.

— J'essaie juste de me faire une idée plus claire de la situation...

Frustré, Holt émit un son proche du rugissement et se mit à arpenter la pièce comme un fauve en colère. Quelques gouttes débordaient de son verre à chaque pas.

— Elle veut se faire une idée plus claire de la situation, alors qu'elle ne voit même pas ce qu'elle a sous le nez ! J'ai enlevé deux mois de poussière de cette baraque ! J'ai acheté des bougies et des fleurs ! J'ai dû me payer le baratin d'un abruti qui a insisté pour me faire tout un cours sur le vin ! La voilà la situation, bon sang !

Suzanna était confuse. Elle n'avait jamais eu l'intention de le pousser à bout, juste de l'asticoter afin de lui soutirer quelques renseignements.

— Holt…

— Assieds-toi et tais-toi ! J'aurais dû savoir que ça allait foirer… Qu'est-ce qui m'a pris de vouloir jouer les romantiques !

Le jour se fit soudain dans l'esprit de Suzanna. Pauvre Holt… Il avait planté le décor, créé l'ambiance, mais, trop absorbée par ses propres problèmes, elle n'avait rien remarqué. Elle lui sourit.

— C'est très gentil à toi d'avoir fait tout ça. Pardonne-moi si je n'ai pas eu l'air d'apprécier tes efforts. Si tu voulais que je vienne ce soir pour que nous fassions l'amour…

— Je ne veux pas faire l'amour avec toi !

Il lâcha un juron particulièrement malsonnant.

— Bien sûr, je veux faire l'amour avec toi, mais ce n'est pas ça, le but de cette soirée ! J'essaie de te demander en mariage, bon sang, alors tu vas t'asseoir, oui ou non ?

Les jambes coupées par l'émotion, elle se laissa choir dans un fauteuil.

— Tout est parfait !

Il vida d'un trait sa flûte de champagne et se remit à arpenter la pièce.

— Parfait ! J'essaie de te dire que je t'aime à la folie, que je ne peux plus vivre sans toi et toi, qu'est-ce que tu fais ? Tu me demandes à quoi je joue et tu me tarabustes au sujet d'un voleur de bijoux obsessionnel !

Suzanna porta prudemment le verre à ses lèvres.

— Je suis navrée…

— Tu peux l'être ! répliqua-t-il d'un ton amer. J'étais prêt à me ridiculiser pour te faire plaisir, ce soir, et tu ne m'as même pas permis de le faire. J'ai passé la moitié de ma vie à t'aimer ! Même quand je suis parti d'ici, je n'ai jamais pu te chasser de mes pensées. Tu m'as empêché d'être heureux avec une autre femme ! Je commençais à me rapprocher de quelqu'un et puis… ce n'était pas toi. Aucune d'elles n'était toi. Et en plus, aux Tours, on me recevait à la porte de service !

A t'aimer. Ces mots lui donnaient le vertige. Il avait dit « à t'aimer. »

— Je croyais que tu n'éprouvais même pas de sympathie pour moi, objecta timidement Suzanna.

— Je ne pouvais pas te supporter !

Il fourragea rageusement dans ses cheveux.

— Chaque fois que je te regardais, je te désirais tellement que je n'arrivais plus à respirer. J'avais la bouche sèche, l'estomac noué, et toi, tu passais sans t'arrêter, tout sourires…

Il planta ses yeux sombres et tourmentés dans les siens.

— J'avais envie de t'étrangler. Ensuite, tu m'as éjecté de ma moto en me fonçant dessus ! J'étais en sang, par terre, et… mortifié. Tu étais penché sur moi, tu sentais divinement bon et tu me palpais pour voir si j'avais quelque chose de cassé. Une minute de plus, et je te couchais avec moi sur l'asphalte.

Il se passa la main sur le visage.

— Seigneur, tu n'avais que seize ans !

— Tu m'as insultée.

La colère et l'écœurement se peignirent sur les traits de Holt.

— Mais oui, je t'ai insultée ! Et ça n'était rien par rapport à ce que j'aurais voulu te faire.

Il commençait peu à peu à recouvrer son calme. Il remplit à nouveau sa flûte de champagne, sans cesser d'aller et venir.

— Je me suis convaincu que tout ça ce n'était qu'un fantasme d'adolescent. Voire une amourette. La pilule était amère, mais j'avais presque réussi à t'oublier. Jusqu'au jour où tu as débarqué dans mon jardin. Je t'ai regardée et de nouveau ma bouche est devenue sèche, mon estomac s'est noué. Pourtant, nous n'étions plus des adolescents, toi et moi, depuis longtemps.

Il reposa sa flûte de champagne, remarquant au passage que Suzanna serrait la sienne à deux mains. Elle le fixait avec des yeux immenses. Il chercha maladroitement à tirer une cigarette de son paquet et renonça, le jetant avec agacement.

— Je ne suis pas doué pour ce genre de choses, Suzanna. J'ai cru que je pourrais y arriver. En créant l'ambiance, tu vois ? Et quand tu aurais bu suffisamment de champagne, je comptais te persuader qu'avec moi tu serais heureuse.

Suzanna ne parvenait pas à décrisper ses doigts de la flûte. Elle essayait, mais elle en était incapable.

— Je n'ai pas besoin de champagne ni de bougies, Holt.

Il esquissa un sourire.

— Au contraire, tu es faite pour ça, ma jolie. Je pourrais te mentir et te raconter qu'avec moi ce sera comme ça tous les soirs. Mais je ne le ferai pas.

Elle baissa les yeux sur son verre. Etait-elle vraiment prête à reprendre un tel risque ? Aimer Holt, c'était une chose. Etre aimée de lui, c'était incroyable. Mais le mariage…

— Alors, pourquoi ne me dis-tu pas tout simplement la vérité ?

Il alla s'asseoir face à elle, sur l'accoudoir du canapé.

— Je t'aime, Suzanna. Je n'ai jamais rien ressenti d'aussi fort pour personne. Et quoi qu'il advienne, je n'aimerai jamais quelqu'un d'autre comme toi. On ne peut pas effacer les épreuves que nous avons traversées séparément, toi et moi, mais peut-être pourrions-nous transcender ce passé en quelque chose de beau, pour nous deux. Pour tes enfants.

Une ombre, voilà ce qu'était devenu le regard de Suzanna.

— Ça risque de ne pas être simple, tu sais. Du point de vue de la loi, Bax sera toujours leur père.

— Pas celui qui les aime, en tout cas.

Holt secoua la tête en voyant les yeux de Suzanna s'embuer. Finalement, il aurait pu faire l'impasse sur le champagne et les bougies parfumées… Pour l'émouvoir et la sensibiliser à ses désirs, il avait suffi d'évoquer ses enfants.

— Ecoute, je ne me servirai pas d'Alex et Jenny pour influencer ton choix. Bien sûr, je pourrais le faire, mais cette décision ne doit concerner que nous. Peut-être me suis-je trop attaché à tes enfants — ce que je ne regrette pas, au demeurant. En effet, je pense pouvoir être pour eux un père plus que convenable, néanmoins je ne veux pas que tu m'épouses dans leur seul intérêt.

Suzanna inspira profondément. Etrange, remarqua-t-elle. Ses doigts n'étaient plus contractés sur le pied du verre.

— Tu sais, je ne voulais pas retomber amoureuse. Et encore moins me remarier.

Elle ébaucha un sourire.

— Jusqu'à ce que je te retrouve.

Posant sa flûte, elle prit la main de Holt.

— Evidemment, je ne peux pas prétendre t'aimer depuis aussi longtemps que toi, mais sache que tu ne pourrais pas m'aimer plus que je t'aime.

Il l'attira dans ses bras et, quand il parvint enfin à se détacher de sa bouche, il enfouit son visage dans ses cheveux.

— Je t'en prie, Suzanna, ne me dis pas que tu as besoin de réfléchir…

— Je n'en ai pas besoin.

Elle ne se souvenait pas d'avoir jamais eu le cœur et l'esprit aussi en paix.

— Je veux bien t'épouser, Holt.

Les mots n'avaient pas franchi ses lèvres qu'il la renversait sur le canapé. Elle se mit à rire tandis qu'ils s'arrachaient leurs vêtements, et son hilarité atteint un sommet lorsque leurs mouvements frénétiques les firent tomber par terre.

— Je le savais, murmura-t-elle.

Elle mordillait son épaule nue.

— Tu m'as bel et bien fait venir ici pour faire l'amour.

— C'est ma faute si tu ne peux pas t'empêcher de me sauter dessus ?

Il dessina un collier de baisers sur son cou.

Elle sourit, offrant sa gorge à ses lèvres brûlantes.

— Holt, as-tu vraiment pensé à me coucher sur la route après ta chute à moto ?

— Après que tu m'as percuté, rectifia-t-il en lui grignotant l'oreille. Oui. Attends, je vais te montrer ce que j'avais en tête.

Ils gisaient par terre dans un enchevêtrement de bras et de jambes, tels deux pantins désarticulés. Lorsqu'elle en trouva la force, Suzanna se décolla du torse de Holt.

— Heureusement que nous n'avons pas fait ça sur la route, il y a douze ans.

Il ouvrit paresseusement les yeux. Penchée au-dessus de lui, elle lui souriait. Ses cheveux lui effleuraient les épaules et la lueur des bougies dansait au fond de ses prunelles.

— Heureusement, oui. Sinon, il ne me serait plus resté un centimètre carré de peau sur le dos.

Elle pouffa, puis se mit à lui dessiner le visage du doigt.

— Tu m'as toujours un peu fait peur, tu sais. Tu avais l'air si ténébreux, si dangereux... Et puis bien sûr, les filles ne parlaient que de toi.

— Ah oui ? Et que disaient-elles ?

— Ça, je te le raconterai quand tu auras soixante ans. Ça te sera sûrement utile, à cet âge-là.

Il la pinça, ce qui eut pour seul effet de la faire rire. Elle appuya sa joue contre la sienne.

— Quand tu auras soixante ans, nous serons un vieux couple avec des petits-enfants.

Cette idée ne déplaisait pas à Holt.

— Et tu ne pourras toujours pas t'empêcher de me sauter dessus, gloussa-t-il.

— Et moi, je te rappellerai cette soirée où tu m'as demandée en mariage avec force fleurs, bougies, énervement et jurons, le tout pour mon plus grand plaisir.

— S'il n'en faut pas plus pour te séduire, tu seras folle de moi, quand j'aurai soixante ans.

— Je le suis déjà.

Elle l'embrassa tendrement.

— Suzanna…

Il la serra contre lui, puis roula sur elle.

— Aussi, c'est ta faute, râla-t-il.

— Quoi ?

— Tu étais censée rester assise là-bas, éblouie par ma remarquable prestation romantique…

Il se tortilla pour remonter son jean et sortit l'écrin de sa poche.

— Et là, je voulais mettre un genou à terre.

Les yeux agrandis de surprise, Suzanna considéra l'écrin, puis Holt.

— Ne me dis pas que tu allais faire ça ?

— Si. J'étais certain de me ridiculiser, mais j'allais le faire, oui. Et si nous nous sommes retrouvés tout nus par terre, tu ne peux t'en prendre qu'à toi-même. Tiens.

— Tu m'as acheté une bague…, murmura-t-elle.

— Tu n'en sais rien, c'est peut-être une grenouille !

Impatient, il ouvrit lui-même l'écrin.

— Je ne voulais pas t'offrir de diamants.

Suzanna contemplait le bijou en silence. Holt, au comble de l'embarras, haussa les épaules.

— Tu comprends, des diamants… je me suis dit que tu en avais déjà eu. Ensuite, j'ai pensé à des émeraudes, mais là encore, quand nous aurons retrouvé le collier, tu en auras de plus belles. Tandis que ça… c'est ce qui se rapproche le plus de tes yeux.

A travers ses larmes, Suzanna vit briller une bague : un pur saphir entouré d'un cœur de minuscules diamants. Mais ceux-là n'avaient rien de comparable avec les pierres dures et glacées que Bax lui avait offertes et qu'elle avait vendues. Leur éclat était adouci par les feux bleutés du saphir.

Elle sentit une larme rouler sur sa joue.

Consterné, Holt prit les devants :

— Si elle ne te plaît pas, je peux la ramener chez le bijoutier… Nous irons en choisir une autre.

— Elle est magnifique…

Du revers de la main, Suzanna s'essuya les yeux.

— Je te demande pardon, Holt. Je déteste pleurer. Mais elle est si belle… et puis je sais que cette fois il s'agit d'un véritable gage d'amour. Quand je la mettrai à mon doigt…

Elle leva sur lui un regard noyé d'émotion.

— Je serai à toi.

Holt appuya son front contre le sien. Enfin ! C'étaient les mots qu'il voulait entendre. Les mots dont il avait besoin. Sortant la bague de son écrin, il la lui passa au doigt.

— Tu es à moi, Suzanna.

Il lui embrassa chacun de ses ongles, puis les lèvres.

— Et je suis à toi.

Alors qu'il l'enlaçait à nouveau, les mots de son grand-père lui revinrent à l'esprit et il ajouta :

— Pour l'éternité.

- 12 -

Le lendemain matin, Suzanna emmena les enfants à la jardinerie. Avant d'annoncer la grande nouvelle à toute la famille, elle souhaitait avoir l'avis d'Alex et Jenny. Ils arrivèrent une bonne heure avant l'ouverture du magasin : le soleil était déjà chaud et la journée allait être chargée. Les petits voulurent tout de suite entrer dans la serre pour examiner leur jardin d'herbes aromatiques.

Elle les laissa se chamailler à propos des pousses tendres, le temps de déterminer laquelle deviendrait la plus grosse et la plus belle, et veilla surtout à ce qu'ils donnent à leurs plantations leur ration d'eau de la matinée.

— Que pensez-vous de Holt ? leur demanda-t-elle d'un air faussement détaché.

— Il est cool.

Alex fut tenté d'orienter le jet sur Jenny, avant de se souvenir juste à temps que la dernière fois qu'il s'était offert ce petit plaisir il s'était fait gronder.

— Et puis, il joue avec nous, dit Jenny qui attendait son tour d'arroser en dansant d'un pied sur l'autre. J'aime bien quand il me lance en l'air.

— Moi aussi, je l'aime bien, glissa Suzanna en se détendant un peu.

— Est-ce qu'il te lance en l'air, toi aussi ? s'enquit Jenny avec curiosité.

— Non.

Suzanna lui ébouriffa les cheveux en riant.

— Il pourrait, n'empêche, objecta Alex en passant le jet à sa sœur. Il a des gros muscles. Il m'a laissé les toucher.

Alex fit jouer les siens, plissant sa petite bouille sous l'effort. Suzanna tâta obligeamment ses minuscules biceps.

— Waouh ! Tu es drôlement costaud !

— C'est ce qu'il a dit aussi, se rengorgea le garçonnet.

— Je pensais à une chose…

Suzanna, nerveuse, s'interrompit pour essuyer ses mains moites sur son jean.

— Ça vous plairait qu'il vive avec nous, tout le temps ?

— Ce serait super, estima Jenny. Il joue avec nous, même quand on lui demande pas.

Et d'un, songea Suzanna qui se tourna vers son fils.

— Et toi, Alex ?

Le garçonnet se dandina en faisant la moue.

— Tu vas te marier, comme C.C. et Amanda ?

Malin comme un singe, son petit Alex ! Elle s'accroupit à sa hauteur.

— J'y réfléchissais. Mais toi, qu'en penses-tu ?

— Il faudra que je remette ce smoking trop nul ?

Elle sourit et lui caressa la joue.

— Sans doute, oui.

— Est-ce que Holt va être notre oncle, comme Trent, Sloan et Max ? demanda Jenny.

Suzanna se leva pour couper le jet d'eau avant de répondre :

— Non. Ce serait ton beau-père.

Le frère et la sœur échangèrent un regard.

— Est-ce qu'il continuerait à nous aimer ?

— Bien entendu, Jenny !

— Est-ce qu'il faudrait qu'on aille vivre loin d'ici ?

Suzanna soupira et passa la main dans les cheveux d'Alex.

— Non. Holt viendrait vivre aux Tours, à moins que nous n'allions habiter chez lui, au cottage. De toute façon, nous formerions une vraie famille, tous les quatre.

Alex médita là-dessus.

— Est-ce qu'il serait aussi le beau-père de Kevin ?

— Non.

Elle ne put se retenir d'embrasser son fils.

— Kevin a une maman, c'est Megan. Mais peut-être qu'un jour elle aussi tombera amoureuse de quelqu'un et qu'elle se mariera. A ce moment-là, Kevin aura un père.

— Tu es tombée amoureuse de Holt ? s'enquit Jenny.

— Oui.

Suzanna sourit en voyant Alex se trémousser, mal à l'aise.

— J'aimerais l'épouser afin que nous puissions tous vivre ensemble. Mais Holt et moi tenons d'abord à avoir votre avis sur la question.

— Moi, je l'aime bien, déclara Jenny. Il me porte sur ses épaules.

Alex hésita, un peu plus circonspect que sa sœur.

— Il a l'air bien…

Préoccupée, Suzanna se releva.

— Nous en reparlerons plus tard. Pour le moment, allons tout préparer pour l'ouverture.

Ils émergèrent de la serre au moment où Holt se garait sur le parking. Il avait promis à Suzanna d'attendre l'heure du déjeuner pour la rejoindre, mais il n'avait pas pu. A son réveil, en effet, il avait eu une révélation : il préférait encore retourner dans une ruelle sordide plutôt que d'affronter deux enfants qui risquaient de le rejeter sans états d'âme. Il enfonça ses mains dans ses poches et tâcha d'afficher un air décontracté.

— Salut !

— Salut.

Suzanna aurait voulu l'embrasser, mais Alex et Jenny lui tenaient chacun une main.

— Je me suis dit que j'allais faire un saut à la jardinerie…, dit-il d'un ton faussement détaché. Alors, comment ça se passe ?

Jenny lui fit un petit sourire timide et se serra contre sa mère.

— Maman dit que tu vas te marier avec elle, que tu seras notre beau-père et que tu habiteras avec nous.

Horriblement mal à l'aise, Holt se retint in extremis de se dandiner comme un petit garçon.

— En gros, c'est l'idée, oui…

Alex pressa les doigts de sa mère tout en levant les yeux vers lui.

— Tu vas nous gronder ?

Après avoir lancé un rapide regard à Suzanna, Holt s'accroupit devant Alex pour lui parler bien en face.

— Peut-être. S'il le faut.

Alex prit cette réponse plus au sérieux que s'il s'était agi d'un simple « non ».

— Tu tapes, aussi ?

Il se rappelait les gifles qu'il avait reçues durant ses « vacances ». C'était surtout son orgueil qui en avait souffert, néanmoins il en conservait un souvenir cuisant.

Holt releva le petit menton d'Alex pour lui répondre droit dans les yeux :

— Non.

Et l'expression de son regard suffit à convaincre l'enfant.

— Mais il se peut que je te suspende par les pouces ou que je te trempe dans une bassine d'huile bouillante. Et si je me fâche vraiment, je te planterai au sommet d'une fourmilière.

Alex réprima un rire, mais il n'était pas au bout de ses questions.

— Est-ce que tu vas faire pleurer maman, comme papa ?

— Alex, intervint Suzanna, mais Holt la fit taire d'un regard.

— Ça peut arriver, si je me conduis comme un imbécile. Mais pas exprès. Je l'aime beaucoup, ta maman, alors je veux la rendre heureuse. Pourtant, il se peut que je fasse des bêtises, de temps en temps.

Alex réfléchit, les sourcils froncés.

— Est-ce que tu vas lui faire des câlins et des bisous ?

Parce que depuis que Trent, Sloan et Max habitent chez nous, les câlins et les bisous, ça n'arrête pas.

— Oui.

Le visage de Holt s'illumina.

— Je vais lui faire plein de câlins et de bisous.

— Mais tu n'aimes pas ça, hasarda Alex, plein d'espoir. Tu le feras parce que maman aime ça.

— Désolé, mon bonhomme, ça me plaît à moi aussi.

— Zut, marmonna Alex, démoralisé.

Jenny se mit à danser en gloussant :

— Maintenant ! Fais-z'en-lui maintenant, pour que je voie !

Holt se redressa obligeamment et enlaça Suzanna. Lorsqu'il rompit enfin leur baiser, Alex était rouge comme un coq et Jenny battait des mains.

— Je suis au regret de t'apprendre, confia Holt au petit garçon, qu'un jour, toi aussi, tu aimeras faire ça.

— Berk, je préférerais manger de la terre.

Holt le souleva en riant, soulagé et ravi de voir qu'Alex passait un bras amical autour de son cou.

— On en reparlera dans dix ans, mon gars…

Jenny se mit à tirer sur une jambe de son pantalon.

— Moi, j'aime ça. Moi, j'aime ça, maintenant. Embrasse-moi.

Il la jucha sur son autre bras et déposa un tout petit bisou sur sa minuscule bouche en bouton de rose. Jenny sourit et le regarda avec de grands yeux bleus.

— Tu as pas embrassé maman pareil.

— Parce qu'elle, c'est ta mère et que toi, tu es sa fille.

Jenny aimait l'odeur de Holt et le sentiment de sécurité qu'elle éprouvait dans ses bras. Elle passa la main sur sa joue et fut quelque peu déçue : il avait la peau toute douce, aujourd'hui.

— Je peux t'appeler papou ?

Holt sentit son cœur fondre.

— Je… Euh… bien sûr. Si tu veux.

— Papou, c'est pour les bébés, décréta Alex d'un air dégoûté. Mais on peut t'appeler papa.

— D'accord, acquiesça Holt en regardant Suzanna. Comme vous voulez.

Holt aurait bien aimé passer la journée avec eux, mais il lui fallait effectuer certaines démarches. Il avait déjà appelé ses contacts à Portland et attendait maintenant que ses anciens collègues lui communiquent des infos sur les quatre individus qu'il avait isolés sur la liste de Trent. Entre-temps, il avait passé plusieurs coups de téléphone, notamment au service des permis de conduire, aux registres nationaux des crédits et aux impôts, usant de son ancien matricule et de son grade dans la police.

Entre les renseignements qu'il avait obtenus et son instinct de flic, il parvint par recoupement à réduire la liste à deux suspects. En attendant qu'on le rappelle, il se replongea dans le journal de son grand-père.

Ces mots couchés sur le papier — ce désir, cette adoration pour une femme — trouvaient un écho bien réel en lui. Il comprenait la rage qu'avait éprouvée Christian en apprenant que sa bien-aimée avait été brutalisée par son mari. Etait-ce le destin ou une pure coïncidence si sa relation avec Suzanna présentait autant de similitudes avec celle de leurs aïeux ? Au moins, cette fois, l'histoire se terminerait bien.

Les diamants de Suzanna…, réfléchit-il en pianotant sur les feuillets. Les émeraudes de Bianca… Suzanna avait caché ses bijoux, le seul bien qu'elle estimait lui revenir de droit au moment du divorce. Ces diamants, c'était une garantie de liberté pour elle et de sécurité pour ses enfants. Bianca devait avoir agi de même avec ses émeraudes, il ne pouvait en être autrement.

Si l'on suivait ce raisonnement, quel était pour Bianca l'équivalent du sac à langer de Jenny ?

Il se jeta sur le téléphone dès la première sonnerie. Quand

il raccrocha, il était pratiquement certain d'avoir identifié son homme. Une fois dans la chambre, il vérifia que son arme était bien chargée et soupesa son poids familier. Puis il se l'attacha au mollet.

Un quart d'heure après, il traversait le chaos du chantier de l'aile ouest. Il trouva Sloan dans ce qui serait bientôt une suite en duplex — l'endroit sentait le bois neuf et la transpiration masculine. Sloan, une ceinture porte-outils ballottant sur son jean, supervisait la construction d'un nouvel escalier.

— J'ignorais que les architectes maniaient le marteau, commenta Holt.

Sloan sourit.

— Je suis impliqué à titre personnel dans cet ouvrage.

Hochant la tête, Holt scruta l'équipe de chantier.

— Marshall, c'est lequel ?

Alarmé, Sloan détacha sa ceinture porte-outils.

— Il est là-haut, à l'étage.

— J'aimerais avoir une petite conversation avec lui.

Un éclair passa dans les yeux de Sloan qui se contenta pourtant d'opiner.

— Je viens avec toi.

Dès qu'ils se furent suffisamment éloignés des ouvriers, il demanda à Holt :

— Tu crois que c'est lui ?

— Robert Marshall a fait valider son permis de conduire dans le Maine il y a six semaines à peine. Il n'a jamais payé d'impôts sous ce nom et son numéro de sécurité sociale ne correspond pas non plus. Mais en règle générale un employeur n'effectue pas de vérifications auprès du fisc ou du service des immatriculations lors d'une embauche.

Sloan lança un juron et fit jouer ses doigts, taraudé par l'envie d'en découdre. Il revoyait Amanda courant le long de la terrasse, poursuivie par un homme armé d'un pistolet.

— Laisse-moi lui casser la figure en premier !

— Je comprends ce que tu ressens, mais tu vas devoir te contrôler.

Tu peux courir, pensa Sloan en faisant signe au contremaître.

— Où est Marshall ?

— Bob ?

Le contremaître sortit un bandana de sa poche pour s'essuyer le cou.

— Vous venez juste de le louper. Je lui ai demandé de conduire Rick aux urgences. Il s'est salement entaillé le pouce, j'ai pensé qu'il lui fallait des points.

— C'était quand ? s'enquit Holt avec brusquerie.

— Il y a environ vingt minutes... Je leur ai dit que ce n'était pas la peine qu'ils reviennent, vu qu'on arrête à 16 heures.

Il fourra le bandana dans sa poche.

— Un problème ?

— Non.

Sloan ravala sa frustration.

— Vous me tiendrez au courant pour Rick.

— Pour sûr.

L'homme cria quelque chose à l'un des menuisiers avant de s'éloigner d'un pas lourd.

— J'ai besoin d'une adresse, dit Holt.

— C'est Trent qui a tous les papiers.

Ils se dirigèrent vers la sortie.

— Tu vas passer le relais au lieutenant Koogar ? demanda Sloan.

— Non.

— Tant mieux.

Trent était dans le bureau qu'il s'était aménagé au rez-de-chaussée. Le téléphone à l'oreille, il pianotait sur une pile de dossiers. Il leva les yeux sur eux et comprit tout de suite qu'il y avait du nouveau.

— Je vous recontacte dès que possible, dit-il à son interlocuteur avant de raccrocher. Qui est-ce ?

— Il se fait appeler Robert Marshall.

Holt sortit une cigarette.

— Le contremaître l'a laissé partir. Il me faut son adresse.

Trent se dirigea sans un mot vers une armoire à dossiers d'où il tira une chemise.

— Max est là-haut. Ça le concerne, lui aussi.

Holt parcourut rapidement les renseignements concernant Marshall.

— Alors, va le chercher. Nous allons agir ensemble.

L'adresse donnée par Marshall correspondait à un appartement à l'entrée du village. Il fallut que Holt ébranle trois fois la porte sous son poing avant qu'une femme voûtée, flétrie et revêche vienne leur ouvrir.

— Qu'est-ce que c'est ? Qu'est-ce que c'est ? Si c'est pour une encyclopédie ou un aspirateur, j'en veux pas.

— Nous souhaiterions voir Robert Marshall, dit Holt.

— Qui ça ? Qui ça ?

Elle les scruta derrière ses lunettes à verres épais.

— Robert Marshall ! répéta Holt.

— Je connais pas de Marshall, grommela la vieille femme. Il y a un McNeilly à côté et un Mitchell en bas, mais pas de Marshall. Et j'ai pas besoin d'une assurance non plus.

— Nous ne vendons rien, intervint Trent de sa voix la plus suave. Nous cherchons simplement un dénommé Robert Marshall qui est domicilié à cette adresse.

— Puisque je vous dis qu'il y a pas de Marshall dans cet immeuble ! Je le sais, j'y habite. Je vis ici depuis quinze ans, depuis que mon bon à rien de mari est mort en me laissant rien que des dettes. Mais je vous connais, vous, dit-elle sèchement en pointant un doigt noueux sur Sloan. J'ai vu votre photo dans le journal.

Et s'emparant d'un serre-livres en fer posé sur une étagère près de la porte, elle le brandit.

— Vous avez dévalisé une banque !

— Non, madame, affirma Sloan.

Un jour, songea-t-il, dans très longtemps, il pourrait en rire.

— J'ai épousé Amanda Calhoun.

La femme réfléchit sans lâcher son arme improvisée.

— Ah, une des filles Calhoun, oui… Tout juste. La plus jeune… Non, pas la plus jeune, celle juste avant.

Satisfaite, elle reposa le serre-livres.

— Bon, qu'est-ce que vous voulez ?

— Robert Marshall, répéta Holt. Il a donné comme adresse cet immeuble et cet appartement.

— Alors c'est un menteur ou un crétin, parce que moi, j'habite ici depuis quinze ans. Depuis que mon vaurien de mari a eu la pneumonie et qu'il en est mort. Comme ça, du jour au lendemain, paf ! Et bon débarras !

Il n'y avait rien à en tirer, pensa Holt qui se tourna vers Sloan.

— Donne-lui une description de notre homme.

— La trentaine, un mètre quatre-vingt-cinq, mince, cheveux noirs à hauteur des épaules, grosse moustache tombante.

— Connais pas. Le garçon d'en bas, le petit Pierson, il a des cheveux qui lui arrivent dans le dos, lui. Une véritable honte, si vous voulez mon avis. Et il se les décolore en plus, pareil qu'une fille ! Un gamin d'à peine seize ans, vous imaginez ? On croirait que sa mère l'obligerait à aller se faire couper les cheveux, mais non. Avec ça qu'il met sa musique tellement fort que je dois cogner par terre avec mon balai.

Max prit la parole :

— Si je puis me permettre de vous interrompre…

Et il se mit à lui décrire l'homme qu'il avait connu sous l'identité et l'apparence d'Ellis Caufield.

— Comme ça, on dirait mon neveu. Il vit à Rochester avec sa seconde femme. Il vend des bagnoles d'occasion.

— Merci.

Adresse bidon, il fallait s'y attendre, conclut mentalement Holt, pourtant il était contrarié. A peine sorti de l'immeuble, il tira une pièce de sa poche.

— Nous allons devoir ronger notre frein jusqu'à demain,

261

soupira Max. Il ignore que nous sommes sur sa trace, nous pourrons toujours le coincer sur le chantier.

— Et moi, je n'ai plus envie d'attendre !

Holt se dirigea vers une cabine téléphonique. Après avoir inséré la pièce, il composa un numéro.

— Ici le lieutenant Bradford, police de Portland, matricule 7375. J'ai besoin d'une vérification.

Il égrena le numéro de téléphone indiqué par Marshall dans son dossier. Puis, en bon flic, il patienta le temps que l'agent allume son ordinateur.

— Merci.

Il raccrocha et se retourna vers ses trois compagnons.

— Bar Island. Nous allons prendre mon bateau.

Alors que leurs hommes se préparaient à traverser la baie, les femmes Calhoun tenaient conseil dans la tour de Bianca.

— Donc, commença Amanda, armée d'un bloc-notes et d'un crayon. Que savons-nous ?

— Trent a recoupé tous les dossiers du personnel, déclara C.C. Il a prétendu qu'il y avait un pépin dans le calcul de retenue des impôts à la source, mais c'est n'importe quoi.

— Intéressant…, commenta Lilah d'un air songeur. Max m'a empêchée d'aller dans l'aile ouest, ce matin. Je voulais vérifier l'avancement des travaux, mais il a invoqué toutes sortes de prétextes plus vaseux les uns que les autres. En gros, je ne devais pas distraire les ouvriers.

— Et hier soir, quand je suis entrée dans son bureau, Sloan a fourré précipitamment deux dossiers dans un tiroir qu'il a fermé à clé, ajouta Amanda en tapotant la mine de son crayon sur le bloc. Pourquoi les garçons chercheraient-ils à nous cacher qu'ils mènent certaines vérifications sur l'équipe de chantier ?

— Je crois avoir ma petite idée là-dessus, dit lentement Suzanna.

Elle avait passé une bonne partie de la journée à tourner et retourner le problème dans son esprit.

— Hier soir, j'ai appris que le cottage de Holt avait été fouillé.

Ses trois sœurs, surexcitées, se mirent à la bombarder de questions. Suzanna leva une main apaisante.

— Calmez-vous… Holt était à cran, c'est pour ça qu'il a vendu la mèche. Ce qui l'a encore plus énervé, d'ailleurs… Toujours est-il qu'il me l'a dit. Il voulait me faire peur, pour que je renonce à chercher Livingston de mon côté : il est sûr que c'est lui qui a visité son cottage.

— Autrement dit, conclut Amanda, notre vieille connaissance sait que Holt a un lien avec les émeraudes. Qui d'autre est au courant à part nous ?

Procédant avec méthode, comme à son habitude, elle se mit à énumérer des noms.

— Oh ! épargne-nous tes sempiternelles listes ! la coupa Lilah avec un geste d'agacement. Personne n'est au courant en dehors de la famille. Et nous n'en avons jamais parlé ailleurs qu'entre ces murs.

— Peut-être l'a-t-il découvert de la même façon que Max, suggéra C.C. Par le biais de la bibliothèque.

Lilah écarta cette hypothèse.

— Max a passé en revue tous les livres. Peut-être Livingston a-t-il trouvé ce renseignement dans les documents qu'il nous a volés…

— C'est possible, admit Amanda en prenant des notes. Mais ça fait des semaines qu'il détient ces papiers. Quand s'est-il introduit dans le cottage, exactement ?

— Il y a une quinzaine de jours, mais je ne pense pas qu'il y ait trouvé quoi que ce soit. Je crois plutôt que c'est nous qui lui avons révélé la nature du lien entre Bianca et Christian.

Ce fut un tollé général. Suzanna se leva, agitant les mains pour réclamer le silence.

— Ecoutez, nous sommes bien d'accord : personne n'a

jamais évoqué ce sujet en dehors de la maison. Et nous sommes également toutes d'accord pour dire que les hommes essaient de nous cacher qu'ils enquêtent en douce sur les ouvriers. Ce qui signifie…

— Ce qui signifie, l'interrompit Amanda en fermant les yeux, que ce salaud travaille pour nous. C'est le principe du caméléon : sous son casque de chantier, il peut glaner des renseignements et fouiner partout dans le manoir, ni vu ni connu. Nous sommes tellement habituées à croiser des ouvriers que nous ne lui avons pas accordé un seul regard.

— A mon avis, Holt est déjà arrivé à cette conclusion, fit remarquer Suzanna. La question est : qu'allons-nous faire ?

— Dès demain, nous allons visiter l'aile ouest ! décida Lilah en se redressant sur sa banquette. Histoire d'émoustiller les gars du chantier. Peu importe l'apparence qu'il a pu prendre cette fois, je saurai le reconnaître si j'arrive à le voir d'assez près.

Ce point réglé, elle se rencogna contre la fenêtre.

— Et maintenant, Suzanna, pourquoi nous caches-tu que ce mauvais sujet de Bradford t'a demandée en mariage ?

Suzanna s'épanouit.

— Comment as-tu deviné ?

— Pour un ancien flic, il a bon goût en matière de bijoux…

Elle saisit la main de Suzanna pour montrer la bague à leurs sœurs.

— Ça s'est passé hier soir, leur confia-t-elle entre deux embrassades émues. Nous l'avons annoncé aux enfants ce matin.

— Tante Coco va sauter au plafond ! s'exclama C.C. en serrant encore une fois Suzanna dans ses bras. Ses quatre filles mariées en l'espace de quelques mois… Aucune entremetteuse ne peut rivaliser.

— Tout ce qu'il nous reste à faire à présent, c'est d'envoyer ce sale type derrière les barreaux et de retrouver les émeraudes, déclara Amanda en essuyant une dernière larme. Oh ! non ! Vous vous rendez compte de ce que ça implique ?

— Qu'il va falloir que tu organises encore un mariage, répliqua Suzanna.

— Pas seulement ça. Ça signifie que nous allons encore devoir supporter tante Colleen au moins jusqu'à ce que la dernière poignée de riz ait été lancée.

Lorsque Holt revint aux Tours, il était d'une humeur massacrante. Avec Trent, Sloan et Max, ils avaient fini par trouver le bon appartement. Vide, bien sûr. Mais Livingston habitait bien là, c'était une certitude. Prenant quelques libertés avec la loi, Holt avait crocheté la serrure et passé l'appartement au peigne fin, avec autant de précautions qu'en avait mis Livingston pour fouiller le cottage. Ce faisant, il avait retrouvé les documents dérobés aux Calhoun parmi des listes établies par le voleur et une photocopie des plans d'origine du manoir.

Ils avaient également découvert l'emploi du temps hebdomadaire des quatre sœurs, annoté de la main de Livingston. Aucun doute, cette canaille les avait suivies et épiées ! Il y avait aussi un inventaire méticuleux de toutes les pièces qu'il avait visitées et des objets qu'il estimait suffisamment précieux pour être volés.

Ils avaient attendu son retour durant une heure, puis, inquiets de savoir les femmes seules au manoir, ils avaient transmis ces nouveaux éléments à Koogar. Laissant la police surveiller l'immeuble de Bar Island, Holt et ses compagnons étaient ensuite rentrés aux Tours.

Maintenant, il n'y avait plus qu'à attendre. Attendre… La patience, c'était une qualité nécessaire dans la police. Sauf qu'il n'était plus en service et que chaque seconde était une torture pour ses nerfs.

— Ah, mon cher, mon très cher garçon !

A peine avait-il fait un pas dans le hall que Coco s'était

précipitée sur lui. Pris au dépourvu, il enserra sa robuste taille tandis qu'elle l'embrassait avec enthousiasme.

— Hé…

Ce fut tout ce qu'il parvint à articuler — Coco s'était mise à pleurer sur son épaule. Ses cheveux, remarqua-t-il, étaient passés du noir de jais au rouge cerise.

— Qu'est-ce que vous avez fait à vos cheveux ?

— Oh ! j'avais besoin de changement !

Elle s'écarta de lui, le temps de se moucher, puis lui retomba dans les bras. Désarmé, il lui tapota le dos. Ses trois compagnons étaient hilares.

— Ça vous va très bien, affirma-t-il.

Mais était-ce bien cela, la cause de ses pleurs, se demanda-t-il, perplexe.

— Je vous assure, Coco…

— Vraiment, ça vous plaît ?

Elle s'écarta à nouveau pour faire bouffer sa coiffure.

— Ma foi, j'avais besoin d'un peu de peps, et le rouge, c'est tellement plein de gaieté, d'énergie…

Elle enfouit son visage dans son mouchoir détrempé.

— Je suis si heureuse…, sanglota-t-elle. Si heureuse… Vous savez, j'espérais que… Les feuilles de thé m'avaient bien prédit que ça allait marcher, mais je ne pouvais m'empêcher de me faire du souci. Vous comprenez, elle est passée par des moments tellement épouvantables, et ses adorables bambins aussi… Mais maintenant, tout va s'arranger. Au début, j'avais pensé à Trent, mais C.C. et lui forment un couple si bien assorti ! Ensuite, ç'a été le tour de Sloan et d'Amanda. Et avant que j'aie eu le temps de dire ouf, notre cher Max et Lilah ! Après toutes ces émotions, étonnez-vous que je sois un peu tourneboulée !

— On le serait à moins, c'est certain.

— Quand je pense à toutes ces années où vous nous avez livré des homards à la porte de service ! Et la fois où vous m'avez changé une roue… Vous étiez tellement fier, à l'époque, que vous ne m'avez même pas laissé vous remercier comme il se devait. Et dire que maintenant vous allez épouser ma petite fille !

Holt ne savait plus où se mettre.

— Félicitations ! lança Trent avec un grand sourire.

Et il lui donna une claque dans le dos, tandis que Max sortait un mouchoir propre pour Coco.

Sloan lui tendit la main.

— Bienvenue dans la famille ! Je suppose que tu sais où tu mets les pieds…

Holt regarda Coco éplorée.

— Je commence à en avoir un aperçu…

— Cesse donc de pleurnicher !

Colleen descendait l'escalier pesamment.

— Je t'entends bramer depuis ma chambre. Pour l'amour du ciel, emmenez cette malheureuse à la cuisine ! ordonnat-elle en leur indiquant le chemin de sa canne. Et abreuvez-la de thé, ça lui remettra les idées en place. Allez, du balai, tout le monde ! A présent, je veux m'entretenir avec ce garçon.

Tous s'exécutèrent, laissant Holt face à la redoutable vieille dame. Les rats quittent le navire, songea-t-il amèrement. Obéissant à un signe péremptoire de Colleen, il la suivit dans le petit salon.

— Bien ! Ainsi, vous vous imaginez que vous allez épouser ma petite-nièce…

— Non. Je vais l'épouser.

Colleen renifla. Décidément, ce garçon était diablement sympathique…

— Alors, laissez-moi vous dire une bonne chose : si jamais vous ne vous conduisez pas mieux que son ordure d'ex-mari, vous aurez affaire à moi.

Elle prit place dans un fauteuil.

— Quelles sont vos perspectives ?

— Mes quoi ?

— Vos perspectives ! répéta-t-elle avec impatience. Ne vous imaginez pas que vous allez mettre la main sur mon argent parce que vous aurez mis le grappin sur Suzanna.

Holt plissa les yeux de rage, à la grande satisfaction de la vieille dame.

— Votre argent, vous pouvez vous le…

— Très bien ! Comment comptez-vous assurer son train de vie ?

— Mais Suzanna n'a pas besoin qu'on l'entretienne !

Il se mit à tourner dans la pièce comme un lion en cage.

— Et elle n'a pas non plus besoin qu'on vienne fourrer son nez dans ses affaires. Elle se débrouille très bien toute seule, et même mieux que bien ! Elle s'est sortie de l'enfer de son mariage et elle a refait sa vie : elle a réussi à créer sa propre jardinerie et elle mène de front son métier et l'éducation de ses enfants. La seule chose qui va changer avec moi, c'est qu'elle va cesser de se tuer à la tâche et qu'Alex et Jenny grandiront auprès de quelqu'un qui a envie d'être leur père. Je ne pourrai peut-être pas la couvrir de diamants et l'emmener dans des soirées chics, mais au moins, moi, je la rendrai heureuse.

Colleen se mit à pianoter sur le pommeau de sa canne.

— Ça, je n'en doute pas. Et si vous ressemblez un tant soit peu à votre grand-père, je comprends que ma mère l'ait follement aimé. Bien…

Elle allait se lever, quand son regard se posa sur le portrait qui ornait la cheminée. La figure austère de Fergus avait été remplacée par le ravissant visage de Bianca.

— Qu'est-ce que ce tableau fait ici ?

Holt glissa ses mains dans ses poches.

— Ma foi, il m'a semblé que c'était sa place. C'est là que mon grand-père aurait souhaité qu'on l'expose, en tout cas.

Colleen se renfonça dans son fauteuil.

— Merci.

L'émotion avait altéré sa voix, mais son regard demeurait féroce.

— Et maintenant, allez-vous-en ! J'ai envie d'être seule.

Holt prit congé. Aussi surprenant que celui puisse paraître, il commençait à éprouver une certaine tendresse pour la vieille dame. Il partit en direction de la cuisine. Il ne tenait pas à subir à nouveau les effusions de Coco, mais il voulait lui demander où était Suzanna.

Il la trouva tout seul, guidé par la musique qui résonnait jusque dans le hall. Elle interprétait au piano une mélodie au rythme obsédant qu'il ne connaissait pas. L'air était triste, pourtant tout son visage exprimait le bonheur. Lorsqu'elle leva les yeux sur lui, ses doigts se figèrent sur le clavier, mais son sourire demeura.

— J'ignorais que tu jouais du piano.

— Nous avons toutes pris des cours. Mais j'étais la seule à vraiment en profiter.

Elle tendit la main vers lui.

— J'espérais bien que nous pourrions passer une minute en tête à tête. Je voulais te dire que je t'ai trouvé merveilleux ce matin, avec les enfants.

Ses doigts mêlés aux siens, il examina la bague qu'il lui avait offerte.

— J'avais le trac, tu sais…

Il laissa échapper un petit rire.

— J'ignorais quelle allait être leur réaction. Lorsque Jenny m'a demandé si elle pouvait m'appeler papa… C'est fou, quand on y pense ! Avec quelle rapidité on peut nouer certains liens… C'est comme une évidence.

Il n'avait pas cessé de lui caresser les doigts, les yeux fixés sur la bague.

— Je crois comprendre maintenant ce qu'un parent peut éprouver, ce qu'il est capable d'endurer pour procurer la sécurité à ses enfants. J'aimerais en avoir d'autres. Je sais que tu souhaiteras d'abord y réfléchir, mais je ne voudrais pas que tu croies que je m'occuperais moins d'Alex et de Jenny si nous devions avoir nos propres enfants.

— C'est tout réfléchi, répliqua-t-elle en déposant un baiser sur sa joue. J'ai toujours rêvé d'avoir une famille nombreuse.

Il l'attira à lui pour qu'elle se niche contre son épaule.

— Suzanna, sais-tu où se trouvait la nursery à l'époque de Bianca ?

— Au second étage de la tour est. On s'en sert de débarras depuis toujours.

Elle se redressa.

— Tu penses qu'elle a caché le collier dans cette pièce ?

— Je pense qu'elle l'a caché quelque part où Fergus ne serait jamais allé le chercher. Et je vois mal ton arrière-grand-père s'attardant dans la nursery…

— Non, mais quelqu'un aurait pu tomber dessus, depuis le temps. D'un autre côté, je ne sais pas pourquoi je dis ça, la pièce est remplie de cartons et de vieux meubles. Rien qu'avec ce qu'elle contient, il y a de quoi organiser un vide-grenier ! Ou plutôt, un vide-manoir !

— Montre-moi.

Quel capharnaüm ! C'était pire que tout ce qu'il avait imaginé. Même en fermant les yeux sur les amas de poussière et les toiles d'araignée, il régnait dans la pièce un désordre effroyable. Des cartons, des caisses, des tapis roulés, des tables cassées, des lampes sans abat-jour occupaient pêle-mêle chaque centimètre carré de l'espace. Interdit, Holt se tourna vers Suzanna qui lui fit un petit sourire penaud.

— Eh oui… En plus de quatre-vingts ans, il s'en est entassé, des choses… Et encore ! La plupart des objets de valeur ont été triés, et une bonne partie vendus quand… bref, en des temps plus difficiles. Cet étage est condamné depuis belle lurette, nous n'avions pas les moyens de le chauffer. Tu comprends, il fallait se concentrer en priorité sur l'entretien des pièces de vie. Nous attendions d'avoir retrouvé un certain équilibre financier pour nous attaquer aux autres parties du manoir, petit à petit.

— Il va vous falloir un bulldozer !

— Non, rien que du temps et de l'huile de coude. L'huile de coude, nous en avons à revendre, c'est le temps qui nous fait défaut. Ces deux derniers mois, nous sommes parvenues à remettre en état un certain nombre de chambres abandonnées, centimètre carré par centimètre carré, mais c'est une opération de longue haleine.

— Alors, autant commencer tout de suite.

Ils s'escrimèrent durant deux heures dans la saleté. C'est ainsi qu'ils exhumèrent un parasol en lambeaux, une étonnante collection d'ouvrages érotiques du XIXe siècle, une malle remplie de vêtements des années 1920 — tout moisis — et un carton de soixante-dix-huit tours gondolés. Il y avait également une caisse de jouets, une locomotive miniature, une triste poupée de chiffon toute décolorée, des toupies et des Yo-yo assortis. Parmi eux se trouvait un lot d'anciennes gravures de contes de fées que Suzanna mit de côté.

— Pour notre future nursery, expliqua-t-elle. Oh ! regarde ça…

Elle lui présenta une robe de baptême jaunie.

— C'est peut-être celle de mon grand-père.

— On aurait pu croire qu'un vêtement d'une telle valeur sentimentale aurait été conservé avec plus de soin…

— Oh ! je ne pense pas que Fergus se soit beaucoup soucié de ce genre de détail après la mort de Bianca. Si ces affaires sont bien celles des enfants, je parierais même que c'est la nounou qui les a remisées là. Les contingences domestiques n'entraient pas dans les préoccupations de Fergus.

— Non, tu as raison.

Il lui ôta une toile d'araignée des cheveux.

— Et si on faisait une pause ?

— Je ne suis pas fatiguée.

Il ne servait à rien de lui rappeler qu'elle avait passé la journée à travailler. Aussi adopta-t-il une autre tactique.

— Je boirais volontiers quelque chose. Penses-tu que Coco aurait une boisson fraîche au réfrigérateur — et peut-être un petit sandwich pour aller avec ?

— Bien sûr. Je vais aller voir.

Holt savait que Coco insisterait pour lui confectionner un encas rapide. Ce serait autant de repos gagné pour Suzanna.

— Deux sandwichs, feignit-il de se raviser en l'embrassant.

— D'accord.

Elle se leva et s'étira le dos.

— C'est triste de penser à ces trois petits, couchés dans cette pièce, sachant que leur mère ne viendrait plus les border dans leur lit. A ce propos, je ferais bien d'aller border les miens avant de revenir.

— Prends ton temps.

Elle sortit de l'ancienne nursery, songeant avec mélancolie aux enfants de Bianca. Le petit Sean, qui devait à peine marcher, Ethan, son futur grand-père, et Colleen, présentement en bas, en train de chercher à prendre Coco en défaut sur tout et n'importe quoi. Comment cette vieille chipie avait-elle pu être un jour une adorable fillette ?

Une fillette… Elle marqua un temps d'arrêt sur le palier du premier étage. L'aînée de Bianca devait avoir cinq ou six ans à la mort de sa mère… Subitement intriguée par un détail, Suzanna fit un détour pour aller frapper à la porte de sa grand-tante.

— Entrez, bon sang ! Il est hors de question que je me lève.

— Bonsoir, tante Colleen…

Suzanna pénétra dans la chambre, amusée de trouver la vieille dame plongée dans un roman d'amour.

— Je suis désolée de te déranger…

— Pourquoi ça ? Tu serais bien la seule !

Suzanna se mordit la langue.

— Je me demandais simplement… Durant ce dernier été, dormais-tu encore dans la nursery avec tes frères ?

— Je n'étais plus un bébé, voyons, quel besoin aurait-on eu de me faire coucher dans la nursery !

— Tu avais donc ta propre chambre, conclut Suzanna, luttant pour contenir son excitation. Près de la nursery ?

— A l'autre bout de l'aile est. Il y avait la nursery, puis la chambre de Nounou, la salle de bains des enfants et les trois chambres qu'on gardait pour les enfants des invités. Moi, j'avais la chambre qui faisait l'angle, en haut de l'escalier.

Elle baissa les yeux sur son livre, la mine sombre.

— L'été d'après, j'ai emménagé dans l'une des chambres des invités. Je ne voulais plus dormir dans cette pièce que ma mère avait décorée à mon intention, maintenant qu'elle n'y rentrerait plus jamais.

— Je suis navrée… Quand Bianca t'a annoncé que vous alliez partir d'ici, est-elle venue dans ta chambre ?

— Oui. Elle m'a laissée choisir certaines de mes robes préférées, puis elle les a empaquetées elle-même.

— Et après… J'imagine qu'on les a remises en place ?

— Je n'ai plus jamais voulu porter ces robes. Plus jamais. J'ai fourré la malle sous mon lit, tout au fond.

— Je vois.

Il restait donc de l'espoir…

— Merci.

— Pff… Elles doivent être mangées par les mites depuis le temps, maugréa Colleen, tandis que Suzanna refermait la porte.

La vieille dame repensa à sa robe préférée, celle en mousseline blanche avec sa large ceinture de satin bleu et, dans un soupir, elle se leva pour aller prendre l'air sur la terrasse.

Le crépuscule tombait de bonne heure, ce soir. L'orage couvait. Elle le sentait dans le vent, elle le voyait dans les nuages noirs qui masquaient déjà le soleil.

Suzanna remonta l'escalier quatre à quatre. Les sandwichs attendraient ! Elle poussa la porte de l'ancienne chambre de Colleen. Cette pièce aussi avait été dévolue au stockage d'objets divers, mais ses proportions plus réduites n'avaient pas permis de la bourrer autant que la nursery. Le papier peint, peut-être celui que Bianca avait choisi pour sa fille, était fané et constellé de taches, pourtant on distinguait encore un délicat motif de boutons de roses et de violettes.

Elle ne prit pas la peine de fouiller les boîtes et les cartons, elle les tira et les poussa sur le côté. Elle cherchait une malle de voyage, une malle qui aurait pu convenir à une petite fille. De fait, quelle meilleure cachette Bianca aurait-elle pu trouver, réfléchit-elle en écartant une caisse portant l'inscription « Tentures d'hiver ». Fergus ne s'intéressait pas à Colleen. Il n'aurait sans doute jamais pensé à fouiller dans une malle remplie de vêtements de fille, et encore moins une malle qui aurait été cachée sous un lit par une enfant traumatisée.

Nul doute qu'on l'avait ouverte quelques années plus tard. Peut-être quelqu'un — sa propre mère ? — avait-il secoué une ou deux robes, les avait trouvées délicieusement démodées mais importables, et les avait mises au rebut.

Le collier pouvait être n'importe où, bien sûr… Toutefois, à commencer quelque part, autant partir du début.

Son cœur battait à coups sourds lorsqu'elle buta sur une vieille malle sanglée de cuir. Elle l'ouvrit et trouva dedans des rouleaux de tissu soigneusement enveloppés dans du papier de soie. Mais aucune robe de petite fille. Et pas d'émeraudes non plus.

La lumière du jour déclinait. Elle se releva et se dirigea vers la porte. Il lui fallait prévenir Holt et se munir d'une lampe torche avant de reprendre ses recherches. Dans l'obscurité, elle se cogna violemment le tibia. Etouffant un juron, elle baissa les yeux et vit une petite malle.

Jadis, elle avait dû être d'un blanc immaculé, mais la poussière et le temps avaient terni son éclat. On l'avait poussée sur le côté, sous d'autres caisses et une tapisserie aux couleurs fanées qui la dissimulaient presque entièrement. S'agenouillant dans la pénombre, Suzanna la dégagea du fatras. Elle fit jouer ses doigts tremblants et ouvrit enfin le couvercle.

Une faible odeur de lavande, enfermée là depuis peut-être des dizaines d'années, lui monta aux narines. Elle souleva la première robe, tout en froufrous de mousseline blanche, devenue ivoire avec les ans et ornée d'une large ceinture en satin bleu fané. Suzanna la déposa avec précaution sur le côté et sortit la suivante. Il y avait là des petites culottes à jambes, des rubans, de jolis nœuds, une chemise de nuit en dentelle. Et tout au fond, à côté d'un ours en peluche, une boîte plate et un livre.

Suzanna porta une main tremblante à ses lèvres, puis elle se pencha lentement pour saisir le livre.

Son journal, songea-t-elle, les yeux embués d'émotion. Le journal de Bianca. Osant à peine respirer, elle tourna la première page.

Bar Harbor, 12 juin 1912

Je l'ai vu sur les falaises, au-dessus de la Frenchman Bay...

Suzanna exhala un profond soupir et posa le journal sur ses genoux. Elle ne se sentait pas en droit de le lire seule. Il lui fallait partager ce moment unique avec toute sa famille. Le cœur battant la chamade, elle avança la main pour sortir de la malle ce qui ressemblait fortement à un écrin. Elle sut, avant même de l'ouvrir. Un changement s'était opéré dans l'atmosphère de la pièce, l'air était frémissant. Alors qu'une première larme glissait sur sa joue, elle fit jouer le couvercle...

Les émeraudes de Bianca.

Elles vibraient comme des soleils verts, palpitants de vie et de passion. Suzanna souleva les trois rangs resplendissants et sentit aussitôt une douce chaleur se répandre dans ses mains. Cachées quatre-vingts ans plus tôt, dans un geste d'espoir et de détresse absolue, les émeraudes retrouvaient enfin la lumière. L'obscurité qui emplissait la pièce n'était pas de taille à lutter contre leurs feux.

Agenouillée, le collier ruisselant entre ses doigts, elle finit de fouiller l'écrin et en tira les boucles d'oreilles assorties. Etrange... Elle les avait complètement oubliées. Pourtant, elles étaient ravissantes, exquises, mais le collier éclipsait tout le reste. Il était fait pour en imposer.

Stupéfaite, elle contemplait le puissant symbole qu'elle

tenait entre ses mains. Car ces émeraudes n'étaient pas de simples pierres précieuses. Certes, c'étaient des joyaux exceptionnels, mais ils incarnaient surtout les passions, les espoirs et les rêves de Bianca. Depuis l'époque où elle les avait enfermées dans cet écrin jusqu'à aujourd'hui, où elles venaient d'être redécouvertes par son arrière-petite-fille, les émeraudes avaient attendu de revoir la lumière.

— Oh ! Bianca…

— Quel charmant tableau !

Suzanna releva brusquement la tête. Il se tenait dans l'embrasure de la porte, à peine plus visible qu'une ombre. Et lorsqu'il s'avança dans la pièce, elle vit luire le canon de l'arme qu'il avait à la main.

— La patience finit toujours par payer, déclara Livingston. Je vous ai vus, vous et le flic, entrer dans la chambre au bout du couloir. Il faut dire que j'en ai passé, des nuits, à rôder dans ces pièces.

Tandis qu'il s'approchait d'elle, Suzanna le détailla. Il ne ressemblait en rien à l'homme dont elle gardait le souvenir. Sa couleur de cheveux était différente… Jusqu'à la forme de son visage qui avait changé. Elle se releva très lentement, serrant le livre et les boucles d'oreilles dans une main, le collier dans l'autre.

— Vous ne me reconnaissez pas, dit-il. Mais moi, je sais qui vous êtes. Je vous connais, toutes. Vous êtes Suzanna, l'une de ces Calhoun qui m'ont tant coûté.

— Je ne comprends pas de quoi vous parlez.

— Trois mois de ma vie, et pas mal de déboires. Sans compter la mort de Hawkins, bien sûr. Ça n'était pas un associé de premier ordre, mais enfin, c'était le mien. Comme ces émeraudes sont à moi.

Il contempla le collier avec une convoitise maladive. Ces pierres l'éblouissaient. Elles dépassaient tous ses rêves et ses fantasmes les plus fous. A ses yeux, elles représentaient l'ambition de toute une vie. Ses doigts tremblèrent légèrement sur le pistolet lorsqu'il tendit l'autre main pour les prendre. Suzanna s'écarta vivement.

Il haussa un sourcil.

— Vous pensez vraiment pouvoir m'empêcher de m'en emparer ? Ces pierres me sont destinées. Et lorsqu'elles seront enfin en ma possession, leur légende m'appartiendra elle aussi.

Il fit un pas en avant, et alors que Suzanna lançait des regards autour d'elle, cherchant désespérément comment lui échapper, la main de Livingston se referma sur ses cheveux.

— Certaines pierres ont un pouvoir, lui confia-t-il lentement. Elles portent en elles la tragédie, la mort, la détresse… C'est ce qui leur donne cet éclat unique ! Et c'est ça que n'a pas compris Hawkins ! Mais c'était un homme simple…

Et celui qui se tenait face à elle, un dément, devina Suzanna.

— Ce collier appartient aux Calhoun. Depuis toujours. Et à jamais.

Il lui tira brutalement la tête en arrière. Elle aurait crié si le canon du pistolet n'avait pas appuyé sur sa gorge, là où son pouls battait à tout rompre.

— Non, hurla-t-il. Ce collier m'appartient ! Je l'ai gagné par mes efforts, mon intelligence et ma détermination. Dès que j'ai appris son existence dans les journaux, j'ai su qu'il était pour moi. J'ai longtemps attendu mon heure. Mais ce soir, elle est enfin arrivée.

Suzanna ne savait quelle attitude adopter avec ce fou : devait-elle lui donner les émeraudes ou tenter de le raisonner ? Finalement, elle n'eut pas à choisir, car à cet instant Jenny apparut sur le seuil de la porte.

— Maman…, dit-elle d'une voix chevrotante.

La fillette se frotta les yeux.

— Il fait du tonnerre. Tu dois toujours venir me voir quand il y a du tonnerre.

Tout se passa très vite. Surpris, Livingston se retourna, prêt à tirer. De toutes ses forces, Suzanna se jeta sur lui, l'empêchant de faire feu.

— Cours ! hurla-t-elle à Jenny. Cours chercher Holt en bas !

Et, bousculant Livingston, elle s'élança derrière sa fille. A la seconde où elle se retrouva dans le couloir, son cerveau prit seul la décision. Jenny avait filé vers la droite et, avec un peu de chance, vers le salut. Suzanna fonça donc dans la direction opposée.

Livingston suivrait le collier, pas la petite. Mais un autre dilemme l'attendait à hauteur du palier. Soit elle descendait chercher du secours et mettait toute sa famille en danger, soit elle montait à l'étage, seule.

Elle était à mi-escalier quand des pas résonnèrent bruyamment derrière elle. Elle sursauta de terreur. Une balle venait de lui raser l'épaule, traçant un sillon dans le plâtre.

Le souffle court, elle continua de grimper les marches quatre à quatre. Elle n'entendait plus que le fracas du tonnerre qui avait effrayé Jenny et l'avait poussée à aller chercher sa mère. Suzanna ne pensait qu'à une chose : mettre le plus de distance possible entre le fou qui était à ses trousses et sa petite fille. Ses chaussures cliquetèrent sur les marches métalliques de l'escalier en colimaçon qui menait à la tour de Bianca.

Soudain, une main jaillit entre ses jambes et se referma sur sa cheville. Hoquetant de rage et de terreur, elle donna un coup de pied, le faisant lâcher prise, et trébucha jusqu'en haut. La porte était close. Retenant ses larmes, elle se jeta de toutes ses forces contre l'épais panneau de bois qui céda avec une lenteur insoutenable. Mais avant qu'elle ait pu refermer la porte sur elle, il s'était précipité dans la pièce.

Elle s'arma de courage, croyant sa dernière heure arrivée. Livingston haletait, en nage, les yeux exorbités. Un spasme contractait un coin de sa bouche.

— Donnez-le-moi !

Le pistolet trembla dans sa main alors qu'il s'avançait vers elle. Un éclair déchira soudain le ciel, qui le fit darder des regards affolés dans l'obscurité.

— Donnez-le-moi, tout de suite !

Il avait peur, comprit Suzanna. De cette pièce.

— Vous êtes déjà venu ici, dit-elle.

Oui, il y était venu, une seule fois, et il en était ressorti très vite, comme s'il avait eu le diable aux trousses. Il y avait une présence dans cette tour, une présence qui le haïssait. Qui faisait courir un frisson glacé sur sa peau.

— Si vous ne me donnez pas ce collier, je vais tirer.

— C'était sa pièce, murmura Suzanna en soutenant implacablement son regard. La pièce de Bianca. Elle s'est tuée en tombant par cette fenêtre, poussée par son mari.

Ce fut plus fort que lui, il se tourna vers la vitre obscurcie par la nuit — une fraction de seconde — avant de reporter son regard sur Suzanna.

— Elle continue de hanter ces lieux, poursuivit-elle. Elle attend là, en contemplant les falaises.

Enfin, des pas précipités résonnèrent dans l'escalier. Holt ! Elle était sûre qu'il viendrait à son secours.

Il lui fallait absolument gagner du temps, déstabiliser Livingston.

— Elle est ici en ce moment même…

Elle lui tendit les émeraudes.

— Prenez-les. Mais elle ne vous laissera pas les emporter.

Pâle comme un mort, le visage luisant de transpiration, Livingston s'empara du collier. Ses doigts se refermèrent sur les émeraudes mais, contrairement à la chaleur qu'avait ressentie Suzanna à leur contact, il n'éprouva qu'un froid glacial. Et une terreur sans nom.

— Elles sont à moi, désormais.

Pris d'un frisson, il trébucha.

— Suzanna, ordonna doucement Holt depuis le seuil. Ecarte-toi de lui.

Il brandissait son arme à deux mains.

— Ecarte-toi, répéta-t-il. Lentement.

Elle recula d'un pas, puis de deux, mais Livingston ne

lui prêtait plus aucune attention. Il passait la main qui tenait l'arme sur ses lèvres desséchées.

— C'est fini, lui dit Holt. Lâche ton pistolet, et éloigne-le d'un coup de pied.

Livingston continuait de fixer le collier, la respiration saccadée.

— Lâche ton arme.

Encouragé, Holt se rapprocha de lui.

— Va-t'en, Suzanna !

— Non, je ne te laisserai pas tout seul.

Holt n'avait pas le temps de la houspiller. Il était prêt à tirer, mais l'homme qu'il visait ne s'occupait plus ni de l'arme ni d'une possible fuite. Tremblant de tous ses membres, il semblait hypnotisé par les émeraudes.

Sans le quitter des yeux, Holt lui attrapa le poignet.

— C'est fini, répéta-t-il.

— Ce collier est à moi !

Fou de rage et de terreur, Livingston se jeta en avant et réussit à tirer une balle qui alla se loger dans le plafond avant que Holt ne le désarme. Il continua à se démener comme un beau diable, mais la lutte fut de courte durée. Un coup de tonnerre éclata. Dans la seconde qui suivit, Livingston émit un hurlement sauvage et se dégagea violemment au moment où le reste de la famille se précipitait dans la pièce. Désorienté ou saisi d'épouvante, sonné par le direct à la mâchoire de Holt ou pris de folie, il se retourna brusquement.

Il y eut un fracas de verre brisé. Puis un son que Suzanna ne devait jamais oublier. Le cri horrifié d'un homme. Alors que Holt s'élançait pour essayer de le rattraper, Livingston traversa la vitre en battant l'air de ses bras et alla s'écraser sur les rochers fouettés par la pluie.

— Non !

Suzanna s'adossa au mur, les mains plaquées sur sa bouche pour contenir ses propres hurlements. Des bras l'entourèrent, des voix s'élevèrent toutes en même temps.

Sa famille au grand complet se pressait dans la tour. Elle se pencha pour embrasser très fort ses enfants.

— Tout va bien, c'est fini. Ce n'est plus la peine d'avoir peur.

Elle leva les yeux sur Holt. Il se tenait face à elle, dos à l'obscurité, les émeraudes scintillant à ses pieds.

— Tout va s'arranger, mes chéris. Je vais vous ramener en bas.

Holt rengaina son arme.

— *Nous* allons les ramener en bas.

Une heure plus tard, lorsque les enfants se furent enfin endormis, rassurés, il la prit par le bras et l'entraîna sur la terrasse. Là, toute la rage et la peur qui l'oppressaient depuis que Jenny était venue le trouver en pleurs dans le hall se déversèrent d'un coup.

— Mais qu'est-ce qui t'a pris, bon sang ? s'emporta-t-il.

— Il fallait que je l'éloigne de Jenny.

Elle croyait avoir recouvré son calme, mais ses mains se remirent à trembler.

— Il m'est soudain venu une idée pour les émeraudes. C'était tellement simple, en fait… Et je les ai trouvées. Tout de suite, il a été là — et Jenny aussi. Il avait un pistolet et… oh, mon Dieu ! j'ai cru qu'il allait la tuer.

— C'est fini, c'est fini…

Cette fois, elle ne ravala pas ses larmes et s'agrippa à lui en sanglotant, à bout de nerfs.

— Les enfants vont bien, Suzanna. Personne ne leur fera du mal. Et à toi non plus.

— Je ne savais pas quoi faire… Je n'ai pas cherché à être courageuse ni stupide.

— Tu as été les deux. Et je t'aime.

Il lui prit le visage à deux mains et l'embrassa.

— Ce salaud t'a fait du mal ?

— Non.

Elle renifla un peu et s'essuya les yeux.

— Il m'a poursuivie jusqu'en haut et ensuite, je ne sais

pas… il a complètement déraillé. Tu as vu dans quel état il était quand tu es entré dans la tour.

Holt opina.

Il l'avait vu, oui… A cinquante centimètres d'elle, un pistolet à la main. Ses doigts se crispèrent involontairement sur ses épaules.

— Ne me fais plus jamais une peur pareille…

— Plus jamais, promis.

Elle frotta sa joue contre la sienne, avide d'amour et de réconfort.

— Cette fois, c'est bien fini, n'est-ce pas ?

Il déposa un baiser au sommet de son crâne.

— Au contraire, ma jolie, ça ne fait que commencer.

Epilogue

La nuit était déjà bien avancée quand la famille put enfin se rassembler dans le petit salon. La police venait de repartir après avoir procédé à un premier relevé de preuves, et le clan Calhoun se retrouvait sous le portrait de Bianca, présentant un front solide et uni dans l'adversité comme dans la paix.

Colleen était installée dans un fauteuil, un chien à ses pieds, les émeraudes sur ses genoux. Elle n'avait pas versé une seule larme lorsque Suzanna lui avait narré dans quelles circonstances elle avait pu les retrouver, mais de toute évidence la vieille dame puisait un certain réconfort dans ce précieux souvenir qui lui venait de sa mère.

A aucun moment la mort ne fut évoquée.

L'orage était fini et la lune s'était levée. Holt gardait Suzanna près de lui, un bras fermement passé autour d'elle. Seule sa voix douce et claire résonnait dans le petit salon inondé de lumière : elle lisait le journal de Bianca.

Elle tourna la dernière page, livrant à l'assistance les pensées de leur aïeule au moment où celle-ci s'apprêtait à dissimuler les émeraudes.

— « Je n'ai pas songé à leur valeur pécuniaire en les sortant de leur écrin. Je les ai tenues entre mes mains et je les ai regardées. Elles brillaient de tous leurs feux à la lumière de ma lampe. Ce collier sera l'héritage que je léguerai à mes enfants et à mes petits-enfants : un symbole de liberté, mais aussi d'espoir. Et enfin, grâce à Christian, d'amour.

» Aux premières lueurs de l'aube, j'ai décidé de les mettre

en lieu sûr, en même temps que ce journal, jusqu'à ce que je puisse le rejoindre. »

Lentement, sans bruit, Suzanna referma le carnet.

— Je pense qu'elle l'a retrouvé, à présent. Qu'ils sont enfin réunis.

Elle sentit la main de Holt se resserrer sur la sienne et lui sourit. Puis elle embrassa la pièce du regard. Il y avait là ses sœurs, leurs bien-aimés, sa tante qui souriait à travers ses larmes et la fille de Bianca, les yeux levés sur le portrait de sa mère — l'œuvre d'un peintre animé d'un amour plus fort que tout.

— Car c'est Bianca, plus que ses émeraudes, qui nous a tous réunis aux Tours. Aussi j'aime à penser qu'en les retrouvant, qu'en les ramenant à la lumière, nous leur avons permis de se revoir.

Par-delà le manoir, la lune illuminait les impressionnantes falaises, au-dessus de l'endroit où la mer bouillonnait dans sa lutte incessante contre les rochers. Une brise légère murmura dans les buissons d'aubépine et alla réchauffer le cœur des amoureux venus se promener là.

Si vous avez aimé *Le secret des émeraudes*, découvrez sans attendre les précédents romans de la série de Nora Roberts « L'héritage des Calhoun » :

Un cœur rebelle
La passion d'Amanda
L'honneur d'une famille

Disponibles dès à présent sur www.harlequin.fr
Et ne manquez pas la suite, dès le mois prochain dans votre collection Passions !

BRENDA HARLEN

La liberté d'aimer

HARLEQUIN

Cet ouvrage a été publié en langue anglaise
sous le titre :
THE BACHELOR TAKES A BRIDE

Traduction française de
MARINA BRANCHE

- 1 -

Marco Palermo plissa les yeux pour voir à travers le pare-brise de son SUV, avant de soupirer.

On était début mai et il n'était même pas 20 heures, et le ciel était déjà si noir et la pluie si violente qu'il ne voyait pas à un mètre sur la route. Un temps à ne pas mettre un chat dehors, pourtant, lui était sorti, à la demande de sa sœur à qui il ne pouvait rien refuser.

— J'ai un besoin urgent et irrésistible de tiramisu, lui avait-elle dit au téléphone. J'aurais aimé aller au restaurant moi-même, mais Anna et Bella sont déjà en pyjamas et prêtes à se coucher.

Le restaurant, Chez Valentino, était situé dans le centre-ville de Charisma ; il avait été fondé par leurs grands-parents cinquante ans plut tôt. Adrianna et Isabella étaient les filles de cinq et trois ans de Renata, et Marco les adorait. En rendant ce service à sa sœur, il aurait en prime l'occasion de passer un peu de temps avec ses adorables nièces.

— Tiramisu, hum ?

— Ce n'est pas moi, c'est le bébé, répondit-elle en parlant du troisième enfant qu'elle portait.

Il songea que les envies d'une femme enceinte relevaient de la responsabilité du futur père, et que son beau-frère n'aurait pas hésité à conduire sous une pluie torrentielle pour offrir à son épouse tout ce qu'elle aurait pu désirer. Si Renata l'avait appelé, c'était que Craig, son pompier de mari, était de service.

— Eh bien, le bébé va devoir patienter une bonne demi-heure, car je ne suis pas au restaurant.

— Oh ! je suis désolée. Je pensais que…

— Que je passais toutes mes journées chez Valentino ?

— Quelque chose comme cela, admit-elle.

— Nous sommes samedi, dit-il pour lui rappeler qu'il se forçait à s'éloigner de son travail un soir par semaine.

Il lui arrivait parfois de prendre plusieurs jours de repos, car le restaurant, jouissant d'une bonne réputation, tournait presque tout seul, même si aucun de ses frères et sœurs ou cousins n'était là pour gérer l'activité au quotidien.

— Oh, mon Dieu ! Je n'avais pas réalisé… tu as un rendez-vous, et moi je… je suis désolée.

— Détends-toi, Nata. Je travaille juste à la maison ce soir, et tu n'interromps rien du tout.

— Mais nous sommes samedi soir ! s'exclama-t-elle. Pourquoi tu ne sors pas avec une femme ?

Il secoua la tête. Le changement abrupt de sujet, ainsi que le ton impérieux, mais néanmoins inquiet, de sa voix était si caractéristique de sa sœur qu'il ne savait pas s'il devait rire ou soupirer.

— Je serai là dans une demi-heure avec ton tiramisu, répondit-il, et tu pourras me passer au gril en personne.

— Je n'y manquerai pas.

Il n'en doutait pas.

— Ne laisse pas les filles se coucher avant que je sois arrivé, dit-il avant de raccrocher.

Il laissa les plans sur son bureau et affronta la pluie jusqu'à sa voiture.

Pourquoi tu ne sors pas avec une femme ?

Il envisagea plusieurs réponses à la question de sa sœur, en espérant en trouver une qui soit à la fois rassurante et crédible. La vérité, à savoir qu'il était las de n'avoir pas trouvé la bonne personne, n'aurait pas satisfait Nata. Elle aurait insisté pour qu'il ne renonce pas, parce que celle qu'il lui fallait était là, quelque part, et qu'elle le cherchait autant que lui. Mais il était fatigué d'attendre.

Ses frères et sa sœur étaient tous en couple, dans des relations sérieuses. Nata et Craig étaient mariés depuis huit ans. Son frère ainé, Tony, avait épousé son amour de lycée neuf ans plus tôt. Et Gabe, son second frère, s'était récemment fiancé avec Francesca, la femme dont il était tombé amoureux deux ans auparavant. Tous ses proches avaient trouvé la personne avec qui ils souhaitaient passer leur vie et nageaient dans le bonheur. Et lui désespérait que son tour vienne enfin.

Quand tu la trouveras, tu le sauras. Les mots que Nonna lui avait glissés à l'oreille pendant les fiançailles de Gabe lui revinrent en mémoire.

Elle adorait raconter sa première rencontre avec Salvatore, qui se trouvait être le jour de leur mariage.

— C'était comme si la foudre m'avait frappée ! Je m'étais tellement inquiétée de savoir ce qu'une union avec un parfait inconnu pourrait donner et, à cet instant, j'ai su que je l'aimerais pour toujours.

Il songea que soixante et un ans valaient bien un *toujours*. Et d'évidence, ses grands-parents étaient encore fous l'un de l'autre. Bien sûr, il leur arrivait parfois de se disputer, bruyamment et passionnément, et ils se réconciliaient de la même manière. Ne jamais aller se coucher seul ou fâché était le secret d'un mariage long et heureux, lui avait confié Nonna.

Et il n'en doutait pas, c'était comme cela que les choses se passaient dans sa famille. Cela avait commencé avec ses grands-parents, puis ses parents, sa sœur et ses deux frères. Non, il ne doutait pas que cela lui arriverait aussi, mais il commençait à s'inquiéter du *quand*.

Il était sorti avec de nombreuses femmes, toutes aussi agréables que séduisantes, mais aucune d'elles n'était la bonne. Il aurait voulu qu'une d'elles le soit, et chaque fois qu'il entamait une nouvelle relation, il espérait plus que tout que cette femme soit celle qui lui ferait perdre la tête et tomber amoureux pour toujours. Mais cela n'était jamais arrivé.

Alors, il attendait, mais avec de moins en moins de patience chaque année. Et même s'il ne vivait pas ce moment où la foudre vous frappait et rendait tout limpide, il était prêt à se contenter d'une étincelle, voire d'un picotement.

Il se gara à son emplacement habituel derrière le restaurant à l'instant où la foudre déchirait le ciel. Des trombes d'eau se remirent à tomber. Il décida alors d'attendre avant de quitter le refuge de son véhicule. Au bout de quelques minutes, quand la pluie commença à se calmer, il vit la porte des commandes à emporter du restaurant s'ouvrir et une femme en sortir précipitamment, un carton à pizza dans les mains. Et, malgré la tempête, quelque chose chez elle attira son attention.

Ses cheveux étaient courts, sombres et ruisselant de pluie. Elle ne portait pas de manteau, et sa robe flattait ses courbes tandis qu'elle marchait avec une rapidité étonnante compte tenu de ses talons hauts. Un éclair illumina le ciel le temps d'un battement de cœur, tandis que celui de Marco se figeait.

Il continua de suivre la femme mystérieuse du regard jusqu'à ce qu'elle ait rejoint sa voiture. Elle s'engouffra à l'intérieur, posa la pizza sur le siège passager et referma la portière, provoquant l'extinction des lumières intérieures.

Il l'avait à peine aperçue, et pourtant, il éprouva un douloureux pincement au cœur, doublé de l'intuition qu'il venait enfin de croiser la route de celle qu'il attendait depuis tout ce temps.

Mais cette sensation d'immense soulagement fut aussitôt remplacée par une intense frustration quand il vit ses feux arrière disparaître dans l'obscurité. Il avait peut-être trouvé son âme sœur, mais il n'avait pas la moindre idée de qui elle était et de comment la retrouver.

* *
*

Quand Marco pénétra dans le restaurant par la même porte quelques minutes plus tard, il trouva sa belle-sœur, Gemma, derrière le comptoir.

D'ordinaire, elle accueillait les clients dans la salle principale, mais comme leur cousine Maria était partie en lune de miel prolongée, puisque même ses cousins en plus de ses frères et de sa sœur avaient trouvé le bonheur, ils manquaient de personnel pour les ventes à emporter.

Gemma leva les yeux vers lui et lui sourit.

— Que fais-tu là un samedi soir ?

— Renata dit que le bébé veut du tiramisu.

— Quand je pense qu'elle ne supportait même pas l'odeur du café quand elle était enceinte d'Anna et de Bella. Cela signifie certainement que Nonna avait raison en prédisant que ce serait un garçon.

— Elle a au moins une chance sur deux, plaisanta-t-il.

— Sauf qu'elle avait déjà deviné que Christian et Dominic seraient des garçons et Anna et Bella des filles.

— Et elle a aussi prédit que Tony et toi auriez une demi-douzaine d'enfants.

— Mais je ne peux pas promettre que cela n'arrivera pas, répondit-elle en éclatant de rire.

— En parlant des prédictions de Nonna, tu as remarqué la femme qui vient de sortir ?

— Tu parles de Jordyn Garett ?

— Tu la connais ?

— Bien sûr, c'est la cousine du mari de Rachel.

Rachel Ellis, récemment devenue Garett, était une amie de Gemma depuis le lycée, et son mari Andrew et elle étaient des clients réguliers du restaurant.

— Qu'est-ce que tu sais d'autre sur elle ?

— Je sais qu'elle a oublié son téléphone sur le comptoir, répondit-elle en fixant le mobile devant la caisse.

L'appareil vibra légèrement, et une petite lumière clignota dans la partie supérieure de l'appareil.

— Tu devrais répondre, lui suggéra-t-elle.

— Pourquoi moi ?

— Parce que je vais en cuisine chercher le tiramisu de Nata.

— Ajoute des cannoli pour les filles ! dit-il avant qu'elle disparaisse et qu'il se retrouve seul devant le téléphone de Jordyn qui clignotait toujours.

Il toucha l'écran en pensant qu'il allait lui demander un code, mais il s'illumina immédiatement et afficha un message.

12 ailes de poulet moyennement épicées seraient parfaites avec la pizza et le vin ;-)

Il passa derrière le comptoir et se pencha vers le passe-plat de la cuisine.

— Rafe ! Combien de temps pour une douzaine d'ailes ?

— Dix minutes, répondit son cousin. Tu les veux très épicées ?

— Non, moyennement, dit-il en songeant qu'il ne faudrait pas longtemps à Jordyn pour réaliser qu'elle avait oublié son téléphone et qu'elle revienne. Et avec un peu de chance, ses ailes de poulets seraient prêtes.

— Comme tu veux, mais tu t'adoucis avec l'âge.

— Ce n'est pas pour moi.

Il reporta son attention sur le téléphone en se sentant comme le prince, abandonné seul, au centre de la salle de bal sans le moindre indice pour retrouver Cendrillon hormis sa pantoufle de vair. Le téléphone était bien moins sexy que ses escarpins, mais c'était toujours ça.

La porte s'ouvrit, et il leva les yeux pour accueillir le nouveau client, mais il resta sans voix quand elle entra. D'évidence, il lui avait fallu moins de temps qu'il l'avait cru pour réaliser son oubli, et il tenait encore son téléphone à la main.

Il la vit enfin nettement sous la lumière vive de l'entrée : une peau douce et crémeuse, un visage délicat en forme de cœur encadré par des cheveux bruns coupés court. Et sous ses longs cils, ses yeux vert foncé brillaient de colère.

Il avait cru que sa robe était noire, mais il voyait désormais qu'elle était d'un violet sombre. En revanche, il avait eu raison pour ses courbes que sa robe corset mettait en valeur. Ses talons compensés l'empêchèrent d'estimer précisément sa taille, mais il devina qu'elle frôlait le mètre soixante-dix.

Son maquillage était léger et subtil, et ses longues boucles d'oreilles violettes, qui tombaient en grappe, suggéraient un caractère facétieux qui contrastait avec la sobriété de sa coiffure et de sa tenue.

Elle était simplement et incroyablement belle. Et, à cet instant, l'élan d'espoir qu'il avait ressenti quand il l'avait aperçue à travers la pluie devint une certitude.

— Nonna va adorer apprendre qu'elle avait raison.

Deux sourcils parfaitement dessinés se froncèrent.

— Je vous demande pardon ?

— Désolé. J'avais l'esprit ailleurs.

— L'esprit ailleurs et les doigts poisseux.

— Hein ?

Elle fixa la main qui tenait son téléphone.

— Ceci m'appartient.

— Oh ! vous l'aviez oublié sur le comptoir, répondit-il en le lui tendant.

Et quand elle le prit et que leurs mains s'effleurèrent, il ressentit à nouveau cette étrange chaleur au creux de son cœur. Mais elle retira vivement sa main, ce qui l'incita à penser qu'elle avait senti la même chose, ou en tout cas quelque chose.

— C'est tout ? dit-elle. Aucune explication ni excuse pour avoir lu mes messages ?

— J'essayais simplement de savoir à qui il appartenait.

— A moi, répéta-t-elle.

— Et vous êtes ?

— Quelqu'un qui espère rentrer avant que sa pizza soit froide, ajouta-t-elle en faisant volte-face.

— Chaud devant ! cria Rafe en posant la boîte à emporter sur le comptoir.

— Attendez ! Vos ailes de poulets sont prêtes, dit Marco.

— Je n'ai pas commandé d'ailes, répondit-elle en se retournant.

— Il y avait un message d'une certaine Tristyn sur votre téléphone.

Elle fit défiler le message et fronça les sourcils tandis qu'il lui tendait la boîte en carton.

— Je ne les ai pas payées.

— Considérez que c'est un cadeau pour me faire pardonner d'avoir lu vos messages.

— Vous n'auriez pas besoin de vous excuser si vous ne vous l'étiez pas permis, lui fit-elle remarquer.

— Mais vous seriez repartie sans vos ailes, répliqua-t-il.

Elle lui prit la boîte des mains en veillant bien à ne pas le toucher.

— Merci…

— Marco. Marco Palermo.

— Merci, Marco.

— Je vous en prie, répondit-il en souriant.

— Jordyn, finit-elle par répondre en confirmant les informations de sa belle-sœur tandis qu'elle s'avançait vers la porte.

Il saisit la poignée avant elle et lui ouvrit.

— J'espère que vous aimerez votre pizza.

— C'est toujours le cas, lui assura-t-elle.

Il ne la quitta pas des yeux tandis qu'elle s'éloignait pour rejoindre son véhicule.

— Jordyn est revenue chercher son téléphone, dit-il à Gemma quand il se retourna et vit qu'elle se tenait derrière le comptoir avec sa commande.

— J'ai entendu la fin de votre conversation, admit-elle. Enfin… toute votre conversation.

Son cœur était rempli d'un tel bonheur qu'il avait l'impression qu'il débordait, et il ne put retenir l'immense sourire qui lui brûlait les lèvres.

— C'est elle. Je l'ai enfin trouvée.

Sa belle-sœur soupira.

— *Caro*, pourquoi t'infliges-tu cela ?

— Peut-être parce que je vois à quel point Tony et toi êtes heureux et que je veux la même chose.

— Tu tomberas amoureux de la bonne personne quand le moment sera venu, mais si tu continues à te jeter de la falaise tête la première pour forcer le destin, tu ne réussiras qu'à te faire à nouveau mal.

— L'étincelle était là, insista-t-il.

— Ce n'était pas une étincelle, mais un incendie. Tu t'enflammes seul et tu ne t'en aperçois même pas.

Sa réponse le déçut. Il savait qu'elle tenait à lui, elle faisait partie de sa famille depuis tant d'années qu'il la considérait comme une seconde sœur, aussi ne comprenait-il pas pourquoi elle semblait aussi déterminée à gâcher son bonheur.

Ou peut-être que si. Et peut-être avait-elle de bonnes raisons de penser qu'il était obnubilé par l'idée de trouver son âme sœur. Et que ses dernières tentatives de relations justifiaient sa réaction prudente.

Mais l'alternative, rester patient et attendre que l'amour de sa vie lui tombe dans les bras sans rien faire, lui était insupportable. Parfois, le destin avait besoin d'un coup de pouce, et il était plus que partant pour le lui donner.

Mais, auparavant, il avait un tiramisu à livrer.

La pluie torrentielle s'était transformée en légère bruine quand Jordyn arriva devant la maison de ville de Northbrook qu'elle partageait avec sa sœur. Tristyn l'accueillit à l'entrée en lui tendant une serviette pour se sécher en échange du carton à pizza.

— Peut-être que ce temps était un présage, déclara Jordyn en ôtant ses chaussures. J'aurais dû annuler ce rendez-vous après avoir vu la météo et rester à la maison.

— Ou au moins emporter un imperméable ou un parapluie.

— Aucun des deux n'aurait pu me préserver du désastre de cette soirée.

— C'était si terrible ? l'interrogea Tristyn en disposant leur dîner sur la table.

Jordyn enveloppa ses cheveux dans la serviette et saisit le verre de vin que sa sœur lui tendait.

— Aucun mot ne pourrait le décrire.

— Qu'a-t-il fait ?

— Il a commencé la conversation en me demandant si j'avais déjà songé à changer de prénom.

— Pourquoi ferais-tu une telle chose ? dit Tristyn en mordant dans sa part de pizza.

— Parce qu'il crée une confusion selon lui. Apparemment, quand Carrie lui a proposé de lui arranger un rendez-vous avec moi, il avait d'abord refusé, car il avait cru que j'étais un homme. Et il lui a alors juré, d'un ton graveleux, qu'il était strictement et exclusivement hétérosexuel.

— Cela m'arrive aussi parfois. Mais jamais pendant un rendez-vous.

— Et critiquer mon prénom était loin d'être le pire. Car, avant même que j'aie eu le temps de lire la carte des vins, il m'a demandé quelle sorte de contraceptif j'utilisais.

— Tu plaisantes ?

— J'aimerais bien, répondit-elle en ôtant les morceaux de poivron de sa pizza.

— Et qu'as-tu répondu ?

— Je pense que ma mâchoire a dû percuter la table car il s'est tout de même excusé pour la brutalité de sa question. Attention, pas pour la question, juste pour la forme…

Tristyn secoua la tête.

— Apparemment, il est père d'un garçon de six ans qu'il a eu durant une brève liaison où la femme lui aurait menti en affirmant qu'elle prenait la pilule. Et depuis, la moitié de son salaire part en pension alimentaire et il est coincé avec ce gamin tous les week-ends.

Sa sœur manqua de s'étouffer avec son vin et Jordyn leva aussitôt les mains.

— Ce sont ses mots, pas les miens.

— J'aurais dû comprendre.

— Et pendant tout le temps où il me parlait, il a regardé mes seins et pas une seule fois mon visage.

— Il faut reconnaître que tu as une poitrine exceptionnelle.

— Je suis flattée que tu l'apprécies, ironisa-t-elle.

— Et cette robe met vraiment toutes tes courbes en valeur, ajouta Tristyn avant de regarder sa propre poitrine en soupirant.

— Et cela est censé excuser le fait qu'il ait fixé mon décolleté durant tout le dîner ?

— Absolument pas ! s'exclama Tristyn.

— Je ne suis pas restée pendant tout le dîner, reconnut-elle en se servant des ailes de poulets. Quand j'ai agité ma main devant son visage pour la troisième fois afin d'attirer son attention, il ne s'est même pas excusé. Il a juste dit que j'avais sans doute compris qu'il était un homme qui appréciait les belles poitrines et qu'il était ravi que Carrie nous ait permis de réaliser que nous étions faits pour nous rencontrer.

— Il n'a pas osé ?

— Oh si ! Et quand je lui ai dit que c'était loin d'être le cas, il m'a promis que je changerais d'avis avant le dessert.

Tristyn grimaça.

— Je suis juste soulagée que nous nous soyons rencontrés au restaurant, ce qui m'a évité d'avoir à attendre un taxi.

— Je suis désolée, lui dit sa sœur. Carrie m'avait juré que ce type était formidable.

— Alors Carrie devrait sérieusement revoir ses critères à la hausse.

— Je voulais juste que tu sortes et que tu t'amuses. Tu es restée recluse depuis que…

— Je travaille au milieu d'une foule de clients ! l'interrompit-elle, car elle savait ce que sa sœur allait dire et elle ne voulait pas l'entendre. Il me semble que c'est le contraire de recluse.

Tristyn la dévisagea d'un air compréhensif.

— Mais tu ne sors avec personne.

— Et après ce soir, tu as réellement besoin de me demander pourquoi ?

— Il y a plein de types bien, juste au dehors.

— Sans doute, reconnut-elle. Mais tu es sortie avec la plupart d'entre eux, et c'est tout aussi gênant.

— Je ne suis pas sortie avec autant d'hommes !

— Et pourquoi devrais-je me sentir obligée de rencontrer des types qui ne m'intéressent pas quand je suis parfaitement satisfaite de ma vie ?

Elle se pencha pour caresser Gryffindor qui avait suivi l'odeur de nourriture depuis la cuisine et se frottait contre sa jambe pour attirer son attention, ou pour récupérer des miettes. Non qu'elle l'ait jamais nourri à table, mais le chat errant, couvert de cicatrices, qu'elle avait adopté sept ans plus tôt, était un éternel optimiste.

— Tu ne devrais pas te réjouir de passer ta soirée avec ta sœur.

— Ce qui nous mène à la question, que fais-tu ici un samedi soir ?

Tristyn haussa les épaules.

— Je n'avais pas envie de sortir.

— Tu es malade ?

— Non, juste préoccupée.

— Par quoi ?

— J'ai déjeuné avec Daniel hier.

— Il a essayé de te débaucher pour GSR, devina-t-elle en parlant de Garett/Slater Racing, la société que leur cousin avait fondée avec son ami Josh Slater. Et ?

— Je suis tentée, admit-elle.

— Mais ?

— J'adore travailler chez Garett Furniture et faire partie de l'entreprise qu'a bâtie grand-père.

— Alors, dis-lui non.

— Mais ce serait vraiment excitant de travailler là-bas.

— Cela ne te ressemble pas d'être aussi indécise. Qu'est-ce que tu ne me dis pas ? l'interrogea Jordyn en sirotant son vin.

— Je ne sais pas si je pourrais travailler avec lui.

— Daniel ?

— Josh, répondit sa sœur en secouant la tête.

— Tiens, tiens.

— Par pour les raisons que tu crois.

— Donc, pas parce que ce type ressemble à un aphrodisiaque ?

— Non, répondit Tristyn en éclatant de rire.

— Ce n'est pas parce que je n'ai pas envie de ramener quelque chose du marché que je ne prends pas de plaisir à regarder.

Sa sœur débarrassa la table et emballa les restes de pizza.

— Tu étais en train de m'expliquer que tes réticences à travailler avec Josh n'avaient rien à voir avec le fait que tu mourrais d'envie de lui arracher ses vêtements.

— Je ne veux pas lui arracher ses vêtements !

— Cela fait un certain temps que je n'ai pas fait l'amour, mais je me rappelle que c'est plus facile lorsqu'on est nu.

— Il est arrogant, odieux et monsieur-je-sais-tout ! répondit Tristyn un peu trop vivement.

Et comme cela était inhabituel chez sa sœur, Jordyn préféra ne pas insister, pour l'instant.

— Donc, tu vas refuser ce poste ?

— Je n'ai pas encore décidé, dit-elle en revenant prendre son verre de vin. Peut-être que Daniel pourrait t'arranger un rendez-vous avec Josh ?

— Tu veux que je sorte avec un homme arrogant et odieux ? répondit-elle en levant un sourcil.

— Tu sauras le dompter, tu ne t'es jamais laissé impressionner par personne.

— Et tu aurais une excuse parfaite pour ignorer ton attirance envers lui. Parce que ce serait vraiment trop bizarre de sortir avec le même homme que ta sœur, c'est bien cela ?

— Nous ne parlions pas de moi, mais de toi.

— Mais ta vie est bien plus intéressante que la mienne !

— Parce que je sors et que je rencontre des gens.

— J'ai rencontré quelqu'un ce soir, déclara Jordyn.

— Ton rencard désastreux ne compte pas !

Elle ne pensait pas à Cody, mais à Marco. En fait, elle n'avait même jamais cessé de penser à lui depuis qu'elle l'avait vu debout devant le comptoir, son téléphone à la main.

Au lieu d'être outragée par son audace, elle se sentait terriblement intriguée par cet homme. Et comme sa sœur avait bien plus d'expérience avec le sexe opposé, elle voulait connaître son avis sur leur brève rencontre.

— En fait, j'ai rencontré quelqu'un d'autre, après, quand je suis passée chez Valentino.

— Vraiment ? dit Tristyn d'un ton tout aussi sceptique qu'intrigué. Qui ?

— Marco.

— Ah, dit-elle en souriant largement. Le barman sexy aux yeux de velours avec la petite fossette au coin des lèvres ?

Ce fut le tour de Jordyn d'être surprise.

— Tu le connais ?

— Je l'ai vu là-bas, et nous avons un peu discuté.

— En lui faisant des regards langoureux ?

— J'admets avoir légèrement flirté avec lui, reconnut sa sœur, ce qui était pour elle quelque chose d'aussi naturel que respirer. Mais rien de plus.

— Pourquoi ?

— La chimie n'opérait pas, dit-elle en haussant les épaules. Mais tu as dû ressentir autre chose, sinon tu ne m'en aurais pas parlé.

— J'ai toujours pensé que cette histoire de chimie était exagérée.

— En tant que femme ayant bien plus de connaissances que toi en matière de séduction, je ne suis pas du tout d'accord. Je ne crois pas qu'une relation puisse marcher sans une bonne dose de chimie.

Jordyn n'était pas sûre d'avoir la moindre certitude amoureuse depuis que son cœur avait été réduit en miettes trois ans plus tôt.

— Et qu'as-tu ressenti ? Des papillons ? Des frissons ? De la chaleur ?

— Juste… de la curiosité.

— Etant donné que c'est plus que ce dont tu t'es montrée capable depuis longtemps, disons que c'est un bon début.

Jordyn leva les yeux au ciel.

— Je ne vois pas comment on peut qualifier de « début » une conversation de trois minutes.

— Tout dépend de ce que tu comptes faire après.

— Pour l'instant, mon seul projet est d'emporter ce verre de vin dans le salon pour regarder l'épisode de la série que nous avons raté hier soir.

— Cela me semble parfait.

Marco frappa un coup léger à la porte de chez sa sœur, qui habitait une maison de style colonial à deux étages, à seulement quelques centaines de mètres de l'endroit où ils avaient grandi.

Leur mère soupirait quand l'un de ses enfants frappait à sa porte. Pour elle, sa maison serait toujours la leur, même s'ils n'y habitaient plus. Renata, elle, ne voyait pas les choses de cette façon, même si elle veillait à laisser sa porte déverrouillée quand elle attendait de la visite. Avec deux jeunes enfants, il lui était difficile de prédire à quoi elle serait occupée au moment où on frapperait et combien de temps elle mettrait à répondre.

Le visage d'Anna, sa nièce de cinq ans, s'illumina quand elle le vit dans l'entrée.

— Oncle Marco !

— Oncle Marco ! s'exclama en écho Bella, sa sœur de trois ans.

Il posa le sac qui contenait les desserts afin de pouvoir attraper les deux petites filles qui se jetèrent dans ses bras. Comme Renata l'avait dit, elles étaient déjà en pyjamas, violet pour Bella et rose pour Anna.

— Tu ne viens plus jamais nous voir, se lamenta Bella.

— Jamais ! insista son aînée.

D'ordinaire, il venait rendre visite à sa sœur et à sa famille au moins une fois par semaine, mais il avait été tellement occupé par les plans du nouveau restaurant que trois semaines s'étaient écoulées depuis sa précédente visite. Et il se sentit coupable en prenant conscience qu'il avait manqué à ses nièces.

— Qu'est-ce qu'il y a dans le sac ? Tu nous as apporté une surprise ?

— Une s'prise ?

— C'est un tiramisu pour votre mère.

Les deux sœurs se pincèrent aussitôt le nez avec la même expression de dégoût.

— Et un cannolo pour chacune de vous, si vous allez vous asseoir à table.

Immédiatement, elles se précipitèrent à la cuisine, et Nata posa une petite assiette devant ses filles pour que Marco les serve.

— J'aime les cannoli ! lui dit Bella.

— Je le savais, répondit-il en l'embrassant sur le front.

— Votre oncle Marco vous gâte beaucoup trop ! intervint Nata.

Il leva un sourcil ironique en lui tendant son tiramisu.

— Nous gâte beaucoup trop, rectifia-t-elle en s'asseyant. Je t'apporte un café ?

— Je peux me servir, dit-il en se dirigeant vers le plan de travail pour choisir une dosette.

— On peut avoir du lait ? demanda Anna à sa mère.

— Bien sûr, répondit-elle en commençant à se lever.

— Je m'en occupe ! intervint Marco en s'emparant de leurs tasses en plastique préférées qu'il remplit de lait, ainsi qu'un verre pour Nata.

— Merci ! crièrent les deux sœurs en même temps.

Puis il prit son café et revint s'asseoir près de sa sœur.

— Alors, comment te sens-tu en ce moment ?

— Affamée !

— J'imagine que cela signifie que tu n'as plus de nausées matinales, répondit-il en riant.

— Maman a un bébé dans son ventre ! déclara Anna au cas où quelqu'un aurait oublié. Et elle va devenir vraiment très grosse.

— Comme ça ! dit Bella en étirant ses bras le plus loin possible pour lui expliquer.

— Avec un peu de chance, peut-être pas autant, ajouta Nata.

— Mais papa dit que cela signifie juste que nous aurons encore plus d'amour à donner.

— Je veux une sœur, continua Bella. Je veux plus être la plus petite.

— Et moi un frère, répliqua Anna en roulant de gros yeux en direction de sa cadette. Une sœur, ça suffit !

— Et moi, je veux que vous montiez toutes les deux nettoyer le sucre que vous vous êtes mis partout sur le visage et que vous vous brossiez les dents, dit Nata.

— On a déjà lavé nos dents ! protesta la petite. Avant qu'oncle Marco arrive.

— Mais c'était avant que vous mangiez les cannoli qu'il vous a apportés, lui dit-elle doucement mais fermement.

Les deux filles coururent immédiatement au premier.

— Cela devrait permettre au petit de patienter quelques heures, continua Nata en repoussant son bol avant de se frotter le ventre.

— Au petit ?

— Nonna ne s'est jamais encore trompée.

— Et tu espères aussi que ce sera un garçon ?

— Je sais que je devrais répondre que tout ce que je souhaite c'est un bébé en bonne santé, mais si j'avais le choix… oui, je voudrais un garçon cette fois.

Marco entendit l'eau couler dans la salle de bains à l'étage, preuve que les filles se lavaient à nouveau les dents.

— Je peux aller les border ? demanda-t-il.

— Elles t'ont fait te sentir coupable de ne pas être venu depuis longtemps, n'est-ce pas ?

— Cela ne fait pas si longtemps !

— Presque trois semaines. Tu nous as manqué.

— Je sais, mais Rebecca, notre nouvelle serveuse, a pris un mois de vacances pour aller voir sa mère dans le Minnesota, car elle ne l'avait pas vue depuis Noël. Peut-être que je devrais déménager, moi aussi.

Nata éclata de rire.

— Comme si c'était possible. Quand tu es parti de la maison, maman a pleuré pendant trois jours, et tu as failli revenir.

— Que veux-tu ? Personne ne sait mieux manipuler un fils qu'une mère !

— Nos dents sont propres, cria Anna depuis le premier.

— Oncle Marco va monter vous coucher, répondit Nata à ses filles avant de se tourner vers lui. Elles vont vouloir une histoire.

— Je n'ai pas oublié la cérémonie en trois semaines, dit-il, vexé, en sortant de table.

Il s'assit sur le lit d'Anna, entre les deux filles qui s'étaient glissées sous les draps et commença à lire l'histoire. Elles pouffèrent à chaque fois qu'il changeait de voix pour faire un nouveau personnage et eurent des petits cris ou des soupirs aux moments appropriés. Et quand il eut terminé, elles luttaient toutes les deux pour garder les yeux ouverts. Il embrassa Anna sur le front et prit Bella dans ses bras pour la porter dans son lit.

Il adorait participer à la routine du soir avec ses nièces, et avec ses neveux quand il était chez Tony et Gemma. Après, il se sentait toujours un peu triste quand il rentrait se coucher seul dans son appartement trop silencieux.

Il n'aurait pas eu de mal à trouver une femme pour partager son lit pour quelques nuits. Mais il n'était pas l'un de ces hommes qui avaient peur de l'engagement et ne cherchaient que des plaisirs furtifs. Il voulait tomber amoureux, se marier et lire des histoires à ses enfants. Mais en attendant que cela arrive, il était heureux de pouvoir passer du temps avec ses neveux et nièces.

Quand il redescendit, Nata était en train de plier du linge en regardant les informations à la télévision.

— Elles sont endormies ?

— Tu sais bien qu'elles ne le peuvent pas tant que tu ne leur as pas fait leurs bisous bonne nuit.

— Alors, je ferais mieux d'y aller, dit-elle en s'extirpant du canapé.

Et tandis qu'elle était à l'étage, il en profita pour nettoyer les assiettes et les verres restés sur la table.

— Un jour, tu seras un père merveilleux, dit Nata en revenant. Et aussi un bon mari pour une femme chanceuse.

— Tu dis ça uniquement parce que je suis en train de nettoyer ta cuisine.

— Et parce que tu m'as apporté du tiramisu.

— Au moins, tu es honnête.

— Celle que tu cherches est là, quelque part…

— Je sais…

— Je ne veux pas que tu te décourages en te demandant quand tu finiras par la trouver.

— C'est déjà fait.

Elle réfléchit à sa réponse un instant.

— Et quand aurons-nous le plaisir de la rencontrer ?

— Pas avant un bon moment.

— Pourquoi ?

— Parce que je veux un peu de temps et d'espace pour apprendre à la connaître avant que ma famille lui donne envie de partir en courant.

— Nous ne sommes pas si effrayants !

— Tu plaisantes ? Je suis né dans cette famille et je suis le premier à être terrifié quand tout le clan se rassemble pour les grandes occasions.

— Si elle doit devenir la mère de tes enfants, il faudra bien que tu nous la présentes un jour ou l'autre.

— Un jour, oui.

— Puis-je au moins connaître son prénom ?

— Non.

— Est-ce qu'elle existe vraiment ?

— Bien sûr !

— C'est déjà ce que tu avais dit pour Tessa Wheeler, ta soi-disant petite amie au collège, qui ne savait même pas que tu existais.

— Elle était réelle, dit-il en regardant de côté.

— Oui, mais ce n'était pas ta petite amie.

— Je n'étais qu'un gamin, protesta-t-il.

— Même si j'espère que tu as dépassé l'âge de t'inventer

des amies imaginaires, tu peux comprendre que ton refus de me dire son prénom me rende soupçonneuse pas.

— Jordyn, finit-il par dire au bout d'un long moment en comprenant que sa sœur n'abandonnerait.

— Jordyn Garett ? demanda-t-elle en écarquillant les yeux.

— D'où sors-tu ce nom ?

— Oh ! mon Dieu. C'est bien elle ! C'est Jordyn Garett.

— Je n'ai jamais dit cela !

— Mais tu n'as pas dit le contraire.

— Très bien. Et comment la connais-tu ?

— Elle tient le bar chez O'Reilly, et Craig joue dans l'équipe que son patron sponsorise.

Il avait oublié que son beau-frère jouait au base-ball. Et, de toute façon, il aurait dû se rappeler que sa sœur connaissait presque tout le monde à Charisma.

Mais à sa manière de se mordiller les lèvres il comprit qu'il y avait quelque chose qu'elle ne lui disait pas.

— Tu as une objection ?

— Je l'aime bien, le rassura-t-elle, bien que son ton semble prudent.

— Mais ?

— Eh bien, elle m'a toujours paru un peu… distante. Et je ne veux pas que tu souffres.

Encore.

Bien qu'elle n'ait pas prononcé le mot, ils savaient tous les deux qu'elle y avait pensé, tout comme lui. Mais cette fois-ci il était certain qu'il y aurait une fin heureuse, parce que Jordyn Garett était la femme qu'il avait cherchée toute sa vie.

Il ne lui restait plus qu'à l'aider à prendre conscience qu'elle aussi l'attendait.

ils s'étaient aimés et la manière dont son cœur
avait été dévasté par sa mort. Et surtout, elle ne voulait pas
se sentir attirée par un autre, ou même imaginer une vie
différente de celle qu'elle aurait dû partager avec Brian.

- 3 -

Jordyn rêva de Marco et se réveilla agitée et anxieuse pour cette même raison.

Elle ne se rappelait pas les détails de son rêve, sauf que son cœur battait très fort et que son corps exprimait des désirs qu'elle n'avait pas ressentis depuis bien longtemps. Puis elle s'était réveillée en pensant à Marco, le barman si prévenant et sexy aux yeux de velours avec des fossettes d'adolescent aux coins des lèvres. La description qu'en avait faite sa sœur était fidèle à la réalité.

Elle n'avait rêvé de personne à part Brian depuis des années. Et, plus important, elle n'avait pas rêvé de son ancien fiancé depuis plus d'un an, ce qui signifiait sans doute que son cœur commençait à guérir. Mais cette disparition l'inquiétait, elle ne voulait pas l'oublier. Ne pas oublier à quel point ils s'étaient aimés et la manière dont son cœur avait été dévasté par sa mort. Et surtout, elle ne voulait pas se sentir attirée par un autre, ou même imaginer une vie différente de celle qu'elle aurait dû partager avec Brian.

Elle avait raconté à Tristyn que son rendez-vous avec Cody avait été un désastre, mais pas qu'elle en avait ressenti un immense soulagement. Ce rendez-vous lui avait simplement rappelé qu'elle ne ratait pas grand-chose en ne sortant plus, et renforcé sa certitude qu'elle faisait bien mieux de rester seule plutôt que fréquenter des hommes qui n'étaient pas faits pour elle. Parce qu'aucun d'eux n'était Brian.

Puis elle était entrée chez Valentino, s'était retrouvée face à Marco Palermo, et elle avait ressenti… quelque chose.

Elle ne savait pas exactement ce que c'était, une étincelle de conscience ou un frisson de désir ; elle savait simplement que c'était plus qu'elle souhaitait.

Elle chassa ses pensées, refusant de s'interroger plus avant. Elle avait croisé un homme et, sur le moment, s'était sentie troublée : la belle affaire ! Cela n'avait pas nécessairement de sens, et elle doutait que leurs chemins se croisent à nouveau.

Or, elle comprit instinctivement que ce n'était pas vrai. Quoi qu'elle ait ressenti, elle était certaine qu'il en avait été de même pour lui et qu'ils n'allaient pas tarder à se rencontrer à nouveau. Et quand cela arriverait, elle serait préparée à le repousser. Il n'y avait pas d'autre option.

Tristyn prenait son petit déjeuner en lisant les informations sur sa tablette quand Jordyn descendit dans la cuisine après sa douche. Elle se prépara un café aromatisé à la vanille, y ajouta deux sucres et une généreuse rasade de crème, et s'assit à table.

— Combien de verres de vin ai-je bu hier ?

— Pas plus que moi, répondit Tristyn. Pourquoi ?

— Je me sens épuisée ce matin et j'ai fait un rêve bizarre.

— Il y avait un invité spécial dans ce rêve ? la provoqua sa sœur.

Jordyn lui lança un regard noir.

— Je prends cela pour un oui !

Jordyn se concentra sur sa tasse en espérant que la caféine réveillerait son esprit embrumé.

— C'est un bon signe, reprit Tristyn d'une voix douce.

— Quel bon signe ?

— Que tu penses à lui. Brian nous a quittés depuis plus de trois ans.

Trois ans, deux mois et seize jours. Mais, bien sûr, elle n'en dit rien afin de ne pas voir ce pli soucieux sur le front de sa sœur. Et sa famille se faisait déjà suffisamment de souci pour elle. Alors, elle acquiesça en silence.

— Il est temps que tu sortes à nouveau.

— Ce n'est pas ce que j'ai fait avec Cody ?

Tristyn secoua la tête.

— Cody était un rendez-vous arrangé qui n'avait aucune chance de marcher parce que tu avais décidé par avance que tu n'irais pas plus loin que ce dîner.

C'était à la fois une bénédiction et une malédiction d'avoir une sœur qui vous connaissait si bien.

— Et c'est sans doute pour cela que ta rencontre avec Marco t'a fait plus forte impression.

— Ou peut-être que c'est moi qui lui ai donné trop d'importance, dit-elle en réalisant qu'il ne lui avait rien demandé de plus que son nom.

— Peut-être, reconnut Tristyn. Mais tu ne pourras pas en être sûre tant que tu ne l'auras pas revu.

Deux semaines passèrent avant que cela se produise.

Dix jours, pour être précis. Et pas un seul sans qu'elle pense à lui au moins une fois. Au bout d'une semaine, elle avait failli passer chez Valentino pour voir s'il y travaillait, mais elle avait fini par réprimer cette impulsion.

Car même s'il avait été présent, qu'aurait-il pu se passer après ? Et son incapacité à répondre à cette question l'avait tenue éloignée de son restaurant familial.

Mais jeudi soir, quelques heures avant la fermeture, il entra chez O'Reilly tandis qu'elle tenait le bar. Et même à travers la pièce, elle sentit bourdonner comme une énergie qui les reliait, à moins qu'elle ait été simplement épuisée après son double service.

Il la salua de la tête en s'asseyant au comptoir.

— Hé, Jordyn ! l'interpella Bobby Galley. Tu me donnes ton numéro ?

Durant les six premiers mois de son travail chez O'Reilly, chaque fois que Bobby était venu, il lui avait demandé son numéro. Et, chaque fois, elle avait refusé. La plaisanterie

commençait à devenir pesante, quand, un jour, elle lui
avait répondu :

— Cent quarante-six.

Il avait cillé en la dévisageant.

— C'est le nombre de fois où tu m'as invitée à sortir et
où j'ai refusé.

Après cela, c'était devenu une sorte de jeu. Bien qu'il
n'ait pas perdu espoir qu'elle finisse par lui donner son
vrai numéro.

— Trente-huit, finit-elle par répondre.

— Je suis sûr que ce n'est pas ton âge. Si je suis chanceux,
c'est la taille de ton soutien-gorge ?

— Encore raté. C'est le nombre de mois qui sont passés
depuis que je te sers à boire.

— Ce qui ne fait que prouver que, toi comme moi, avons
besoin d'un changement de décor ! Laisse-moi t'emmener
loin d'ici.

— Si par loin d'ici tu veux dire Hawaï, je t'écoute, Bobby.
Mais s'il s'agit d'autre chose, alors j'ai des clients à servir,
répondit-elle en se dirigeant vers Marco.

— Qu'est-ce qui te ferait plaisir ?

— Une bière pression.

— Tu vas devoir être plus précis, dit-elle en désignant la
rangée de robinets d'au moins douze marques différentes.

— Je vais tenter la Smithwick.

Il jeta un coup d'œil circulaire en attendant sa bière et nota
que, malgré l'heure avancée, une dizaine des tables étaient
occupées et quasiment tous les tabourets. Et il soupçonna
que l'affluence sur ces derniers était bien plus le fait de la
jolie fille qui travaillait derrière le comptoir que des deux
écrans qui permettaient de regarder les grands événements
sportifs. Ce, d'autant que le Bar Down, l'établissement
préféré des fans de sport, n'était pas très éloigné.

— Comment as-tu trouvé tes ailes de poulets l'autre soir ?

— Parfaites, comme toujours.

— Et comment sont-elles ici ?

— Tu es venu espionner la concurrence ?

— Je suis sûr que nous avons des clients en commun, mais je ne pense pas qu'O'Reilly et Valentino soient concurrents.

— Eh bien, nos ailes au miel et aux épices sont mes préférées, dit-elle en lui tendant un menu. Mais les barbecues sont très appréciés aussi.

— Si je commande celles au miel, tu les partagerais avec moi ?

— Non, répondit-elle en souriant. Mais merci.

— Tu es douée pour cela.

Elle prit un verre et commença à le remplir pour un autre client.

— Douée pour quoi ?

— Esquiver les propositions.

— Je travaille dans un bar, dit-elle en haussant les épaules. Cela fait partie des compétences requises.

— Donc, je ne devrais pas le prendre personnellement ?

— Je n'ai pas dit cela.

Mais sa réponse négative fut atténuée par un second sourire qui fit bondir son cœur, alors qu'elle s'éloignait pour déposer la bière de son client au bout du comptoir.

— Alors, tu veux ces ailes ? demanda-t-elle en revenant.

— Sont-elles servies avec ton numéro de téléphone ?

— Non.

— Même pas le premier chiffre ?

Elle esquissa un début de sourire.

— Non.

— Donc, la seule chose que me rapporteront ces ailes est le plaisir de pouvoir parler avec toi un peu plus longtemps ?

— Faux. Tu auras aussi les ailes.

— Vendu ! répondit-il en souriant.

— Miel et épices ?

— Bien sûr.

Elle s'éloigna un moment pour lancer sa commande et échanger quelques mots avec d'autres clients.

— Qu'est-ce qui t'amène chez O'Reilly ?

— Je te cherchais.

— Eh bien, tu m'as trouvée.

— Est-ce que je peux te garder ? répliqua-t-il du tac au tac.

— Tu ne le voudrais pas. Je suis très contrariante.

— D'expérience, les femmes contrariantes n'en ont jamais conscience.

— Tu vois, je remets déjà tes certitudes en cause !

— Sans doute bien plus que tu l'imagines !

— Comment as-tu trouvé où je travaillais ?

— Tu ne crois pas qu'il s'agisse d'une coïncidence si j'ai décidé de m'arrêter ici pour boire une bière ?

— Non.

Sa réponse franche le fit sourire.

— Ma sœur, Renata, m'a dit que je te trouverais sûrement ici.

— Renata et Craig, dit-elle à voix haute. C'est bien le pompier qui joue en seconde base pour l'équipe de Brew ?

Il acquiesça.

— Le monde est petit, ajouta-t-elle.

— C'est même curieux que nous ne nous soyons jamais croisés.

— Pas tant que cela, dans la mesure où nous travaillons aux mêmes horaires décalés.

La serveuse blonde qui s'occupait du service en salle les interrompit.

— Il me faut deux pintes de Guinness, un verre de vin blanc et une vodka citron.

— Excuse-moi, dit-elle à Marco en commençant à préparer sa commande.

— Cela va être difficile de continuer cette conversation si tu passes ton temps à t'en aller.

— Je travaille, lui rappela-t-elle.

— Je le sais. Mais si tu me donnes ton numéro, je serai ravi de céder ce tabouret à un autre client.

— Je ne peux pas faire cela.

— Je ne le dirais pas à Bobby, promis.

— Ce n'est pas Bobby qui m'inquiète.

— Qu'est-ce qui t'inquiète alors ?

— Non, je ne suis pas inquiète, c'est juste que… je ne sais pas, dit-elle en soupirant.

— Tu ne connais pas ton numéro ? plaisanta-t-il en feignant la surprise.

Un nouveau sourire apparut sur ses lèvres.

— Je ne veux pas que toi, tu le connaisses.

— Pourquoi ?

— Parce que tu m'appellerais pour m'inviter à sortir et que soit je me sentirais coupable de refuser, soit j'accepterais et je le regretterais après.

— Il y a une troisième option, répondit-il. Tu pourrais accepter, passer la meilleure soirée de ta vie, tomber folle amoureuse de moi et souhaiter devenir ma femme et la mère de mes enfants.

— Je ne pense pas, dit-elle en secouant la tête.

— Pourquoi ?

— Parce que je travaille cinquante heures par semaine à servir des bières à des hommes dans un pub et que je connais toutes les techniques de drague imaginables.

— Je n'en doute pas, mais j'espérais que tu saurais faire la différence entre ceux qui souhaitent juste te mettre dans leur lit et ceux qui souhaitent sincèrement apprendre à te connaître.

— Et alors, j'aurais compris que tu appartiens à la seconde catégorie ? répliqua-t-elle d'un ton empli de doute.

— Précisément.

— Je suis flattée de l'intérêt que tu me portes, mais je ne sortirai pas avec toi.

— Tu ne me crois pas, réalisa-t-il.

— Même si tu étais honnête, je ne souhaite en aucun cas tomber follement amoureuse, me marier et avoir des enfants.

— Ma grand-mère dit toujours que l'amour nous tombe dessus quand on s'y attend le moins.

— Je suis sûre que c'est une femme d'expérience, mais elle ne me connaît pas.

— Pas encore.

Elle soupira.

— Tu es têtu, je te l'accorde.

— Persévérant, plutôt.

— Je ne sors pas avec les clients.

— C'est une règle de ton patron ou une philosophie personnelle ?

— C'est personnel, admit-elle. Bien que cela soit tout aussi vrai si tu enlèves le mot « client ».

— Tu ne sors avec personne ?

— A part un récent rendez-vous arrangé qui a tourné au fiasco, non.

— Mais pourquoi ?

— Parce que cela attire plus de problèmes qu'autre chose.

— Peut-être est-ce juste parce que tu n'es jamais sorti avec celui qu'il te faut ? suggéra-t-il.

Elle détourna le regard, mais pas assez rapidement pour qu'il ne remarque pas la douleur qui passa dans ses magnifiques yeux verts.

Elle fit un signe de tête à un homme assis à l'autre bout du comptoir et remplit un verre de bière qu'elle lui apporta avant de passer quelques minutes à bavarder avec lui. Puis elle remarqua alors les ailes de poulets sur le passe-plat et revint les déposer devant Marco.

— Qu'y a-t-il vraiment entre Bobby et toi ?

— Rien. C'est juste un client régulier.

— Et le numéro que tu lui as donné ?

— C'est juste un jeu. Des chiffres au hasard dont il essaie de deviner la signification.

— Puisque tu as décrété que ton numéro de téléphone était proscrit, quel chiffre me donnerais-tu ?

— Trois, répondit-elle après un instant de réflexion.

— Trois, répéta-t-il en prenant une aile. Est-ce le nombre

de rendez-vous que nous aurons avant que j'aie le droit de te voir nue ?

Elle leva les yeux au ciel, mais la manière dont ses joues rosirent suggérait qu'elle n'était pas aussi indifférente à l'idée qu'elle le laissait croire.

— C'est le nombre de fois où tu viendras ici pour me faire des avances avant de tourner ton attention vers une autre.

— Cette réponse ne rend honneur à aucun de nous deux. A toi, parce que tu mérites bien plus d'efforts que cela et à moi, parce que cela suppose que je sois une sorte de crétin ou de dragueur superficiel.

— L'avenir nous le dira, dit-elle en haussant les épaules.

Evidemment, Marco n'était pas le genre d'homme à refuser un défi.

Alors, il revint chez O'Reilly le mercredi et le jeudi, mais s'en abstint pendant le week-end. Ce, autant pour des raisons stratégiques que pratiques. Symboliquement, il voulait qu'elle ait du temps pour penser à lui et, avec un peu de chance, pour qu'elle ait envie de le revoir. Et, de façon plus prosaïque, il avait des responsabilités chez Valentino et savait que le pub serait bien trop bondé pour qu'ils puissent bavarder tranquillement.

Lundi soir, il quitta le restaurant familial après le coup de feu du dîner. Il franchit la porte du pub avant 21 heures, et leurs regards se croisèrent aussitôt. Et quand elle lui sourit, il sut qu'elle était contente de le revoir, même si elle n'était pas prête à l'admettre.

— Smithwick ? lui demanda-t-elle tandis qu'il s'installait sur le tabouret en face d'elle.

— Bien sûr.

— Si tu veux manger ce soir, tu ferais mieux de passer ta commande avant que toute l'équipe de Brew débarque.

Il avait oublié que l'équipe de base-ball locale jouait le lundi soir et qu'après les joueurs allaient chez O'Reilly.

— Dans ce cas, cela risque d'être une dure soirée.

— Oui, terrible.

Une demi-heure plus tard, il comprit qu'elle ne plaisantait pas. Ce soir, deux serveuses s'occupaient de la salle, et plusieurs tables avaient été rassemblées pour le groupe. Il n'y avait pas que les joueurs, car la plupart étaient venus accompagnés de leurs petites amies ou de leurs femmes. Et ceux qui étaient célibataires faisaient du charme aux serveuses. Comme le comptoir était bondé, il prit son verre et rejoignit sa sœur et son beau-frère à leur table pour écouter le récit du match victorieux contre l'équipe de la police locale.

Les deux heures qui suivirent, ils burent et discutèrent tout en dévorant d'immenses plateaux d'amuse-gueules. Il était heureux de voir Renata sortir avec son époux et faire une pause tandis que leur mère gardait ses nièces. Puis, quand ils finirent par partir, il retourna au comptoir où Jordyn rangeait des verres propres.

— J'ai cru que tu étais parti en même temps que Craig et Renata.

— Non, mais j'ai remplacé la bière par du café depuis plus d'une heure, dit-il en posant son mug vide devant lui.

Elle prit la carafe et le resservit.

— Quatre.

— C'est le nombre de fois où je suis revenu te voir.

— Exact. Et c'est aussi l'un des chiffres de mon numéro de téléphone.

— C'est déjà un progrès. Lequel ? Le premier, le dernier ?

— Non, un des cinq du milieu.

— Alors, c'est un début.

Et sans doute aussi une erreur, réalisa Jordyn en repartant.

A quoi jouait-elle ? Pourquoi lui avait-elle donné ce chiffre ? Etait-elle en train de flirter ? De l'encourager ?

Apparemment, c'était bien le cas. Et encore plus surprenant, elle se sentait heureuse à l'idée de le revoir. Il ne venait pas tous les soirs au pub, pas plus qu'elle n'y travaillait tous les jours. Mais chaque fois qu'elle avait été de service, elle s'était aperçue qu'elle guettait son arrivée et que cette possibilité la faisait frissonner d'impatience.

Samedi après-midi, douze jours et quatre autres visites plus tard, elle avait donné à Marco cinq des chiffres de son numéro.

— Encore deux soirs, et j'aurai ton numéro au complet.

— Si tu parviens à les mettre dans l'ordre.

— Cela t'amuse de me faire tourner en bourrique ?

— Je t'avais prévenu que je ne sortirais pas avec toi, lui rappela-t-elle. Mais si tu parviens à découvrir mon numéro, je pourrais bien changer d'avis.

— C'est probablement la phrase la plus encourageante que tu m'aies jamais dite.

Elle haussa les épaules, gênée de ne pouvoir s'empêcher de jouer avec lui et de l'encourager, alors que cela ne la mènerait nulle part.

— Deviner ton numéro ne devrait pas être trop difficile. Il y a cinq mille quarante possibilités.

— Tu viens d'inventer ce chiffre ?

— Non, c'est une simple équation. Il suffit de …

— J'ai toujours détesté les maths, l'interrompit-elle. Et cela fait beaucoup de numéros à composer.

— Oui, mais comme tu me l'avais fait remarquer, je suis persévérant.

— Cela, ce sont tes mots, moi j'avais dit têtu.

— Uniquement quand je veux réellement quelque chose.

Et, pour une raison obscure, il avait décidé qu'il la voulait et qu'il la convaincrait qu'elle voulait la même chose. Ou, pour le moins, satisfaire cette attirance physique qu'il y avait entre eux et qui la bouleversait dès qu'il était trop près.

— Tu pourrais peut-être envisager que tu as rencontré l'homme de ta vie ?

Elle sentit des frissons brûlants remonter dans son dos tandis qu'elle réalisait qu'il avait peut-être raison.

- 4 -

Vingt ans plus tôt, le quartier de Northbrook était considéré comme l'un des moins fréquentables de Charisma. Mais depuis dix ans les efforts pour le rénover avaient porté leurs fruits. Les anciennes vitrines condamnées proposaient désormais une multitude de commerces et de cafés qui permettaient aux résidents de trouver tout ce dont ils avaient besoin à quelques pas de chez eux.

— Qu'en pensez-vous ? demanda Marco à ses grands-parents d'un ton léger, malgré la nervosité qui le taraudait.

Ils n'avaient pas dit grand-chose au cours de la visite de ce qui avait précédemment été Le Mykonos. Le restaurant méditerranéen avait été prospère jusqu'à ce que l'épouse du propriétaire soit arrêtée pour avoir fait commerce d'autres services dans l'appartement du premier étage six mois auparavant. Depuis, le local était resté vacant.

Salvatore Valentino inspecta la cuisine, qui était à peine reconnaissable, puisque tous les fours et cuisinières avaient été vendus par le propriétaire.

— C'est déjà mieux que l'endroit où nous avions démarré dans la rue Queen, nota-t-il. Mais cela va demander beaucoup de travail avant de mériter le nom de Valentino.

— Mais on peut voir son potentiel, renchérit Caterina d'un ton plus encourageant.

— J'aimerais faire une offre pour ce local, leur dit Marco.

— Eh bien, fais-la, répondit son grand-père.

321

Caterina donna un coup dans les côtes de son époux en lui murmurant des propos peu flatteurs en italien.

— Le petit nous demande notre approbation.

— Il devrait savoir que nous lui faisons confiance pour conduire les affaires de la famille.

— J'apprécie que vous le pensiez, mais je veux être certain que vous êtes conscients des risques.

— Comme le fait que soixante pour cent des commerces mettent la clé sous la porte au bout de trois ans ? dit Salvatore.

— Cette statistique est exagérée ! intervint Caterina.

— Et comment le sais-tu ? dit son époux.

— Je regarde CNN ! répondit-elle en levant le menton.

— En dehors des statistiques, continua Marco impatient de faire valoir son point de vue, nous avons l'avantage de ne pas ouvrir un nouveau restaurant, mais d'étendre une affaire déjà réputée.

— Tu as un calendrier pour les travaux ?

— Pour l'instant, rien n'est encore défini. Mais si toute la famille s'investit pour faire les rénovations, je pense que nous pourrions ouvrir d'ici six mois.

— Si tu continues à travailler autant d'heures au Valentino tout en venant ici après, devina sa grand-mère.

— Je vais demander à tout le monde de donner un coup de main, la rassura-t-il, même à Nonno.

Le visage de Nonno, son grand-père, s'illumina, mais Nonna fronça les sourcils.

— Son cœur…

Marco posa une main sur son bras pour lui faire comprendre qu'il partageait ses craintes. Mais il savait aussi qu'il était important pour son grand-père de garder une activité et de se sentir utile.

— Nous le surveillerons, lui promit-il.

— *Mi tratta come se fossi un bambino*, grommela Nonno.

— Un enfant de trois ans serait plus raisonnable que toi, rétorqua son épouse avant de se tourner vers Marco. Qu'est-ce qui te fait sourire ?

— Juste que je suis chanceux de vous avoir.

— Ne l'oublie pas, répondit-elle.

— Vendu ! ronchonna Nonno.

Sa grand-mère se dirigea jusqu'à la baie vitrée et regarda les commerces alentour.

— C'est un quartier bien plus huppé que le centre-ville.

— C'est vrai, ce qui signifie que les habitants ont aussi les poches mieux remplies et mangent plus souvent dehors.

— Tu vas augmenter les prix ? demanda aussitôt Nonno.

— Pas sur nos plats de pâtes traditionnels. Mais nous proposerons des entrées plus élaborées et plus chères, ainsi qu'une carte des vins plus sophistiquée. Et Nonna et Rafe créerons le menu, si je parviens à le convaincre de venir diriger les cuisines ici.

— Tu devrais prendre Lana comme hôtesse.

— Qui est-ce ? lui demanda Marco.

— La petite fille d'Elena Luchetta.

— Il y a beaucoup de travail avant de songer à engager qui que ce soit.

— Mais elle est parfaite, insista sa grand-mère.

— Parce qu'elle est italienne ?

— *Si*. Et célibataire…

— Il faut vraiment que tu arrêtes de suspendre les filles de tes amies sous mon nez comme si elles étaient des appâts, répondit-il en soupirant.

— Je le ferai quand tu auras fini par en croquer une !

— Le garçon n'a pas besoin de se précipiter pour se marier, intervint son grand-père.

— Je veux des petits-enfants !

— Tu en as déjà six, lui rappela Marco.

— Pas grâce à toi.

— Quelles sont tes intentions pour le premier étage ? demanda son grand-père.

Il se tourna vers lui, reconnaissant de son intervention.

— Il y a deux chambres, un petit salon, une kitchenette, une salle de bains. Au début, je pensais le louer pour générer des profits. Mais pourquoi pas en faire des salons privés pour les anniversaires ou les demandes en mariage ?

— Qu'est-ce que tu connais aux demandes en mariage ? le provoqua sa grand-mère.

— Je sais que, quand je rencontrerai la bonne personne, j'aimerais trouver un endroit romantique et privé pour lui faire ma demande.

— Ou pour célébrer notre cinquante-sixième anniversaire, dit Nonno en prenant la main de sa femme pour l'embrasser.

— Si nous survivons jusque-là ! répondit-elle les yeux brillants d'amusement. Et je ne veux pas d'un dîner en tête à tête. Je veux une énorme fête, *una grande festa* !

— Et moi, je veux tout ce que tu veux, répondit-il.

— C'est qui le vendu cette fois-ci ? plaisanta Marco. Bon alors, faisons-nous une offre ?

— Si tu es vraiment certain de le vouloir, dit Caterina.

— Cela fait deux ans que je prépare ce projet, Nonna.

— Je sais, mais je pense qu'il te faut plus d'*equilibrio* dans ta vie. Cela ne peut pas être, travail, travail et encore travail. Tu as besoin de *romanticismo*.

— Ce dont j'ai vraiment besoin pour l'instant, c'est d'appeler l'agent immobilier.

— Et nous, nous sommes attendus au restaurant, rappela Salvatore à sa femme.

Marco se pencha pour les embrasser tous les deux et les raccompagna à la porte. Puis il inspecta une nouvelle fois la salle poussiéreuse. Certes, il y avait beaucoup de travail, mais c'était essentiellement du ménage et de la décoration. Et quand son regard se fixa sur la baie vitrée, il imagina aussitôt la pancarte annonçant l'ouverture du Valentino II.

Puis elle apparut dans son champ de vision, et tout le reste s'évanouit.

Jordyn aimait vivre à Northbrook. Tout ce qu'elle pouvait désirer se trouvait à quelques pas. Et aujourd'hui, elle allait rejoindre ses sœurs pour une manucure/pédicure chez Serinity Spa à 14 heures. Elle adorait ce rendez-vous mensuel, qui en plus du moment de détente leur permettait de se retrouver.

Car, en plus d'être sœurs, Tristyn et Lauryn étaient ses meilleures amies. Elles n'étaient pas toujours d'accord sur tout, mais elles s'étaient toujours soutenues. Aussi, depuis que Lauryn s'était mariée, Tristyn et Jordyn, qui vivaient ensemble, organisaient au moins une journée « filles » par mois, pour passer du temps avec leur sœur.

La vitrine de la bijouterie attira son attention et elle s'arrêta. Bien que sa garde-robe ait toujours été simple et fonctionnelle, elle n'avait jamais pu résister à une paire de boucles d'oreilles de pacotille. Et ces grappes de cerises lui faisaient signe. Elle vérifia qu'elle avait assez de temps avant son rendez-vous et, cinq minutes plus tard, elle marchait fièrement dans la rue, les petites billes de cristal rouge pendues à ses oreilles, et ses créoles argentées rangées au fond de son sac. Elle aurait pu résister, mais elles se mariaient si parfaitement avec son T-shirt blanc et son pantacourt rouge capri.

— Bonjour, Jordyn.

Elle venait de s'engager dans l'allée du spa quand elle entendit sa voix dans son dos. Et son cœur s'emballa.

— Salut, Marco. Que fais-tu ici ? A moins bien sûr que tu pratiques l'épilation masculine…

— Pardon ? dit-il en la dévisageant.

Elle pointa du doigt l'enseigne indiquant les services de l'institut. Puis elle reconnut son sens habituel de l'humour quand il lui répondit.

— Maintenant que tu en parles, je pensais faire quelque chose pour ces cuticules déshydratées.

Mais ses mains larges et bronzées étaient parfaites et ses ongles méticuleusement coupés.

— Demande Lori, lui suggéra-t-elle.

— Je le ferai, promit-il, avec son sourire radieux qui la faisait chanceler. En fait, je suis dans le quartier pour affaires.

— Des affaires qui, par le plus grand des hasards, auraient un rapport avec la rumeur de l'ouverture d'un nouveau restaurant italien à la place du Mykonos ?

— Je n'aurais pas cru que tu étais le genre de personne à écouter les ragots.

— Ce n'est pas une réponse, mais une diversion.

— Qui prouve que tu es aussi belle qu'intelligente. Et c'est un fait.

Du coin de l'œil, elle aperçut Tristyn et Lauryn qui arrivaient.

— Qu'est-ce qui est un fait ?

— Que les sœurs Garett sont aussi belles qu'intelligentes, répéta-t-il en souriant pour accueillir les nouvelles venues.

— Et tu es aussi beau et charmant que d'habitude, répondit Tristyn.

— Ah tu vois ! Certaines femmes trouvent que je suis beau et charmant, dit-il en fixant Jordyn.

— Certaines femmes se laissent impressionner pour un rien. Et nous allons être en retard pour notre rendez-vous.

— Un massage complet, reprit Tristyn en faisant un clin d'œil à Marco. En plus, ils nous font une réduction si nous nous passons l'huile sur le corps l'une de l'autre.

Les yeux de Marco s'ouvrirent démesurément.

— Elle plaisante, précisa Jordyn.

Il cilla et reprit ses esprits.

— Ah oui, bien sûr, dit-il en se reculant d'un pas. Bonne journée, mesdames.

Le Serenity Spa s'étendait sur les trois étages d'une maison de style colonial qui offraient tous des services différents. Le rez-de-chaussée possédait huit stations de pédicure en arc de cercle, séparées par des paravents, dont deux avaient été tirés pour leur permettre de papoter.

— Dites-moi tout sur le don Juan que nous venons de croiser, demanda Lauryn.

— Tu veux parler du nouveau petit ami de Jordyn ? plaisanta Tristyn.

— Ce n'est pas mon…

— Je suis si heureuse que tu sortes à nouveau, dit Lauryn.

— Je ne sors pas avec Marco !

Les sourcils de Lauryn se froncèrent tandis qu'elle se tournait vers Tristyn.

— En fait, il veut être son petit ami, rectifia Tristyn.

— Mais je n'ai pas envie d'un petit ami.

— Cela fait plus de trois ans, dit doucement Lauryn.

— Je suis bien placée pour le savoir.

— Brian n'aurait pas voulu que tu restes en deuil pour toujours.

— Je ne suis plus en deuil.

— Alors, pourquoi refuses-tu de sortir avec Marco ?

— Je n'ai juste pas envie d'avoir quelqu'un en ce moment.

— Je peux comprendre le principe, mais l'homme qui frappe à ta porte ferait saliver et succomber n'importe quelle femelle.

— Dit la seule à être mariée, nota Tristyn en souriant.

Jordyn ne niait pas qu'il ait un charme fou. Mais elle avait bien plus peur qu'elle n'était tentée. Parce que, même s'ils ne se connaissaient que depuis quelques semaines, elle avait réalisé qu'elle l'appréciait. Et si elle continuait à passer du temps avec lui, elle risquait de vraiment bien l'aimer, ce qui pourrait l'amener à le désirer encore plus. Et elle ne voulait plus prendre ce risque.

— Comment va Kylie ? demanda-t-elle à sa sœur en parlant de sa fille de quatorze mois dans une tentative pas très subtile de changer de sujet.

— Elle grandit et devient si indépendante, répondit Lauryn en soupirant. Depuis qu'elle sait marcher, elle ne veut même plus être prise dans les bras.

— Ce qui n'est sans doute pas plus mal puisque tu devras tenir un autre enfant d'ici quelques mois.

— Pas avant huit mois, lui rappela-t-elle. Raison pour laquelle Rob et moi avons décidé de ne le dire à personne.

— Nous ne sommes pas personne ! protesta Tristyn.

Lauryn prit son verre d'eau infusée au concombre et au citron et but lentement.

— Il est un peu inquiet que nous ayons un nouveau bébé aussi vite, admit-elle. Depuis la naissance de Kylie, je ne travaille plus qu'à mi-temps comme superviseur des ventes chez Garett Furniture, et les affaires ne vont pas très fort à la boutique de sport.

— Et comment se passent les travaux de rénovation de la maison ? demanda-t-elle dans l'espoir que ce nouveau sujet ferait disparaître le froncement de sourcils de son aînée.

Mais celle-ci soupira à nouveau.

— Ils sont en pause. Rob travaille déjà tellement d'heures au magasin qu'il serait injuste de lui demander d'en faire plus quand il rentre à la maison.

Ce qui n'était pas juste, de l'avis de Jordyn, c'était que sa sœur doive vivre dans ce trou à rat. Tom et Susan avaient offert pour leur mariage une somme d'argent importante à leur fille et son époux, afin qu'ils puissent s'acheter une maison.

Lauryn en avait trouvé une, simple, à Ridgemount avec un petit jardin, dont même Rob avait reconnu qu'elle était parfaite. Mais il s'était montré réticent à investir tout leur argent dans l'immobilier quand il avait besoin de fonds pour lancer sa boutique. Alors, il avait convaincu son épouse d'acheter un petit appartement à rénover pour beaucoup moins cher et d'employer le reste pour acheter le stock de son affaire en plein envol.

Mais l'affaire en plein envol était devenue un commerce en difficulté et il n'avait jamais commencé les travaux de l'appartement. D'ailleurs, l'unique raison pour laquelle la chambre de Kylie avait été terminée juste avant sa naissance était que Jordyn avait fini par recruter leurs deux cousins, Andrew et Nathan, pour le faire.

— J'adore cette couleur, dit Lauryn pour faire diversion en regardant le vernis qu'on appliquait à sa sœur. Comment s'appelle-t-elle ?

— Cerise sauvage, répondit Jordyn en repoussant ses cheveux pour leur montrer sa dernière folie. Elle est assortie à mes boucles d'oreilles.

— J'aimerais être assez courageuse pour porter ce genre de couleur, dit Lauryn en fixant ses mains.

— Les french pédicures sont un classique, la rassura Tristyn.

— Dit la femme qui arbore un bronze rutilant sur ses pieds et un tatouage celtique sur les fesses.

— Dont on ne cesse de me faire compliment, d'ailleurs.

— Nous ne voulons pas le savoir, intervint Jordyn.

— Parle pour toi, déclara Lauryn. Je suis une vieille femme mariée qui a besoin de trouver un peu d'exotisme par procuration grâce à ses sœurs. Et comme tu ne veux rien dire sur Marco…

— Parce qu'il n'y a rien à raconter ! insista-t-elle.

— En tout cas, pas encore.

Heureusement, on les appela à l'étage supérieur pour leur massage, ce qui évita à Jordyn de nier ce dont elle avait réellement envie.

Une heure plus tard, les sœurs sortirent de l'institut sous un soleil radieux de fin d'après-midi, et le regard de Jordyn s'arrêta sur le local vide de l'autre côté de la rue.

— Est-ce que l'une de vous a entendu quelque chose à propos du nouveau restaurant qui va remplacer le Mykonos ?

— Il y a eu des rumeurs depuis quelques semaines, répondit Tristyn. Est-ce pour cela que Marco était dans le quartier ?

— Je le pense, mais il est resté évasif.

— Un bon Italien dans le coin ne serait pas de trop, continua Tristyn. Nous avons trois cafés, deux brasseries, une pizzeria, un bar végétarien, un restaurant indien et un chinois, mais rien où trouver de bonnes pâtes.

— Tout cela me donne faim, dit Lauryn.

— Moi aussi, répondit Jordyn. Dépêchons-nous d'aller chez Marg & Rita avant qu'il y ait trop de monde.

— Non, c'est mon tour de choisir le restaurant, leur rappela Tristyn.

Techniquement, c'était vrai. Leur journée filles se terminait toujours par un verre et un restaurant qu'elles choisissaient alternativement. Mais elles avaient pris leurs habitudes chez Marg & Rita et n'avaient été nulle part ailleurs depuis cinq mois.

— Laisse-moi deviner… Tu es d'humeur à manger italien, c'est cela ?

— Je salive déjà à la pensée des lasagnes à sept couches du Valentino.

— Je croyais que tu faisais attention aux glucides.

— Cette résolution s'est envolée avec les gaufres à la banane et aux noix de pécan de mon petit déjeuner.

— Maintenant que tu en parles, un italien me semble parfait, déclara Lauryn.

— Je veux des fajitas ! insista Jordyn.

Parce que c'était vrai et aussi parce qu'elle refusait de laisser ses sœurs la jeter dans les bras de Marco Palermo.

— Désolée, répondit Tristyn sans le paraître le moins du monde. Nous pourrons aller chez Marg & Rita le mois prochain quand ce sera ton tour de choisir. Mais peut-être que d'ici là c'est toi qui ne voudras plus manger qu'italien.

Elle ignora le sous-entendu de sa sœur et croisa les doigts en espérant que Marco ne serait pas là.

— Tu es en retard ! s'écria Gemma quand Marco entra dans la cuisine du Valentino un peu après 16 heures ce dimanche.

— Et je me serais senti coupable si ce n'était pas mon soir de repos.

— Tu as un soir de repos ? plaisanta Rocco, le petit-fils de quinze ans d'une amie de Nonna, qui faisait la plonge le week-end.

Marco feignit de lui donner une tape sur la tête.

— C'est intéressant, cette manière que tout le monde a d'insister sur le fait que je n'ai aucune vie en dehors de ce restaurant et de m'appeler à la rescousse quand je suis censé être ailleurs.

— Tu as raison, reconnut Gemma. Je suis désolée, mais la colocataire de Rebecca a téléphoné pour prévenir qu'elle était malade, et je pouvais réellement l'entendre vomir derrière sa voix.

Marco grimaça.

— Quels sont les plats du jour ?

— Des gnocchis avec une sauce tomate à la crème et une pizza complète aux légumes grillés. Sydney s'occupera du devant de salle et toi du fond.

— Quelle chance !

— Nous avons juste besoin de toi pendant le coup de feu du dîner, promit Gemma. Après tu pourras retourner à… tes activités.

— Je te le rappellerai, répondit-il comme s'il avait autre chose de prévu que regarder le match des Yankees à la télévision.

Il comprit pourquoi elle l'avait appelé. Une demi-heure plus tard, Sydney et lui se frayaient difficilement un passage entre la cuisine et la salle. Il avait oublié à quel point il aimait le contact avec la clientèle et entendre les gens s'extasier sur la qualité des plats. Il était en train de servir deux immenses pizzas à une famille d'habitués quand il les vit entrer. Et comme chaque fois, son cœur fit un bond quand son regard s'arrêta sur la beauté spectaculaire de la sœur du milieu.

Il retint son souffle tandis que Gemma les guidait à travers la salle et s'arrêtait devant un box près de l'entrée, avant de changer d'avis et de les emmener vers une table similaire au fond du restaurant.

Dans sa section.

Et, à cet instant, toute la contrariété d'avoir été appelé durant sa soirée de repos s'envola.

La chance n'était décidément pas du côté de Jordyn.

Non seulement Marco travaillait ce soir, mais il se présenta aussi à leur table pour prendre leur commande.

— Je croyais que tu étais barman, pas serveur, dit Jordyn quand il leur apporta une panière de pain chaud.

— D'évidence, c'est un homme aux multiples talents, déclara Tristyn en faisant un clin d'œil à Marco.

— C'est l'un des prérequis pour travailler dans une affaire familiale, confirma-t-il avant de leur détailler les plats du jour et de s'absenter le temps qu'elles se décident pour aller chercher leurs boissons.

— Je pense prendre les lasagnes, déclara Tristyn.

— Et moi, je pense avoir des doutes sérieux quant à la santé mentale de Jordyn, dit Lauryn en se tournant vers sa cadette. Car si j'étais célibataire, et que ce genre d'homme me regardait de la manière dont il te fixe, je lui aurais déjà sauté dessus.

— Quelle partie de l'expression « pas intéressée » t'a échappée ? lui demanda Jordyn.

— Nous la comprenons parfaitement, c'est juste que nous ne te croyions pas, répondit Tristyn.

Elle ne pouvait pas blâmer ses sœurs de leur scepticisme. Car elle sentait toujours une sorte de piqûre quand Marco était près d'elle, mais elle avait simplement décidé de l'ignorer. Après la mort de Brian, il avait fallu beaucoup de temps pour que son cœur guérisse, et elle n'était pas prête à le mettre à nouveau en danger. Même pour un adorable barman aux yeux de velours dont le regard réchauffait tout son corps.

— De quoi est composée la pizza végétarienne ? demanda Lauryn quand Marco revint avec leurs boissons.

— C'est une pâte croustillante complète, recouverte de pesto maison et de mozzarella avec des tranches fines de poivron et de tomate ainsi que des champignons à la crème.

— Et c'est bon ?

— Bien sûr ! Mais à mon avis, une meilleure option végétarienne serait de prendre la margherita classique avec du basilic frais.

— Je ne suis pas végétarienne, je ne suis juste pas fan de la viande sur les pizzas.

Jordyn savait que c'était faux. Plus d'une fois, son aînée s'était régalée de pizza au bœuf et au bacon, et elle en déduisit que c'était le bébé qui n'aimait pas l'idée.

— Je vais prendre la petite margherita, décida-t-elle.

— Et moi les lasagnes, ajouta Tristyn.

Marco acquiesça avant de se tourner vers Jordyn avec un sourire à faire fondre n'importe quelle femme.

— Qu'est-ce que je peux te servir ?

— Les gnocchis, répondit-elle, s'efforçant de garder son assurance en dépit des papillons qui virevoltaient dans son ventre.

— Un de mes plats préférés, répondit-il avec un de ses sourires qui avaient déjà maintes fois failli la faire succomber.

— Finalement, nous n'avons peut-être pas besoin d'un restaurant italien dans notre quartier, déclara Tristyn en repoussant son assiette. Si je mange autant régulièrement, je vais devoir passer ma vie à la gym.

— Tu vas à la gym ? répéta Jordyn en levant un sourcil.

— Pas si je peux l'éviter, admit-elle.

— Alors, qu'avez-vous prévu pour votre soirée ? demanda Lauryn à ses sœurs.

— Rien de spécial, dit Tristyn en haussant les épaules.

— Maman et papa gardent Kylie ce soir. Nous pourrions peut-être aller au cinéma ? Il y a un nouveau film avec Bradley Cooper dont on m'a dit du bien...

— Tu as eu mon vote quand tu as dit « Bradley Cooper », l'interrompit Tristyn.

— C'est moi qui t'ai dit qu'il était bien, lui rappela Jordyn. Je l'ai vu il y a quelques semaines.

— Zut, répondit Lauryn en soupirant. Il y a peut-être un autre film que nous aimerions voir toutes les trois ?

— Non, vous devriez y aller, en plus, j'ai des tonnes de lessive en retard.

— Tu vas passer ton samedi soir à laver du linge ?

— Mes chaussettes sales se moquent bien du jour qu'il est.

— Et moi qui pensais que je ne sortais pas beaucoup, maugréa Lauryn.

— Tu oublies que je suis dehors presque tous les soirs, dit Jordyn.

— Le travail ne compte pas !

— Eh bien, ce soir, j'ai envie de me détendre à la maison. Vous n'aurez qu'à me déposer en passant.

— Comme tu veux, répondit Lauryn d'un air déçu. Dis-moi, j'ai oublié mon téléphone dans la voiture, tu peux me prêter le tien que je prévienne Rob pour le cinéma ?

— Bien sûr, répondit Jordyn en lui tendant.

Lauryn tapa rapidement un message et reçut aussitôt la réponse de Rob qui lui disait de s'amuser et que de toute manière il travaillait tard.

— Qu'est-ce que vous faites demain ? lui demanda Tristyn. Quelque chose de spécial pour votre anniversaire ?

— Je ne crois pas, répondit Lauryn en baissant les yeux.

— Je suis certain que Rob a organisé quelque chose et qu'il souhaite probablement que cela reste une surprise.

— Je suis presque sûre qu'il a prévu de travailler, répondit Lauryn les yeux fixés sur son assiette.

Jordyn et Tristyn échangèrent un regard inquiet. Elles avaient toutes les deux eu des réserves quand leur sœur avait accepté la demande en mariage de Rob Schulte six ans auparavant. Mais Lauryn était si follement amoureuse qu'elles les avaient gardées pour elles. Et, bien que Lauryn n'ait jamais dit quoi que ce soit qui laisse à penser qu'elle puisse être malheureuse, ses sœurs savaient qu'elle n'était pas non plus aussi heureuse qu'elle le prétendait.

— Vous ne faites rien ! bondit Tristyn.

— Comme je te l'ai dit, Rob travaille toute la journée. Je m'étais dit que je pourrais lui préparer son poulet frit et sa salade de pommes de terre préférée et les lui porter à la boutique pour que nous pique-niquions là-bas.

— C'est adorable, commenta Jordyn.

Mais cela sous-entendait que sa sœur était la seule à faire un effort pour leur anniversaire, alors que c'était déjà le cas en temps ordinaire.

— Vous avez choisi un dessert ? leur demanda Marco en se présentant à leur table.

— Comme je ne peux pas regarder un film sans pop-corn, je vais sauter le dessert ce soir, dit Lauryn.

— Je crains pour mes cannoli que tu aies raison, ajouta Tristyn.

— Cela veut dire que moi aussi, je vais être privée de

cannoli, soupira Jordyn. Ce n'est pas drôle de manger un dessert seule.

— Un thé ou un café ? demanda Marco.

— Non, juste l'addition, répondit Lauryn.

Il acquiesça et s'éloigna.

— Je vais aller me rafraîchir aux toilettes avant que nous partions, dit soudainement Tristyn.

— Je t'accompagne, ajouta Lauryn. Depuis que j'ai eu Kylie, ma vessie n'est plus ce qu'elle était.

Jordyn resta à table à attendre l'addition. Mais après plusieurs minutes elle réalisa que Marco avait disparu et que l'autre serveuse s'occupait désormais de toute la salle. Alors, elle lui fit un signe de la main.

— Je peux vous apporter autre chose ?

— Non, j'attends juste notre addition.

— Elle a déjà été réglée. Vos amies s'en sont chargées avant de partir.

— Elles sont parties ?

— Il me semble, répondit-elle. Je les ai vues bavarder avec Marco puis se diriger vers la porte.

— Merci, dit Jordyn en cherchant son téléphone avant de réaliser que Lauryn ne le lui avait pas rendu et de rappeler la serveuse. Navrée de vous embêter à nouveau, mais y a-t-il un téléphone dont je pourrais me servir ?

— Au bar.

Prenant son sac, elle se dirigea vers le bar où Marco bavardait avec un jeune couple qui buvait du vin en dégustant des antipasti.

— Je n'avais pas réalisé que tu étais encore là.

— Rien de volontaire.

Il la regarda d'un air intrigué.

— Tu n'as rien à voir avec cela, n'est-ce pas ?

— Avec quoi ?

— Rien, soupira-t-elle.

— Je peux t'offrir quelque chose ? dit-il en posant un sous-verre devant elle.

— Un téléphone ?

— Ce n'est pas une requête fréquente, dit-il en lui apportant celui du bar.

— Merci, répondit-elle avant de composer le numéro de Lauryn et de tomber sur sa messagerie. Je vais la tuer !

— Qui ?

— Ma sœur. Les deux, même. Si tu entends parler d'un double homicide dans le journal, ce sera moi !

— Une raison particulière ?

— Je pourrais t'en donner des centaines, mais la plus récente est d'avoir volé mon téléphone, gronda-t-elle en composant son propre numéro qui sonna dans le vide. Et en plus, elles ne répondent pas ! Tu as le numéro d'un taxi ?

— Bien sûr, mais pourquoi en as-tu besoin ?

— Parce qu'elles ne m'ont pas seulement volé mon téléphone, elles m'ont aussi abandonnée ici.

— Tu leur avais fait quelque chose ?

— Rien.

Il rangea le téléphone et la dévisagea.

— C'est un complot.

— Qu'est-ce qui est un complot ?

— Elles m'ont laissée ici pour faire de moi une demoiselle en détresse et te donner l'opportunité de me secourir, et pour me prouver que tu es une sorte de prince charmant. Je peux reprendre le téléphone maintenant ?

Un sourire apparut sur ses lèvres.

— Pour que tu puisses appeler un taxi et m'empêcher de jouer mon rôle ?

— Exactement.

— Tes sœurs seraient déçues si je te laissais faire.

— Tu n'as pas à t'en inquiéter.

— Et puis, je serais plus rassuré si je sais que tu es bien rentrée.

Elle allait lui répondre qu'elle se moquait de ce qu'il pouvait bien ressentir, mais il ponctua ses propos d'un de ses sourires qui la chamboulaient. Ce qui était sans doute une bien meilleure raison de prendre un taxi. Puis il fit un signe à l'hôtesse et lui dit quelque chose en italien. Elle acquiesça et s'éclipsa en cuisine.

— Je te remercie de ton offre, mais tu ne peux pas partir en plein service, protesta-t-elle.

— Oh ! je n'ai été appelé ce soir que parce que le restaurant manquait de personnel. Et maintenant que le coup de feu du dîner est passé, ils n'ont plus besoin de moi.

— Tu ne devrais pas laisser mes sœurs t'entraîner dans leur jeu.

— Pourquoi, si cela me permet de jouer avec toi ? répondit-il avec un clin d'œil.

Elle leva les yeux au ciel en entendant son sous-entendu, refusant de céder au trouble qui suggérait qu'elle n'aurait rien contre cette idée.

— Tu préfères réellement prendre un taxi ?

— Non, admit-elle. Mais je n'aime vraiment pas me faire manipuler.

Il prit une boîte en carton des mains de Gemma quand elle revint.

— Où vas-tu ? lui demanda-t-elle d'un air soupçonneux.

— Je raccompagne Jordyn chez elle.

— Un problème de voiture, Jordyn ?

— Non, de sœurs.

— Comme je comprends, répondit-elle en se radoucissant. Bonne soirée.

Jordyn avait accepté qu'il la ramène chez elle, mais Marco avait compris qu'elle était tout sauf ravie de la situation.

Et il aurait probablement été en colère, lui aussi, si l'un de ses proches lui avait fait un coup pareil. Mais, même s'il comprenait ses sentiments, il ne les partageait pas. Car il était bien trop reconnaissant envers Tristyn et Lauryn de lui avoir fourni une excuse pour passer un moment avec leur sœur.

— J'espère que je ne t'éloigne pas trop de ta route ?

— Une ballade avec une jolie femme ne va jamais trop loin.

— Tu es aussi charmeur que Tristyn m'avait avertie.

— Je ne comprends plus, elles veulent nous rapprocher ou nous éloigner ?

— Sa remarque sur ton charme était sans doute plus un compliment qu'un avertissement, lui expliqua-t-elle. Mais moi, je ne fais pas confiance aux charmeurs.

— Dans ce cas, je ferai de mon mieux pour être... comment appelle-t-on le contraire d'un charmeur ?

— Et maintenant tu te moques de moi !

— Peut-être un petit peu, reconnut-il.

— Au moins, tu es honnête...

— Et tu fais confiance aux hommes honnêtes ?

— Et voilà !

— Quoi ?

— Ce charme naturel...

— Désolé, répondit-il en s'efforçant de ne pas rire.

— Non, tu ne l'es pas. Tu regardes une femme avec tes yeux rêveurs, ton sourire spontané et tes maudites fossettes, et tu sais que ce n'est qu'une question de temps avant qu'elle succombe.

— Vraiment ? demanda-t-il. Ce n'est qu'une question de temps avant que tu succombes ?

— Nous ne parlions pas de moi, soupira-t-elle.

— Tu es la seule qui m'intéresse.

— Dommage, parce que tu fais rougir mes deux sœurs.

— Tristyn n'est pas vraiment du genre à rougir, quant à Lauryn, elle semble être une femme mariée heureuse.

Elle haussa un sourcil perplexe.

— J'ai vu son alliance.

— Tous les hommes regardent-ils la main gauche des femmes qu'ils rencontrent pour la première fois ?

— Non, seulement celle des plus attirantes.

— Je suis certaine que Lauryn serait flattée d'apprendre que tu la classes dans cette catégorie.

— Tes deux sœurs sont éblouissantes. Mais tu es la seule qui fait bondir mon cœur dès que je te vois.

— Comme il fait sombre et que tu regardes la route, tu ne m'as sans doute pas vue lever les yeux quand tu as dit cela.

— Tu ne me crois pas ?

— Non, répondit-elle franchement. Prends à gauche.

— Je ne dis rien, uniquement parce que tu ne me connais pas encore beaucoup.

— Encore ?

— La nuit commence à peine, dit-il en souriant.

— La troisième rue sur la droite, puis la seconde allée.

Il s'engagea dans l'allée et se gara derrière la Prius qu'il reconnut comme sa voiture. La maison de deux étages en pierre et en brique était entourée de massifs floraux aux couleurs éclatantes.

— Jolie maison, déclara-t-il.

— Nous l'aimons bien.

— Nous ?

— Tristyn et moi.

— Depuis combien de temps vis-tu ici ?

— Presque quatre ans, dit-elle en cherchant ses clés. Merci de m'avoir raccompagnée.

— Si tu étais vraiment reconnaissante, tu m'inviterais à boire un verre.

— Ou je pourrais prétendre que tu es un chauffeur de taxi et laisser un billet de vingt dollars sur le siège.

— Tu n'es pas obligée de reporter sur moi ta colère de ce que tes sœurs t'ont fait, lui fit-il remarquer.

— Tu as raison, pardon. Veux-tu entrer boire un verre ?

— Je ne refuserais pas un café.

— J'ai du café, reconnut-elle.

— Et moi des cannoli.

— Si tu avais en tête de les partager avec moi depuis le début, tu n'avais qu'à le dire.

340

— J'espérais t'intéresser plus que les pâtisseries de ma mère.

— Je plaisante, monsieur Charme.

— Monsieur Charme ?

— Tu aurais préféré que je t'appelle monsieur le Livreur de cannoli ?

— Tant que tu m'appelles, répondit-il en souriant.

- 6 -

L'entrée était grande. Le sol recouvert de dalles couleur sable et les murs peints d'un doré léger la rendaient accueillante. Tout était élégant, très certainement les résultats du travail d'un décorateur, ce qui n'avait rien de surprenant puisqu'elle était une Garett. Ce qui l'étonnait, c'est qu'elle ait choisi de travailler derrière un comptoir à des horaires contraignants quand elle aurait pu avoir un poste important dans l'entreprise Garett.

Jordyn ôta ses sandales, attirant son attention sur ses pieds.

— Jolie couleur, lui dit-il.

— Merci, dit-elle en fixant sa pédicure en souriant.

— Tu as passé une bonne journée avec tes sœurs ?

— Avant qu'elles me piègent, oui. Suis-moi.

Ils traversèrent un long couloir, passèrent devant un salon meublé d'immenses canapés recouverts de coussins moelleux et contournèrent un escalier en colimaçon qui montait à l'étage.

— Qu'y a-t-il en haut ?

— Trois chambres et une autre salle de bains.

— Tu ne me fais pas visiter ?

— Non, mais je vais préparer ton café. Comment le prends-tu ? dit-elle en gagnant la cuisine. J'ai biscotte aux amandes, italien fumé, vanille à la française et petit déjeuner au lit.

— J'ignorais que le petit déjeuner au lit était une option.

— Ce sont les arômes des dosettes.

342

— Oh ! alors italien fumé.

Elle prépara sa tasse et sourit en regardant l'entrée derrière lui.

— Et voilà mon chéri.

Mon chéri ?

Il aperçut alors l'objet de son affection. Une énorme boule de poils noire et blanche qui émettait un son entre râle et grognement.

— Qu'est-ce que c'est ?

— Gryffindor, mon chat.

— Un chat ? Mais où est sa queue ?

— Il lui manque aussi un bout d'oreille et un œil, répondit-elle en riant. C'est un manx, ils n'ont pas de queue.

— L'œil et l'oreille sont aussi une particularité de la race ?

— Non, il n'a pas eu une vie facile. C'est un chat errant que j'ai convaincu d'abandonner sa vie de bohème. Il est loyal et affectueux et très protecteur avec moi. D'ailleurs, il ne laisse presque personne d'autre l'approcher.

Pourtant, l'animal vint flairer son pantalon. Jordyn lui prit la boîte de pâtisseries des mains, persuadée que c'était ce qui attirait son chat qui continua néanmoins son inspection.

— Tu as de l'herbe à chat dans tes poches ? D'ordinaire, Griff déteste les étrangers.

— Il a sans doute senti que je ne resterais pas un étranger très longtemps.

— Ou alors il est compréhensif, car il a perçu que tu faisais une crise de délire. Tu veux du lait ou du sucre ?

— Merci, je le prends noir.

Elle lui apporta son café, puis retourna préparer le sien tandis que Griff se mettait à ronronner en se frottant aux jambes de Marco.

— Quand j'étais enfant, ma grand-mère avait un chat blanc qui était aussi gâté que méchant.

— Griff peut aussi être méchant, et il n'y a aucun doute sur le fait qu'il soit trop gâté. Je suis toujours émue par les histoires tristes.

— Alors, je ne devrais peut-être pas te montrer la cicatrice qu'il m'a laissée le jour où il m'a attaqué quand j'avais douze ans, dit-il en remontant sa manche.

Son avant-bras était musclé, et sa peau bronzée recouverte de poils ne cachait pas complètement la cicatrice qui semblait avoir été profonde. Et, comme s'ils agissaient de leur propre volonté, ses doigts se posèrent sur le bras de Marco et effleurèrent la cicatrice. Les muscles de Marco tressaillirent au contact de ses doigts. Elle retira aussitôt sa main, comme si elle s'était brûlée.

— Ma grand-mère m'a dit que cela m'apprendrait que les femelles avaient des griffes.

— C'est une sacrée leçon pour un enfant de douze ans. Tu es proche de ta famille ?

— Trop sans doute, mais cela n'a rien d'étonnant, puisque je travaille avec la première moitié et que l'autre habite à quelques pas de chez moi.

— Je comprends, dit-elle en souriant. J'ai travaillé pendant des années pour Garett Furniture et je vis avec ma sœur, dit-elle en ajoutant une cuillère de crème et deux de sucre dans sa tasse.

— Comment peux-tu appeler cela un café ?

— C'est comme cela que je l'aime.

— Mais pourquoi en boire si tu en dissimules le goût ?

— J'ai commencé à l'université et je suis devenue dépendante.

— Qu'est-ce que tu étudiais ?

— Je suivais surtout des cours de commerce et d'autres petites choses. Et toi ?

— Gestion de la restauration.

— Logique, dit-elle en souriant avant de mordre dans son gâteau.

Quelques miettes et du sucre tombèrent à côté de son assiette, mais elle ne le remarqua pas, bien trop occupée à savourer le cannolo qui ravissait ses papilles.

— Hmm… quel délice !

— Tu n'avais jamais mangé de cannoli ?

— Pas de chez Valentino, juste ceux de la Maison des spaghettis.

— Tu plaisantes ? Ils utilisent des pâtes déshydratées et de la sauce en conserve, répondit-il en maugréant quelque chose en italien qu'elle fut ravie de ne pas comprendre. Tu devrais venir voir les cuisines du Valentino pour apprécier la vraie gastronomie italienne.

— Mais il m'arrive aussi d'acheter des conserves. Je ne suis pas une snob de la nourriture.

— Moi non plus, protesta-t-il.

— Et tu manges souvent dans un autre restaurant ?

— Pas si je veux manger italien.

— Voilà.

— Et toi, tu possèdes un meuble qui ne vienne pas de chez Garett ?

— Non, bien sûr.

Il arqua un sourcil.

— D'accord, tu marques un point. Si j'accepte ton invitation de visiter les cuisines, est-ce que je verrais comment sont fabriqués les cannoli ?

— Désolé, mais ma mère les prépare chez elle. Mais si tu acceptais de partager un de nos dîners familiaux, je suis sûr qu'elle te dévoilerait son secret.

— Merci, mais ce sera beaucoup plus simple d'aller en chercher au restaurant.

— Mais beaucoup moins amusant.

— Cela dépend de ce qu'on aime faire pour s'amuser.

— D'ailleurs, pourquoi n'as-tu pas accompagné tes sœurs au cinéma ?

— J'avais déjà vu le film et j'avais du linge à laver.

— Je crois que je comprends pourquoi elles pensent que tu as besoin d'être secourue, si tu estimes que ta machine à laver est une bonne compagnie un samedi soir.

— Eh bien, monsieur Charme, je t'accorde que ta

conversation est plus intéressante, dit-elle en riant. Alors, merci de m'avoir sauvée.

— Le sauvetage était réciproque, répondit-il en terminant son café. Et je vais te laisser t'occuper de ton linge.

Elle se leva pour rapporter leurs tasses à la cuisine. Elle appréciait sa compagnie, mais elle ne savait pas comment le dire sans lui laisser croire qu'elle était ouverte à plus. Alors, elle resta silencieuse et le raccompagna à la porte.

— Merci de m'avoir ramenée, et merci aussi pour les cannoli.

— Merci pour le café, dit-il en levant la main pour toucher ses boucles d'oreilles avant d'effleurer son menton. Et pour le baiser.

— Le…

Il posa ses lèvres sur les siennes avant de lui laisser le temps de réagir.

Marco s'était attendu à ce qu'elle le gifle, ou au moins qu'elle le repousse.

Mais il n'en fut rien.

Après un instant de surprise et de confusion, elle ferma les yeux et se détendit. Et il se sentit aussi surpris qu'enivré quand elle lui rendit son baiser. Timidement, d'abord, comme si elle n'était pas sûre que cela soit une bonne idée. Puis, après quelques secondes qui lui semblèrent une éternité, tant il redoutait qu'elle change d'avis, elle laissa échapper un soupir et se pendit à son cou.

Il posa ses mains sur ses hanches, sans la tenir trop fort, afin qu'elle sache qu'elle avait le choix, mais elle se serra contre lui et la douceur de ses courbes manqua de lui faire perdre toute retenue.

Quand il écarta ses lèvres de la pointe de sa langue, elle ne résista pas. Elle avait le goût de la vanille et du café, et il sut immédiatement qu'elle pourrait être comme une drogue terriblement addictive pour lui.

Il sentit quelque chose effleurer son tibia. Une fois, puis une autre, et comprit qu'il s'agissait du chat. Mais il décida de ne pas ignorer cet avertissement, craignant que Jordyn s'effarouche. Car malgré sa réaction passionnée il sentait une sorte de réserve chez elle.

A contrecœur, il s'écarta doucement. Elle laissa alors échapper une sorte de hoquet, tandis qu'il voyait une lueur de confusion dans ses yeux magnifiques.

— Que... qu'est-ce qu'il vient de se passer ?

— Je crois que nous venons de confirmer qu'il y a une vraie alchimie entre nous.

— Je ne sortirai pas avec toi, Marco !

A l'accent de panique dans sa voix, il comprit qu'il allait devoir faire preuve de patience.

— Je n'ai rien contre l'idée de rester, dit-il d'un ton léger.

Elle réprima un éclat de rire.

— Je n'ai pas non plus l'intention de coucher avec toi.

— Pas ce soir, c'est vrai. Je ne suis pas un homme aussi facile que tu le crois.

Cette fois, elle ne parvint pas à s'empêcher de rire, même si un voile de tristesse traversa son regard.

— Tu as un rire agréable.

— Je n'ai pas eu l'occasion de rire depuis longtemps.

— Tu m'expliquerais pourquoi ?

— Peut-être, répondit-elle. Mais pas ce soir.

C'était déjà une promesse qu'il la reverrait, et pour le moment, cela lui suffisait.

Bien que Tristyn et Jordyn vivent ensemble, avec leurs horaires de travail, elles ne faisaient que se croiser. Dès lors, Jordyn se retrouvait souvent seule, avec le chat pour unique compagnie, ce qui lui convenait parfaitement. Mais après le départ de Marco la maison lui sembla étrangement vide et calme.

Elle descendit son linge sale à la cave et commença à

le trier. Brian avait eu l'intention de remonter la machine à l'étage, mais il était mort avant d'avoir pu le faire.

Ils avaient acheté la maison à crédit sur la base de leurs deux salaires, et Jordyn avait eu du mal à rembourser le prêt après sa disparition. Et ses problèmes financiers ne s'étaient pas améliorés quand elle avait décidé de quitter son travail dans l'entreprise familiale.

Sa famille s'était inquiétée quand elle avait démissionné, mais ils savaient qu'elle n'avait pas le choix. Elle avait rencontré Brian au sein de l'entreprise, était tombée amoureuse de lui là-bas, et il lui avait même fait sa demande à genoux devant son bureau.

Les mois qui avaient suivi le décès de Brian avaient été aussi difficiles sur le plan financier que sur le plan émotionnel. Elle ne voulait pas perdre la maison, mais y vivre sans lui était douloureux. Elle s'y était sentie terriblement seule. Puis Tristyn lui avait proposé de lui louer une chambre le temps qu'elle décide si elle voulait rester ou vendre. Et trois ans plus tard, elles continuaient de cohabiter.

Quand sa sœur rentra, Jordyn pliait les derniers vêtements en regardant *Ryder à la rescousse*.

— Comment as-tu trouvé le film ? lui demanda-t-elle tandis qu'elle s'écroulait sur le canapé.

Gryff, qui dormait sur le coussin du milieu, ouvrit son unique œil d'un air furieux et se retourna.

— Aussi bien que tu l'avais dit.

— Alors, pourquoi as-tu l'air aussi mélancolique ?

— J'imagine que c'est parce que cela m'a fait prendre conscience que j'aimerais vraiment rencontrer un homme comme Bradley Cooper.

— Il n'y en a pas dans la vraie vie.

— Quelle pensée déprimante !

— En revanche, il y a Josh Slater, ajouta-t-elle pour provoquer sa cadette.

Mais celle-ci ignora son commentaire.

— Et toi, comment s'est passée ta soirée ?

— J'ai fait trois machines, préparé la liste des courses et sérieusement pensé à laisser Marco atteindre la seconde base.

— Pardon ? dit-elle en s'étouffant.

— Ce n'est pas pour cela que vous m'avez abandonnée au Valentino ?

— J'espérais que tu prendrais un peu de temps pour discuter avec lui. Mais je ne m'attendais pas à ce que… cela veut dire que tu l'as laissé atteindre la première base ?

— Il a pris la première d'assaut et a esquivé la seconde.

— Bien joué, Marco ! Comment était-ce ?

Elle pensa d'abord mentir, car dire toute la vérité à Tristyn ne ferait que déclencher une avalanche de questions. Mais elle ne savait plus quoi penser de cette attirance entre eux, et elle avait besoin d'un avis sincère.

— C'était… incroyable, admit-elle.

— Le cœur à cent à l'heure, les genoux faibles et les doigts de pied recroquevillés ?

— Oui.

— Ça alors ! dit Tristyn en s'enfonçant un peu plus dans le canapé. Flûte !

— Quoi, flûte ? demanda Jordyn en arquant un sourcil.

— Je l'avais vu la première, lui rappela sa sœur.

— Tu veux jouer à ça ?

— Non, soupira-t-elle. Il n'y avait aucune alchimie entre nous. Pourquoi ? Ce n'est pas juste !

— Ne me le demande pas, je ne suis même pas sûre de croire à cette histoire d'alchimie.

— Dit la femme dont les genoux tremblaient, les pieds se recroquevillaient et le cœur battait à tout rompre il y a quelques instants. Voilà pourquoi il n'y avait pas d'attirance entre nous, c'est parce qu'il t'était destiné.

— Je ne crois pas non plus au destin. Et puis, c'était juste un baiser.

— Si tu le dis, répliqua sa cadette avec un air entendu.

7

Il n'était pas encore 22 heures quand Marco arriva chez lui.

C'était pourtant samedi soir, et il aurait pu aller n'importe où, mais il n'était pas le genre d'homme à traîner dans les bars. En tout cas, pas si Jordyn n'était pas derrière le comptoir. Il se gara sur son emplacement et monta l'escalier métallique qui menait à son appartement. Il remarqua alors que le pot de fleurs sous lequel il gardait une clé de secours avait été déplacé et qu'il y avait de la lumière chez lui. Jetant un coup d'œil au parking, il aperçut la voiture de son frère Gabe garée à la place des visiteurs. Il entra et le vit aussitôt, allongé sur son canapé, les pieds sur sa table basse en train de regarder le match de base-ball un verre de vin à la main.

Sa sœur et sa belle-sœur avaient insisté pour l'aider à décorer son appartement afin que ses invitées féminines s'y sentent plus à l'aise que dans une garçonnière. Mais hélas ses invitées féminines avaient toujours plus ou moins un lien avec sa famille. Et les hommes, de sa famille eux aussi, restaient plus que perplexes devant son appartement. Comme Gabe, qui ne s'était pas gêné pour jeter par terre tous les coussins colorés du canapé.

— Hé, ces coussins m'ont coûté une fortune ! protesta Marco en les ramassant pour les empiler dans le fauteuil.

— Tu n'aurais pas dû, répondit Gabe. Ils donnent l'impression qu'une étudiante vit ici.

— Dit le type qui a utilisé le carton de sa télévision comme table basse pendant deux ans…

— Il remplissait parfaitement sa fonction. Dis-moi à quoi servent ces choses ?

— Je ne sais pas. C'est Nata qui les a choisis.

— Tu as laissé notre sœur faire ta déco ?

— Elle ne m'a pas vraiment laissé le choix.

— Elle est aussi responsable pour les bouteilles d'huile décoratives posées sur le plan de travail de la cuisine ?

— Ce sont des vraies. Tu sais, dans certaines occasions, il m'arrive de cuisiner.

— Ah oui, lesquelles ? demanda-t-il avec un sourire ironique.

— Et puis, qu'est-ce que tu fais ici ? Et où est ton adorable fiancée ?

— Elle est partie à Denver pour le week-end, et je n'ai pas pu l'accompagner parce que j'avais une réunion importante vendredi soir.

— Et tu ne savais pas quoi faire de toi sans elle ? devina Marco.

— J'ai juste pensé, *qui pourrait bien être chez lui un samedi soir ?* Et je suis venu ici.

— Et tu as remarqué que je n'étais pas là ?

— Je me suis dit que tu avais dû être appelé au restaurant.

Ce qui était le cas, ce que son frère devait déjà savoir.

— Figure-toi que je suis parti de chez Valentino avant 20 heures et que j'ai passé le reste de la soirée avec la plus sexy de toutes les brunes.

— Vraiment, répondit-il d'un air intrigué. Je la connais ?

— Un gentleman ne répand pas de rumeurs.

— Dis-moi juste si tu l'as embrassée.

Marco s'abstint de répondre et gagna la cuisine pour se servir un verre du vin que son frère avait apporté.

— Est-ce la fille américaine dont Gemma dit qu'elle t'a fait perdre tout bon sens ?

— J'ai toute ma tête, merci.

— Cela nous arrive à tous, le réconforta son frère. Tu commences par flirter avec une jolie fille, et la minute d'après tu te retrouves à acheter une bague de fiançailles.

— A ce propos, dit Marco dans l'espoir de changer de conversation, vous avez choisi une date de mariage avec Francesca ?

— En fait, oui. Le 17 novembre.

— C'est très rapide, nota Marco en levant un sourcil interrogateur.

— Elle n'est pas enceinte, répondit Gabe en secouant la tête. Nous ne voyons juste pas l'utilité de passer un an à attendre quand nous sommes déjà prêts à vivre ensemble.

— Je me rappelle que, quand Nata avait préparé son mariage, il lui avait fallu plus de six mois pour choisir sa robe et six de plus pour la faire confectionner.

— Francesca va porter celle de sa grand-mère. La cérémonie aura lieu à l'église St. Mark et nous donnerons une petite réception au Club de Briarwood.

— On dirait bien que vous avez tout prévu, répondit Marco en ne doutant pas que tout le crédit revenait à sa future belle-sœur.

— Il ne me reste plus qu'à trouver un témoin.

— Et tu as décidé de… oh, tu veux dire moi ?

— Oui, toi.

Il se sentit ému et honoré d'avoir été choisi, même si, bien entendu, il n'en montra rien à son frère.

— Je pense pouvoir me libérer ce jour-là.

— Super. Et tu viendras accompagné ?

— Je te le ferai savoir.

— Allez, donne-moi quelque chose à raconter…

— A qui ? Francesca ? Nata ? Maman ?

— Nonna.

— Nonna aura bien trop de choses à faire pour s'inquiéter de qui m'accompagne.

— C'est ce que tu crois, mais elle m'a dit : « Gabriel,

va parler à ton frère et essaie d'en apprendre plus sur cette fille qui l'a ligoté pieds et poings liés. »

Marco réprima un sourire.

— J'ai l'air d'être ligoté ?

— Pas encore, mais toutes les femmes n'apprécient pas le bondage dès le premier rendez-vous. Et puis, Nonna s'inquiète pour toi.

— Tu pourras lui dire qu'il n'y a aucune raison de s'inquiéter.

— Comme si cela suffisait…

Tandis que les frères Palermo étaient hypnotisés par le dernier tour de batte du match, les sœurs Garett s'exclamèrent à l'instant où, pendant le même match, les Yankees remportèrent la victoire.

Quand la publicité commença, Tristyn se leva pour aller chercher une tasse de thé.

— Rob n'était pas là quand j'ai déposé Lauryn chez elle, dit-elle en revenant.

— Il lui avait dit qu'il travaillerait tard, lui rappela Jordyn.

— Le magasin ferme à 20 heures le samedi.

— Il se sera sans doute arrêté au bar pour boire une bière.

— Peut-être…

— Lauryn semblait-elle contrariée par son absence ?

— Pas vraiment. En fait, elle ne semblait même pas surprise.

— Je pense qu'elle n'est plus heureuse depuis longtemps, admit Jordyn.

— Alors, pourquoi reste-t-elle avec lui ?

— Parce qu'il est son mari, le père de sa fille et bientôt de son deuxième enfant.

— C'est un mari lamentable et un père minable. Et comme elle ne supporte pas l'échec, quitter Rob l'obligerait à admettre que son mariage était une erreur. Et elle n'y est pas prête…

— Comment le sais-tu ?

— Tu l'as entendue parler de leur anniversaire et de son projet de lui préparer ses plats préférés pour un pique-nique romantique ? Même si elle n'est pas heureuse, elle continue à le prétendre. Moi, je préférerais de beaucoup être seule plutôt que d'être coincée avec quelqu'un.

— Comme tu l'as clairement fait comprendre à tes nombreux prétendants ces dernières années.

— Je n'aurais pas dit nombreux.

— Sam, Brendan, Liam, Kevin, Carter, Alex, et je ne compte que depuis que tu t'es installée ici.

Tristyn se pencha pour prendre la télécommande, dérangeant Griff qui feula. Quand elle lui rendit la pareille, il se réfugia sur les genoux de Lauryn.

— Qu'est-ce que ton chat d'attaque a fait quand tu étais collée aux lèvres de ton barman sexy ?

— Ce n'est pas un chat d'attaque, répondit Jordyn en caressant son dos, déclenchant chez l'animal un ronronnement qui ressemblait au bruit d'un vieux moteur. Et contre toute attente, il a bien aimé Marco.

— Quoi ? Cette sale bête ne me supporte même pas, alors que je vis ici depuis trois ans !

— Peut-être est-ce parce que tu l'insultes ?

— Peut-être, reconnut-elle sans remords. Quand dois-tu revoir Marco ?

— Je ne le reverrai pas.

— Pardon ? Il a mis sa langue dans ta bouche, mais il ne t'a pas donné de rendez-vous ?

— Je n'ai jamais dit qu'il avait mis sa langue dans ma bouche.

— Tu as dit qu'il s'approchait de la seconde base.

— Et il a calmé le jeu.

— Intéressant.

— Cela aurait été plus intéressant s'il ne s'était pas arrêté.

— Il est évident qu'il ne voulait pas te pousser au-delà de tes limites.

Sauf qu'elle s'était sentie parfaitement prête, consentante et même impatiente. Mais quand elle s'était remise de sa déception, elle avait réalisé qu'elle aurait regretté d'avoir laissé les choses aller si loin.

— Je n'ai pas fait l'amour depuis plus de trois ans, rappela-t-elle à sa sœur. Je ne suis même pas sûre de me souvenir comment on fait.

— Tu pourras toujours demander à Marco de te donner un cours particulier.

— Il n'a pas l'air d'être le genre d'homme à avoir des aventures d'un soir, répondit-elle en secouant la tête.

— Tu sais vraiment ce que tu veux ?

— Je ne suis plus sûre de rien, admit-elle.

Elle repensa au baiser qu'ils avaient échangé, au désir irrépressible qui s'était emparé de son corps et qui palpitait toujours dans les coins les plus secrets de son être. Et elle réalisa qu'elle était certaine d'une chose, elle voulait ressentir à nouveau ce qu'elle avait éprouvé dans ses bras.

Jordyn aurait aimé pouvoir laisser à Rob Schulte le bénéfice du doute. Elle aurait voulu croire que l'homme dont sa sœur était tombée follement amoureuse n'avait pas oublié leur anniversaire de mariage. Mais, quand Tristyn s'était arrêtée chez Lauryn pour lui rapporter le pull qu'elle avait oublié dans sa voiture le dimanche matin, Rob était déjà parti, et elle n'avait pas aperçu le moindre bouquet de fleurs.

Alors, quand Tristyn était rentrée, Jordyn et elle s'étaient demandé ce qu'elles pouvaient faire. Certes, Lauryn aurait pu épouser quelqu'un de bien mieux, mais c'était Rob qu'elle avait épousé. Si ce dernier avait vraiment oublié leur anniversaire, leur sœur allait en souffrir, et elles ne pouvaient pas supporter cette idée. Surtout si elles pouvaient l'aider. Raison pour laquelle Jordyn traversait la grande allée du magasin de sport ce dimanche, au lieu de paresser chez elle en pyjama. Il ne semblait pas y avoir de client dans la boutique, et elle continuait à marcher pour trouver son beau-frère quand elle fut interceptée par une jeune femme blonde, très enthousiaste et souriante, coiffée d'une queue-de-cheval.

— Bonjour, je suis Roxi, je peux vous aider ?

— Je cherche Rob, répondit-elle.

— M. Schulte n'est pas libre pour l'instant, dit-elle sans se départir de son large sourire.

— M. Schulte est mon beau-frère.

— Oh ! répondit la blonde en ouvrant grands ses yeux bleus sans sembler comprendre.

— C'est le mari de ma sœur, précisa-t-elle.

— Oh ! dit-elle à nouveau. Je ne travaille pas ici depuis longtemps, et apparemment, il y a beaucoup de choses que j'ignore à propos de Rob.

— M. Schulte ? répéta Jordyn.

— Il est dans son bureau.

— Merci.

Elle le trouva exactement là où Roxi l'avait envoyée. Dans la petite pièce du fond, les pieds sur son bureau, occupé à regarder les qualifications des courses automobiles. Il la dévisagea un instant avant de rougir et de se rasseoir correctement.

— J'ai appris que d'Alesio partait en pole position, et je voulais juste voir le départ de la course.

Ren d'Alesio était le pilote de l'équipe sponsorisée par Garett/Slater, l'entreprise qui cherchait à engager Tristyn comme responsable des relations publiques.

— J'ai rencontré ta nouvelle employée, répondit-elle en s'adossant au mur.

— Ah, oui ! Roxi. Elle est vraiment bien.

— Je croyais que tu n'avais pas les moyens d'engager du personnel.

— Gordon a démissionné, dit-il en feignant de ranger des papiers.

— Vraiment ? Pourtant, sa mère m'a dit que tu l'avais renvoyé parce qu'il n'y avait pas assez de travail.

— C'était vrai, dit-il en évitant de la regarder. Mais les affaires sont reparties depuis la fin des vacances, alors j'ai engagé Roxi.

Jordyn se demanda quelles pouvaient être les qualifications de la jeune femme en dehors de son sourire figé et de sa poitrine hors norme.

— Elle a de l'expérience ?

— Elle apprend vite, répondit-il sur la défensive. Et elle donne aussi des cours de yoga à l'étage.

— Je croyais que l'étage te servait pour tes stocks.

— C'était le cas, mais il est presque vide désormais, je ne peux plus me permettre de garder des dizaines de milliers de dollars de marchandises, alors je lui loue la pièce. Son loyer m'aide à payer les factures, et ses étudiants bénéficient d'une réduction de vingt pour cent au magasin.

Ce qui expliquait pourquoi sa vitrine présentait presque exclusivement de l'équipement de yoga.

— Tu devrais peut-être transformer ton appartement en salle de yoga ? Au moins, il serait vivable.

— Lauryn s'est encore plainte auprès de toi pour l'appartement ?

— Non, Rob. Lauryn ne se plaint jamais. Mais je connais ton appartement. Tu n'as pas envie de quelque chose de plus agréable pour ta femme et tes enfants ?

— Je fais du mieux que je peux.

— Dans ce cas, je te suggérerais d'améliorer ton mieux.

— Tu es venue pour une raison précise ou juste pour me pourrir la vie ?

— Je suis venue pour savoir si tu savais quel jour nous étions.

— Dimanche.

— Un dimanche particulier ? insista-t-elle.

Il fixa le calendrier accroché au mur, puis ferma les yeux en jurant.

— Très bien, je l'admets, j'avais oublié. J'ai été vraiment très occupé ces derniers temps afin de maintenir la boutique à flot depuis que ce maudit hypermarché a ouvert à Raleigh.

— Eh bien, je suis ici pour que tu puisses oublier ta boutique pendant quelques heures afin d'aller fêter dignement votre anniversaire avec ta femme.

— Lauryn comprend que je suis obligé d'être ici.

— Sauf que maintenant tu ne l'es plus. Tu peux donc passer chez le fleuriste et la rejoindre.

— Tu es sûre de pouvoir te débrouiller ici ?

— Si j'ai un problème, Roxi m'expliquera.

— Très bien, répondit-il à contrecœur. Merci.

Ses mots auraient été parfaits si son ton et son air morose ne les avaient pas contredits.

— Encore une chose, dit-elle alors qu'il franchissait la porte.

— Quoi ?

— Remets ton alliance avant de rentrer chez toi.

Marco adorait passer du temps avec ses nièces et ses neveux, en revanche, il était beaucoup moins enthousiaste quand il s'agissait de leur faire faire des courses. Mais quand il était passé chercher Anna et Bella pour les emmener au déjeuner du dimanche chez Nonna — auquel Renata ne participait pas à cause d'une prétendue migraine, dont toute la famille savait qu'il s'agissait d'une excuse pour passer du temps avec son époux qui venait de terminer un service de quatre jours — elle était parvenue à le convaincre d'accompagner Anna acheter des nouvelles chaussures de foot après le repas.

Sa nièce avait un entraînement le lendemain et, apparemment, ses pieds avaient tellement grandi depuis le début de l'année qu'il lui fallait déjà de nouvelles chaussures. Elle n'avait rien dit à sa mère quand elles étaient devenues trop petites, car elle adorait leur couleur rose nacré. Mais la douleur était devenue si forte qu'elle ne pouvait plus les porter sans pleurer.

Marco s'était déjà rendu parfois au magasin de sport de la ville, mais il trouvait leur sélection trop limitée et leurs prix excessifs. Mais comme Renata était une fervente supportrice des petits commerces et qu'elle avait acheté les chaussures à crampons là-bas, elle lui avait demandé de regarder s'ils ne les avaient pas en plus grand. Il croisa les doigts pour que ce soit leur premier et dernier magasin. La sonnette de la porte tinta quand il la poussa. La jeune femme au comptoir le dévisagea.

Jordyn semblait aussi surprise de le voir franchir la porte que lui de la trouver là. Puis elle vit les deux petites filles qui accompagnaient Marco, et ses yeux s'agrandirent démesurément.

— Mes nièces, dit-il avant qu'elle se fasse une autre idée. Voici Adrianna et sa sœur Isabella, plus connues sous les noms d'Anna et Bella. Les filles, je vous présente Mlle Garett.

— Jordyn, répondit-elle en leur souriant. Je suis ravie de vous rencontrer.

— Depuis combien de temps travailles-tu ici ? l'interrogea Marco.

— Je ne fais que remplacer mon beau-frère pour son anniversaire de mariage. C'est son magasin.

— Donc, tu es consciente que nous nous croisons par pure coïncidence et que je ne te harcèle pas ?

Elle éclata de rire.

— Oui, pendant un instant j'y ai presque cru, puis j'ai réalisé que, moi-même, j'ignorais que je serais ici il y a encore deux heures, dit-elle en sortant de derrière le comptoir. Je peux vous aider à trouver quelque chose ?

— Je l'espère.

— J'ai besoin de nouvelles chaussures de foot, déclara Anna.

— Je ne sais pas ce que nous avons, mais je crois que les chaussures de sport sont dans le fond.

— J'en veux des roses.

— Allons voir, répondit Jordyn en prenant la petite fille par la main.

8

— Sa paire précédente était du vingt-quatre, lui dit Marco. Renata pense qu'il lui faudrait au moins un vingt-six.

— Nous devons avoir quelque part un de ces instruments pour mesurer les pieds, dit Jordyn en fouillant les étagères.

— Ou nous pouvons regarder ce que tu as et voir si cela lui va, proposa-t-il quand elle revint bredouille. Que penses-tu de celles avec les fleurs en argent, Anna ?

— Elles ne sont pas roses, dit-elle en fronçant les sourcils.

— Mais elles ont des lacets roses, lui fit-il remarquer.

Croisant les bras, elle secoua la tête d'un air buté.

— De toute façon, nous ne les avons plus dans ta taille, intervint Jordyn. Quelles autres couleurs aimes-tu ?

— Le jaune et l'orange, répondit-elle après avoir longue-ment réfléchi.

— Très bien, dit Jordyn en déposant plusieurs modèles devant la petite fille. Que penses-tu de celles-ci ?

Les semelles étaient jaune vif et devenaient orange fluorescent sur le talon. Marco n'avait encore jamais vu de chaussures aussi voyantes et aussi laides. Mais il ne dit rien, tandis que sa nièce les inspectait en les tournant dans tous les sens.

— Je veux bien les essayer, finit-elle par dire.

Jordyn lui donna un vingt-six dans lequel elle entra faci-lement, et Anna marcha jusqu'au miroir pour voir comment elles lui allaient. Puis Jordyn lui suggéra de courir le long de l'allée en restant sur le tapis afin que les crampons n'endommagent pas le parquet. Bien sûr, Bella voulut courir aussi et les deux sœurs firent la course pendant quelques minutes.

— Ces chaussures sont vraiment horribles, dit Marco.

— C'est sans doute pour cela que Rob les a toujours en stock. Mais au moins, Anna a l'air de les aimer.

Il jeta un coup d'œil circulaire sur les étagères à moitié vides et s'aperçut qu'il en était de même pour tous les rayons.

— Depuis combien de temps ton beau-frère tient-il ce magasin ?

— Depuis son mariage avec Lauryn, donc cinq ans.

— Toutes les entreprises de ta famille ont connu un franc succès. Tu ne penses pas que quelqu'un pourrait l'aider à comprendre ce qui ne marche pas et comment l'améliorer ?

— Nous le lui avons proposé. Mais, honnêtement, je ne suis pas sûre qu'il veuille s'investir, il préfère blâmer l'hypermarché pour la désertion de ses clients. Et j'ai toujours soupçonné que le vrai problème était son manque absolu du sens des affaires combiné à sa volonté de travailler le moins possible.

— J'ai l'impression que tu n'apprécies pas vraiment le mari de ta sœur.

— Rien ne m'y oblige, je ne l'ai pas épousé, dit-elle en haussant les épaules avec un regard noir.

Mais avant qu'il ait pu en apprendre plus, Anna et Bella étaient revenues.

— Je les adore ! déclara Anna. On peut les prendre, oncle Marco, s'il te plaît ?

Il n'avait jamais rien pu lui refuser, particulièrement quand ses grands yeux noisette le suppliaient. De plus, s'il acceptait, les courses seraient terminées.

— Bien sûr, répondit-il en déposant un baiser sur son front.

— Moi, aussi, dit Bella.

Il l'embrassa à son tour.

— Non, insista-t-elle en levant son minuscule pied. Je veux des chaussures, aussi.

— Mais tu ne joues pas au football, lui rappela Marco en aidant Anna à ôter les siennes.

Bella repartit en courant et revint avec une paire de sandales ornées d'une fleur orange.

— Ça !

D'ordinaire, elle aimait le rose autant que sa sœur, mais il comprit qu'elle en voulait de la même couleur que celles choisies par son aînée.

— Très bien, voyons si nous trouvons ta taille.

Par chance, elles étaient en stock, et les deux petites filles arboraient un grand sourire en marchant vers la caisse tout en portant leurs boîtes.

— Deux paires de chaussures vendues pendant ma première heure de travail ! Je crois que je vais demander une augmentation, plaisanta Jordyn.

— Je ne doute pas qu'il y aurait bien plus de clients si tu étais ici tous les jours.

— Je préfère mon vrai travail. En plus, Rob a une nouvelle employée, une professeure de yoga.

— Tu n'aimes pas le yoga ? demanda-t-il en lui tendant sa carte de crédit.

— Ce n'est pas mon truc. Pas plus que ce n'est la faute de Roxi si elle est blonde et a à peine vingt ans.

Il entendit une voix dans son dos avant de pouvoir répondre.

— Marco Palermo ?

Tournant la tête, il aperçut une blonde plantureuse venir droit vers lui.

— On dirait que tu connais personnellement la nouvelle employée de mon beau-frère ? dit Jordyn quand Roxi s'éclipsa pour donner un cours. Une ex-petite amie ?

— Non, répondit-il en secouant vivement la tête. Juste quelqu'un que j'ai vaguement croisé au lycée.

— Vous étiez au lycée ensemble ? Elle a l'air d'avoir à peine vingt ans.

— Plutôt vingt-quatre, car elle était deux classes en dessous de la mienne.

— Donc tu as… vingt-six ans ? dit-elle en fronçant les sourcils.

— C'est un problème ?

— Pas du tout. Pourquoi cela en serait un ?

— Je ne sais pas, répondit-il en commençant à avoir des soupçons. Quel âge as-tu ?

— Plus que toi.

— Et tu n'aimes pas l'idée de sortir avec un homme plus jeune ?

— Non, puisque ce n'est pas le cas.

Il jeta un œil à ses nièces pour s'assurer qu'elles étaient toujours occupées avec le ballon de basket qu'elles faisaient rebondir.

— Très bien, alors tu n'aimes pas l'idée d'avoir embrassé un homme plus jeune.

— Ce n'était qu'un unique baiser, répondit-elle en rougissant.

— Un premier baiser, corrigea-t-il.

— Premier et dernier.

— Et donc, quel âge as-tu ? reprit-il en souriant.

— Tu ne sais pas qu'on ne pose pas cette question à une femme ?

— Je ne l'aurais pas fait si cela ne semblait pas important à tes yeux.

— J'ai eu trente ans en avril.

— Oh ! tu es vraiment vieille ! la provoqua-t-il.

Elle le fusilla du regard.

— Et toujours célibataire. Cela ne ferait-il pas de toi une vieille fille ?

— Ce serait le cas, si cette expression n'était pas encore plus archaïque que moi.

Il éclata de rire.

— Nous devrions continuer cette conversation quand je n'aurai pas deux petits démons avec moi.

— Tu me trouveras à la maison de retraite.

— Je te trouverai, répondit-il en plongeant longuement son regard dans le sien. Compte sur moi.

Elle s'inquiétait de prendre conscience qu'elle aussi comptait sur lui.

Elle avait pris l'habitude de voir Marco se présenter au comptoir du O'Reilly au moins deux fois par semaine. Il ne venait pas toujours le même jour ou à la même heure, mais il ne laissait jamais passer plus de trois jours sans faire une apparition.

Quand elle quitta son travail pour rentrer chez elle ce jeudi, elle réalisa qu'elle ne l'avait pas vu depuis dimanche. Elle s'en voulut de l'avoir remarqué et encore plus de s'apercevoir qu'il lui manquait.

Elle rêva de lui cette nuit-là, comme toutes les nuits depuis leur baiser. Et tous les matins elle se réveillait avec la sensation d'avoir besoin de quelque chose qu'elle n'était pas sûre de vouloir et qu'elle n'avait pas le droit d'avoir.

Tristyn chantonnait au son de la radio quand elle entra dans la cuisine pour se servir un café plus fort que nécessaire.

— Tu n'as pas fait la fermeture hier soir ? Pourquoi es-tu debout si tôt ?

Jordyn haussa les épaules.

— Je n'arrivais pas à dormir.

— Tu es préoccupée par quelque chose ?

Elle but sa tasse de café d'une seule traite.

— Non.

— Marco est passé hier ?

— Non.

— Ah, dit Tristyn en se levant pour prendre son sac. Cela pourrait bien être l'explication.

— L'explication de quoi ?

— De ton humeur matinale.

— Mon humeur n'a rien de particulier, répondit-elle trop vivement.

Tristyn haussa un sourcil.

— Tu sais, tu pourrais aller le voir.

— Voir qui ?

— S'il ne t'intéresse pas, dis-le-lui. Mais ne joue pas avec ses sentiments.

— Je ne joue avec rien du tout et je lui ai dit au moins dix fois que je n'étais pas intéressée.

— Puis, tu l'as embrassé.

— Il m'a embrassée !

— Parce qu'il est vraiment amoureux de toi.

— Mais non.

— Il l'est ! insista Tristyn. Et si tu ne fais pas attention, tu vas lui briser le cœur.

— Il m'a demandé de sortir avec lui, j'ai refusé et je ne l'ai pas vu depuis cinq jours. Je ne crois pas que son cœur soit brisé.

— Il ne renoncera pas. Cinq jours, vraiment ?

Jordyn resta silencieuse, réalisant qu'elle en avait déjà beaucoup trop dit.

— Peut-être n'est-il pas le seul à être amoureux ? s'interrogea sa sœur à voix haute.

Elle franchit la porte d'entrée avant que Jordyn ait pu lui répondre.

Il revint au bar ce soir-là, juste quand Jordyn avait fini par se convaincre qu'elle ne le verrait plus. Et, à l'instant où elle l'aperçut, son cœur se mit à battre comme un forcené.

Peut-être n'est-il pas le seul à être amoureux ?

Elle secoua la tête, refusant de considérer cette possibilité. En trois ans, depuis la disparition de son fiancé, elle ne s'était même pas rendue à un second rendez-vous. Et encore plus important, elle n'en avait pas eu un seul avec Marco.

Alors comment aurait-elle pu être tombée amoureuse d'un homme avec qui elle n'était jamais sortie ?

La réponse était simple et évidente, elle ne l'était pas. D'accord, il l'attirait. La manière dont son cœur s'affolait en sa présence rendait ce fait indéniable. Mais son esprit, le protecteur de son cœur, refusait de laisser cette attirance la mener vers autre chose.

Son tabouret habituel était libre mais, avant de le rejoindre, il s'arrêta pour saluer quelques clients réguliers. Il demanda à Ed comment se passait son travail et rit aux propos de Bobby. Il était attentif et bon avec tout le monde. Elle l'avait surnommé « monsieur Charme » à cause de sa manière de flirter légèrement en permanence, mais la réalité était que tout le monde l'appréciait. Même Carl, qui traînait au bar uniquement pour ne pas rester chez lui avec sa femme et ne parlait jamais à personne, avait échangé quelques mots avec Marco.

Elle savait qu'il travaillait de nombreuses heures au Valentino, et pas seulement au bar, mais partout où on avait besoin de lui. Et pourtant, il parvenait à trouver du temps pour passer la voir chez O'Reilly. Et pourquoi ferait-il cela à moins que Tristyn ait raison et qu'il soit réellement amoureux d'elle ?

Et même si elle se sentait flattée, car quelle femme ne l'aurait pas été qu'un homme comme lui s'intéresse à elle, elle savait qu'elle devait cesser de l'encourager. Sa sœur avait raison, elle devait se montrer honnête sur ce qu'elle désirait réellement et ce qu'elle ne voulait pas.

— Cela faisait longtemps qu'on ne t'avait pas vu, dit-elle quand il s'assit.

— Je t'ai manqué ? répondit-il avec un clin d'œil.

C'était le cas, même si elle n'était pas prête à l'admettre.

— Tu as manqué à Carl. C'est à peine s'il a levé les yeux de sa bière depuis mercredi.

— J'aurais aimé venir, mais j'avais des affaires à régler.

— Tu n'as pas à te justifier auprès de moi.

— Mais toi, tu me dois un chiffre. Le sixième sur sept.

— Je croyais que tu avais laissé tomber.

— Cela ne fait pas si longtemps que je ne suis pas venu. Et je n'abandonne pas facilement.

— Je crains que notre petit jeu t'ait donné une mauvaise impression.

— Quelle impression ?

— Que je pourrais dire oui, si tu parvenais à mettre les chiffres dans l'ordre pour m'appeler et m'inviter à sortir.

— Ce n'est pas le cas ?

— Non.

— C'est dommage.

Elle fronça les sourcils tout en servant une bière à Ed.

— C'est dommage. C'est tout ce que tu as à dire ?

— Je ne suis pas vraiment surpris. Je m'attendais à ce que ce baiser te fasse paniquer.

— Je ne panique pas, je ne souhaite simplement pas m'engager.

Il soutint son regard un long moment.

— C'est ton droit.

— Merci.

Il leva la tête pour humer l'air quand Melody traversa la salle en portant des bols de ragoût.

— Je meurs de faim, et cela sent terriblement bon.

— Tu n'as pas mangé chez Valentino ?

— Pas ce soir, dit-il en buvant sa bière. Je pourrais avoir la même chose ?

— Bien sûr, répondit-elle en allant passer sa commande à la cuisine avant de bavarder avec d'autres clients.

Quand son plat arriva, il mangea en discutant avec Bobby, paya son addition, lui souhaita une bonne soirée et partit.

Il revint le soir suivant et s'assit au bar pour flirter avec elle comme si de rien n'était. Puis il revint deux jours plus tard et aussi le troisième.

— Je suis un peu confuse, lui dit-elle en lui servant sa bière.

— A quel propos ?

— Que tu persistes à venir.

— J'apprécie ta compagnie.

— Mais je t'ai pourtant dit que je ne sortirais pas avec toi et tu as répondu que tu respectais mon choix.

— Non, j'ai dit que c'était ton choix. Pas que j'étais d'accord.

— Ce qui n'explique toujours pas ta présence ici.

— Certaines personnes, très rares, rendent le monde meilleur par leur seule présence. Et pour moi, tu es l'une d'elles. Oui, je suis déçu que tu ne veuilles pas explorer cette attirance qui existe entre nous, mais je suis heureux de partager ces moments avec toi.

— Ce sont sans aucun doute les paroles les plus gentilles que ne m'ait jamais dites un homme qui n'essayait pas de me déshabiller.

— Te déshabiller est en option ?

— Non ! répondit-elle en éclatant de rire.

— Tu ne peux pas me reprocher d'avoir essayé.

Elle s'excusa pour s'occuper d'un nouveau client à l'autre bout du bar.

— Pour ce que cela vaut, sache que je n'en apprécie pas moins ta compagnie, dit-elle en revenant.

— Tu te rappelles quand tu avais peur de m'avoir donné une mauvaise impression ?

— Oui ?

— Tu recommences…

— Tu as raison, je suis désolée, dit-elle en rougissant.

— Désolée d'avoir refusé de sortir avec moi ?

— Désolée de ne pas me sentir prête à te dire oui.

— Dans ce cas, nous pourrions peut-être juste aller dîner ?

— Quoi ?

— Dîner, répéta-t-il comme si cela était une suggestion raisonnable.

Elle le dévisagea d'un air atterré.

— As-tu écouté un seul des mots que je t'ai dits ?

— Je les ai tous écoutés. Tu ne te sens pas encore prête à sortir avec moi, donc nous n'appellerons pas cela un rendez-vous, mais un dîner.

— Et quelle est la différence ?

— Les enjeux.

— Tu peux développer ? dit-elle en resservant Ed avant de le regarder droit dans les yeux.

— Quand un homme et une femme sortent ensemble pour la première fois, il y a toujours des attentes. Où est-ce que cela nous mènera ? Me laissera-t-elle l'embrasser ? M'invitera-t-elle à boire un café chez elle ? Et quand elle dit « café », sous-entend-elle autre chose ?

— Ce sont effectivement des attentes légitimes.

— Et qui font que je comprends ta volonté d'éviter le mot « rendez-vous ».

— Ce n'est pas que le mot, c'est tout le scénario.

— J'avais compris, le rassura-t-il. Mais quand tu vas simplement dîner avec quelqu'un, les attentes ne sont pas les mêmes.

— Sans doute.

— Parce qu'un dîner peut aussi bien être un rendez-vous, qu'un repas que tu partages avec une personne que tu apprécies, un ami, une sœur, un collègue. Tu es d'accord ?

— Je sais bien que tu es en train de me piéger, mais je ne peux pas te contredire.

— Donc tu dînerais avec moi ?

— Je n'ai pas dit cela.

— Mais tu n'as pas dit non, lui fit-il remarquer.

— Si je dis oui, est-ce que cela te donnerait une nouvelle fois une fausse impression ?

— Non, juste que tu apprécies un bon dîner et que tu es consciente que nous devons tous les deux nous nourrir. Je ne pense pas qu'il y ait plus à interpréter.

— Donc, tu m'invites à partager un repas sans attente particulière ?

— Pas la moindre.

— Alors dans ce cas… d'accord.

Il n'en revenait pas qu'elle ait capitulé si facilement. En fait, cela n'avait été simple que s'il ne comptait pas les quatre semaines qu'il avait passées à imposer sa présence, tout en la regardant flirter avec d'autres hommes, et à se torturer chaque nuit depuis qu'elle lui avait accordé cet unique baiser.

— Quand ? l'interrogea-t-il aussitôt.

— Je ne sais pas, répondit-elle en riant.

— Pourquoi pas demain ?

— Je travaille.

— Quand seras-tu libre ?

— Mardi prochain.

— Mardi, répéta-t-il en fronçant les sourcils.

— Tu es déjà pris ?

— Non, c'est juste que j'ai un rendez-vous d'affaires très tôt le mercredi.

— Ce n'est qu'un dîner, lui rappela-t-elle.

— Tu as raison. Je passerai te prendre à 19 heures.

9

Jordyn fit rouler ses épaules.

— Il faut vraiment que je retourne à la gym, mes muscles me brûlent déjà.

— Les miens aussi, reconnut Lauryn. Je savais que ce serait un travail salissant, mais je n'aurais jamais cru que ce serait aussi difficile.

Jordyn recommença à racler le mur avec son grattoir.

— On dirait que la personne qui a posé ce papier peint l'a collé à la Super Glue.

— Un tel manque de sens pratique correspondrait bien à son manque de goût, répondit son aînée en essuyant la sueur qui coulait sur son front. Qui a pu croire que des dessins de coqs convenaient à une chambre ?

— Ou à n'importe quelle pièce…

— Tu marques un point.

— Nous aurions dû attendre le week-end pour enrôler Tristyn, grommela Jordyn en songeant à sa cadette vêtue de son tailleur élégant, derrière son bureau des Meubles Garett, tandis qu'elle et Lauryn étaient couvertes de sueur, de colle et de petits bouts de cet horrible papier peint.

— En fait, elle m'avait proposé son aide, dit Lauryn. Mais je n'avais pas imaginé que ce serait aussi dur. Le papier du salon et de l'escalier était parti tout seul.

Comme râler ne changerait rien, Jordyn décida de se concentrer sur le résultat et d'imaginer cette pièce qui serait la nouvelle chambre de Kylie après l'arrivée du bébé.

— De quelle couleur as-tu choisi de la repeindre ?

— Rose, la couleur préférée de Kylie. Mais un rose très pâle, et j'ai l'intention d'aller à la salle des ventes afin de voir si je ne pourrais pas y trouver de jolis meubles d'occasion.

— Tu es consciente que papa et maman ont trois pièces remplies de meubles dont ils ne se servent plus ? Et en particulier ceux de nos anciennes chambres.

— Je n'y avais jamais pensé, avoua-t-elle. Et Kylie adorerait le lit à baldaquin.

— Et la petite table et sa chaise assortie.

— Tu crois qu'ils me les donneraient, si je leur explique que c'est pour Kylie ?

Elle n'aurait jamais rien demandé pour elle, mais elle aurait fait n'importe quoi pour sa fille.

— Je suis même certaine que cela leur ferait plaisir.

Lauryn jeta un coup d'œil circulaire à la pièce en imaginant la chambre meublée.

— Ils seraient parfaits ici !

— Avec des rideaux blancs en organza ? devina Jordyn.

— Exactement. Je demanderai à maman quand elle reviendra de la séance de lecture de contes avec Kylie tout à l'heure. Bien sûr, il reste beaucoup à faire avant de meubler cette chambre si jamais nous venons à bout de ce papier peint. Je devrais encore reboucher les trous et changer la moquette.

— Tu n'es pas obligée de tout faire toi-même. Tu aurais plein de volontaires pour t'aider si tu leur demandais.

— Je sais. D'ailleurs, je t'ai bien fait venir.

— Mais juste pour quelques heures. Après, je vais devoir aller me doucher et travailler.

— Tu dois voir Marco ce soir ?

Et, comme la simple mention de son prénom suffisait à affoler son cœur, elle attaqua le mur avec une vigueur renouvelée.

— Je travaille ce soir, répéta-t-elle.

— Je sais, mais Tristyn m'a dit qu'il venait souvent au O'Reilly pour flirter avec l'une des serveuses.

— Il est passé quelquefois pendant mon service.

— Et tes doigts de pied se sont recroquevillés ?

— Tristyn parle beaucoup trop.

— Il n'y a pas de secrets entre sœurs, et nous sommes toutes les deux persuadées qu'il serait parfait pour toi.

— Ah, alors si vous le pensez toutes les deux, pourquoi mon avis devrait-il compter ?

— Ton avis compterait s'il n'était pas aussi évident qu'il te met dans tous tes états, dit-elle sans relever son sarcasme.

Jordyn lui tourna le dos, car c'était plus facile que de lui cacher ses sourcils froncés par la contrariété.

— Tu as droit au bonheur, reprit Lauryn. Et Marco te rend heureuse.

— Quand il ne me rend pas folle.

— Tant qu'il s'agit d'une folie qui te fait du bien, je ne vois pas de problème à cela.

— J'ai cru avoir une chance. Mais après la mort de Brian je n'ai jamais pensé pouvoir rassembler assez de morceaux de mon cœur pour aimer à nouveau qui que ce soit.

— Tout le monde a le droit à une seconde chance. Et presque personne ne trouve le grand amour la première fois.

— Mon premier amour était Jimmy Chelminski.

— L'école primaire ne compte pas !

— Cela devrait. Il était parfait.

— Uniquement parce qu'il te donnait tous ses oursons rouges.

— Mais j'adore toujours ces bonbons !

— Et Jimmy Chelminski ?

— Marié à Debbie Turlington et très heureux en ménage, avec deux enfants et deux chiens. Et en parlant de fin heureuse, dit-elle en sautant sur l'occasion de ne plus parler de ses sentiments ambivalents à propos de Marco, j'ai réfléchi à ton idée de chambre de princesse pour Kylie et j'ai apporté une esquisse.

374

— Déjà ? Mais je ne t'en ai parlé qu'hier.

— Ce n'est qu'un brouillon.

Lauryn laissa tomber son éponge dans le seau et s'essuya les mains sur son pantalon.

— Je veux la voir !

— D'accord, répondit Jordyn, ravie de faire une pause.

Elles retournèrent au rez-de-chaussée, et Lauryn prépara deux tasses de thé, tandis que Jordyn allait chercher son carnet à croquis.

— Les murs devront être peints pour ressembler à de la pierre, comme si elle dormait à l'intérieur d'un château, avec trois fenêtres en arche offrant une vue sur le pays enchanté.

Lauryn observa longuement le dessin. Il y avait des montagnes avec un lac, une cascade, un dragon et un chemin où roulait un carrosse en verre conduit par des chevaux blancs vers un autre château orné de tourelles au loin.

— C'est… magnifique, s'exclama Lauryn, je n'aurais jamais pu imaginer cela.

— Si ce n'est pas ce que tu veux…

— Non, c'est parfait, insista-t-elle en examinant à nouveau le dessin, charmée par les fleurs sauvages qui parsemaient la prairie où voletaient de minuscules fées. Je suis sûre que Kylie adorerait, mais cela demanderait beaucoup de travail.

— Mais nous nous amuserons !

— Ce qui me fait me demander à nouveau, pourquoi as-tu interrompu ta carrière artistique ?

— Quelle carrière ? Je faisais visiter les galeries locales aux touristes et je donnais des cours d'aquarelle à des collégiens.

— Avec ton talent, tu aurais pu faire tout ce que tu voulais.

— Et ceci, dit-elle en désignant le croquis, c'est exactement ce que je veux faire pour ma nièce.

Marco se tint éloigné du O'Reilly le temps du week-end. Et pas uniquement parce qu'il avait du travail chez Valentino et qu'il avait commencé les rénovations du nouveau local. Il se doutait que Jordyn s'en voulait d'avoir accepté ce dîner et que, s'ils se voyaient, elle sauterait sur l'occasion pour annuler. Et il ne lui donnerait pas cette chance.

Il n'avait toujours pas son numéro de téléphone, et elle n'avait pas le sien. Elle ne pourrait donc rien faire à moins de le traquer jusqu'au Valentino.

Le mardi après-midi, sa sœur devait passer une échographie, et il avait accepté de garder Anna et Bella, ravi de faire autre chose qu'étudier des plans pendant quelques heures. Et ses nièces avaient tellement d'énergie qu'il avait à peine pu penser à son rendez-vous avec Jordyn.

— Tout va bien ? demanda-t-il à Renata à son retour.

— Tout est parfait, le rassura-t-elle. Le bébé grandit bien, son rythme cardiaque est régulier, il a dix doigts aux mains et aux pieds et est particulièrement actif.

— Il ?

— Rien de confirmé. Je pars juste du principe que Nonna a raison.

— Et tu te sens bien ?

— Juste un peu fatiguée, mais c'est sans doute parce que je cours sans arrêt après les filles avec dix kilos de plus.

— Ne cherche pas plus loin, je ne suis resté ici qu'une heure et demie et je suis épuisé.

— Tu as définitivement gagné ton dîner.

— Merci, mais j'ai déjà des projets ce soir.

— Un rendez-vous ?

— Oui.

— Avec une femme ?

Il fronça les sourcils devant son air incrédule.

— C'est si dur à croire ?

— Non, c'est juste que je suis un peu surprise, comme tu n'arrêtes pas de répéter que tu n'as pas une seconde à toi avec l'ouverture du nouveau restaurant.

— Ce n'est pas toi qui dis qu'on trouve toujours du temps pour les choses importantes ?

— Jordyn Garett ? demanda-t-elle en commençant à éplucher des pommes de terre.

Il acquiesça.

— Elle a donc fini par accepter de sortir avec toi ?

— Oui, mais ce n'est pas un vrai rendez-vous.

— Tu viens juste de dire le contraire.

— Bien sûr, c'en est un. Mais Jordyn est persuadée qu'elle n'est pas encore prête, donc, nous allons juste dîner.

— Bien joué. Mais fais attention ! dit-elle en pointant son couteau vers lui.

— Tu crois qu'elle va me briser le cœur ?

— Pas volontairement, bien sûr, mais je pense que c'est la première femme depuis longtemps qui en aurait le pouvoir. Où l'emmènes-tu ?

— Pas au Valentino.

— Blasphème !

— C'est le meilleur restaurant italien, mais pas le meilleur choix si je veux un second rendez-vous.

— Si jamais maman, papa ou Nonna apprennent que tu l'as invitée ailleurs, tu ne pourras plus jamais franchir la porte du restaurant.

— Raison pour laquelle nous irons à Raleigh, il y a là-bas un nouveau grill dont tout le monde parle.

— Nous y sommes déjà allés avec Craig, et c'était vraiment très bien.

— Et romantique ?

— C'est plutôt rustique, répondit-elle en continuant à préparer le repas. Mais c'est sans doute mieux.

— Pourquoi ?

— Parce que ce n'est pas un rendez-vous, lui rappela-t-elle en saupoudrant les pommes de terre de parmesan. Cela permettra à Jordyn de se convaincre qu'il n'y a pas d'enjeux et d'envisager de te revoir. Pourquoi fais-tu cette tête ?

— Et dire que je ne m'étais jamais aperçu qu'il y avait un véritable Machiavel derrière ton visage de sainte.

— Ne t'avise pas de l'oublier ! plaisanta-t-elle en

enfournant son plat. Et emmène-la chez Valentino pour votre second rendez-vous.

— Laisse-moi déjà réussir le premier avant de t'inquiéter des prochains.

Jordyn ne savait pas ce qu'elle devait dire à sa sœur à propos de ses projets avec Marco. Aussi se sentit-elle soulagée quand Tristyn lui annonça qu'elle travaillerait tard. Car elle savait que, quelles que soient ses explications, sa sœur ne croirait jamais qu'il ne s'agissait que d'un dîner. Et vu sa nervosité, elle commençait elle-même à en douter.

Au cours de la journée, elle avait décidé plusieurs fois de l'appeler pour annuler, mais elle n'avait pas son numéro. Elle aurait pu lui laisser un message au Valentino, mais cela aurait impliqué de donner des explications à quelqu'un d'autre, et elle s'en sentait incapable.

Et, bien qu'elle soit en train de se préparer, elle n'était toujours pas certaine qu'elle lui ouvrirait sa porte. Pourtant, elle avait déjà essayé de nombreuses tenues pour en trouver une qui correspondrait à un dîner et pas à un rendez-vous. Une robe ferait trop habillé et un jean trop décontracté, son tailleur faisait trop professionnel et son haut avec un col en V était bien trop échancré. Elle finit par opter pour une jupe courte, une chemise en dentelle et ses sandales préférées dont les lacets remontaient à mi-mollets.

Griff entra dans la chambre tandis qu'elle enfilait un bracelet en argent assorti à ses boucles d'oreilles.

— Qu'en penses-tu ?

Le chat bâilla, et elle reporta son attention sur son reflet dans le miroir.

— J'essaie de paraître féminine sans en faire trop.

Le chat tourna la tête vers le tas de vêtements qu'elle avait empilés au sol.

— D'accord, mais il n'a pas à savoir que cela m'a donné autant de mal.

Griff se roula en boule et ferma les yeux, lui indiquant que leur conversation était terminée.

— C'est trop te demander un peu de soutien ? Je me sens déjà assez nerveuse sans que tu me juges ! dit-elle avant de secouer la tête. Et voilà que je parle à mon chat…

Elle essayait de se convaincre que ce n'était pas différent d'un dîner avec sa sœur ou un ami, mais il s'agissait de Marco, l'homme qui l'avait bouleversée d'un seul baiser.

Elle ouvrit le premier tiroir de sa commode et en sortit la photo qu'elle avait fini par cacher trois ans après la mort de Brian. Elle sentit une lame percer son cœur quand elle regarda le visage souriant de son ex-fiancé et le sien. Ils avaient été si amoureux, si heureux, si pleins d'espoirs et de rêves pour leur futur. Et quelques semaines après que cette photo de fiançailles eut été prise, elle l'avait perdu à jamais.

Elle l'avait pleuré pendant longtemps, en ayant non pas l'impression que son cœur était brisé, mais qu'on lui avait arraché de la poitrine, ne laissant plus qu'un trou béant. Pourtant, avec le temps, elle avait commencé à guérir et à vivre un jour après l'autre. Cette année, elle avait même accepté quelques rendez-vous, surtout pour rassurer ses sœurs, mais aucun de ces hommes ne l'avait intéressée. Et quand elle s'était préparée pour ces rencontres, elle n'avait jamais ressenti l'impatience et la nervosité qui la dévoraient cette fois-ci. Et elle n'avait certainement pas non plus envisagé de les embrasser, alors qu'elle était obsédée par l'idée d'embrasser à nouveau Marco.

Mais était-elle prête ?

Elle sursauta quand la sonnette de la porte retentit. Elle n'en savait rien, mais il était trop tard pour revenir en arrière.

Le cœur de Jordyn cognait si fort dans sa poitrine tandis qu'elle dévalait l'escalier qu'elle était persuadée que Marco pouvait l'entendre à travers la porte. Puis elle l'ouvrit, et son cœur qui battait déjà à tout rompre s'accéléra encore.

— Salut, dit-elle, inhabituellement intimidée.

— Salut, répondit-il en entrant. Tu es merveilleusement belle.

Ce ne fut pas tant son compliment qui la fit rougir que son regard appréciateur.

— Et tu es très élégant, dit-elle en observant son pantalon kaki bien assorti avec le bleu soutenu de sa chemise et de sa veste.

Elle remarqua aussi qu'ils se trouvaient à l'endroit précis où ils s'étaient embrassés. Et à sa manière de la regarder elle sut qu'il y pensait aussi. Aussi se sentit-elle aussi déçue que soulagée quand il lui dit qu'ils devaient partir.

— Où allons-nous ? lui demanda-t-elle tandis qu'ils marchaient vers sa voiture.

— Cela dépend. Tu aimes les steaks ? Il y a un nouveau grill à Raleigh dont tout le monde parle, dit-il en lui ouvrant sa portière.

— Il y a aussi des restaurants de viande à Charisma.

— Oui, mais je me suis dit qu'il y aurait moins de ragots à propos de notre soirée si personne ne nous voyait dîner.

— J'imagine que cela fait sens, d'une certaine manière…

— Et puis comme cela, tu auras le temps de te détendre pendant le trajet.

— Désolée, je crois que je suis un peu nerveuse.

— Aucun enjeu, tu te rappelles ?

— C'est vrai.

Mais ces mots ne firent pas disparaître magiquement ces maudits papillons qui persistaient à voleter dans son estomac.

— Alors, dis-moi tout à propos de ce nouveau restaurant.

— Pourquoi es-tu tellement persuadée qu'il va y avoir un second Valentino ?

— Sans doute parce qu'il y a un panneau sur l'ancienne vitrine du Mykonos où est écrit *Ouverture prochaine du Valentino II*.

— C'est une bonne raison.

— Ce sera une copie du restaurant original ?

— Non, même si la décoration sera dans la même inspiration. Nous voulons que nos clients aient une expérience unique dans chaque établissement.

— La plupart des enseignes connues et prospères de notre économie appartiennent à des chaînes.

— Je ne pense pas que deux restaurants fassent de nous une chaîne. De plus, si nos clients veulent manger chez Valentino, c'est là qu'ils iront. Ce nouveau restaurant cible une clientèle plus aisée.

— Donc, pas de formule spéciale pour les pâtes le jeudi ?

— Nous garderons tous les menus et les plats préférés de nos clients, répondit-il en souriant. Mais il y aura aussi des entrées et des plats plus originaux et élaborés.

Elle réalisa en l'écoutant parler qu'il possédait bien plus de compétences qu'elle l'avait d'abord pensé.

— Et dire que pendant tout ce temps j'ai cru que tu n'étais qu'un simple barman.

— Je suis barman.

— Et le concepteur, designer et promoteur de ce projet.

— Rien n'aurait été possible sans mes grands-parents.

— Mais qui a eu l'idée ? insista-t-elle.

— C'était l'objet de nombreuses discussions familiales depuis longtemps, dit-il d'un air modeste.

— Je parierais que tu étais à l'origine de chacune d'elles.

— J'ai peut-être donné l'impulsion, admit-il.

— Pourquoi as-tu tant de mal à t'en attribuer le mérite ?

— Sans doute pour ne pas avoir à assumer toute la responsabilité si le projet est un échec.

— Ce ne sera pas le cas, dit-elle d'un ton confiant.

— Même si j'apprécie ton soutien, tu ne peux pas en être sûre.

— Je sais que tu ne laisseras pas sombrer ce projet. Tu n'abandonneras pas et tu continueras d'essayer jusqu'à ce que ce soit un succès.

— Tu penses me connaître aussi bien ?

— Tu as réussi à sortir avec moi, même si ce n'est pas

un vrai rendez-vous, dit-elle en regardant le paysage. Donc, le premier Valentino a été fondé par tes grands-parents ?

— Il y a quarante-sept ans, précisa-t-il.

— Et ils sont toujours impliqués ?

— Peut-être même trop… Tous les matins, ma grand-mère se met en cuisine pour préparer les pâtes et les sauces.

— Elle doit vraiment adorer cuisiner.

— Elle adore surtout tout contrôler et elle ne fait confiance à personne. Et bien sûr, sa façon de faire est la seule acceptable.

— Donc, les pâtes sont toujours fraîches du jour ?

— Absolument.

— Et comment allez-vous faire pour le second restaurant ?

— Nonna va former et superviser la nouvelle équipe et elle partagera certainement son temps entre les deux établissements.

— Et que fait ton grand-père pendant qu'elle cuisine ?

— Il contrôle la qualité.

— Cela veut dire qu'il goûte tous les plats ? demanda-t-elle, amusée.

— Et les nouveaux vins.

— Voilà un couple fascinant.

— Ils sont merveilleux, répondit-il sincèrement. Ils me rendent souvent fou, mais je ne pourrais pas imaginer ma vie sans eux.

- 10 -

Le Idle Plough était bien plus rustique que Marco l'avait imaginé, mais Jordyn semblait réellement sous le charme.

Le restaurant était une ancienne grange reconvertie qui avait gardé ses poutres, ses chevrons et même ses escaliers en bois qui menaient à l'ancien grenier à foin, offrant des tables supplémentaires. Des roues de charrue suspendues par des chaînes servaient de chandeliers, et des lampes à huile diffusaient une lumière douce et intime.

Leur serveur, habillé en cow-boy, leur demanda s'ils souhaitaient un apéritif avant de leur détailler le menu. Jordyn choisit un verre de vin et Marco décida de l'imiter. Puis ils commandèrent tous les deux l'entrecôte accompagnée de pommes de terre au four. Et tandis qu'ils parlaient en dînant, Marco s'aperçut que, malgré leurs nombreuses discussions au O'Reilly, il lui restait des milliers de choses à apprendre sur elle. Elle aimait les romans de science-fiction, les vieux films et avait des goûts musicaux désastreux (de la country moderne, vraiment ?). Elle se perdait toujours sans son GPS, mais savait réaliser plus d'une cinquantaine de cocktails. Elle était fan des Durham Bulls et avait les lèvres les plus douces qu'il ait jamais embrassées.

— Comment t'es-tu retrouvée derrière le bar du O'Reilly ? demanda-t-il en reposant ses couverts dans son assiette vide.

— Une pancarte sur la porte indiquait qu'ils cherchaient du personnel, alors je suis entrée.

— Ce que je voulais dire, c'est pourquoi travailles-tu là-bas plutôt que dans l'entreprise de tes parents ?

— Les Meubles Garett n'ont que rarement besoin de barmen, répondit-elle en haussant les épaules.

— J'ai l'impression qu'il y a quelque chose que tu ne me dis pas.

Le serveur les interrompit pour leur proposer un dessert qu'ils refusèrent, mais ils commandèrent tous les deux un café. Comme à son habitude, Jordyn ajouta deux cuillères de crème et de sucre au sien, et Marco la taquina en lui disant que c'était comme prendre le dessert et le café dans une tasse.

— Merci pour ce… dîner, lui dit-elle. C'était vraiment agréable.

— Tu sembles surprise que ç'ait été le cas.

— Oui, un peu, je l'avoue. Je sais que ce n'était pas supposé être un rendez-vous, mais j'étais nerveuse comme pour un rendez-vous pendant que je me préparais. Et pourtant c'était… bien, vraiment bien.

— Tu m'en vois ravi. Donc, tu résisteras moins la prochaine fois que je t'inviterai ?

— Je ne veux vraiment pas m'engager, dit-elle en soupirant comme si elle le regrettait.

— Il est peut-être temps que tu me dises pourquoi ?

— Tu veux vraiment entendre une histoire triste ?

— Je veux que nous soyons ensemble, Jordyn. Et je crois que je vais devoir l'écouter pour savoir si cela arrivera un jour.

Elle prit une profonde inspiration.

— Je devais me marier en avril… Enfin, en avril il y a trois ans.

— Tu étais fiancée ?

Cela n'aurait sans doute pas dû le surprendre, mais l'idée qu'elle avait aimé quelqu'un d'autre et prévu de passer sa vie avec lui le dérangeait.

Elle acquiesça.

— Que s'est-il passé ?

— Il est mort dans un accident de voiture, répondit-elle en fermant les yeux un instant. Un adolescent qui conduisait trop vite dans un virage lui est rentré dedans, et son airbag ne s'est pas déclenché. Les médecins ont tout fait pour le sauver, mais ses blessures étaient trop graves.

Son récit des événements semblait dépourvu d'émotion, mais il perçut son angoisse derrière son ton posé, et il eut mal pour elle. Il n'avait pas idée de ce qu'elle ressentait, mais il pouvait imaginer le choc qu'elle avait subi et la douleur de sa perte. Il aurait voulu pouvoir faire quelque chose pour la consoler, alors il se pencha et prit sa main dans la sienne.

— Je suis désolé.

Et même si, étant donné la détermination de Jordyn à ne pas s'engager, il se doutait depuis le jour de leur rencontre qu'il était arrivé quelque chose, il ne s'était pas attendu à un tel drame. Cela aurait été tellement plus facile de la consoler si ses fiançailles avaient été rompues parce que son fiancé l'avait quittée ou trompée. Mais non, l'homme qu'elle avait prévu d'épouser avait sans doute été une sorte de prince dont la mort avait dû lui laisser un trou béant à la place du cœur. Et il ne pouvait rien faire pour la soulager ou pour accélérer le processus de guérison.

Mais même les blessures les plus profondes pouvaient se refermer un jour, et son fiancé était mort depuis trois ans. Et s'il prenait en compte l'alchimie indéniable qui les poussait l'un vers l'autre, il ne voyait aucune raison de renoncer.

— J'ai terminé mon deuil, reprit-elle. Mais Brian me manque encore parfois, même si j'ai accepté qu'il soit parti. Je ne suis simplement pas encore prête à commencer une nouvelle relation, si jamais je le redevenais un jour…

— Es-tu en train de me dire que tu n'as eu aucun rendez-vous depuis trois ans ?

— Non, cela m'est arrivé. Mais c'était surtout pour que ma famille me laisse en paix.

— Alors, pourquoi ne veux-tu pas sortir avec moi ?

— Parce que je t'apprécie.

— Tu vas devoir m'expliquer ton raisonnement.

— Généralement, quand j'accepte de sortir avec un homme, c'est parce que je sais qu'il réalisera vite que nous n'avons ni affinité ni raison de nous revoir. Mais comme tu l'as remarqué, il y a une sorte d'attirance entre nous.

— Laisse-moi vérifier que j'ai bien compris. Tu ne veux pas sortir avec moi parce que je t'attire ?

— Et que je ne veux pas m'engager, déclara-t-elle.

Le serveur revint, et Marco commanda un second café.

— Je croyais que tu avais un rendez-vous tôt demain ?

— C'est le cas. Mais si c'est réellement notre première et dernière soirée, alors je compte bien la faire durer.

La pluie se mit à tomber quand ils reprirent la route de Charisma. Ils parlèrent peu et se laissèrent bercer par le bruit de la pluie et du battement des essuie-glaces. En fait, Jordyn se sentait plus détendue avec Marco qu'avec qui que ce soit d'autre depuis longtemps en dehors de sa famille. Il se gara devant sa maison et, en un instant, l'atmosphère se tendit, le tonnerre retentit, et Jordyn sentit son cœur s'affoler.

— Je déteste les éclairs, lui dit-elle.

— Pourquoi ?

— Cela me rappelle que nous ne contrôlons pas le monde qui nous entoure.

— Moi, j'adore les tempêtes.

— Pourquoi ?

— Pour les mêmes raisons que toi, répondit-il en souriant. Parce qu'elles me rappellent que ce monde est plus fort que notre détermination à le contrôler.

Et à sa manière de la regarder, elle comprit qu'il ne parlait pas uniquement de la météo.

— Je dois rentrer, dit-elle.

— Je te raccompagne à ta porte.

— Inutile de nous mouiller tous les deux.

Mais, comme il était évident qu'il n'allait pas changer d'avis, elle attendit qu'il fasse le tour de la voiture pour lui ouvrir. Il ôta sa veste et la posa sur ses épaules pour la protéger de la pluie. Dieu merci, il n'y avait que quelques mètres jusqu'au perron.

— Merci pour ce dîner, dit-elle d'un ton formel.

— Je t'en prie, le plaisir était partagé, répondit-il, tandis qu'elle insérait ses clés dans la serrure.

— Bonne nuit, Marco.

— Bonne nuit, Jordyn.

Bien que la porte ne soit plus verrouillée, elle n'entra pas immédiatement et ne saisit pas cette chance de s'échapper. Au contraire, elle se tourna vers lui.

— Je sais que ce n'était pas un rendez-vous, mais…

Ce fut tout ce qu'elle dit avant de céder à son impulsion et de se pencher pour l'embrasser.

Durant tout le trajet de retour du restaurant, Marco s'était répété qu'il avait promis à Jordyn que ce n'était pas un rendez-vous. Et même s'il désirait plus que tout goûter à nouveau la saveur de ses lèvres, il était parvenu à se retenir. Et voilà que c'était elle qui l'embrassait, faisant sauter tous les garde-fous qu'il s'était imposés.

Il n'avait encore jamais désiré une femme avec autant de passion et d'intensité et il savait que cela n'arriverait plus jamais. C'était elle, maintenant et pour toujours.

Alors, il referma ses bras sur elle, l'attira contre lui tandis que leur baiser devenait brûlant, et il eut l'impression de flotter dans les nuages. Puis ses mains remontèrent le long de son torse en frôlant la dentelle qui coùvrait sa poitrine, et elle frissonna pendant qu'il forçait ses lèvres du bout de sa langue.

Quand elle appuya la tête contre la porte, il laissa courir sa bouche le long de sa nuque en traçant un sillon de baisers qui la fit frémir. Puis, il posa ses lèvres sur l'échancrure de son corsage et perçut le rythme effréné de son cœur. Il s'interrompit un instant pour reprendre son souffle, mais le parfum suave de sa peau lui fit tourner la tête.

Du bout des doigts, il lui releva le menton pour plonger son regard dans le sien. Ses prunelles noires et dilatées reflétaient le même désir urgent que celui qui le possédait. Il couvrit à nouveau ses lèvres des siennes et aspira ses soupirs de plaisir. Puis, il laissa sa main glisser le long de ses courbes affolantes jusqu'à ses fesses, en se demandant ce qu'elle pouvait bien porter en dessous de sa robe. Mais avant qu'il ait pu satisfaire sa curiosité, les phares du voisin en train de se garer les inondèrent de lumière. Et, bien que personne ne puisse les voir, la lumière vive leur fit prendre conscience que leurs baisers passionnés risquaient de les entraîner trop loin. Elle s'écarta, haletante.

Il lui fallut une minute pour reprendre son souffle et une autre pour être certain que sa voix ne tremblerait pas.

— Tu ne crois pas que tu pourrais me donner ton numéro maintenant ?

Ses yeux étaient toujours embrumés de désir, mais elle laissa échapper un petit rire.

— Oui, j'imagine que je pourrais.

Il sortit son téléphone de sa poche et fit défiler la liste jusqu'à son nom. Elle fronça les sourcils en comprenant qu'il avait déjà inscrit son prénom.

— Que veux-tu, je suis un incurable optimiste.

Elle lui prit le téléphone des mains et entra son numéro.

— Je t'appellerai, n'en doute pas, lui dit-il.

Elle acquiesça en posant sa main sur la poignée de la porte avant de se retourner vers lui.

— J'aurai peut-être changé de numéro quand mon esprit ne sera plus perturbé par mes hormones, le prévint-elle.

— Je ne pense pas, car je crois que tu es aussi curieuse que moi de voir où tout cela va nous mener.

— Peut-être nulle part.

Il perçut la pointe de désespoir dans son ton détaché, mais il en comprenait mieux l'origine désormais.

— Nous le découvrirons ensemble, lui promit-il.

Ensemble.

Jordyn ne savait pas si ce mot la rassurait ou la terrifiait.

Ensemble, impliquait un lien, une relation. Cela faisait si longtemps qu'elle menait une existence solitaire. Trois ans, quatre mois et deux jours pour être exacte.

Elle se sentit déstabilisée en réalisant que Brian était mort depuis plus longtemps qu'ils n'étaient restés ensemble. Ils se connaissaient depuis un an quand ils avaient commencé à se fréquenter. Il l'avait demandée en mariage exactement six mois après leur premier rendez-vous et avait fixé la date de la cérémonie un an plus tard. Ils avaient donc été un couple pendant deux ans et demi.

Peut-être était-il temps qu'elle saisisse sa chance d'être *ensemble* avec un autre.

Quand Jordyn entra dans le salon, Tristyn était allongée sur le canapé en face de la télévision, un bol de pop-corn d'un côté, Griff de l'autre, et sa tablette à la main.

— Tu es réellement multitâche !

— C'est la nouvelle saison du Bachelor et je dois valider notre nouvelle collection d'ici demain, répondit-elle.

— Tu es même parvenue à hypnotiser mon chat.

— Non, je l'ai simplement soudoyé.

— Avec du pop-corn ?

— Avec les restes de saumon de mon déjeuner.

— Pourquoi cette attention ?

— Parce que je n'arrive pas à comprendre pourquoi il apprécie Marco plus que moi.

— Il ne l'a rencontré qu'une fois, et je continue de penser qu'il avait de l'herbe à chat dans sa poche, dit-elle en riant.

— Où êtes-vous allés dîner ce soir ?

— Au Idle Plough, le nouveau restaurant de Raleigh. C'était vraiment très bien.

— Tu as eu ton baiser d'au revoir ? Et n'essaie pas de me dire le contraire, parce que tes cheveux sont tout emmêlés, tes lèvres gonflées et que tu as le regard brumeux d'une femme qui vient d'être embrassée d'une manière insensée.

— Eh bien, pour ta gouverne, sache que c'est moi qui l'ai embrassé d'une manière insensée !

— Tu es pleine de surprises, répondit sa cadette en levant un sourcil.

— Je commence à envisager de coucher avec lui, dit Jordyn en s'asseyant sur l'accoudoir du canapé.

— Et tu veux mon approbation ?

— Non, oui… je ne sais plus.

— J'aime bien Marco, continua Tristyn. Mais le plus important, c'est que toi tu l'apprécies. C'est un homme doux, charmant et séduisant qui te fait tourner la tête. Alors si tu veux vraiment mon avis… n'hésite pas.

— C'est vrai que je l'aime beaucoup, admit Jordyn.

— Ma chérie, être avec Marco ne signifie pas que tu trompes Brian, lui dit-elle en posant sa main sur la sienne.

— Je sais, répondit-elle en soupirant. Rationnellement, je le sais. Et ce n'est pas comme si je pensais à Brian quand je suis avec Marco. J'oublie même à quel point j'ai aimé Brian quand je suis avec lui et à quel point j'ai été malheureuse.

— C'est normal d'avoir peur d'une nouvelle relation.

— Qui a parlé de relation ? Je croyais que nous parlions de sexe.

— Pourquoi essaies-tu tellement de nier ce que tu ressens pour lui ?

— Je ne nie pas du tout mes sentiments. Mais je ne vois pas pourquoi je prétendrais que mon cœur s'affole quand j'ai juste envie de lui.

— Tu n'as pas à nier quoi que ce soit, lui accorda sa sœur. Mais sois sûre de ne pas non plus ignorer ce que te dit ton cœur parce que cela t'arrange.

Marco avait une longue journée devant lui.

Il avait un premier rendez-vous à 11 heures avec le chef électricien au nouveau restaurant, un second avec le carreleur, un troisième avec son banquier et il devait aussi renouveler la commande d'alcools du Valentino. Et malgré tout ce qui aurait dû occuper son esprit, il n'arrivait pas à cesser de penser à Jordyn.

S'il avait eu le moindre doute sur le fait qu'elle soit l'unique, leur dernier baiser en avait eu raison. Et elle l'avait hanté toute la journée.

En fin d'après-midi, alors qu'il effectuait le compte des bouteilles derrière le bar du Valentino, la sœur de Jordyn vint s'asseoir sur l'un des tabourets.

— Que puis-je te servir ?

— Un verre de chardonnay, s'il te plaît.

— Californien, italien, australien ou sud-africain ?

— Celui avec une maison sur l'étiquette ?

— L'italien, donc. Comme tous les meilleurs vins.

Il posa un verre devant elle et la servit en souriant.

— Nous ne refusons jamais de servir un client, mais je serais curieux de savoir pourquoi tu es venue ici à cette heure plutôt qu'au O'Reilly.

— D'une part, parce que si j'avais commandé du vin là-bas, j'aurais eu le choix entre du blanc et du rouge et que je n'avais pas envie que quelqu'un essaie d'entrer mon cerveau.

— C'est ce qu'aurait fait ta sœur ?

Elle acquiesça.

— Je me contenterai d'écouter si tu as envie de parler.

— Je n'ai rien à dire. Je suis à un carrefour de ma vie et je n'arrive pas à décider dans quelle direction je veux aller.

— Et tu n'as pas envie d'en parler ?

— Non, ce qui m'intéresse ce sont tes intentions envers ma sœur.

— Mes intentions ? répéta-t-il sans pouvoir s'empêcher

de sourire. Si l'on considère qu'avant hier soir elle avait toujours refusé de sortir avec moi, tu ne crois pas que cette question est un peu prématurée ?

— Mais si l'on considère que cinq semaines sont passées depuis la première fois qu'elle t'a répondu non et que tu as continué à l'inviter, je ne le pense pas.

— Dans ce cas, sache que je souhaite l'épouser.

— Eh bien, personne ne pourra t'accuser de traîner des pieds, répondit-elle en riant.

— Elle est celle que j'ai toujours attendue, dit-il simplement.

Tristyn l'observa un long moment comme si elle voulait être sûre de sa sincérité.

— Et si elle ne partage pas tes sentiments ?

— Elle le fera.

— Accroche-toi à cette certitude ! Tu vas en avoir besoin, ainsi que d'une bonne dose de patience.

— C'est mon intention. Mais moi aussi, j'ai une question. Crois-tu que Jordyn soit toujours amoureuse de son ancien fiancé ?

— Elle t'a parlé de lui ? Jordyn ne parle pas de Brian, jamais, répondit-elle d'un air surpris.

— Elle pensait que cela m'aiderait à comprendre pourquoi elle refusait de sortir avec moi.

— Et apparemment, sa confession n'a pas eu l'effet escompté.

— Je déteste savoir qu'elle a souffert et je comprends qu'elle hésite à ouvrir à nouveau son cœur. Mais je dois m'accrocher à l'idée qu'elle le fera un jour et que ce qui se passe entre nous est trop fort pour être ignoré.

— Tu es soit un incurable romantique, soit un idiot.

— Alors, disons un romantique, suggéra-t-il.

Elle lui sourit.

— Je pense que tu pourrais être parfait pour elle, Marco Palermo. Si tu parviens à faire une brèche dans les murs qu'elle a construits autour de son cœur.

— Tu essaies de me dissuader ?

— Je serais déçue si tu te laissais convaincre si facilement.

— Et je ne voudrais jamais décevoir une jolie femme.

— Je parie sur toi, monsieur Charme !

Il lui fit un clin d'œil.

— Elle t'a raconté cela ?

— Je suis sa sœur, lui rappela-t-elle. Elle me dit tout.

— Je m'en souviendrai.

— Essaie aussi de te souvenir que les femmes sont comme des fleurs.

— C'est un fait reconnu ?

— Scientifiquement prouvé !

— Un genre particulier de fleur ?

— Evidemment.

— Et je suis censé le deviner ?

— Dis-toi que c'est la première épreuve du jeu de la séduction, répondit-elle. Si tu la gagnes, tu auras fait un pas de plus vers sa chambre, mais si tu te trompes, tu auras droit à une douche froide.

393

Depuis le jour où elle avait été engagée chez O'Reilly, Jordyn entendait Wade Denton dire qu'il voulait prendre sa retraite.

Il avait racheté le pub à son ancien propriétaire, Sean O'Reilly, vingt-cinq ans plus tôt. Il s'appelait alors le Wexford Arm, mais était connu sous le nom de son propriétaire. Wade avait bien tenté de changer son enseigne, mais rien n'y avait fait.

Le O'Reilly offrait le choix entre le bar en U et les tables de la salle qui pouvaient être facilement accolées pour accueillir des groupes. La lumière était insuffisante, le menu limité, mais ses clients fidèles. Même un peu trop, et ils avaient eu du mal à accepter que Wade ait installé des tables à l'extérieur, amélioré l'éclairage, accroché des écrans et étoffé le menu afin de proposer autre chose que du ragoût de mouton et des fish & chips. Mais, malgré la nouvelle enseigne au nom de Crown & Castle, les clients avaient continué d'appeler le pub O'Reilly.

Au bout de quatre ans, Wade avait fini par renoncer et remis le panneau O'Reilly au-dessus de la porte. Dix-huit ans plus tard, rien n'avait vraiment changé. Mais si les habitués étaient toujours fidèles les clients étaient de moins en moins nombreux et, un mois sur deux, le pub ne faisait plus de bénéfices.

Puis Jordyn Garett avait vu l'affiche collée à la vitrine et avait franchi la porte. Elle avait conseillé au patron de prendre un abonnement aux chaînes de sport afin que leurs clients puissent suivre les finales des ligues de football américain et de basket. Elle avait introduit le principe d'un cocktail différent chaque jour à prix réduit pour attirer de nouveaux clients et fait passer une annonce dans le journal du campus. Wade avait grommelé contre ces dépenses de publicité jusqu'à ce que les étudiants déferlent après les cours. Et il avait aussi grommelé contre son idée de sponsoriser les équipes de sport locales jusqu'à ce que les joueurs fassent du O'Reilly leur lieu de rassemblement après les matchs.

Wade allait bientôt fêter ses vingt-cinq ans à la tête du pub et se plaisait à dire qu'il avait fait sa part. Il avait prévu de donner une grande fête pour cette occasion et de passer la main juste après. Depuis quelques mois, il ne cessait de parler de sa volonté de trouver quelqu'un pour le remplacer et avait suggéré, à plus d'une occasion, que Jordyn pourrait bien être cette personne. Et elle attendait cette opportunité.

Aussi, quand il la convoqua dans son bureau, elle ne douta pas qu'il souhaitait lui parler soit de l'organisation de la fête, soit de son départ. Mais elle ne se serait jamais doutée que leur discussion allait mettre un terme à tous ses projets d'avenir.

— Parmi tous les magasins de fleurs, de toutes les villes de cette planète... il est entré dans la mienne !

Marco sourit en entendant Rachel citer la célèbre réplique de film et lui répondit du tac au tac.

— Nous aurions pu nous aimer, mais tu ne m'as jamais accordé un second regard.

— Mon cœur appartient à Andrew, répondit la jolie fleuriste.

— Quel homme chanceux.

— Je le lui rappelle chaque jour !

Il éclata de rire.

— C'est pour quelle occasion ?

— Il faut donc toujours une raison ?

— J'aurais sans doute dû demander, pour quelle femme chanceuse ?

— Je préfère ne pas partager cette information pour l'instant.

— Mais tu as piqué ma curiosité !

— Nous commençons tout juste à nous fréquenter.

— Alors, il faut quelque chose de simple. Quelque chose qui lui fasse comprendre que tu penses à elle, mais qui ne lui fasse pas craindre que ce soit une obsession, dit-elle en le dévisageant longuement.

— Je ne suis pas obsédé.

— Très bien. A-t-elle une fleur ou une couleur préférée ?

— Nous n'avons pas eu le temps d'aborder le sujet.

— C'est vrai. Alors pourquoi pas des œillets roses avec des orchidées orange et des chrysanthèmes jaunes ? dit-elle en composant un bouquet.

— J'aime beaucoup.

— Moi aussi, mais il manque quelque chose… peut-être des lys des Incas roses ou orange ?

— Orange, dit-il après un instant de réflexion.

— Bon choix, dit-elle en les ajoutant au bouquet. Et du feuillage clair.

— Tu es une vraie artiste.

— Et toi, toujours aussi charmant. En vase ou en papier cadeau ?

— Papier, décida-t-il.

— Veux-tu que je m'occupe de la livraison ?

— Non merci, mais bien essayé !

— Je devais tenter ma chance, répondit-elle avec un sourire amusé tout en arrangeant le bouquet. Tu ajoutes une carte ?

— Ce ne sera pas nécessaire.

— Tu ne veux pas qu'elle sache qu'elles viennent de toi ?

— Elle le saura, dit-il en apportant un lys blanc au comptoir. Et celle-là aussi.

— J'espère qu'elle les aimera, dit Rachel en encaissant ses achats avant de l'embrasser sur la joue. Et qu'elle sait quelle chance elle a de t'avoir dans sa vie.

Elle était si certaine que c'était enfin arrivé. Que Wade avait vraiment décidé de prendre sa retraite et qu'il voulait discuter avec elle des conditions de la gérance du pub. Aussi fut-elle déçue quand, entrant dans son bureau, elle s'aperçut qu'ils n'étaient pas seuls.

— La voilà ! dit Wade à l'homme assis en face de lui. Entre, je voudrais te présenter mon neveu Scott, de Kansas City.

— Las Vegas, le corrigea le jeune homme. J'ai passé mon enfance à Kansas City, mais cela fait des années que je vis et travaille à Vegas.

— Votre neveu ? répéta Jordyn sans comprendre pourquoi elle avait été convoquée pour ces présentations. Ravie de vous rencontrer, Scott.

— Moi aussi.

Il était jeune, grand et séduisant. Et à sa manière de lui sourire, elle comprit qu'il en était parfaitement conscient.

— Vous venez visiter la ville ? lui demanda-t-elle.

— Non, je viens juste de m'installer à Charisma.

— Et c'est merveilleux de l'avoir ici, surtout maintenant, ajouta Wade.

— Pourquoi, surtout maintenant ? demanda-t-elle en sentant un poids tomber sur sa poitrine.

— Parce que je veux vraiment prendre ma retraite et que l'arrivée de Scott va enfin me permettre de le faire.

— Il y a six mois, dit-elle avant de s'interrompre pour gérer son émotion. Il y a six mois, vous aviez dit que c'était moi qui allais reprendre le pub.

— Pardon ?

— Et pas seulement il y a six mois, mais aussi six mois

avant. En fait, cela fait deux ans que nous ne parlons que de cela.

— Je… je crois que je vais sortir un instant, déclara Scott.

— Je te rejoins tout de suite, répondit son oncle.

Jordyn s'assit dans le fauteuil en face du bureau juste avant que ses jambes cessent de la porter.

— Vous ne vous souvenez pas de ces conversations ? lui demanda-t-elle quand son neveu fut parti.

— Si, concéda-t-il. Mais, Jordyn, tu es une Garett avec un master de commerce de l'université de Caroline du Nord.

— Et qu'est-ce que cela a à voir avec notre arrangement ?

— J'ai toujours cru que ta décision de travailler ici était une sorte de rébellion contre ta famille plutôt qu'un vrai désir d'embrasser la carrière de barman. Et pour être franc, je n'aurais jamais cru que tu resterais trois jours, alors trois ans…

— Donc cela fait trois ans que vous attendez que je démissionne ?

— Et que j'espère tous les jours que ce ne sera pas le cas. Tu sais bien que je ne peux pas diriger cet endroit sans toi.

— Et aujourd'hui vous décidez de le laisser à votre neveu ?

— Essaie de me comprendre. C'est le fils de ma sœur, et elle s'inquiète de ses fréquentations à Las Vegas.

— Je vais essayer de comprendre, dit-elle en se levant d'un coup. Tant que vous faites de même, si je ne fais pas d'heures supplémentaires ce soir pour former mon futur patron.

Jordyn songea d'abord à rentrer chez elle en sortant du O'Reilly, mais elle avait peur de s'écrouler et de s'apitoyer sur elle-même. Elle pensa alors aller chez Zahara pour s'acheter des babioles pour se consoler, mais elle n'était pas d'humeur à faire du shoping. Alors, elle décida d'aller boire un verre chez Valentino et s'assit au bar. Elle s'était répété qu'elle ne cherchait pas spécialement Marco, mais elle se sentit déçue quand elle réalisa qu'il n'y était pas.

— Que puis-je vous servir ? demanda le barman dont le badge précisait qu'il se nommait Rafe.

— Je vais prendre un verre de pinot noir, dit-elle en se tortillant sur sa chaise afin de voir si Marco ne travaillait pas en salle.

— Vous cherchez quelqu'un ? l'interrogea Rafe en la servant.

— Je me demandais juste si Marco était là ce soir.

— Non, pas ce soir.

— Oh ! dit-elle surprise de se sentir aussi déçue.

Ou peut-être était-ce l'accumulation des déceptions de cette journée qui avait commencé par une boîte de dosettes de café vide, puis la prise de conscience que son patron ne l'avait jamais considérée comme une partenaire, mais comme une employée facilement remplaçable.

— Voulez-vous que je l'appelle ? demanda Rafe.

— Non, répondit-elle aussitôt, bien qu'elle en ait envie.

— Dans ce cas, dit le barman en se penchant vers elle, apprenez que quoi que fasse Marco je le fais mieux que lui.

— C'est noté, répondit-elle en riant.

— Bonjour, Jordyn ! Et Rafe, cesse immédiatement de flirter avec les clientes, dit Gemma d'un ton menaçant en passant derrière le bar pour gagner les cuisines.

Le jeune barman se redressa aussitôt.

— Je suis désolé, je n'avais pas réalisé que vous étiez Jordyn.

— J'ai raté quelque chose ? demanda-t-elle intriguée par cette remontrance.

— Non, et si jamais Marco le demande, je n'ai jamais essayé de vous faire du charme.

Jordyn dégustait lentement son verre en essayant d'accepter la décision de Wade.

Elle comprenait sa volonté d'aider sa famille et d'offrir un emploi à ce garçon, mais lui donner aussitôt les clés du royaume ? Non. Le O'Reilly n'était sans doute pas un royaume, mais cela ne lui paraissait pas moins extrême ou imprudent pour autant. En dehors du fait que Scott était son neveu, que Wade savait-il réellement de lui ? Avait-il le sens des affaires ? Une déontologie professionnelle ? Mais, d'un autre côté, son patron avait au moins été franc sur ses intentions. Les choses n'auraient-elles pas été encore plus difficiles s'il lui avait laissé ses illusions et fait croire que Scott n'était là que pour donner un coup de main ?

Regardant sa montre, elle décida qu'il était l'heure de rentrer. Puis elle se souvint que Tristyn avait un rendez-vous avec un homme qu'elle avait rencontré au supermarché. Jordyn savait parfaitement qu'il ne l'intéressait pas et la soupçonnait d'avoir accepté son invitation uniquement parce qu'il était le contraire de Josh Slater. Même si sa cadette ne l'aurait jamais reconnu. Tristyn, qui avait toujours été une femme de décision, n'avait pas encore répondu à l'offre de Daniel de l'engager dans son entreprise. Mais elle avait commencé à le conseiller sur des petites choses pour voir ce qu'elle pensait du poste, tout en continuant à travailler pour Garett Furniture.

Jordyn termina son verre et se demanda si son cousin ne pourrait pas lui offrir un travail à elle aussi. Retourner vers sa famille et rester loin de Charisma pendant quelque temps était peut-être ce dont elle avait besoin.

Elle reposa son verre, que Rafe remplit aussitôt.

— Merci, mais je ferais sans doute mieux d'y aller.

— Pourquoi ? Vous avez un rendez-vous ce soir ?

— Non, répondit-elle amusée par sa provocation, mais je n'ai pas envie de ressembler à l'une de ces femmes pathétiques qui passent leur soirée seules dans un bar.

— Les belles femmes n'ont jamais l'air pathétiques, juste tristes. Mais si vous n'avez vraiment pas envie de boire seule…, dit-il en posant un second verre sur le comptoir juste devant Marco qui s'installa sur le tabouret à côté du sien.

— Salut, lui dit-il.

— Salut, répondit-elle avant que ses yeux se remplissent de larmes.

— C'est si mauvais ?

Elle acquiesça.

Il leva sa main et repoussa la mèche de cheveux qui cachait ses yeux.

— Tu as envie d'en parler ?

Elle prit le verre de vin qu'elle avait dit ne pas vouloir et but lentement.

— La route que je voulais suivre pour construire mon avenir vient d'être obstruée par un énorme rocher.

Puis elle lui expliqua ce qui s'était passé dans le bureau de Wade.

— Peut-être est-ce le signe que tu dois faire un détour ?

— Mais je ne veux pas faire de détour ! s'exclama-t-elle d'un ton buté avant de changer de sujet. Que fais-tu ici pendant ton jour de congé ?

— J'ai juste eu envie de passer.

— Rafe t'a appelé ? devina-t-elle.

— Il a peut-être mentionné qu'une femme terriblement sexy se morfondait seule au bar.

— Tu es sûr qu'il n'a pas dit maussade, plutôt que sexy ?

— Oui, je ne me serais pas déplacé pour « maussade ».

Elle parvint à lui sourire.

— Pourquoi ne m'as-tu pas appelé ? reprit-il.

— Parce que je craignais de ne pas être de bonne compagnie.

— Et pourtant, tu es venue ici pour me voir.

— Je ne prétends pas que mes actes soient rationnels, dit-elle en suivant de son doigt le rebord de son verre.

Il couvrit sa main de la sienne.

— Je suis navré que tu aies eu une rude journée, mais heureux que tu penses à moi dans ces moments-là.

— Pourquoi ?

— Parce que cela signifie que tu commences à partager des bouts de ta vie avec moi, les bons comme les mauvais. Et cela prouve que tu me fais confiance pour te réconforter.

— Tu vas m'aider à me faire me sentir mieux ?

— Si tu me laisses te raccompagner, lui promit-il.

Marco lui ouvrit la portière côté passager.

— J'avais presque oublié, dit-il en prenant le bouquet de fleurs sur la banquette arrière. Elles sont pour toi.

— Elles sont magnifiques ! Quand les as-tu achetées ?

— Un peu plus tôt cet après-midi.

— Donc, avant que tu apprennes que j'avais passé une mauvaise journée, réalisa-t-elle.

— Eh bien, je pensais à toi, admit-il avec un petit sourire. Cela m'arrive souvent, tu sais.

Elle huma longuement le parfum délicat du bouquet.

— Et à quoi pensais-tu plus précisément ?

— A quel point ma vie serait plus belle si tu en faisais partie.

Elle lui donna un baiser léger.

— Tu commences aussi à occuper mes pensées, dit-elle avant d'attacher sa ceinture tandis qu'il faisait le tour de la voiture.

— J'aime bien ton cousin, déclara-t-elle. Il te ressemble.

— Je ne sais pas ce que je dois en penser, admit-il.

— Je voulais juste dire qu'il était gentil, attentionné et charmant, répondit-elle en admirant les fleurs.

— Il t'a draguée ?

— Eh bien, il m'a dit que tout ce que tu faisais, il pouvait le faire en mieux.

— Quand je t'aurais ramenée, je vais retourner au Valentino pour lui casser la figure.

Elle posa sa main sur sa cuisse et sentit ses muscles se tendre sous sa paume.

— Je préférerais que tu restes avec moi.

— Très bien, répondit-il en soulevant sa main pour la serrer dans la sienne. Mais je vais réfléchir à deux fois avant de lui proposer de diriger les cuisines du Valentino II.

— S'il est occupé en cuisine, il ne pourra pas flirter avec tes clientes, lui fit-elle remarquer.

— Je me moque des autres clientes, il n'y a que toi qui comptes, dit-il en se garant dans son allée. Tristyn est là ce soir ?

— Elle devait se rendre à un dîner.

Il vint lui ouvrir la portière.

— En parlant de dîner, tu as eu le temps de manger ?

— Non, je n'avais pas faim, répondit-elle.

— Et maintenant ?

— Pas vraiment.

Elle trébucha, et il la rattrapa par le bras.

— Combien de verres as-tu bu ?

— Seulement deux.

— Mais sur un estomac vide.

— Je me sens très bien, Marco, je t'assure, dit-elle en ouvrant la porte avant de se coller contre lui. Mais si tu ne me crois pas, tu peux vérifier par toi-même.

Il parvint à garder son calme et tendit le bras pour ouvrir la porte en grand.

— Tu as de quoi manger dans ton frigidaire ?

— Probablement…

— Probablement ? répéta-t-il.

— Tristyn s'occupe des courses, dit-elle en entrant.

Il la suivit dans la maison et s'arrêta dans l'entrée quand Gryffindor apparut comme s'il voulait lui bloquer le passage.

— Tu veux un verre de vin ? lui demanda-t-elle. Tu n'as pas fini le tien au Valentino.

— Peut-être.

Prenant sa réponse pour un oui, elle prit une bouteille de valpolicella sur l'étagère tandis qu'il ouvrait la porte du frigidaire.

— Il y a des filets de poulet, du vin blanc et des citrons, dit-il. Je pourrais faire un poulet piccata si tu as des câpres.

— Je ne sais même pas ce que c'est, reconnut-elle en remplissant leurs verres.

— Ce n'est pas grave, je peux me débrouiller sans.

— Marco, dit-elle avec ce qui lui sembla une patience infinie, je viens de boire mon troisième verre de vin et nous sommes seuls dans la maison. Crois-tu pouvoir penser à autre chose que préparer un repas ?

Il lui lança alors un regard si sensuel et impatient qu'elle sentit ses genoux faiblir.

— Au moins un millier, répondit-il. Mais j'essaie d'être un gentleman.

— Tu peux être aussi gentil que tu le veux tant que tu ne portes plus de vêtements, lui murmura-t-elle en se rapprochant.

Il lui prit son verre des mains et le vida dans l'évier. Elle posa ses mains sur son torse, juste au-dessus de sa ceinture, et les fit remonter lentement. Il lui prit les mains.

— Je veux faire l'amour avec toi, lui dit-il d'une voix rauque. Il n'y a même rien que je désire plus.

— Alors, pourquoi restons-nous dans cette cuisine ?

— Parce que tu ne veux pas faire l'amour, tu veux juste coucher avec moi.

— J'ai envie d'être nue contre toi, est-ce que la formulation a vraiment de l'importance ? répondit-elle en fronçant les sourcils.

— Oui, cela en a, insista-t-il. Bien que j'aie oublié pourquoi quand tu as dit le mot « nue ».

— Nue, nue, nue, nue, répéta-t-elle en inclinant la tête.

Il écrasa ses lèvres sur les siennes pour la punir de ses provocations. Elle ne se déroba pas et lui rendit son baiser avec la même intensité, mais il y mit fin aussi vite qu'il avait commencé.

— Je vais te préparer à dîner, déclara-t-il. Et peut-être qu'après nous pourrions sortir pour voir un film ?

— Un film ? Combien de temps ce poulet piccata est censé te prendre ? dit-elle en soupirant.

— Environ vingt minutes.

— Dans ce cas, je vais monter prendre un bain et laisser mon corps *nu* tremper dans la mousse parfumée.

Elle fut satisfaite d'entendre la barquette de viande craquer sous la soudaine pression des doigts de Marco. Pas aussi satisfaite qu'à l'idée d'un autre scénario, mais au moins était-elle sûre qu'il pensait à elle.

- 12 -

Elle prit un bain et laissa les bulles légères détendre son esprit et son corps. Elles eurent plus de succès sur son esprit et moins sur son corps, troublé par les propos de Marco lui disant qu'il voulait lui faire l'amour. Il avait juste un sens des convenances étrangement décalé et vieux jeu. Peut-être était-ce à cause de cette mauvaise journée, mais elle avait désespérément envie de se sentir bien… et elle savait que Marco avait ce pouvoir.

En se séchant, elle considéra les différentes options et décida qu'elle n'avait pas d'autre choix que de le séduire.

Dans le placard, elle prit alors une dizaine de petites bougies qu'elle déposa dans des supports en verre avant de les disposer dans la chambre pour adoucir la lumière. Puis, elle ouvrit un sac rose et revêtit l'ensemble de lingerie qu'elle avait acheté sur un coup de tête quelques jours auparavant en pensant à lui. Elle regarda son lit et réfléchit un instant avant de déplier les couvertures et d'arranger les oreillers. Elle cherchait à le faire succomber, pas à se montrer subtile.

Elle redescendit en tenant ses chaussures à la main pour préparer sa surprise. Mais tandis qu'elle glissait ses pieds dans ses escarpins aux talons démesurés, elle se mit à redouter qu'il la rejette à nouveau. Puis elle se rappela le désir incandescent dans ses yeux quand son regard avait croisé le sien. Il avait juste besoin d'être encouragé.

Elle redressa les épaules, lissa la dentelle de son ensemble et entra dans la cuisine pour finir de le convaincre.

Marco entendit le clic de ses talons hauts sur le carrelage.

— Tu tombes bien. Le dîner sera…

La suite de sa phrase resta coincée dans sa gorge quand il l'aperçut. Elle ressemblait à une vision érotique, mais il eut beau ciller plusieurs fois, la créature à peine vêtue d'un ensemble de lingerie, de bas et de talons vertigineux ne disparut pas. La dentelle noire de ses sous-vêtements était agrémentée de nœuds roses en soie aux hanches et au milieu de ses seins, ce qui les rendait aussi sexy qu'adorables.

Elle était l'image même de la tentation, et il sut qu'il ne pourrait pas lui résister plus longtemps.

— J'imagine que nous n'allons plus voir de film ? s'entendit-il dire.

— Non, nous ne sortons plus, répondit-elle avec un sourire lent et provocateur.

Elle prit les deux verres qu'elle avait remplis plus tôt et lui en tendit un. Mais il lui reprit les deux et les reposa à nouveau. Puis, il attrapa sa main et l'attira contre lui. Les doigts de Jordyn étaient froids et tremblaient légèrement, le rassurant sur le fait qu'il n'était pas le seul à se sentir nerveux.

— Tu ne me laisses pas la moindre chance.

— Cela faisait partie de mon plan, dit-elle en le guidant en dehors de la cuisine.

Il la suivit dans les escaliers et avait presque atteint la dernière marche quand il se souvint du dîner. Il redescendit aussitôt pour arrêter sous la poêle et revint la rejoindre en courant.

— Je pourrais avoir une copie de ce plan ? demanda-t-il.

— Ce ne sera pas nécessaire, répondit-elle en refermant la porte pour bloquer l'entrée à Griff qui protesta bruyamment. Nous pouvons improviser à partir de maintenant.

— Je peux improviser, c'est certain. Mais sois prévenue que j'ai déjà failli franchir la ligne d'arrivée à l'instant où je t'ai aperçue dans cet ensemble.

— Voyons ce que nous pouvons faire pour améliorer ce qui reste de cette soirée, répondit-elle en riant.

Il posa alors ses mains sur la peau soyeuse de son dos et les fit glisser jusqu'à sa taille. Puis, il l'attira à lui et captura sa bouche. Ses lèvres étaient tièdes, douces et accueillantes, et il les écarta du bout de sa langue, faisant jaillir le feu de leur désir.

Elle déboutonna rapidement sa chemise et posa ses mains brûlantes sur son torse en le griffant légèrement. Enfin, elle trouva la boucle de sa ceinture et la défit avant de faire de même avec la fermeture de son jean.

— Tu n'es pas une adepte de la lenteur, à ce que je vois…

— Je n'ai pas fait l'amour depuis trois ans, répondit-elle. Je n'ai pas besoin de prendre mon temps, j'ai besoin de toi.

Ses mots s'enroulèrent autour de son cœur avec autant de douceur que ses doigts autour de sa virilité. Il cessa aussitôt de respirer avant d'attraper son poignet pour la repousser.

— Tu n'aimes pas quand je te touche ?

— Tu sais bien que si, dit-il en lui mordant la lèvre.

— Alors, laisse-moi…

— Non, répondit-il avant de l'embrasser passionnément tout en l'allongeant sur le lit. Moi aussi, cela fait longtemps que je n'ai pas fait l'amour, et encore plus que je te cherche. Alors, je ne prendrai jamais le risque que cela s'arrête avant que nous ayons réellement commencé.

Puis il traça un sillon de baisers sur sa peau, glissant lentement de son cou à ses seins en laissant sa langue chercher sa pointe sous la soie de son soutien-gorge. Il la trouva, déjà tendue contre la dentelle, et s'en empara aussitôt la léchant et la mordillant tour à tour.

Alors, elle ferma les yeux, s'abandonnant à ces caresses exquises qui embrasaient tout son corps.

— Marco, murmura-t-elle, incapable de dire plus que ce mot magique.

Il s'écarta et prit dans ses mains un de ses pieds.

— Elles sont incroyablement sexy, dit-il en lui retirant sa chaussure, mais elles semblent au moins aussi dangereuses.

Puis sa main commença à remonter doucement le long de sa jambe en suivant la couture de son bas, et il lui sourit en l'entendant soupirer. Il posa ses lèvres sur la peau si sensible à l'intérieur de sa cuisse et elle gémit encore plus fort. Alors, il fit glisser la fine pellicule de soie jusqu'à terre et recommença avec l'autre jambe.

— Tu te rappelles quand tu disais que tu avais failli franchir la ligne d'arrivée ? murmura-t-elle d'une voix rauque. Je viens de te rattraper.

— Tu ne pouvais pas me faire plus plaisir, répondit-il en prenant le nœud de satin rose qui retenait son soutien-gorge entre ses dents en le tirant jusqu'à ce qu'il cède, révélant la splendeur de sa poitrine à son regard brûlant.

Sa bouche recommença aussitôt à la dévorer et à parcourir son corps jusqu'à ce qu'elle atteigne les rubans qui maintenaient aussi sa culotte en dentelle. Il la fit glisser le long de ses jambes galbées.

— Tu es incroyablement belle.

Elle était nue désormais, complètement exposée, mais cela ne la troubla pas. Car sa manière de la regarder et de la caresser la faisait se sentir désirable.

— Toi aussi, dit-elle sans le quitter des yeux un instant, tandis qu'il se débarrassait prestement de ses vêtements.

Sa peau semblait encore plus mate sous la lumière dansante des bougies qui soulignait ses muscles lisses et puissants.

Tendant le bras, elle posa sa main sur son torse, juste au-dessus des lignes nettes de ses abdominaux, émerveillée par le contraste entre sa force et sa douceur.

Il recommença à l'embrasser, avec lenteur et passion. Puis, ses lèvres glissèrent le long de son corps, en dessous de son ventre, puis continuèrent à descendre.

Elle cessa de respirer.

Il écarta doucement ses cuisses, puis les délicats plis de peau qu'elles dissimulaient. Et sa langue entreprit aussi sa caresse exquise, déclenchant dans tout son corps une myriade de sensations en cascade.

Quand elles finirent pas cesser, elle se mit à trembler sous le contrecoup de tant de plaisir. Mais elle ne se sentait pas comblée pour autant. Elle le voulait, elle avait besoin de lui à l'intérieur de son corps.

— Maintenant, Marco, je t'en supplie.

Il se redressa et lui écarta les cuisses, avant de se reculer brutalement.

— Préservatif ! se souvint-il tout à coup.

— Sous l'oreiller, répondit-elle dans un souffle.

— Tu as vraiment pensé à tout, dit-il en fronçant les sourcils.

— Je ne voulais pas d'excuses ou de délais supplémentaires.

— J'aime qu'une femme sache ce qu'elle veut, répondit-il en déchirant le sachet.

— Je sais parfaitement ce que je veux, continua-t-elle en le prenant par les épaules pour l'attirer à elle. Et c'est toi.

Il prit position entre ses cuisses et la pénétra d'un unique et puissant coup de reins. Elle gémit quand il entra en elle et se cambra pour le sentir encore plus profondément. Elle eut aussitôt l'impression d'avoir embarqué sur un canot balloté par des flots déchaînés, et Marco la retint en la serrant fort dans ses bras quand la dernière vague l'emporta vers les sommets du plaisir.

Mais même là, quand elle crut avoir ressenti plus de plaisir qu'elle aurait jamais pensé possible, il recommença ses va-et-vient et l'emporta à nouveau au septième ciel au même instant que lui.

Ils étaient serrés l'un contre l'autre sous les draps, épuisés et leur désir enfin satisfait, quand un grognement sourd rompit le silence. Et la main qui caressait langoureusement le dos de Jordyn se figea.

— Je croyais que Gryffindor était dehors ?

— Il l'est, lui assura-t-elle. C'était mon estomac.

— Tu n'as pas dîné, se rappela-t-il.

— J'avais d'autres priorités, répondit-elle d'un air moqueur avant que son ventre proteste à nouveau.

— Viens ! Allons voir s'il reste un espoir de sauver ce poulet que j'ai laissé sur la cuisinière.

Mais il ne restait ni espoir, ni poulet, car la poêle ne contenait plus que quelques traces de sauce.

— Je crains que Griff ait mangé notre dîner, dit Jordyn.

Il fixa le chat qui dépassait allègrement les dix kilos tandis que celui-ci faisait consciencieusement sa toilette, allongé sur le canapé. Il secoua la tête en se demandant comment un animal de ce poids pouvait encore réussir à sauter sur le plan de travail.

— Vraiment ?

— Il est étonnamment agile quand il en a envie. Et c'est un peu de ma faute, car j'ai oublié de lui donner à manger, tellement j'étais obsédée par l'idée de t'enlever ta chemise.

— C'était bien la peine d'essayer de te montrer mes talents de cuisinier, ronchonna-t-il.

— Il y a un reste de pizza, dit-elle en ouvrant le réfrigérateur.

Il fit la grimace.

— Tu as aussi du lait, des œufs et du pain.

— Du pain perdu ?

— C'est rapide, facile et bien meilleur qu'une pizza réchauffée.

— Même si c'est une pizza de Chez Valentino ? le provoqua-t-elle.

— Oui, quand il s'agit du pain perdu de Marco !

— Là, tu piques ma curiosité.

— Il me faut un bol, un fouet, une spatule et une poêle.

Elle lui donna d'abord le bol, où il brisa les œufs, tandis qu'elle rassemblait le reste des ustensiles. Puis il ouvrit le placard situé au-dessus de la cuisinière et fouilla parmi les épices sans la laisser voir ce qu'il ajoutait à sa préparation.

Alors, elle le regarda travailler avec cette confiance sereine qui le caractérisait.

— Tu es un protecteur, réalisa-t-elle.

— De quoi parles-tu ? dit-il en baissant le feu.

— C'est dans ta nature de prendre soin des autres, expliqua-t-elle. Tu les écoutes, les comprends, tu anticipes leurs besoins et tu essaies de les satisfaire.

— Et tu as compris cela en me regardant battre des œufs ?

— Pas uniquement, reconnut-elle. Je t'ai observé quand tu étais avec Renata et Craig, et aussi avec tes nièces. Et je t'ai entendu discuter avec tes frères, sans parler de ta gentillesse avec les clients du O'Reilly.

— On dirait que tu m'avais vraiment à l'œil, la provoqua-t-il en trempant le pain dans les œufs battus.

— Sans doute, admit-elle.

— On pourrait même croire que tu m'apprécies un peu.

— Peut-être, un tout petit peu, répondit-elle amusée.

— Et pourquoi cela t'inquiète-t-il tant ? dit-il en faisant revenir les tranches de pain.

— Parce que je crois que tu veux plus que ce que je peux t'offrir.

— T'ai-je demandé quoi que ce soit ?

— Non, mais j'ai bien vu la manière dont tu parlais de tes proches et de leurs âmes sœurs, et je sais que c'est ce genre de relation que tu recherches.

— C'est vrai. Mais je n'en suis pas moins heureux de prendre les choses une à une.

— Mais je ne sais même pas si j'ai plus à te donner que cette soirée.

— Ce n'est pas grave, parce que moi, je le sais.

— Tu es vraiment borné !

— J'aurais dit déterminé, mais borné fonctionne aussi.

— Pas pour moi.

Il fit glisser une tranche dans une assiette et la lui tendit.

— Mange.

Parce que cela sentait merveilleusement bon et qu'elle

mourait de faim, elle prit un morceau de pain avec sa four-chette et la trempa dans le sirop.

— C'est vraiment très bon, s'exclama-t-elle. Quel est ton secret ?

— Si je te le disais, ce ne serait plus un secret.

— De la cannelle ? devina-t-elle.

Il s'assit à ses côtés et entama son repas.

— Je suis sûre qu'il y a de la cannelle, reprit-elle en savourant une seconde bouchée, mais ce n'est pas tout.

— Des œufs et du lait.

— Je ne parle pas des ingrédients de base.

Il haussa les épaules pour toute réponse, et elle renonça à le faire avouer pour profiter simplement de cet instant.

Elle ne se souvenait pas que Brian ait jamais cuisiné pour elle. Pas même un sandwich pour déjeuner alors qu'il s'en préparait pour lui. Evidemment, c'était un enfant unique qui était habitué à ne s'occuper que de lui-même, alors que Marco avait deux frères et une sœur.

Mais pourquoi se mettait-elle à les comparer ? Elle avait été folle amoureuse de Brian et avait prévu de passer le reste de sa vie avec lui, tandis que Marco éveillait en elle un désir physique inédit et qu'elle n'avait pas prévu de passer plus d'une nuit dans ses bras.

— A quoi penses-tu ? l'interrogea-t-il.

— Pardon ?

— Ton regard est devenu absent tout à coup.

— Rien d'important, dit-elle en secouant la tête.

— Tu pensais à ton ex-fiancé, je me trompe ?

Elle fit tourner sa fourchette un instant avant de répondre.

— Je ne l'ai pas fait exprès.

— J'imagine que c'est toujours mieux maintenant qu'il y a une heure.

Elle fronça les sourcils en sentant la tension de sa voix.

— En fait, je me disais juste que c'était vraiment agréable que tu aies préparé le repas, Brian ne l'a jamais fait.

— Ce n'était que du pain perdu, lui fit-il remarquer.

— Il ne m'a même jamais fait griller un toast.

— Et tu as presque eu un poulet piccata !

— J'ai eu bien mieux que cela, répondit-elle en souriant. Puis tu m'as fait à manger.

— Bien mieux, hum…

— Je n'ai pas pu goûter ton plat, donc je ne peux pas en être certaine, répliqua-t-elle pour le provoquer, mais je n'ai aucune plainte à t'adresser.

Il débarrassa la table et se tourna vers elle.

— Nous devrions remonter au premier pour vérifier cela, lui dit-il.

— C'est sans doute plus prudent, répondit-elle en riant.

Jordyn savourait sa première tasse de café, attablée dans la cuisine, quand sa sœur entra. Tristyn s'immobilisa en la regardant, avant de lever les yeux vers le plafond sous la salle de bains d'où provenait un bruit de douche.

— Je me demande…, commença-t-elle.

Jordyn porta sa tasse à ses lèvres pour cacher son sourire, certaine de ce que sa sœur allait dire.

— Si tu es dans la cuisine et que j'y suis aussi, alors qui peut être sous la douche ?

— C'est une bonne question.

— J'imagine que ce pourrait être le propriétaire du SUV garé dans notre allée ?

— Cela semble sensé.

— Et comme j'ai déjà vu cette voiture garée de nombreuses fois devant le Valentino, je ne peux que supposer que Marco Palermo a dormi dans ton lit.

— Ouah, Sherlock Holmes n'a qu'à bien se tenir !

— Et donc, continua-t-elle en prenant un bol de fraises dans le frigo, comment était-ce ?

Jordyn fut incapable de retenir un immense sourire.

— Spectaculaire !

414

— Dans ce cas, répondit-elle en souriant à son tour, c'est bien pour toi.

— Non, pas « bien », spectaculaire.

— Serait-ce la conséquence de ta longue abstinence ou du talent de ton partenaire ?

— Je vais devoir voter pour la seconde proposition. Parce que ce n'était pas uniquement spectaculaire la première fois, mais aussi la seconde… et la troisième.

— Inutile de paraître aussi contente de toi !

— Bien sûr que si.

— Aucun regret ni culpabilité ? lui demanda Tristyn en cessant de plaisanter.

— Non, j'ai juste peur que Marco pense que cela signifie plus que ce l'était.

— Alors, pourquoi ne lui expliquerais-tu pas ce que cela voulait dire ? les interrompit une voix masculine.

— Hum, je dois, heu…, dit Tristyn en se levant pour partir sans terminer sa phrase, sa tasse de café à la main.

— Salut, dit Jordyn avec un sourire forcé quand Marco entra dans la cuisine.

— Salut, répondit-il en prenant une tasse avant de chercher une dosette de café italien.

Quand son café fut prêt, il vint la rejoindre à table.

Ils étaient assis sur les mêmes chaises que la nuit précédente quand ils avaient partagé ce pain perdu, mais à cet instant, il lui sembla très loin d'elle.

— Alors, que signifie cette nuit ? répéta-t-il.

— Devons-nous vraiment nous imposer cela ?

— Je le crois, répondit-il d'un ton inflexible.

Elle serra ses mains autour de sa tasse.

— La nuit dernière était… bien plus que je l'aurais jamais imaginé.

— Et ce matin ? l'interrogea-t-il.

Elle se demanda comment elle pouvait encore rougir après tout ce qu'ils venaient de partager.

— Ce matin, aussi, reconnut-elle.

Il la dévisagea comme si elle était transparente et qu'il pouvait lire ses pensées, mais sans parvenir à les comprendre. Ou peut-être ne le voulait-il pas.

— Dans ce cas, je dirais que c'est un bon début, conclut-il.

Jordyn ne s'était pas attendue à le revoir le jour même.

Elle devait travailler jusqu'à la fermeture et, comme lui commençait ses journées tôt avec les travaux du restaurant, elle s'était dit qu'il allait se coucher de bonne heure. Il franchit pourtant la porte du O'Reilly à l'instant où elle annonçait la dernière tournée.

Il lui demanda une tasse de décaféiné et le but d'une traite, tandis que les autres clients terminaient leurs verres et commençaient à partir.

— Que fais-tu là ? lui demanda-t-elle quand ils furent enfin seuls.

— J'avais envie te voir.

— Et tu as cru que tu pourrais être de nouveau chanceux ce soir ? dit-elle en levant un sourcil amusé.

— Non, que je pourrais te laisser l'être.

Elle rit en réalisant que c'était le cas. Elle ne savait pas ce que l'avenir lui réservait et elle n'avait pas envie d'y penser. Mais en cet instant, être avec lui suffisait à ce qu'elle se sente réellement très chanceuse. Alors elle se laissa aller et passa ses bras autour de son cou.

— Tu es trop bon…

— J'essaie, répondit-il en posant ses lèvres sur les siennes.

Elle se laissa emporter par leur baiser, son corps se rappelant aussitôt tout le bien qu'il lui avait fait… plusieurs fois.

Son désir, le manque qu'il provoquait chez elle, l'inquiétait. Elle était restée seule et indifférente aux hommes pendant longtemps. Pourtant, avec Marco, elle recommençait à ressentir des émotions qu'elle n'aurait jamais cru revivre et à désirer des choses dont elle connaissait le danger.

Mais en avoir conscience ne suffisait pas à apaiser son désir. Alors, elle décida de mettre ses craintes de côté et de se concentrer sur le bonheur et le plaisir qu'il lui apportait sur l'instant.

13

Huit jours plus tard, Jordyn fut contrainte d'admettre qu'elle était en train de perdre la bataille face au charme et à l'infinie patience de Marco et de constater que son attachement à son égard ne faisait que grandir. Mais elle refusait toujours de mettre un mot sur ses sentiments et de reconnaître leur force.

Ils ne se voyaient pas tous les jours. Bien qu'elle travaille quatre soirs par semaine et que lui assume des doubles journées entre les deux restaurants, ils parvenaient tout de même à se réserver des moments pour eux.

Mais ce n'était jamais assez. Plus ils passaient de temps ensemble, plus elle avait envie de rester avec lui. Et si elle s'était d'abord sentie menacée par l'arrivée subite de Scott au O'Reilly, elle appréciait désormais de pouvoir se décharger de certaines tâches sur lui, afin de prendre plus de temps pour elle, en particulier le soir.

Elle profita du samedi et de l'absence de Tristyn qui était partie en week-end pour préparer un dîner pour Marco.

Gryffindor se jeta sur son bol et dévora son repas dès qu'elle le posa à terre. Elle songea qu'il avait gardé cette habitude de ses années passées dans la rue, comme si, au bout de sept ans, il n'était toujours pas sûr d'être nourri régulièrement. Bien qu'avec la disparition du poulet piccata il ait largement prouvé qu'il savait se débrouiller seul.

Marco gardait un œil sur le chat qui faisait de même avec lui tandis qu'il engloutissait son bol.

— Je peux t'aider ? demanda-t-il à Jordyn.

— Oui, tu peux ouvrir le vin pendant que je fais chauffer le gril ?

— Tu essaies de m'émasculer ?

— De quoi parles-tu ? dit-elle en ouvrant le couvercle du barbecue avant d'allumer le gril.

— Le barbecue est un travail d'homme !

— Vraiment ? répondit-elle sans cacher son amusement.

— Absolument ! Cela remonte aux hommes des cavernes et à la découverte du feu.

— Donc, une femme qui n'aurait pas d'homme dans sa vie devrait être privée du plaisir d'une bonne viande grillée ?

— Non, j'imagine qu'il y a une tolérance, s'il n'y a pas d'homme dans le coin pour le faire à sa place.

— Grâce à cette remarque sexiste, tu viens de gagner le droit de mettre la table !

Et parce qu'elle n'avait jamais été aussi sexy que quand elle le défiait, une paire de pinces à la main, il accepta sa punition et retourna dans la cuisine chercher le nécessaire.

— Où sont les sets de table ? cria-t-il depuis l'intérieur.

— Dans le tiroir en haut de l'étagère.

Il posa la main sur la poignée.

— Non, dans le dernier ! rectifia-t-elle.

Mais il l'avait déjà ouvert, et son regard s'était arrêté sur le classeur où était écrit le nom *Jay Addison* avec une typographie élaborée. Intrigué, il le sortit et l'ouvrit. Il ne connaissait pas grand-chose à l'art et était à peine capable de distinguer un pastel d'une aquarelle, mais cela ne l'empêcha pas de réaliser que la personne qui avait fait ces dessins était incroyablement talentueuse.

— Dix minutes, lui dit Jordyn.

Il posa le classeur, trouva les sets et finit de mettre la table. Et il était en train de remplir leurs verres de vin quand elle entra en portant un plateau de travers de porc grillés dans une main et un bol de pommes de terre dans l'autre. Gryff la suivait pas à pas, et Marco se dit que, s'il n'avait pas perdu sa queue, il serait certainement en train de la balancer pour exprimer son espoir.

— Je te rappelle que tu as déjà eu un cocktail de crevettes ! le gronda Jordyn quand il manqua de la faire trébucher.

Il la fixa d'un seul œil suppliant et elle éclata de rire.

— J'ai trouvé ça dans le tiroir, dit Marco en prenant le classeur. Qu'est-ce que c'est ?

— Ce n'est rien, répondit-elle en lui prenant des mains.

En la voyant rougir, il comprit immédiatement que c'était faux. Il ne protesta pas quand elle le rangea, mais il ne l'oublia pas pour autant.

Quand ils eurent terminé de dîner, ils firent la vaisselle ensemble et rangèrent la cuisine. Et pendant tout ce temps, une seule question lui brûlait les lèvres. Alors, quand elle eut fini son verre de vin, il n'y tint plus.

— C'était à lui, n'est-ce pas ?

— Quoi ?

— Le classeur que tu gardes dans le tiroir.

— Lui ? Mais de qui parles-tu ?

— De ton fiancé.

Il se moquait bien que ce soit le sien. Il n'aurait même rien eu à redire si elle avait encadré chaque dessin pour les accrocher au mur. Mais le fait qu'elle les garde cachés dans un tiroir suggérait qu'ils étaient trop personnels pour être partagés.

— Celui où est écrit *Jay Addison* ?

— Je me suis dit que c'était certainement un pseudonyme.

— C'est bien le cas, mais ce classeur n'était pas à Brian.

— C'est le tien ! réalisa-t-il tout à coup. « Jay » parce que cela commence par la même lettre que ton prénom, mais « Addison » ?

Elle soupira en se maudissant d'avoir laissé le classeur à un endroit si accessible.

— « Addison » est le nom de jeune fille de ma mère.

— Je ne savais pas que tu étais une artiste.

— Ce n'est pas le cas.

Il y a longtemps, cela avait été son rêve, mais les rares cours d'art qu'elle avait suivis l'avaient persuadée de changer de vocation. Elle adorait créer, peindre et dessiner, mais il y avait déjà tant d'idées et d'images qui se bousculaient dans son esprit qu'elle n'avait pas eu envie d'étudier ou de copier le style d'un autre. Ce qui, selon ses professeurs, était un défaut fatal pour suivre un cursus artistique.

— Jordyn, tes dessins sont incroyables !

Il semblait sincère, mais en prenant en compte le fait qu'il la voyait régulièrement nue, qu'aurait-il pu dire d'autre ?

— Pourquoi ne fais-tu rien de ce talent ? continua-t-il.

— Ce n'est pas un talent, juste un loisir.

— Il y avait un prospectus pour un concours dans le classeur.

— Oui, c'est Tristyn, qui l'a rapporté de je ne sais où.

— Qui est AK Channing ?

— Un auteur de science-fiction à succès qui cherche un illustrateur pour une nouvelle série.

— Et tu vas t'inscrire ?

— Non, je ne pense pas.

— Pourquoi ?

Parce qu'elle doutait d'elle-même et qu'elle ne voulait pas prendre le risque que quelqu'un d'autre confirme le verdict de son professeur qui avait décidé qu'elle ne faisait que rêver d'être une artiste, ne possédait que peu de talent et encore moins de volonté pour le rendre réel.

Mais elle se contenta de lui répondre qu'il y aurait sans doute des centaines de participants et que ses chances d'être sélectionnée étaient dérisoires.

— Ce n'est pas un tirage au sort, lui rappela-t-il. Cela n'a rien à voir avec le nombre de concurrents, mais uniquement avec le talent. Peut-être que AK Channing cherche un style qui n'est pas le tien, mais tu ne le sauras jamais si tu ne tentes pas ta chance.

Il avait raison, évidemment, mais elle se sentait toujours

paralysée par le jugement humiliant et définitif de ses professeurs.

— Tu devrais le faire, insista-t-il.

Posant son verre, elle plongea son regard dans le sien.

— Tu es sûr de vouloir discuter de mes rêves d'enfant alors que nous pourrions parler de mes fantasmes d'adulte ?

— Pourquoi ne monterions-nous pas à l'étage pour le découvrir ? répondit-il en la prenant dans ses bras pour la soulever du sol.

Elle lui fit oublier l'existence du classeur, en tout cas pendant un moment.

Quand elle était dans ses bras, il était incapable de penser à quoi que ce soit d'autre. Elle n'avait pas besoin de l'aguicher avec ses fantasmes, elle était son rêve devenu réalité. Elle était tout ce qu'il avait toujours désiré. Et quand ils étaient ensemble, aucun endroit au monde ne pouvait lui sembler plus beau.

Elle était lovée contre lui, son corps nu serré contre le sien, leurs deux cœurs battant à l'unisson. Alors, il caressa doucement ses cheveux et la vit sourire.

— Tu es la plus belle femme que j'aie jamais vue.

— Toutes les femmes sont belles à la lumière des bougies.

— Il faisait presque nuit noire la première fois que je t'ai vue, et cela n'a pas empêché mon cœur de manquer trois battements.

— Ça, tu viens de l'inventer !

— Non, je te le promets. Ça s'est passé exactement comme cela, en une fraction de seconde.

— Qu'est-ce qui s'est passé ?

— Je suis tombé éperdument amoureux de toi.

La main qu'elle avait levée pour repousser ses mèches trembla légèrement.

— Marco…

— Je sais, je n'aurais pas dû le dire, reconnut-il. Et

surtout, j'aurais dû réaliser que tu n'étais pas encore prête à l'entendre.

La panique qui envahit son regard lui confirma son erreur.

— Je ne peux pas…

— Je ne te demande pas de me le dire aussi, dit-il pour la rassurer. Je te demande juste de me laisser exprimer mes sentiments.

— Tu ne me connais même pas ! protesta-t-elle.

— Il y a sept semaines, cela était encore vrai, et pourtant, je savais que j'allais t'aimer.

— C'est impossible.

— Ma grand-mère m'a toujours dit que le jour où je rencontrerais la femme qui m'est destinée, cela me frapperait comme la foudre.

— Et tu crois que, parce que tu m'as rencontrée un soir de tempête, les éclairs étaient des signes du ciel ?

— Dit comme cela, ça paraît effectivement tiré par les cheveux. Mais même si les éclairs n'étaient qu'une coïncidence, cela ne change rien à ce que je ressens.

— Notre attirance physique est réelle, reconnut-elle. Mais je ne suis pas convaincue qu'il y ait plus.

— Comment peux-tu dire une chose pareille après tout ce que nous avons partagé ?

— Un orgasme ne constitue pas la base d'une relation éternelle.

Il haussa un sourcil, et elle rougit.

— D'accord, plusieurs orgasmes.

— Tu fais exprès d'ignorer ce qu'il se passe entre nous parce que tu es terrifiée.

— Pas du tout, c'est plutôt toi qui as besoin d'accepter que nous ne voulons pas la même chose.

— Non, Jordyn. Tu as simplement peur de reconnaître tes sentiments, peur de prendre le risque que tout t'échappe à nouveau.

— J'aime ma vie comme elle est, insista-t-elle.

Il l'embrassa au creux de la nuque et la sentit frémir.

— Pour l'instant, cela me va très bien aussi.

— Je ne veux pas te faire de mal, Marco.

— Ce qui ne t'inquiéterait pas si tu ne tenais pas à moi, lui fit-il remarquer tout en caressant son cou.

— Bien sûr que je tiens à toi ! Je ne serais pas dans tes bras si ce n'était pas le cas, dit-elle avant de soupirer quand ses mains se refermèrent sur ses seins.

— Alors, cela me suffit pour le moment.

Elle se laissa convaincre, car même si elle ne croyait pas qu'elle finirait par tomber amoureuse de lui elle ne voulait pas non plus qu'il disparaisse de sa vie. Elle savait qu'elle se montrait égoïste et injuste, mais elle n'avait aucune envie de changer leur statu quo.

Car personne ne l'avait jamais caressée comme il le faisait. Personne ne lui avait fait ressentir tant de plaisir auparavant. Et, même si elle avait certainement dû ressentir la même impatience fébrile avec Brian, cela faisait quatre ans, et elle avait oublié. A une époque, elle aurait tout fait pour ne plus se souvenir de rien afin d'apaiser sa douleur, mais désormais elle se sentait coupable quand elle réalisait que sa mémoire était de moins en moins précise.

Elle ne voulait pas penser à lui maintenant. Elle ne voulait pas que ses souvenirs interfèrent avec ce qu'elle vivait avec Marco. Puis elle avait compris que cela ne représentait aucun danger et avait commencé à avoir du mal à se souvenir de Brian tant son esprit et ses sens étaient accaparés par Marco, et uniquement lui.

Et cette prise de conscience l'avait terrifiée.

Elle ne s'était pas attendue à éprouver aussi rapidement des émotions aussi intenses, à ce qu'il devienne aussi important à ses yeux. Elle adorait être avec lui, que ce soit de l'autre côté du comptoir du O'Reilly ou lovée contre lui sur le canapé. Il lui manquait quand ils n'étaient pas ensemble et elle était toujours impatiente de le retrouver.

Elle comprit alors que si elle ne faisait pas attention elle pourrait réellement tomber amoureuse de lui. Ce qui était bien trop dangereux, car elle ne supporterait pas que l'un d'eux soit blessé.

« Fête, buffets et feux d'artifice » était le thème que la ville de Charisma avait choisi pour célébrer la fête nationale, et toute la bourgade avait joué le jeu et accroché des drapeaux aux fenêtres.

Le premier événement de la journée était le défilé de l'indépendance qui incluait l'orchestre du collège, les majorettes locales ainsi qu'une parade équestre. La marche commençait devant le lycée et se terminait au parc d'Arbor où de nombreux stands proposaient des activités pour petits et grands.

D'aussi loin que Jordyn s'en souvienne, toute sa famille — parents, oncles, cousins, tantes, neveux et nièces — s'était toujours rassemblée à cette occasion pour un pique-nique à la bonne franquette dans le parc. Et Brian l'avait même accompagnée l'année de leurs fiançailles. Elle avait adoré se serrer contre lui pour regarder ses cousins avec leurs épouses et leurs enfants, tandis qu'elle comptait les semaines qu'il restait avant leur mariage. Mais ce n'était jamais arrivé, et l'été suivant, elle était de nouveau seule.

Elle chassa sa mélancolie et jeta un coup d'œil aux tables de pique-nique, jusqu'à ce qu'elle repère Lauryn et Rob en pleine conversation. Lauryn avait dû lui demander quelque chose, car il secoua la tête, et elle lui tourna le dos avant de s'avancer vers elle.

— Je meurs d'envie d'une glace, dit-elle à Jordyn. Moi et Kylie allons faire un tour pour en trouver, tu te joins à nous ?

— Une glace avant le dîner ? répondit-elle en feignant la désapprobation avant de faire un clin d'œil à sa nièce. Evidemment ! Rob n'en veut pas ?

— Non, il a dit que s'il commençait à céder à mes caprices j'allais le faire courir pendant les sept prochains mois.

Jordyn serra les dents pour ne pas laisser échapper la réponse qui avait traversé son esprit.

— Il n'est pas vraiment excité par l'arrivée du bébé, continua sa sœur en retenant ses larmes. Il a même dit que nous n'avions pas les moyens pour l'instant d'avoir un autre enfant.

Jordyn aurait voulu que Rob soit présent afin qu'elle lui rappelle que Lauryn n'avait pas fait cet enfant toute seule, avant de le gifler pour son comportement d'abruti. Mais comme il n'était pas là, elle passa un bras sur les épaules de sa sœur pour la réconforter.

— Il va se reprendre, lui dit-elle.

— Je l'espère, répondit Lauryn avec un petit sourire. De toute manière, je ne peux pas rapporter le test de maternité à la pharmacie pour en demander un négatif.

— Et si tu le pouvais ?

— Je ne le ferais pas ! répondit-elle sans hésiter. Je veux que Kylie ait un frère ou une sœur dont elle soit aussi proche que je le suis de toi et Tristyn.

— Tu sais pourquoi deux sœurs valent mieux qu'une ?

— Non, pourquoi ?

— L'une t'aide à enterrer le cadavre et la seconde te sert d'alibi.

Cette fois, Lauryn sourit franchement.

— Je me le rappellerai.

Marco n'aurait jamais pensé que ses grands-parents accepteraient de changer leurs projets de vacances. Aussi ne fut-il pas seulement surpris, mais soupçonneux, quand ils déclarèrent que cela pourrait être amusant de célébrer le 4 Juillet au parc d'Arbor. Salvatore rouspéta tout de même un peu en disant qu'ils ne trouveraient jamais de place pour se garer, mais tout le monde semblait ravi d'aller profiter des festivités offertes par la municipalité. Toutefois, leur consentement lui fit se demander si l'organisation de l'habituelle fête familiale n'était pas devenue trop lourde pour eux, même s'ils ne l'admettraient jamais.

Comme Renata ne se sentait pas le courage de rester debout au soleil pendant une heure pour attendre le début du défilé, Marco lui proposa d'emmener les filles. Puis, quand tous les chars furent passés, ils se mêlèrent à la foule qui se dirigeait vers le parc.

Il ne fallut pas longtemps à Anna pour repérer la tente de maquillage et les entraîner à l'intérieur. Et bien que la file d'attente soit longue, elle n'était pas parvenue à décider si elle voulait être un chaton ou un papillon quand son tour arriva. Curieusement, ce fut Bella qui choisit en premier. Et une demi-heure plus tard, il sortit de la tente en compagnie d'un chaton souriant qui tenait la main d'un féroce tyrannosaure.

— Regarde, oncle Marco, c'est la dame du magasin de chaussures.

Il se figea aussitôt en se demandant comment Bella avait pu la reconnaître au milieu de la foule, mais c'était pourtant le cas. Jordyn était bien là avec sa sœur aînée et une petite fille un peu plus jeune que Bella.

— Elle se nomme Jordyn, lui répondit-il, ce que sa nièce interpréta comme une permission de l'appeler.

— Salut, Jordyn ! cria-t-elle.

Jordyn se retourna et le dévisagea d'un air surpris et légèrement hésitant. Puis elle lui sourit quand il vint vers elle en tenant ses nièces par la main.

Il connaissait Lauryn, mais il ignorait qu'elle avait une fille. Cependant leur ressemblance ne laissait aucun doute. Jordyn leur présenta Kylie.

— Grrrr, fit Bella, je suis un féroce tyrannosaure !

— Tu fais vraiment très peur, lui dit Jordyn.

Kylie semblait d'accord et se cacha derrière les jambes de sa mère.

— Es-tu un tyrannosaure qui mange des petites filles ?

Les yeux de Bella s'agrandirent d'horreur, et elle secoua vigoureusement la tête.

— Je mange des glaces !

— Justement, nous allions en chercher, déclara Lauryn en regardant Marco. Tu serais d'accord pour que je les emmène toutes les trois ?

Il acquiesça, reconnaissant de pouvoir passer quelques minutes seul avec Jordyn.

— J'aime beaucoup ta tenue, dit-il en laissant son regard glisser le long de son débardeur jusqu'à son minishort.

— Il fait chaud, répondit-elle, sur la défensive.

— Très chaud, renchérit-il avant de déposer un baiser sur ses lèvres.

— Que fais-tu ici, Marco ?

— Je fête le 4 Juillet.

— Tu m'avais dit que tes grands-parents avaient l'habitude d'inviter toute ta famille chez eux.

— C'est vrai, mais cette année ils ont voulu essayer quelque chose de différent.

— Seulement cette année et au dernier moment ?

Il ne lui en voulut pas de son air sceptique, car la dernière fois qu'ils s'étaient vus, il l'avait invitée à se joindre à eux, ce qu'elle avait bien entendu refusé.

— J'ai légèrement influencé leur décision, admit-il.

— Pourquoi ?

— Je ne sais pas, peut-être pour me moquer de ton côté tête de mule.

Elle fronça les sourcils sans comprendre.

— J'ai suggéré que nous venions ici, parce que je t'avais invitée à passer la journée avec nous et que tu as dit non.

— Si j'ai refusé, bien que je ne doute pas que ta famille soit adorable, c'est uniquement pour qu'ils ne se fassent pas de fausses idées sur notre relation.

— Quel genre d'idées ?

— Qui fait sa tête de mule maintenant ? répondit-elle.

Il parvint à se retenir de sourire devant son air de défi.

— Si tu t'inquiètes que cette invitation leur fasse penser que tu es importante pour moi, tu ne devrais pas, car ils sont déjà au courant.

— Je me sens tout de suite beaucoup mieux.

— Parfait, répondit-il en ignorant son sarcasme. Je dois récupérer les filles et aller rejoindre le reste de ma famille.

— Et moi, retrouver ma mère et mes tantes pour les aider à installer le pique-nique.

— Tu comptes rester jusqu'aux feux d'artifice ?

— C'est ce que je préfère, lui avoua-t-elle.

— Alors, je viendrai te chercher pour que nous le regardions ensemble.

— Cela ne sera peut-être pas évident, c'est un grand parc et il y a beaucoup de monde.

— Je te retrouverai, lui promit-il en l'embrassant à nouveau avant de se diriger vers la table à l'ombre où Anna et Bella s'étaient assises en compagnie de Lauryn et Kylie pour déguster leurs glaces.

14

Elle le revit plus tôt qu'elle l'aurait pensé. Car quand elle retourna à leur table habituelle avec sa sœur et Kylie elle s'aperçut que Marco et sa famille avaient choisi le même coin.

— C'est un traquenard, grommela-t-elle.

— Si c'en est un, je n'y suis pour rien, répondit Lauryn.

— Tristyn ! s'exclama-t-elle. Il n'aurait jamais pu nous retrouver si elle ne lui avait rien dit.

— Tu as sans doute raison, convint son aînée. Mais tu devrais la remercier, plutôt que de lui faire les gros yeux.

— Nous verrons…

Peu après, elle dut reconnaître que tout se passait pour le mieux. En fait, avec tous les membres de leurs familles respectives qui se rencontraient pour la première fois, sa présentation aux parents de Marco et vice versa fut plus discrète que si elle s'était rendue chez eux. Toutefois, elle comprit rapidement que ce n'était pas par hasard que la grand-mère de Marco s'attardait pour parler avec elle. Et quand elle vit leurs deux mères discuter à voix basse, elle se sentit encore plus mal à l'aise.

Quand l'heure de dîner arriva, les deux familles partagèrent ce qu'elles avaient apporté, recouvrant la table de salades de pâtes et de pommes de terre, de lasagnes et d'autres plats savoureux. Puis vinrent les desserts, plateaux de fruits frais, carrés au citron, double brownies au chocolat et, bien sûr, les cannoli.

— Marco m'a dit que ces gâteaux étaient vos préférés,

lui dit la mère de Marco quand Jordyn en mit un dans son assiette.

— Je soupçonne que ce sont les préférés de tous ceux qui ont eu la chance d'y goûter, répondit-elle.

— Ils sont très appréciés au restaurant, admit Donnaleesa à l'instant où Bella passait en courant pour en chiper un sur le plateau. Et aussi dans la famille…

— Et au rythme où cette famille s'agrandit, il faudra bien que tu partages cette recette et que tu laisses quelqu'un t'aider à les préparer, intervint Renata.

— Tu es une bonne cuisinière, mais tu n'as pas la patience nécessaire pour la pâtisserie, répliqua sa mère.

— Je ne pensais pas à moi, mais à Francesca.

Donnaleesa regarda autour d'elle jusqu'à ce qu'elle trouve son fils aîné et sa fiancée.

— Peut-être que je lui en parlerai après leur mariage, dit-elle d'un air pensif.

— En attendant, dit Nata en prenant sa mère par le bras avec un clin d'œil complice à Jordyn, tu pourrais peut-être rappeler à papa qu'il a promis de construire une cabane dans les arbres à ses petites-filles ?

Quand ils eurent débarrassé la table et que les enfants se furent enfin arrêtés de courir dans tous les sens, les parents des plus jeunes les rassemblèrent pour les emmener se coucher avant les feux d'artifice. Renata et Craig essayèrent de convaincre Bella et Anna de rentrer, mais elles refusèrent, car Kylie était autorisée à rester.

Jordyn s'assit sur la table de pique-nique, posa ses pieds sur le banc et rabattit la capuche de son sweat pour se protéger des moustiques. Marco s'assit auprès d'elle, si près que leurs jambes se touchaient, puis il prit sa main. Elle se sentait bien, assise paisiblement dans la pénombre, blottie contre lui. Elle avait l'impression d'être redevenue une adolescente, bien que Marco et elle aient fait des choses qu'aucun adolescent n'aurait osé imaginer.

Avant que les feux d'artifice soient terminés, son cousin

Justin, un médecin urgentiste, fut appelé à l'hôpital. Mais comme sa voiture était bloquée par un camion, Tristyn lui proposa de l'accompagner, laissant Jordyn sans moyen de locomotion. Elle aurait pu demander à l'un de ses parents, mais elle décida de suivre le conseil de Lauryn et de profiter de cette opportunité.

— Tu pourrais me ramener ? demanda-t-elle à Marco. Ma sœur m'a de nouveau abandonnée.

— Cela devient une habitude.

— Cette fois-ci, elle a une bonne excuse. Elle a dû déposer mon cousin Justin à l'hôpital.

— Je serai ravi de te conduire chez toi… ou chez moi.

— Tu m'invites à passer la nuit dans ton appartement ?

— Tu n'as pas besoin de te lever tôt demain ?

— Non, mais je n'ai pas de pyjama.

— Aucune importance, tu n'en auras pas besoin.

Comme les rénovations du nouveau restaurant battaient leur plein, Marco commençait la plupart de ses journées là-bas. Mais bien qu'il se trouve tout à côté de la maison de Jordyn, elle ne s'y était jamais aventurée pour lui dire bonjour. Sans doute parce qu'il y avait toujours de nombreux membres de sa famille qui travaillaient avec lui et que, malgré les présentations du 4 Juillet, elle craignait toujours de se voir attribuer l'étiquette de petite amie. Aussi fut-il surpris quand elle franchit la porte une semaine plus tard.

— Quelle merveilleuse surprise ! lui dit-il en l'entraînant dans un coin tranquille loin des peintres.

— J'ai reçu une lettre que je voulais te montrer.

Il prit l'enveloppe qu'elle lui tendait et lut l'adresse de retour.

— Tu t'es inscrite au concours, comprit-il, heureux qu'elle l'ait finalement fait, mais déçu qu'elle ne lui en ait pas parlé.

— Tu m'as persuadée que j'avais une chance.

Il déplia les feuilles et lut attentivement :

« Félicitations, vous faites partie des cinq finalistes du concours d'AK Channing. »

Il n'aurait pu s'empêcher de sourire même s'il l'avait voulu. Et il ne le voulait pas.

— Désormais, tu sais que je ne suis pas le seul à croire en ton talent. Jordyn, c'est une nouvelle incroyable ! dit-il en la serrant dans ses bras. Je suis si heureux pour toi.

— Je crois que je suis heureuse aussi, mais je ne me suis pas encore remise du choc.

— Comment ont réagi tes parents ? Et tes sœurs ?

— Je n'en ai encore parlé à personne. Je voulais te l'annoncer en premier.

Cette attention lui fit oublier ses déceptions précédentes.

— Quelle est la prochaine étape ?

— Je dois illustrer une courte scène et je suis censée me rendre à New York pour la présenter au jury.

— Pourquoi, censée ?

— Je suis loin d'être convaincue que ce n'est pas qu'une perte de temps, dit-elle en haussant les épaules.

— Comment peux-tu dire cela ? C'est une chance unique !

— Une chance ou juste un rêve…

— Mais c'est ton rêve ! Et tu dois te battre.

— Je ne veux pas m'emballer.

— Tu fais partie des cinq candidats sélectionnés sur plus de mille. Il ne s'agit pas de t'emballer, mais de danser et de sauter de joie en jetant des confettis avant de réserver ton vol pour New York.

— Tu crois vraiment que je devrais y aller ?

— Absolument ! Et si tu veux de la compagnie… J'ai toujours voulu visiter cette ville.

— Tu n'y es jamais allé ?

Il secoua la tête.

— Toi ?

— Quelques fois.

— Alors tu seras mon guide.

433

Elle mordilla sa lèvre, d'évidence tentée, mais encore hésitante.

— Allons, Jordyn, tu ne vas pas me dire que ton ambition se limite à servir des bières jusqu'à la fin de tes jours ?

Elle s'était presque convaincue que c'était le cas, qu'elle ne voulait ni n'avait besoin de plus, jusqu'à ce que Marco l'encourage à tenter sa chance et réveille ses vieux rêves.

— J'aime mon travail, répondit-elle sur la défensive.

— Ce n'est pas le problème.

Lui reprenant la lettre, elle la rangea dans sa poche.

— Comment feras-tu pour t'absenter un week-end entier avec l'ouverture prochaine du second restaurant ?

— Je le peux, parce que c'est important pour toi et que tu es importante pour moi.

— Tu m'accompagnerais vraiment ?

— Absolument ! dit-il en l'embrassant. Et avec un peu de chance, nous pourrons même voir un match des Yankees.

— Hmm, tu sais vraiment parler aux femmes.

— J'ai enfin choisi une date pour célébrer les vingt-cinq ans du O'Reilly ! déclara Wade quand Jordyn arriva au pub pour prendre son service quelques jours plus tard.

— Cela fera vingt-cinq ans le premier week-end d'octobre, lui rappela-t-elle.

— Les affaires sont trop lentes en octobre, répondit-il.

— C'est pour cela que c'est le meilleur moment afin d'attirer des clients.

— Je ne crois pas que cela sera suffisant pour faire revenir la foule estivale. Nous avons donc choisi le troisième week-end d'août.

Elle comprit que par « nous » il voulait dire Wade et lui, mais elle en fut beaucoup moins perturbée que d'habitude, retenant surtout la dernière partie de sa phrase.

— Le troisième week-end d'août ?

— Vingt-quatre heures de buffet et de cocktails spéciaux,

lui dit-il avec un enthousiasme inhabituel. Du vendredi soir
à la clôture du samedi !

— Cela a l'air parfait, sauf que je ne serai pas là.

— Qu'est-ce que tu racontes ? dit-il en fronçant les sourcils.

— C'est la raison pour laquelle je suis arrivée en avance,
pour te demander un congé de deux jours.

— Eh bien, la réponse est non. Tu sais à quel point nous
sommes débordés pendant l'été, et je ne peux pas me passer
de toi pendant un week-end entier.

— Tu sais que je ne te le demanderais pas si ce n'était
pas vraiment important.

— Plus important que les vingt-cinq ans du O'Reilly ?

Elle soupira.

— Je dois aller à New York.

— New York ? répéta-t-il en agitant la main d'un air
dédaigneux. Ne va pas dans cette ville au mois d'août !

— Eh bien si. Je dois…

— Tu es mon directeur adjoint !

— Tu as un second directeur adjoint désormais, tu te
rappelles ? Celui qui va hériter du pub quand tu prendras
ta retraite.

— C'est donc cela le problème ? Tu es toujours en colère ?

— Non ! En fait je suis même ravie de l'arrivée de Scott.
Cela m'a permis de réaliser que j'adorais avoir une vie en
dehors de ces quatre murs.

— Scott ne connaît pas nos clients et n'a pas ton expérience. J'ai besoin que tu sois là, Jordyn, je ne pourrai pas
le faire sans toi.

Elle avait conscience qu'il essayait de la manipuler et
qu'il aurait dit ou fait n'importe quoi pour obtenir ce qu'il
souhaitait. Mais même si elle se sentait flattée qu'il lui dise
qu'elle était irremplaçable, elle savait que ce n'était pas vrai.
Wade était assez compétent pour y arriver sans elle.

D'un autre côté, ils parlaient de cet anniversaire depuis
des mois, et les vingt-cinq ans du O'Reilly étaient une
fête symbolique qu'elle ne voulait pas manquer. Mais elle

souhaitait aussi aller à New York rencontrer AK Channing et voir si ses dessins étaient aussi bons que ceux des autres finalistes. Et passer quelques jours… et quelques nuits, avec Marco.

— … 15 heures demain.

Elle réalisa que Wade continuait à parler et qu'il avait pris son silence pour un oui.

— Pardon, dit-elle. Que se passe-t-il demain à 15 heures ?

— Nous nous réunissons, toi, moi et Scott, pour finaliser le menu, ainsi que le choix des cocktails et des animations.

— Scott et toi vous êtes déjà très bien débrouillés pour tout organiser sans moi jusqu'à présent. Je ne vois pas ce que je pourrais apporter de plus.

— Ecoute, Jordyn, je comprends que tu sois toujours agacée que je t'ai imposé mon neveu, mais qu'aurais-je pu faire d'autre ? C'est le fils unique de ma sœur et elle s'inquiétait de sa vie à Vegas. Elle m'a dit qu'il avait eu pas mal de problèmes de jeu et elle m'a demandé de lui offrir un nouveau départ.

Elle le comprenait d'autant mieux que c'était aussi ce qu'elle cherchait quand elle avait poussé la porte du O'Reilly trois ans plus tôt. Et Wade lui avait offert cette chance. Il ne le lui avait pas fait remarquer, mais il n'en avait pas besoin, car ils le savaient tous les deux.

— Je serai là demain pour la réunion, promit-elle.

Jordyn regarda les dessins qu'elle avait terminés la nuit précédente et se sentit fière de son travail. Elle avait eu plus que quelques appréhensions quand elle s'était lancée. Ses vieux réflexes d'insécurité la faisant douter non seulement de ses capacités, mais aussi de sa motivation. Pourquoi faisait-elle cela ? Croyait-elle réellement être assez talentueuse pour transformer les mots d'A K Channing en images ?

Mais elle n'avait pas laissé ses interrogations l'entraver. Et quand elle avait terminé, elle savait qu'elle avait mis dans le mille. Elle était parvenue à créer des personnages puissants et un monde imaginaire fourmillant de détails. Et, bien que le méchant ne soit pas présent dans cette scène, on lui avait donné assez d'informations pour qu'elle puisse précisément visualiser ses traits. Si précisément qu'elle l'avait d'ailleurs déjà esquissé.

Elle referma le classeur et le repoussa. Quand Marco arriva plus tard dans la soirée, elle lui annonça la nouvelle :

— Je ne peux pas aller à New York.

— Pourquoi ?

— Wade a décidé de fêter les vingt-cinq ans du O'Reilly ce week-end-là.

— Je ne vois pas pourquoi cela nous obligerait à changer nos projets.

— Il a besoin de moi.

Il secoua la tête.

— Même si c'est le cas, toi, tu n'as pas assez besoin de lui, ou de ce travail, pour rater une telle chance.

— J'ai besoin de ce travail.

C'était le seul qu'elle avait eu après avoir démissionné des Meubles Garett. Elle savait que sa famille lui aurait trouvé un poste quelque part dans l'entreprise si elle avait voulu revenir, mais elle ne le souhaitait pas. Elle n'était plus hantée par ses souvenirs de Brian, mais sa vie avait pris une autre direction. Et même si elle n'allait pas passer toute son existence derrière le comptoir du O'Reilly, c'était là où elle voulait être pour le moment.

— Tu dois aller au bout de cette opportunité, sinon tu passeras le reste de ta vie à te demander « Et si… »

— Je ne suis pas une artiste, mais une barmaid.

— C'est une occasion unique, Jordyn. Celle d'utiliser ton talent pour faire ce que tu aimes vraiment.

De nouveau, il réveillait en elle des espoirs qu'elle avait enfouis depuis bien longtemps. Mais la vie s'était déjà chargée de briser la plupart de ses rêves, pourquoi les choses auraient-elles été différentes cette fois-ci ? Elle préférait de beaucoup ranger son petit talent dans le coin le plus sombre de son cœur, plutôt que de le laisser s'épanouir. Et s'il devait s'y dessécher, ce serait toujours préférable que de le voir écrabouillé par la roue impitoyable du rejet.

— Nous pourrons aller à New York une autre fois. Peut-être en automne, quand les arbres de Central Park rougissent et que les touristes sont moins nombreux.

— Tu penses que je suis fâché parce que tu annules notre escapade ?

— Ce n'est pas le cas ?

— Non, je suis contrarié de te voir laisser passer la chance d'une vie et que tu n'aies pas l'air d'y prêter de l'importance.

— Mais quelle chance ? le défia-t-elle. Ce concours n'est sans doute rien d'autre qu'une stratégie publicitaire pour attirer l'attention sur la série. Il a certainement un illustrateur depuis le début ! Le règlement précise même qu'il pourra choisir quelqu'un d'autre, si aucun des dessins des finalistes ne lui convient.

— Tu as peur.

— Juste de perdre mon temps.

— Une chance sur cinq, lui rappela-t-il.

Elle détourna le regard.

— Est-ce qu'il t'arrive de te battre pour ce que tu veux vraiment ? Ou as-tu si peur de l'échec que tu préfères ne rien essayer ? Et qu'adviendra-t-il de notre relation si nous rencontrons un problème ? Feras-tu tout ton possible pour que nous nous retrouvions ou me tourneras-tu le dos ?

— Pourquoi fais-tu cela ? répondit-elle en sentant les larmes lui brûler les yeux. Pourquoi ramènes-tu cela à nous ?

Il avait raison. Elle avait peur d'essayer et peur de ne pas y arriver. Elle se sentit submergée par une vague de panique.

— Parce que c'est à propos de nous ! Et si tu n'es pas capable de le voir, alors je pense avoir la réponse à ma question.

Elle ne sut pas quoi lui répondre pour tout arranger.

— Oui, c'est bien ce que je pensais, ajouta-t-il.

Puis, faisant volte-face, il partit sans se retourner.

15

Elle s'interdit de penser plus longtemps à New York et se concentra sur l'organisation des vingt-cinq ans du O'Reilly afin de se convaincre qu'elle avait pris la bonne décision en restant à Charisma.

Toutefois, malgré sa concentration, ses pensées ne cessaient de revenir à Marco et elle mesurait à quel point il lui manquait. Mais elle était aussi en colère contre lui et ses insinuations injustes. Il l'avait accusée de ne pas vouloir se battre pour leur relation, alors que c'était lui qui était parti.

Elle se serait sans doute sentie mieux s'il avait claqué la porte, mais il l'avait refermée doucement, et le clic de la serrure avait résonné comme le point final d'un dialogue. Et quand elle repensait à ce son et qu'elle se disait que leur relation était peut-être réellement terminée, elle avait l'impression que son cœur devenait vide et glacé.

Quand elle se coucha ce soir-là et qu'elle se glissa entre les draps froids de son lit, elle se mit à pleurer en réalisant ce qu'elle avait possédé... et perdu.

Elle aurait voulu tout arranger, mais elle ne comprenait toujours pas ce qu'elle avait fait de mal. C'était son avenir à elle, et il avait réagi de manière excessive parce qu'il n'était pas d'accord avec son choix. Elle s'accrocha à cette conviction et à son indignation pendant une semaine entière, puis elle ravala sa fierté et se rendit chez Valentino.

Elle fit exprès d'y aller tôt dans la matinée, sachant que seuls les cuisiniers seraient là afin de préparer les sauces et les pâtes fraîches. La porte principale étant fermée, elle alla frapper à celle des livraisons.

— Marco n'est pas là, lui dit Rafe d'un ton qui ne lui laissa aucun doute sur le fait qu'il était au courant de sa rupture avec son cousin.

— En fait, c'est votre grand-mère que je cherche.

Rafe la dévisagea longuement, puis se tourna vers la cuisine.

— Nonna, quelqu'un veut te voir !

Quelques minutes plus tard, Caterina arriva. Elle sembla intriguée en l'apercevant et dit quelque chose en italien à son petit-fils qui le fit retourner au pas de course dans la cuisine. Puis, quand il eut disparu, elle lui sourit avec une gentillesse si peu méritée que Jordyn sentit son cœur se serrer.

— *Si, cara*, qu'est-ce que je peux faire pour toi ?

— J'ai besoin d'une faveur, lui répondit-elle.

Caterina était déjà au travail dans la cuisine de Marco quand Jordyn arriva avec les sacs de courses contenant les ingrédients qu'elle lui avait demandés.

La vieille dame avait préparé tous les ustensiles, couvert ses cheveux blancs d'un foulard, ses vêtements d'un tablier, et une casserole bouillait déjà.

— J'espère que tu ne m'en voudras pas, mais comme il y avait des pommes de terre dans le placard j'ai commencé sans t'attendre.

— Non, mais j'étais censée suivre vos instructions et faire le travail.

— Tu sais éplucher et faire bouillir des pommes de terre ?

— Oui, bien sûr.

— Dans ce cas, tu n'avais pas besoin d'être là, et nous pouvons commencer.

— *Grazzie*, répondit-elle.

— Tu apprends ! s'exclama Nonna avec un grand sourire.

— *Un pocchino*.

440

— C'est l'effort qui compte ! Que ce soit pour les langues, la cuisine et surtout pour les relations amoureuses.

Jordyn ne sut pas quoi répondre, aussi commença-t-elle à déballer les ingrédients que Nonna disposa là où elles en auraient l'utilité.

— Qu'est-ce que c'est ? demanda-t-elle à Jordyn.

— De la sauce ? répondit-elle en fixant le bocal qu'elle tenait dans les mains.

— Tu me le demandes ou tu me le dis ?

— C'est de la sauce pour les pâtes, dit-elle en rougissant.

Tournant le bocal, Caterina lut la liste des ingrédients.

— Pas mal, mais ça ne vaut pas une sauce maison.

— Je ne pensais pas que nous aurions le temps d'en préparer une.

— Une sauce tomate toute simple est très rapide à réaliser. Et tu as tout ce dont tu as besoin juste ici, dit-elle en montrant le coin où elle avait rassemblé une boîte de tomates pelées, de l'ail, du sel et de l'huile d'olive.

— C'est tout ?

— La bonne nourriture n'a pas besoin d'être compliquée.

Elle égoutta les pommes de terre, les mit dans un bol et les lui tendit avec un écrase-purée.

Jordyn s'exécuta et, après quelques minutes, Caterina lui demanda d'ajouter un œuf.

— La farine maintenant.

— Quelle quantité ?

— Saupoudre les pommes de terre en les mélangeant, tu dois sentir quand c'est prêt, ni trop sec, ni trop liquide.

— Combien de pommes de terre doit-on utiliser ?

— Autant que tu veux faire de pâtes.

Sa logique était inattaquable, mais cela ne répondait pas à sa question.

— Combien en avez-vous épluchées ?

— Quatre ou cinq, répondit-elle en trempant son doigt dans la purée pour vérifier sa consistance. *Buona !* Maintenant, tu en prends un peu que tu roules sur la planche avec de la farine pour faire un serpent. Puis tu le *tagliare in pezzi*.

Jordyn haussa un sourcil.

— Tu le coupes, comme cela, dit-elle en lui montrant. A toi !

Elle s'exécuta, en repoussant les bords de chaque pièce avec son pouce pour les faire ressembler aux pâtes qu'elle avait vues au restaurant.

— *Tutto fatto.*

— C'est terminé ?

— Oui. A part la cuisson, mais cela ne prend que quelques minutes dans de l'eau bouillante.

Elle avait apprécié cette leçon, mais elle n'imaginait pas cuisiner comme cela tous les jours, alors que la grand-mère de Marco le faisait pour son époux et pour le restaurant. Pas seule, bien sûr, car Jordyn avait découvert qu'une demi-dizaine de femmes, dont ses deux filles et ses deux belles-filles, travaillaient à ses côtés au restaurant pour fabriquer les différentes pâtes du jour.

— C'est beaucoup de travail pour un seul repas, nota Jordyn.

La vieille femme secoua la tête.

— Préparer un bon repas n'est pas du travail, c'est une preuve d'amour.

Jordyn sourit en imaginant la surprise et, avec un peu de chance, le plaisir sur le visage de Marco quand il découvrirait le repas qu'elle lui avait confectionné et se sentit heureuse d'avoir fait cet effort.

— Et la sauce ? demanda-t-elle.

— Je l'ai faite pendant que tu roulais les gnocchis, répondit-elle en pointant la casserole posée sur le brûleur du fond. Elle sera prête avant les pâtes et peut rester à… *cuocere à fuoco lento.*

— A mijoter ? devina Jordyn.

— Oui, c'est ça, mijoter, acquiesça Nonna.

— Et c'est tout ?

— Tu devrais sans doute te nettoyer un peu avant l'arrivée de Marco.

Elle regarda ses vêtements couverts de farine, sans parler du plan de travail et du sol.

— Merci beaucoup pour votre aide.

— *E un piacere trascorrere del tempo con la donna che è amato da moi nipote*, répondit sincèrement Nonna.

— Je suis navrée, mais je n'ai pas compris un mot.

— J'ai dit que cela avait été un plaisir, dit-elle en l'embrassant sur les deux joues. Maintenant, va te faire belle !

Heureusement, elle avait eu la présence d'esprit d'apporter de quoi se changer et quelques autres petites choses en plus des courses. Et après avoir nettoyé la cuisine, elle emprunta la salle de bains de Marco pour prendre une douche rapide.

Une demi-heure plus tard, elle était de nouveau devant ses casseroles, essayant vainement de gérer son impatience. Elle fit bouillir l'eau des pâtes, puis la coupa afin qu'elle ne s'évapore pas, en maudissant le tic-tac de l'horloge qui lui mettait les nerfs à vif. Caterina avait promis de renvoyer Marco chez lui, mais il n'était toujours pas là. Peut-être avait-il décidé de dîner à l'extérieur ? Peut-être lui était-il arrivé quelque chose. Ou peut-être…

Le cours de ses pensées s'interrompit quand elle entendit un bruit de clés dans la serrure.

Marco entra dans l'appartement, son regard s'attardant un instant sur la table dressée pour deux, la bouteille de vin et les bougies avant de se fixer sur elle.

— Que fais-tu ici ?

Elle ne s'était pas attendue à ce qu'il la prenne aussitôt dans ses bras et qu'il l'embrasse passionnément, mais elle avait néanmoins espéré une réaction plus enthousiaste. Car ni son ton, ni ses yeux ne trahissaient ce qu'il pouvait bien ressentir, s'il ressentait quoi que ce soit.

Quand il referma la porte, le petit clic de la serrure lui

rappela leur dernière rencontre. Etait-ce vraiment la fin ? Avait-elle fait une erreur en venant ici ? Non, elle refusait d'y croire.

— Je t'ai préparé à dîner.

— Pourquoi ?

C'était l'occasion rêvée de lui faire enfin part de ses sentiments, et elle ouvrit la bouche avant de renoncer à la dernière seconde.

— Parce que tu m'as souvent nourrie et que j'ai pensé que je devrais te retourner la faveur.

Il se rapprocha de la cuisine et fronça les sourcils en voyant le plateau de pâtes qui attendaient d'être cuites.

— Des gnocchis ?

Elle acquiesça.

— Du restaurant ?

— Non, c'est moi qui les ai faits.

— Où as-tu appris à faire les gnocchis ?

— Ta grand-mère m'a montré.

— Nonna ? Ma Nonna t'a donné sa recette ? Pourquoi ?

— Parce que je le lui ai demandé.

— Pourquoi ? l'interrogea-t-il à nouveau.

— Parce que ce sont tes préférés et que… je voulais te montrer que j'étais prête à me battre pour sauver notre relation, répondit-elle dans un souffle.

Aussitôt, toute la colère et la frustration auxquelles il essayait de s'accrocher s'évaporèrent. Il comprenait que c'était un grand pas pour Jordyn. Non pas grand, mais gigantesque ! Cela n'avait pas dû être facile pour elle de ravaler sa fierté et de solliciter l'aide de sa grand-mère afin de mettre son plan à exécution. Ce qu'elle avait accompli lui prouva, bien plus que ne l'auraient fait des mots, la profondeur de ses sentiments à son égard. Et le poids qui oppressait sa poitrine depuis six jours s'allégea enfin.

— Vas-tu finir par dire quelque chose ? demanda-t-elle.

— Pardon, je pensais juste que je mourais de faim.

Il vit ses épaules devenir moins raides et l'ombre d'un sourire apparaître sur ses lèvres.

— Le dîner peut être prêt dans cinq minutes.

— Donne-m'en dix. J'ai besoin de prendre une douche.

Dix minutes plus tard, il était assis à table devant une assiette de pâtes fumantes. Il s'empara de sa fourchette, impatient de commencer. Face à lui, Jordyn fit de même, mais continua de le regarder en attendant qu'il goûte et lui donne son approbation.

D'évidence, elle avait fait de gros efforts et semblait anxieuse du résultat. Il ne lui en voulut pas de sa nervosité, car il savait que les gnocchis étaient délicats à réaliser. Et bien qu'ils ressemblent à ceux de sa grand-mère, ils pouvaient être collants, durs ou secs. Mais même si cela était le cas, il savait qu'il les mangerait jusqu'à la dernière bouchée.

Il piqua un gnocchi et le porta à sa bouche avant de le mâcher lentement. Le goût, tant de la sauce que des pâtes, était délicat et étrangement familier. Ils n'étaient peut-être pas aussi fins que ceux de Nona, mais il n'en fut pas moins impressionné.

— C'est vraiment délicieux.

Elle s'autorisa alors à goûter et poussa un soupir de soulagement.

— Je savais que ta grand-mère ne m'aurait pas laissée les rater complètement.

— Elle en aurait été parfaitement capable si elle ne t'aimait pas déjà, parce que je t'aime, moi.

Elle ouvrit la bouche pour parler, mais il la devança.

— Je l'ai uniquement dit pour que tu t'habitues à l'entendre. Parce que je t'aime réellement, Jordyn Garett.

Elle soutint son regard, les yeux emplis de peur et de regret. Une semaine plus tôt, ce même regard aurait fait à Marco l'effet d'un coup de poignard, car il aurait cru qu'il signifiait qu'elle ne partageait pas ses sentiments. Mais désormais il connaissait la vérité. Elle l'aimait, elle était simplement terrorisée de l'admettre et de prendre le risque de voir son cœur être brisé à nouveau.

Il reporta son attention sur son assiette et s'aperçut qu'elle était vide.

— Tu en veux encore ?

— Non, merci. C'était parfait.

— Il te reste de la place pour le dessert ? lui demanda-t-elle en débarrassant leurs assiettes.

— Quel genre de dessert ?

— De la crème fouettée.

— Posée sur quoi ?

— Ce que tu veux…

Alors il enlaça sa taille et l'attira à lui.

Le vingt-cinquième anniversaire du O'Reilly eut un franc succès auprès des habitués et les nombreuses publicités avaient attiré des nouveaux clients de tous horizons. La carte habituelle avait été modifiée pour deux jours et le personnel de cuisine préparait à la chaîne des plateaux de hors-d'œuvre chauds et froids que les serveurs proposaient à la foule. Une foule si importante que Jordyn se sentit rassurée par la présence de quelques-uns des pompiers de la brigade, car elle savait qu'ils ne laisseraient pas le nombre de clients dépasser la limite légale de la salle.

— Cet endroit est impossible ce soir, grommela Carl en constatant que son tabouret habituel était occupé par un autre.

— C'est la fête ! lui rappela Jordyn en lui servant une pinte de sa bière préférée.

— Qui est ce type derrière le bar ?

— Phil.

D'ordinaire, il ne travaillait que pendant la journée, mais Wade lui avait demandé de venir en renfort.

Scott aurait dû se trouver là aussi, mais elle ne l'avait pas vu depuis un bon moment, et Wade ne semblait pas réaliser qu'ils étaient débordés et épuisés.

Elle était en train de préparer un broc de bière irlandaise et une dizaine de pintes de Guinness quand Hailey passa devant elle avec un plateau vide.

— Peux-tu dire à Aaron qu'il nous faut plus de garniture au bar ? Des quarts de citron et des olives, s'il te plaît.

— Bien sûr, lui répondit la jeune serveuse.

— Mais où peut bien être Scott ? gronda Phil en passant devant Jordyn pour prendre le zesteur à citron.

— Il est allé déposer la recette à la banque.

— Cela fait plus de deux heures ! gronda-t-il.

Jordyn tendit deux verres de vin à un homme en échange d'un billet de vingt dollars.

— Gardez la monnaie, lui dit-il avec un clin d'œil.

— Merci, répondit-elle plus reconnaissante d'avoir gagné du temps que pour la générosité du pourboire, en se tournant aussitôt vers le client suivant.

— Qu'est-ce que je peux vous servir ?

— Une Bud et un gin tonic avec du citron vert.

Elle n'avait jamais compris pourquoi certains clients venaient dans un pub irlandais pour boire les bières nationales, alors qu'ils proposaient tant d'autres choix. D'ordinaire, elle aurait discuté quelques instants avec lui pour le convaincre d'essayer quelque chose de nouveau, mais ce soir elle avait déjà du mal à répondre aux commandes.

Hailey lui tendit un plateau de citrons et d'olives et, quand elle releva la tête, Marco était devant elle.

— Vous voulez un coup de main au bar ? demanda-t-il.

— Ce ne serait pas du luxe, admit-elle.

Il fit le tour du comptoir, remonta ses manches, se lava les mains et se mit aussitôt au travail.

Il n'envahissait pas son espace, mais elle était consciente de sa présence. Si proche qu'elle aurait pu le toucher, si ses mains n'avaient pas été pleines de verres et de bouteilles.

Melody se pencha au-dessus du bar.

— Il me faut six shoots de tequila, une pinte de Smithwick,

deux G&T, un broc de Kilkenny, deux Harp et ton avis sur le grand blond à côté du juke-box.

— Bouteille ou pression ?

— Pardon ?

— Pour la Harp, nous l'avons en bouteille ou au verre, tu ne me l'as pas précisé.

— Oh ! je vais me renseigner.

— Quelle foule, lui dit Marco.

— Et c'est comme cela depuis 16 heures !

— Pourquoi n'êtes-vous que deux derrière le bar ?

— Nous étions trois, mais Scott est parti déposer la recette à la banque.

— Il y a plus de deux heures ! intervint Phil à nouveau.

— Pression ! dit Melody en revenant.

— Le gars près du juke-box, il t'a demandé ton numéro ?

— Oui, lui avoua la serveuse en rougissant.

— Tu l'as envoyé sur les roses ?

— Bien sûr, il a à peine vingt-deux ans.

Jordyn, qui savait que Melody venait de fêter ses trente-cinq ans, haussa un sourcil perplexe.

— Il cherche juste une cougar, n'est-ce pas ? soupira la serveuse.

— C'est une possibilité.

Melody le regarda de loin tout en soulevant son plateau.

— Et si je suis d'accord pour me faire duper ?

— C'est ton droit ! répondit Jordyn en s'esclaffant.

Il était presque 3 heures du matin quand ils purent enfin quitter le O'Reilly. Et dès qu'elle se fut assise sur le siège avant de la voiture de Marco, Jordyn se débarrassa de ses chaussures.

— Je vais attaquer ce vendeur en justice pour fausse publicité, grommela-t-elle. Il n'a pas cessé de me répéter des choses comme « un soutien exceptionnel de la voûte plantaire » et « des semelles confortables » jusqu'à ce qu'il me déleste de cent dollars.

— Aucune paire de chaussures ne peut rester confortable après avoir passé dix heures debout, lui dit Marco.

— C'était plutôt onze.

— Alors, tu ne peux pas blâmer les chaussures.

— Mais c'était réussi ?

— Un immense succès ! répondit-il en tournant pour se garer dans l'allée de Jordyn.

Elle fixa ses chaussures en grimaçant. Elle savait qu'elle ne supporterait pas de devoir les remettre, même pour les quelques pas qu'il lui restait à faire.

Il fit le tour de la voiture, lui tendit ses chaussures et la prit dans ses bras pour l'emmener jusqu'à la porte.

— Mon héros, dit-elle.

— Ne l'oublie pas.

Elle ouvrit, et il la porta jusqu'au canapé, où il la déposa délicatement. Puis il s'assit à l'autre bout, prit ses pieds pour les poser sur ses genoux et commença à les masser.

— Oh que c'est bon ! s'exclama-t-elle en fermant les yeux tout en laissant échapper un profond soupir.

Gryffindor, intrigué par ce bruit, quitta le confort de son panier pour venir enquêter. Il sauta sur le canapé en démontrant l'agilité dont avait parlé Jordyn, grimpa sur ses jambes et se lova contre un coussin en fixant Marco de son unique œil.

— Tes mains sont vraiment magiques, soupira-t-elle de nouveau.

— C'est ce que disent toutes les filles.

Elle rassembla assez d'énergie pour ouvrir un œil et le dévisagea du même air que le chat.

— Toutes les filles ?

— Anna et Bella en tout cas, répondit-il, parce que j'arrive à faire apparaître une pièce derrière mon oreille.

Elle sourit et referma son œil.

Marco continua à masser ses pieds pendant quelques

minutes, tandis qu'elle l'encourageait par quelques rares soupirs et murmures. Puis, même ces sons disparurent à mesure que l'épuisement envahissait son corps.

Elle aurait été bien mieux installée et aurait mieux dormi si elle s'était trouvée dans un lit, mais Marco était réticent à la réveiller comme à la quitter. Alors, il ne bougea pas et la regarda dormir un moment. Elle était si belle avec ses longs cils qui laissaient une ombre délicate sur sa peau de lait et ses lèvres légèrement incurvées comme si elle rêvait à quelque chose d'agréable.

Mais c'était bien plus que sa beauté physique qui faisait chavirer son cœur. C'était son humour, son esprit vif, ainsi que son sens de la loyauté et de la famille. Il aimait tout ce qu'elle était. Et malgré ce qu'il lui avait dit, ce jour fatidique où il lui avait tourné le dos quatre semaines auparavant, il savait qu'il ne pourrait pas la laisser partir.

— Allez, viens te mettre au lit.

— Hmm, dit-elle en battant des paupières. Quoi ?

— Tu es en train de t'endormir.

— Oh ! pardon.

Il se leva et lui tendit la main pour l'aider à faire de même. Dès qu'ils furent arrivés dans la chambre, il la déshabilla et trouva une nuisette dans son tiroir qu'il fit glisser par-dessus sa tête. Le tissu soyeux flottait sur son corps, caressant ses courbes d'une manière qui le rendit envieux.

La semaine avait été intense pour eux deux, et bien qu'ils se soient vus le jeudi, cela lui sembla avoir duré une éternité plutôt que quatre jours. Son corps réclamait douloureusement le sien, mais il savait qu'elle avait besoin de dormir. Aussi la coucha-t-il avant de déposer un baiser sur son front.

— Fais de beaux rêves.

Elle s'agrippa à sa chemise à l'instant où il partait.

— Où vas-tu ?

— Chez moi. Tu es épuisée et tu te reposeras mieux si tu n'as pas à partager ton lit.

Elle secoua la tête.

— Je dors mieux quand tu es là.

Ce n'était pas une déclaration d'amour, mais presque.

— Vraiment ?

— Reste, dit-elle. S'il te plaît.

— Puisque tu le demandes si gentiment, répondit-il en se débarrassant prestement de ses vêtements pour se glisser sous les draps.

Elle se serra aussitôt contre lui.

— Tu dois travailler tôt demain ? lui demanda-t-elle.

— Non, pas avant la fin d'après-midi.

— Dans ce cas, tu pourrais peut-être nous préparer ton fameux pain perdu ?

— Qui sait ? dit-il en posant un baiser sur ses lèvres.

Elle se lova contre lui, sa poitrine s'écrasant contre ses pectoraux sous la fine couche de soie, et il frémit quand il sentit ses deux tétons se durcirent. Puis elle glissa une main entre leurs corps et la laissa descendre jusqu'à ce qu'elle s'empare de son sexe.

— Tu es censée être épuisée, je te rappelle.

— Je ne me sens plus fatiguée.

— Dans ce cas…, dit-il avec la ferme intention de lui prouver qu'il en allait de même pour lui.

- 16 -

Il prépara du pain perdu pour leur petit déjeuner, puis quand ils furent rassasiés, ils remontèrent à l'étage pour faire l'amour.

Jordyn ne niait plus que ce qu'ils partageaient allait bien au-delà d'une relation physique, bien qu'elle ne soit pas encore prête à lui avouer ses sentiments.

Ils traînèrent au lit aussi longtemps que possible, puis Marco dut se résoudre à retourner chez lui afin de se préparer pour aller travailler. Il devait prendre son service au restaurant à 16 heures, et elle ne protesta pas quand il partit. Après les heures supplémentaires qu'il avait faites à ses côtés au O'Reilly, elle ne s'en sentait pas le droit.

Elle réalisa qu'elle avait envie de passer encore plus de temps avec lui. Mais ils avaient tous les deux des horaires exigeants. Alors que le Valentino fermait vers 22 heures comme tous les restaurants classiques, le O'Reilly servait jusqu'à minuit, voire 2 heures du matin le vendredi et le samedi soir.

Elle se souvint alors de leur scène, quand il lui avait demandé si elle voulait réellement rester derrière un comptoir toute sa vie. Elle ne lui avait pas répondu, mais déjà à ce moment elle avait conscience que ces horaires représentaient un défi pour toute forme de relation amoureuse. Elle ne doutait pas qu'ils sauraient se contenter de ces moments volés, comme ils l'avaient déjà fait depuis plusieurs semaines. Mais leur relation était à peine naissante, dans ces moments précieux où tout n'est que joie et amour. Et pour l'instant, ils n'étaient que deux. Elle savait que leurs emplois du temps conflictuels ne seraient plus gérables quand ils auraient des enfants.

Cette pensée avait à peine traversé son esprit quand elle s'effondra sur son lit en serrant son oreiller sur sa poitrine.

Des enfants ? D'où lui était venue une pareille idée ? A quoi pensait-elle ?

D'évidence, elle avait passé beaucoup trop de temps avec des personnes ayant des enfants, car d'ordinaire son esprit ne s'égarait jamais vers des pensées comme le mariage et les enfants. En tout cas, pas depuis trois ans et demi.

Jusqu'à Marco. Il avait bouleversé tout ce en quoi elle croyait et lui avait fait désirer à nouveau des choses auxquelles elle avait renoncé. Aurait-elle le courage de saisir cette chance ?

Lundi après-midi, quand elle arriva au pub, elle trouva Wade en train de fixer, sourcils froncés, une montagne de reçus étalés sur son bureau.

— Quelque chose ne va pas ? demanda-t-elle.

— Je me pose la question.

— Je crois que ce week-end a eu un succès qu'aucun de nous n'aurait pu imaginer, dit-elle en s'asseyant près de lui.

— C'est ce que confirme l'addition des reçus, mais malheureusement pas les dépôts à la banque.

— De quoi parles-tu ?

Il lui montra les justificatifs des dépôts qui indiquaient les sommes qui avaient été déposées le vendredi, samedi et dimanche. Les chiffres n'étaient pas mauvais, mais bien moins importants que ce à quoi elle s'était attendue.

— Cela n'a aucun sens ! C'est à peine plus que ce que nous réalisons un week-end normal.

— Je sais, assura-t-il.

— Je ne comprends pas, dit-elle car la seule explication possible, que quelqu'un ait volé dans la caisse, n'était pas une option qu'elle voulait envisager.

— Scott m'a dit qu'il avait compté les espèces et que tu avais vérifié chaque liasse avant qu'il les apporte à la banque.

— C'est vrai, affirma-t-elle en essayant de comprendre d'où pouvait venir la différence.

Ses initiales étaient inscrites sur les formulaires de dépôts, confirmant qu'ils n'avaient pas été altérés. La seule possibilité était donc que l'argent ait disparu entre le moment où il avait été sorti de la caisse et celui où elle l'avait compté dans le bureau.

Et la seule personne qui pouvait y avoir eu accès à ce moment-là était le neveu de son patron.

Elle se souvint que Wade avait mentionné que Scott avait quitté Las Vegas à cause de problèmes de jeu. Puis qu'il s'était porté volontaire pour la première fois pour aller faire les dépôts et qu'il s'était absenté bien trop longtemps pour cette tâche. De plus, quand il avait fini par revenir, il avait fortement désapprouvé qu'elle ait recruté Marco pour tenir le bar.

— Tu as interrogé Scott sur les montants ?

— Bien sûr.

— Et il a la moindre idée d'où a bien pu passer cet argent ?

— Il avait l'air aussi troublé que moi, mais il s'est rappelé que tu avais autorisé un client à te donner un coup de main samedi soir.

— Marco ? répondit-elle incrédule. Tu penses que Marco a pris cet argent ? Non, c'est absolument impossible !

— C'est pourtant la seule explication possible.

— Cela n'a aucun sens, lui dit-elle. Marco n'est pas seulement un client, il est aussi barman au Valentino. Et il n'y a aucune chance qu'il ait volé le moindre centime dans la caisse et encore moins des milliers de dollars.

Wade écrivit *Valentino* et *Marco* sur son carnet.

— Quel est son nom de famille ?

Jordyn dut serrer les poings pour s'empêcher d'arracher la feuille du carnet.

— Marco n'a pas pris cet argent !

454

— Je suis sûr qu'il apprécierait ta loyauté, mais je pense que désormais c'est l'affaire de la police.

— Très bien, appelle la police si tu veux. Et quand ils viendront me parler, sois certain que je ne me gênerai pas pour leur expliquer que, si Marco travaillait au bar, c'était parce que ton neveu, qui aurait dû s'y trouver, a mis plus de trois heures à faire l'aller-retour à la banque.

— Qu'est-ce que c'est que cette histoire ? Pourquoi ne m'en parles-tu que maintenant ?

— Parce que je ne voulais pas créer de problèmes.

— Ou bien parce que tu essaies de couvrir ton petit ami.

Jordyn se leva d'un bond.

— Si c'est vraiment ce que tu crois, alors tu me connais vraiment mal.

— Je ne sais plus quoi croire, reconnut Wade. Je travaille avec toi depuis trois ans, mais Scott est mon neveu, il fait partie de la famille. Pourquoi aurait-il volé cet argent alors qu'il sait que je lui aurais donné tout ce qu'il m'aurait demandé ?

Elle comprenait sa répugnance à soupçonner son neveu. Mais cela ne changeait rien à la douleur qu'elle ressentait qu'il la soupçonne elle. Car attaquer Marco, c'était l'attaquer elle, puisqu'elle avait pris la responsabilité de le faire passer derrière le bar.

— Je ne te dis pas de ne pas appeler la police. Au contraire, je suis certaine qu'ils pourront tirer cette affaire au clair. Je te suggère juste d'interroger Scott une nouvelle fois avant de déléguer cette enquête aux autorités, lui dit-elle en se rapprochant de la porte. Et je répondrai à toutes les questions qu'ils souhaiteront me poser, je te dois bien cela. Mais sinon, je n'ai plus rien à faire ici.

— Pardon ? Qu'est-ce que tu racontes ? dit-il d'un air confus.

— Que je démissionne !

— Allons, Jordyn. Tu réagis de façon extrême.

— Je ne pense pas.

— Ne fais pas cela. Tu sais à quel point j'ai besoin de toi.

— Non, l'interrompit-elle. Je me suis déjà laissé amadouer une fois. J'ai annulé mon week-end à New York parce que j'ai cru que tu avais vraiment besoin de moi. Mais ce n'était pas vrai. Et je n'ai pas à me rendre esclave d'un travail qui n'a plus aucune opportunité à m'offrir.

Cela ne la contrariait même pas d'avoir raté la finale du concours. Mais elle s'en voulait de ne pas avoir saisi cette chance de passer du temps avec Marco. Elle avait choisi son travail plutôt que l'homme qu'elle aim...

Elle se reprit aussitôt, se sentant toujours incapable d'assumer ses sentiments, même en pensée.

Elle ne revit Marco que le jeudi suivant.

Bien qu'ils se soient appelés et envoyé des messages tous les jours, il avait passé la plupart de son temps au nouveau restaurant à superviser les derniers jours du chantier. Jusqu'à présent, tout se déroulait au mieux pour que l'ouverture ait lieu en septembre. Les nouvelles cuisinières avaient été installées dans la cuisine et avaient reçu l'approbation de Nonna. Et Rafe ressemblait à un enfant enfermé dans une confiserie, tant il semblait heureux d'accrocher les poêles et les casseroles et de confectionner le menu.

Mais il avait besoin de tester ses recettes avant de les inscrire définitivement au menu, raison pour laquelle Jordyn avait été invitée à déjeuner ce jour-là. Son estomac était resté serré depuis sa confrontation avec Wade. Mais, même si elle n'avait pas retrouvé son appétit, elle voulait aider Rafe. Sur le chemin du restaurant, elle reçut un coup de fil de son ex-patron qui souhaitait s'excuser pour ce « malentendu » après que Scott se fut confessé à la police.

Quand elle entra dans la salle, elle aperçut aussitôt la sœur de Marco, dont la grossesse était encore plus visible. Renata supervisait l'accrochage des tableaux, tandis que Craig, le pompier sexy qui lui servait de mari, jouait du marteau. Ils plaisantaient et se chamaillaient en travaillant, mais leur amour était évident, tant dans leur ton que dans les œillades qu'ils échangeaient.

Elle détourna son regard du couple pour examiner la décoration. Les murs ivoire contrastaient avec le parquet en noyer et créaient une première impression sobre et élégante. Les chaises étaient tapissées de cuir foncé et les tables recouvertes de nappes en lin blanc cassé.

Jordyn se rapprocha des murs pour regarder les images sépia qui étaient déjà accrochées. Elle réalisa qu'il s'agissait d'anciennes photos, probablement prises en Italie. Une vue panoramique d'une colline couverte de rangées de vigne, une petite ferme en pierre adossée à la montagne, une main noueuse cueillant une grappe, une enfant pieds nus courant entre les ceps. Et elle réalisa que ces photos racontaient une histoire, le récit d'une famille et de ses traditions.

— Où avez-vous trouvé ces photos ? demanda-t-elle à Renata. Elles sont incroyables.

— Mon frère Gabe les a prises quand Francesca et lui sont allés en Italie au printemps.

— Je ne savais pas qu'il était photographe.

— En fait, il est avocat, mais il fait de très belles photos quand il est d'humeur.

— Alors, qu'en penses-tu ? lui demanda Marco en sortant de la cuisine.

— C'est une réussite extraordinaire, le rassura-t-elle.

— Oui, cela commence à se mettre en place, admit-il avec une fausse modestie. Il y a encore quelques retouches à faire et nous attendons toujours notre licence, mais nous avons déjà commencé les entretiens pour le personnel.

— Vous n'auriez pas besoin d'une barmaid ?

— J'ai déjà une demi-douzaine de candidats à recevoir, répondit-il.

— Tu veux voir mon CV ?

— Je serais ravie de voir ton… quoi ? Tu as bien dit CV ? Elle acquiesça.

— J'ai raté quelque chose ?

— Je cherche un nouveau travail, répondit-elle d'un ton volontairement léger.

— Pourquoi ? Que s'est-il passé ?

— Wade m'a passée au gril pour savoir où avaient disparu plus de dix mille dollars.

— Tu es sérieuse ?

Elle acquiesça de nouveau.

— Il ne peut pas réellement croire que tu les as pris. Si tu avais eu besoin d'argent… oh, pas toi, réalisa-t-il quand elle détourna le regard. Il pense que c'est moi.

— Plus maintenant, lui assura-t-elle.

— Le neveu ?

— C'était une évidence pour tout le monde, sauf pour Wade, jusqu'à ce qu'il appelle la police et que Scott avoue.

— Tout le monde porte des œillères quand il s'agit de sa famille, dit Marco en haussant les épaules. Et je comprends que tu sois en colère. Mais tu ne penses pas que quitter ton emploi était un peu précipité ?

— Si. Mais je crois aussi que c'était la bonne chose à faire. Je n'ai pas envie de rester au O'Reilly jusqu'à la fin de mes jours.

— Et que vas-tu faire ?

— J'ai besoin d'un peu de temps pour y réfléchir. Alors si jamais tu as besoin d'une intérimaire, je serais ravie de rejoindre l'équipe.

— Tu supporterais réellement que je sois ton patron ?

— Je suis sûre que nous pourrions y arriver.

Il prit un instant pour réfléchir.

— Eh bien, mon frère est chef chez l'ancien Valentino et sa femme y travaille comme hôtesse, sans que personne n'y trouve quelque chose à redire. Alors, si tu acceptes de m'épouser, dit-il en prenant une voix rauque de séducteur.

Elle savait qu'il plaisantait pour la provoquer, mais cela n'empêcha pas son pouls de s'accélérer.

— Tu devrais faire attention, répondit-elle. A force de

lancer des demandes, quelqu'un pourrait bien finir par te surprendre en répondant oui.

— Est-ce que ce jour est arrivé ?

— Non.

Il s'approcha et posa un baiser sur ses lèvres.

— Bon, j'ai une question plus facile. As-tu faim ?

Maintenant que le mystère de l'argent disparu avait été résolu, elle s'aperçut que c'était le cas.

— Affamée et impatiente de découvrir ce que Rafe est en train de faire mijoter.

— Cela aurait dû être des tagliatelles aux cèpes.

— Le menu a changé ?

— Non, il s'est enrichi. Il a décidé de les servir avec des médaillons de porc sautés dans une sauce au vin rouge et aux oignons, avec des pommes et des patates douces rôties, ou du saumon grillé accompagné de jeunes asperges.

— Hmm, tout a l'air délicieux.

— Ce ne sont que les plats du jour. Demain, il a prévu de servir de l'osso bucco avec du riz au safran, du canard rôti avec une purée et une sauce au marsala, ainsi qu'une langouste dans une crème aux tomates.

— Est-ce que je suis aussi invitée à déjeuner demain ?

— Absolument.

Après qu'ils eurent goûté toutes les créations de Rafe, Lauryn passa chercher Jordyn, afin qu'elles aillent choisir la peinture pour la chambre de Kylie.

Quand elle fut partie, Marco retourna à la cuisine et y trouva Renata qui tournait une casserole d'une main en se tenant le dos de l'autre.

— Tout va bien entre Jordyn et toi désormais ? lui demanda-t-elle.

— Plus que bien.

— Je l'espère, car je ne t'avais jamais vu te conduire avec quelqu'un comme tu le fais avec elle.

— Je l'aime, Nata.

— Je sais. Mais elle, que ressent-elle ?

— Elle m'aime aussi.

— Elle l'a dit ? Elle a prononcé les mots ?

— Non, reconnut-il. Mais je le sais.

— Oh ! Marco…

— Ne me dis pas cela sur ce ton-là !

— Quel ton ?

— De la pitié.

— Ce n'est pas de la pitié, mais de l'inquiétude.

— Tu n'as aucune raison de te faire du souci pour moi.

— Ne te méprends pas, j'apprécie vraiment Jordyn.

— Cela tombe bien, puisqu'elle va devenir ta belle-sœur.

— Et combien de temps es-tu prêt à attendre jusqu'à ce que cela arrive ? soupira-t-elle.

— Aussi longtemps qu'il le faudra.

La fermeté de son ton avait dû la convaincre, car elle le surprit avec sa question suivante.

— Tu as une bague ?

— J'ai commencé à chercher.

— Avec elle ?

— Non, juste moi.

— Tu ne peux pas choisir un diamant sans un avis féminin !

— Je dois acheter un diamant ?

Elle sembla si horrifiée par sa question qu'il ne put s'empêcher d'éclater de rire.

— Je plaisante, Nata. Tu veux bien venir le choisir avec moi ?

— J'attendais juste que tu me poses la question.

— Explique-moi à nouveau pourquoi tu as quitté ton travail au O'Reilly et pourquoi tu ne veux pas non plus revenir dans l'entreprise familiale ? lui demanda Tristyn.

C'était le dernier samedi d'août, et le jour de leur spa entre sœurs. Jordyn s'adossa confortablement dans son siège de massage en laissant ses pieds tremper dans l'eau parfumée.

— Qu'est-ce que tu vas faire ? dit Lauryn.

— Je me suis dit que j'allais peut-être reprendre des cours d'art, juste pour voir.

— Tu pourrais donner des cours d'art ! répliqua sa sœur.

— D'accord, mais oublions ton plan de carrière pour un instant, intervint Tristyn. Je suis bien plus curieuse d'apprendre ce qui se passe dans ta vie privée.

— Tu sais parfaitement ce qui se passe.

— Je sais qu'à chaque fois que Marco essaie de faire un pas en avant tu l'obliges à faire un pas en arrière. Que vous avez eu une grosse dispute et que tu es restée en pleurs au fond de ton lit pendant une semaine. Puis que vous vous êtes remis ensemble, et que depuis tu chantes et tu danses en permanence.

— Cela ressemble à de l'amour, déclara Lauryn.

— Si vous vous attendez à ce que je nie, vous allez être déçues, dit Jordyn. En fait, j'ai décidé de lui demander de m'épouser.

— Tu vas lui faire une demande en mariage ? Quand cela ?

— La semaine prochaine si Marco peut prendre quelques jours de congé. Nous irons sur l'île d'Ocracoke. J'ai songé qu'il avait assez souvent pris le risque de m'avouer ses sentiments et que c'était mon tour.

— Je vais être demoiselle d'honneur ! s'exclama Tristyn.

— Oui, répondit Jordyn avant de se tourner vers son aînée. Et toi aussi, tu te tiendras à mes côtés, n'est-ce pas ?

— J'adorerais, mais cela dépendra de la date et si je peux encore entrer dans une robe. Ça y est, Jordyn, tu es prête, dit-elle tandis que ses yeux s'embuaient de larmes.

— Oui, je le suis vraiment, reconnut-elle.

Avec l'aide de sa sœur, Marco était parvenu à choisir une bague. Bien sûr, la prochaine étape serait de demander à

Jordyn de l'épouser, mais il n'avait pas encore choisi où et quand il allait le faire.

Le « quand » était le problème le plus crucial. Il était impatient de faire sa demande, et pas seulement d'organiser leur mariage, mais toute leur vie à venir. Mais il savait que s'il se précipitait il prendrait le risque qu'elle refuse. Et il se sentait déjà assez nerveux à l'idée de se mettre à genoux devant elle sans avoir à considérer cette possibilité. Il ne voulait pas non plus lui faire sa demande tant que son avenir était incertain, et ne pas savoir si elle avait répondu oui parce qu'elle n'avait plus de travail ni de projet de vie. Alors pourquoi ne pas se marier ?

Il ne doutait plus qu'elle l'aime, mais elle ne lui avait toujours pas dit. Alors, il avait beau avoir une bague dans sa poche, il ne savait pas pour autant quand il pourrait la lui passer au doigt.

Samedi matin, tandis que Jordyn était avec ses sœurs et lui au restaurant avec le plombier, il reçut un coup de fil d'un numéro inconnu. Il faillit ne pas répondre, puis s'isola pour prendre l'appel. Et quand le même numéro s'afficha le dimanche alors qu'il était avec Jordyn, il lui donna aussitôt le téléphone. Bien sûr, il ne pouvait entendre que la moitié de la conversation, mais il pouvait voir qu'elle semblait perplexe et méfiante. Il sut aussi quand AK Channing parvint à la convaincre de son identité et de la raison de son appel, car ses yeux s'agrandirent et se remplirent de panique.

— Je suis désolée, mais vous devez vous tromper de personne, car je n'ai même pas envoyé mes dessins pour la finale.

Elle fronça les sourcils en entendant la réponse.

Elle continua à écouter en ponctuant la conversation de « oui » et de « bien sûr », jusqu'à ce qu'elle raccroche en concluant « à très bientôt ».

— Tu as envoyé mes dessins ?

— C'était une opportunité trop importante pour que je te laisse la rater.

— Et tu as demandé à Tristyn de voler mon classeur ?

— Ce n'était pas aussi clandestin. Je suis simplement passé chez toi et je le lui ai demandé.

— Je ne sais pas ce que je pense de tout cela, admit-elle.

— Pendant que tu y réfléchis, tu pourrais me raconter ce que t'a dit AK Channing ?

— Il a dit que tous les finalistes avaient rendu des dessins intéressants, mais qu'il avait été particulièrement impressionné par mon esquisse du méchant, malgré le peu de renseignements qu'il nous avait fourni.

— Alors tu as remporté le concours ?

— Non.

— Oh ! je suis désolé.

— Je savais que je ne le pourrais pas. Le règlement était strict sur le fait qu'il fallait venir présenter son travail à New York. C'est un adolescent de dix-sept ans qui a gagné.

— Alors, pourquoi t'a-t-il appelée ?

— Parce qu'il va venir à Charisma, répondit-elle d'un air confus. Il a parlé avec son éditeur et son agent, et ils sont tous tombés d'accord pour dire que mes illustrations seraient parfaites pour sa nouvelle série. Mais il veut d'abord me rencontrer pour être sûr que nous pouvons travailler ensemble. Et si cela est le cas, il m'engagera.

— Donc, tu n'es pas fâchée que j'aie envoyé tes dessins sans ton consentement ?

— Je ne suis pas fâchée, répondit-elle en se pendant à son cou. Je te serai même éternellement reconnaissante.

Il savoura la douceur de ses lèvres tandis qu'elle l'embrassait.

— Tu sais, quand Wade a refusé de me donner mon week-end pour aller à New York, je crois que je m'étais sentie soulagée, tellement j'avais peur d'échouer.

— Je savais que tu gagnerais.

— Personne n'a jamais cru en moi comme tu le fais.

— Tu as un talent incroyable, lui dit-il. Tu avais juste besoin d'un coup de pouce pour saisir cette chance.

— J'ai eu peur pendant bien trop longtemps, réalisa-t-elle. Peur de me battre pour ce que je voulais vraiment et même peur de l'obtenir pour le voir disparaître ensuite.

— Et désormais ?

Elle noua ses doigts aux siens.

— Désormais, je suis prête à aller de l'avant.

C'était l'occasion parfaite pour qu'il se mette à genoux. En fait, il avait déjà engagé la main dans sa poche quand son téléphone sonna à nouveau.

Marco raccrocha et rangea son téléphone dans sa poche. Puis il essaya de mettre de l'ordre dans toutes les informations que sa mère venait de lui donner.

— Quelque chose ne va pas ?

— Il y a eu un incendie dans un vieil entrepôt abandonné. Et il y avait encore trois pompiers à l'intérieur quand le toit s'est écroulé.

Elle devina aussitôt la raison de son air inquiet.

— Craig ?

— Je ne connais pas les détails. Je sais juste qu'il a été transporté à l'hôpital Mercy.

— Je suis désolée.

— Mes parents veulent que j'aille garder Anna et Bella pour que ma sœur puisse aller à l'hôpital avec eux.

— Bien sûr. Tu veux que je t'accompagne ?

Sa proposition le surprit, et il fut encore plus étonné en réalisant à quel point il avait besoin d'elle à ses côtés.

— Oui, s'il te plaît.

— Alors, allons-y ! dit-elle en lui prenant la main.

Quand ils arrivèrent, Renata attendait sur le perron. Marco lui dit quelques mots et la serra fort dans ses bras. Puis, elle se précipita dans la voiture de ses parents qui démarra aussitôt. Les filles regardaient la télévision dans le salon, totalement inconscientes du drame qui était en train de se dérouler.

Même si son téléphone n'avait pas vibré une seule fois, il continuait à le sortir de sa poche toutes les deux minutes, désespérant d'obtenir enfin des nouvelles de son beau-frère. Toute sa famille s'était rassemblée à l'hôpital, et Jordyn savait qu'il aurait voulu être près de Renata. Non qu'il aurait pu faire quoi que ce soit de plus, mais en temps de crise une famille devait se serrer les coudes.

Ils dînèrent avec les filles et firent de la pâte à modeler et des jeux de société pendant deux heures.

— Encore ! dit Bella. On joue encore !

Jordyn réprima un sourire.

— Bella veut encore jouer, dit-elle à Marco.

— Oh oui, bien sûr.

— Même si j'adore le Monopoly, nous avons déjà fait deux parties et je pense que nous approchons de l'heure du coucher, dit Jordyn.

— Je n'avais pas réalisé qu'il était aussi tard, répondit-il.

— C'est l'heure du dodo ? demanda Anna.

— Depuis longtemps.

Alors, avec un long soupir la petite fille commença à ranger les cartes.

— Nan, Anna ! On joue encore ! dit sa cadette en lui arrachant les cartes des mains.

— Bella ! intervint Marco avec une rigueur inhabituelle.

— Encore ! cria l'enfant en jetant les cartes qui se dispersèrent dans tout le salon.

— Vilaine ! Vilaine Bella, gronda son aînée.

Ce qui, bien sûr, fit aussitôt pleurer la petite. Et les yeux d'Anna s'embuèrent à leur tour. Elles étaient toutes les deux épuisées et pouvaient sentir la tension qui régnait autour d'elles, même si elles en ignoraient la raison. Comme Renata ne voulait pas qu'elles s'inquiètent, elle ne leur avait pas dit où elle allait. Juste que Jordyn et oncle Marco venaient pour les garder.

— Allez les filles ! Rangez le jeu et montez prendre votre bain, leur dit Marco.

Bella, qui sanglotait de façon théâtrale, vint se réfugier contre son torse. Il passa son bras autour d'elle pour la réconforter, embrassa son front et soupira longuement. Anna se rapprocha plus timidement.

— Est-ce que tout va bien, oncle Marco ?

Il passa son second bras autour de ses épaules et l'attira à lui pour l'inclure dans leur câlin.

— Je te promets que tout ira bien.

— Je range le jeu et tu t'occupes du bain, lui proposa Jordyn.

— Merci.

Après que les filles se furent baignées et qu'elles eurent enfilé leurs pyjamas, ils les couchèrent enfin.

— Pourquoi n'irais-tu pas à l'hôpital maintenant ? dit Jordyn.

— Parce que j'ai promis à Nata de rester.

— Tu penses que je ne peux pas gérer deux petites filles ?

— Je ne vois pas pourquoi tu le ferais, répondit-il d'un ton sec.

Elle posa ses lèvres sur les siennes.

— Parce que c'est la seule chose que je peux faire pour t'aider.

— Elles vont vouloir une histoire.

— Je sais lire.

Il parvint à sourire.

— Tu es sûre que cela ne te dérange pas ?

— Certaine. Va rejoindre ta famille, je garde le fort.

Elle trouva qu'elle s'en sortait plutôt bien. Elle lut deux histoires aux filles qui n'étaient pas parvenues à se mettre d'accord sur le choix du livre. Mais ce ne fut que quand elle referma la couverture du second que Bella s'aventura à lui demander :

— Tu es la fiancée d'oncle Marco ?

Elle décida que c'était l'explication la plus appropriée pour des petites filles de leur âge.

— On peut dire cela.

— Et vous allez vous marier ? intervint Anna.

— Nous n'avons pas encore décidé, répondit-elle en espérant que cela change bientôt.

— Oncle Gabe va se marier avec sa fiancée !

— C'est ce qu'on m'a dit aussi.

— Et nous allons lancer des fleurs devant eux avec de jolies robes !

— Cela a l'air fantastique.

— Mais maman dit que cela coûte très cher, ajouta Anna.

— C'est vrai aussi, admit Jordyn en souriant.

— Où est maman ? demanda tout à coup Bella.

— Elle est sortie avec tes grands-parents, lui rappela-t-elle.

Elle nota avec un pincement au cœur, et aussi un certain soulagement, que les petites étaient si habituées à ce que leur père soit de garde de nuit qu'elles n'avaient même pas demandé où il se trouvait.

— Faites de beaux rêves les filles, dit-elle en éteignant la lumière.

— Jordyn, dit Bella avant qu'elle ferme la porte.

— Quoi, ma chérie ?

— Si tu épouses oncle Marco, est-ce que nous pourrons lancer des fleurs ?

— Je te le promets.

Elle était en train de faire la vaisselle quand son téléphone sonna, affichant le numéro de Marco.

— Alors ? dit-elle en retenant son souffle.

— Nous n'avons pas encore de nouvelles de Craig, mais Renata vient de perdre les eaux.

Jordyn ne sut pas quoi répondre, elle savait seulement qu'elle souffrait pour Marco. Ce qui aurait dû être un moment de joie extraordinaire pour leur famille, l'arrivée d'un nouveau-né, était désormais mêlé à la peur et à l'angoisse.

Renata devait être en état de choc et ne pas être certaine que son époux survivrait pour voir leur enfant.

— Je peux faire quoi que ce soit ?

— C'est déjà fait.

Quand il raccrocha, elle monta vérifier que les petites dormaient bien, puis retourna s'asseoir dans le salon en songeant à ce que Renata traversait. Est-ce que l'arrivée prématurée de cet enfant était une bénédiction ou une catastrophe ? Comment Renata pouvait-elle se concentrer pour accueillir une nouvelle vie quand celle de l'homme qu'elle aimait était en danger ?

Avec tout ce qu'il se passait, il n'était pas surprenant que l'esprit de Jordyn la ramène à ces longues heures où elle avait arpenté les couloirs de l'hôpital en pleurs, attendant de savoir si Brian survivrait. Non ! Elle refusait d'envisager que Craig puisse disparaître. Il était jeune et fort et il avait tellement de raisons de vivre et de gens qui priaient pour lui. A commencer par elle.

Marco aurait dû se douter que sa sœur était trop têtue pour laisser le début du travail et les contractions la tenir éloignée de la salle d'attente de chirurgie. La sage-femme semblait anxieuse de l'examiner, mais Renata persistait à dire qu'il lui restait du temps et qu'elle avait besoin d'être à côté de Craig.

— Tes contractions sont espacées de cinq minutes, lui dit Marco. Il est temps que tu ailles en salle de travail.

— Non, je ne peux pas encore avoir ce bébé.

— Je ne crois pas que tu aies le choix.

— Craig m'avait promis qu'il serait là, dit-elle en explosant en sanglots. Il l'avait promis…

— Allons, Nata, tu ne peux pas t'écrouler maintenant. Les médecins prennent soin de Craig, et lui a besoin que tu t'occupes de toi et de votre bébé.

— Je ne saurais pas comment faire sans lui. Je ne saurais…

Il savait qu'elle ne parlait pas que de l'accouchement, mais de toute leur vie. Alors il la serra contre lui en priant pour que ce cauchemar s'arrête.

Le fils de Renata naquit à 23 h 7 et pesait trois bons kilos. Bien que sa mère et Nonna lui aient proposé de rester avec elle, ce fut la main de Marco qu'elle refusa de lâcher jusqu'à la délivrance. Il s'en sortit en restant concentré sur son regard et en évitant de penser à ce qui se passait sous les draps. Puis ils posèrent le bébé sur son ventre, qui se mit aussitôt à pleurer.

— Nonna avait raison. C'est un garçon ! lui dit Marco.

Puis les infirmières le lavèrent et l'habillèrent avant de le rendre à leur mère. Elle eut à peine le temps de le prendre dans ses bras qu'un chirurgien portant encore son masque entra dans la salle.

Marco reconnut aussitôt le cousin de Jordyn, et ils s'adressèrent un bref salut avant qu'il s'approche de Renata.

— Félicitations, madame Donnely. Je ne sais pas si vous vous souvenez de moi, je suis le Dr Justin Garett…

— Craig ? fut tout ce qu'elle parvint à répondre dans un souffle.

— Il est tiré d'affaire, la rassura-t-il aussitôt. Mais il souffre d'une commotion cérébrale. Raison pour laquelle nous souhaitons le garder quelques jours en observation. Il a aussi quelques côtes et la clavicule cassées, il ne vous sera donc pas d'une grande aide dans les semaines à venir. Mais après cela, il n'y a aucune raison qu'il ne puisse pas changer les couches de ce jeune homme.

Renata acquiesçait tandis que le médecin détaillait les blessures de son époux, mais Marco se doutait qu'elle n'entendait plus rien depuis ses premiers mots. Soupçon qui se confirma quand il partit.

— Il va s'en sortir, répéta-t-elle.

Et sa sœur qui avait vaillamment tenu le coup jusque-là

laissa enfin ses sentiments s'exprimer et se mit à pleurer comme une enfant.

Jordyn s'endormit sur le canapé durant le cinquième épisode du marathon de *Ryder à la rescousse* qu'elle avait trouvé sur une chaîne câblée. Elle n'avait pas entendu Marco rentrer, mais elle s'était réveillée lovée sur ses genoux, ses bras autour d'elle. Il lui fallut un instant pour reprendre ses esprits.

— Comment va Craig ?

— Il va s'en sortir.

— Dieu soit loué… et Renata ?

— Elle va bien. Et il va bien.

— C'est un garçon ?

— Ethan Salvatore Donnelly, dit-il avec un immense sourire.

— Craig a pu voir son fils ?

— Oui, Renata a eu la permission d'emmener le bébé dans sa chambre pendant cinq minutes.

Elle ne pouvait pas imaginer à quel point ce moment avait dû être bouleversant, et elle sentit les larmes lui monter aux yeux.

— Tu vas bien ? dit-il en posant une main sur sa joue.

— Beaucoup mieux, depuis que tu es rentré.

— Cela a été une sacrée soirée, reconnut-il.

Elle acquiesça. Les derniers événements lui avaient rappelé à quel point les choses pouvaient changer en un instant, à quel point la vie était fragile et que l'amour était ce qu'il y avait de plus précieux. Elle ne pouvait plus nier ses sentiments pour lui et elle ne le voulait plus. Alors, elle prit une profonde inspiration et plongea son regard dans le sien.

— Je t'aime.

Il la dévisagea comme s'il ne parvenait pas à croire ce qu'elle venait de dire.

— Tu peux répéter ?

— Je t'aime, Marco, dit-elle en prenant son visage en coupe dans ses mains.

— Est-ce l'une de ces déclarations post-traumatiques ?

Elle esquissa un sourire, comprenant sa perplexité.

— J'avais prévu de te le dire ce soir, enfin hier soir, rectifia-t-elle en s'apercevant que l'horloge indiquait 2 heures du matin. J'avais juste besoin de trouver les mots… et le courage. Quand je t'ai rencontré, je ne voulais pas tomber amoureuse, mais ta grand-mère avait raison, la tête ne peut pas contrôler ce que le cœur veut.

— Nonna t'a dit cela ? dit-il d'une voix tremblante d'émotion.

— Entre autres choses…

Il se demanda ce dont il pouvait bien s'agir, mais pour l'instant l'aveu de Jordyn était bien plus qu'il n'espérait, et tout ce qu'il souhaitait.

— Ma grand-mère est une femme sage.

— Elle l'est. Et elle m'a aidée à accepter que mon cœur voulait se marier.

Le sien se mit à battre à tout rompre dans sa poitrine.

— C'est une déclaration de principe ou tu as quelque chose de précis en tête ?

— Je suis en train de tout gâcher.

— Gâcher quoi ?

— Ma demande en mariage.

— Tu me demandes de t'épouser ?

— Oui. Non, répondit-elle d'un air confus. En fait, j'avais prévu d'attendre la semaine prochaine, quand nous serions à l'île d'Ocracoke.

— Tu allais me demander en mariage ! répéta-t-il aussi sidéré que flatté.

— Je m'étais dit que c'était à moi de le faire, puisque tu étais sur le point d'abandonner.

— Je n'ai rien abandonné et, surtout, je ne t'abandonnerai jamais, toi, dit-il en sortant la bague de sa poche.

— Oh ! fit-elle quand la lumière qui se refléta sur le prisme l'aveugla.

A moins que ce ne soit ses larmes.

— Moi aussi, j'allais te le demander quand nous serions à Ocracoke.

— Et j'aurais répondu oui ! dit-elle en riant.

— Alors, dis oui maintenant, lui suggéra-t-il.

— Mais tu ne m'as pas posé la question !

En fait, cette demande ne se passait pas vraiment comme elle l'avait imaginé, avec des bougies et du champagne, mais dans le salon de la sœur de Marco, au milieu de la nuit avec deux enfants dormant à l'étage. Mais elle n'avait besoin de rien de plus.

— Tu veux que je me mette à genoux ?

Elle ne fut pas surprise qu'il soit assez traditionnel pour vouloir le faire, mais ses bras étaient toujours autour d'elle.

— Non, je ne veux pas que tu me lâches.

— Cela n'arrivera jamais, je te le promets.

— Prouve-le ! dit-elle en agitant les doigts en direction de la bague qu'il tenait toujours.

Il sourit et plaça la bague juste au-dessus de son annulaire.

— Jordyn Garett, acceptez-vous de m'épouser ?

— Oui, Marco Palermo, répondit-elle en posant ses lèvres sur les siennes. Je veux devenir ta femme, passer le reste de ma vie avec toi et être la mère de tes enfants.

Il sourit en reconnaissant les mots qu'il lui avait dits il y a longtemps et fit glisser la bague sur son doigt.

Mais le temps d'un battement de cœur un frisson glacé descendit le long de sa colonne vertébrale, quand elle se rappela avoir déjà vécu cet instant, si plein d'espoir et de rêves d'avenir avec l'homme qu'elle aimait. Puis elle regarda Marco, et elle sut que l'amour qui emplissait son cœur était plus fort que toutes les peurs, plus fort que tout ce qu'elle avait connu.

Aimer était peut-être dangereux, mais cela en valait la peine.

Epilogue

Ils se chamaillèrent longuement sur la date du mariage.

Maintenant qu'elle avait admis ses sentiments, Jordyn était impatiente de commencer leur vie ensemble et souhaitait une cérémonie intime. Tandis que Marco, qui l'avait attendue longtemps, rêvait d'un immense mariage avec tous leurs amis. Mais cela était long à organiser.

Finalement, elle eut gain de cause, car il était prêt à tout pour elle. Et, trois mois plus tard, Anna et Bella remontaient l'allée en lançant des fleurs suivies par Lauryn et Tristyn, toutes vêtues d'une robe lavande. Cette dernière adressa un clin d'œil à Marco, le faisant sourire et l'aidant à gérer la nervosité qui lui serrait l'estomac. Puis le rythme de la musique changea, et tous les invités se levèrent pour accueillir la mariée.

Et quand elle passa enfin sous l'arche de l'entrée, il en eut le souffle coupé. Ce n'était pas la robe, bien que la longue jupe et le corset qui soulignait la finesse de sa taille et laissait ses épaules nues soient absolument divins sur elle. Ce n'était pas non plus la délicatesse de son voile ou le bouquet de roses blanches. C'était simplement Jordyn, sa femme.

Et tandis qu'elle venait à sa rencontre, l'amour qui débordait de son cœur brilla du même éclat dans le regard de celle qu'il chérirait toujours.

Il l'avait attendue longtemps, mais il ne le regrettait pas. Tout ce qu'il avait connu auparavant appartenait au passé. Elle était son présent, son avenir, toute sa vie.

Retrouvez en juillet, dans votre collection

Passions

scandaleux oubli, de Jules Bennett - N°605

fiancée ? Le prince Luc Silva, devenu amnésique à la suite d'un accident,
e réellement que Kate est sa fiancée ? Après un an passé à travailler pour lui
à rêver toutes les nuits de son corps divin –, Kate trouve ce coup du sort bien
que. D'autant que le médecin lui a vivement conseillé de ne pas brusquer la
oire de Luc et donc… de jouer le jeu. Pour Kate, cette proximité contrôlée est
véritable torture, qui ne s'achèvera que lorsque Luc recouvrera la mémoire.
mencera alors une nouvelle épreuve : elle devra quitter son séduisant patron,
eur relation aura définitivement basculé hors du champ professionnel…

mariage d'une nuit, de Christine Rimmer

que Jordyn ouvre les yeux, Will est là, allongé dans le lit à son côté. Will
on, qu'elle connaît depuis l'enfance et avec qui elle n'aurait jamais dû
er la nuit. Oh, non pas qu'il soit repoussant, bien au contraire ! Will est un
èle de charme et de perfection masculine. Simplement, elle ne s'attendait
à perdre sa virginité avec un homme qui n'a jamais éprouvé pour elle
n tendre sentiment de camaraderie. Mais le pire est encore à venir, car il
olerait qu'au cours de cette nuit riche en rebondissements, ils aient pris la
décision de se marier…

POUR QUELQUES HEURES DE PLAISIR

souvenir des sens, de Julie Leto - N°606

a laissé passer sa chance avec James, autrefois. Ils se sont follement aimés,
elle a commis une terrible erreur, et rien n'a plus jamais été comme avant. Mais
de question de renoncer si facilement. Car elle sait bien qu'une nuit – une seule
d'enivrantes caresses comme ils en ont tant connu – peut suffire à ranimer la
me, et à rappeler à James qu'ils sont destinés l'un à l'autre, depuis toujours.

brasée par le désir, de Debbi Rawlins

an n'a rien d'une aventurière, et cette randonnée d'une semaine dans les
tagnes de l'Idaho n'était pas son idée. Nuits à la belle étoile, marche,
oë : tout cela serait un véritable cauchemar si le hasard ne lui avait pas
bué pour guide Zach Wilde, l'homme le plus sexy de la terre. Isolée avec
u cœur d'une nature magnifique, Jordan parviendra-t-elle à empêcher la
ion sensuelle d'atteindre son paroxysme ?

HARLEQUIN   *Passions*

Un ennemi pour amant, de Wendy Etherington

Techniquement, Wade Cooper est l'ennemi de Tara. Car, en tant que respons⟨
de la sécurité, il est là pour l'empêcher de faire ce qu'elle souhaite : se mêler ⟨
invités du mariage le plus glamour de l'année pour juger le travail du traiteur ⟨
concurrence sa propre société. Aussi son envie folle de se glisser nue dans u⟨
avec lui est-elle tout à fait malvenue. Car, si elle se laisse distraire, c'est Yell⟨
Rose Réception, l'œuvre de sa vie, qui risque de faire faillite.

Une mystérieuse attirance, de Colleen Collins

Gina mène toujours ses enquêtes avec le plus grand sérieux. Mais quand ⟨
doit prendre en filature Hawk Shadow Bonaparte, suspect dans une affaire ⟨
vol, elle rencontre une difficulté de taille : il éveille en elle un désir bien t⟨
troublant. Et Gina a beau se débattre pour garder la tête froide, elle est de p⟨
en plus convaincue de l'innocence de Hawk…

Les secrets d'une naissance, de Charlene Sands - N°607

Un soir de fête et une coupure d'électricité : il n'en a pas fallu davantag⟨
Emma pour passer la nuit avec Dylan, le frère de sa meilleure amie. Du moi⟨
c'est ce qu'elle suppose, car ses souvenirs sont troubles, et Dylan a perd⟨
mémoire peu de temps après dans un accident. Les seules preuves tangib⟨
dont dispose Emma sont la passion secrète qu'elle a toujours vouée ⟨
séduisant acteur, et le vague souvenir de l'avoir appelé à la rescousse al⟨
qu'elle paniquait dans le noir. Mais, bientôt, une nouvelle vient confirmer ⟨
théorie : elle est enceinte, et seul Dylan est susceptible d'être le père de s⟨
enfant à naître…

Défiée par son rival, de Victoria Pade

Les Huffman en veulent à sa famille, Lindie Camden n'a aucun doute à ce su⟨
Chaque fois qu'elle envisage l'ouverture d'un nouveau magasin, ses rivo⟨
soulignent les défauts du projet et le font annuler. C'est pour remédier à ce⟨
situation exaspérante que Lindie est venue rencontrer Sawyer Huffman. M⟨
elle ne s'attendait pas à ce qu'il la mette au défi de l'accompagner chaq⟨
semaine dans ses actions bénévoles : c'est seulement à ce prix qu'il accept⟨
de l'écouter. Lindie tient une chance en or de régler leur différend… et ⟨
prouver à cet homme fascinant qu'elle est bien plus que la petite fille riche⟨
gâtée qu'il voit en elle.

e trésor des Tours, de Nora Roberts - N°608

ÉRIE L'HÉRITAGE DES CALHOUN TOME 5

ublier son douloureux passé et se tenir à l'abri de toute relation amoureuse : oilà les deux résolutions que Megan O'Riley a prises en venant s'installer à Mount esert Island. Pourtant, dès son arrivée à l'hôtel des Tours, où elle a décroché n emploi d'expert-comptable, elle est profondément déstabilisée par Nathaniel ry, qui travaille, comme elle, pour la grande famille Calhoun... Des étincelles e désir crépitent entre eux et, Megan le sait, elle devra les ignorer. Dans sa vie, ésormais, il y a d'autres priorités : le bonheur de son fils Kevin, avant tout. Son ouveau travail, ensuite. Sans compter le respect et la confiance des Calhoun, u'elle veut conserver à tout prix...

nvoyée par le destin, de Michelle Celmer

ason Cavanaugh est habitué à ce qu'on le confonde avec son frère jumeau, u'il n'a pas vu depuis des années. Mais, quand une séduisante femme blonde évanouit en l'apercevant, il comprend que, cette fois, il s'est passé quelque hose de grave. En effet, lorsque la belle Holly reprend ses esprits, elle lui pprend qu'elle est l'épouse de son frère, récemment décédé ! Epouse dont ason n'avait bien sûr jamais entendu parler. Il est scandalisé en découvrant ampleur des mensonges et des tromperies dont elle a été la victime... et 'est pas au bout de ses surprises. Car, non content d'abandonner Holly, son ère l'a laissée seule avec d'adorables jumeaux de quelques mois...

e dilemme d'un patron, de Rachel Bailey - N°609

n rendez-vous avec la délicieuse Faith... voilà qui n'est pas pour déplaire à ylan, curieux de découvrir quels mystères se cachent derrière la silhouette e rêve et la chevelure de feu de l'exquise inconnue qui a sollicité auprès e lui une entrevue. Mais, en arrivant au lieu convenu, Dylan comprend qu'il 'est lourdement trompé... Faith n'a aucune intention de le séduire, elle est mplement l'une de ses employées et souhaite mettre en avant son travail evant le grand patron ! Une femme de caractère, en plus d'être adorable... ommage que la politique qu'il a lui-même instaurée interdise les relations ntre collègues...

e miracle d'une étreinte, de Helen Lacey

Marie-Jayne prétend être enceinte de lui ? Comment la séduisante jeune emme ose-t-elle lui mentir si effrontément ? Ce n'est pas l'unique nuit de assion qu'ils ont partagée qui a pu donner vie à un enfant ! Pourtant, à sa rande surprise, Marie-Jayne n'exige rien de lui. Ni argent, ni mariage, ni ême compensation de quelque sorte que ce soit... Pourquoi alors mentirait- lle ? Peu à peu, le doute s'insinue dans l'esprit de Daniel, et il se retrouve ientôt au pied du mur : il va devoir prendre une décision vis-à-vis de ce ébé, qui fait resurgir dans sa mémoire de douloureux souvenirs...

 HARLEQUIN

 Passions

OFFRE DE BIENVENUE

Vous êtes fan de la collection Passions ?
Pour prolonger le plaisir, recevez gratuitement

◆ **1 livre Passions gratuit** ◆
et 2 cadeaux surprise !

Une fois votre colis de bienvenue reçu, si vous souhaitez continuer à recevoir n
romans Passions, cela se fera automatiquement. Vous recevrez alors chaque moi
volumes doubles inédits de cette collection au tarif unitaire de 7,40€ (Frais de p
France : 1,99€ - Frais de port Belgique : 3,99€).

➡ **ET AUSSI DES AVANTAGES EXCLUSIFS :**

➡ **LES BONNES RAISONS
DE S'ABONNER :**

Aucun engagement de durée
ni de minimum d'achat.
◆
Aucune adhésion à un club.
◆
Vos romans en avant-première.
◆
La livraison à domicile.

Des cadeaux tout au long de l'année.
◆
Des réductions sur vos romans par
le biais de nombreuses promotions.
◆
Des romans exclusivement réédités
notamment des sagas à succès.
◆
L'abonnement systématique et gratuit
à notre magazine d'actu ROMANCE.
◆
Des points fidélité échangeables
contre des livres ou des cadeaux.

➡ **REJOIGNEZ-NOUS VITE EN COMPLÉTANT ET EN NOUS RENVOYANT LE BULLET**

N° d'abonnée (si vous en avez un) ⊔⊔⊔⊔⊔⊔⊔⊔ RZ6F09
RZ6FB1

Mme ☐ Mlle ☐ Nom : .... Prénom : ....

Adresse : ....

CP : ⊔⊔⊔⊔⊔ Ville : ....

Pays : .... Téléphone : ⊔⊔⊔⊔⊔⊔⊔⊔⊔⊔

E-mail : ....

Date de naissance : ⊔⊔⊔ ⊔⊔ ⊔⊔⊔⊔
☐ Oui, je souhaite être tenue informée par e-mail de l'actualité d'Harlequin.
☐ Oui, je souhaite bénéficier par e-mail des offres promotionnelles des partenaires d'Harlequin.

Renvoyez cette page à : Service Lectrices Harlequin – BP 20008 – 59718 Lille Cedex 9 - Frar

Date limite : **31 décembre 2016.** Vous recevrez votre colis environ 20 jours après réception de ce bon. Offre soumis
acceptation et réservée aux personnes majeures, résidant en France métropolitaine et Belgique. Prix susceptibles
modification en cours d'année. Conformément à la loi Informatique et libertés du 6 janvier 1978, vous disposez d'un
d'accès et de rectification aux données personnelles vous concernant. Il vous suffit de nous écrire en nous indiquant
nom, prénom et adresse à : Service Lectrices Harlequin - BP 20008 - 59718 LILLE Cedex 9. Harlequin® est une ma
déposée du groupe Harlequin. Harlequin SA – 83/85, Bd Vincent Auriol – 75646 Paris cedex 13. Tél : 01 45 82 47 47. SA au capital de 1 120 0
- R.C. Paris. Siret 31867159100069/APE5811Z.

HARLEQUIN

La romance sur tous les tons

Toutes nos actualités et exclusivités sont sur notre site internet.

E-books, promotions, avis des lectrices, lecture en ligne gratuite, infos sur les auteurs, jeux-concours... et bien d'autres surprises !

Rendez-vous sur

www.harlequin.fr

facebook.com/LesEditionsHarlequin

twitter.com/harlequinfrance

pinterest.com/harlequinfrance

HARLEQUIN
www.harlequin.fr

Composé et édité par HARLEQUIN

Achevé d'imprimer en mai 2016

BLACK PRINT

Barcelone
Dépôt légal : juin 2016

Pour l'éditeur, le principe est d'utiliser des papiers
composés de fibres naturelles, renouvelables, recyclables,
et fabriquées à partir de bois issus de forêts gérées selon
un système d'aménagement durable. En outre, l'éditeur attend
de ses fournisseurs de papier qu'ils s'inscrivent dans
une démarche de certification environnementale reconnue.

Imprimé en Espagne